SO HABE ICH ES MIR NICHT VORGESTELLT

Batya Gur

So habe ich es mir nicht vorgestellt

Roman

Aus dem Hebräischen
von Mirjam Pressler

Büchergilde Gutenberg

Lizenzausgabe für die Büchergilde Gutenberg,
Frankfurt am Main und Wien,
mit freundlicher Genehmigung
des Berlin Verlags, Berlin

Die Originalausgabe erschien 1994 unter dem Titel
Lo Kach Tearti Li
bei Keter, Jerusalem

Gesetzt aus der Sabon durch
Setzerei Amann, Aichstetten
Druck & Bindung: Franz Spiegel Buch GmbH, Ulm
Printed in Germany 1996
ISBN 3 7632 4591 X

Gedruckt auf chlor- und säurefreiem Papier

So habe ich es mir nicht vorgestellt, daß die Dinge so sind.
Pläne, Träume –
und plötzlich eine Biegung im Weg.

aus Natan Zachs Gedicht
So habe ich es mir nicht vorgestellt

1.
Das junge Mädchen

Margaliot begleitete sie aus seinem Büro. Bis zum Fahrstuhl ging er neben ihr, als wolle er noch etwas Wichtiges sagen. Den Arm hielt er angewinkelt, fast als führe er sie, ohne sie jedoch wirklich zu berühren. »Hexe«, rief er ihr nach, bevor die Türen zugingen. »He, Hexe, sagen Sie mir Bescheid, wenn das Ergebnis der genetischen Untersuchung da ist.« Die Türen schlossen sich, bevor ihr eine geistreiche Antwort eingefallen war. Im Aufzug hing ein schwerer Duft von süßem, teurem Parfüm. Er mischte sich mit dem Geruch nach Maschinenöl und Essen, den es hier immer gab, als warteten direkt unter den Aufzugskabeln die Nirostakessel voll brodelnder Hühnersuppe.

Jo'ela stand im Aufzug, der hinunter zum Kellergeschoß fuhr, und hielt mit beiden Händen das Reagenzglas fest, atmete die stickige Luft ein und versuchte, das Unbehagen beiseite zu schieben. Die Intimität der Worte, die er ihr nachgerufen hatte, bereitete ihr keinerlei Vergnügen. Auch der Ausdruck »Hexe«, der durchaus freundlich gemeint war und bedeutete, daß er sie für eine Frau hielt, die immer alles wußte und die sich von den anderen unterschied, verwirrte sie eher. Bevor die muffige Kabine sie schnell hinunterbrachte, in dem kurzen

Moment, als sie vor den geschlossenen Türen stand, nahm ein Gedanke Gestalt an: Was bei mancher Voraussage so richtig und endgültig zu sein scheint, entpuppt sich später als eine obere Schicht, die das Gegenteil verbirgt, während eine andere Voraussage, die im ersten Moment so absurd und unsinnig wirkt, daß sie Widerstand und Ablehnung hervorruft, sich im nachhinein als die richtige Diagnose erweist. Diesmal war die Vorhersage von heftigen Kopfschmerzen begleitet. Sie hatten angefangen, als das junge Mädchen das Zimmer verließ, und waren seither nicht schwächer geworden. Zu Beginn war es nur ein Bohren in der Mitte der Stirn gewesen, ein leichtes Pochen, das sich allmählich bis zu den Schläfen ausbreitete.

Es beunruhigte sie immer aufs neue, daß ihre Voraussagen, die Margaliot als seltene Intuition bezeichnete, als echte diagnostische Begabung, so gar nicht berechenbar waren. Nie konnte sie sicher sein, ob sie, wie im Fall des jungen Mädchens, der Realität entsprachen oder ob sie, wie im Fall des Babys gestern, absolut nichts zu bedeuten hatten. Was sie bedrückte, auch in diesem Moment, und was auch Margaliots Wort von der »Hexe« in ein aggressiveres Licht rückte, ebenso wie die Ehrfurcht, mit der der neue Praktikant sie an diesem Morgen betrachtet hatte, war die Ungewißheit, ob das, was sie sah, wirklich stimmte. Es gab keinerlei Gesetzmäßigkeit hinsichtlich der Qualität der Intuitionen, die man ihr nachsagte. Manchmal, nach einer Morgenvisite, besonders wenn es sich um einen unklaren oder außergewöhnlichen Fall handelte, neigte Margaliot den Kopf zur Seite und sagte: Vielleicht sollten wir Doktor Goldschmidt fragen, bestimmt weiß sie schon etwas. In solchen Momenten – wenn es unmöglich war zu wissen, was sich hinter seiner Ironie verbarg – kam plötzlich ihre Sicherheit, daß er sie beruflich schätzte, ins Wanken. Ohne zu wissen, ob er es diesmal ernst meinte – er hatte den Blick gesenkt und betrachtete konzentriert seine Hände, so daß sie nicht sehen konnte, ob in seinen Augen, über den dunklen

Flecken, dieses braun-grüne Funkeln tanzte –, zählte sie alles auf, was sie vorhatte, um ihre Vermutungen zu verifizieren und zu einer korrekten Diagnose zu kommen. Besonders dann, wenn ihre Voraussage so klar schien, mußte man sich versichern, vorsichtig sein und auch das Selbstverständlichste untersuchen. Ausgerechnet in solchen Momenten, wenn die Haut für einen Moment durchsichtig wurde und man alles sah, wie im Fall des jungen Mädchens, mußte man sich hüten, ein Wort zu sagen. Man mußte energisch und autoritär sein und jedes Mitgefühl beiseite schieben. Man durfte nur über die vorläufigen Fakten sprechen, sonst nichts. Zum Beispiel hätte ihr diese blödsinnige Bemerkung im Säuglingszimmer nicht passieren dürfen. Mit einem Spatel hatte sie erstaunt das Stück überschüssiger Haut angehoben, das die großen Schamlippen verband, und zu der Schwester, die die Windeln zusammenlegte, gesagt: »Das ist nichts, nur Haut, meiner Meinung nach ist alles andere in Ordnung.«

»Ich habe gedacht, das wäre ein Fall für Sie«, hatte die Schwester sich entschuldigt. Und dann hatte sich herausgestellt, daß nichts in Ordnung war.

Schon den ganzen Tag sah Jo'ela immer wieder das seltsame Gesicht des jungen Mädchens vor sich. Während der Untersuchung hatten ihre Aufregung und das Wissen, daß dies hier etwas anderes war, etwas Neues, was ihr noch nie untergekommen war, die alte Furcht überlagert, die sie von den ersten Tagen ihrer Praktikantenzeit her kannte und die sie, wie sie meinte, schon längst verloren hatte, zusammen mit der Aufregung, die sie damals, vor Jahren, dazu gebracht hatte, bei ihren ersten Entbindungen laut jubelnd das Geschlecht des Neugeborenen zu verkünden. Nun ertappte sie sich nach einer Geburt immer wieder bei einem leichten Lächeln, das von dem Gefühl der Erleichterung herrührte, daß alles gutgegangen war, und einem gewissen Ärger über die leichte Sorge, die während des Geburtsvorgangs in ihr erwacht war. Mit diesem

Lächeln übergab sie der Schwester das Neugeborene, blickte dem Kinderarzt mit mäßigem Interesse über die Schulter und achtete dabei vor allem aber darauf, ob die Plazenta ausgestoßen wurde.

Während sie von ihrem Platz hinter dem Schreibtisch aus die Mutter betrachtet hatte, mit zusammengekniffenen Augen, um sich auf ihre wirren Reden zu konzentrieren, hatte sie sofort daran gedacht, was für ein wunderbarer Zufall ihr dieses junge Mädchen gerade jetzt beschert hatte, denn nun hatte sie einen Fall, den sie im Herbst vorstellen konnte. Doch auch nachdem das Mädchen das Zimmer verlassen hatte, konnte sie das Gesicht nicht vergessen. Lang und blaß war es, wie das eines Geistes, wie ein Gesicht, das niemals von einem Sonnenstrahl berührt worden war. Auch als sie die Erinnerung zu verscheuchen suchte, um sich auf die Diagnose zu konzentrieren, auch als sie mit der Laborantin sprach, tauchte dieses Gesicht immer wieder vor ihr auf. Von dem Moment an, als sie ihre Hand auf den schmalen Bauch des Mädchens gelegt hatte, blieb die Berührung der glatten Haut an ihr kleben, und auch die Desinfektionsseife, mit der sie sich im Lauf des Tages viele Male die Hände wusch, hatte dieses Gefühl nicht entfernen können. Seltsam war nur, daß sich die Haut in dem Moment, als sie ihre nackte Hand darauflegte, angenehm angefühlt hatte, trocken wie ein glattgeschliffener Kreidestein, während sie in der Erinnerung etwas Klebriges, Kühles und Unangenehmes bekam, aalglatt und schmutzig.

Einige Male versuchte sie, sich mit Gewalt zu konzentrieren und in Worte zu fassen, was am Gesicht dieses Mädchens eigentlich so seltsam war. Doch der Drang verschwand allmählich, und zurück blieb nur der schattenhafte Eindruck einer Brust, die sich unter den dünnen Armen nach innen wölbte, einer gebogenen Nase, eines sehr großen Mundes mit schmalen Lippen, eines mageren, ausgehöhlten Körpers.

Das ist nicht nötig, tadelte die Mutter von ihrem Platz neben dem Untersuchungsbett aus und berührte, als Antwort auf die stumme Bewegung des Mädchens zu dem karierten Rock hinüber, die dünne Papierunterlage, die als Laken diente. Das Mädchen lag angespannt da, die Spitzen ihrer schwarzen Schuhe waren senkrecht nach oben gerichtet. Ihre langen Beine steckten noch in den schwarzen Wollstrümpfen, die Arme hatte sie eng an den Körper gelegt, die Hände zu Fäusten geballt, die Daumen unter den Fingern verborgen. Schon bei ihrem Eintritt, als sie verwirrt an der Tür stand, versteckt hinter dem breiten Rücken der schweren Frau mit dem schwarzen Kopftuch, das eine Falte in die Stirn schnitt, hatte ihr Gesicht unfertig ausgesehen, als sei noch nicht entschieden, ob es das eines Mädchens oder eines Jungen werden sollte. Die Augenbrauen waren dicht und dunkel, aber die Haut war glatt, ohne Unreinheiten und ohne jeden fettigen Schimmer. Es war eine Art erstarrter, verstaubter Glätte, und als das Mädchen auf dem Untersuchungsbett lag, beugte sich Jo'ela über ihr Gesicht wie über einen Sarkophag.

Jo'ela unterdrückte den dringenden Impuls, die Wange zu berühren, um den Staub von der Glätte zu wischen. Sie hatte auch gezögert, bevor sie die Hand auf den Arm des Mädchens legte, um sie vom Sprechzimmer ins Untersuchungszimmer zu führen, als sei diese Haut der Rahmen für etwas, das herausfallen könnte, wenn man ihm nur die kleinste Öffnung gab, als würde die Hülle zu Staub zerfallen, und man könnte sehen, daß nichts darin war, nur ein Hohlraum. Doch das Mädchen stand auf ihren Füßen, und ihre langen Lippen zitterten, als sie sich auf Befehl ihrer Mutter auf dem Untersuchungsbett ausstreckte. »Jetzt werden wir dich untersuchen«, sagte Jo'ela in energischem Ton und mit einer Art gespielter Fröhlichkeit, wie sie es immer tat, wenn sie, noch bevor sie es genau wußte, bereits den Verdacht hatte, daß sie nicht helfen konnte.

»Nun mach schon«, sagte die Mutter auf Jiddisch. Und

Jo'ela betrachtete fasziniert und erschrocken die kreideweiße Stirn, und eine Art uralte, vergessene Furcht vor dem Eintritt in diese verschwommenen Welten erschütterte sie, als wisse sie auf irgendeine diffuse Art, die nie im Leben zu beweisen wäre, daß diese breite Stirn ein Zeichen war – oder eine Entschädigung – für etwas anderes, sehr Schmales oder überhaupt nicht Existierendes, Dinge, die sie nie irgend jemandem in der Station gegenüber äußern könnte.

»Doktor Goldschmidt«, kam es aus dem Piepser, »Sie werden beim Ultraschall erwartet.«

Aber Jo'ela stand neben dem Untersuchungsbett, rührte sich nicht und ging nicht zum Telefon. Sie mußte unbedingt erfahren, was sich unter dem Flanellhemd befand, obwohl sie eigentlich, noch bevor das Mädchen sich daran machte, die Knöpfe zu öffnen, bereits wußte, was sie zu sehen bekommen würde. Die vorgebeugte Haltung der hochgewachsenen Gestalt im Türrahmen hatte verdeckt, was nicht da war. Ihre Lippen verzogen sich. So etwas hatte sie noch nie gesehen, das wußte Jo'ela, während sie die Halswirbel abtastete und sich überzeugte, daß kein einziger fehlte.

Früh am Morgen, bevor die Station zum Tagesdienst erwacht war, bevor sich die Flure mit wartenden Frauen gefüllt hatten, hatten die beiden, Mutter und Tochter, das Sprechzimmer betreten. Sie selbst hatte im Gehen den Kittel angezogen. Wie eine Holzpuppe, mit starren Beinen, den Körper vorgeneigt, gesammelt, die Arme am Körper herunterhängend, hatte das junge Mädchen in der Tür gestanden, hatte sich, als würde sie einem Gericht vorgeführt, neben ihre Mutter gesetzt, vor den Schreibtisch. Später hatte die Mutter neben dem Untersuchungsbett gestanden, die Oberlippe fast zur Nase hochgezogen, und hatte mit einer zornigen Bewegung den karierten blauen Rock über den Beinen des Mädchens hochgerissen, mit einer harten Bewegung, als rupfe sie die lose Haut von einem mageren Hühnerschenkel, und mit abgewandtem Blick, als enthülle sie eine große Schande – zuerst bis zu den Knien, dann vorsichtig etwas höher, bis zu den breiten Gummibändern, mit denen die schwarzen Wollstrümpfe an den mageren Oberschenkeln des Mädchens festgehalten wurden. Und schließlich zog sie mit einer einzigen Bewegung den Rock ganz hoch, entblößte die weißlichgrauen Trikotunterhosen, zwischen deren Rand und den Strümpfen ein Streifen blasser, bläulicher Haut zu sehen war.

Als das Mädchen so dalag, ohne die Schultern vorzuschieben und den Brustkorb einwärts zu ziehen, wußte Jo'ela, daß nicht einmal ein Hauch von Brüsten zu sehen sein würde. Sie blickte zur Mutter hinüber und sagte ihr, sie solle zur Seite gehen, bevor sie den Vorhang zuzog. Auf der anderen Seite des trennenden Stoffes war die schwere Silhouette deutlich zu sehen, auch die Bewegung, mit der der Kopf mit dem straff gebundenen Tuch zur Seite geneigt wurde. Kein einziges Haar lugte heraus, die Frau war kahlrasiert. Jo'ela hätte immer gerne gefragt – ohne es je zu wagen –, ob die Frauen nachts die Kopftücher abnahmen und was dann mit ihren kahlen Köpfen passierte. Sie sah eine ausgestreckte Hand vor sich, die bei der Berührung des kahlen Frauenkopfes innehielt und zurückschreckte, und schüttelte den Kopf, als könne sie so die Gedanken loswerden, die nichts mit diesem Fall zu tun hatten, romantische Vorstellungen, die nicht hierher gehörten, sondern zu etwas anderem, über das sie heute nicht nachdenken wollte. Das Mädchen machte einen tiefen Atemzug. Ihre langärmlige karierte Bluse war tief in den Rock hineingesteckt. Jo'ela würde sie bitten müssen, die Bluse auszuziehen, doch das konnte vielleicht warten. Nein, es konnte nicht warten. »Mach bitte die Bluse auf.« Das Mädchen öffnete die Augen nur halb und tastete mit der linken Hand nach den Knöpfen. Jo'ela schob das Unterhemd hinauf. Zwei zarte rosafarbene Brustwarzen, wie bei einem Baby, auf der weißen, glatten Fläche. Das war's. Keine sekundären Geschlechtsmerkmale, notierte Jo'ela. »Heb die Arme hoch«, sagte sie und warf einen Blick auf die Achselhöhlen, betastete die Drüsen.

Um die Angst des Mädchens etwas zu lindern, verlangsamte Jo'ela ihre Bewegungen, während sie überlegte, wie sie die Patientin an den Stellen untersuchen könnte, die sie selbst bestimmt nicht berührte. Eine normale vaginale Untersuchung war wohl unmöglich, nicht einmal mit einem Spatel. Sie würde alles bei einer rektalen Untersuchung ertasten müssen. Die Frage war, ob sie vorher etwas sagen sollte. Sie drehte sich um und blickte das Mädchen an. Ihre Augen, ein dunkles Himmelblau gegen ein trübes Weiß, waren auf Jo'elas Hand gerichtet, die in einen Gummihandschuh schlüpfte, auf die Cremedose, in die Jo'ela ihre Finger steckte, wandten sich dann aber schnell zur Seite, und bevor sie sich schlossen, blieben sie an dem Poster der Frau mit den entblößten Brüsten hängen, die sich vorbeugte und ihr rosafarbenes Baby anlächelte. »Als ob Frauen nach der Geburt so aussehen«, hatte einmal eine Schwangere gesagt, als sie die Beine auf dem Untersuchungsbett spreizte. »Haben Sie schon einmal eine Frau gesehen, die in so einem Gewand stillt? Wie hat sie überhaupt die Zeit, sich ein Seidenneglig anzuziehen? Außerdem sehen ihre Brüste nach ein paar Kindern auch nicht mehr so aus. Und wenn das ihre erste Geburt war ...«

»Was möchten Sie denn, daß man hier aufhängt, deutsche Expressionisten?« hatte Jo'ela damals gefragt und vorgeschlagen: »Betrachten Sie es einfach als Reklame.«

Doch wenn man das Poster mit den Augen des jungen Mädchens ansah, lag in der rosafarbenen runden Weichheit der entblößten Brust und der Hingegebenheit des kleinen nackten Körpers und der glatten Haut etwas Ungehöriges.

Der Schatten der Mutter, die sich demonstrativ hinter dem Vorhang bewegte, um zu zeigen, daß sie noch anwesend war, reizte Jo'ela ebenso, wie die weitschweifige Ausdrucksweise des Rabbiners sie gereizt hatte, der um sechs Uhr morgens angerufen hatte. »Also Sie sagen, um sieben Uhr werden Sie sie anschauen können?« Als handle es sich um eine Militäraktion, von der niemand etwas erfahren dürfe. Und dabei würden sie eine gründliche Untersuchung, um wirklich alles zu erfahren, überhaupt nicht zulassen. Die Diagnose würde die Heiratschancen der anderen Mädchen verderben. Diese hier sei die älteste von fünf Schwestern, hatte die Mutter erklärt, und zwei rote Flecken waren auf dem runden Gesicht unter der schwarzen Kopfbedeckung erschienen. Vielleicht mußte man sagen: »Das sind meine Bedingungen!«, wie Margaliot, der bis vor ein paar Jahren ein von den Rabbinern bevorzugter Arzt gewesen war, und damit riskieren, daß man die geheime Erlaubnis, diese Frauen zu behandeln, verlor. Dieses Mädchen und die Mutter, um sieben Uhr morgens – das war wie damals, als sie bei Beginn der Dämmerung nach Me'a Sche'arim gegangen war, in den zweiten Stock des heruntergekommenen Hauses, über einen schmutzigen Hof mit einem Haufen Steine in einer Ecke, einer offenen Mülltonne neben der Außentreppe, einem rostigen Eisengeländer und weit und breit keinem einzigen Strauch, nur Beton und Müll. Draußen roch es nach Staub, in der Wohnung roch es muffig. Die Tür wurde ihr von einem jungen Mann in langer Unterhose und langem Unterhemd geöffnet, dessen Schläfenlocken hüpften, als er ihr in das Zimmer vorausging. Ein einziges Bett stand in der Ecke, auf dem, ein dickes Kissen unter dem Hintern, die Frau lag, auch sie mit einem schwarzen Kopftuch und kleinen Augen, aus denen Haß funkelte. Auch sie lag starr da, ohne zu atmen, in einem langen, weiten Nachthemd unter der Decke, und als sie ihr einen Vaginalabstrich machte, stieß die Frau zwischen zusammengepreßten Lippen einen unklaren Ton der Mißbilligung aus, als sei Jo'ela Teil einer großen Verschwörung, die gegen sie im Gange war – und dazu Jo'elas deutliches Gefühl, die ganze Zeit beobachtet zu werden, wie in einem Spionageroman. Schon von dem Moment an, als sie das Auto parkte, hatte sie das Gefühl gehabt, als würde sie ständig beobachtet und jeder Schritt, den sie machte, sofort weitergemeldet. Wie jetzt, da die Mutter hinter dem Vorhang stand, schmatzende Geräusche von sich gab und ihrer Tochter, die bewegungslos auf dem Untersuchungsbett lag, irgend etwas zumurmelte.

Die dünne Papierunterlage raschelte, und die Hand des jungen Mädchens zuckte wie von einem Stromschlag getroffen. Doch ihr Gesicht blieb starr. Jo'ela, die Hand in dem eingefetteten Gummihandschuh, betrachtete die gespannten Muskeln unterhalb der Wangen, am Unterkiefer und die Haare, die straff nach hinten gekämmt und zu einem langen Zopf geflochten waren. Das Mädchen schloß die Augen. Sie glühte vor Scham. Jo'ela blickte sie an, fühlte ihre Angst und ihre Scham und empfand Mitleid. Sie schob dieses Gefühl beiseite, drehte den Kopf weg und sagte: »Bitte zieh die Unterhose aus«, in einem kühlen, bestimmten Ton, als handle es sich um etwas Alltägliches. »Und zieh die Knie an.« Sie hörte das dünne Papier rascheln, als das Mädchen die Beine anzog, und erst dann legte sie das Laken über sie. Hinter dem dünnen Vorhang stand die Mutter, bewegungslos, und murmelte unaufhörlich etwas vor sich hin, was wie Psalmen klang. Der Gedanke an ihre Augen, die ebenfalls dieses dunkle Himmelblau aufwiesen – ein See von Mißtrauen in trübem, gelblichem Weiß – und auf sie gerichtet waren, jede Bewegung ihrer Hände verfolgten, machte alles irgendwie schmutzig und gab ihr das Gefühl, etwas Voyeuristisches zu tun, etwas Aufdringliches, fast Pornographisches. Sie hätte darauf bestehen sollen, daß die Frau im Sprechzimmer wartete. Die Mutter war eine dicke, untersetzte Frau mit großen Brüsten, eingequetscht in dem dunklen Kleid. Es war heiß im Zimmer, und Jo'ela schwitzte unter dem Kittel, doch das Mädchen strömte keinerlei Geruch aus. Etwas Nichtfleischliches war an ihr, etwas Unberührbares. Ihre kleinen Hände, die sich am Rahmen des Untersuchungsbettes festklammerten, waren fast durchsichtig, fast hellblau, und dieser bläuliche Ton wiederholte sich in der Blässe ihres Gesichts, das nicht wirklich männlich war, aber auch nicht weiblich. Im nächsten Monat würde sie sechzehn werden, hatte die Mutter im Sprechzimmer verkündet, und nichts, nichts war bisher gekommen. Sie müßten wissen, ob etwas nicht in Ordnung sei, vielleicht brauchte sie eine Behandlung, wegen der Verheiratung. Und neben dieser Mutter, die etwas säuerlich roch, nach Schweiß und noch etwas anderem, mit dem schwarzen Kopftuch, das ihr Gesicht halb verdeckte, neben diesen runden, roten Wangen und dem schweren Atem stand die Angst, die nichts mit dem Wohlbefinden des Mädchens zu tun hatte, sondern mit ihrem eigenen Versagen. Gegen diese Frau war das Mädchen so blaß, als könne sie sich im nächsten Augenblick in nichts auflösen, wie ein Phantasiegebilde, das in einem Moment auf dem Untersuchungsbett liegt und im nächsten verschwunden ist. Am liebsten hätte Jo'ela angesichts dieser vollkommenen Unterwerfung, dieses geduldigen Wartens auf den Urteilsspruch, das Mädchen geschüttelt und gesagt: Wehr dich doch! Aber sie verstehen es, ihre Kinder zu erziehen, hatte ihre Mutter immer gesagt, dort wirst du nicht hören, daß die Kinder so zu ihren Eltern sprechen. Nicht einen Augenblick lang hatte das Gesicht des Mädchens, während die Mutter sprach – sie selbst gab keinen Ton von sich –, ein Zeichen von Ungeduld oder Verwirrung wegen ihrer plumpen, barschen Sprache gezeigt.

Das Mädchen hob gehorsam und ergeben mit geschlossenen Knien das Becken. Mit der einen Hand spreizte Jo'ela die Knie, die sich knochig anfühlten, und betrachtete die völlig haarlose Leistengegend und die Schamlippen, die gekerbt und glatt waren wie bei einem kleinen Kind. Das Mädchen schloß die Augen und spannte den Hals an, das Gesicht zur Decke gewandt wie ein Fallschirmspringer, der vor dem Sprung die Augen schließt und nicht erwartet, daß er wirklich durch die Luft gleiten kann. Ich tue dir nichts, wollte Jo'ela sagen, als sie diesen Gesichtsausdruck sah. »Hab keine Angst«, sagte sie plötzlich, »du wirst nichts merken.« Dabei wußte sie selbst, daß es nicht der Schmerz war, nicht das Urteil und nicht die Diagnose, die dem Mädchen angst machten. Jo'ela schrak zurück vor dem blauen Blick unter den weit aufgerissenen, dünnen Lidern, der sie plötzlich traf. Gott weiß, was für Wege die Gedanken in Köpfen wie den ihren einschlagen. »Leg dich auf die Seite, bitte«, sagte sie mit einer Härte, die ihre Abneigung gegen ein Leben verbarg, für das die untere Hälfte des Körpers nicht existiert. Vorsichtig nahm sie den beschichteten Spatel und führte ihn mit großer Zartheit in die Vagina ein. Es gab also eine Vagina. Aber sie ging nicht tiefer, sondern tastete mit einem Finger durch das Rektum nach der Gebärmutter. Und sofort hatte sie ein seltsames Gefühl, als fahre sie in einem Hohlraum herum. Nichts war dahinter. Der Finger tastete hartnäckig weiter nach dem, was eigentlich da sein müßte. Wäre er länger gewesen, hätte er immer tiefer hineintasten können. Eine Leere war da, wo etwas sein sollte und nicht da war. Nicht wie bei Männern. Anders. Es war, als dringe man in ein Grab hinter dieser durchsichtigen Haut. Der Finger suchte nach dem, was da sein mußte. Wehrte sich gegen das Nichts. Sie empfand kein Entsetzen, sondern Forscherdrang. Ein Körper ohne Gebärmutter und ohne sekundäre Geschlechtsmerkmale. Keine Behaarung. Keine Brüste. Bis nach einer Ultraschalluntersuchung ließ sich nichts mit Sicherheit sagen, und eine Untersuchung der Geschlechtschromosomen war ebenfalls erforderlich. Doch sie wußte eigentlich jetzt schon, daß nichts zu finden sein würde. Keine Eierstöcke, nichts. Abklären, erst einmal abklären, sagte sie sich, um die eigene Aufregung abzukühlen. Bei aller Achtung vor Intuitionen, hör auf, in dem Hohlraum herumzusuchen. Mit einer schnellen Bewegung, bevor ihr Widerwillen sichtbar wurde, drehte sie sich um, zu der Schublade mit den Spritzen. Ohne

Eile holte sie den Arm unter dem Stofflaken hervor, desinfizierte die Stelle und stach in die Vene.

Hinter dem Vorhang hörte die Mutter zu murmeln auf, als das Mädchen bei der Spritze einen Schrei ausstieß. Einen kleinen Schrei, das war alles. »Ich brauche nur ein bißchen Blut, zur Untersuchung«, sagte Jo'ela zu dem Mädchen und winkelte ihr den Arm ab, nachdem sie einen Wattebausch auf die Einstichstelle gedrückt hatte. Vorsichtig füllte sie das Blut in ein Reagenzglas. Sie wußte schon, daß sie sonst nichts mehr zulassen würden. Und schon jetzt lehnte sie sich gegen den wahrscheinlichen Verlauf der Dinge auf.

Dann saßen sie wieder am Schreibtisch. »Es sind weitere Untersuchungen nötig«, sagte Jo'ela vorsichtig, und dann, in autoritärem Ton, um dem erwarteten Widerstand vorzubeugen, schlug sie vor, das Mädchen stationär aufzunehmen. Die Mutter verzog den Mund, ihre Oberlippe näherte sich der Nase, und zwischen den kleinen Augen erschien eine einzige Falte, die alles Mißtrauen der Welt ausdrückte. »Man kann nichts wissen, ohne genauere Untersuchungen«, sagte Jo'ela.

»Ich muß mit meinem Mann sprechen«, sagte die Frau, als Jo'ela ein Einweisungsformular vom Block abriß.

»In welcher Krankenkasse sind Sie versichert?« fragte Jo'ela, als ginge es nur darum.

»Ich muß mit meinem Mann sprechen«, wiederholte die Frau, griff aber mit spitzen Fingern nach den Formularen, die ihr Jo'ela hinhielt.

Jo'ela wandte sich an das Mädchen. »In welcher Schule bist du?«

Das Mädchen starrte auf die Wand hinter Jo'ela. Ihr Blick war noch undurchdringlicher als vorher. Hinter Jo'elas Rücken hing ein Kalender. Das Mädchen drehte sich um und kniff die Augen zusammen, als sie die Zeichnung von Ana Tiko betrachtete, die Berge von Jerusalem, die Jo'ela vor Jahren von einer Wöchnerin geschenkt bekommen hatte.

»Beit Ja'akow«, antwortete die Mutter. »Sie lernt sehr gut.«

»Schön«, sagte Jo'ela, und ihr kam der Gedanke, ob sie nicht den praktischen Rat geben sollte: Diese Seite mehr entwickeln, denn eine andere würde es nicht geben. »Du brauchst eine Brille«, sagte sie schnell zu dem Mädchen, das wieder die Augen zusammenkniff. »Wann hat man deine Sehfähigkeit kontrolliert?«

»Sie hat eine Brille«, sagte die Mutter. »Sie benutzt sie nur nicht. Nur manchmal in der Schule.« Sie beugte sich vor über den Schreibtisch. »Sagen Sie mir, mein Mann besteht darauf, es zu erfahren: Wird sie in der Lage sein, den ehelichen Verkehr auszuüben? Das ist es, was wir abklären wollen.«

Das Mädchen blieb unbewegt, als wäre vom Tisch die Rede.

»Ich kann noch nichts sagen, ohne weitere Untersuchungen«, sagte Jo'ela in feindseligem Ton. Man mußte drängen, sie dazu zwingen, das Mädchen hierzulassen, sonst würde sie verschwinden und nie wiederkommen. Aber sie fand nicht den richtigen Ton. Der Hühnerblick der Mutter machte sie wütend. Natürlich könnte sie einfach sagen: Wenn Sie nicht wollen, dann lassen Sie es. Doch da war das Mädchen! Sie hatte den Kopf auf dem dünnen Hals gesenkt. Ihretwegen mußte man stur bleiben. Sie saß da und schwieg, während das Urteil über sie gesprochen wurde. Und ausgerechnet ihr Schweigen, ihre Ergebenheit, ihr Aufgeben reizten Jo'ela dazu, sich für sie einzusetzen, sie aus diesem Verzichten herauszuziehen. Sie empfand den Drang, sich zu wehren, zu protestieren. Am liebsten hätte sie sich hinter die gebeugten Schultern gestellt und an dem Mädchen gezogen. Aber – sie gehören zu einer anderen Welt. Es wäre schade um die Anstrengung. Und zu dem Mädchen kam man einfach nicht durch. Jo'ela blieben nur der Name auf der Patientenkartei, Henia Horowitz, und das Reagenzglas mit dem Blut, das nur die genetische Antwort geben würde. Man durfte nicht daran denken, wie es mit ihr weitergehen würde, mit ihrem Leben, ihrer Zukunft, ihrem späteren Alltag. Man durfte nicht daran denken, wie sie unter dem Schutz dieser Frauen zerbrechen würde, vertrocknen, zerfallen. Vor solchen Gedanken mußte man sich hüten, man mußte sie ignorieren wie die staunenden Fragen von Kindern über Unverständliches. Sind Läuse zu etwas gut? hatte Ja'ir gefragt, als er drei war.

»Also vielen Dank«, sagte die Mutter, erhob sich vom Stuhl und zog das Mädchen mit sich. Die Tür machten sie nicht zu. Um das Reagenzglas würde sie sich erst nachher kümmern können.

Im Flur saßen noch immer die beiden alten Frauen, in derselben Haltung. »Doktor«, sagte die ältere der beiden, die ältere Schwester, in demütigem Ton. »Vielleicht ist es möglich ... Man muß noch einmal ... Sie ...«

»Kein Problem, Sie müssen nur noch ein bißchen warten.« Jo'ela wollte schon weitereilen, da fiel ihr wieder der große Fleck auf der Stirn der älteren Schwester auf, der gesunden. Sie hatte ihn schon beim letzten Mal bemerkt, es dann aber wieder vergessen. »Was ist das?« fragte sie. »Hat das schon ein Arzt gesehen?« fragte sie, nahm das faltige Gesicht und drehte es zum Licht.

»Das habe ich schon viele Jahre«, sagte die Alte geringschätzig. Ihre kranke Schwester saß zusammengesunken da, das Gesicht mit dem leidenden und zugleich dankbaren Ausdruck erhoben.

»Aber Sie müssen das einem Arzt zeigen«, protestierte Jo'ela. »Das ist nicht gut, was Sie da haben. Wissen Sie das?«

»Ja, aber ich zeig's lieber nicht.«

»Warum nicht? Das ist nicht gut, man muß es entfernen.«

»Ja, das müßte man«, sagte die alte Frau und nahm ihr schäbiges Kopftuch ab.

Alle zwei Wochen kamen diese beiden mit dem Autobus

her. Die Gebärmuttersenkung der jüngeren Schwester ließ sich nur mit Hilfe eines Gummirings behandeln, der die Gebärmutter von unten stützte. Eine achtzigjährige Frau, die man wegen ihrer Herzanfälle nicht operieren konnte. Jedesmal klagte die ältere der beiden Frauen darüber, doch die jüngere sprach wenig und jammerte nie. Ich sollte sie sofort behandeln, dachte Jo'ela, damit sie nicht stundenlang warten muß wie beim letzten Mal.

Alle zwei Wochen sah sie dieses Gesicht vor sich, voller Dankbarkeit, wenn sie den Gummiring herausnahm, ihn desinfizierte und wieder neu einsetzte. Schon seit Wochen hatte Jo'ela mit der Älteren über den Fleck in ihrem Gesicht sprechen wollen, doch immer hatte sie die Jüngere zwischen anderen Fällen behandelt, auf dem Weg vom Kreißsaal zum Labor. Und immer wieder war sie, bevor sie sie endlich ins Behandlungszimmer bat, an ihnen vorbeigeeilt und hatte schuldbewußt ihre Schritte noch mehr beschleunigt. Die beiden bewegten sich nicht von ihren Plätzen und warteten mit einer Schicksalsergebenheit, der nicht der geringste Widerstand anzumerken war. Jedesmal hatte Jo'ela gesagt: Nur noch einen Moment, und sie dann für Stunden vergessen. Und beim nächsten Mal, auf dem Weg vom Kreißsaal zur Chefvisite oder zur Ambulanz, wenn sie die beiden alten Frauen wieder da sitzen sah, auf der Stuhlkante, als handle es sich um eine erwiesene Gnade und nicht um ihr gutes Recht, empfand sie Schuldbewußtsein und großes Mitleid. Dann zog sie die beiden hinter sich her ins Behandlungszimmer, als wäre sie extra ihretwegen jetzt gekommen. Auch diesmal mußte sie sie warten lassen, sie konnte den Weg zum Ultraschall nicht verschieben. »Es dauert noch ein kleines bißchen«, sagte sie und blickte sich um. »Vielleicht gehen Sie noch mal runter zur Cafeteria?«

»Das ist nicht nötig, wir warten hier, wir haben ...« Die jüngere der beiden Alten lächelte und raschelte mit der Plastiktüte, in die sie zwei Bananen und zwei Butterbrote gepackt hatten.

»Also bis gleich«, versprach Jo'ela.

Im hinteren Raum hatten sie schon ohne sie angefangen, obwohl sie heute Dienst hatte. Zwischen den Beinen der Kranken leuchtete die kleine runde Glatze Awitals hervor. »Haben wir nicht ausgemacht, daß ich heute dran bin?« fragte sie leichthin in den Raum, aber keiner der vier Ärzte, die auf den Bildschirm starrten, drehte sich zu ihr um.

»Man sieht nichts«, sagte die Frau, die auf dem Untersuchungsstuhl lag und einen Blick auf den Bildschirm links von ihr warf. »Es sieht aus wie ein Foto vom Mond.«

Einer der Ärzte lächelte, aber noch immer drehte sich keiner um.

»Doch«, sagte Jo'ela und trat zu dem Gerät, »man sieht alles. Schauen Sie, das ist die Gebärmutter, das sind die Eierstöcke und das die Eileiter. Und sehen Sie diese schwarzen Flecken?«

»Vergrößert mir den Ausschnitt«, sagte Awital.

»Sehen Sie diesen Streifen? Das ist die Sonde. Und diese schwarzen Flecken da? Das sind die Follikel. Die versucht er jetzt herauszuholen.« Auf dem flimmernden Bildschirm sah man, wie sich die Sonde einem Follikel näherte.

»Es tut weh«, stöhnte die Frau.

»Nicht bewegen!« rief Awital. »Nur noch ein bißchen, gleich ist es vorbei.«

Die Frau seufzte wieder. »Bewegen Sie sich nicht!« befahl Awital. »Ganz ruhig.« Und ein paar Sekunden später: »Jetzt hab ich's. Hier.« Zufrieden hielt er Jo'ela, die hinter ihm stand, das Reagenzglas hin. »Bring ihnen das«, sagte er schroff, »und komm dann zurück. Du kannst ihr die Hand halten, damit sie was zum Drücken hat, wenn es ihr weh tut. Ich hab's ihr versprochen. Und unsere Hände sind schon ganz blau.«

»Ich möchte eine Pause«, flüsterte die Frau. Auf ihrer Stirn standen Schweißtropfen, ihre Zähne klapperten. »Mir ist heiß. Ich brauche dringend eine Pause.«

»Bitte, kein Problem«, sagte Awital kühl, und seine Hand erstarrte. »Gut, machen wir eine Pause.« Groll lag in seiner Stimme.

»Nein, nehmen Sie sie raus«, verlangte die Frau.

Er erschrak. »Was, ich soll die Sonde rausnehmen? Ganz? Das geht nicht. Hier, sie hält Ihnen die Hand, wir warten auf das nächste. Drei haben wir schon.«

»Wieviel brauchen Sie noch?« fragte sie flehend.

»Noch ein paar«, antwortete Awital und ließ die Hand sinken, ohne sie anzuschauen. Und zu Jo'ela sagte er: »Und du hältst ihr die Hand, wir fangen noch mal an.«

Die Beine der Frau zitterten. Ihre verschwitzten Finger drückten Jo'elas Hand. Jo'ela blickte auf den Bildschirm und hielt den Atem an, als die Sonde wie ein Haken um die schwarzen Flecken kreiste. Ihre Hand schmerzte.

»Entschuldigung«, sagte die Frau mit einem angestrengten Lächeln. Tränen traten ihr in die Augen. Sie machte sie zu und warf den Kopf von einer Seite auf die andere.

»Schreien Sie ruhig, wenn es Ihnen weh tut«, sagte Jo'ela. »Sie müssen sich nicht beherrschen.«

»Was hilft es mir, wenn ich schreie, tut es dann weniger weh?« stöhnte die Frau. »Schreien nützt mir nichts, und es stört ihn bei der Arbeit.«

Jo'ela befreite ihre feuchte Hand aus dem Griff der Frau und streichelte sie, ohne daß die anderen es merkten, sanft am Oberschenkel. Ein feuchter Fleck erschien auf ihrem Kittel, dann war er auch schon wieder verschwunden. Plötzlich fühlte sich ihre Hand so trocken und kühl an, als berühre sie wieder die kreidige Haut des Mädchens. Die Frau klammerte sich jetzt am Stuhl fest.

Wenn man sich erst einmal daran gewöhnt hatte, wenn die

Hand von Mal zu Mal geschickter wurde, wenn der Blick sich auf den Bildschirm oder auf die Sonde konzentrierte, wenn die selbstherrliche Einmischung in den natürlichen Ablauf der Dinge auf die technischen Schwierigkeiten reduziert wurde, auf die Frage, wie lange es dauerte, bis die Sonde einen Follikel erwischte, und wieviel Eier sich erfolgreich entwickeln würden, blieb von dem ganzen Drama nur die feierliche Formulierung übrig: Befruchtung im Reagenzglas. Kein Grund, hier noch länger herumzustehen.

Bläulich lag das Baby im Inkubator und zappelte mit den Beinen. Auch die Schläuche bewegten sich. »Noch nie hat man ihn berührt, noch nie gestreichelt, und er weiß nicht, was es heißt, auf den Arm genommen zu werden«, sagte die junge Mutter und umklammerte mit ihren blassen Händen die Aufschläge ihres Morgenrocks.

Jo'ela berührte ihren Arm. »Seien Sie dankbar, daß er in Ordnung ist. Mindestens zweimal am Tag sollten Sie sich bedanken. Er hat bis jetzt gewartet, da kann er noch einen Tag länger warten.«

»Warum müssen Sie so hart sein?« fragte die Mutter plötzlich mit einem forschenden Blick.

Jo'ela erschrak. Dann fiel ihr ein, daß die Frau Psychologie studierte. Eine Zweitgebärende.

»Ich habe Sie auch während der Geburt gehört«, fuhr die andere mutig fort. »Sie sind hart, und das, obwohl Sie eine Frau sind.«

Jo'ela lächelte. »Gehen Sie doch mal zur Onkologie, da werden Sie sehen, was Härte heißt«, sagte sie schnell. »Möchten Sie, daß ich mit jeder, die hier leidet, mitweine?«

Auf der Schwesterntheke im Säuglingszimmer lagen Schokowürfel und kleine, bunte Bonbons. Gedankenlos nahm sich Jo'ela eines davon, und ebenso gedankenlos verließ sie das Säuglingszimmer. Weil sie in diesem Moment nicht an den

Kreißsälen vorbeigehen wollte, stand sie plötzlich wieder vor den beiden frommen Schwestern. Die Ältere drückte die leere Plastiktüte zusammen, die Jüngere blickte Jo'ela entgegen, mit braunen, verträumten, seltsam jungen Augen unter der faltigen Stirn und der karierten Kopfbedeckung. Elf Enkel hatte sie schon, und eine Gebärmuttersenkung. In Jo'elas Kitteltasche meldete sich der Piepser, sie blieb an der Tür zu ihrem Zimmer stehen. Mit einem Kopfnicken bedeutete sie den beiden alten Frauen, ihr zu folgen. Während sie nach dem Telefon griff, lächelte sie die ältere Schwester an und machte eine Handbewegung zu den Stühlen. Doch die beiden blieben stehen.

»Jo'ela«, sagte Hila zwischen einem Schluchzer und dem nächsten. »Den ganzen Morgen habe ich ... Jo'ela, ich bin sicher, daß es jetzt am oberen Gaumen ist, hinter den Zähnen. Ich bin ganz sicher.«

Die ältere Schwester gab der jüngeren ein Zeichen, sich zu setzen. Sie selbst blieb stehen. Jo'ela blätterte in den Papieren neben dem Telefon. »Was sollen wir tun?« fragte sie. Es war das dritte Mal an diesem Tag. In ihrem strengsten und geduldigsten Ton fuhr sie fort: »Du hast nichts, glaub mir. Es ist ein schöner Tag, es ist warm draußen, warum gehst du nicht ein bißchen aus dem Haus?«

Hila am anderen Ende weinte. »Ich weiß nicht, wohin, und ich weiß auch nicht, warum.«

»Hila, hör auf«, warnte Jo'ela. »Ich bin Ärztin, ich weiß Bescheid. Und ich sage dir, du sollst ein bißchen rausgehen.«

»Verstehst du denn nicht, oben am Gaumen, das ist nicht die Brust oder so was«, widersprach Hila.

»Gestern hast du eine Krankenschwester angerufen«, sagte Jo'ela, »gestern war es der Oberschenkel.«

»Das war nicht gestern«, protestierte Hila. »Das war vor einer Woche oder vielleicht noch länger. Und ich will lediglich von dir, daß du mir einen Termin bei einem Kieferchirurgen machst.«

»Das ist nicht nötig«, fauchte Jo'ela. »Ich sage dir, es ist nicht nötig. Du hast keinen Krebs. Nirgends. Gestern hier und heute dort. Wo wird er morgen auftauchen? Hör doch endlich auf.« Sie wurde immer ungeduldiger. »Kannst du nicht endlich damit aufhören? Ich habe hier jetzt ...«

Man konnte förmlich hören, wie Hila die Ohren spitzte. Sie hatte aufgehört zu weinen, atmete schnell und aufgeregt. »Hast du dort eine, die einen hat?« fragte sie. »Hast du eine Kranke mit ...«

»Ja«, antwortete Jo'ela, »richtig und unbehandelt.«

»Unbehandelt, das ist es. Wo?«

»Was heißt wo?«

»Wo hat sie ihn?«

Jo'ela blickte zu den alten Frauen hinüber. Die Ältere senkte die Augen und bewegte den Kopf hin und her. Sie zog die Lippen über die Zahnprothese, dann fuhr sie sich mit der Zunge durch den Mund und schmatzte leicht. Der Fleck erstreckte sich von der Stirn knapp neben der rechten Augenbraue bis fast zum Rand des schwarzen Kopftuchs. Jo'ela zweifelte nicht daran, daß es sich um ein Karzinom handelte. Zwei alte fromme Frauen mit Kopftüchern und schwarzen Strümpfen. Wie auf einem Bild von Breughel. Eine Alte, stehend, eine Alte, sitzend. »Alter« könnte man das Bild nennen oder »Zwei Schwestern« oder »Gebärmuttersenkung«. Die Jüngere lächelte sie an.

Jo'ela kämpfte mit sich, dann sagte sie in den Hörer: »Ich habe jetzt keine Zeit. Das kann alles warten, bis ich nach Hause komme.« Hila weinte. »Dusch dich, geh aus dem Haus, lies ein Buch. Geh ins Kino, zur Nachmittagsvorstellung. Wir reden später darüber.«

»Nur ein Chirurg, der ...«

»Später«, sagte Jo'ela und legte sanft den Hörer auf. »Wenn jeder beschließen würde, seinen Gefühlen freien Lauf zu lassen, wo kämen wir da hin?« murmelte sie der jüngeren

Schwester zu, die mit beiden Händen den schweren Rock hob und zu dem Untersuchungsstuhl hinüberging.

Jo'ela trat zu der Älteren, richtete die Lampe auf sie und betrachtete den Fleck. »Das muß behandelt werden«, sagte sie, zornig, um ihr Erschrecken zu verbergen. »Sie sind es nämlich, die krank ist, nicht Ihre Schwester. Warum lassen Sie das nicht behandeln?«

Als höre sie das zum ersten Mal, als habe sie nie im Leben diese Frage beantwortet, sagte die Alte gutmütig: »Das habe ich schon lange«, und lächelte sie schuldbewußt an. So hatte sie einmal ein Händler auf einem Markt in Kairo angelächelt, um sie nicht ausdrücklich abzuweisen, als sie ein Messer verlangte, das er ihr nicht verkaufen durfte.

»Aber Sie verstehen, daß es nichts Gutes ist, was Sie da haben«, drängte Jo'ela.

»Das habe ich schon lange«, entschuldigte sich die Alte.

»Sie müssen zu einem Arzt gehen«, beharrte Jo'ela, »es muß entfernt werden.«

»Aber ich habe Angst.«

»Wovor haben Sie Angst?«

Die Alte seufzte. »Nun, es ist besser, es nicht anzurühren.« Sie beugte sich vor und flüsterte: »Es könnte an eine andere Stelle gehen.«

»Was für eine Stelle meinen Sie?« fragte Jo'ela erstaunt. »Wovon sprechen Sie?«

»Hier sieht man es jedenfalls, man kennt es«, meinte die Alte. »Und wenn man es behandelt, geht es vielleicht auf die Seite oder nach hinten oder auf den Rücken.«

»Das geht nirgendwohin«, entschied Jo'ela. »Das ist Unsinn, Aberglaube, verstehen Sie?«

Die Alte nickte gehorsam. Ihre Schwester stieg auf den Untersuchungsstuhl und zog ihre lange, große Unterhose herunter, bevor sie die Beine in die Lederschlaufen legte.

Vielleicht waren es die langen schwarzen Strümpfe und der

Streifen Haut darüber, die sie an das Mädchen erinnerten, denn als sie den groben Gummiring herausnahm und in die Schale mit dem Desinfektionsmittel legte, erkundigte sie sich noch einmal nach den Autobussen, die die beiden nehmen mußten, und nach ihrem Wohnviertel. Sie versuchte, sich daran zu erinnern, welche Adresse die Mutter des Mädchens angegeben hatte. Laut sagte sie nur: »Fällt es Ihnen nicht schwer, jedesmal umzusteigen, um hierherzukommen?« Und in die ergebenen, gutmütigen Antworten hinein, in diese Sätze über Kinder, die das Haus verlassen hatten, und darüber, daß sie keine Wahl hätten, weil sie den Ring allein nicht herausnehmen konnten, ließ sie ihre Frage nach der Familie Horowitz fallen.

»Horowitz gibt es viele«, kicherte die Ältere und zählte alle Horowitz von Ewen Israel auf, Nechama Horowitz vom Lebensmittelgeschäft und die Frau des Metzgers. »Es gibt ungefähr acht Familien, die Horowitz heißen, unberufen«, schloß die Jüngere, die geduldig auf dem Untersuchungsstuhl wartete.

»Und eine Familie Horowitz mit fünf Töchtern?« erkundigte sich Jo'ela, mit dem Rücken zu ihnen, während sie den Gummiring hin und her bewegte, um den Desinfektionsprozeß zu beschleunigen.

Die beiden wechselten einige Sätze auf Jiddisch, wiederholten die Worte »mit fünf Töchtern«, und schließlich verkündete die Ältere, daß sie eine Familie Horowitz mit fünf Töchtern nicht kannten, aber sie würden sich erkundigen, wo sie wohnten.

»Fünf Töchter, die älteste ist sechzehn und lernt im Beit Ja'akow.«

»Was macht der Vater? Ist er Rabbiner? Oder Metzger?« erkundigte sich die Jüngere. Sie hätten ihr so gerne eine richtige Auskunft gegeben.

Jo'ela zuckte mit den Schultern, sie wußte es nicht. Sie

drehte den Gummiring in der Schale. »Erstaunlich, daß er hält, ein Glück«, sagte sie.

»Ein Wunder«, bestätigte die jüngere Schwester vom Untersuchungsstuhl herüber. »Ein großes Glück. Er hat mein ganzes Leben verändert. Davor konnte ich überhaupt nicht mehr laufen.«

Wieder sah Jo'ela das Gesicht des Mädchens vor sich, den verschleierten Blick hinauf zur Decke. Wie konnte sie ihnen sagen, daß es keine Gebärmutter gab? Daß einfach keine da war. Wieviel sie auch darüber hörte oder las, sie würde nie genau wissen, wie so etwas möglich war. Sie konnte die Untersuchungsergebnisse an alle möglichen Institute schikken, genetische und andere, aber sie würde nie genau wissen, wie es passiert war. Erstaunlich, daß dieser Wissensdrang nicht aufhörte. Auch wenn dieses Syndrom, nachdem alles gemessen und ausgezählt worden war, irgendeinen Namen hatte. Und warum ausgerechnet dieses eine Mädchen unter allen Mädchen der Welt? »Gottes Wege sind wunderbar«, hatte Margaliot, die Zigarette im Mundwinkel, erwartungsgemäß geantwortet, wie immer, und mit den Schultern gezuckt. In seinem gedunsenen Gesicht, das einmal so schön gewesen war, vertieften sich für einen Moment die Kerben über der Oberlippe. Hätte sie ihn nicht gekannt, hätte sie annehmen können, daß das Schicksal von Henia Horowitz seine Ruhe störe. Vielleicht war es besser, über seinen Ausspruch nicht zu lachen, denn eine andere Erklärung würde es nicht geben. Henia Horowitz würde er ihr nicht wegnehmen.

»Warum machen Sie es nicht selbst?« sagte sie plötzlich, wie vor zwei Wochen. »Nehmen Sie den Ring einmal in der Woche heraus, und setzen Sie ihn wieder ein. Schauen Sie, wie einfach das ist, man muß ihn nur einweichen. Schade um die lange Fahrt mit zwei Autobussen, hin und zurück, und das bei dieser Hitze.«

»Ich kann das nicht«, sagte die Alte kindlich verlegen.

»Mir macht es nichts aus«, beeilte sich Jo'ela schuldbewußt zu versichern. »Es tut mir nur leid für Sie beide. Kommen Sie lieber alle zwei Wochen her? Ist es Ihnen nicht zu anstrengend? Jeder könnte das machen. Nur herausnehmen, einweichen und dann wieder einsetzen.«

»Es ist schade um Ihre Zeit, Frau Doktor, bestimmt haben Sie viel zu tun«, sagte die Ältere demütig, mit gesenktem Kopf.

»Nein, es ist mir nicht schade um die Zeit, ich habe Ihnen schon gesagt, daß ich genug Zeit habe«, sagte Jo'ela ungeduldig. »Es geht mir nur um die Anstrengung. Und Ihr Herz ...« Mit der behandschuhten Hand drehte sie den Gummiring in der Desinfektionslösung hin und her. Eine braune Flüssigkeit, wie geschmolzenes Karamel.

Auf Jiddisch flüsterte die Frau auf dem Untersuchungsstuhl ihrer Schwester etwas zu. Jo'ela verstand nur die Antwort. *»Si ken nischt, si waiß nischt«*, zischte die Ältere.

Jo'ela setzte den Gummiring ein und sagte schnell: *»Schoin, ich waiß.«*

Die Frau zog sich an, während ihre Schwester in der braunen Handtasche wühlte und, wie beim letzten Mal, den kleinen, in eine Nylontüte gewickelten Geldbeutel herausholte und fragte, wieviel sie zu bezahlen hätten.

»Sie müssen gar nichts bezahlen«, sagte Jo'ela mit einer abwinkenden Handbewegung. Und wie vor zwei Wochen sagte die Alte: »Gott möge Ihnen Ihre Güte danken, wie viele Kinder haben Sie, unberufen?«

Und Jo'ela, wie vor zwei Wochen, wie vor einem Monat, seufzte und sagte: »Drei.«

»Gott sei gelobt«, sagte die Alte und blinzelte. »Sie mögen gesund sein und Ihnen Freude bereiten.«

»Gehen Sie zur Apotheke und kaufen Sie Polidin zum Desinfizieren«, sagte Jo'ela. »Hier, ich schreib's Ihnen auf. Es ist wirklich ganz leicht, Sie können es allein machen.«

Die Alte nickte gehorsam, und Jo'ela schrieb das Rezept, obwohl sie sicher war, daß es nichts nützen würde.

»Ich kann es da nicht rausnehmen, ich habe Angst«, bekannte die Ältere schon an der Tür, den Zettel in der runzligen Hand, und wieder zeigte ihr Gesicht dieses kindliche, helle Lächeln. Als sie hinausgegangen waren, schnell, leise, fast verstohlen, und die Tür hinter sich zugezogen hatten, schienen die flehende Stimme und dieses Lächeln im Zimmer zurückgeblieben zu sein. Wieviel muß man bezahlen? fragten sie immer. Wieso fühle ich mich so bedrückt? dachte Jo'ela. Das Gesicht des Mädchens schwebte wieder über dem Untersuchungsbett. Jo'ela schlug die Hände vors Gesicht.

Arnon sagte manchmal: »Das ist die schönste Abteilung in der Klinik, die einzige, in der mehr Leute hinausgehen als hereinkommen, und besonders du – wie weit du gekommen bist. Es gibt so wenig Frauen in der Chirurgie, und du bist die einzige Oberärztin der Station.«

Dagegen die Schicksalsergebenheit dieser beiden Frauen. Was war eigentlich mit ihren Männern, wer unterstützte sie? Mußten sie um das Geld für den Autobus bitten, oder konnten sie es vom Haushaltsgeld nehmen? Ja'ara fiel ihr ein, die von Zeit zu Zeit das Gesicht verzog und sagte: »Wie kannst du nur die ganze Zeit dort herumwühlen, hast du nicht die Nase voll davon?« Mindestens zwanzig Frauen hatten heute ihre Beine auf dem Untersuchungsbett gespreizt, und mindestens neun hatte sie im Kreißsaal untersucht. Da sah man nun ein junges Mädchen wie dieses, und man mußte sie wieder gehen lassen, weil man keine Chance hatte. Es war nichts zu machen, schon weil ihre Eltern nichts zulassen würden. Und was wäre, wenn sie es schaffte, das Mädchen zu Hause aufzusuchen? Man durfte sich nicht einmischen, man mußte sich hüten, als Missionar aufzutreten. Sie durfte nicht vorpreschen und der Patientin ihren Willen aufzwängen.

Wieder piepste das Gerät, und ihr fiel selbst der ungeduldige Ton ihrer Stimme auf, als sie antwortete: »Ja.« Es war ihre Tochter Ja'ara, die ins Telefon schrie: »Ich brauche zwanzig Schekel.« Alle Probleme waren zur Seite geschoben. Jo'ela lauschte der aufgeregten, nervösen, wütenden Stimme.

»Vielleicht kannst du das etwas freundlicher sagen«, meinte sie plötzlich.

Einen Moment war es still. Ja'ara lachte. Wie früher, als sie klein war und in den Hörer flüsterte: »Bringst du mir was mit?« Plötzlich sagte sie: »Gut, ich warte, bis du kommst. Wann wird das sein?« Auf einmal war es nicht mehr dringend. In anderthalb Jahren würde Ja'ara auch sechzehn sein. Sie hatte eine Gebärmutter. Und ihre Haut war im Winter rosafarben und im Sommer braun. Ein kräftiges Becken hatte sie auch. Aber das Mädchen? Was würde mit ihr an dem Tag geschehen, von dem die Mutter gesprochen hatte?

2.
In der öffentlichen Bibliothek

Das Mädchen trägt ein dunkelblaues Wollkleid, auf dessen Vorderseite, über dem Herzen, zwei rote Rosen gestickt sind. Zu dem blauen Kleid, das sie am Abend über den Stuhl neben dem Bett gehängt hat, hat ihre Mutter noch einen dünnen rosafarbenen Pullover gelegt, der an den Armen juckt. Schon den ganzen Tag lang hat das Mädchen den Geruch nach feuchter Wolle und Naphthalin in der Nase. Auch ihr schwarzer Wollmantel strömt einen leichten Naphthalingeruch aus, obwohl es jetzt schon über einen Monat her ist, daß ihre Mutter ihn aus dem Karton oben im Kleiderschrank herausgeholt hat. Vor zwei Monaten ist sie acht geworden, und sie geht schon alleine in die Bücherei, die nach Chaim Nachman Bialik benannt ist.

Um fünf Uhr wird es langsam dunkel, und über der steilen Straße, die hinunter zum Platz führt, an dem die öffentliche Bücherei liegt, steigt Nebel auf. Wie Rauch wirbeln gelbe Lichtwolken aus den Straßenlaternen.

Bliebe sie stehen und machte die Gläser ihrer Brille mit dem rauhen, kratzigen Stoff ihres blauen Kleides sauber, setzte sie dann das Gestell auf und drückte es tiefer, näher an das Unterlid, so würde das Licht der Straßenlaternen schärfer, und eine klare Grenze würde Licht und Dunkelheit trennen. Aber sie will nicht auf den Zauber der Rauchflecken verzichten, die sich plötzlich an einem unbestimmten Ort mit dem Nebel mischen, sie will sich diese angenehme Verwirrung bewahren, die von diesen verschwimmenden Grenzen zwischen Licht und Dunkelheit herrühren.

Erst im letzten Sommer, kurz vor Schuljahresende, als die Krankenschwester der Schule bei allen Kindern der zweiten Klasse die Augen kontrollierte, hat sich herausgestellt, daß sie eine Brille braucht. Sie leide nicht nur an starker Kurzsichtigkeit, erklärte Doktor Kaplan, ihr Hausarzt in der Niederlassung der Krankenkasse in der Modi'instraße, das runde Mondgesicht über den Zettel gebeugt, den ihr die Schwester der Schule in die Hand gedrückt hat, sondern auch an starkem Astigmatismus. Ihre Mutter trägt eine Brille, und diese Worte, Kurzsichtigkeit und Astigmatismus, hat das Mädchen schon gehört, als ihre Mutter sich bei Frau Nissan entschuldigte, weil sie sie nicht gegrüßt hatte: sie habe sie nicht gesehen.

Schon oft hat ihre Mutter, wenn es im Kinosaal dunkel wurde, ihre Brille aus der schwarzen Krokodilledertasche geholt und das schwarze Gestell aufgeklappt. Einmal, in der Pause, als das Licht anging und sie die Brille noch nicht abgesetzt hatte, hat das Mädchen die Mutter angeschaut und war erschrocken, wie klein deren blaue Augen geworden waren und wie sie hinter den dicken Gläsern ihren alles sehenden Ausdruck verloren hatten. Sie war erleichtert, als ihre Mutter die Brille in das harte Plastiketui zurücksteckte und ihre Augen wieder so nackt waren wie sonst auch. Zwei Schuljahre hat das Mädchen hinter sich gebracht, ohne zu wissen, daß sie schlecht sah. Bis dahin hat sie geglaubt, das verschwommene Bild der Buchstaben an der Tafel, die weichen, unklaren Konturen ferner Gesichter und der Nebel über der ganzen Welt, auf allen Dingen und Landschaften, wäre das, was alle sehen. Sie hat geglaubt, daß nichts mit scharfen, klaren Konturen aufhört, sondern immer eins ins andere übergeht. Als habe kein Gegenstand je ein Ende, sondern verschmelze mit dem Anfang des anderen. Wenn sie im vierten Stock auf dem Balkon stand, an das Eisengitter gelehnt, das das steinerne Geländer erhöhte, waren die Dächer der Häuser weich und verschwommen, und sogar das Lebensmittelgeschäft von Kenrik sah aus – vor der Brille – wie eine Hütte im Wald. Und das kleine Haus der frommen Familie auf der anderen Straßenseite, hinter dem sich ein dorniges Feld mit einigen verstreuten Zitronen- und Orangenbäumen erstreckte – dieses Haus mit seinem Ziegeldach, aus dem manchmal Tauben herausflogen, und mit den krummen, grauen Fensterläden, das hartnäckig an der lauten Straßenkreuzung übriggeblieben war –, sah von der Höhe des Balkons aus wie die alte Hütte der Fischersfrau. Erst nachdem das Mädchen die Brille bekommen hatte, bemerkte sie die Kipa auf dem Kopf des Jungen und auch auf dem Kopf seines Vaters, und die beiden wirkten schon nicht mehr wie aus einem Märchenbuch, sondern sahen aus wie auf einem Bild im Lesebuch der zweiten Klasse. Und die Frau, die aus der braunen Tür in den verwahrlosten Hof trat, mit einer Blechwanne voll nasser Wäsche, die sie an der Leine zwischen zwei krummen Pfosten aufhängte, sah plötzlich jung und farbig aus. Es war, als hätte die Brille auch die Farben stärker gemacht. Was vorher ausgesehen hatte wie weiße Haarflocken, die unter dem Kopftuch herauslugten, stellte sich nun als Spitzenrand heraus.

Bis zu dem Augentest hatte sie oft genug den besorgten Blick ihrer Eltern bemerkt, wenn sie die Augen zusammenkniff, um schärfer zu sehen. Sie hatte in ihren Gesichtern einen ängstlichen Verdacht gesehen, den Verdacht von Leuten, die nicht auf die einfachste Lösung kamen. Sie selbst hatte überhaupt nicht bemerkt, daß sie eine Falte zwischen den Augen bekam und die Lider zusammenkniff. Nach der Untersuchung zeigten sich die Eltern erleichtert darüber, daß ihr konzentriertes Schauen keineswegs ein weiterer Beweis dafür war, wie schwierig dieses Kind war, sondern lediglich ein – wenn auch vergeblicher – Versuch, besser zu sehen. Bei solchen Sehwerten, sagte der Augenarzt, handelt es sich nicht um eine plötzlich aufgetretene Schwäche, die gerade angefangen hat, das Mädchen sieht schon lange kaum etwas. Ihr ging das Herz auf. Und sie war stolz, als sie den vorwurfsvollen Unterton in der Stimme des Arztes wahrnahm.

Das nackte Gesicht der Mutter, auf dem Angst und Schuldgefühle zu sehen waren, gefiel ihr. Plötzlich war alles anders, für einen Moment war sie diesem blauen, alles sehenden Blick nicht hilflos ausgeliefert, mußte sie nicht, um ihm auszuweichen, lesen oder sich schlafend stellen. Selbst dann, wenn sie hörte, wie die Schritte zu ihrem Bett kamen und innehielten, hatte sie oft genug das Gefühl, der Blick dringe durch sie hindurch. Wenn sie sich schlafend stellte, preßte sie die Augen mit aller Kraft zu, und wenn die Mutter das Zimmer dann verließ, lag sie in der Dunkelheit, und hinter ihren Lidern tanzten rote Flecken. Nur wenn sie las, mit angezogenen Beinen und spitzen, vorstehenden Knien, das Buch auf dem Schoß, den Kopf darüber geneigt, ließen die allwissenden Augen der Mutter sie in Ruhe. Diese Augen, die immer alles sahen. Zum Beispiel den lilaschwarzen Fleck auf der weißen Bluse, einen Fleck, der nie rausgehen würde, weil Erdbeersaft, ebenso wie der Saft von Wassermelonen, nie auszuwaschen war, oder die Sicherheitsnadel, die das Mädchen mit viel Mühe in den Gummizug der blauen Turnhose gesteckt hatte: sie trug sie unter dem kurzen Kleid, das ebenfalls aus einem Paket aus Amerika stammte und das sie immer anzog, wenn der rosafarbene Matrosenanzug gewaschen werden mußte; den liebte sie besonders, weil seine Hose mit einem festen Bündchen unter dem Knie aufhörte und wegen des breiten, weißen Kragens. Und siehe da – diese Augen hatten nichts von ihrer Kurzsichtigkeit bemerkt, und dann, beim Augenarzt, spiegelte sich Reue in ihnen.

Auf dem Weg zur öffentlichen Bücherei, mit der Brille mit dem runden, schmutziggelben Gestell und den dicken Gläsern, ist er wieder da, dieser Anblick der verschwimmenden Konturen im Licht der Straßenlaternen, und auch mit Brille muß sie sich bücken, um sicher zu wissen, daß das, was sich fast am Randstein zwischen den Steinen verbirgt und wie ein silberner Ring aussieht, nichts anderes ist als ein Kronenkorken.

Sie ist bei zwei Bibliotheken angemeldet worden. Jeden Tag nach der Schule geht sie zwischen den beiden hin und her. An diesem Tag hat sie schon auf dem Heimweg mit *Der fünfunddreißigste Mai* angefangen, das ihr Josef, der Bibliothekar, mittags gegeben hat, und schon um drei hat sie kein Buch mehr gehabt. Als er ihr *Der fünfunddreißigste Mai* hingehalten hat, hat sie nicht gesagt: Das habe ich schon gelesen, denn sie mag dieses Buch, und es machte ihr nichts aus, es noch einmal zu lesen. Weil sie wußte, daß sie, nachdem sie es ausgelesen hätte, nichts anderes mehr haben würde, versuchte sie, die Zeit zwischen den einzelnen Wörtern auszudehnen. Sie ließ sich in das Buch hineinziehen und wußte trotzdem schon, daß sie gegen Abend wieder vor der hohen Theke stehen würde, hinter der Josef, der Bibliothekar, immer sitzt, unter dem großen Foto von Chaim Nachman Bialik, der mit geschlossenen Lippen lächelt. Josef, der Bibliothekar, trägt immer ein weißes Hemd. Im Sommer ist es kurzärmlig, und im Winter blitzen die langen Ärmel unter einem blauen Pullover heraus, zugeknöpft bis auf den letzten Knopf am Hals. Dort rollt sich der Kragen und verbirgt seinen hervorstehenden Adamsapfel, betont aber die krankhafte Blässe seines Gesichts.

Unterwegs zur Bücherei muß das Mädchen das Buch schnell noch einmal durchblättern, um sich auf die Fragen vorzubereiten, die Josef stellen wird. Den Bibliothekar umgibt immer ein säuerlicher Geruch, der den berauschenden Duft nach Papier, nach geklebten Einbänden und dem Staub alter

Bücher zerstört. Hast du es gelesen? wird er zweifelnd und tadelnd fragen. Jedesmal, wenn sie ihn um ein dickes Buch bittet, gibt er ihr ein dünnes. Nie erlaubt er ihr, selbst zu den Regalen zu gehen, er ist es, der die Bücher auswählt. Sie wagt es nie, etwas zu sagen, wenn er ihr ein Buch hinhält, das sie schon kennt, denn sie weiß, daß sich seine dicken Lippen, die immer trocken und verzerrt sind, zu einer Rüge öffnen würden, und sein Finger würde auf die Warteschlange hinter ihr deuten. Wenn sie am selben Tag wiederkommt, um das dünne Buch gegen ein anderes einzutauschen, betrachtet er sie mit gesenktem Kopf und fragt sie, was denn drin stehe. Wenn das Buch dick ist, fragt er am nächsten Tag nach den Namen der Hauptfiguren. Sie hat das deutliche Gefühl, daß ihr Unrecht angetan wird, aber sie kennt schon den Preis des Widerstands, und dieses Wissen lähmt sie. Würde sie ihm eine freche Antwort geben, bekäme sie kein Buch.

Frau Desirée aus der privaten Leihbücherei neben ihrem Haus stellt ihr keine prüfenden Fragen und läßt sie manchmal das Buch sogar selbst aussuchen, aber nie gibt sie ihr an einem Tag ein zweites Buch. Und außerdem ist sie nicht besonders nett, vielleicht sogar verrückt. Man muß immer einige Male klingeln und klopfen, bis sie schimpfend die Tür aufmacht, und ihre Stimme klingt wütend, wenn sie das Mädchen in schlechtem Hebräisch anspricht. Wie bei Josef, dem Bibliothekar, zeigt sich in ihren Mundwinkeln weißlicher Schaum, wenn sie spricht, wobei sie ständig irgendwelche Wörter in einer fremden Sprache vor sich hin murmelt. Sie trägt meist ein geblümtes weites Kleid, das über dem dicken Bauch abgewetzt ist, und unter ihren weißen Löckchen flitzen kleine, mißtrauische Augen hinter dicken Brillengläsern hin und her. Die Gläser sind noch dicker als die des Mädchens. Obwohl das Mädchen schon seit über einem Jahr jeden Tag auf der Schwelle steht, verhält sich Frau Desirée immer so, als hätte sie sie nie gesehen, lächelt sie nie an und ermutigt sie nicht, wenn sie, manchmal, zu sagen wagt, das Buch sei besonders schön gewesen.

Ihre große Schüchternheit verdeckt das, was alle – auch ihre Lehrerin und ihre Eltern – für freche Aufsässigkeit halten. Ihre Furchtsamkeit und ihr weiches Herz liefern sie ihnen immer wieder aus, so daß sie mit ihr tun können, was sie wollen, und dieses Bewußtsein macht sie schon im voraus zornig. Mit allen Kräften versucht sie, sie zu hassen und zu verachten und sich selbst einzuschärfen, nichts von ihnen zu erwarten. Aber manchmal kann sie sich nicht beherrschen und sagt in einer Art gefühlvollem Ausbruch, wie schön das Buch war. Dann hängt alles davon ab, was sie sagen. Würden sie sie, vielleicht sogar in warmem Ton, etwas fragen, spräche sie vielleicht sogar gern, doch es stellt sich immer wieder heraus, daß es keinen Sinn hat. Jedesmal, wenn sie ihre Vorsicht vergißt, wird sie von der kühlen Reaktion getroffen und schlägt sich tagelang mit dem Gefühl der Scham herum, was ihr dann wiederum zeigt, wie gut es ist, sich zu verstellen und zu beherrschen. Manchmal sagt sie etwas, um Frau Desirée zu gefallen, um den Rahmen der Anonymität zu sprengen, um nicht irgendein Kind zu sein, das gekommen ist, um sich ein Buch auszuleihen, manchmal hofft sie, daß Frau Desirée sie vielleicht nicht mehr so tadelnd anschaut, daß sie lächelt und aufhört, so zu tun, als sei sie nur eine von Dutzenden von Kindern und Erwachsenen, die jeden Tag kommen, daß sie endlich in den geheimen, intimen Bund aufgenommen wird, der, wie sie auf eine unbewußte Art bereits spürt, der große Lohn derer ist, die Bücher lieben. Doch der Gesichtsausdruck Frau Desirées ändert sich auch nicht, wenn das Mädchen sagt, das Buch sei besonders schön gewesen, es kommt ihr sogar vor, als würde sie um so demonstrativer ignoriert, je größer ihre eigene Aufregung ist und je mehr sie ihre Vorsicht vergißt. Und wenn sie ihre Vorsicht vergißt und zu fragen wagt, ob es noch ein anderes solches Buch gebe, dreht ihr Frau Desirée bestimmt den breiten Rücken zu und läßt den Blick über die Bücherregale gleiten, die das Zimmer füllen, bis sie dann wortlos und mit einer schnellen Bewegung, wie in der Absicht, sie das Schweigen zu lehren, ein anderes Buch herauszieht, ein beliebiges, und es ihr mit zornigem Fauchen reicht.

Bei Josef lohnt sich die Mühe nicht. Auch ihm ist nie anzumerken, daß er sie erkennt. Jedesmal hält er die Prüfung ab, von der man hätte denken können, sie sei ein Hinweis auf eine persönliche Beziehung, aber die mürrische, verschlafene Art, in der er seine Fragen vorbringt, und die Gleichgültigkeit, mit der er sich die richtigen Antworten anhört, zeigen ihr, daß sie besser gleich aufgibt. Die Tatsache, daß sie seine Fragen immer beantworten kann, hält ihn nicht davon ab, sie stets aufs neue zu prüfen. Auch er, der ein korrektes Hebräisch spricht, nennt sie nie beim Namen, er begrüßt sie auch nicht, als stünde sie nicht oft genug sogar zweimal am Tag vor ihm. Und dabei weiß sie schon lange, daß nicht alle Kinder so lesen wie sie. Sie möchte ihn daran erinnern, daß es sich für ihn lohnt, freundlich zu ihr zu sein, denn sie ist ein Mädchen, das viel liest. Sie ist, wie ihre Lehrerin Siwa bei der Elternversammlung zu ihrer Mutter gesagt hat, etwas Besonderes und hat Phantasie. (Obwohl ihre Mutter an jenem Abend, als sie von der Elternversammlung zurückgekommen war, den Ausspruch der Lehrerin irgendwie mißtrauisch wiedergegeben hatte, als habe er nur den Zweck, sie, die Mutter, zu beruhigen und wegen der fleckigen Hefte und der herausgerissenen Blätter zu trösten, wegen des schlechten Geruchs, der von ihren Turnhosen aufstieg, die sie starrsinnig unter dem weißen Kleid trug, wegen Zofia Schemeschs Brille, die sie zerbrochen hatte, und wegen ihrer Knie, die während der Chanukkafeier der Schüler grau und schmutzig unter dem roten Samtrock hervorgeschaut hatten, als sie auf der grob aus braunen Brettern gezimmerten Bühne gestanden und, als körperliche Schwerarbeit, vor allen Kindern die Geschichte der Makkabäer vorgelesen hatte.)

Sie hätte Josef, dem Bibliothekar, gern gesagt, daß sie seine Grausamkeit spürt, die hinter seiner wohlüberlegten Kälte liegt, eine Grausamkeit, deren man Frau Desirée nicht beschuldigen kann. Ihre geschärften Sinne, mit deren Hilfe sie den wechselnden Ausdruck der alles sehenden blauen Augen einzuordnen gelernt hat, sagen ihr, daß Frau Desirée nicht aus eigenem Willen zornig ist, sondern daß der Zorn schon vorher in ihr war, daß er nichts Persönliches bedeutet und nichts mit dem zu tun hat, was sie sagt oder tut. Sie spürt, daß Frau Desirée selbst ihr befremdliches Verhalten nicht genießt und es überhaupt nicht wahrnimmt, sondern daß es an ihrem gestammelten Hebräisch liegt, an ihrer Zerstreutheit und an der Angst, die ihren Augen anzusehen ist, Augen, die nach links und nach rechts rollen wie die braunen Kugeln auf der Rechenmaschine, die ihr der Vater vor längerer Zeit einmal mitgebracht hat. Manchmal ist sie traurig, weil eigentlich ein Bündnis zwischen ihnen hätte bestehen müssen, das Bündnis von Menschen, die wissen, was sich zwischen Buchdeckeln verbirgt. Doch sie sagt nie etwas, vor allem nicht zu Josef, dem Bibliothekar. Normalerweise senkt sie die Augen, wenn er zu sprechen beginnt, und dort, wo die Oberlippe und die Unterlippe zusammenstoßen, der weißliche Schaum in seinen Mundwinkeln erscheint. Sie spürt, daß nichts, was sie sagen könnte, seine Beziehung zu ihr ändern würde, weil nämlich etwas an ihr ihm verrät, daß sie kein gutes Mädchen ist, und weil Josef einmal gesagt hat, ihre Liebe zum Lesen sei nichts als Verstellung, mit deren Hilfe sie etwas anderes erreichen wolle. Hätte er ihr erklärt, wessen er sie eigentlich verdächtigt, hätte sie auch gewußt, was es ist, das sie auch in ihren eigenen Augen so zweifelhaft erscheinen läßt. Aber die Entschiedenheit, mit der er vom ersten Tag an ein Buch auf die Holztheke gelegt und ihre Lesernummer aufgeschrieben hat, ohne den Blick zu heben, die Zerstreutheit, mit der er ihr das Buch hinhält, nachdem er näselnd ihren Namen gemurmelt hat, hält sie davon ab, irgend etwas zu sagen.

Wie ist es möglich, daß so unangenehme Menschen – eigentlich Feinde – über so wichtige und wunderbare Schätze herrschen? Wer hat entschieden, daß ausgerechnet Josef Bibliothekar sein soll und daß eine Frau wie Frau Desirée, zu der es überhaupt nicht paßt, in ihrem Privathaus eine Leihbücherei eröffnet, sorgfältig zerrissene Seiten wieder zusammenklebt und sich die Mühe macht, Bücher, in die braune Kartontaschen geklebt sind, die sie selbst geschnitten hatte, in braunes Papier einzuwickeln? Frau Desirée ist vermutlich eine kinderlose Frau, denn sie lebt allein in ihrer Wohnung voller Bücher und kommt immer hinter dem Vorhang hervor, der den Rest der Wohnung von dem Zimmer mit den Büchern trennt. Um diese Gedanken beiseite zu schieben, ist es besser, an den letzten fehlenden Band von *Die Kinder des Kapitän Grant* zu denken, den Frau Desirée zu besorgen versprochen hat, aber immer wieder vergißt, an die letzten zerrissenen Seiten von *Old Shatterhand*, und man muß sich bemühen, an ihr zitterndes Kinn zu denken, an die Haare, die aus der Warze wachsen, denn eine Frau, die einem vorenthält, was man will, und wenn sie es einem doch gibt, dann immer widerwillig, verdient kein Mitleid.

Manchmal kommt ihr der Gedanke, daß sie eines Tages alle Bücher von Frau Desirée ausgelesen haben wird und ihr dann nur noch Josef bleibt, der Bibliothekar.

Es ist Dienstag. Dienstags ist die Bücherei Desirée ab fünf Uhr geschlossen, und dienstags gehen ihre Eltern immer in die zweite Vorstellung des Kinos Ordea. Ihr Vater hat ihr schon im voraus gesagt, daß sie pünktlich nach Hause kommen müsse, ohne Tricks und ohne Ausreden, damit sie genügend Zeit haben, sie und ihren kleinen Bruder ins Bett zu bringen, auf den sie an den Abenden, an denen ihre Eltern ausgehen, aufpassen muß. Solche Abende versprechen immer ein großes Glück. Sie wird allein sein, ohne den blauen Blick der Mutter, sie kann in den Kleiderschränken herumwühlen, die Fuchsschwänze streicheln, die in ein weißes Stoffsäckchen eingepackt sind und nach Naphthalin riechen, zugleich aber auch nach einem süßen Blumenparfüm, sie kann die Perlenkette anlegen, die blaue Kette und die Margaritenohrringe, sie kann die Schuhe mit den hohen Absätzen aus der unteren Schublade anprobieren und in der roten Dose mit dem Bild der Japanerin in einem Kimono und mit einem Fächer in der Hand wie *Nuriko San* in den geheimen Papieren herumwühlen, auf denen in dicken, schwarzen Buchstaben wichtige Wörter wie »Zeugnis« und »Berechtigung« stehen, und sie wird tatsächlich bis spät in die Nacht lesen können, ohne darum kämpfen zu müssen, so lange, bis sie das Geräusch des Schlüssels an der Tür hören, schnell die Nachttischlampe ausmachen und sich schlafend stellen wird. Jedesmal vergißt sie, daß im Haus, sobald die Eltern weggegangen sind – beide gut riechend, die Wangen des Vaters ganz glatt, wenn er sich über sie beugt und ihre Wange berührt –, nur eine erschreckende Leere zurückbleibt. Sie tut dann, was ihre Eltern vorher getan haben. Sie beugt sich über das Gitterbettchen ihres kleinen Bruders, berührt seine Ärmchen und schnuppert geräuschvoll an ihm, wie ihr Vater es getan hat, als er in der Küche am Nacken ihrer Mutter gerochen hat, und bekommt fast Tränen in die Augen, wenn sie an ihre Verlassenheit denkt, an die große Verantwortung, die ihre Eltern auf ihre schmalen Schultern gelegt haben, nämlich die Unversehrtheit und Süße in den runden Bäckchen des Babys, das sie noch nicht einmal füttern kann, zu bewachen. In solchen Momenten quält sie dann sogar die Sehnsucht nach dem blauen Blick, der alles sieht und nie nachgibt. Viele Male ist sie wach geblieben, bis ihre Eltern zurückkamen, doch immer hat sie sich schlafend gestellt. Wenn das Baby aufwachte und weinte, nahm sie es auf den Arm und wiegte es hin und her, überwältigt von der Angst, es würde nicht aufhören, und manchmal weinte sie selbst, weil sie es nicht schaffte, den Kleinen zu beruhigen. Wenn er aber durchschlief, weckte sie ihn mit Zwicken und Schütteln, damit sie ihn neben sich ins Bett legen konnte. Einmal war er von ihrem Bett auf den Teppich gerollt und hatte dort weitergeschlafen, bis ihre Eltern zurückgekommen waren.

Wenn sie rennt, kann sie den Weg von zu Hause zur Bücherei in einigen Minuten zurücklegen, denn die Straße ist abschüssig und endet direkt an dem Platz, auf dessen einer Seite sich das Kino befindet und auf der anderen die öffentliche Bücherei, die den Namen Chaim Nachman Bialiks trägt, dessen *Es wird kommen der Tag* sie auswendig kann, so wie sie das Bild seines runden lächelnden Gesichts kennt, das über dem grauen Kopf Josefs, des Bibliothekars, hängt. Aus irgendwelchen Gründen hat ihr das Lächeln nie gefallen, vielleicht weil Josef unter ihm niemals lächelt, aber die Geschichten von *Es wird kommen der Tag* liebt sie sehr. Heute hat sie den ersten Aufsatz ihres Lebens schreiben müssen, über Bachstelzen, und auf dem ganzen Weg zur Bücherei meint sie das Wort »Aufsatz« zu hören, drohend und mit dem Hinweis auf verwirrende Unwissenheit. Noch nie hat sie Bachstelzen gesehen, nur gemalte. Als die Naturkundelehrerin auf den Vogel gedeutet hat, der neben dem großen Platz aufflog, hat sie begeistert mit dem Kopf genickt und getan, als hätte sie ihn gesehen. Die Naturkundelehrerin hatte so ein fröhliches Glitzern in den Augen, ein Grün über dem Braun, aber nur die anderen Kinder hatten den Vogel wirklich gesehen.

Wenn man rennt, hüpft die Brille, die Zöpfe schlagen gegen den Rücken, und der schwarze Wollmantel wird schwerer, und wenn es dann noch so heftig regnet wie jetzt, wird der Geruch nach nasser Wolle stärker als der Naphthalingeruch. Wegen des Aufsatzes über Bachstelzen, wegen der beginnenden Dunkelheit und auch, um mehr Zeit zum Lesen zu haben, rennt sie den ganzen Weg hinunter, auf der Straßenseite, wo keine Geschäfte sind. Sonst geht sie oft auf der gegenüberliegenden Seite und guckt sich die Schaufenster an, vor allem das der Parfümerie Tausig. Dort hängt ein großes Foto, das Gesicht einer Frau unter einem weißen Turban. Ihre rosafarbenen, feuchten Lippen sind leicht geöffnet, und vor dem Foto stehen ganze Reihen vergoldeter Lippenstifte und eine Tafel, auf die glatte, lackierte Fingernägel geklebt sind, dazu viele Fläschchen Nagellack in allen möglichen Abstufungen von Rosa und Rot und sogar in Silber, und aus einer großen, wie eine dicke Orange geformten Flasche hängt ein Gummiball heraus. Auf der Straßenseite ohne Geschäfte kommt sie an einem kleinen Feld voller Beete vorbei, wo sie Unterricht in Landwirtschaft bekommen haben, und jedesmal, wenn sie hier vorbeigeht, schaut sie über den Stacheldrahtzaun und seufzt bei dem Gedanken an die Stunden, die sie gehaßt hat, auch weil sie schon im voraus wußte, daß das, was sie sät, nicht aufgehen wird. Soweit sie sich erinnert, hat sie ihre ganze Zeit damit zugebracht, Steine zu entfernen, den Boden umzugraben und in der Sonne Unkraut zu jäten, denn es kam nie soweit, daß sie grüne Zwiebeln säten, von denen die Kinder behaupteten, die Großen, die Schüler der achten Klasse, dürften sie dann ernten.

Die große hölzerne Eingangstür knarrt. Im Treppenhaus der Bibliothek Bialik brennt schon Licht, und sie hüpft rasch die glatten Stufen hinauf, obwohl sie weiß, daß es wegen des Regens und der Dunkelheit keine lange Warteschlange geben wird. Ihr kommt es vor, als blicke Josef sie noch mißtrauischer an als sonst, und mit Abscheu sagt er, zweimal an einem Tag sei ausgeschlossen. Der Weg, den sie gerannt ist, und das Wissen, daß zweimal am Tag sehr wohl geht, wenn man es nur will, macht sie noch zorniger als sonst, und sie nimmt sich vor, ihm diesmal alles zu sagen, was sie auf dem Herzen hat, doch vorerst, zur Sicherheit und wegen der wenigen Köpfe, die über die braunen Holztische im Lesesaal gebeugt sind, lauscht sie seinen schweren, hastigen Atemzügen und seinen bekannten genäselten Worten und wirft ihm nur einen Blick zu, in den sie all ihre Gefühle wegen seines ungerechten und verächtlichen Verhaltens ihr gegenüber zu legen versucht. Sie hofft, ihn allein durch die Kraft ihrer Augen vielleicht dazu zu bringen, daß er ihr ein Buch gibt, obwohl, wie sie fürchtet, die Kraft des wortlosen Verständigens durch die Brille geschwächt wird, und deshalb zählt sie auch innerlich – wie sie es von ihrer Lehrerin gelernt hat – bis fünfzig. In dieser Zeit verschwindet die Kraft aus ihrem Blick und verwandelt sich in Flehen, sie spürt es genau, und schließlich flüstert sie auch noch verzweifelt: Aber ich habe das Buch fertig, und ich habe nichts mehr zu lesen, und die andere Bücherei hat zu.

Josef blickt sie mit schiefen Lippen und gesenktem Kopf an, wirft einen Blick auf seine Uhr, verzichtet auf die Prüfung und reicht ihr mit einem Seufzer das Buch, das neben ihm auf der Theke liegt. Die Druckbuchstaben auf der ersten Seite sind breit und dunkel. Damals wußte sie noch nicht, daß ein Apostroph über einem Buchstaben bedeutet, daß man ihn anders ausspricht, deshalb las sie als Titel »Bug Jeragel«*. Sie blättert schnell die Seiten durch, um sicherzugehen, daß kein Platz mit Zeichnungen vergeudet ist, und atmet erleichtert auf, als sie nur zwei Illustrationen entdeckt. Der rote Einband zeigt ihr sofort, daß das Buch neu ist und Josef noch keine Zeit gehabt hat, es in das graubraune Packpapier einzubinden. Bei Frau Desirée sind die Bücher manchmal in dünnes braunes Papier eingebunden, und wenn man die Ränder anhebt und darunterschielt, kann man den ursprünglichen Einband erkennen, aber in der Bibliothek Bialik ist das ausgeschlossen, weil Josef sofort einen neuen, festen Einband daraufklebt, angeblich, um das Buch zu schützen. Aber sie weiß, daß er es deshalb tut, damit die Kinder nicht das Bild auf dem Einband sehen und das Buch danach aussuchen.

* *Bug-Jargal,* der erste Roman von Victor Hugo über einen Sklavenaufstand in Santo Domingo.

In der Halle steckt sie das Buch unter ihren Mantel und nimmt sich fest vor, nicht vor dem Abend mit dem Lesen anzufangen, doch kaum hat sie die Halle verlassen und ist durch die weißen Holztüren gegangen, kann sie sich schon nicht mehr beherrschen und schlägt die erste Seite auf. Ihre Füße ertasten die bekannten Winkel und Biegungen der Treppe, und nur wenn eine Treppe aufhört und die andere beginnt, muß sie aufpassen. Als Kapitän Léopold d'Auverne seine Gäste anblickt und bekennt, er wisse kein Ereignis aus seinem Leben, das es wert wäre, anderen erzählt zu werden, weiß sie sofort, daß er etwas sehr Wichtiges zu erzählen hat. Man muß ihn nur überreden, daß er es tut. Wie ist das möglich, Kapitän? fragt der Offizier Henrie. Wie viele Seiten wird es dauern, bis sie ihn überredet haben, und welche Geschichte wird er erzählen, dieser Kapitän Léopold d'Auverne? Und was bedeutet der Strich auf der Tür?

Sie geht ganz nahe am Steingeländer und hebt den Blick nicht. Sehr langsam steigt sie die Treppe hinunter und wäre fast mit dem Mann zusammengestoßen, der ihr entgegenkommt. In den Jahren danach versucht sie, sich zu erinnern, wie er ausgesehen hat, was für ein Gesicht er gehabt hat, aber die Erinnerung verschwimmt, und zurück bleibt nur eine großgewachsene Gestalt, ein Mann ohne Gesicht, von dem sie später glaubt, er habe einen langen, dunklen Mantel getragen, obwohl sie nie ganz sicher ist, ob das stimmt oder ob sie sich den Mantel nur eingebildet hat. Als sie vor ihm steht, lächelt er sie an und sagt – noch jahrelang erinnert sie sich an die Worte, allerdings nicht mehr an den Klang seiner Stimme: Muß man jetzt schon lesen? Kann man nicht warten, bis man zu Hause ist?

Das Mädchen lächelt verwirrt, als habe man sie bei etwas Schlimmem ertappt. Das ist nicht ... das ist nur ..., stottert sie aufgeregt. Nur selten wird sie von Erwachsenen angesprochen, die sich, ohne prüfendes Mißtrauen, für das interessieren, was sie tut.

Was ist das für ein Buch? will der Mann wissen.

Sie stehen mitten auf der Treppe zum ersten Stock. Das Mädchen lehnt sich an das steinerne Geländer, der Mann ist stehengeblieben. In diesem Moment versteht sie noch nicht, daß er ihr den Weg versperrt, sie meint, er sei einfach stehengeblieben, um mit ihr zu sprechen. Ihre eine Hand liegt auf der Marmorplatte oben auf dem Geländer, mit der zweiten hält sie das Buch umklammert.

Es heißt »Bug Jeragel«, sagt sie verlegen und ernst, denn ihr ist klar, daß vor ihr ein Mann steht, der Bücher liebt, doch sie hat auch Angst, er könne glauben, daß sie sich nur verstelle, deshalb erklärt sie schnell, sie habe es gerade erst bekommen und könne deshalb noch nicht sagen, was drinstehe. Er hat es mir jetzt gerade gegeben, sagt sie mit einer Kopfbewegung hinauf zur Bibliothek und verrät damit dem Fremden die Art ihrer Beziehung zu Josef, dem Bibliothekar.

Du liest wohl viel, sagt der Mann freundlich, und das Mädchen, das bereits gelernt hat, daß gerne lesen in den Augen der Erwachsenen eine gute Eigenschaft ist, bemüht sich nach Kräften, die Tatsache zu verbergen, daß sie nur deshalb liest, weil sie lesen muß, weil sie den ganzen Tag nur auf den Moment wartet, an dem sie zu ihrem Buch zurückkehren kann, denn nur dann darf sie etwas anderes sein, kann sich an Orten aufhalten, ohne daß es jemand weiß, kann mit anderen Menschen zusammensein oder sogar ihre Rolle übernehmen, hat das Gefühl, alles zu können. Sie spürt, daß sie ihn verwirrt, und fürchtet, daß er jetzt auch glauben könnte, wie die anderen es manchmal tun, ihre Liebe zum Lesen würde sie auch andere Dinge lehren, zum Beispiel eine ausgezeichnete Schülerin zu sein oder eine gute Tochter, die ihrer Mutter immer hilft, wie dieser Junge Enrico oder der kleine Hans. Sie zwingt sich zu dem lieben Lächeln, das sie für das Zusammentreffen mit fremden Erwachsenen reserviert hat, steckt das Ende ihres Zopfs in den Mund und überlegt, ob sie wirklich so gern liest, nachdem sie dem Fremden mit einem leisen Ja geantwortet hat, denn in diesem Moment ist sie wegen der Aufmerksamkeit, die er ihr schenkt, und wegen des Vergnügens, den ihr diese besondere Beziehung bereitet, schon gar nicht mehr sicher, ob sie wirklich gerne liest oder ob es ihr um die Anerkennung geht, die sie wegen ihres Lesens bekommt. Da beugt sich der Mann über sie und bewundert ihren schwarzen Mantel.

Dieser schwarze Wollmantel ist wirklich etwas Einmaliges. Unten am Saum ist er sehr weit, aber an den Hüften anliegend, und ein goldener Knopf verbindet die obere Stoffhülle mit der unteren, und oberhalb der Taille gibt es noch mehr solche Knöpfe bis zu dem weiten Kragen. Als der Winter kam, hat sie Angst gehabt, er könne ihr nicht mehr passen, ihre Mutter hat gesagt, sie sei sehr gewachsen, man müsse den Mantel vielleicht weitergeben. Deshalb hat sie beim Anprobieren auch den Bauch eingezogen und versucht, sich einzureden, daß er ihr immer, immer gehören würde. Der Mann streichelt den Mantelsaum von unten, wie die Nachbarin aus dem zweiten Stock, die manchmal mit drei Fingern den Stoff der Kleider in den Paketen aus Amerika betastet. Schon in diesem Moment wundert sich das Mädchen, wie wenig diese Bewegung zu den blassen, schönen Händen des Mannes paßt und eigentlich von roten, kalten Händen ausgeführt werden muß, wie zum Beispiel denen der Näherin, zu der die Mutter die Kleider zum Ändern bringt. In diesem kurzen Moment, bevor sie versteht, ohne eine Spur von Schrecken, nur erstaunt, denkt sie sogar, er sei vielleicht ein Schneider, denn was haben ihr Mantel und seine Machart mit ihrer Liebe zu Büchern zu tun. All diese Gedanken schießen ihr durch den Kopf, schnell, ohne Worte, nur verschwommene Gefühle, von denen sie erst Jahre später erfährt, daß man sie Intuition nennt, womit man ein Wissen meint, das nicht auf Beweisen beruht. Doch auch jetzt weiß sie schon, daß man ihr nicht glauben wird, wenn sie erzählt, daß ihr die Sache in diesem Moment bereits seltsam vorgekommen ist. Sie weiß, es wäre besser, das niemandem zu erzählen. Doch dann tastet die Hand des Mannes – im Treppenhaus ist kein Mensch außer ihnen beiden, und sie hätte ihm am liebsten gesagt, er solle sich doch beeilen, denn Josef, der Bibliothekar, gibt nach dem Ende der Öffnungszeit niemals ein Buch heraus – unter ihren Mantel und prüft das Kleid. Was für ein Kleid hast du an? fragt der Mann interessiert und vielleicht auch erstaunt, aber auch irgendwie beiläufig, gedankenlos, sie erinnert sich an den Tonfall, aber seine Hand zittert unter dem Wollkleid, und seine Augen – an deren Farbe und Schnitt sie sich später nicht erinnert – leuchten seltsam auf. Und plötzlich weiß sie, was sie zu tun hat. Ohne zu warten, schlägt sie ihm mit dem Buch, das sie in der Hand hält, auf den Arm und schreit ihn an, was er da tue, wartet aber nicht auf seine Antwort, sondern schüttelt seine Hand von sich ab und springt mit einem Satz die Treppe hinunter, wie sie es zu Hause immer tut, vom vierten Stock in den dritten, von dort zum zweiten und zum ersten, und dann springt sie mit einem Satz auch die nächste Treppe hinunter, wobei sie fast über die unterste Stufe gestolpert wäre. Eine Minute später hat sie schon die Anlage des Platzes hinter sich, rennt aber mit aller Kraft weiter, die Straße hinauf, auf der beleuchteten Seite mit den Geschäften, ohne einen Blick ins Schaufenster der Parfümerie zu werfen. Sie schaut sich nicht um, aber sie weiß, daß der Mann noch dort steht, auf der Treppe zum ersten Stock der öffentlichen Bibliothek.

Sie rennt den ganzen Weg, bis zum vierten Stock hinauf, und erst in der mit bläulichem Neonlicht beleuchteten Küche, neben dem Tisch mit der gelben Resopalplatte, bleibt sie stehen. Und dort, vor den erstaunten Augen ihrer Mutter, stößt sie mit abgehacktem Atem hervor: Der Mann … der Mann … Sie weiß, daß es nicht die Angst ist, die sie dazu gebracht hat, den ganzen Weg zurückzurennen, sondern eine Art Stolz, dessen Quelle in etwas Geheimnisvollem liegt, das sie besitzt, auch wenn sie nicht weiß, was es ist. Noch bevor sie das blasse Gesicht ihrer Mutter dicht vor sich sieht, weiß sie, daß das, was ihr passiert ist, ihren Eltern große Angst machen wird. Daß es sie dazu bringen wird, mit weichen Stimmen zu ihr zu sprechen und all ihre Bewegungen besorgt zu beobachten, als sei etwas Schlimmes mit ihr geschehen. Ein Mann ... da war ein Mann ... in der Bücherei – er ... hat ... meinen Mantel ... angefaßt ... und er hat ... gesagt ... er wäre ... schön, und dann ... wollte er sehen, was ... ich ... drunter anhabe.

Es fällt ihr schwer, ein Lächeln zu unterdrücken, denn diesmal ist ihr etwas Wichtiges passiert, etwas, das zählt, und tatsächlich bewölkt sich das Gesicht ihrer Mutter, und sie wendet sich mit großer Zartheit zu ihr, bevor sie den Vater erschrocken und vorwurfsvoll anschaut, der genau in diesem Augenblick von der Arbeit nach Hause gekommen ist und nun, ebenfalls schwer atmend, neben dem Mädchen steht. Für einen Moment hat sie das Gefühl, sie könne wieder in seine Arme springen, wie als kleines Kind, und ihn fragen, was er ihr mitgebracht habe. Doch der Moment geht vorbei, und sie läßt sich von ihm einen Kuß auf die Wange drücken. In der fremden Sprache, die sie immer benutzen, wenn sie nicht wollen, daß sie sie versteht – von der sie aber schon längst jedes Wort begreift –, fragt die Mutter den Vater, mit gesenkten Augen, ob ihm klar sei, was der Mann gewollt habe. Der Vater wird blaß, sein Mund öffnet und schließt sich wieder, er blinzelt. Die Mutter erkundigt sich in betont beiläufigem Ton, ob das alles gewesen ist, ob der Mann nur ihren Mantel befühlen wollte.

Und ... was ... ich ... drunter ... anhabe, erklärt das Mädchen stolz, denn sie hat das Gefühl, der Schreck würde um so größer, je mehr Details sie vorbringt. Sie überlegt auch, ob sie Dinge hinzufügen soll, die nicht geschehen sind, aber sie weiß nicht genau, was das für Dinge sein müßten, um bei ihren Eltern die ersehnten besorgten Blicke hervorzurufen und sie für einen kurzen Augenblick wieder zu ihrem kleinen Mädchen zu machen. Sie weiß nur, daß dieser Mann vermutlich etwas Verbotenes gewollt hat, aber gewalttätig ist er nicht gewesen. Ihr ist klar, daß man nun von ihr Verwirrung erwartet, Angst und Abscheu vor diesem Mann, doch der Gedanke daran, wie er ihren Mantel gestreichelt hat, weckt in ihr nur eine leichte Angst, die überdeckt wird von dem Stolz und dem Wissen, daß alles andere nun unbedeutend ist.

Aber trotzdem gehen sie ins Kino. Sie haben Angst, doch sie gehen weg. Sie sieht, daß sie Angst haben. Zweimal kommen sie an ihr Bett und schauen nach, ob sie richtig zugedeckt ist, und sie haben vergessen, nach dem Duschen ihre Kniekehlen zu kontrollieren. Dort wachsen Kartoffeln, wenn man sich nicht richtig einseift. Sie glaubt nicht, daß wirklich Kartoffeln wachsen, hätte aber gerne gewußt, was passiert, wenn man sich nicht gründlich mit Seife wäscht. Heute hätte sie nur die Gegend um die Dusche ein bißchen naß zu machen und zu behaupten brauchen, sie hätte wirklich geduscht – sie hätten es nicht bemerkt. Doch ausgerechnet heute wäscht sie sich so gründlich, wie es sich gehört. Ohne den Kopf. Es fällt ihnen nicht auf. Dienstags und freitags macht die Mutter die Zöpfe auf, zerkratzt mit ihren Nägeln die Kopfhaut und kämmt sie dann noch lange. Dann weint sie, und ihre Mutter, die hinter ihr auf dem Sofa sitzt und immer wieder mit dem Kamm durch die Haare fährt, schweigt, ist taub gegen ihr Weinen und ihre Klagen. Heute ist die Prozedur ausgefallen. Auch die Hausaufgaben wurden nicht erwähnt. Die Mutter mußte noch das Geschirr spülen – es ist schon acht, und du bist noch nicht angezogen, sagte der Vater –, dann noch zweimal den Küchenfußboden wischen, wie jeden Abend, erst dann machte sie sich zum Weggehen zurecht.

Es ist ihr egal, daß sie weggegangen sind und sie allein geblieben ist. Trotzdem wird sie immer bedrückter, als ihr klar wird, daß sich nichts geändert hat. Etwas Unverständliches ist geschehen. Sie hatten Angst, aber sie sind ins Kino gegangen, und keiner hat mehr den Mann erwähnt, als hätte es ihn nie gegeben – dabei war er vor kurzer Zeit noch das Wichtigste überhaupt, und sie haben nicht aufgehört, über ihn zu sprechen. Das Mädchen hätte gerne gewußt, warum sie solche Angst hatten. Und wenn man solche Angst hat, warum sagt man dann nichts und geht trotzdem ins Kino? Sie hätte etwas sagen wollen, wußte aber nicht, was. Wenn sie verlangt hätte: Redet mit mir, so wäre das nicht richtig gewesen, denn sie wußte gar nicht, was sie gern gehört hätte. Und sie zu bitten, nicht wegzugehen, wäre auch falsch gewesen, sie wollte ja, daß sie weggingen, bevor ihnen der Aufsatz über die Bachstelzen einfiel. Und natürlich auch, damit Kapitän Léopold d'Auverne erzählen kann, was er erlebt hat, und die Worte »Bug Jeragel« etwas anderes werden, nicht nur ein Klang. Dem freien Sklaven und dem schwarzen König bleiben nur noch ein paar Minuten. Kapitän Léopold d'Auverne sagt: Die Kanonen der Feinde waren die ganze Zeit auf mich gerichtet, aber vielleicht wird die Guillotine mich hinrichten, sie kennt kein Mitleid und tötet jeden Überheblichen. Es ist schwer zu verstehen, sehr schwer. Jemand, der will, daß die Guillotine ihn hinrichtet. Warum will er wohl sterben, ein Mann, der Léopold heißt? Jemand mit so einem Namen muß sein Schwert in einer Ecke des großen Saals mit den Kronleuchtern ablegen, die ihre Eltern »Abat-jour« nennen.

Doch auch ohne daß sie ein Wort gesagt haben, ohne daß sie etwas erklärt haben, weiß das Mädchen, daß die Angst ihrer Eltern etwas mit Racheli zu tun hat, dem Mädchen, das man in einem Hof in der Raw-Cook-Straße gefunden hat. Tot. Racheli hat draußen gespielt, sie ist nicht im Haus gewesen. Sie ist draußen gewesen und hat von Fremden Bonbons angenommen. Sie selbst muß man nicht hinter einem Eisentor einschließen wie Peter, sie kommt zurecht. Ihre Eltern wissen, daß sie zurechtkommt. Auch diesmal hat ihr Vater, wie damals, als sie sechs Jahre alt gewesen und zum ersten Mal allein geblieben ist, einen dicken roten Apfel für sie hingelegt. Seine braune Hand hat geschickt das scharfe Messer gepackt und hineingeschnitten, so daß der Apfel in zwei schöne, gezahnte Hälften zerfiel. Sie erlaubten ihr, wie beim ersten Mal, den Apfel im Bett zu essen, und gingen weg.

Sie hatten Angst, aber sie sind weggegangen.

Es gibt noch andere Dinge, die schwer zu verstehen sind. Ihre Wörter. Liebe. Sorge. Ihr Bestes. So sagen sie. Und dann gehen sie. Wie soll sie das verstehen? Sie lieben sie so sehr. Die Mutter wollte gar nicht gehen, doch der Vater beharrte darauf. Nicht daß der Ton scharf geworden wäre. Nie unterhalten sich ihre Eltern in scharfem Ton miteinander. Wie ein kleines Kind, sagte die Mutter ohne Zorn, in ihrer Sprache, er kann einfach nie verzichten. Sie preßte die Lippen zusammen, und für einen Moment verschwand ihr schöner, rot angemalter Mund hinter den schwarzen Haaren. Und trotzdem hat sie sich, allerdings mit einer heftigen Kopfbewegung nach rückwärts, den schwarz-weißen Schal um die Schultern gelegt, den Schal, zu dem der Name Pepita gehört und der extra aus demselben Stoff gemacht wurde wie das Kostüm, das sie anhatte, über einem Pullover in kräftigem Rosa. Und Schuhe mit dünnen hohen Absätzen, in denen zu gehen sie selbst bestimmt nie lernen wird, denn abends, wenn sie es probiert, kippt sie immer um, und einmal hat sie die Schuhe, die Onkel Awraham aus Italien geschickt hat, sogar kaputtgemacht. Die Verkäuferin im Schuhgeschäft hat gesagt, sie habe einen sehr schmalen Fuß und brauche Schuhe mit einem gewissen Halt. Sie hat sofort gewußt, daß schmale Füße etwas Gutes sind, denn ihre Mutter hat geseufzt und gesagt, ja, ich habe auch sehr schmale Füße.

Wegen Racheli rufen alle Mütter der Nachbarschaft ihre Töchter abends nach Hause, noch bevor es dunkel wird. Doch sie weiß, daß es nicht derselbe Mann gewesen ist, vielleicht wegen der schmalen Hände und weil er nach dem Buch gefragt hat, das ist etwas anderes als Bonbons. Doch sie darf ihnen auf keinen Fall sagen, daß sie den Unterschied kennt, denn dann werden sie sofort fragen, woher sie das wisse, das könne sie gar nicht wissen, und sie würden sie daran erinnern, daß Eltern alles wissen, Kinder aber nicht. Sie darf ihnen auch nicht sagen, daß es nicht immer gefährlich ist, von jemandem Bonbons anzunehmen. Man kann merken, wo man das darf und wo nicht. Zum Beispiel Jona, die Jemenitin, die bei dem großen Mann mit dem weißen Bart arbeitet. Das ist Salman Schne'ur, hat der Vater ihr zugeflüstert, aber er schreibt keine Geschichten. Nur Gedichte. Jona hat immer ein besticktes Kleid an und viele schwere silberne Ketten mit glatten, gelben Steinen. Was bringst du mir mit? Wann bringst du mir was mit? fragt das Mädchen, zusammen mit den anderen Kindern, und Jona lächelt sie an. Sie hat feuchte braune Augen. Das Mädchen weiß, daß sie nichts mitbringen wird. Bring mir einen Ring, wirklich, bring mir einen Ring, hat sie Jona auf der Straße gebeten, und immer drängen sich die Kinder um die Frau, um schnell mal die große Halskette zu berühren. Sie auch. Öfter als alle anderen fragt sie: Wann, wann? und erkundigt sich jedesmal, ob sie auch ein Armband mitbringen wird. Und Jona lächelt und verspricht es. Ja, ja, sagt sie und nickt. Bringst du mir wirklich was mit? hat das Mädchen dreimal gefragt, und Jona hat genickt. Wenn sie nickt, bewegen sich ihre großen Ketten, und ihre Ohrringe glitzern. Wann, wann? Morgen, morgen, sagt Jona und lächelt. Es lohnt sich, ihr zu glauben, das Mädchen will ihr glauben. Wenn sie ihr glaubt, kann sie vor dem Einschlafen, wenn sie alle guten Dinge aufzählt, die es gibt, an das Armband oder den Ring denken, die Jona morgen bringen wird. Vielleicht. Aber eine winzige Stimme im Innern fragt schon, noch vor dem Einschlafen: Und was ist, wenn sie es nicht tut? Und wenn sie ihr antwortet: Aber Jona hat es versprochen!, lacht die Stimme.

Das ist die Stimme der schlimmen Dinge. Und die schlimmen Dinge muß man schnell von sich weisen, denn sonst muß man die Augen fest zupressen, um einzuschlafen, und dann kommen die Tiger. Manchmal verwandeln sie sich später in Löwen, wenn das Schwarz und das Rot zu Gelbgold werden. So ist es, wenn man die Augen fest zupreßt. Und wenn sie weint, steht ihr Vater in der Tür, und wenn sie dann sagt: Es gibt hier Tiger, macht er das Licht an: Siehst du, es sind keine da. Und Bären, jammert sie. Aber es gibt keine, sagt er. Wo sollen sie denn sein? Du siehst doch, daß es keine gibt. Und sie sieht es. Jetzt sind wirklich keine da. Und man darf nicht denken, daß Jona es nur so dahingesagt hat. Aber was bedeutet es, wenn sie es verspricht und doch nichts mitbringt? Sie hat überhaupt keinen Treffpunkt mit ihr ausgemacht. Und es ist wichtiger zu denken, daß ihr gutes Lächeln ernst gemeint ist. Sie hat ein gutes Lächeln. Jona liebt Kinder. Bestimmt besitzt sie einen wertvollen Schatz. Dieser Mann in dem schwarzen Anzug und mit dem weißen Bart sieht sehr bedeutend aus. Salman Schne'ur ist ein komischer Name. Man darf ihnen auf keinen Fall etwas von Jona erzählen, dann würden sie schimpfen.

Einmal hat sie gesagt: Ich werde einen Ring haben, mit einem honigfarbenen Stein und mit Gold und Silber. Und eine Kette wie der Ring, und vielleicht ein Armband. Von Ohrringen, die so schwer sind, daß sie das Ohrläppchen nach unten ziehen, so wie Léopold sie bei den Negern am Lagerfeuer gesehen hat, hat sie nichts erzählt.

So? hat ihre Mutter gefragt. Wer wird dir die Dinge denn geben?

Jona wird sie mir geben, sie hat es versprochen.

Ach, kam die Stimme der Mutter vom Spülbecken herüber, du glaubst auch jedem.

So was läßt sich leicht sagen. Jona lügt nicht. Es lohnt sich nicht, ihnen etwas zu verraten. Wenn sie ein Buch hat, muß sie nichts sagen. Vor allem, wenn in diesem Buch ein Fremder ist, der hinter den Büschen singt, ein König und frei. Er zertritt die Blumen, die Léopold für Maria in die Hütte gebracht hat. Er ist Sklave und König, frei und schwarz. Sie hat es gleich gewußt. Jemand wie er kann nur vorläufig Sklave sein. Es gibt viele Dinge, die nur vorläufig sind. Wenn man sich im Bett sitzend vorbeugt und die Hände seitlich an die Brust preßt, kann man tun, als brauche man schon einen Büstenhalter. Vorläufig braucht sie noch keinen, aber vielleicht wird sich das ändern. Der Tag wird kommen, an dem der Sklave zurückkehrt und König wird. Léopold will sterben, weil Maria gestorben ist. Aber wie konnte sie sterben, wenn der Neger Pierrot sie auf den Armen aus dem brennenden Landsitz getragen hat? Wenn ein Brand ausbräche, wäre sie stark genug, das Baby aus seinem Bett zu holen. Ganz einfach: Man drückt auf die Feder, dann geht das Gitter runter, und man kann das Kind herausnehmen. Und wenn die Zeit nicht reicht? Es ist besser, das Gitter schon jetzt herunterzulassen, um Zeit zu sparen. Warum glaubt Léopold Pierrot nicht? Sie hätte ihm geglaubt. Sie liest im Stehen, neben dem Babybett. Sie ist bereit. Falls Feuer ausbrechen sollte. Und es ist egal, daß an ihrem Pyjama oben ein Knopf fehlt. Wenn man aus einem brennenden Haus flieht, darf man sogar nackt sein.

Aus dem Treppenhaus kommen die bekannten Schritte. Springen eilig herauf. Schritte von jemandem, der nur mit der halben Schuhsohle die Stufen berührt, die andere Hälfte hängt in der Luft. Er wird die Tür aufmachen, sie wird etwas später kommen, nach ihm. Noch bevor das Mädchen hört, wie der Schlüssel im Schloß umgedreht wird, ist sie auch schon im Bett und hat das Licht ausgemacht, das Buch liegt nun unter der Decke. Sie preßt die Augen ganz fest zu. Sie stehen neben dem Bett. Sie decken sie zu. Sie sind da. Nun muß sie bis morgen warten, um zu erfahren, wie es mit Pierrot weitergeht. Und bevor sie einschläft, muß sie noch daran denken, daß Léopold nicht tot ist. Schließlich erzählt er die Geschichte, er kann also gar nicht gestorben sein. Er lebt auch danach noch. Um Léopold braucht sie sich keine Sorgen zu machen. Und schon sind wieder Stoppeln auf der Wange gewachsen, die an die ihre gelegt wird. Es sticht, als sie an ihrer gerieben wird. Und der bekannte Geruch ist wieder da, warm, verschwitzt und nach Zigaretten.

Aus dem Schlafzimmer der Eltern dringen gemurmelte Worte herüber, in ihrer Sprache. Sie unterhalten sich noch. Dann wird das Licht in der Küche angemacht, man hört Wasser laufen. Sie wollen Tee trinken. Die Mutter wird Marmelade auf einen Teelöffel tun und sie mit weißem Käse essen. Das Mädchen hat es selbst einmal versucht, hat es aber nicht herunterbekommen. Und die ganze Zeit dieses leise Reden. Worte steigen auf und fallen wieder. Man könnte aufstehen und zu ihnen gehen, wenn man wollte. Aber sie sind dort mit sich allein, und sie ist hier mit sich allein, und mit »Bug Jeragel« in Rot und einem goldenen Stern auf dem Rot. Man kann den Einband streicheln. Man müßte auf jedes Wort achten, das dort in der Küche gesprochen wird, aber es ist so schwer, zuzuhören. Wenn man das Buch hochhält, kann man vielleicht mit dem Licht aus der Küche lesen. Dann würde sie erfahren, was es mit »Bug Jeragel« auf sich hat. Und was bedeuten die Wörter »poetisch«, »Genie« und »Improvisation«, die auf Seite neunundsiebzig stehen? Sie muß morgen Siwa, ihre Lehrerin, danach fragen. Und auch nach den anderen schweren Wörtern, die danach kommen.

3.
Der Unfall

Es sei doch bekannt, daß sich nach einer schlaflosen Nacht, keiner Nachtwache wegen einer Operation, sondern einer, in der man sich von der einen Seite auf die andere dreht, einer, wie sie sie hinter sich habe, die gewohnten Maßstäbe verschieben, sagte Margaliot und glättete die letzte Falte am Ärmel seines Hemdes. Er spannte den rechten Arm und beugte ihn, betrachtete interessiert die schmeichelnde Linie und zog dann den linken Ärmel ebenfalls nach unten. Dann nickte er lange hinter seinem Schreibtisch. Wie ein Kind, das erwartet hat, ein Bonbon zu bekommen, und statt dessen geschimpft wird, stand Jo'ela in der Tür und betrachtete das kleine Lächeln, das in seine Augen getreten war, noch während sie wie gehetzt, manchmal sogar stotternd, von den Ergebnissen der Blutuntersuchung berichtet hatte. »Einstweilen ist alles negativ, aber die genetische Untersuchung ist noch nicht da«, schloß sie.

Er habe einmal, sagte Margaliot und machte eine Handbewegung zu dem Stuhl ihm gegenüber (»Setzen Sie sich, setzen Sie sich doch, wir haben etwas zu besprechen«, sagte er ungeduldig, als sie nicht sofort reagierte), einen Fall gehabt, der ihn ähnlich involviert habe. Gerade deshalb bitte er sie, zu den gewohnten Maßstäben zurückzukehren, meinte er väterlich. Und wenn nun also – er warf wieder einen prüfenden Blick auf die Liste der Untersuchungsergebnisse – all diese Untersuchungen negativ ausgefallen seien, müsse man zu dem Schluß kommen, daß hier etwas anderes vorliege, vielleicht etwas sehr Interessantes. Aber es sei sinnlos, über die psychologischen Aspekte einer Patientin zu sprechen, deren Eltern jede Mitarbeit verweigerten, jedenfalls solange nichts anderes erwiesen sei. Er kratzte sich an dem kleinen Doppelkinn, das er sich in den letzten Jahren zugelegt hatte, und im Zimmer war plötzlich nur noch zu hören, wie seine Finger über die Bartstoppeln schabten. Jo'ela meinte fast zu hören, wie sie wuchsen. Er zog eine Schreibtischschublade auf, nahm eine verbotene Zigarette heraus und rollte sie zwischen den Fingern. Jo'ela schwieg, auch als er sie anblickte, als erwarte er ihre Zustimmung. Nun erinnerte er sie daran, daß das Mädchen minderjährig sei, sich nicht in unmittelbarer Lebensgefahr befinde und es daher keine objektive Berechtigung für eine Einmischung ihrerseits gebe. Obwohl er persönlich immer dafür sei, nicht nur den medizinischen Aspekt zu beachten.

»Ich habe vorhin Ihr Gespräch mit dem Rabbiner mit angehört und habe meinen Ohren nicht getraut«, sagte er, und nun war das kleine Lächeln ausgelöscht. »Ich konnte es einfach nicht glauben. Wollen Sie sich Ihre guten Beziehungen mit diesen Leuten verderben oder was? Wir haben keine andere Ärztin auf der Station, Sie sind die einzige. Diese fromme Klientel ist für Sie das Huhn, das goldene Eier legt, das ist es, was Ihnen damit geboten wird.« Er beugte sich vor. »Ich sage Ihnen, noch ein Gespräch wie dieses, und Sie sind für sie erledigt. Haben Sie das verstanden? Sie werden keine Patientin mehr von ihnen bekommen. Schließlich wissen wir, daß bei diesem Mädchen keine Heilung möglich ist – auch wenn wir die Gründe herausfinden, wenn wir verstehen, was los ist.«

Jo'ela blickte ihm in die Augen. Ein halbdunkles Grünbraun, in graublauen Halbmonden versunken. Die Augen eines alternden Mannes, der einmal schön und freudlos gewesen war. »Was können Sie für das Mädchen tun? Ihr eine Gebärmutter einbauen?«

»Erstens«, sagte Jo'ela zornig, »hat noch niemand gesehen, was da drin eigentlich los ist, wir haben noch nicht mal eine Ultraschalluntersuchung gemacht, weil sie es nicht erlauben.«

»Nicht erlauben, gut, dann ist es eben so. Was wollen Sie? Gewalt anwenden?«

»Was bringt es Ihnen eigentlich, so vorsichtig mit diesen Leuten umzugehen?« fragte sie mit klarer Stimme.

In der Stille, die sich plötzlich ausbreitete – sie sah, wie er überlegte, und sie sah auch, daß er beschloß, ihre Worte zu ignorieren –, hörte man von draußen, vor dem Hintergrund menschlicher Stimmen, das Quietschen des großen Wagens, der das Abendessen brachte.

Margaliot lehnte sich in seinem Sessel mit der knarrenden, lederbezogenen Lehne zurück und sagte: »Normal wird sie schließlich nie sein. Was können Sie ihr vorschlagen?«

Für einen Moment war die Besessenheit zu sehen, die sie schon den ganzen Tag gepackt hatte, heute, gestern, vorgestern – eine kindliche, unvernünftige, ja sogar zerstörerische Besessenheit. Plötzlich fiel ihr die Frau ein, die draußen im Flur auf eine Schleimhautuntersuchung wartete. Sie saß schon seit den Mittagsstunden da, und als Margaliot endlich zu seinem Zimmer gekommen war, hatte er der Frau die Hand auf die Schulter gelegt und gesagt: »Nur noch ein paar Minuten, ja?« Die Frau hatte genickt und war wieder auf ihren Stuhl gesunken, im Flur vor seinem Zimmer. Jo'ela dachte nur einen Moment an sie, dann sagte sie: »Erst nach den genetischen Untersuchungen werden wir die Wahrheit wissen. Ich weiß wirklich nicht genau, was ich tun kann, aber eines ist sicher: Ich werde nicht zulassen ...«

Sein Gesicht strahlte jetzt die gelassene Aufmerksamkeit

aus, von der sich nicht nur seine Patientinnen so angezogen fühlten, sondern auch viele Ärzte. Diese gelassene Aufmerksamkeit war Jo'elas Meinung nach auch schuld daran, daß ihm immer wieder irgendwelche Liebesgeschichten nachgesagt wurden, von denen sie in den Kreißsälen hatte reden hören, auf die sie selbst aber nie einen Hinweis gefunden hatte, sie brachte auch seine Sekretärin dazu, sich für ihn aufzuarbeiten, und versetzte ihn jetzt in die Lage, sich mit ihr zu unterhalten, als habe er alle Zeit der Welt, als gebe es für ihn nichts Wichtigeres. Sie erlaubte ihm, die Frau draußen im Flur warten zu lassen, aus der hochmütigen Sicherheit heraus, daß er sie nachher mit einem einzigen Lächeln würde besänftigen können, mit einem freundlichen Wort. Es war, als habe er für sie seine letzten Reserven an geduldigem, gelassenem und warmem Aussehen aktiviert, um sich alles anzuhören, was sie zu sagen hatte. Doch sein schneller Blick auf die Uhr und der prüfende Griff nach der Falte am rechten Ärmel waren ein Zeichen für die Spannung, die hier im Zimmer herrschte. »So, Sie werden es nicht zulassen«, sagte Margaliot, als prüfe er jedes Wort, und wiederholte: »Sie werden es nicht zulassen.« Dann richtete er sich plötzlich auf, zündete die Zigarette an und sagte, während er den Rauch ausstieß: »Was soll das heißen?«

»Ich werde nicht zulassen, daß ihr Leben ... Daß man sie den Hunden vorwirft.«

»Niemand wird sie irgendwohin werfen«, entschied Margaliot. »Sie wissen genau, daß diese Leute so etwas nicht tun. Man wird sie mit einem Witwer mit fünf Kindern verheiraten, sie wird die Kinder aufziehen, und damit ist alles in Ordnung. Schließlich steht ein Jude für den anderen ein.«

»Sie ist intelligent, sie muß nicht so leben ... Sie kann ... sie kann ihre Persönlichkeit entwickeln ... sie kann ...« Sie merkte selbst, wie unvernünftig sich das anhörte.

Margaliot hob den Kopf, aber sein Körper entspannte sich.

Er hatte die Ellenbogen auf dem breiten Schreibtisch aufgestützt. »Was bringt Ihnen das? Was haben Sie davon?« fragte er im Ton eines Predigers. Wie ein Lehrer, der das destruktive Verhalten eines Schülers zu verstehen sucht. »Was bringt Ihnen das, außer Ärger?«

Jo'ela zuckte mit den Schultern.

»Sogar wenn Sie behaupten, Ihr Interesse an dem Mädchen stehe im Zusammenhang mit Ihrer Abhandlung und dem Vortrag, den Sie im Herbst halten werden, sogar wenn Sie sagen, daß Sie das für eine Professur brauchen, nehme ich es Ihnen nicht ab.« Er blickte sie an. »Denn das ist ... es hört sich an wie ein Vorwand für etwas anderes. Wie bei einem Künstler, der behauptet, er arbeite nur fürs Geld.«

Jo'ela schwieg.

»Und?« fragte er ungeduldig. »Haben Sie nichts dazu zu sagen?«

Sein Blick ließ sie nicht los. In seinen Augen lag Neugier, aber auch Mißtrauen, fast Sorge, ein bedeutungsvoller Blick, als erinnere er sich an etwas fast Vergessenes. »Hier geht es um etwas ganz anderes.«

Jo'ela hüstelte, er wartete ein paar Sekunden. »Schauen Sie, es ist vielleicht nicht ungefährlich, aber wir stehen uns nahe genug, daß ich Ihnen etwas sagen kann. Etwas Persönliches. Wollen Sie es hören?«

Jo'ela nickte, aber irgend etwas stieg aus ihrem Bauch hoch. Er würde sie fortschicken, aus der Station, aus der Klinik, aus der Welt, weg von sich selbst. Doch als er anfing zu sprechen, zögernd, als hole er die Worte tief aus sich heraus, und als sich erwies, daß ihre Annahme falsch gewesen war, wuchs ihr Erschrecken, und die Angst machte sie unfähig, wirklich zu verstehen, was er sagte. Mit einer weichen Stimme und gesenkten Augen, als spreche er zu sich selbst, erklärte Margaliot, daß irgendwann im Leben eines jeden Arztes – »wenn er ein ernsthafter Mensch ist, meine ich« – der Patient auftauche, von dem er nicht mehr loskomme, der immer irgendwo warte. »Er stürzt sich auf eine Lücke«, versuchte er zu verdeutlichen, »auf einen innerlichen Freiraum, ich weiß es nicht.« Er sprach ausführlich davon, daß dieses Phänomen nur selten auftrete, manchmal nur einmal im Leben, manchmal alle zehn Jahre, alle fünf Jahre, das sei individuell verschieden. Jedenfalls zeige man dann – gegen alle Vernunft, aber vielleicht in Übereinstimmung mit der momentanen eigenen Lebenssituation oder einem bestimmten Problem – ein irrationales Verhalten, für das es keine reale Erklärung gebe. »Ich habe nicht vor, mich darauf einzulassen«, drohte er nicht ohne Pathos, »vor allem jetzt nicht, wo Sie Ihre Professur fast geschafft haben und ich große Pläne mit Ihnen habe.«

Sie ließ die Arme hängen.

»Sie wissen, daß mir nicht mehr viele Jahre hier bleiben.« Er seufzte. »Man muß sich jetzt schon um die Zukunft kümmern. Ich spreche mit Ihnen über das Erbe, Jo'ela.« Er verzog die Lippen zu einer Art Lächeln. »Drei Jahre sind auf unserem Gebiet keine Ewigkeit. Wenn ich Sie auf die Aufgabe vorbereiten soll, Jo'ela, müssen Sie sich solche Spinnereien aus dem Kopf schlagen. Was haben Sie mit diesem Mädchen zu tun? Sie ist den Preis nicht wert.« Seine Stimme kam und ging. »Was ist es, was Ihnen keine Ruhe läßt?«

Sie wollte es in Worte fassen, aber es gelang ihr nicht, obwohl in seiner Stimme eine seltene, nachdenkliche Zustimmung schwang, ohne die übliche Ironie. Gedanken schossen ihr durch den Kopf. Hatte sie daran gedacht, Säure in die Reagenzgläser zu tun? Hatte sie wirklich die Zusätze in die Spalten des Heftes eingetragen, das die Laborantin vorbereitet hatte, oder hatte sie es nur vorgehabt? Wo hatte sie eigentlich ihr Auto geparkt? Was hatte sie mit Ja'ara ausgemacht, wie sie nach ihrer Arbeitsgemeinschaft nach Hause kam? Und wie würde ihre Mutter auf die Vorstellung reagieren, daß sie vielleicht wirklich einmal die Station leitete? Mit einem Blick voller Stolz, aber auch voller Mißtrauen und Schrecken. Und Arnon? Doch Margaliot sprach noch immer über das Mädchen. »Wir klammern uns an solche Patienten, beobachten etwas, das wir bei uns selbst nicht bereit sind zu sehen … Der Nächste ist so oft eine Art Spiegel … Die Leute reagieren auf die Hoffnungen, die wir ihnen machen, und richten sich danach.«

Was geschah hier? Diente sie ihm in diesem Moment vielleicht als willkommene Zeugin für Überlegungen, die man von einem Mann seines Alters erwarten konnte? Oder wurde er langsam zu einem unverbesserlichen Schwätzer? Was hatte sie zu erwarten, wenn das so weiterging? Mußte sie ihn schützen, ihn decken, ihm helfen?

Dann erklärte er, sie sei es selbst gewesen, die ihn dazu gebracht habe, beharrlicher, als es sonst seine Art sei, über sie nachzudenken, »statt die Sache ins Lächerliche zu ziehen, wie immer«. Und als sie erstaunt die Augenbrauen hochzog, nickte er und meinte: »Warum sind Sie so verwundert? Wir teilen schließlich denjenigen, die uns kennen, über unbewußte Warnzeichen mit, wie es um uns steht.«

»Das ist doch nur Gerede«, wehrte sie ab. »Warum geben Sie nicht zu, daß der Fall interessant ist, einfach interessant? Sehen Sie das nicht? Und daß es schade um das Mädchen ist?«

Aus dem Flur war das Klappern von Geschirr zu hören. Er warf einen Blick auf die globusförmige Uhr auf seinem Schreibtisch, fuhr mit dem Finger über die eingeprägten Goldbuchstaben und murmelte: »Viertel vor fünf, und da sollen die Leute schon zu Abend essen. Aber bin ich etwa Gott, daß ich auch Macht über die Küche habe? Wie oft habe ich ihnen schon gesagt, daß … Na ja.« Er drehte die silberne Halterung, in der die Erdkugel mit der Uhr befestigt war, und fragte: »Geht es Ja'ara gut?«

Sie reagierte gespannt. »Ja, warum?«

»Wie alt ist sie jetzt? Dreizehn?«

»Vierzehneinhalb«, antwortete Jo'ela erstaunt.

»Nein, wirklich? Ist ihre Entwicklung in Ordnung?«

»Vollkommen in Ordnung«, sagte Jo'ela und lächelte.

»Und Ne'ama? Wann geht sie zum Militär?«

»In einem halben Jahr, sie ist jetzt in der Abschlußklasse, mit allen Prüfungen ...« Plötzlich, nachdem sie schon gelächelt hatte, platzte sie heraus: »Wenn Sie glauben, daß das mit meinen Töchtern zusammenhängt ...«

»Ich habe nur gefragt«, meinte Margaliot und hob die Hände, wie um sein Gesicht vor einem plötzlichen Schlag zu schützen. »Darf ich mich nicht für Kinder interessieren, die ich seit ihrer Geburt kenne?«

»Doch, doch«, sagte Jo'ela. »Natürlich dürfen Sie das. Sie könnten jetzt noch fragen, ob es Arnon gut geht: Es geht ihm gut. Und ob es uns miteinander gut geht: Ja, prima. Wie immer. Keine Probleme. Und was machen Sie jetzt?«

»Ich sage Ihnen etwas, Jo'ela«, sagte er langsam, mit einer Geduld, wie sie sich Erwachsene auferlegen, wenn sie mit dickköpfigen Kindern sprechen, »da draußen, im Flur, sitzt jetzt die Patientin, die Sie kennen, die wir beide kennen, die schon seit vier Jahren versucht, schwanger zu werden, und wir sitzen hier, ganz ruhig, und haben es überhaupt nicht eilig. Für sie können wir wirklich etwas tun. Hier, fühlen Sie ...« Er hielt ihr die Hand hin und deutete auf das Gelenk, unterhalb des Uhrenarmbandes. »Hier, fühlen Sie meinen Puls, ganz normal. Schade, daß ich Ihren Puls nicht gefühlt habe, als sie vorhin vom Labor zurückgekommen sind.« Jo'ela schwieg. »Was versuche ich, Ihnen zu sagen? Wegen dieser Frau da draußen, der ich helfen kann, rege ich mich nicht auf. Aber einmal, vor Jahren, ich glaube, ich war noch verheiratet, oder gegen Ende der Ehe, die Kinder waren jedenfalls schon da, vielleicht war ich sogar so alt, wie Sie jetzt sind, aber noch bevor ich die Berufung zum Chefarzt bekam, egal, es war jedenfalls nicht einfach damals, kam ein junger Mann wegen

Impotenz zu mir – heute kann ich es sagen, wegen des Abstands von vielen Jahren, denn wenn man die Sechzig überschritten hat, kann man über solche Dinge und überhaupt über eigene Schwächen sprechen.« Margaliot betrachtete seine Hände und entfernte ein Stück unsichtbare Haut von der Kuppe seines Mittelfingers. Jo'ela horchte auf seine schweren Atemzüge und preßte die Füße fest gegen die hölzernen Tischbeine. »Eine chronische Impotenz, für die es keine physischen Ursachen gab«, klang die ruhige, nachdenkliche Stimme durch den Raum. »Sie können sich nicht vorstellen, wie viele Stunden ich auf das Problem verwendet habe. Ich machte jede Untersuchung, die nur möglich war. Ich las alles, was bis dahin veröffentlicht worden war. Ich wurde Fachmann für Impotenz und beschäftigte mich unaufhörlich mit der Sache.«

Jo'ela lauschte dem Schaben ihrer Schuhe am Holz. Was würde sie tun, wenn er ihr jetzt mitteilte, er sei impotent, er sei impotent gewesen?

»Bis dahin ist alles in Ordnung. Doch obwohl nach einiger Zeit klar war, daß der Mann physisch gesund war und es für einen Arzt meines Fachgebiets keinen Grund gab, sich mit ihm zu beschäftigen, war ich so involviert, daß ich eines Abends, als er mir erzählte, er habe eine Verabredung mit einer Frau, die er liebte ... Ich weiß es nicht mehr. Jedenfalls war ich extra in der Klinik, um ihm eine Spritze zu geben, damit er wenigstens an diesem Abend eine Erektion hätte. So involviert war ich.«

Jo'ela stieß einen langen Atemzug aus.

»Und das ist immer noch nicht schlimm, man könnte sagen: Ein guter Arzt, sogar ein guter Mensch.« Plötzlich lächelte er. »Und Sie brauchen nicht rot zu werden, Sie müssen jetzt nicht assoziieren und denken, ich hätte vielleicht selbst Potenzprobleme gehabt. Es geht nicht um einfache Parallelen. Auch in Ihrem Fall gibt es keine simple Erklärung, sie sieht nicht mal Ihrer Tochter ähnlich. Handelte es sich um eine Frau mittleren Alters, entschuldigen Sie, hätte ich kein Wort gesagt. Ich hätte Sie nicht bedrängt. Ich hätte mir höchstens ein paar Gedanken gemacht, aber ich hätte auf dieses Gespräch verzichtet.«

»Die Pubertätsforschung habe ich schon vor fünf Jahren angefangen, und Sie haben mir gesagt ... Sie haben es gewollt, es war überhaupt Ihre Idee ...«

»Jo'ela, wirklich!« Sein Gesicht nahm einen müden Ausdruck an, als habe er entdeckt, daß er seine Zeit vergeudet hatte. »Ich versuche Ihnen doch zu helfen. Warum greifen Sie mich die ganze Zeit an? Um was geht es denn letztlich? Ich habe Ihnen doch selbst gesagt, daß es solche unverständlichen Dinge gibt, so wie mit diesem Mädchen. Ich verstehe es ja auch nicht. Und es ist gar nicht wichtig, ob Sie mir sagen, inwieweit Sie es selbst verstehen. Ich möchte nur, daß Sie wissen ...« Er beobachtete, wie sie eine große Büroklammer nahm und sie unter einen Fingernagel schob. »Der Fall von Impotenz, von dem ich Ihnen erzählt habe, ließ mich nicht mehr los und bedrückte mich immer mehr. Erst nach einer ganzen Weile verstand ich, daß die Sache zu meinem eigenen Problem geworden war. Nicht, daß ich ihm groß geschadet hätte, aber Sie können sich nicht vorstellen, wie wütend ich war, als er eine Behandlung nicht machte, die ich vorgeschlagen hatte, und wie ich dem Psychiater, den ich für ihn aufgetrieben hatte, auf die Nerven ging und wieviel Kummer ich mir letztlich selbst bereitete, denn mehr, als das Kalb an der Kuh saugen will, will die Kuh das Kalb säugen. Das heißt, es ging um die Kluft zwischen meinem Impuls zu helfen, meinem eigenen Bedürfnis, hören Sie, meinem eigenen Bedürfnis zu helfen, und seiner Weigerung, sich helfen zu lassen. Dieser Mann damals ging einfach nicht zur Behandlung. Und wissen Sie was? Am Schluß kam alles in Ordnung. Er heiratete, zeugte Kinder und alles. Bis heute denke ich manchmal an ihn. Jahrelang habe ich seinen Lebensweg verfolgt. Ich wußte, daß ihm Kinder geboren wurden. Aber nie – und Sie wissen selbst, wie neugierig wir manchmal darauf sind, zu erfahren, was war, was sein wird –, nie können wir aus eigener Kraft eine Beziehung mit einem Patienten aufrechterhalten. Nie können wir die Initiative ergreifen und ihn fragen, wie es ihm geht.« Margaliot seufzte und lächelte plötzlich. »Und so weiß ich bis heute nicht, ob er noch impotent ist. Was will ich Ihnen damit sagen?« Seine Stimme nahm einen lehrerhaften Ton an, und sein Kopf neigte sich, als er sah, wie sich ihre Schultern hoben und senkten. Er seufzte. »Jo'ela, Sie waren schon immer ein Dickkopf. Doch was ich meine, ist: Zu einem bestimmten Zeitpunkt meiner Arbeit mußte ich entdecken, daß ich mehr wollte als mein Patient und daß die ganze Sache eigentlich mit etwas anderem zusammenhing.«

Jo'ela bog die Büroklammer auseinander. »Mit was?«

»Ich kann es nicht so genau sagen. Aber vielleicht wollte ich mich in eine Situation bringen, in der ich an meine Grenzen stieß. Mit dem Kopf gegen die Wand rennen, um etwas zu tun. So zu tun, als könnte ich alles. Auszuprobieren, ob ich es kann.«

Durch das große Fenster hinter seinem Rücken waren am Himmel bereits die ersten Farbschattierungen des Sonnenuntergangs zu sehen. Ein dunkler Dunst hing über den fernen Bergkuppen. Margaliot drehte sich in seinem Stuhl, zog ein weißes, gebügeltes Taschentuch aus der Hosentasche und wischte sich über die Nase. »Und was passiert jetzt, in den letzten Tagen?« sagte er, faltete langsam das Taschentuch wieder zusammen und glättete es zwischen seinen langen, weißen Fingern. »Ich sehe Ihre Augen glänzen wie im Fieber, ich kenne das. Ich habe gehört, wie Sie mit dem Rabbiner sprachen, wie Sie die Laborantin anschrien, ich merke schon, wie Sie über alle möglichen Wege nachdenken, an die Familie heranzukommen, Sie suchen ja fast schon einen Beruf für das Mädchen aus. Es wird zu Hausbesuchen führen. Ich warne

Sie, passen Sie gut auf, daß Sie sich nur wegen eines Mädchens, das einmal da war und wieder gegangen ist, die Zusammenarbeit mit diesen Leuten nicht verderben. Glauben Sie mir, die Welt ist voll mit solchen Mädchen. Auch bei uns im Flur, es gibt nicht nur diese eine. Es gibt auch andere. Das wissen Sie doch. Und Ihr Engagement beweist nicht, daß Sie eine gute Ärztin sind, sondern nur, daß Sie die Grenzen nicht mehr kennen. Das wird zu nichts Gutem führen. In dem Moment, wo wir aus der Klinik hinausgehen und uns ins richtige Leben einmischen, zeigt sich nur, was in unserem Inneren geschieht, es hat nichts mit unserer Qualität als Arzt zu tun.« Und dann erklärte er plötzlich: »Ende der Vorlesung.« Er lächelte. »Also, was haben Sie mit diesem Mädchen, Doktor Goldschmidt?« Er hatte umgeschaltet auf den bekannten ironischen Tonfall, mit dem tschechischen *r*, das sich fast wie *l* anhörte und die Ironie milderte.

Das ermöglichte ihr zu sagen: »Ich weiß nicht, aber sie läßt mich nicht los, und seit vorgestern habe ich Kopfschmerzen. Sagen Sie mir, an welchem Fall Sie festhängen, und ich sage Ihnen, wer Sie sind. War es das, was Sie mir sagen wollten?«

»So ungefähr«, sagte Margaliot, »so könnte man es ausdrücken.« Seine Stimme klang müde, als habe er jedes Interesse verloren. Er richtete sich auf. »Außerdem wollte ich Sie über meine Pläne informieren. So etwas muß man langsam aufbauen, Jo'ela, und Sie haben sich noch nicht mal gefreut.«

»Ich werde darüber nachdenken«, versprach Jo'ela. »Ich werde über das, was Sie gesagt haben, nachdenken.«

»Gut. Aber wir sind nicht in einem amerikanischen Film, hören Sie auf, sich zu überlegen, wie Sie meinen Beifall bekommen können. Es geht mir um Ihre Person.«

Wenn man das Krankenhaus bei Sonnenuntergang verließ, konnte man noch das rotgoldene Licht sehen, und an der Art, wie die blassen Schatten auf die lila gesprenkelten Schwertlilien unterhalb des Marmorgeländers fielen, stellte man fest, daß die Tage länger wurden. Wenn sie in der Klinik geblieben wäre und starrsinnig auf die Labortechnikerin gewartet hätte, wäre nichts geschehen. Wenn. Erst im nachhinein konnte sie den Finger auf die Stelle legen und sagen, daß alles nur deshalb passiert war, weil sie vorzeitig die Arbeit verlassen hatte. Wenn man früher wegging, konnte man noch sehen, wie sich die Sonnenstrahlen in den großen, verstaubten Fenstern im Flur brachen. Und man sah auch die graublauen Hügel in der Ferne, sogar den Hirten mit seiner Schafherde vor den niedrigen Häusern des Dorfes, weit weg von der goldenen Kuppel. Wer sich erlaubte, früh wegzugehen, konnte auch die vielen Menschen sehen, die familienweise oder allein während der Besuchszeit in die Klinik eilten oder sie verließen. Zu dieser Zeit konnte man die Gesunden sehen. Neben dem Empfang, in der Eingangshalle, saß eine große Gruppe um eine dünne Frau, unter deren rosafarbenem Morgenmantel ein blauer Herrenpyjama hervorschaute, neben ihr eine junge Frau, ihre Schwester oder ihre Tochter, angespannt und besorgt, und zwei andere Frauen, die gleichgültig und gelangweilt zur Seite blickten, außerdem ein älterer Mann, der mit einem siegessicheren Ausdruck im Gesicht eine Zeitung zu einem Papierschiff faltete, einfach zum Spaß, während ihm ein kleiner Junge zusah. Manche Patienten saßen auch allein da, die Hände am schlaffen Gummizug des Pyjamas, die Füße in Hausschuhen, wie zum Beispiel dieser ältere Mann im Flur, neben dem Eingang zur Cafeteria. In der Empfangskabine drehte die Angestellte hartnäckig am Knopf des Radios und trällerte freudlos mit der rauchigen Stimme der Sängerin mit: »Ich fand jemanden, der mir guttun wird.«

Als Jo'ela sich dem Wachmann am Eingang näherte, den sie wegen seines kahlen Kopfes und des gezwirbelten Schnurrbarts Kaukasier nannte, hörte sie eine alte, bekannte Stimme. Sogar die Wörter waren ihr geläufig. Ihr Puls ging schneller, als sie Jossi Jadins Stimme erkannte. »Und so stehen die Dinge. Auf einem hohen Ast saß ein Vogel ...« Der Kaukasier drehte das Radio leiser und lächelte ihr zu, so daß die Zahnlücken in seinem Unterkiefer zu sehen waren, und sagte entschuldigend: ›Die Leute vom Musiksender sind ganz verrückt geworden, sie wissen schon nicht mehr, was sie bringen sollen. Sind wir kleine Kinder oder was? So geht das schon seit zwei Wochen. Fünf Minuten vor Schluß einer Sendung spielen sie jeden Tag zehnmal einen der ›Slawischen Tänze‹ von Dvořák. Immer denselben und immer dieselbe Aufnahme.« Der Kaukasier war überzeugt, Jo'ela sei Musikliebhaberin, nur weil sie vor ein paar Jahren einmal einen eher gelangweilten Blick auf das kleine Radiogerät vor ihm auf der Theke geworfen hatte, aus dem eine unbekannte liturgische Musik geklungen hatte. »Der 149. Psalm von Mendelssohn«, hatte er damals gesagt, und ihr Schweigen hatte ihn dazu ermutigt, ihr vom Quiz und den Fernsehsendungen am Schabbat zu erzählen. Nie stellte er eine direkte Frage. Jetzt fuhr er fort: »Also ich sage, sollen sie doch dafür sorgen, daß ihre Programme zum richtigen Zeitpunkt aufhören, oder sie sollen was anderes bringen. Aber so?« Sein anhaltendes Interesse an ihrer Person hatte sie anfangs amüsiert. Und dadurch, daß er aufstand, wenn sie vorbeiging, daß er sich aufrichtete, sich bemühte, verursachte er ihr Schuldgefühle und zwang sie, stehenzubleiben und ihm zuzuhören. Doch im Lauf der Zeit hatte sie bemerkt, daß sie nicht die einzige war. Es bereitete ihr ein gewisses Unbehagen, daß er sich nur mit Ärzten – mit Leuten, die weniger als Ärzte waren, mit Schwestern, Laborangestellten und Röntgentechnikern, gab er sich nicht ab – über die Radiomusik unterhielt. Es waren eigentlich keine wirklichen Gespräche. Normalerweise war er es, der sprach, erklärte, ungeheuer stolz darauf, sich von seinen Kollegen zu unterscheiden – die anderen Wachleute hörten andere Musik, wenn's hoch kam, Nachrichten, und er wußte auch, daß er zur Folklore der Klinik beitrug.

Manchmal war Jo'ela verwirrt wegen der prahlerischen Anhänglichkeit, mit der er zum Beispiel die *Variationen über ein Rokokothema* von Tschaikowsky trällerte. Schon oft hatte sie ihn im Verdacht gehabt, daß er absichtlich lauter mitsang, wenn ein Arzt an ihm vorbeiging.

Jossi Jadin sprach weiter, doch der Kaukasier zuckte mit den Schultern und bot ihr aus einer Blechschachtel, die er aus der Schublade holte, ein grünes Pfefferminzbonbon an, wobei er sie fragte, ob sie gestern die Callas in *Carmen* gehört habe. Jo'ela nickte, und er war hochzufrieden. »Die Callas hat nie die Carmen in der Oper gesungen«, flüsterte er diskret, als handle es sich um eine kranke Familienangehörige, »wegen ihrer Knöchel, weil sie nie zufrieden war mit ihren Fesseln, auch als sie abgenommen hatte. Nur ein einziges Mal hat sie die ganze Oper gesungen, vierundsechzig, die Aufnahme, die sie gestern gebracht haben. Eine konzertante Aufnahme, ihre beste.« Seine Augen glänzten. »Man bekommt eine Gänsehaut davon. Schauen Sie, Frau Doktor, ich brauche nur daran zu denken, schon bekomme ich eine Gänsehaut auf dem Arm.« Er streckte einen glatten, kräftigen Arm vor.

Das wäre der richtige Moment gewesen, ihm eine persönliche Frage zu stellen, zum Beispiel, was er die ganzen Jahre hier getan hatte. Doch statt dessen sagte sie nur: »Das ist wirklich eine schreckliche Geschichte, diese Carmen.«

Das Gesicht des Wachmanns strahlte. »Und auch das Leben der Callas, was für eine Tragödie! Was für eine Tragödie!« Als sie nicht reagierte, fragte er: »Finden Sie nicht auch, Frau Doktor?« Immer sprach er sie mit ihrem Titel an.

Jo'ela nickte und lächelte ihm zu. Hila hätte sich schon längst auf ihn eingelassen. Sie hätte bereits alles Wissenswerte über ihn herausgefunden. Während sie, Jo'ela, sich nach all den Malen, die er sie angesprochen hatte, noch immer verhielt, als wäre es das erste Mal. Nichts wußte sie über ihn. Auch nichts über die beiden alten Schwestern. Oder über das junge Mädchen. Ebensowenig wie über die Hebamme mit den Narben im Gesicht, die in der letzten Nacht Dienst gehabt hatte und von der man sagte, sie habe sich verbrannt. Sie schüttelte den Kopf, als müsse sie sich von einer Last befreien.

Auf dem Weg zum Parkplatz fiel ihr auf, wie weich das Licht war. Auf beiden Seiten des gepflasterten Wegs standen blühende Lonicera. Die Stufen, die sich den Hang hinunterwanden, führten zum überdachten Parkplatz, zu den Rosenstöcken, wo auch um diese Uhrzeit der Gärtner stand, die Hosenbeine mit einer Schnur zusammengebunden, in schwarzen, staubigen Lederhalbschuhen, und die Rosen beschnitt. Ihre Absätze klapperten auf dem Asphalt, als sie den stillen Platz überquerte, hinüber zu dem überdachten Teil, wo die Autos der Stationschefs standen. Auf einer Stufe stolperte sie, vertrat sich den Knöchel und ging, um den Fuß zu schonen, humpelnd weiter. Sogar Hila mit ihren Vorahnungen hätte nicht ahnen können, daß ihr, nach über zwanzig Jahren Autofahren, so etwas Blödes passieren könnte. Eine Dummheit, wegen der sie nachts wachlag, wegen der sie Kopfschmerzen bekam und immer wieder die Sätze hörte, die Margaliot gesagt hatte. Jo'ela haßte solche Verbindungen. Es war einfacher zu sagen, sie sei aus Zerstreutheit oder weil es so umständlich war, den Kopf zu wenden, losgefahren, ohne sich umzuschauen.

Um fünf Uhr fünfundzwanzig nachmittags brachten die Klänge der Hörner die Schlußakkorde. Zum dritten Mal hatte sie die Geigen von Peters Motiv in *Peter und der Wolf* verpaßt. Nur wenn man bis zum Ende hört, kommen sie zurück. Etwas am Licht verführte sie dazu, den Panoramaspiegel so zu drehen, daß sie ihr Gesicht sah. Arnon hatte ihn angebracht, um das Blickfeld zu vergrößern. Das rötliche Licht brach sich in dem gewölbten Spiegelrand und vergoldete ein einzelnes Haar, das plötzlich, hell und weich, aus einer scharfen Falte auf ihrer linken Gesichtshälfte wuchs. Seit wann hatte sie diese scharfe Falte, und wo kam das Haar her, zwar hell, aber so auffallend, und seit wann hatte ihre Haut einen so wächsernen Farbton? Solche Beschwerden brachten Frauen vor, wenn sie mit ihnen Gespräche führte, die zu den Fragebögen für ihre Forschungsarbeit über die Wechseljahre gehörten. Immer wieder erzählten sie von dem Moment, als sie in den Spiegel geblickt und ihnen plötzlich ein fremdes Gesicht entgegengeschaut hatte, ein Gesicht mit Haaren am Kinn. Ein ums andere Mal erzählten sie das. Als Jo'ela vor fünf Jahren mit dieser Forschungsarbeit begonnen hatte, war sie erst achtunddreißig gewesen. Und damals konnte sie sich nicht vorstellen, daß auch sie irgendwann ihr Spiegelbild betrachten und ein einzelnes verräterisches Haar entdecken könnte. Natürlich wußte sie, daß das Alter sie nicht verschonen würde. Und natürlich waren das Aussehen und die Qualität der Haut nicht das Wichtigste im Leben. Die beiden Frauen, die sie gestern gesehen hatte, hatten zu ihr gesprochen, als erwarteten sie, daß sie von selbst verstünde, um was es ging. Als sei sie eine von ihnen. Und nun, bei den letzten Klängen von *Peter und der Wolf*, verstand sie, daß sie den Beschwerden der beiden Frauen über das Nachlassen des Gedächtnisses und die wachsende Zerstreutheit so angestrengt und konzentriert zugehört hatte, als müsse sie sie unbedingt ihrer persönlichen Erfahrung hinzufügen. Früher hatte sie es immer genossen, wenn die Nachmittagssonne auf ihr Gesicht fiel, wenn ihre Haare aufleuchteten, einen rötlichgoldenen Glanz bekamen, den sie bei anderem Licht nicht hatten, und wie ein Strahlenkranz ihr Gesicht umgaben. Nun gehörte auch sie zu den Frauen, die man im dunklen Zimmer lieben muß, wie es einmal der Ehemann einer Patientin formuliert hatte, die an Beschwerden der Wechseljahre litt. Die Sonne beleuchtete auch Flecken auf den abgenutzten Sitzen, zwei lange Haare auf dem Beifahrersitz, Keksrümel und zerknülltes Kaugummipapier. Sie beleuchtete auch ihre Gesichtshaut, die plötzlich trocken aussah, und das helle Haar, das ihr da wuchs, wie auf dem Kinn der alten Ärztin, die allein in einem großen Haus gewohnt hatte und einem immer in dickem Pullover, Wollstrümpfen und abgetragenen warmen Hausschuhen die Tür geöffnet und gesagt hatte: »Nun ja, zu mir kommen keine jungen Männer zu Besuch.« Das Gesicht ihrer Mutter, faltig und eingeschrumpft, schien ihr aus dem Panoramaspiegel entgegenzublicken. Mit einer schnellen Bewegung schob sie den Spiegel wieder an seinen Platz, legte den Gang ein, nahm den Fuß vom Bremspedal, hörte das plötzliche Knirschen der rebellierenden Kupplung, drückte trotzdem auf das Gaspedal. Ist es ein Wunder, wenn man nicht hinschaut, wenn man nicht mal in den Seitenspiegel blickt, wenn man den Kopf nicht rückwärts dreht und sich verhält wie ein Cowboy in der Prärie – daß man plötzlich das Geräusch eines Aufpralls hört?

Es war, als dehne sich der Moment lange aus, das Auto, die Luft, das hartnäckige Zwitschern eines Vogels, der erstarrte Körper, das Geräusch von splitterndem Glas, das wie eine Welle durch den schmalen Asphaltweg schwappte und nicht aufhörte, als breche das Glas immer weiter, auch nachdem das Auto stand. Das Echo des krachenden Blechs drang auf sie ein, schien ihren Körper wie leichte, klebrige Wellen zu umgeben und ihre Glieder zusammenzuhalten. Als es endlich still war, stellte sie erstaunt fest, daß sie ganz normal weiteratmete, trotz der Wellen von Übelkeit, daß sich nichts bewegte und daß in diesem großen Schweigen nur ein hartnäckiger Vogel mit seiner hellen, dünnen Stimme pfiff. Alles hielt inne, in vollkommenem Widerspruch zu der Bewegung der Welle, die anschwoll und zurückwich, so daß es dem Körper schien, als sei er allein die Realität.

Unter der erfrorenen Haut, hinter den harten Muskeln des erstarrten Körpers hörte sie das Blut strömen und den Puls schlagen, und alles stand im Gegensatz zueinander. Der Unterleib war ein kaltes Loch, doch die Gesichtshaut brannte, und die Schläfen pochten. Die Welt war zerstört. Und daneben tanzte sie vor Fröhlichkeit, war lebhaft und hell und schloß alles ein, alle Einzelheiten, die Art, wie die Sonne den Asphalt vor der Frontscheibe in Licht tauchte und in eine glänzende Stoffbahn verwandelte, und den Gärtner, der herbeigerannt war und nun in einiger Entfernung stehenblieb, auf einen Spaten gestützt, den er vorher nicht in der Hand gehabt hatte, und mit offenem Mund herüberstarrte. Außer ihm befand sich niemand auf dem Parkplatz.

Aber aus dem Auto neben ihr, schwer und grau wie ein Panzer, blickte sie das längliche Gesicht eines Mannes mit dicken Augenbrauen erschrocken an. Er stieg aus dem Auto. Ein ziemlich großgewachsener Mann mit ergrauenden Haaren, jungenhaft geschnitten, als habe man ihm einen Topf übergestülpt. Jo'ela blieb sitzen. Ihre Beine zitterten. Er machte den Mund auf, um etwas Zorniges zu sagen, aber sie senkte den Kopf und sagte: »Es tut mir leid, ich habe nicht aufgepaßt.« Mit einer Welle von Übelkeit stieg ihr die Erbsensuppe vom Mittagessen in die Kehle und drohte hervorzubrechen. Sie schluckte sie mit Mühe hinunter.

»Man muß sich immer umschauen«, sagte der Mann.

»Ja«, gab Jo'ela zu, »das muß man. Aber ich habe es nicht getan. Ich bin schuld.«

»Was ... was ...«, ereiferte sich der Mann, und weil seine Forderungen sich schon erschöpft hatten, sagte er mit einem verzweifelten Vorwurf: »Man muß schauen.«

Jo'ela hob die Hände vom Lenkrad und ließ sie zurückfallen, schlaff und kraftlos.

Er betrachtete ihr Auto. »Ihr linker Kotflügel«, sagte er, »der hintere, und bei mir der Scheinwerfer. Ich habe geblinkt, ich war sicher, daß Sie mich sehen, und ...«

»Ich habe Sie nicht gesehen«, sagte Jo'ela. »Aber Ihnen ist nichts passiert.«

»Was heißt da, nichts passiert?« Er verzog den Mund.

Seine Unterlippe war voll, die obere dünner und schärfer konturiert. »Und was ist mit meinem Scheinwerfer?«

»Na gut, ein Scheinwerfer«, sagte Jo'ela abschätzig und bedauerte es sofort. »Es tut mir leid, entschuldigen Sie.«

»Man muß sich umschauen, bevor man vom Parkplatz wegfährt«, wiederholte der Mann, als wisse er sonst nichts zu sagen.

»Gut, ich habe gesagt, daß es mir leid tut und daß ich schuld bin. Was soll ich jetzt machen? Mich auf die Knie werfen?«

Der Mann öffnete den Mund, machte eine wütende Handbewegung und betrachtete sein Auto. Dann schaute er sie wieder an, lächelte und nahm die Sonnenbrille ab. »Besser wäre es, wenn Sie mir Ihre Personalien geben.«

Jo'ela griff ins Handschuhfach und nahm die weiße Plastikhülle heraus, in der sich die Papiere befanden.

»Hier«, sagte sie, »nehmen Sie, was Sie wollen. Ich habe keine Ahnung. Ich war noch nie in einen Un... noch nie in so etwas verwickelt.«

Er riß ein Stück von einem zusammengefalteten Papier ab, das er aus einer Tasche seiner Jeans gezogen hatte, wühlte weiter und brachte einen Kugelschreiber zum Vorschein, einen Parker. Er biß sich auf die Lippe, während er, an die Autotür gelehnt, einige Zahlen aus den Papieren abschrieb. Dann faltete er sie sorgfältig wieder zusammen, steckte sie in die weiße Plastikhülle zurück und schüttelte den Kopf. »Sie werden so nicht fahren können, Ihr linker Kotflügel scheuert am Reifen. Sie haben innerhalb von ein paar Minuten einen Platten, wenn Sie so fahren. Man muß den Kotflügel vom Reifen wegkriegen.«

Jo'ela sagte nichts. Erst jetzt stieg sie aus dem Auto. Das Geräusch des scheppernden Blechs klang ihr noch immer in den Ohren. Ihre Beine fühlten sich wacklig an, und in ihrem Bauch war ein dicker Knoten. »Was für ein Glück, daß nichts

Schlimmeres passiert ist«, sagte sie mit der Stimme ihrer Mutter.

»Ja.« Der Mann nickte. »Und was für ein Glück, daß ich ein kultivierter Mann bin.«

Jo'ela blickte ihn forschend an, entdeckte aber kein Zeichen von Ironie.

»Sie können wirklich so nicht fahren.« Er beugte sich über den eingedrückten Kotflügel und versuchte, ihn vom Reifen wegzuzerren. »Ohne Werkzeug geht das nicht«, sagte er schließlich entschuldigend. »Und meines ist im Wagen meiner Frau.«

Das Auto war ein Saab, ein Modell, wie sie es schon seit Jahren nicht mehr gesehen hatte. Er hatte lange Beine, zu lang für einen etwas kurzen Rumpf. Seine Schultern waren ziemlich breit, und unter seinen zu kurzen Hosenbeinen lugten braune Strümpfe hervor. Sie konnte sich die Frau nicht vorstellen, die den Wagen fuhr, in dem sich sein Werkzeug befand. Männer mit ergrauenden Haaren können mit jungen, großgewachsenen Frauen verheiratet sein, die den Zweitwagen fahren, den neuen, in dem dann auch das Werkzeug ist, falls was passiert.

»Vielleicht haben Sie einen Hammer oder eine Zange im Kofferraum?«

»Ich habe kein Werkzeug. Nur einen Schlüssel für die Schrauben an den Rädern«, sagte sie voller Panik.

»Man kann eigentlich nur noch mehr kaputtmachen«, meinte er. »Wir sollten es lieber so lassen, wie es ist.«

Aus irgendeinem Grund beugte sie sich vor und drehte den Zündschlüssel halb um. Aus dem Radio kam die gepflegte Stimme eines Sprechers, der auf amüsante Art aus dem Leben Robert Schumanns erzählte, und ein Gastpianist überstürzte sich fast bei dem Versuch, etwas über die verschiedenen Interpretationen der *Kinderszenen* zu erklären. Die Stimmen waren arrogant und weich, und Jo'ela beugte sich durch das Fenster, um den Sender genauer einzustellen. Der Gärtner stand noch immer in sicherer Entfernung, auf seinen Spaten gestützt, und beobachtete die Szene. Der Mann warf einen Blick auf den Gärtner, dann wandte er sich wieder ihr zu. Während der ganzen Zeit kam kein Auto vorbei. Und niemand betrat den Parkplatz. Die Uhr zeigte Jo'ela, daß erst eine Viertelstunde vergangen war. Sie bedauerte, nicht in der Klinik geblieben zu sein. Sie hätte bleiben müssen, trotz ihrer Kopfschmerzen und obwohl der erwartete Kaiserschnitt sich in letzter Minute doch noch zu einer normalen Entbindung entwickelt hatte. Wäre sie wenigstens im Labor geblieben und hätte gewartet, bis die Laborantin frei geworden wäre ... Aber ganz plötzlich war ihr das regelmäßige Tropfen des Serums in die Bakterienkultur auf die Nerven gegangen ...

»Wohin wollen Sie jetzt?«

»Wie bitte?«

»Wohin wollen Sie? Wohin wollten Sie von hier aus fahren?« fragte er mit einer besänftigenden Handbewegung zu seinem Auto hin.

»Ich ... ich ... nach Hause. Aber das ist nicht in Ordnung, ich nehme mir ein Taxi, es ist gleich da, der Stand ist nicht weit.«

»Kommen Sie, ich fahre Sie hin. Wir müssen nur erst Ihr Auto wieder einparken.«

»Wie denn?« fragte Jo'ela. »Es läßt sich doch nicht bewegen.«

»Zwei Meter wird's schon schaffen.«

»Sie meinen, ich soll einfach einsteigen und ...?«

»Genau wie vorhin.« Er lächelte. »Das ist auch gut so. Man sollte immer gleich einsteigen und fahren, als wäre nichts passiert, bevor sich ein Trauma entwickeln kann.«

Nun war der ironische Tonfall nicht zu überhören. Sie setzte sich schnell ins Auto und fuhr es langsam wieder auf den Parkplatz.

Die Tür des Saab quietschte, als er sie öffnete. In diesem Moment rang sie die Hände, wie ihre Mutter es getan hatte, wenn ein Wasserhahn tropfte oder der Strom ausfiel.

»Haben Sie jemals gehört, daß einer, dem man das Auto zerbeult hat, den Verursacher des Unglücks auch noch als Anhalter mitnimmt?« Seine runden Augen waren weit offen, und in seinem Blick lag warmes Interesse, Erwartung und Vertrauen. Dieser Blick war es, der sie dazu brachte, sich zum Beifahrersitz zu neigen und zu warten, bis er mit einer wilden Bewegung den Haufen Papier weggenommen und auf den Rücksitz geworfen hatte, und sich dann schwer auf den Sitz fallen zu lassen, unter dessen Bezug die defekten Federn der Polsterung zu erkennen waren. »Sie können ruhig drauftreten«, beruhigte er sie, als sie ihre Beine anzog, um nicht die Broschüren und die kurzen Streifen zu berühren, schwarze Plastikteile wie von Filmbändern, die unten vor dem Sitz verstreut lagen. »Kümmern Sie sich nicht darum.«

Sie bemerkte seinen Ehering, der zwischen den Haaren auf seinen Fingern blitzte, Haare, die von den letzten Sonnenstrahlen rötlichweiß gefärbt wurden. Weil sie sich so schlaff fühlte, stützte sie sich mit der Hand auf der Fläche neben der Gangschaltung und schreckte plötzlich zurück, als er sie beim Anfahren mit dem Arm berührte. Sie nannte ihm ihre Adresse und wollte ihm erklären, wie er hinkam.

»Ich kenne die Straße«, sagte er.

Sie suchte nach einem Gesprächsthema. »Was ... was tut man nun, wenn so etwas passiert ist?« fragte sie, als sie sich dem Tor des Krankenhausgeländes näherten.

»Ich erinnere mich gut an das erste Mal, als ich dieses Geräusch gehört habe. Mir kam es damals so vor, als wäre alles aus. Man weiß ja nicht, wann es aufhört zu krachen. Leider wird man nicht immun dagegen, auch nicht beim zweiten Mal. Im Auto hört sich der Krach wirklich ziemlich schlimm an. Aber das geht vorbei. Nach einiger Zeit vergißt man es.«

»Ich verstehe nicht, warum ich mich nicht umgeschaut habe.« Sie stellte sich ihre schwarze Tasche zwischen die Füße und hielt mit beiden Händen den braunen Umschlag fest, der auf ihren Knien lag. Darin befanden sich die Untersuchungsergebnisse des jungen Mädchens.

»So ist es manchmal. Das muß man einfach akzeptieren. Ich kenne diese Überlegungen, wie man es hätte verhindern können. Im nachhinein kommt einem alles so dumm vor. Oder man fängt an, Theorien über Glück und Zufall zu entwickeln. Besonders ärgerlich ist, daß manchmal eine Sekunde, der Bruchteil einer Sekunde, gereicht hätte, und alles wäre anders.« Seine Stimme war jetzt weich und tief. »Man verläßt morgens das Haus, und das ist alles, was man sicher weiß – daß man morgens das Haus verlassen hat. Danach kann einem alles mögliche passieren. Man weiß nicht, wen man treffen wird und wann man wieder nach Hause kommt. Wie bei dem Spruch über Krankenhäuser: Man weiß, wann man reinkommt, aber nicht, wann man es wieder verläßt.«

Eine dicke, kräftige Frau lief mit langen Schritten den schmalen Gehweg entlang. Jo'ela hatte das Gefühl, als spiele die Frau mit sich selbst das alte Kinderspiel und versuche, nicht auf die Ritzen zwischen den Pflastersteinen zu treten.

»Sie arbeiten doch im Krankenhaus«, sagte der Mann. »Es wird Ihnen doch nicht schwerfallen, die Dinge in ihren richtigen Proportionen zu sehen.«

Eine lange Autoreihe stand vor der Einfahrt zur Hauptstraße. Alle wissen, daß die Zeit rast, wenn man möchte, daß sie langsam vergeht, und daß sie kriecht, wenn sie schnell vergehen soll. Und niemand spricht über die Relativität der Zeit im Unbewußten. Wenn man nichts weiß, nicht weiß, was man will. Wenn man das Gefühl hat, einfach schnell nach Hause zu müssen, weil dort vielleicht Rettung zu erwarten ist, insgeheim aber weiß, daß sie vielleicht gar nicht kommen wird, oder im Gegenteil, daß die Last dort vielleicht noch größer wird, dann kann es sein, daß ein Verkehrsstau – ein kleiner Junge aus dem Auto vor ihnen schnitt eine Grimasse – die bekannte Gereiztheit hervorruft. Schon jetzt war klar, daß die Fahrt, für die man normalerweise fünf Minuten brauchte, sich in die Länge ziehen würde, und sie saß mit einem fremden Mann in einem Auto mit einem kaputten Scheinwerfer, an dessen Zustand sie schuld war. Bis sich der Stau auflöste, konnte er mit ihr sprechen. Er hätte genug Zeit, die Wand aus Höflichkeit zu durchbrechen und Dinge zu klären. Er gehörte zu dieser Art Männer. Einer, der redet. Seine Höflichkeit und der sanfte, freundliche Blick, mit dem er sie anschaute – was amüsierte ihn denn so? –, waren wirklich auffallend. Seine unerwartete Reaktion. Das Gesicht des jungen Mädchens tauchte wieder vor ihr auf. Schnell nach Hause, wo sie so früh ohnehin niemand erwartete. Über was für eine Kluft hatte Margaliot gesprochen, warum mußte jetzt ein Stau sein? Fast hätte sie laut gefragt: Was habe ich falsch gemacht? Statt dessen seufzte sie tief. Ich muß unterwegs am Lebensmittelgeschäft anhalten und wenigstens Milch kaufen, aber vielleicht hat Arnon schon gesehen, daß keine mehr da ist. Diese Hände liegen so ruhig auf dem Lenkrad, so sicher, ein kleiner Muskel zuckt unter der Haut seiner Wange, die Sonne geht lange unter, sehr langsam, wie in den Bergen, verengte seine Pupillen und beleuchtete ein Netz feiner Fältchen um seine Augen und verlieh ihnen einen sehnsüchtigen Glanz. Nun zog er kräftig an der Handbremse, nahm den Fuß vom Bremspedal und streckte das Bein zur Seite, da, wo sich kein Pedal befand – und wartete offensichtlich darauf, daß sie etwas sagte. Sie schwieg. Alles, was sie sagen könnte, wäre nicht richtig. Wenn sie zum Beispiel jetzt anbieten würde, auszusteigen und zu Fuß heimzugehen, weil es schade wäre um seine Zeit, dann wäre das kein echtes Angebot. Denn auch hinter ihnen erstreckte sich eine Autoschlange. Er war ebenso gefangen wie sie. Es war sinnlos, ein Wort darüber zu verlieren. Würde sie über ihr schlechtes Gewissen sprechen, weil er ihretwegen im Stau festsaß, nachdem sie ihm schon den Scheinwerfer zerbrochen hatte, dann wäre das Manipulation, weil er das Gefühl bekäme, die Mühe abstreiten zu müssen, nur um ihre Schuldgefühle zu zerstreuen. Sie wünschte sich, er möge mit seiner Stimme das Echo des scheppernden Blechs übertönen. Doch auch darüber lohnte es sich nicht zu sprechen, denn er hatte sie bereits darauf hingewiesen, daß sie den Sinn für Proportionen wiedererlangen müsse. Es wäre ganz schön, wenn er ihr versichern würde, daß er sich nicht über sie ärgerte, aber sie merkte ja selbst, daß das nicht der Fall war. Was angebracht war, was wirklich passen würde, waren Floskeln. Eine höfliche, empathische Frage, ob er es eilig habe. Doch auch das war riskant, weil er zu freundlich war. Etwas an seinem weichen, warmen Blick und an seiner offen gezeigten Lebensfreude, dieser schnellen Neugier, nahm sie für ihn ein. Aber was sollten diese inneren Kämpfe, der Mann war überhaupt nicht wichtig. Man sagt was, und damit hat sich's. »Ich habe Ihnen den Tag versaut«, sagte sie schließlich.

»Na ja, es ist halt passiert«, sagte er fröhlich, und ihr sank das Herz.

»Es tut mir wirklich leid, Sie hätten mich nicht ...«

»Für mich ist die Zeit im Moment kein Problem. Bei Ihnen, scheint mir, ist das anders.«

»Es ist wegen des Staus. Es kann passieren, daß man hier eine ganze Stunde stehn ...«

»Müssen Sie dringend wohin?«

»Auch wenn das so wäre, es hat nichts damit zu tun, ob ich es eilig habe oder nicht. Es ist etwas Biologisches, eine Art Allergie gegen Staus.«

»Sie sind jetzt wirklich noch blasser«, sagte er und betrachtete sie besorgt. Dann schaute er hinaus, auf die Autos, die auf beiden Fahrbahnen standen, und lachte. »Wenn ich heute nicht schon in einen Unfall verwickelt gewesen wäre und wenn es hier nicht so viele Polizeiautos auf der Straße gäbe, hätte ich uns schon längst hier hinausbugsiert.«

Sie atmete angestrengt.

»Möchten Sie aussteigen? Sollen wir uns draußen hinstellen?« schlug er freundlich vor, und als sie nickte, ergriff er ihr Handgelenk, legte einen Finger auf den Puls, blickte auf seine Uhr und sagte: »Hundertdreißig, ist das normal bei Ihnen?«

»Nein, aber heute ... und dann auch noch das. Ich habe immer physische Symptome in einem Verkehrsstau. Gleich fange ich an zu schwitzen.« Seit wann erklärte sie fremden Menschen solche Dinge? »Vermutlich gibt es auch eine Grenze für richtiges Funktionieren.«

»Es gibt keine Grenze, wie sich herausstellt«, sagte er heiter, nahm ihr den braunen Umschlag aus der Hand und legte ihn auf den Rücksitz. »Geben Sie mir diese Tasche«, befahl er. »Es wird ihr nichts passieren, und Sie können sich bequemer hinsetzen.«

Sie hob die schwarze Tasche hoch und hörte, wie er sie zwischen den Vorder- und den Rücksitz schob. Dann beugte er sich nach hinten, hielt ihr eine Flasche Wasser hin und befahl: »Trinken Sie jetzt drei Schlucke!«

Sie nahm einen Schluck. »Mehr!« sagte er.

»Es geht nicht, ich kann nicht schlucken.«

»Atmen Sie ganz tief. Das ist nur Panik, es geht gleich vorbei, wenn Sie tief atmen, und dann können Sie sprechen.«

Nachdem sie noch zwei Schlucke genommen hatte, sagte er: »Und jetzt tief und langsam atmen. Und jetzt sprechen Sie.«

Aber sie konnte nur zweimal aufstoßen, sonst bekam sie keinen Ton heraus.

»Los, sagen Sie etwas, und atmen Sie tief ein. Erst tief einatmen.«

Sie gehorchte, und er legte die Hand wieder auf das Lenkrad. »Manchmal ist es wunderbar, wenn einem der Tag versaut wird«, erklärte er. »So trifft man sich. Das ist nicht so schlimm, wir können uns unterhalten.«

»Ich liebe die Routine«, widersprach sie.

»Das liegt nur an der Angst.«

Sie lehnte sich zurück, schloß die Augen und machte sie sofort wieder auf, weil sie Panik in sich aufsteigen fühlte. Er betrachtete sie ohne Scham, mit sichtbarer Neugierde und Freude. Sie zog am Saum ihres engen, schwarzen Rocks, den sie immer anzog, wenn sie Frauen aus den frommen Vierteln erwartete. »Ich schlafe nicht«, meinte sie. »Ich schlafe nie ein, ohne es zu wollen.«

»Wirklich seltsam«, sagte er.

»Was ist seltsam?«

»Die Dinge, die uns angst machen, die Momente, in denen wir die Selbstbeherrschung verlieren. Vorhin waren Sie vollkommen in Ordnung.«

»Das hängt bloß von den Umständen ab, das hat keine Bedeutung. Es liegt an der Müdigkeit und dem Druck und solchen Dingen.«

»Was halten Sie also von der Sache mit der Proportion? Wir waren bei den Proportionen.«

»Ich weiß, daß man auf die richtigen Proportionen achten muß, und ausgerechnet das macht es noch schwerer. Hoffentlich glauben Sie mir ...« – eigentlich konnte es ihr doch egal sein, was er glaubte – »... daß ich sonst nicht so bin. Ich kenne den Unterschied zwischen einer Katastrophe und einer Belanglosigkeit ziemlich genau.«

»Weil Sie Krankenschwester sind?« fragte er amüsiert.

Sie wollte schon den Kopf schütteln, wollte schon etwas über stereotype Gedanken sagen, gegen automatische Hypothesen protestieren, doch plötzlich spürte sie eine Art Trotz, und sie meinte, Ja'aras entschiedene Stimme zu hören, in der Küche, am Eßtisch, vor dem Rechenheft mit den Multiplikationsaufgaben. Sieben war sie damals gewesen, als sie mit großer Sicherheit behauptet hatte: »Jungen können besser rechnen als Mädchen.« Sie hatte ihre Tochter betrachtet, die mit den Übungen kämpfte, und war nicht auf die Bitten um Hilfe eingegangen (»Sag's mir, bitte, sag mir, wieviel sechs mal sieben ist«), sondern hatte jedesmal wiederholt, was notwendig war: »Du weißt es selbst. Lös die Aufgabe und zeig sie mir dann.« Sie war erschrocken gewesen über den Ausruf ihrer Tochter. »Wieso sollen sie besser rechnen können? Wer hat dir so einen Blödsinn erzählt?« Ja'ara hatte den Radiergummi am Bleistiftende abgeleckt und einlenkend den Kopf zur Seite gelegt. »Gut, vielleicht können sie es nicht besser«, hatte sie gesagt, »aber es ist besser, wenn Mädchen es schlechter können.« Jo'ela wollte wissen, was sie damit meinte, doch Ja'ara hatte es ihr nicht erklärt, sondern nur mit den Schultern gezuckt und gesagt: »Es ist eben besser.«

Jo'ela nickte.

»Was für eine Schwester sind Sie?«

»Hebamme.«

Er staunte. »Wirklich?«

»Ja, wirklich.« Und schnell fügte sie hinzu: »Warum wundern Sie sich? Was ist so seltsam daran?«

Er kratzte sich verwirrt an der Wange. »Nein, das ist nichts Überraschendes, überhaupt nicht. Ein wunderbarer Beruf.«

»So sagt man.«

»Und wie ist es in Wirklichkeit?«

»Manchmal sind auch Geburten nur Arbeit.«

»Was soll das heißen? Das Wort Arbeit ist ein Synonym für... sagen wir mal: Grau? Routine?«

»Ich mag nicht, wenn man alles in phantastischen Farben malt.«

»Jetzt glaube ich überhaupt, daß es schicksalhaft war.«

»Was war schicksalhaft?«

»Ihr kleiner Unfall.«

»In welchem Sinn schicksalhaft?«

»Weil ich, genau bevor Sie in mich reingefahren sind, bevor ich ins Auto gestiegen bin, versucht habe, mit Ihrem Professor zu sprechen, aber er hatte keine Zeit. Erst war er in einer Sitzung, dann bei einer Behandlung. Und man hat mir gesagt, es lohne sich nicht zu warten, weil er hinterher im Operationssaal erwartet würde.«

Im Flur hatte sie ihn nicht gesehen. Dieses Gesicht, lang, aber nicht schmal, mit betonten Wangenknochen unter der glatten, geraden Topffrisur, dieses jungenhafte Gesicht war ihr im Flur, vor dem Zimmer, nicht begegnet, es wäre ihr aufgefallen.

»Ich hatte keinen Termin ausgemacht, deshalb kann ich mich nicht beklagen.«

»Woher wußten Sie, daß ich Schwester bin?«

Er lächelte. »Nun, Sie sehen sehr müde aus, und wer arbeitet in einer Klinik schwer? Schwestern oder Ärzte.«

Hinter ihnen wurde gehupt. Die Autoschlange bewegte sich langsam vorwärts, er beeilte sich, den Anschluß nicht zu verlieren. Sirenengeheul war zu hören, von weitem leuchtete Blaulicht. »Ein Unfall oder ein Terrorakt? Was meinen Sie?« fragte er, zog wieder die Handbremse an, streckte den Arm hoch und drückte ein paarmal auf einen runden Knopf, rückte den Metallring, der ihn umgab, zurecht. Dann war ein langes Summen zu hören, das Brummen eines alten Lautsprechers und weiche Klavierklänge. Er drehte schnell an einem anderen Knopf, bis zum Nachrichtensender der Armee. Es kam aber nichts über einen Unfall oder einen Terroranschlag. Er betrachtete das Gerät mit träumerischer Hingabe, und auch als er ihr das Gesicht zuwandte, mit demselben konzentrierten Ausdruck, fühlte sie, daß er noch zuhörte; schließlich machte er das Radio aus.

»Mögen Sie keine Musik?« fragte sie.

»Warum? Wie kommen Sie darauf?«

»Weil das schön war, das Klavierspiel vorher.«

»Es war sogar besonders schön. Eben deshalb.«

»Mögen Sie keine schönen Dinge?«

»Doch, sonst sogar sehr. Aber jetzt unterhalten wir uns. Jetzt möchte ich mit Ihnen sprechen.«

»Das hat doch nichts miteinander zu tun«, sagte sie schnell, bevor er merkte, daß sie rot wurde.

Er drehte sich um, lehnte sich mit dem Rücken an die Tür und blickte ihr ungeniert in die Augen. Sie sah rasch aus dem Fenster, weil ein schnelles, unbeherrschtes Zwinkern ihre Angst vor der Wärme in seinem Blick verriet, vor seiner Bereitschaft für etwas Unbekanntes, das ihm vertraut zu sein schien, etwas, was sie an Hilas Erzählungen erinnerte. Mit trockener, fast verzerrter Stimme fragte sie: »Was haben Sie eigentlich von ihm gewollt?«

»Eine Erlaubnis zum Fotografieren.«

»Auf der Station?«

»Ich bin Fotograf.«

»Bei einer Zeitung?«

»Nein, nicht bei einer Zeitung. Im Gegenteil. Beim Film.«

»Aha, Film.« Sie blickte hinunter zu den Filmstreifen zu ihren Füßen. Auch auf dem Rücksitz lagen Zelluloidstreifen mit perforierten Rändern und ein hellbrauner Karton, aus dem eine Filmrolle hervorlugte. »Sie machen wirklich Filme?«

Sie erschrak über den staunenden Ton ihrer Stimme, doch er lachte. »Dokumentarfilme, nur Dokumentarfilme. Das ist mein Spleen. Und auch meine Arbeit.«

»Sie sind also Dokumentarfilmer? Wirklich?«

»Was ist daran so Besonderes?«

Beide lächelten.

Eine so kurze Zeit mit einem vollkommen fremden Menschen, ein Moment der Unachtsamkeit hatten ausgereicht, um so etwas wie eine private Sprache entstehen zu lassen. Sie hatte sich selbst als Hebamme ausgegeben. Diese Hand, die über die Gummidichtung des Fensters strich. Was würde sie tun, wenn er ebenso über ihren Arm streichelte? Es war unmöglich, hier im Auto von einer Situation zu einer anderen zu wechseln. Das wäre grotesk. Was war denn so seltsam an diesem Gedanken? Hila würde diese Frage bestimmt stellen. Und sie hörte auch schon ihre eigene wütende Antwort: Bist du verrückt geworden? Aber er war ihr gekommen, dieser Gedanke. Sogar bei den Christen waren Gedanken keine Sünde. Und es war eine Tatsache, daß sie diese Hand betrachtete und überlegte, wie es wäre, wenn er ihren Arm berührte. Und ebenso war es eine Tatsache, daß ihr die Erbsen vom Mittagessen wieder hochkamen und sie noch einmal das Krachen des Blechs hörte. Sie wußte nicht, was sie getan hätte, wenn er wirklich seine Hand ausgestreckt hätte.

»Ist alles in Ordnung mit Ihnen?« fragte er.

»Ja, vollkommen, warum?«

»Weil Sie wieder so blaß sind.«

»Das geht gleich vorbei.« Sie atmete tief. Wie kommt es, daß auf der ganzen Welt alles fließt? Die Beziehungen geraten aus dem Gleichgewicht, Realitäten zerbrechen. Wie hätte man diese Situation zum Beispiel im Film dargestellt? Zwei Menschen, die getrennt voneinander sitzen, und seine Hände auf dem Lenkrad. Wie überschreiten Menschen eigentlich die Grenzen? Was würde beispielsweise passieren, wenn sie die Welle von Übelkeit nicht verbergen könnte, die Angst, die sie plötzlich befiel?

»Kann man von Dokumentarfilmen überhaupt leben?«

»Sie meinen finanziell?«

»Ja, auch.«

»Sehe ich so aus, als würde ich nicht leben?« Und wieder dieser offene Blick, der nichts verbarg und sich nicht verstellte. Er war es, der die Frage so bedeutungsschwer machte, so absichtsvoll. Sie wischte die Hände an ihrem schwarzen Rock ab, zog ihn herunter und legte ein Bein über das andere.

»Fürs Fernsehen?«

»Was kann ich anderes tun, wenn in den Kinos keine Dokumentarfilme gezeigt werden?«

Sie wußte nicht einmal seinen Namen. Sie müßte fragen, doch statt dessen erkundigte sie sich, welche Filme er gemacht habe.

»Mein letzter Film ist neulich erst gelaufen, er handelt von Menschen, die zur Religion zurückkehren. Er heißt ›Mosche Ben Baruch‹.«

»Ich habe ihn gesehen«, sagte sie erstaunt. »Ich glaube, ich habe ihn gesehen. Über einen jungen Mann ohne Hand? Nach dem Krieg?«

Er nickte.

»Ich erinnere mich an ihn. Er war wirklich schön.«

»Ja. Ich glaube, er war ein Erfolg.«

»Wie heißen Sie?« fragte sie entschuldigend. »Ich erinnere mich nicht mehr.«

»Jo'el.«

Sie blinzelte, aber es kam keine Reaktion. »Und jetzt wollen Sie einen Film über die gynäkologische Abteilung machen?«

»Ich möchte einen Film über eine Geburt machen.«

»Eine Geburt? Das gibt es doch schon. Geburten sind bestimmt millionenmal gefilmt worden. Wissen Sie überhaupt, wie viele Ehemänner heute mit einer Videokamera in den Kreißsaal kommen? Jeder filmt die Geburt.«

»Na und? Auch den Sonnenuntergang hat man schon tausendmal gefilmt. Es kommt darauf an, wie. Auf den Blickwinkel.«

»Was heißt da Blickwinkel? Gibt es etwa Drehbücher für Dokumentarfilme?«

»Es gibt alles, es gibt ein Drehbuch und einen künstlerischen Leiter und einen Regisseur. Aber diesen Film möchte ich ganz allein machen.«

»Wie kann man bei einem Dokumentarfilm Regie führen? Es soll doch ...«

Die Autoschlange bewegte sich vorwärts, an einem Polizisten vorbei, der mit nervösen Bewegungen den Verkehr dirigierte. Der Mann neben ihr löste die Handbremse. Als sie den Polizisten erreicht hatten, streckte er den Kopf aus dem Fenster und fragte: »Was ist passiert?« Aber der Polizist warf ihm einen gleichgültigen Blick zu und winkte ihn weiter. Aus dieser Entfernung sah man schon das zerdrückte, auf dem Dach liegende Auto, die zerbrochenen Fenster, die abgerissene Tür und einen davonfahrenden Krankenwagen. Um einen Lastwagen standen Leute mit ernsten Gesichtern.

»Ich möchte einen Film über eine Frau drehen, vom Beginn der Schwangerschaft bis zur Geburt, über eine alleinstehende Frau oder so, eine ältere Frau, die ein Risiko eingeht.«

»An der Ampel geht es nach rechts.«

»Ich weiß. Ich habe Ihnen doch gesagt, daß ich die Straße kenne.« Er bog nach rechts ab.

»Er wird so etwas nicht erlauben.«

»Warum meinen Sie das?« fragte er unbekümmert.

»Weil es uns und ihm nur um das gute Funktionieren der Abteilung geht. Man kümmert sich um die Patientinnen, nicht um die Werbung.«

»Er wird seine Zustimmung geben.«

»Kennen Sie ihn?«

»Ja, ich kenne ihn.«

»Warum haben Sie sich dann nicht an ihn gewandt? Warum haben Sie nicht angerufen? Warum ... warum haben Sie nicht offen mit ihm gesprochen?«

»Das werde ich schon noch tun. Aber ich möchte, daß ein Teil des Films auch von den Leuten handelt, die dort arbeiten ... Hebammen, das ist optimal für mich.« Er bog in die steile Straße ein. »Aber ich werde ohnehin in einem anderen Krankenhaus anfangen, nicht hier. Wo ist Ihr Haus?«

»Egal, ich kann hier aussteigen.« Sie folgte seinem Blick, der zwischen den steinernen Festungen auf beiden Seiten der

Straße hin- und herwanderte, ein Zaun am anderen, und schließlich an dem runden Gebäude hängenblieb, dessen große Fenster von einer Reihe roter, verzierter Steine umgeben waren. »Hier wohnen Sie?«

Sie verzog das Gesicht. »Nein. Im letzten, auf der rechten Seite.«

Beide schauten zu dem viereckigen Haus mit dem Ziegeldach hinüber. »Ihr Haus paßt nicht in diese Straße«, entschied er ohne Staunen. »Es sieht aus, wie die Häuser der ersten Siedler früher ausgesehen haben. Nicht wie die Burgen Ihrer Nachbarn.«

»Warum haben Sie geglaubt, es wäre dieses da?«

»Einfach so. Ich habe gedacht, daß Sie so ordentlich sind, aus einer ordentlichen Familie, verheiratet, sagen wir mal, mit einem Arzt. Ein Arzt und eine Schwester.«

»Na und? Wohnen Sie etwa in einer Baracke?«

Eigentlich müßte sie schnell aussteigen. Aber sie blieb sitzen und betrachtete ihr Gegenüber. Wenn er seine Hand auf ihre Schulter gelegt hätte, wäre alles zerstört. Denn die Übergänge geschehen immer auf grobe Art und legen eigentlich die Fremdheit bloß, die von den Stimmen verborgen wird.

Das Schweigen, das sich ausbreitete nach der Anstrengung, das zu verdecken, was nicht gesagt wurde – und bei beiden war das, was nicht gesagt wurde, etwas ganz Verschiedenes –, würde aufhören ... wenn sie ... wenn sie den Kopf senken würde. Wenn jemand ihren Kopf in die Höhlung zwischen Schulter und Hals legen würde, unterhalb des Haaransatzes. Wenn er sie an sich ziehen würde, in den Arm nähme. Die Sperre durch den Schalthebel. Wenn er sich jetzt zu ihr neigen würde. Wie bewerkstelligen die Menschen den Übergang von völliger Fremdheit zur Intimität? Nun sprach er. Sie lauschte dem Klang der Worte und betrachtete ihn, während er redete. Hätte sich dieser lächelnde Mund jetzt nah zu ihr gebeugt, hätte es sie gequält. Seine Stimme, weich, tief und warm, gefiel ihr.

»Vielleicht, weil ich kein Kind gebären kann«, sagte er lächelnd. Schon einige Sätze lang sprach er über diesen Film, und sie hatte es nicht gehört. »... als eine Art Entschädigung.«

»Wirklich? So einfach?« Sie hörte ihre Stimme, nüchtern und vernünftig. »Es ist ein großer Unterschied, ob man einen Film über etwas macht oder ob man die Sache erlebt.« Ein Zittern lief durch ihre Beinmuskeln. Als habe jemand einen Taschenspiegel auf sie gerichtet, huschte ein kleines, blendendes Quadrat über ihre Augen, und sie lächelte erstaunt. Der Gedanke an das, was möglich gewesen wäre, wenn sie nicht im Auto säßen, sondern irgendwo anders, weit weg von ihrem Haus. Vielleicht. Vielleicht wäre die quälende Last plötzlich verschwunden. Vielleicht wäre am nächsten Morgen dann alles anders. Und die Farben, mit denen Hila hartnäckig die Welt malte, diese Farben der Leidenschaft. Und das Leuchten, von dem sie immer sprach, das Leuchten des Körpers und der Seele, und die Freude. Unsinn. Denn wo, zum Beispiel, war Hilas Freude? Beide schwiegen. Sie mußte sofort aussteigen. Aber seine gelassene Haltung wies nicht darauf hin, daß er das wollte. Sie legte die Hand auf den Türgriff und zog daran. Die Tür bewegte sich nicht.

»Der Griff ist kaputt. Ich muß Ihnen von außen aufmachen.«

Völlig entspannt wartete sie, daß er ausstieg. Aber er blieb sitzen.

»Sind Sie schon viele Jahre verheiratet?«

»Einundzwanzig«, antwortete sie. Ihr Herz klopfte heftig.

»Kinder?«

»Drei.«

»Gut?«

»Die Kinder? Sie sind wunderbar.«

»Nein, ich meine die Ehe.«

»Sehr gut«, sagte sie in trockenem Ton. »Warum?«

»Einfach so. Um es zu wissen.«

»Sie fragen Frauen einfach so, ob ihre Ehe gut ist?«

»Warum nicht?«

»Die Frage ist nicht immer: warum nicht, manchmal sollte man auch fragen: warum ja.«

»Einfach aus Neugier. Interessieren Sie sich nicht für Menschen? Würden Sie nicht alles wissen wollen?«

»Ich weiß es nicht. Manchmal.«

»Ich bin sehr neugierig, ich will Bescheid wissen. Über die Leute. Und überhaupt.«

»Das kann manchmal gefährlich sein.«

»Ja? Warum?« Seine Augen wurden rund.

»Weil man nicht weiß, was man erfahren wird und was man dann mit diesem Wissen anfängt.«

»Zum Beispiel?«

»Das weiß ich jetzt nicht genau, aber wenn Sie Leute Dinge fragen und sie Ihnen antworten und sich dann herausstellt, daß Sie mit diesem Wissen nicht umgehen können, daß Sie etwas tun müßten, was Sie nicht tun können, und Sie dann damit sitzenbleiben, nur mit dem Wissen, daß Sie etwas tun müßten ... so etwa.«

»Was ist das Leben wert, wenn man sich nie in Gefahr begibt?«

»Es ist ein Unterschied zwischen nie und manchmal.« Sie zog an dem Haarbüschel, das ihr in die Stirn hing.

Wenn Hila behauptete, sie hätte den richtigen Moment verpaßt, würde sie ihr wieder antworten, daß die Leute den Sex hochspielen. Daß sie sich ohne Überlegung in Abenteuer stürzen.

»Ich muß gehen, zu Hause warten sie auf mich.«

»Schade«, sagte der Mann und spannte sich. »Es ist wirklich nett, mit Ihnen zu sprechen.«

»Vielleicht wollen Sie noch auf eine Tasse Kaffee mit hereinkommen? Immerhin habe ich Ihnen etwas getan ...«

Der Mann warf einen Blick auf seine Uhr. »Ein andermal,

falls wir uns wieder treffen.« Er schaute sie an. »Ich bin sicher, daß wir uns wieder treffen«, sagte er, »und ich freue mich schon sehr darauf.«

Sie lächelte. »Aber nicht im Auto.«

Er lachte, stieg aus, ging um das Auto herum und machte mit viel Kraft die Tür auf. Sie zog die Tasche von hinten heraus. Er blickte auf ihre Hände, die die Tasche umklammerten, zögerte und berührte dann zum Abschied ihren Arm.

Hila sagte immer, ihre Ernsthaftigkeit, ihr völliger Mangel an Leichtsinn überdeckten jeden anderen Ausdruck ihres Gesichts. Jetzt würde er gehen, und das war's. Aber vor einer Minute hatte sie selbst gewollt, daß er ihr die Tür aufmachte.

Sie beobachtete ihn, wie er ins Auto stieg und die Tür hinter sich zuwarf, wie er rückwärts wendete und die Straße hinunterfuhr. Plötzlich hielt er an, schaute zu ihr zurück, schob den Kopf durch das Fenster und rief: »Ich verzichte auch auf den Scheinwerfer.«

Erst als sie seine Rücklichter sah, wunderte sie sich über den Zusatz »auch«. Schwerfällig, mit langsamen Schritten ging sie weiter die Straße hinauf.

Du Dummkopf, hörte sie bei jedem Schritt Hilas Stimme, da hast du es doch endlich fast mal geschafft.

Wirklich? Angenommen, ich hätte, wir hätten, angenommen. Wozu? Wohin würde das führen? Solche Sachen sind doch entweder unbedeutend – oder gefährlich; klar, daß es irgend jemandem einen Schmerz zufügen würde, zumindest einem, einfach Schmerz und Trauer und Zerstörung. Wer ist hier der Dummkopf?

Wie sind wir jetzt schon zum Aufbauen und Zerstören gekommen? fragte Hila erstaunt. Mußt du alles schon im voraus wissen? Führt denn immer alles zu bestimmten Ergebnissen?

Sie hätte die rauhe Haut berühren können, das zarte Kratzen seiner Bartstoppeln auf ihrer Wange spüren, das seltsame Vergnügen durch das Streicheln von entschlossenen Händen,

den Schmerz, den die plötzliche Bewegung des Halses verursacht, die vollkommene Hingabe seiner Lippen. Von ihr aus. Sie riß sich zusammen, griff nach der Klinke, trat in den Garten, schloß das knarrende Tor hinter sich und bewegte sich mit großer innerer Anstrengung langsam, langsam weiter. Sexualität, sonst nichts, erklärte sie Hila, als sie auf der Schwelle stand, Hormone. Vielleicht auch zu viele Liebesfilme.

Was sie nicht erklären konnte, war das klare Bild, die Erinnerung an den Geruch – Babyseife und Wäschestärke – und die Sicherheit, daß es mehr geben würde. Beim nächsten Mal oder beim übernächsten. Und daß es zu spät war, nicht daran zu denken. Das hätte früher passieren müssen. Aber an welcher Stelle? Wie konnte man den Zeitpunkt bestimmen? War es der Moment, als sie sich vor dem Losfahren nicht umgeschaut hatte? Oder als sie zustimmte, zu ihm ins Auto zu steigen? Wenn sie gesagt hätte, daß sie Ärztin war. Aber sie hatte es nicht gesagt, damit er nicht zögerte. Damit. Vielleicht ist der Moment der, in dem man anfängt zu lügen? Als sie an der Haustür stand, nickte sie sich selbst zu, so wie Frau Sakowitz es getan hatte, die Nachbarin in dem Haus, in dem ihre Mutter lebte, wenn sie sie mal in den frühen Morgenstunden im Aufzug getroffen hatte.

Arnon saß im Sessel unter der Lampe und hob den Kopf von Ja'irs Haaren, der sich mit offenem Mund im Fernsehen Atrejus' Ritt auf dem fliegenden Drachen Fuchur ansah. Neben Arnon lag ein Stapel Papiere, auf die er seine Lesebrille legte. Ohne von seinem Platz aufzustehen, hob er den Jungen hoch und setzte ihn auf den Boden. »Die Station hat dich gesucht, ich habe probiert, dich über das Gerät zu erreichen. Deine Mutter hat angerufen, und Hila sucht dich. Ist was passiert? Wo warst du?«

In dem gelben, weichen Licht glänzten ein paar graue Haare auf seinem Kopf. Ihr fiel auf, daß es mehr geworden waren. Er massierte sich das Gesicht, spannte die Wangen.

»Ich habe das Auto kaputtgefahren«, sagte Jo'ela.

Seine Augen wurden schmal.

»Mir ist nichts passiert und auch dem anderen Fahrer nicht, bei ihm ist nur ein Scheinwerfer kaputt, und bei uns ist der linke hintere Kotflügel eingedrückt. Bevor das Blech nicht ausgebeult ist, kann man nicht fahren.«

»Gut, das kann passieren, das kann jedem mal passieren«, meinte er, während er seine Hausschuhe unter dem Sessel hervorholte.

Wäre er aufgestanden, um sie zu umarmen, wäre vielleicht etwas in ihr geschmolzen, und ihr schnelles Atmen hätte sich beruhigt. Aber er zog die Hausschuhe an, ohne aufzustehen. Man konnte unter der Kugel aus gelbem, weichem Licht die Konturen des Sessels kaum von dem Teppich unterscheiden, auf dem er stand, ebensowenig wie den Stapel Papiere, Bankauszüge, wie sie bemerkte, oder irgend etwas anderes. Sie zum Beispiel.

»Hast du heute etwas gegessen?« fragte Arnon und legte die Hände auf die Sessellehne, wie jemand, der vorhat aufzustehen. »Ich versuche nur, die Rechnungen zu ordnen, weil ich morgen sehr früh weg muß. Möchtest du Suppe oder Tee? Es ist ziemlich kühl draußen, du siehst erledigt aus.«

»Ich mache mir was«, beruhigte ihn Jo'ela. »Kein Problem.«

»Ich muß dir etwas sagen, gut, nicht so wichtig, ein andermal ...«

»Nein, nein, sag's gleich.«

»In gewisser Weise«, er dehnte die Wörter und blickte sie zögernd an, nahm die Haltung ein, die zu erwarten gewesen war, »freue ich mich sogar, nein, ich freue mich nicht wirklich, ich bin zufrieden, daß du dieses Gefühl nun kennst und nicht mehr zu mir sagen kannst, daß so etwas nicht einfach so passiert. Erinnerst du dich?«

Sie nickte.

»Vielleicht hätte ich das nicht sagen sollen, aber dir fehlt nichts, deshalb habe ich gedacht ...«

»Gut, es ist nichts passiert, aber trotzdem ...« Sie stellte ihre schwarze Tasche neben sich und starrte auf die Wand gegenüber.

»Ich habe gefragt, ob ich dir Suppe aufwärmen oder eine Tasse Tee machen soll.«

Ja'ir drehte den Kopf vom Bildschirm und blickte sie ängstlich an. Sie trat zu ihm, legte die Hand auf seinen Kopf. Er senkte ihn und rieb seine Wange an ihrer Hand, wie eine Katze, bevor er sich wieder dem Fernsehen zuwandte.

In der Küche erblickte sie den kleinen Hintern Ja'aras, die sich in den offenen Kühlschrank beugte. Auf den Hosenbeinen ihrer Jeans waren Schlammflecken. Sie zog ihren Kopf aus dem Kühlschrank und schaute ihre Mutter schweigend an. Über der Jeans trug sie das rote Hemd, das Jo'ela vor den Feiertagen für Arnon gekauft hatte. Das Gesicht Marilyn Monroes, das sich über Arnons Brust gespannt hatte, war zusammengefallen und hing schlaff über Ja'aras schmalem Oberkörper. Die Wangen bewegten sich über Ja'aras kleinen Brüsten, und durch häufiges Waschen war das berühmte Lächeln verblaßt, die Wangenlinien waren verwischt und das naive Aufblitzen in ihren Augen glasig geworden. Ein schmaler Streifen Mondlicht fiel hinter dem Fenster über dem Spülbecken in die Dunkelheit.

»Sagt man nicht guten Tag?« fragte Jo'ela, nahm zwei Plastikschalen mit Eisresten in Rosa und Gelb vom Tisch, stellte sie mit langsamen Bewegungen ins Spülbecken, griff nach dem zerknitterten, trockenen Lappen, machte ihn unter dem Wasserhahn naß und wischte die Ameisen weg, die um ein benutztes eisverschmiertes Löffelchen herumwimmelten.

Ja'ara schüttelte den Kopf, warf eine lange Strähne ihrer hellen Locken von Marilyns Wange auf ihren Rücken, schloß die Kühlschranktür und lehnte sich mit verschränkten Armen dagegen, einen Fuß im Turnschuh nach hinten gestellt.

»Ich möchte gerne wissen«, hörte Jo'ela sich vorwurfsvoll sagen, »warum man die Teller stehenlassen muß und nicht abwaschen kann? Wartet man auf das Dienstmädchen oder was?« Das war es nicht, was sie hatte sagen wollen. Sie hatte vorgehabt zu lächeln, aber etwas an der provozierenden Haltung, an den Eistellern und der Ameisenstraße hatte ihren Wunsch erstickt, Ja'aras Wange zu berühren, nah bei ihr zu stehen, die Einsamkeit zu durchbrechen, die ihre Tochter durch ihre Haltung demonstrierte. Die Erkenntnis, daß die beiden Teller und das Löffelchen bedeutungslos waren, rückte in den Hintergrund. Und je länger sie am Tisch stand und Ameisen wegwischte, um so mehr wuchs ihr Zorn. Ihr war klar, daß die provozierende Haltung des Mädchens am Kühlschrank, die Art, wie sie den Rücken am Kühlschrank rieb, ihre langen Haare, die die Augen verbargen, Symptome waren.

»Und ich möchte gerne wissen«, sagte Ja'ara und legte ihre Arme genau über das reizende Lächeln Marilyn Monroes, »wo dein Auto ist und wer dich bis unten an die Straße gebracht und dort abgesetzt hat. Und warum er dich, wenn schon, nicht bis vors Haus gefahren hat.«

Jo'ela blickte durch das Fenster über dem Spülbecken die Straße hinunter, zu der Biegung, an der vorhin der graue Saab gestanden hatte. Auch bei Tageslicht, entschied sie, konnte man von hier aus nicht gesehen haben, was sich dort im Auto abgespielt hatte.

»Hast du Hausaufgaben auf?«

»Für morgen nicht.«

»Hat Ne'ama nicht angerufen?«

»Nein«, sagte Arnon, der nun in der Tür stand. »Aber es ist noch früh. Muß man das Auto abschleppen?«

»Das hat Zeit bis morgen. Ich habe Kopfschmerzen.«

»Deine Mutter hat angerufen.«

»Ja, das hast du schon gesagt.«

»Rufst du nicht zurück?«

»Später.«

»Später heißt morgen«, rief Ja'ir hinter Arnons Rücken. »Kann ich jetzt raus?«

»Es ist schon dunkel, jetzt ist es zu spät.«

»Mit Mamas Taschenlampe. Kann ich mit Mamas Taschenlampe raus?«

»Laß Mama in Ruhe, sie ist müde.«

»Was ist mit dem Auto?« fragte Ja'ara aus dem Kühlschrank, den sie wieder aufgemacht hatte.

»Ein kleiner Unfall, nichts Ernstes«, meinte Arnon beruhigend. »Mama hat auf dem Parkplatz nicht aufgepaßt und ist in jemanden reingefahren. Es ist nichts passiert.« Von hinten legte er Jo'ela die Hand auf die Schulter. Zu spät. Immer erst dann, wenn sie schon nachgegeben hatte. Ratlos und schweigend stand sie da, und Zorn stieg in ihr auf, daß er ihr in die Küche gefolgt war, nur um sie zu besänftigen. Nicht weil er wirklich wollte. Nicht weil etwas, was ihr passierte, ihn wirklich berührte. Sondern aus Nachgiebigkeit, um die angenehme Ruhe wiederzubekommen, die im Zimmer geherrscht hatte.

Ja'ara ließ die Kühlschranktür los, die sich langsam schloß, und trat zu ihnen. Die Verwirrung machte ihr Gesicht weicher. »Hast du dir weh getan? Ist etwas passiert?« Sie umarmte Jo'ela. Ihre Schultern berührten einander.

Sie hob das Gesicht aus dem Wust von Ja'aras Haaren. »Hoffentlich werde ich heute nacht nicht gerufen.«

»Morgen, bevor ich gehe, kümmere ich mich darum, daß das Auto abgeschleppt wird, vielleicht hole ich es sogar selbst«, beruhigte Arnon.

»Das lohnt sich nicht. Beim letzten Mal, als du zum Reservedienst zu spät gekommen bist, haben sie doch einen richtigen Aufstand gemacht.«

In dem Raum zwischen dem Tisch und dem Kühlschrank, zwischen dem Kühlschrank und der Spüle, zwischen der Spüle und dem Fenster schrumpfte die erstickende Wolke. Wenn sie auf Ja'ir hörte, der sich gegen ihr Bein drückte, würde auch das letzte Restchen verschwinden, als hätte jemand mit der Nadel hineingestochen, und die Reste würden sich in der Welt zerstreuen. Ja'aras Haare dufteten nach Kräutern. Aus Ja'irs Haaren kam der Geruch nach Staub und Kakao.

»Was wolltest du mit meiner Taschenlampe?« fragte sie.

»Das Ei von der Schlange suchen.«

»Hast du ein Schlangenei gefunden?«

»Ein gelbes.« Er rundete die Finger und zeigte ihr einen kleinen Kreis. »So klein, und ich habe es auf den Rasen gelegt, und dann habe ich es nicht mehr gefunden.«

»Bist du sicher, daß es ein Schlangenei ist?«

Er nickte heftig, mit besorgtem Blick.

Sie fragte, ohne zu lächeln: »Du machst dir Sorgen?«

Er nickte nachdrücklich und biß sich mit seinen beiden noch nicht herausgefallenen Milchzähnen auf die Unterlippe, damit sie nicht zitterte.

»Was macht dir Sorgen? Glaubst du, daß die Schlange schon aus dem Ei gekrochen ist?«

Sein Kopf zitterte auf dem dünnen Hals, als er mit aller Kraft nickte.

»Erzählst du mir noch mal, wie es ausgesehen hat, dieses Ei?« Sie nahm ihm die Brille ab, wischte die Plastikgläser – gegen jede Vorschrift – sorgfältig mit einem rauhen Küchenhandtuch ab und setzte sie ihm erst wieder auf, nachdem sie die Gläser gegen das Licht gehalten und kontrolliert hatte, ob sie sauber waren.

Ja'ir krümmte seine Hand und malte mit dem Finger ein kleines Hügelchen hinein. »So klein«, sagte er. Auf dem Gesicht Arnons, der am Spülbecken stand und seine Militärschuhe putzte, erschien ein Lächeln. »Und gelb.«

»Weißt du, was ich glaube?« sagte sie in nachdenklichem Ton. »Ich glaube, das war gar kein Schlangenei.« Er betrachtete sie zweifelnd und enttäuscht. »Ich glaube«, fuhr sie fort, obwohl sie wußte, daß sie ihn nicht überzeugen konnte, »daß das vielleicht das Ei von einem seltenen Vogel war oder von einem anderen kleinen Tier, das im Gras lebt.«

»Von einem Skorpion?«

»Nein«, entschied sie mit Sicherheit, »Skorpione legen überhaupt keine Eier, sie bringen kleine Skorpione auf die Welt.«

»Das stimmt nicht«, protestierte Ja'ir. »Sie legen Eier!«

Arnon senkte den Kopf und polierte hingegeben seine Schuhe. Sie schaute ihn an, und er bestätigte durch das Senken der Lider, daß der Junge recht hatte.

»Skorpione legen Eier?« fragte sie Ja'ir, der stolz und sehr sicher nickte.

»Gut, dann habe ich mich vielleicht geirrt.« Sie wiegte zweifelnd den Kopf. »Vielleicht war's dann ein glattes Steinchen oder ein kleiner Ball.«

Das Telefon klingelte, die Küchentür wurde zugeworfen, Ja'ara war hinausgerannt.

Ja'ir senkte den Kopf. Alles, was gesagt worden war, nützte nichts. »Du glaubst noch immer, daß es ein Schlangenei war«, seufzte sie.

»Ich bin sicher«, erklärte er mit strahlenden Augen.

»Du machst dir große Sorgen.«

»Ja.«

»Du machst dir überhaupt immer Sorgen, nicht wahr?«

Er nickte, ohne zu lächeln. Seine Haare waren zu lang. Helle Strähnen bedeckten die Stirn und fielen ihm in die Augen. An seinen nackten Füßen klebte brauner Staub, und seine Trainingshose war schmutzig. Er mußte dringend in die Badewanne.

»Ich glaube, du brauchst dir keine Sorgen zu machen. Wir werden morgen früh nachschauen.«

»Und wenn das Ei dann schon aufgebrochen wäre«, mischte sich Arnon ein und packte die Schuhbürste in das schwarze Etui, »würden wir die Reste sehen, nicht wahr? Die Schalen können ja nicht einfach verschwinden. Außerdem gibt es auf unserem Rasen keine Schlangen.«

»Und wenn es im Gras verlorengegangen ist und in der Nacht aufbricht und zwei kleine Schlangen rauskommen?«

»Zwei? Warum zwei?« fragte Arnon verwundert.

»Zwillinge, so wie die zwei aus meiner Klasse. Das gibt's. Da sind zwei gekommen.«

»Sie kriechen nicht nachts heraus«, versprach sie.

»Warum nicht nachts?« erkundigte sich Arnon lächelnd. Er machte die Küchentür auf, um hinauszugehen.

»Weil es nachts kalt ist und Schlangeneier Wärme brauchen«, erklärte Jo'ela.

Arnon lachte. »Wirklich? Komm ins Badezimmer, mein komischer Sohn.« Ja'ir löste sich von ihrem Knie und gehorchte mit sorgenvollem Gesicht.

Sie würde die Rabbinerin anrufen, vielleicht konnte sie sie überzeugen. Und wenn nicht, würde sie eben mit der Mutter sprechen. Jo'ela beschloß, zu duschen und sich die Spuren der Berührung durch die warme Hand abzuwaschen. Es war nie passiert. Vermutlich hatte sie vorhin den Verstand verloren. Im hellen Licht sah alles ganz anders aus.

Sie suchte überall, hob sogar die Sofakissen hoch und wußte dabei schon, daß sie den braunen Umschlag mit allen Daten auf dem Rücksitz des grauen Saab liegengelassen hatte, bei jemandem, dessen Namen sie ohnehin nicht hätte behalten wollen, der keinen Namen hatte und dessen Nachnamen sie wirklich nicht kannte.

»Habt ihr keine Personalien ausgetauscht?« fragte Arnon erstaunt. »Keinen Namen, keine Autonummer? Irgend etwas?«

Sie saßen auf dem Rand der Badewanne, in der Ja'ir ein Schiff aus Legosteinen herumfahren ließ. »Nein, ich war schuld, nur er hat meine Autonummer aufgeschrieben.«

»Was heißt das, du warst schuld? Überlaß es doch der Versicherung, zu entscheiden, wer schuld hat. Du darfst nie zugeben, daß es deine Schuld war. Wenn du zugibst, daß du ihm gegenüber gesagt hast, du wärest schuld, werden sie sich weigern zu bezahlen, ich verstehe dich nicht.«

»Aber ich bin schuld.« Ihre laute Stimme übertönte das Brummen Ja'irs, der mit seinem Boot durch das Wasser fuhr. »Wozu sollen diese Spielchen gut sein?«

»Mach, was du willst.« Er zog den Stöpsel aus der Wanne, ignorierte Ja'irs Ruf: »Noch nicht, nur noch ein bißchen!« und hob den Jungen aus dem Wasser. »Du mit deiner selbstgerechten Ehrlichkeit, die du manchmal hast. Weißt du überhaupt, daß er gar nicht ganz unschuldig ist? Daß er hätte warten müssen, bis du rausgefahren bist?«

»Die Versicherung ist jetzt doch egal. Was mache ich ohne die Papiere? Ohne die ganzen Unterlagen?«

Sie ging hinter Arnon her, während er mit gespielter Fröhlichkeit sang: »Ich habe ein Paket, ich habe ein Paket.« Auch Ja'irs Strampeln unter dem Handtuch war langsam und irgendwie lustlos. Eine leere Gebärde von jemandem, der sich an dem Versuch beteiligt, die plötzliche Feindseligkeit im Flur zu überdecken.

»Keine Ahnung. Habt ihr in der Klinik nicht die Telefonnummer dieses Mädchens, so daß du sie noch einmal bestellen kannst?«

»Was heißt da bestellen?« Warum schrie sie so? »Es war ohnehin ein Wunder, daß ich es rausgekriegt habe. Du hast überhaupt nicht zugehört, was ich dir erzählt habe. Ich erkläre dir schon seit drei Tagen ...«

»Er wird dich doch sowieso anrufen, wegen des Scheinwerfers. Schließlich hat er deine Personalien. Morgen wird er zur Werkstatt fahren und dich anrufen, damit du einen Scheck schickst.«

»Wieviel kostet schon ein Scheinwerfer«, sagte Jo'ela.

»Das kommt darauf an, wie kaputt er ist. Es können dreihundert Schekel werden.«

»Dreihundert Schekel!«

»Da ist auch noch die Fassung und der Blinker, und es kommt darauf an, ob es gebrauchte gibt. Was verstehst du schon davon!«

Der Name des Mädchens stand oben auf dem Computerausdruck. Über den Ergebnissen der Blutuntersuchung. Ein Uneingeweihter konnte sie zwar nicht verstehen, doch das erleichterte sie nicht, als sie den Stapel Wäsche zur Seite räumte und sich mitten auf das Bett fallen ließ. In der Ecke lag Ja'ir, der ihnen ins Schlafzimmer gefolgt war. Arnon setzte sich neben sie. Auch seine Hand war warm und trocken.

Mit nachdenklicher Stimme sagte er zum tausendsten Mal: »Wir haben eine Tochter, die bald zum Militär kommt, zum Vorbereitungslager, hättest du dir das gedacht?« Seine Hand glitt über ihren Arm, und die Haut wurde ruhig.

Weil er morgen zum Reservedienst mußte, lohnte es sich überhaupt nicht, darüber nachzudenken. Wenn sie ihn jetzt bitten würde, sie in die Klinik zu fahren, wegen dieses Mädchens, würde er antworten: »Warum hat das nicht Zeit bis morgen früh?« Mit Recht. Er wäre auch beleidigt, weil sie auf einen gemütlichen Abend zu Hause verzichtete. Sie konnte es nicht tun. Es war verboten. Sie mußte sich beherrschen und bis zum Morgen warten. Wenn man auf seinen Nächsten Rücksicht nimmt, wenn man wirklich an ihn denkt, wenn man seine Gedankengänge genau kennt – wieviel Platz bleibt dann noch für Offenheit? Sie mußte sich nicht wegen dieses Mannes im Auto strafen, sie konnte sich mit dem Leiden an der tagtäglichen Erfahrung begnügen, daß man nicht tun durfte, was man wollte. Und vielleicht ist das ja Liebe. Aber wenn man es so betrachtete, war alles, was von einem gemeinsamen Leben blieb, eine fortdauernde Ordnung. Ein geheimer Vertrag, Ruhe zu bewahren. Ein Abkommen über gegenseitiges Verzichten, wie ihre Mutter behauptete. Sie sprach nicht über das Ersticken, sie kam nur bis zum Verzichten. »Vielleicht fährst du schnell mit mir zum Krankenhaus, damit ich mir die Befunde aus dem Computer holen kann?«

»Jetzt?«

»War nur so eine Idee.«

»Kann das nicht bis morgen früh warten?«

»Man kann mich sowieso jederzeit rufen, jetzt oder in der Nacht.«

»Man könnte darauf wetten, daß du gerufen wirst, Jo'ela!« Seine Lippen schürzten sich, seine Mundwinkel wurden straff. »Ich fahre morgen für einen ganzen Monat weg!«

Sie schwieg und senkte die Lider, um ihren Kummer zu verbergen. Es war klar, wenn sie jetzt mit einer Abrechnung anfing (»Hält dich etwa jemand zurück, wenn du mitten in der Nacht noch einmal in die Firma willst, weil dir ein neuer Winkel für die Säge eingefallen ist?«), würde der ohnehin schwelende Streit ausbrechen. Jetzt war es nötig, alles in Ordnung zu bringen. Sie mußte den Wunsch, sofort in die Klinik zu fahren, unterdrücken. Zurückdrängen. Er sollte mit leichtem Herzen zum Reservedienst einrücken können, ohne Streit. Sie mußte ihre Bedürfnisse beiseite schieben, auch wenn es ihr schwerfiel.

»Bring mich in mein Bett«, murmelte Ja'ir. »Mein Bär ist ganz allein dort.«

Arnon hob ihn hoch und war sofort wieder da. Er stand in der Schlafzimmertür und betrachtete sie, und sie betrachtete die blauen Streifen im Vorhang, die vom Wind gewellt wurden.

Es war Arnon, der seinen Familiennamen herausbekommen hatte – dadurch kann man mit dem Strafgesetz in Schwierigkeiten kommen, hatte Jo'ela gewarnt, man verschafft sich nicht unter falschen Angaben irgendwelche Informationen. Er war es auch, der an ihrer Stelle die Telefonistin in der Zentrale des Fernsehens angebrüllt hatte, als sich herausstellte, daß sie private Telefonnummern nicht weitergaben, zumal in den Unterlagen angegeben war, daß es sich um eine Geheimnummer handelte. »Was haben wir mit einem Menschen zu tun, der eine Geheimnummer hat?« Ihr blieb nichts anderes übrig, als zu warten, daß er anrief.

Nun konnte sie wirklich nicht wissen, ob sie darauf wartete, ihn wegen des Mädchens wiederzutreffen oder auch wegen sich selbst.

Sie wurde um drei Uhr morgens geweckt. Sofort nach dem ersten Klingeln nahm sie den Hörer ab und sagte wach und entschlossen: »Ja.« Für einen Moment war das Mädchen verschwunden und auch der Mann. Vorsichtig schob sie Arnons Bein von ihrem und setzte sich auf den Bettrand, um zu hören, daß Alisa Mu'alem angekommen war und darum gebeten hatte, sie zu rufen. »Sie hat noch mindestens zwei Wochen, ich habe sie erst vorgestern gesehen«, widersprach Jo'ela der Hebamme. Doch sie schlang bereits die Haare zu einem Knoten. »Sie ist vor zwei Stunden gekommen, mit einem zu fünfzig Prozent verstrichenen Gebärmutterhals und einer Muttermundsöffnung von drei Zentimetern, und jetzt sind es vier Zentimeter, und der Gebärmutterhals ist ganz verstrichen.« Das Echo der Zischlaute schien noch aus der Hörmuschel zu dringen, als die Hebamme ihren Bericht bereits abgeschlossen hatte. Sie hatte einen starken holländischen Akzent, der weder so war wie der deutsche noch wie der schweizerische. Ihre Rachenlaute klangen sehr trocken, vor allem das R, als sie nun hinzufügte: »Ihr habt die private Geburtshilfe doch abgemacht, oder? Sie behauptet es jedenfalls.«

»Ja, ja«, sagte Jo'ela beruhigend. »Ich komme.«

»Haben sie dich gerufen?« fragte Arnon und machte ein Auge auf.

»Schlaf weiter, es ist erst drei.«

Sie hatte vergessen zu sagen, man solle ihr ein Taxi schicken. Hatte vergessen, daß ihr Auto neben der Klinik stand. Erst als sie die Schlüssel suchte, fiel es ihr wieder ein. An allen drei Taxihaltestellen meldete sich niemand.

»Nimm mein Auto«, murmelte Arnon, das Gesicht wegen des Lichts ins Kissen gedrückt. »Im schlimmsten Fall hole ich es mir morgen früh bei dir ab, falls du nicht zurückkommst. Die Schlüssel sind in der Tasche meiner grünen Windjacke.«

Wegen dieser Worte, die er fast im Tiefschlaf gesagt hatte, in den er bereits wieder zurückgekehrt war, berührte sie seine Stirn mit der Hand, kletterte aufs Bett, um ihn zu umarmen und ihre Lippen auf sein Ohrläppchen zu legen, das unter dem Kissen hervorlugte, mit dem er sein Gesicht halb verdeckte.

Draußen war es vollkommen dunkel. Eine einzige Straßenlaterne erhellte die steile Gasse, die sie hinunterbrauste. Kein grauer Saab wartete. Aber in der Dunkelheit leuchtete ein schmaler Mond, der inzwischen schon hoch am Himmel stand. Kein Stern war zu sehen, nur ein weißlichrötlicher Schein deutete auf die zu erwartende Hitze hin und hellte die Dunkelheit des Himmels etwas auf, der sich in einigen Stunden rosa und blau färben würde. Hätte sie nicht in seinem Auto den Umschlag mit allen Unterlagen vergessen, hätte sie sich jetzt schon mit der Frage beschäftigen können, was sie eigentlich wollte. Wenn man sich auf das Fahren konzentrieren mußte, dachte man nicht über solche Dinge nach. Drei Jahre sind eine lange Zeit, und niemand außer ihr wußte von Margaliots Plänen. Es gab keinen Grund zur Angst, und ganz bestimmt würde sie es ihrer Mutter nicht sagen. Die würde sie mit erstaunten Augen mustern, als habe sie etwas Böses getan, als habe sie das weiße Kleid mit rotem Maulbeersaft schmutzig gemacht, als habe sie es nicht verdient, und bald würden es alle herausfinden. Jo'ela trat auf den Gashebel, spritzte Wasser auf die Windschutzscheibe und stellte den Scheibenwischer an, um den schweren Dunst wegzuwischen, konzentrierte sich darauf, an den Kreuzungen mit den gelb blinkenden Ampeln nach rechts und nach links zu schauen.

Hila hatte erst vor ein paar Wochen gesagt, daß beim ersten Zusammentreffen zweier Menschen *en miniature* alle Details des Drehbuchs ihrer Beziehung in der Zukunft versteckt seien.

»Wirklich?« hatte Jo'ela erstaunt gefragt, und Hila hatte entschieden gesagt: »Ja, das ist eine unumstößliche Tatsache. Du wirst es schon sehen.«

»Was heißt da unumstößliche Tatsache?« hatte Jo'ela aus ihrem Liegestuhl heraus gemurmelt. »Es hört sich poetisch an, muß aber nicht stimmen, wie bei all diesen Regeln.«

Sie saßen auf dem Rasen hinter dem Haus, vor der Steinmauer, die sie gegen die Straße schützte, an einem Schabbat, als Arnon mit Rubi in die Firma gefahren war, um den Eßtisch zusammenzubauen, an dem Rubi schon mehrere Tage lang gearbeitet hatte. Sie sprachen über die Furcht, die Hila in den frühen Abendstunden des Schabbat immer überfiel, beim Sonnenuntergang, besonders wenn es Frühjahr war. Es war diese Furcht, die sie dazu brachte, hartnäckig weiterzusprechen, bis Ja'ara fragte: »Wie habt ihr beide euch überhaupt kennengelernt?«

Ja'ara lag auf dem Rasen, das Gesicht in den Händen verborgen. Nun drehte sie sich auf den Rücken, zog an ihrer kurzen, abgeschnittenen Jeans und zupfte ihre Bikiniträger zurecht. Aus der Küche war das Klappern von Tellern zu hören, die ihre Mutter stur mit der Hand abspülte. (»Man muß sie sowieso abwaschen, bevor man sie in die Maschine räumt«, hatte sie gesagt und wie immer mit zusammengekniffenen Augen mißtrauisch die Spülmaschine betrachtet. In den letzten Jahren waren ihre Augen immer schlechter geworden, und auch die Brille, die sie immer trug, nützte nicht viel.)

Hila lachte. »Ich war's, ich habe mich an deine Mutter herangemacht. Hat sie dir das nie erzählt? Wir haben uns bei Vorlesungen über Theatergeschichte kennengelernt. Es waren viele Studenten da. Vielleicht fünfzig. Aus allen möglichen Fächern. Deine Mutter saß in der Ecke. In der zweiten Reihe neben dem Fenster. Sie kam immer ganz pünktlich herein und ging zu dieser Ecke.« Hila kicherte. »Das ganze Jahr über hat sie nichts gesagt. Aber sie hatte ein Heft, sie war zu jeder Vorlesung da und hat mitgeschrieben. Sie war auch die einzige, die bei der Zwischenprüfung hundert Punkte bekommen hat. Ich ... ich habe es nicht immer geschafft zu kommen. Die Vorlesung war um zwei Uhr nachmittags. Nach einem Monat ungefähr bat ich sie um das Heft, um abzuschreiben, und bis heute bitte ich sie immer um was, stimmt's, Jo'ela?« Hila schlug ihr auf den Arm. »Aber das Heft war nur eine Ausrede«, erklärte sie Ja'ara. »Eigentlich wollte ich sie kennenlernen. Sie schien mir etwas ganz Besonderes zu sein. Ich fragte sie, was sie eigentlich studiere. Medizin im zweiten Jahr. Ich hatte damals schon eine kleine Tochter, und deine Mutter hatte deinen Vater gerade kennengelernt, war aber noch weit davon entfernt zu heiraten. Wann genau habt ihr eigentlich geheiratet, Jo'ela?«

»Ein Jahr später.«

»Als ich damals ein Gespräch mit ihr anfing, sah ich ihr an, daß sie nicht wußte, wo sie mich einordnen sollte. Sie war sehr schüchtern, deine Mutter. Aber auch neugierig.«

»Sie ist überhaupt nicht schüchtern«, widersprach Ja'ara. »Sie ist verschlossen, das ist etwas anderes.«

»Und so ist es geblieben. Ich komme öfter zu ihr als sie zu mir. Bis heute erschrickt sie manchmal über das, was ich sage. Bis heute ist sie eher schüchtern als neugierig. Und bis heute, um es mit einem Satz zu sagen, geht sie einfach drauflos – während ich mich tagelang herumquäle. Alles ist so geblieben, wie es war. Eine Tatsache. Stimmt's, Jo'ela?«

»Es waren nicht die Vorlesungen zur Theatergeschichte,

sondern es ging um die Stücke von Brecht. Ich glaube, zu diesem Zeitpunkt war es die ›Mutter Courage‹.«

Hila neigte den Kopf spöttisch zur Seite, betrachtete Jo'ela, trank geräuschvoll einen Schluck Kaffee. »Gut, stimmt, Brecht. Aber das ist nicht die Hauptsache.«

Sie wandte sich wieder an Ja'ara. »Zum Beispiel die Sache mit Arnon.«

»Sie haben sich an der Bushaltestelle kennengelernt«, sagte Ja'ara amüsiert. »Und was ist daraus geworden? Sie sind seit meiner Geburt nicht mehr Bus gefahren.«

»So einfach darfst du das nicht sehen«, sagte Hila.

Ja'ara schaute hinauf zum Himmel, und in diesem Moment sah sie für ihre Mutter aus wie ein Werbefoto für die gesunde israelische Jugend, einen Grasstengel im Mundwinkel, lange, braune Beine, helle, lange Haare, die ihre kleinen Brüste im Bikinioberteil halb verdeckten.

»Sie fahren vielleicht nicht mit dem Autobus«, sagte Hila in pädagogischem Ton, »aber weißt du, was bei diesem Treffen damals noch passierte?«

»Klar«, meinte Ja'ara, »er hat ihr eine Zeitung gekauft.«

»Und davor?«

Ja'ara lachte und imitierte den Tonfall ihres Vaters. »Vorher hat er zu ihr gesagt: ›Hier haben Sie zwanzig Agurot, kaufen Sie sich eine Zeitung, wenn Sie so dringend eine lesen wollen.‹« Sie grinste. »Bis heute kann er es nicht leiden, wenn man in seine Zeitung schaut.« Sie brach in Gelächter aus, ebenso wie Hila.

Ein Schatten zog über Jo'elas Gesicht und störte ihr Gelächter. Ein Schatten von Wut auf diese Zeit, die schon über zwanzig Jahre zurücklag. »Er hatte Zahnschmerzen«, sagte sie laut, weil sie das Lachen nicht mehr ertrug.

»Wenn er keine Zahnschmerzen gehabt hätte, hättet ihr euch nicht kennengelernt«, meinte Hila, bevor sie anfing zu diskutieren, ob sie sich vielleicht auf alle Fälle getroffen hätten, ob die Ereignisse eine Frage des Glücks, der Verkettung zufälliger Umstände oder historische Notwendigkeit seien, wie Ja'ara es ausdrückte.

Das läßt sich auch auf diesen Mann übertragen, dachte Jo'ela. Bedeutete das etwa, daß sie jedesmal, wenn sie dieses neugierige, lebenshungrige Aufblitzen in seinen Augen sah, nicht wußte, was sie wollte, daß sie es nie wissen würde, daß sie warten würde, wie jetzt, daß er anrief?

Sie sollte alles vergessen.

4.
Geburt

Hila hatte schon oft gesagt, daß man gleich beim Eintritt in die Ambulanz, schon an der Tür, die völlige Bedeutungslosigkeit der Zeit erkennen könne. Tag und Nacht brannten dort Neonlampen, wurden lange Computerstreifen gedruckt, beugten sich stündlich und minütlich gesunde Menschen über Kranke, neigten die Köpfe zur Seite, um besser zu hören, bewegten mit sicheren Händen Spritzen, Messer, Skalpelle und reichten bunte Tabletten und kleine Plastikgläser mit Wasser, damit die Kranken die Tabletten auch schlucken konnten. Aber nur bei oberflächlicher Betrachtung konnte man, poetisch, wie Hila es mochte, von einer scharfen Trennung zwischen schlafender Zeit und schlafloser Zeitlosigkeit sprechen. Die Gesetze der Zeit verloren im Krankenhaus keineswegs ihre Bedeutung, und draußen, in den dunklen Häusern und den leeren Straßen, schliefen auch nicht alle. In jedem Haus gab es wohl mindestens einen, der nicht einschlafen konnte. Und in der Klinik fand man auf jeder Station Menschen, die trotz der brennenden Neonlampen im Flur schliefen. Und wenn Schwestern einen frisch Operierten in ein Zimmer fuhren, wenn sie mit den Infusionsgeräten neben seinem Bett hantierten, seinen

Blutdruck maßen, mit der Pfanne kamen, häufig ein- und ausgingen, so gab es in diesem Zimmer immer jemanden, der seelenruhig schlief, taub gegen Bitten und Seufzen. Tag und Nacht waren auch hier keine zusammengehörigen Einheiten, die sich lediglich durch die Art der Beleuchtung und die Zahl der anwesenden Ärzte unterschieden. Die Unterschiede waren anders. Auch im Krankenhaus kamen, wie überall auf der Welt, nachts die bösen Geister hervorgekrochen, bliesen die Ängste auf, bis nichts anderes mehr Platz hatte. (Woher stammte sonst die weitverbreitete These – die sogar wissenschaftlich nachweisbar war –, daß nachts die Empfindungen stärker sind. Jeder kennt das Phänomen, daß Schmerzen, die tagsüber fast verschwunden sind, bei Nacht wieder zunehmen. Neugeborene Babys, die noch nichts von Tageszeiten und anderen Gesetzen der Zeit wissen, fiebern, wenn sie erkranken, nachts.) Wegen der Beziehung zwischen Dunkelheit und Angst erwachen nachts Gier und Gehetztheit, die bei Sonnenlicht wieder verblassen. Die bösen Geister beziehen ihre Kraft aus der Dunkelheit und der Herrschaft des Mondes. Aber so etwas laut zu sagen war absolut verboten. Man durfte der Gebärenden nur versprechen, daß am Morgen alles anders aussehen würde.

Die Neonlampen – auf dem Weg zum Aufzug flimmerte eine defekte – hatten, anders als die Sonne, keinerlei Wirkung auf die bösen Geister. Wenn er anrief, könnte sie sich einfach den Umschlag von ihm geben lassen und ihn nie wiedersehen. Denn jemand, dessen Bewußtsein ganz und gar auf Sehnsucht und die Wiederholung eines bestimmten Momentes ausgerichtet ist, wird zum Sklaven des anderen. Außerdem konnte man es nicht wissen; vielleicht begnügte sich der andere mit dem Bewußtsein, Sehnsüchte geweckt zu haben, und brauchte niemanden und keine Wiederholungen. Man durfte es nicht so weit kommen lassen, daß man auf einen Anruf wartete. Sie würde mit Margaliot sprechen, daß er ihm keine Erlaubnis zum Filmen gab.

Wenn man als Fremder die erste Tür zur Geburtshilfe aufmacht, sieht man einen langen Korridor vor sich, man sieht die innere Tür, zwei cremefarbene Holzflügel, bei denen man sogar von weitem die abblätternde Stelle neben der Klinke erkennt. Sie ist immer geschlossen, man muß klingeln und warten, bis eine ungeduldige Hebamme den Summer bedient und einen hereinläßt. Wenn sie ihren Wünschen nachgab, überlegte Jo'ela, würde sie, falls er überhaupt anrief, am Schluß die Hände vors Gesicht schlagen, das sah sie jetzt schon. Es gab Dinge, über die man gar nicht erst nachdenken sollte. Vorstellungen, die man besser wieder sterben ließ. Schon jetzt, während sie versuchte, ihre lauten Schritte auf den Marmorfliesen zu dämpfen, empfand sie keine nennenswerte Freude. Nicht nur wegen des braunen Umschlags. Sie hielt den Atem an, als sie den Mann am Ende des Korridors stehen sah, neben der inneren Tür, und sie trieb sich zur Eile an, obwohl sie jetzt schon erkannte, daß er es nicht war, sondern ein älterer Mann, ziemlich klein und mit einem Schnurrbart.

Mitten im Flur, als sie mit schnellen Schritten am Wartezimmer vorbeilief, griff eine Frau nach ihrem Arm und rief: »Frau Doktor, Frau Doktor!« In der einen Hand trug sie ein kleines, ledergebundenes Buch, die andere hielt Jo'elas Arm. Ein leichter, aber sehr entschiedener Griff. Wie lange es noch dauere, wollte sie wissen, und der Goldzahn, der seitlich aus ihrem Mund blitzte, neben einer schwarzen Lücke, verwandelte die Frage zu einer erpresserischen Forderung. Man halte sie hier fest, ohne Auskunft, während ihre Schwiegertochter schon stundenlang drinnen sei. Man lasse sie nicht hinein, und ihr Sohn, der seiner Frau beistehe, komme nicht heraus. Statt zu sagen, ich wäre jetzt lieber ganz woanders, benutzte Jo'ela Formeln wie: »Da braucht man Geduld« und »Es ist wirklich sehr schwer«. Eine zweite ältere Frau stürzte aus dem Wartezimmer und versperrte ihr den Weg. »Ich möchte es auch hören, Frau Doktor«, sagte sie, schneuzte sich geräuschvoll in ein Papiertaschentuch, zog sich mit energischem Ruck einen hinuntergerutschten Wollstrumpf hoch, nachdem sie eine große, getigerte Tasche, deren goldene Schnalle herunterhing wie der gebrochene Flügel eines Huhns, zwischen ihren Beinen abgestellt hatte. Zwischen den beiden Frauen hing an einem Haken, flatternd im Luftzug, ein gelber Kittel, wie sie Ehemännern gegeben wurden, die ihre Frauen in den Kreißsaal begleiteten. Wie Wachtposten standen die beiden Frauen im Flur, zu beiden Seiten der Tür, die Körper gespannt und bereit, ihr zu folgen, sobald sich die Tür öffnete. Jo'ela nahm beide am Arm, schob sie mit sanfter Entschlossenheit ins Wartezimmer zurück, deutete auf die orangefarbenen Stühle und betonte, sie sollten ihre Kräfte für später aufheben, »wenn alles vorbei ist und die junge Mutter Sie braucht«. Ihre Gesichter drückten einen gewissen Zweifel an dem Lohn aus, der sie erwartete.

Jo'ela betrachtete die anderen Frauen, die in dem kleinen Zimmer saßen. »Die Leute von der Klinik können doch nichts dafür«, mischte sich eine Frau aus der Mitte des Zimmers ein, in einem Ton, als habe sie das schon mehrmals in dieser Nacht beteuert. »Man muß sie in Ruhe ihre Arbeit machen lassen, das ist das Wichtigste.« Sie stand auf und legte sorgfältig die Schalen einer Mandarine in einen der beiden zylinderförmigen Metallbehälter, die neben ihr standen, bevor sie den beiden Frauen etwas von der Mandarine anbot, die sie vorsichtig verteilte; sie hatte fleischige Finger mit schwarzen Fingernägeln. Sie bot auch Jo'ela ein Stück an, die jedoch dankend ablehnte. Sie beobachtete, wie ein großes Stück Schale oben auf dem Berg aus Orangenschalen, Plastiktüten, Resten von Fladenbrot, zusammengedrückten Zigarettenschachteln und Getränkedosen schwankte und auf den Linoleumboden zu fallen drohte. Eine Frau, deren Bauch sich nach vorn wölbte, allerdings nicht wegen einer Schwangerschaft, richtete sich nun auf. »Frau Doktor«, sagte sie, »hat meine Tochter ihr Kind noch nicht bekommen?«

»Man wird Sie rufen«, versprach Jo'ela, »man wird Ihnen sofort Bescheid sagen, wenn das Kind da ist. Sie müssen Geduld haben.«

»Das fällt mir schwer«, bekannte die Frau verlegen. »Mir kommt es immer so vor, als höre ich sie schreien.«

»Und Sie? Haben Sie nicht geschrien, als Sie Ihre Tochter auf die Welt gebracht haben?«

»Ich?« Die Frau lächelte ein kindliches Lächeln und legte sich die Hände auf den Bauch. »Oho! Und wie ich geschrien habe! Zwölf Stunden mußte ich warten, bis sie endlich bereit war rauszukommen. Es ist ihr gut gegangen da drin.« Die Frau lachte.

»Bei mir«, mischte sich die Frau mit der Mandarine ein, »war es anders. Ich habe bei der ersten Geburt kaum den Kreißsaal erreicht, da war der Kopf schon draußen.«

Das Gesicht der Schwiegermutter mit dem Goldzahn glänzte. »Die ersten Geburten sind meist am schwersten, das ist ja bekannt«, bemerkte sie.

Ein junger bärtiger Mann in der Reihe gegenüber zog seinen schwarzen Mantel zusammen und rückte seinen Hut zurecht, bevor er sich über ein Buch beugte und lautlos die Lippen bewegte.

»Bei mir war der Muttermund schon weit offen, und das Wasser war auch schon abgegangen«, erklärte die Frau und lutschte an einer Mandarinenscheibe.

Alle Stühle im Wartesaal waren orangefarben, nur einer, in der Ecke neben dem geschlossenen Fenster, war schwarz. Darauf saß eine junge Frau mit einem runden, blassen Gesicht, das irgendwie nackt wirkte unter den sehr kurz geschnittenen hellen Haaren. In ihren weiten, dünnen Stoffhosen, die Hände über dem dicken Bauch gefaltet, sah sie sehr jung aus, wie ein Mädchen. Ihr Kopf mit den geschlossenen Augen lehnte an den violetten und blauen Streifen des Vorhangs.

»Warum machen Sie nicht ein bißchen auf, man bekommt

ja keine Luft hier«, sagte Jo'ela, atmete tief die dumpfe, nach verschimmeltem Abfall riechende Luft ein und versuchte, den Vorhang aufzuziehen, der den Blick auf die Landschaft versperrte – bei Nacht bestand sie nur aus einigen Lichtern aus der neuen jüdischen Siedlung neben einem arabischen Dorf, das wie ein dunkler Fleck zwischen den Bergen lag. Die Wartenden antworteten nicht auf ihre Frage.

»An alles erinnere ich mich. Achtundzwanzig Jahre, und ich erinnere mich an jede Minute«, sagte die Frau mit dem Goldzahn in dramatischem Ton, doch die mit den Wollstrümpfen und der Goldschnalle an der Tasche ließ sie nicht weiterreden. »Bei mir ...«, versuchte sie es zum dritten Mal.

Das Zimmer war überheizt, die Luft, trocken wie in einem Flugzeug und voller Gerüche, reizte die Haut. Die mädchenhafte Schwangere auf dem schwarzen Stuhl öffnete die Augen, ihr Mund verzerrte sich wie in plötzlichem Schmerz. Mit beiden Händen stützte sie ihren dicken Bauch, erhob sich schwerfällig und ging hinaus. Jo'ela folgte ihr. Im Flur, vor den Holztüren, lehnte sich die junge Frau an die Wand und wiegte sich hin und her, die Lippen zu einem schmalen Strich zusammengepreßt. Sie hatte die Lider gesenkt und schien Jo'ela gar nicht zu bemerken. Jo'ela betrachtete sie und fragte: »Was ist mit Ihnen?«

»Man hat mich nach Hause geschickt«, flüsterte das Mädchen heiser.

»Sind Sie untersucht worden?« erkundigte sich Jo'ela.

»Die Schwester hat mich untersucht und gesagt, es sei noch nicht offen. Das seien nur Übungswehen, sonst nichts. Schon seit zwei Tagen. Ich habe sie gebeten, mich an den Monitor anzuschließen, aber das wollte sie nicht.«

»Und warum gehen Sie nicht nach Hause?« fragte Jo'ela. »Sie sollten sich ausruhen. Ist es die erste Geburt?« Bei dieser Frage blickte sie nach rechts und links, ob sie den Ehemann irgendwo entdeckte, doch der Flur war leer.

»Vielleicht sind es Übungswehen«, sagte die mädchenhafte Frau, strich sich mit den rotlackierten Fingernägeln über das Gesicht, blinzelte und murmelte: »Aber sie kommen alle vier Minuten und halten eine Minute an. Schlafen kann ich sowieso nicht, deshalb will ich lieber hier warten. Sie können mich nicht wegschicken.«

»Hat Sie jemand hergebracht?«

»Ich habe mich selbst hergebracht«, erklärte die junge Frau. Und dann, wie um weiteren Fragen zuvorzukommen, fügte sie hinzu: »Es gibt übrigens niemanden, der mich hätte bringen können.« Sie seufzte und ging leicht in die Knie, als sei sie drauf und dran, sich auf die Marmorfliesen zu setzen.

Der starre Blick der jungen Frau, ihr Schweigen und die langsamen, rhythmischen Bewegungen ihres Kopfs von einer Seite zur anderen brachten Jo'ela dazu, jetzt schon das gute Verhältnis zur diensthabenden Hebamme zu gefährden, aber es würde ohnehin Spannungen geben, weil private Geburten wie die, deretwegen sie gekommen war, nicht gerne gesehen wurden.

»Kommen Sie, wir untersuchen Sie noch einmal.«

»Mit dem Monitor?« fragte die Schwangere, und ihre Augen wurden schmal.

»Mit dem Monitor, von mir aus«, versprach Jo'ela.

»Die Schwester hat gesagt, es sei jetzt kein Monitor frei, sie hat gesagt, daß ...«

»Wir bringen alles in Ordnung, ganz ruhig«, sagte Jo'ela und führte das Mädchen zu der Tür, deren Flügel sich auf ihr Klingeln hin öffneten. Im Wehenzimmer, in das sie hineinschaute, waren alle drei Betten besetzt. Deshalb drückte sie das Mädchen auf den Stuhl davor und ging hinüber zur Schwesterntheke.

»Glauben Sie mir wenigstens?«

»Was denn?« Jo'ela erschrak, als die Hand sie plötzlich am Ärmel ihres Mantels packte.

»Daß ich ... daß ich Wehen habe.«

»Natürlich glaube ich das, auch die Hebamme glaubt das, darum geht es gar nicht. Es gibt Phänomene ...«

»Das sind keine Übungswehen!« beharrte die junge Frau, und Tränen traten ihr in die Augen.

»Wir werden es gleich untersuchen«, versprach Jo'ela. »Ich muß nur schnell meinen Kittel anziehen, gleich bin ich wieder da.«

Niemand saß an der Schwesterntheke. Im Hebammenzimmer am Ende des Flurs dampfte der elektrische Wasserkessel, und neben den benutzten Kaffeetassen lagen die Schalen hartgekochter Eier. In einem anderen Zimmer, weiter weg, klingelte ein Telefon, ein lästiges, anhaltendes Geräusch, draußen im Flur rannte eine Schwester vorbei, mit Gummisohlen an den Schuhen. Am Tischende schmierte Mirjam, eine Hebamme, eine Scheibe Schwarzbrot und belegte sie sorgfältig mit Gurken. Neben ihr stand eine angebrochene Schachtel Quark.

»Deine Geburt dauert noch eine Weile, wenn du der Frau kein Wehenmittel gibst«, sagte sie mit vollem Mund. »Was für ein Gedränge das heute ist. So eine Nacht haben wir schon lange nicht mehr gehabt. Bis jetzt hatte ich keinen Moment Zeit für eine Tasse Kaffee, und dabei haben wir zwei nach Hause geschickt, sonst wäre der Flur ...«

»Tu mir einen Gefallen und leg die junge Frau, die ich dort im Flur gelassen habe, an den Herztonwehenschreiber«, bat Jo'ela in einem schmeichelnden, intimen Ton, der Mirjams deutlich zu erkennenden Unwillen besänftigen sollte. Sie hatte etwas gegen private Entbindungen.

»Was für eine junge Frau? Die Kahlgeschorene?«

»Ich habe es ihr versprochen ...«

»Wir haben sie schon zweimal weggeschickt, aber sie läßt sich nicht abhalten. Die hat's im Kopf.«

Jo'ela lachte. »Im Bauch. Sie hat's im Bauch. Sie ist allein und hat Angst. Was können wir schon verlieren, wenn wir ...«

Mirjam schluckte den letzten Bissen Schwarzbrot und trank geräuschvoll einen Schluck Kaffee. »Na gut, ich schau mal.«

»Wo ist Alisa Mu'alem?«

»Was für eine Frage, Jo'ela. Im großen Raum, wo denn sonst?« Mirjam verzog den Mund mit den vollen Lippen und wischte ein paar Brotkrumen vom Tisch.

»Habt ihr ihr kein Wehenmittel gegeben?«

»Sie ist deine Patientin, das mußt du entscheiden«, sagte Mirjam und kratzte mit der Messerspitze einen eingetrockneten Fleck von der Falte ihres grünen Kittels, zwischen Busen und Bauch. »Wir... So eine Nacht hat es schon lange nicht mehr gegeben. Wir haben sie an eine Infusion angeschlossen, aber nicht aufgedreht. Wir haben auf dich gewartet.«

»Nur kein Dolantin«, flüsterte Frau Mu'alem. Durch das Fenster links von ihr blitzten Lichter, aber die goldene Kuppel war nachts nicht zu erkennen. Nur wenn sie bis zum Morgen in diesem Raum blieb, würde sie die Aussicht sehen, deretwegen dieser Kreißsaal so beliebt war. Auf dem Stuhl neben dem Bett saß ihr Mann, mit dem Rücken zum Fenster, und ließ den Blick nicht vom Monitor des Kardiotokographen, der die Kurve zeichnete. Die Stimme Frau Mu'alems übertönte den Pulsschlag, die galoppierenden Pferdehufe aus dem Gerät. »Auf keinen Fall Dolantin!«

»Was wissen Sie über Dolantin?« erkundigte sich Jo'ela, legte die Hand auf den Bauch und zog mit aller Kraft an dem Handschuh.

»Auf gar keinen Fall«, flüsterte Frau Mu'alem.

»Wir werden sehen. Legen Sie sich auf den Rücken und ziehen Sie die Knie an«, befahl Jo'ela der Frau, die auf der Seite lag, das Gesicht zur Tür. »Fünf Zentimeter«, berichtete sie dann. »Ein fast verstrichener Gebärmutterhals, es ist alles in Ordnung. Das Kind wird bald kommen.«

»Es tut so weh«, klagte Frau Mu'alem, die Jo'ela noch nicht Alisa nennen konnte, weil die Beziehung zwischen ihnen das noch nicht zuließ, aber später, nach dem ersten Schrei, würde sie sie beim Vornamen nennen. Frau Mu'alem krümmte sich, stöhnte und legte eine Hand auf den Bauch. Mit der zweiten Hand umklammerte sie den Metallgriff am Bett. Ihr Mann zupfte an seinem schmalen Schnurrbart und starrte auf den Monitor.

»Jetzt hat sie eine Wehe«, verkündete er erstaunt und fügte stolz hinzu: »Stärke achtzig.«

»Wenn Sie etwas gegen Schmerzen wollen«, sagte Jo'ela und rückte den Gürtel auf dem gespannten Bauch zurecht, »kann ich Ihnen auch Bupivacain geben.«

Alisa Mu'alem atmete tief und warf einen Blick zu ihrem Mann, der den Kopf vom Monitor wandte. »Das kommt in die Wirbelsäule«, warnte er, runzelte die Stirn und zählte die Gefahren auf, die für seine Frau damit verbunden waren.

»Wir haben einen hervorragenden Narkosearzt«, versicherte Jo'ela.

Herr Mu'alem erhob sich und schob die Hände in die Hosentaschen. Er und Jo'ela standen nun zu beiden Seiten des Bettes, und Frau Mu'alem blickte abwechselnd von einem zum anderen. »Ich glaube, es gibt einstweilen noch keinen Grund dafür«, entschied er, nachdem er sich erkundigt hatte, welcher Narkosearzt Dienst habe und wer der beste sei. »Wen würden Sie empfehlen?« fragte er. »Bei einer speziellen Behandlung braucht man den besten.« Und mit gerecktem Kinn fügte er hinzu: »Es ist auch keine Frage des Geldes.«

Frau Mu'alem wischte sich die Stirn ab und wickelte sich eine Locke, die ihr Ohr bedeckte, um den Finger. Mühsam richtete sie sich auf, drehte sich auf die Seite, beugte sich zu dem Schränkchen hinter dem Bett und legte einen Morgenrock aus rosafarbenem Wollstoff zusammen, erst der Länge nach, dann auch nach der Breite. Dabei strich sie mit dem Finger über die goldene Blume, die auf den Kragen gestickt war. Dann legte sie sich wieder auf den Rücken, stöhnte und fragte, ob sie »einen Tropfen« Wasser haben könne. Herr Mu'alem tauchte den beschichteten Rand des Holzspatels in einen Pappbecher und befeuchtete ihr sorgfältig die Lippen, ohne daß ihr ein einziger Tropfen auf das Gesicht fiel.

»Vielleicht warten wir noch ein bißchen mit dem Wehenmittel«, überlegte Jo'ela. »Vielleicht sprengen wir die Fruchtblase, das beschleunigt den Geburtsverlauf ebenfalls.«

Herr Mu'alem ließ den Papierstreifen los, den das Gerät fortwährend ausspuckte, stützte das Kinn in die Hand und fragte, ob das kein unnatürlicher Eingriff sei, der die Infektionsgefahr erhöhen könne.

Jo'ela rückte die Ableitungsköpfe auf dem Bauch der Frau zurecht, blickte auf den Wehenschreiber und sagte, das sei eine allgemein übliche Vorgehensweise, von möglichen Komplikationen sei nichts bekannt. Nach kurzem Zögern wies sie darauf hin, daß die Schmerzen allerdings etwas stärker werden könnten. Frau Mu'alem nickte entschlossen.

»Muß ich so lange rausgehen?« fragte Herr Mu'alem und zog den Papierstreifen zu sich.

»Wie Sie wollen, mich stören Sie nicht«, murmelte Jo'ela und hob das Laken hoch, Frau Mu'alem winkelte die Beine an.

»Wird es weh tun?« fragte sie mit einer ganz kleinen Stimme.

»Nur ein kleiner Stich, das ist alles«, versprach Jo'ela.

Herr Mu'alems hervorstehende Augen öffneten sich weit, und er zupfte nervös an seinem Schnurrbart, als er den langen, zugespitzten Holzspatel sah, mit dem Jo'ela nun mit einer einzigen Bewegung die Fruchtblase einritzte. Unter dem weißen Laken drückte Frau Mu'alem die Knie fest aneinander, und während der Wehe, die der Kardiotokograph aufzeichnete – »Neunzig«, verkündete Herr Mu'alem mit sichtbarem Stolz –, zog sie das Laken fester um sich und stopfte die Ränder unter ihren Körper fest, als dürfe keine Handbreit ihrer Schenkel sichtbar bleiben. Jo'ela betrachtete die Patientenakte, auf der das Datum der letzten Menstruation angegeben war. Einen Moment lang glaubte sie, sich verrechnet zu haben. Sie zählte noch einmal nach und vergewisserte sich, daß es wirklich die siebenunddreißigste Woche war. Herr Mu'alem, ein bekannter Anwalt für Immobilienangelegenheiten, hatte immer darauf geachtet, bei allen Vorsorgeuntersuchungen dabeizusein. Im achten Schwangerschaftsmonat hatte Frau Mu'alem Jo'ela gefragt, ob sie bereit sei, die Geburt zu übernehmen. Ihr Mann hatte vorgeschlagen, schriftlich festzuhalten, daß seiner Frau eine natürliche Geburt ermöglicht werde, es sei denn, es ergebe sich ein ernsthafter Grund für eine Operation.

Im Untersuchungszimmer, hinter ihrem Schreibtisch, noch während Frau Mu'alem sich anzog, hatte Jo'ela damals ihren weißen Kittel glattgestrichen und trocken gesagt: »Wir haben sehr gute Ärzte, die ich Ihnen aufrichtig empfehlen kann, falls Sie irgendwelche Zweifel haben.«

Herr Mu'alem, mit einer schnellen Bewegung zu seinem kurzen Schnurrbart, murmelte etwas Unverständliches und breitete die Hände aus, als wolle er sich ergeben.

Aber Jo'ela ließ nicht locker. Frau Mu'alem hatte sie ausgesucht, weil sie eine Frau war, das spürte sie, während der Mann ihr aus dem gleichen Grund nicht traute. »Entweder vertrauen Sie auf meine Urteilskraft und meine Erfahrung«, fügte Jo'ela mit einer für sie ungewöhnlichen Bitterkeit hinzu, »oder Sie wenden sich an einen anderen Arzt.«

Herr Mu'alem machte zwar den Mund auf, aber in diesem Augenblick sagte seine Frau, die auf dem Stuhl neben ihm saß und gerade den obersten Knopf ihres Mantels zuknöpfte, die Augen noch zum Knopfloch gesenkt: »Tu mir einen Gefallen, Mosche, hör auf.«

»Ich habe doch nur gemeint, daß ... So habe ich es nicht gemeint«, murmelte Herr Mu'alem und strich sich mit den

Händen über die Oberschenkel, während seine Frau Jo'ela zuschaute, die im Kalender blätterte, um den Termin für die nächste Untersuchung festzulegen, Mitte des neunten Monats, ein Besuch, zu dem es nun nicht mehr gekommen war.

»Jetzt warten wir erst einmal ab«, sagte Jo'ela, mit beiden Händen die Schüssel mit dem Fruchtwasser festhaltend, »was das bringt.« Und beruhigend: »Die Farbe des Fruchtwassers ist in Ordnung.«

»Aber da ist ein bißchen Blut dabei«, widersprach Herr Mu'alem.

»Das ist normal, kein Grund zur Sorge«, entschied Jo'ela und trug die Schüssel zum Waschbecken neben der Tür.

Herr Mu'alem wandte sich wieder der Nadel zu, die langsam die Papierstreifen aus dem Herztonwehenschreiber vollkritzelte, doch zugleich verfolgte er jede Bewegung Jo'elas, bis sie das Zimmer verließ.

Alle Betten im Vorwehenzimmer, durch Wandschirme voneinander getrennt, waren belegt. Im Bett am Fenster lag die mädchenhafte Schwangere mit dem runden Gesicht, halb ausgezogen, ihre weite Hose mit dem Blumenmuster hing unordentlich über einem Stuhl. Ihr Unterkörper war teilweise von einem Laken bedeckt. Das Gesicht Monikas, der Hebamme, die am Bett an der Tür stand, zeigte rote Flecken vor Anstrengung, als sie den Kopf hob. »Die Frau hier spricht kein Hebräisch«, verkündete sie, »aber ihr Mann, der draußen sitzt, spricht es sehr gut.«

Im Fach unter dem Bett der Frau lag ein graues Kleid, daneben, auf einer schwarzen Handtasche, ein weißes Kopftuch. Die Frau hatte ihre dunklen Hände auf die Brust gelegt und lächelte Jo'ela, die nun zu ihr trat, schüchtern an. *»Do you speak English?«* fragte Jo'ela. Die Frau schüttelte den Kopf und murmelte ein paar Worte auf Arabisch.

»Sag ihrem Mann, er soll ihr den Schmuck abnehmen«, sagte Jo'ela zu Monika, die schnell nach dem glatten Arm griff und der Frau mit Handbewegungen klarzumachen versuchte, daß es nötig sei, den Schmuck abzulegen, doch die Araberin umklammerte ihre goldenen Reifen und schüttelte ablehnend den Kopf.

»Sie muß es nicht tun«, meinte Jo'ela, »aber sag ihr, daß es zu ihrem Besten ist.«

»Sie ist zwanzig, noch nicht mal ein Jahr verheiratet und hat Angst«, erklärte Monika.

Jo'ela blickte auf den Kardiotokographen und fragte nach dem diensthabenden Arzt.

»Er ist im Operationssaal«, antwortete Monika. »Sie hat eine Steißlage.«

»Vielleicht dreht er sich ja noch.«

»Laut Ultraschall ist es ein Mädchen«, korrigierte sie Monika, und in diesem Moment hörte man laute Stimmen vor der Tür.

»Sie haben mir gar nichts zu sagen!« schrie eine helle, weiblich klingende Stimme, die mitten im Satz um eine Oktave tiefer kippte. »Holt es mir doch raus! Ich kann nicht mehr!«

Monika richtete sich auf. Zwischen ihren hellen Augen erschien eine nachdenkliche Falte. »Er ist schon wieder da«, meinte sie. »Zwei Wochen war jetzt Ruhe.«

Die Araberin verkrampfte sich stöhnend.

»Wirf ihn raus«, befahl Jo'ela. »Wir haben zuviel Arbeit, um uns um ihn zu kümmern. Sag dem diensthabenden Psychiater Bescheid, und damit basta.« Sie war auf dem Weg zum Bett am Fenster und hatte nicht vor, das Wehenzimmer zu verlassen. Doch die Frau im mittleren Bett, über die Monika ihr flüsternd mitgeteilt hatte: »Das klappt, die fünfte Geburt, alles hundert Prozent in Ordnung«, und die bisher still dagelegen hatte, mit einem gelassenen Gesicht unter einer weißen Haube, die Hände unterhalb der Brust ineinander verschlungen und bei jeder Wehe tief durchatmend, fuhr plötzlich hoch und rief voller Panik: »Was bedeutet das Geschrei?«

»Alles in Ordnung«, winkte Monika ab. »Das hat nichts mit uns zu tun.«

»Aber was ist das? Ist das nun ein Mann oder eine Frau? Was ist mit ihm?« beharrte die Frau. »Warum schreit er so?«

Monika griff nach ihrem Handgelenk und blickte auf die Uhr, lächelte freundlich und tätschelte ihr ermutigend den Arm, gab aber keine Antwort. Hinter der geschlossenen Tür ging das Geschrei in voller Lautstärke weiter, abwechselnd in einem zwitschernden Sopran und einem tiefen Tenor.

»Das ist nicht wie das Schreien bei einer Geburt«, rief die Frau mit der Haube, und ihre Unterlippe zitterte. »Man hört auch kein Baby weinen.«

»Das wird man auch nicht«, sagte Jo'ela mit entschlossener Stimme und machte die Tür auf.

Draußen vor der Tür warteten zwei weitere Frauen auf ihre Entbindung. Drei Araberinnen in langen, grauen Kleidern und mit weißen Kopftüchern umringten einen schnurrbärtigen Mann, der auf dem Stuhl neben der Tür zum Wehenzimmer saß. In sicherer Entfernung stand Doktor Mazliach, der Kinderarzt. Er lehnte an der Schwesterntheke, während Mirjam, die Hebamme, dem Schreier bereits die Arme um die Schultern schlang. Seine Arme waren dünn, der Körper und das Gesicht aber so angeschwollen, als habe man ihn mit Preßluft aufgepumpt. Er riß sich den blauen Morgenrock auf, schob die Pyjamajacke hoch, schlug auf seinen haarlosen Bauch und rief: »Holt es doch endlich raus! Ich kann nicht mehr!«

Mirjam schob ihn in Richtung Stationsausgang, während er seinen kahlen Kopf hin und her warf und versuchte, sie in den Arm zu beißen.

»Wer hat ihn reingelassen? Wer hat die Tür aufgemacht, ohne nachzufragen?« rief Mirjam. Die kreisrunden roten Flecken auf ihren Wangen und die Röte ihrer großen Nase verliehen ihrem breiten Gesicht einen clownesken Ausdruck, trotz der Wut in ihren grünen Augen, die von einem zum anderen gingen, wie die Augen einer Lehrerin, die den Jungen sucht, der mit der Kreide nach ihr geworfen hatte, als sie sich zur Tafel umdrehte, und schließlich blieb ihr Blick an dem Kinderarzt hängen. »Man muß immer fragen, wer es ist«, fuhr sie ihn an. »Man darf nicht einfach so aufmachen. Warum schließen wir denn sonst ab?« Der schreiende Mann ging in die Knie und schlüpfte unter dem dicken Arm der Hebamme hindurch, die ihn festzuhalten versuchte.

»Ruft den diensthabenden Psychiater«, befahl Jo'ela von ihrem Platz neben der Tür aus, und Monika rannte zum Telefon.

Der Mann hatte wieder angefangen zu jammern und seinen Bauch zu zeigen.

»Wenigstens hat er sich heute kein Kissen reingestopft«, meinte Mirjam und versuchte, ihn wieder zu packen. Doch der Mann drückte seinen Körper an die Tür, stemmte beide Füße fest gegen den Boden und umklammerte mit beiden Händen die Klinke.

Plötzlich verließ der Kinderarzt seinen Platz und ging schnell hinüber zu dem Mann. »Wie heißen Sie?« erkundigte er sich.

Der Mann ließ die Klinke los, klammerte sich mit einer Hand an dem fleckigen Kittel des Arztes fest und schlug sich mit der anderen auf den Bauch. »Holt ihn mir schon raus! Wie lange soll ich warten, bis ihr ihn mir rausholt?« brüllte er.

»Was sollen wir denn herausholen, mein Freund?« fragte der Kinderarzt, und der Mann drehte den Kopf und brüllte: »Ich bin kein Mann, ich bin eine Frau! Eine Frau!«

Eine der beiden Schwangeren drückte sich an die Wand und bedeckte ihren Bauch mit beiden Händen, ohne den Blick von dem entblößten Bauch des schreienden Mannes zu wenden. Die drei Araberinnen drängten sich dichter um den bärtigen Mann, der eine Gebetskette in den Händen bewegte und nun von seinem Stuhl aufstand, sich streckte und zur Tür hineinschaute. Doch der Wandschirm verwehrte ihm den Blick auf die Frau, die im Bett an der Tür lag. »Alles in Ordnung«, beruhigte ihn Jo'ela.

»Sie schicken gleich einen Pfleger«, rief Monika vom Telefon hinter der Schwesterntheke.

Aus einem der entfernteren Kreißsäle kam ein lauter Schrei, und als die Tür geöffnet wurde, war das Weinen eines Babys zu hören. Der Kinderarzt versuchte, sich aus dem Klammergriff des Mannes zu befreien, ohne Erfolg. Voller Panik blickte er sich um, doch alle blieben an ihrem Platz stehen. Aus dem Kreißsaal waren Stimmen zu hören, eine Tür wurde aufgerissen, eilige Schritte liefen über den Flur, und das Gesicht einer Hebamme tauchte hinter der Schwesterntheke auf. »Doktor Mazliach, wo sind Sie?« rief sie. Einen Moment lang war alles still auf dem breiten Flur, dann fing der Mann wieder an zu schreien: »Holt ihn mir raus! Ich kann nicht mehr! Sein Kopf kommt schon!«

»Wie lange dauert das denn noch?« murrte Mirjam, drehte sich zu den beiden schwangeren Frauen um, die auf sie zukamen.

Jo'ela trat zu dem schreienden Mann, so nahe, daß sie seinen Atem auf ihrem Gesicht spüren konnte. Er roch nach Azeton. Etwas Bedrohliches und sehr Machtvolles ging von dieser Freiheit aus, die ihm erlaubte, seinen Körper zu entblößen. Einfach hier hereinzuplatzen und zu schreien. Jeder konnte sich plötzlich hinwerfen und losbrüllen. Wäre da nicht die Angst vor der Einsamkeit und der Brandmarkung, die jeden traf, der sich so etwas herausnahm. Danach war man festgelegt, einen Weg zurück gab es nicht. »Komm, Baruch, komm mit mir«, bat sie.

»Ich heiße nicht Baruch, ich heiße Ne'ima«, zwitscherte der Mann mit seiner Sopranstimme.

Jo'ela gab nach. »Komm, Ne'ima. Untersuchen wir dich und holen ihn raus.«

Der Mann blickte sie an, blinzelte, hörte aber plötzlich auf zu schreien. Sein Mund entspannte sich, und er lockerte den Griff um Doktor Mazliachs Arm. Der lief schnell hinter der Schwester her, die auf ihn gewartet hatte, in Richtung Kreißsaal. Der Mann schlug den Morgenrock zu. »Wir untersuchen dich gleich, Ne'ima, aber erst mußt du etwas essen, damit du Kraft hast. Eine Geburt ist sehr anstrengend«, erklärte Jo'ela.

Mirjam stand hinter der Schwesterntheke, als ginge sie das alles nichts an, aber sie ließ sich nichts entgehen. »Schade um deine Worte«, murmelte sie. »Das wird ihn nur ermuntern, das nächste Mal wiederzukommen.«

»Er hat mindestens zwei Tage nichts gegessen«, protestierte Jo'ela. »Er riecht schon nach Azeton, so geht es doch nicht.«

»Nun, nicht jeder kann sich den Luxus erlauben, sich um jeden einzelnen zu kümmern. Weißt du, wie viele Geburten wir heute nacht hatten, bis du gekommen bist? Mit der Frau, die der Diensthabende gerade operiert, sind es schon zwölf, und ich hatte noch nicht mal Zeit, die beiden hier aufzunehmen.«

Der Mann blickte Mirjam und Jo'ela an, bewegte den Kopf demonstrativ von einer zur anderen, machte den Mund auf und setzte sich auf den Boden.

»Komm was essen, bevor ich dich untersuche«, sagte Jo'ela.

»Man darf nichts essen«, sagte der Mann und legte die Arme um die Knie. »Essen – nein!« Er zerrte an Jo'elas Kittelzipfel, so daß sie fast den Boden unter den Füßen verlor. »Nein!« schrie er. »Man darf nichts essen, bevor sie ihn herausholen.«

Jo'ela ignorierte das Summen in ihren Ohren und hielt sich die Hände fest, die angefangen hatten zu zittern.

»Nachher machen wir dir einen Einlauf«, versprach sie, »das macht überhaupt nichts.«

Der Mann schüttelte den Kopf, warf ihr von der Seite einen schlauen Blick zu und blieb sitzen. Aus den Augenwinkeln nahm Jo'ela Mirjam wahr, die ihr breites Gesicht von einer Seite zur anderen bewegte, so daß ihr Doppelkinn zitterte und die grünen Glockenklöppel an ihren Zigeunerohrringen bei jeder Bewegung klirrten.

»Nur etwas Flüssiges«, erklärte Jo'ela und schob die Hände in die Kitteltaschen, »wie alle Kreißenden.«

Der Mann warf ihr einen langen, mißtrauischen Blick zu, dann stand er auf. In diesem Moment war der Summer zu hören. »Ja?« fragte Mirjam. Ihr Gesicht entspannte sich, als sie verkündete: »Gott sei Dank, es ist Meir, der Pfleger. Jetzt können wir wenigstens wieder unsere Arbeit tun.«

Hinter dem Rücken des Pflegers tauchte das Gesicht der Frau aus dem Wartezimmer auf. Der Goldzahn in ihrem Mund blitzte. Sie versuchte, sich zwischen Meir und dem Türpfosten hindurchzuzwängen, aber Mirjam hinderte sie daran. »Ja? Wohin möchten Sie?« fragte sie und ging auf die Frau zu.

Die Frau blieb erschrocken stehen. »Meine Schwiegertochter... Ich möchte nur wissen, ob das Kind schon da ist.«

»Wir werden Ihnen Bescheid sagen«, unterbrach sie Mirjam. »Hier dürfen Sie jetzt nicht herein. Wir werden Sie rufen.«

»Aber hat sie das Kind schon bekommen oder nicht?« beharrte die Frau.

»Wie ist der Name?«

»Gottlieb.«

»Das Kind ist noch nicht da«, sagte Mirjam, griff nach der Tür und wartete, bis die Frau hinausging. Sie lief langsam, mit schlurfenden Schritten, als habe sie Hausschuhe an, die sie zu verlieren fürchtete, und demonstrierte damit ihren unterwürfigen Protest. Mirjam blickte ihr kurz nach, dann schlug sie die Tür zu.

Es war das erste Mal, daß Jo'ela Meir, den Pfleger, von Angesicht zu Angesicht sah. Bisher hatte sie nur von ihm gehört. Man sagte, er sei ein Zauberer, und diskutierte darüber, wie viele Menschen er schon in letzter Minute vor dem Selbstmord gerettet habe, nachdem alle anderen bereits aufgegeben hatten. Man sagte, er sei in der Lage, psychisch Kranke, die aus einer geschlossenen Abteilung geflohen waren, ohne Drohungen und ohne Gewaltanwendung zurückzubringen. In Notfällen wurde immer nach Meir gerufen, auch von anderen Stationen, sei es, daß jemand die Beherrschung verlor oder einer aggressiv wurde, so wie damals, als ein Patient einen plastischen Chirurgen, den er beschuldigte, sein Gesicht völlig entstellt zu haben, mit einem langen Messer angriff. Alle in der Klinik hatten damals nur davon geredet, auf welche Art Meir dem Mann das Messer aus der Hand nahm, wirklich in letzter Minute und ohne Gewalt. Porat, der Kassenarzt für Gynäkologie, hatte Jo'ela erzählt, wie Meir einmal eine potentielle Selbstmörderin dazu gebracht hatte, von dem Strommast herunterzukommen, auf den sie geklettert war. »Er hat von unten nur leise auf sie eingeredet, und sie ist einfach runtergestiegen. Die Feuerwehrleute haben es nicht geschafft, ihr Psychiater hat nichts erreicht, aber Meir, der Pfleger, hat es geschafft, so ein kleiner Mann, den du auf der Straße nicht zweimal anschauen würdest, einer, der aussieht wie ein Schuhverkäufer.« (»Als ich das letzte Mal Schuhe gekauft habe, war der Verkäufer knapp zwanzig und bildschön«, hatte Jo'ela widersprochen. »Gut, also kein Schuhverkäufer, einfach ein Straßenhändler auf dem Markt, ein Synagogenvorsteher, eben ein mickriger Mann mit Brille, dem Gesicht eines kleinen Angestellten, warum machst du es so kompliziert, ich will dir doch bloß eine Geschichte erzählen!« hatte Porat protestiert. »Nur damit du weißt, daß du keinen Arzt rufen sollst, wenn dir mal eine Patientin plötzlich durchdreht, sondern sofort Meir, den Pfleger.«)

Jo'ela wollte genau beobachten, wie der Mann arbeitete. Frau Mu'alem konnte warten, auch die mädchenhafte Schwangere mit dem runden Gesicht konnte warten. Jo'ela wollte Meirs Methode analysieren. Wenn er jeden zurückbringen konnte, gelang es ihm vielleicht auch, das junge Mädchen zu ihr zu bringen. Sie wagte nicht, sich direkt neben ihn zu stellen, denn etwas an seinem weder dicken noch dünnen, weder großen noch kleinen, sondern ganz und gar durchschnittlichen Körper schien einen gewissen Abstand zu verlangen, als wäre ein Zauberkreis um ihn und den Patienten, der sich für eine Frau hielt. Trotz aller Anstrengung konnte sie nicht alles verstehen, was Meir, der Pfleger, sagte – Mirjam telefonierte mit lauter Stimme –, aber ihr fiel auf, wie melodisch seine Stimme klang, als er dem Patienten etwas ins Ohr flüsterte. Meir lächelte, sein Gesicht wurde weich und leuchtend, ganz ohne Angst und Ekel vor dem aufdringlichen weißen Bauch des Mannes. Jo'ela hörte die Worte: »Weißt du noch, wie schön ...«, doch den Rest verstand sie nicht mehr. Sie sah, wie sich der Körper des Mannes allmählich entspannte. Der Kranke hob seinen Unterkörper an und zog sich die Pyjamahose über das Hemd, wickelte den Krankenhausmorgenrock um seinen Bauch und band sich langsam den Gürtel um die Hüften. Nach einer Weile reagierte er auch auf die ausgestreckte Hand des Pflegers, der ihn überhaupt noch nicht berührt hatte, und ließ sich aufhelfen. Jo'ela betrachtete Meirs schmales Gesicht, die Augen, deren Ausdruck hinter den dicken Brillengläsern nicht zu erkennen war. Sie begriff nicht, worin das Geheimnis seiner Kraft lag. Sogar in diesem Moment verstand sie nicht, was sie sah. Der Pfleger nahm den Kranken ganz zart am Arm, hakte ihn unter und sagte ernst und voller Ehrerbietung: »Alle Achtung, Baruch, wirklich, alle Achtung!«

»Was haben Sie zu ihm gesagt?« fragte Jo'ela, als sie neben den Pfleger trat. Der Patient ging nun ein paar Schritte voraus, und der Pfleger sagte laut: »Und jetzt werden wir beide etwas in der Cafeteria essen, eine schöne Tasse Kaffee, was, Baruch? Lädst du mich zu einer Tasse Kaffee ein?« Dann wandte er sich zu Jo'ela. »Nichts Besonderes. Ich habe nichts Besonderes zu ihm gesagt.«

»Die vorigen Male hat es uns Stunden gekostet, und am Schluß ging es nur mit Gewalt ...«

»Mit Gewalt, das ist nie gut«, sagte Meir, und seine Brillengläser funkelten, als er den Kopf senkte und zu Boden schaute. »Man braucht keine Gewalt, wenn der Mensch nicht gefährlich ist. Und Baruch ist nicht gefährlich. Er hat noch nie ...«

»Aber was haben Sie zu ihm gesagt?« beharrte Jo'ela.

»Ich habe mit ihm gesprochen«, antwortete Meir, hob den Kopf und betrachtete sie über die Brille hinweg, als habe er das Bedürfnis, ihr Gesicht genau zu studieren. »Ich kenne ihn, und ich habe mit ihm gesprochen.«

»Aber was genau haben Sie gesagt?«

»Die Wahrheit. Das, was alle wissen. Ich habe ihm erklärt, daß das, was er tut, nicht schön ist, daß es nicht höflich ist gegenüber den Frauen, die hier sitzen. Er ist wirklich ein guter Junge, der Ärmste. Er meint es nicht böse.«

»Und das ist alles, was Sie gesagt haben?«

Meir, der Pfleger, betrachtete den Mann, der mit sehr langsamen Schritten vor ihnen ging und jetzt stehenblieb, um zu warten. »Das andere«, sagte er mit klarer Stimme, »geht nur ihn und mich etwas an. Man muß die Privatsphäre der Menschen achten.«

Jo'ela war verwirrt. »Ich möchte von Ihnen lernen«, erklärte sie. Diese Worte klangen in ihren eigenen Ohren wie eine bedeutungslose Schmeichelei, und so mochten sie wohl auch bei Meir angekommen sein, der das Gewicht von einem Bein auf das andere verlagerte und meinte: »Es gibt Dinge, die kann man nicht lernen. Die muß man fühlen.«

Auch bei der Geschichte, die Porat erzählt hatte, war der Schlüssel nicht zu erkennen gewesen. Porat hatte den Strommast beschrieben, die Straße, die Autos, die angehalten hatten, die Feuerwehrleute und sogar Meir, den Pfleger, der ein Stück den Mast hochgestiegen war, aber er hatte keinen einzigen Satz wiederholen können, den Meir gesagt hatte, als handle es sich um eine Art Zauberformel. So wie die Menge an Zucker, Salz und Pfeffer, die ihre Mutter für ihre *gefilte fisch* benötigte. Jo'ela erinnerte sich noch genau, wie Frau Sakowitz, die Nachbarin, einmal gefragt hatte: »Wieviel?«, in der Hand ein Heft, in das sie jedes Wort schrieb, das die Mutter sagte, und in diesem Moment blieb ihre Hand in der Luft hängen, ihr Mund war geöffnet vor lauter hingebungsvoller Aufmerksamkeit, und dann fiel ihr Gesicht mit einem Mal zusammen, und das Leuchten in ihren Augen machte offener Enttäuschung Platz, als die Mutter verwirrt und verlegen geantwortet hatte: »Je nach Geschmack, jeder so, wie er es will.« Frau Sakowitz gab nicht nach. »Aber wieviel nehmen Sie?« drängte sie. Und die Mutter, die vorher von ihrem verstorbenen Mann erzählt hatte, der aus Lemberg stammte – dort mochten sie die Fische süßer –, senkte den Blick, dann hob sie nur die Augenbrauen und sagte zu Frau Sakowitz: »Wieviel man halt braucht.« Zu Jo'ela – und vielleicht auch zu sich selbst – sagte sie leise, nachdem Frau Sakowitz hinausgegangen war, daß manche Leute glaubten, es gäbe auf alles eine Antwort.

Aus dem Wehenzimmer war ein Schrei zu hören. »Das Kind kommt!« meldete Monika und riß den Mund auf, als wolle sie schnell etwas Luft außerhalb des Zimmers schnappen, dann biß sie sich mit ihren kleinen, weißen Zähnen auf die volle Unterlippe. »Der Kopf ist schon draußen, wir müssen sie schnell in den Kreißsaal bringen«, rief sie, »das Bett hier taugt nichts.« Und schon zog sie ein Bett zur Tür, während Jo'ela versuchte, der Frau beim Umsteigen zu helfen. »Sie ist noch nicht mal rasiert ...«

»Jetzt! Jetzt!« rief die Frau, zog die Beine an und brüllte ein-, zweimal auf, wobei sie aus aller Kraft preßte.

Jo'ela riß das grüne Laken weg, um das Kind in Empfang zu nehmen, das herausglitt.

»Wie der Korken von einer Champagnerflasche«, sagte Monika erstaunt.

»Wir haben noch nicht mal einen Einlauf geschafft«, flüsterte die Frau und ließ, mit Tränen in den Augen, den Kopf auf das dicke Kissen sinken.

»Ein Sohn«, sagte Jo'ela und klopfte ihm auf den Po, nachdem sie die Nabelschnur durchgeschnitten hatte. »Ruf Doktor Mazliach«, befahl sie Monika, die nach einem Blick auf den kleinen, bläulichen Körper aus dem Zimmer lief.

»Ein prachtvoller Junge«, sagte Jo'ela zu der Frau. »Was haben Sie denn zu Hause?«

»Drei Töchter und einen Sohn«, antwortete die Frau und lächelte, bevor sich ihr Gesicht wieder verzerrte. »Ich habe Wehen, bei mir kommt die Nachgeburt immer sehr schnell«, warnte sie.

Jo'ela gab Monika den Jungen. »Sie können Ihre Kinder ganz allein auf die Welt bringen«, meinte sie lachend und kontrollierte die Nachgeburt. »Wunderbar. Nichts fehlt, alles ist in Ordnung.«

Die Frau lächelte und rückte ihre Haube zurecht. »So ist es bei mir immer«, sagte sie und warf einen Blick auf die Araberin, die sich im Bett aufgesetzt hatte und das eingewickelte Baby auf Monikas Arm mit großen Augen anstarrte. Monika trat zu der Frau und beugte sich zu ihr hinunter. Die Frau murmelte etwas und lächelte scheu.

Die junge Frau mit dem runden Gesicht schob den Wandschirm zur Seite, setzte sich auf, wickelte sich das Laken um den Bauch, schlüpfte in ihre großen Holzsandalen, ging zu Monika und legte einen Finger auf die Wange des Babys, streichelte es und murmelte der Frau mit der Haube ein »Herzlichen Glückwunsch« zu. Dann ging sie zurück und setzte sich auf den Rand des Bettes am Fenster. Sie fuhr sich mit der Hand über die kurzen Stoppeln auf ihrem Kopf. »Was ist los, Talia?« fragte Jo'ela, nachdem sie einen Blick auf die Patientenakte geworfen hatte. Die junge Frau zuckte mit den Schultern und gab keine Antwort. Sie senkte die Lider, und eine Träne rollte über ihre Wange bis fast zum Mundwinkel. Sie wischte sie mit demselben Finger weg, mit dem sie vorher die Wange des kleinen Jungen berührt hatte, und leckte sie dann ab. Sie hatte die Augen gesenkt, ihre Hände lagen auf ihrem dicken Bauch, zogen an dem weiten Hemd, und mit einem Finger berührte sie ihren herausstehenden Nabel, malte einen Kreis um ihn und ließ sich langsam, mit großer Zartheit, auf das gestreifte Laken sinken. Die kurzen Stoppeln auf ihrem Kopf verschwammen in den braunen Streifen des Kissens. »Kommen Sie, ich untersuche Sie. Manchmal hilft das schon, um die Geburt in Gang zu bringen«, sagte Jo'ela. Folgsam hob die Frau das Becken. Der Muttermund war tatsächlich noch geschlossen, trotz der Wehen. »Haben Sie jetzt eine Wehe?« fragte Jo'ela. Das Mädchen nickte mit zusammengepreßten Lippen, nicht einmal ein Stöhnen war zu hören. Unter ihrer linken Hand, die sie auf den Bauch der Schwangeren gelegt hatte, fühlte Jo'ela Kontraktionen, mit der rechten berührte sie den Muttermund und wartete auf das Ende der Wehe.

»Wissen Sie, daß Ihr Muttermund sich zurückzieht?« fragte Jo'ela, um die Frau abzulenken, während sie den Finger gewaltsam in den Muttermund schob.

Die Schwangere stöhnte, dann fragte sie erschrocken: »Was heißt das?«

»Nichts.« Jo'ela verzog die Lippen zu einem beruhigenden Lächeln und bedauerte bereits, daß sie diese Bemerkung gemacht hatte. »Es gibt solche und solche, aber das bedeutet nichts.«

»Kann das die Geburt behindern?« sagte das Mädchen

leise. »Hat sie mir deshalb nicht geglaubt und gesagt, das wären keine echten Wehen?«

»Blödsinn!« erklärte Jo'ela und dehnte den engen Muttermund mit dem Finger.

Das Mädchen stieß einen lauten Schrei aus.

»So«, rief Jo'ela mit verhaltenem Siegerstolz. »Bald wird es losgehen.«

Das Mädchen starrte sie mit aufgerissenen Augen an.

»Sehen Sie das da?« fragte Jo'ela und hielt ihr den Schleimpfropf hin, der in ihrem Handschuh lag. »Das ist der Pfropf. Wenn der abgegangen ist, kommt das Kind in den nächsten paar Stunden. Langsam, ganz langsam.« Die junge Frau schloß die Augen. »Es wäre vielleicht doch besser, wenn Sie heimgehen und noch ein bißchen schlafen«, schlug Jo'ela vorsichtig vor und betrachtete die Lippen, die sich sofort verzogen und anfingen zu zittern. Das Mädchen atmete tief auf, und ein Strom von Tränen lief aus den Augenwinkeln über die hellen Wangen. Unter Schluchzen stieß sie in abgerissenen Sätzen hervor, sie wolle diese Demütigung nicht noch einmal durchmachen, sie wolle sich nicht vorwerfen lassen, daß sie sich verstelle, »nur weil ... nur weil ...«

Jo'ela unterdrückte den Zorn, der plötzlich bei diesem erpresserischen Weinen in ihr aufstieg, sie unterdrückte auch die Bemerkung: »Dann tun Sie keine Dinge, deren Folgen Sie nicht aushalten können«, die ihr bereits auf der Zunge lag. Sie dachte daran, wie oft sie ihre Studenten schon auf die Einsamkeit und die Angst von jungen, alleinstehenden Frauen hingewiesen hatte. Nun stand sie dieser Einsamkeit und Angst gegenüber und schaffte es nicht, Mitleid zu empfinden. Sie wußte, daß sie Wärme ausstrahlen sollte, aber in ihrem Inneren war nun keine Wärme. Und verstellen wollte sie sich nicht. Ohne Umschweife fragte sie die Frau, ob sie nicht verheiratet sei. Diese schüttelte den Kopf. »Schön«, sagte Jo'ela, »und haben Sie keine Mutter? Oder eine Freundin?«

Die junge Frau flüsterte, unaufhörlich weinend, sie brauche niemanden. Hinter den Worten, hinter den vorgeschobenen Lippen spürte Jo'ela auch das Nichtgesagte, das anklagende: Und allen ist es egal. »Ich bin allein damit«, sagte das Mädchen, »und so will ich es auch haben.«

»Studentin« stand als Beruf in der Patientenakte. Jo'ela setzte sich auf den Bettrand. »Was studieren Sie?« fragte sie interessiert.

»Sprachen und Mathematik«, murmelte die junge Frau.

»Eine interessante Kombination«, bemerkte Jo'ela. Die Frau strich mit ihren kurzen Fingern über das Laken und drehte das Gesicht zum Fenster. Minutenlang saß Jo'ela schweigend da und betrachtete das braune Lederband um den Hals der Frau, an dem ein silberner Anhänger herunterbaumelte bis auf das Kissen. Hinter dem Wandschirm machte sich Monika eifrig am Waschbecken zu schaffen, man hörte das Wasser laufen. Die Araberin im Bett an der Tür stöhnte laut. »Vielleicht steigen Sie herunter vom Baum«, meinte Jo'ela und berührte die kleine Hand, die sich in das Laken klammerte. »Vielleicht überlegen Sie sich trotzdem jemanden, den Sie bei sich haben wollen? Was ist mit dem jungen Mann, dem Vater?«

»Ich warte hier, bis ich aufgenommen werde«, erklärte die junge Frau und richtete sich im Bett auf.

»Doktor Goldschmidt«, sagte Mirjam hinter dem Wandschirm, »kann ich Sie einen Moment sprechen?«

Jo'ela ging zu ihr. »Sie kann nicht einfach ein Bett besetzen in so einer Nacht, wirklich, Jo'ela«, flüsterte Mirjam. »Wir sind kein Obdachlosenasyl oder so was. Ich bin vielleicht nicht berechtigt, mich einzumischen, aber ...«

Jo'ela atmete laut. »Im Ernst, Mirjam, sie ist ganz allein auf der Welt.«

»Wie naiv ihr manchmal seid.«

»Naiv? Und wer ist mit ›ihr‹ gemeint?«

»Ihr, das heißt du und ...«, stieß Mirjam aus. »Es tut mir leid, das sagen zu müssen, ihr alle seid naiv. Ihr alle, die ihr nicht die Drecksarbeit machen müßt.«

Jo'ela schob den Wandschirm zur Seite und stand nun zwischen ihm und dem Bett. Sie wandte sich an die mädchenhafte Schwangere. »Ich werde Ihnen sagen, was wir tun«, sagte sie in den Raum zwischen Bett und Fensterrahmen. »Wir geben Ihnen etwas zum Schlafen, damit Sie Kraft für die Geburt haben. Es lohnt sich nicht, völlig ausgepumpt anzufangen.«

Mirjam verdrehte die Augen zur Decke, und ihre langen Ohrringe, grün und golden, bewegten sich hin und her.

»Und wir legen Sie in die Wöchnerinnenstation. Das ist nicht weit von hier, auf der anderen Seite vom Flur. Auf diese Art bekommen Sie ein bißchen Schlaf und brauchen keine Angst zu haben. In Ordnung? Klingt das vernünftig?«

Die Frau nickte, blieb aber, den Kopf gesenkt, auf dem Bettrand sitzen. Ihre Füße tasteten über den Boden, bis sie die Holzsandalen gefunden hatten. Langsam zog sie ihre Hose zu sich, schob einen Fuß in eine Sandale und steckte ihn dann in ein Hosenbein, dann senkte sie den Kopf und blieb einen Moment zusammengekrümmt sitzen, bis sie den anderen Fuß in das zweite Hosenbein schob, während sie die ganze Zeit darauf achtete, mit ihren Füßen den Linoleumboden vor dem Bett nicht zu berühren. Sie betrachtete ihre Füße, als suche sie nach Schmutzflecken. Der graue Linoleumbelag glänzte wie immer. Jo'ela stand neben dem Wandschirm und lauschte auf das Kratzen von Mirjams Füller, den sie immer an einer Schnur um den Hals hängen hatte und der jetzt über die Seite des großen Journals lief. »Monika wird Sie hinbringen«, sagte Jo'ela und ignorierte das Zuklappen des Journals. Mirjam verließ das Wehenzimmer, um die beiden Frauen hereinzurufen, die draußen warteten. »Erst Sie und dann Sie«, hörte Jo'ela sie den beiden Frauen erklären, die nebeneinander standen.

Neben dem großen Fenster stand Herr Mu'alem und schaute hinaus in die Dunkelheit. Sein Gesicht zeigte einen erschrockenen Ausdruck, als er ihre Schritte hörte. Er seufzte. »Sie hat jede Minute starke Wehen«, beschwerte er sich.

»Sehr gut«, meinte Jo'ela und nahm schnell das Laken weg. »Wunderbar, der Muttermund ist ganz offen«, lobte sie. »Es geht wirklich vorwärts.«

»Aber noch nicht genug«, sagte Herr Mu'alem anklagend.

»So habe ich es mir nicht vorgestellt«, sagte Frau Mu'alem um vier Uhr morgens, als die Dunkelheit draußen, vor dem Fenster, immer blasser wurde, zwischen einem Schluchzer und dem nächsten.

»Ja?« sagte Jo'ela. »Wie haben Sie es sich denn vorgestellt? Was haben Sie gedacht?«

»Ich weiß es nicht«, bekannte Frau Mu'alem. »Irgendwie ... freudiger.«

»Freudiger?« Jo'ela machte ein erstauntes Gesicht. »Was ist denn nicht freudig? Alles geht wunderbar vorwärts. Was ist da nicht freudig?«

»Und auch schöner.«

»Ach so, schöner. Ja. Das kann ich verstehen. Aber auch so liegt viel Schönheit darin. Es gibt nichts Schöneres auf der Welt. Eine Geburt ist das Schönste ...«

»So habe ich es mir nicht vorgestellt«, wiederholte Frau Mu'alem hartnäckig. »Es ist nicht wie auf den Fotos mit dem Lächeln und all dem ...«

»Es wird schon noch so wie auf den Fotos«, versprach Jo'ela. »Und schauen Sie doch nur mal aus dem Fenster.«

»Man sieht nichts«, erklärte Herr Mu'alem.

»Aber bald wird man etwas sehen, und bald haben Sie ein Baby«, sagte Jo'ela und warf einen Blick auf die große Uhr an der Wand. Eine Weile schwiegen sie alle drei, nur das Echo der Herztöne des Ungeborenen war zu hören, rhythmisch und regelmäßig an- und abschwellend.

»Ich habe gedacht, es wäre ... es wäre ruhiger«, schluchzte Frau Mu'alem. »Nicht so schmerzhaft. Ich habe gedacht, daß ... Ich habe mir nicht vorgestellt, daß es so weh tun würde.«

»Dann schreien Sie doch«, sagte Jo'ela ermutigend. »Haben Sie keine Angst, schreien Sie, wenn es Ihnen hilft.«

»Was nützt es, wenn ich schreie, die Schmerzen werden davon nicht weniger«, fuhr Frau Mu'alem sie an, als habe sie sich entschlossen, die letzten Reste von Höflichkeit und angemessenem Benehmen über Bord zu werfen, als wolle sie damit sagen: Wenn die Dinge schon nicht so sind, wie sie sein sollten, dann brauche ich mich auch nicht mehr zusammenzureißen, dann ist jede Höflichkeit überflüssig. »Ich halte das nicht aus, diese schreienden Frauen«, sagte sie haßerfüllt, fuhr mit den Fingern durch ihre hellen, wirren Haare und warf sich von einer Seite auf die andere. Der Morgenrock rutschte vom Stuhl.

Herr Mu'alem lief mit kurzen Schritten von einer Wand zur anderen, berührte im Vorbeigehen die verschiedenen Geräte und hob den Blick zu den Operationslampen an der Decke. »Kann man das Zimmer hier in einen Operationsraum verwandeln?« fragte er plötzlich mißtrauisch und erschrocken.

»Nur wenn es unbedingt nötig ist, aber es gibt immer einen einsatzbereiten Operationssaal unten«, erklärte Jo'ela und drehte am Verschluß der Infusion. »So, ab jetzt geht es schneller.«

»Kein Dolantin«, warnte Herr Mu'alem.

»Von mir aus auch Dolantin«, sagte seine Frau und brach in Weinen aus, »das ist jetzt schon egal. Ich möchte etwas gegen die Schmerzen, bitte geben Sie mir etwas.«

Herr Mu'alem trat ans Bett und nahm die Hand seiner Frau. »Hältst du das wirklich für richtig?«

»Es ist mir egal«, rief seine Frau und schüttelte seine Hand ab. »Ich kann nicht mehr.«

»Lisi«, drängte Herr Mu'alem, »vielleicht lieber doch nicht, bei der ganzen Gefahr...«

»Du weißt doch überhaupt nichts!« schrie seine Frau ihn an, und zu Jo'ela gewandt: »Sie haben keine Schmerzen.«

»Ich habe nichts dagegen, den Narkosearzt zu rufen«, sagte Jo'ela sachlich. »Wirklich nichts.«

»Es ist Ihnen doch ganz egal, daß es mir weh tut«, klagte Frau Mu'alem bitter.

»Es ist mir nicht egal, aber es gehört nun mal dazu. Trotzdem weiß ich, daß Sie leiden.« Jo'ela versuchte, ihrer Stimme einen warmen Klang zu geben, aber sie hörte selbst, wie gezwungen es sich anhörte. Der Schmerz war nicht das Wichtigste, das Wichtigste war die Geburt, daß nichts passierte, wie sie ihren Studenten immer erklärte. »Alles andere ist selbstverständlich, die Menschlichkeit, das Erleichtern der Schmerzen, aber die Geburt darf nie gefährdet werden. Lassen Sie sich nie von den Schreien beeinflussen, sonst gibt es keine Grenze.«

»Aber es ist nicht ungefährlich«, protestierte Herr Mu'alem.

»Nur bei einem ganz geringen Prozentsatz kommt es zu einer Komplikation, und Doktor Goldmann ist wirklich gut.«

»Es ist mir egal, er soll kommen! Er soll kommen! Unternehmt etwas!« flehte Frau Mu'alem.

Jo'ela biß sich auf die Lippe, warf einen Blick auf die Infusion, auf den Bildschirm des Monitors, und ging hinaus, um den Narkosearzt zu rufen.

Morgendliche Kühle herrschte in dem klimatisierten Flur. Der Kinderarzt hatte den Hörer in der Hand, sagte etwas und legte auf, als er sie näher kommen sah.

»Es dauert dort wohl noch eine Weile, man hat dich zu früh gerufen«, sagte er und folgte ihren Bewegungen, als sie die Nummer des diensthabenden Narkosearztes wählte. »Was für eine Nacht!« sagte er. »Schon sieben Babys. Möchtest du einen Schluck Kaffee?« Er hielt ihr den Pappbecher mit der bitteren, lauwarmen Flüssigkeit hin.

»Ich rufe Goldmann an«, erklärte sie ihm, »Goldmann, den Anästhesisten.«

»Ach so, Goldmann.« Der Kinderarzt lächelte. »Goldmann um fünf Uhr morgens. Willst du dich nicht kämmen?«

»Warum sollte ich mich kämmen?« fragte Jo'ela erstaunt.

»Ihr seid doch immer ... wenn er in der Nähe ist ... vielleicht wird noch was draus ...« Er blickte sie an und hörte auf zu lächeln. »Es war nur ein Witz, entschuldige.«

Boris Goldmann kam mit leichten Schritten auf die Schwesterntheke zu, stützte sich darauf und schien genüßlich den scharfen Duft seines eigenen Rasierwassers einzuatmen. Die Hose seines weißen Anzugs strahlte vor Sauberkeit, und mit der Hand strich er über die Kunststoffplatte, streichelnd, tastend, als bedeute die Berührung etwas anderes. Hinter der Theke hob Jo'ela den leeren Pappbecher hoch und atmete tief den Kaffeegeruch ein. Sie hatte einen unangenehmen Geschmack im Mund und betrachtete die gelblich-rötlichen Flecken auf ihrem Kittel. Es war ihr alles andere als angenehm, daß ihre Augenlider zuckten, als sie Goldmann mit einem Blick anschaute, von dem sie hoffte, er sei streng und sachlich. Er trat auf der anderen Seite der Theke näher. Sie wich zurück und beobachtete, wie er sie von oben bis unten vielsagend musterte. Schnell lief sie vor ihm zum Kreißsaal, wobei ihr bewußt war, daß sich eine große Laufmasche den Weg von ihrem Knöchel das Bein hinauf bahnte. Wer wollte um diese Uhrzeit mit Doktor Goldmann sprechen, wer hatte Lust, sich auf das Spiel einzulassen, das er nun, auf dem Weg zum Kreißsaal, bereits begann, indem er seinen Arm um ihre Schultern legte. Sie machte sich frei. »Fünf Uhr morgens!« sagte sie vorwurfsvoll, und er lachte.

»Ich habe schon lange gesagt«, bemerkte er mit seinem schweren Akzent, »daß ein Körper wie deiner nicht gut ist für die Chirurgie, aber für etwas anderes sehr wohl.«

»Wie machst du das eigentlich?« fragte sie, noch vor dem Zimmer, um ihn abzulenken.

»Was?« fragte er gespielt naiv. »Was mache ich wie?«

»Du siehst immer aus, als hättest du gerade geduscht, während wir ...«

»Das habe ich geerbt, das liegt in meiner Familie.« Er sagte es ohne Lächeln. »Wir brauchen sehr wenig Schlaf. Es ist doch schade um das Leben, oder?«

Sie betraten den Raum. Sein Blick, berechnet kühl, glitt über den Monitor, über Herrn Mu'alem und wanderte erst dann zu Frau Mu'alem, die ihn mit ihren grauen Augen anstarrte, mißtrauisch, aber auch voller Hoffnung. »Es tut so weh«, sagte sie, »es tut so weh.«

»Wir müssen es zwischen zwei Wehen machen«, überlegte Doktor Goldmann laut und bedeutete Herrn Mu'alem mit einer Handbewegung hinauszugehen. Herr Mu'alem schaute von Jo'ela zu seiner Frau, und die Erwartung in seinem Gesicht verwandelte sich in Furcht, als sie keinen Einspruch erhoben. Mit kleinen, langsamen Schritten ging er zur Tür, blieb dort stehen, drehte sich um, blickte auf den Anästhesisten, erschrak beim Anblick der langen Spritze, zog die Schultern hoch und ging schließlich hinaus.

Jo'ela lehnte an der Fensterbank und schaute zu, wie Goldmann aufmerksam die Gummihandschuhe anzog, bevor er Frau Mu'alem auf die Seite drehte, das Laken wegnahm und ihr das Kliniknachthemd bis über die Schultern hochschob. Aus seiner Kitteltasche zog er einen Stift und malte mit roter Farbe einen Kreis um den Punkt, an dem er stechen wollte. Frau Mu'alem ächzte. »Haben Sie eine Wehe?« fragte Goldmann, und sie nickte. »Sagen Sie mir, wann sie aufhört«, gebot er und prüfte die Spritze.

Frau Mu'alem weinte. »Wo ist mein Mann?« fragte sie plötzlich. »Rufen Sie meinen Mann!«

Einen Moment lang klang Goldmanns Stimme weich. »Ist

sie vorbei?« fragte er. Und sehr geduldig fuhr er fort: »Wir warten, bis sie vorbei ist, Sie dürfen sich dabei nämlich nicht bewegen.«

»Wo ist mein Mann?« wiederholte Frau Mu'alem, das Laken mit den Fäusten zusammenpressend.

»Sie brauchen Ihren Mann jetzt nicht, Sie brauchen jetzt gar niemanden, nur mich, ich bin Ersatz für alle«, lächelte Goldmann und blickte sie an. »Sie möchte wissen, wo ihr Mann ist«, sagte er zu einem nicht existierenden Publikum, »für was braucht sie ihn jetzt?«

Frau Mu'alem weinte leise, Jo'ela schwieg.

»Sie brauchen jetzt nicht Ihren Mann, sondern mich«, meinte Goldmann, und auch als er mit der Spritze zustach, nachdem er sie noch einmal ganz ernsthaft gewarnt hatte, sich ja nicht zu bewegen, murmelte er amüsiert: »Ihren Mann. Sie will ihren Mann!« Dann zog er die Spritze heraus, schloß den dünnen Gummischlauch an die Kanüle, legte einen dicken Verband darauf, zog das Nachthemd der Frau herunter, deckte ihren Rücken und ihr Hinterteil zu und drehte sie sanft und vorsichtig auf den Rücken. Aber selbst da versprach er ihr noch: »Sie werden sehen, Sie brauchen gar niemanden, nur mich.« Und Jo'ela erinnerte er daran, daß das Medikament nur eine halbe Stunde wirke, falls das nicht reiche, müsse sie ihn noch einmal rufen. Dann zwickte er sie noch in die Schulter und verließ federnd auf seinen glänzenden Sportschuhen den Raum. An der Tür drehte er sich um, lächelte noch einmal selbstzufrieden und meinte nicht unfreundlich: »Nun, da ich weggehe, schicke ich Ihnen auch Ihren Mann.«

Frau Mu'alem blickte ihn erschrocken an, doch plötzlich begann auch sie zu lächeln. »Es tut mir nicht weh«, stellte sie erstaunt fest. »Es tut mir nicht mehr weh.«

»Schon?« fragte Goldmann, kam zurück und blickte auf den Wehenschreiber. »Sie haben gerade eine starke Wehe, und es tut Ihnen nicht weh? Wunderbar.« Er lächelte. »Wollen Sie jetzt Ihren Mann?«

Frau Mu'alem strich sich durch die Haare, fuhr sich mit einer leichten Bewegung über die Stirn und nickte mit einem schüchternen Lächeln.

Herr Mu'alem kam mit schnellen Schritten herein, und Jo'ela hatte das Gefühl, als entspanne sich sein Gesicht, als er sich neben seine Frau setzte, auf den Stuhl zwischen dem Monitor und dem Bett. Er verkündete eine Wehe Stärke hundert. »Tut es dir nicht weh?« fragte er. Seine Frau lächelte. »Eine Wehe Stärke hundert, und noch dazu lang, sie ist noch immer nicht vorbei«, staunte er. »Fühlst du sie nicht?«

Frau Mu'alem schüttelte den Kopf und lächelte. »Es tut mir nicht mehr weh«, erklärte sie. »Ich fühle sie, und fühle sie doch nicht, wie im Traum. Ich kann sagen, daß ich eine Wehe habe, aber sie tut nicht weh.« Ihre Augen strahlten. Sie spreizte ihre Hände auf dem Bauch und betrachtete ihre rosafarbenen Fingernägel.

Der Himmel war bereits blaß, die Berge waren noch von einem grauen Nebel bedeckt. Durch den Nebel, zwischen den Wolken hindurch, tauchten schon die Dächer des arabischen Dorfes auf, Rauchsäulen stiegen hoch, deren Ursprung nicht zu erkennen war. »Heute wird es keinen Regen geben«, verkündete Herr Mu'alem. Und nach kurzem Zögern fügte er hinzu: »Vielleicht wird es überhaupt nicht mehr regnen, ich habe das Gefühl, wir kriegen Chamsin.«

»Hier spürt man aber nichts«, wunderte sich Frau Mu'alem.

»Hier gibt es eine Klimaanlage«, erklärte ihr Mann und streichelte ihren Arm mit seinen kleinen, feinen Händen. »Alles, wie du willst, Lisi«, sagte er und griff nach dem Pappbecher mit dem Wasser. »Wenn du Wasser willst, sag es nur. Alles, wie du willst. Hauptsache, du fühlst dich gut.«

Jo'ela beobachtete das schnelle Tropfen der Flüssigkeit, zog an dem Schlauch, griff nach dem Rädchen und beschleunigte das Tropfen.

»Sie stellen es stärker«, stellte Frau Mu'alem fest. Und quengelnd fragte sie: »Wann geht es weiter?«

Jo'ela murmelte etwas wie: Es gebe immer noch Dinge, die die Wissenschaft nicht voraussagen könne, hob das Laken an, warf einen Blick zwischen die geöffneten Beine der Frau und schüttelte den Kopf. »Noch nicht«, sagte sie. »Das kann noch eine Weile dauern.« Dann wandte sie sich zur Tür. »Ich komme wieder«, versprach sie.

Die Uhr über der Schwesterntheke zeigte auf sechs. Sie überlegte, daß in einer Stunde die Schicht wechselte. Dann würde Alina die verantwortliche Hebamme sein, und Jo'ela mochte Alina lieber.

»Es tut mir leid, dir zu sagen«, bemerkte Mirjam, als habe sie Jo'elas Gedanken gelesen, »daß das nicht in Ordnung ist, Alina so zu belasten, das ist verantwortungslos.« Ihre dicken Finger umklammerten den Stift und berührten den Stapel Papiere. »Ich wollte es nicht vor den Patientinnen sagen, schließlich muß man darauf achten, daß ...« Sie faltete einen Brief, nachdem sie noch einmal einen Blick darauf geworfen hatte, steckte ihn in einen Umschlag und leckte mit ihrer rosafarbenen Zunge über den gummierten Streifen. »Aber es ist nicht in Ordnung, du hast uns zusätzliche Arbeit aufgehalst.« Mirjam schrieb etwas mit runden Buchstaben vorn auf den Umschlag, und Jo'ela unterdrückte die Wut, die in ihr aufstieg und ihre Beine lähmte. Sie wagte es noch nicht einmal, sich umzudrehen und wegzugehen. Zu Margaliot hätte Mirjam das nie zu sagen gewagt. Von ihm hatte sie schon vor Jahren gelernt, Regeln einzuhalten, auch wenn sie ihren eigenen Bedürfnissen zuwiderliefen, zum Beispiel Mirjam den Arm um die Schultern zu legen und katzenfreundlich etwas Beruhigendes zu murmeln. »Ich sage ja gar nichts über deine privaten Fälle, das ist Sache der Klinikleitung, aber dieses Mädchen, das du mir zusätzlich hereingebracht hast, und Doktor Goldmann, der sich hier herumgetrieben und Monika und Claudine abgelenkt hat ... Es ist nicht in Ordnung, daß die Privaten besondere Aufmerksamkeit bekommen ...«, maulte Mirjam weiter.

Bei diesem unaufhörlichen Lamentieren riß Jo'ela die Geduld. »Und wenn sie nicht privat wäre, wäre sie dann etwa nicht hierhergekommen? Warum bringst du Dinge an, die nicht zur Sache gehören?« Sie fühlte, wie sie rot wurde, ihr Gesicht glühte, und schon mitten in diesem Ausbruch überfiel sie in einem Anfall von Selbsterkenntnis beim Anblick von Mirjams erschrockenem, ängstlichem Gesicht das schlechte Gewissen. Man durfte nicht vergessen, wie schwer die Arbeit in der Klinik war, wie undankbar, vor allem für die Hebammen, die kaum je ein Kompliment bekamen, die Tag um Tag und Nacht um Nacht den Menschen zu Glück verhalfen und dann in die anonyme Berufsrolle zurückgeschoben wurden, wer erinnerte sich denn daran, wie die Hebamme bei der Geburt ausgesehen hatte oder wie sie hieß? Die ganze Frustration verwandelte sich in Momenten wie diesem, wenn es darum ging, ein bestimmtes Verhalten zu rechtfertigen, in Überheblichkeit, Willkür, Despotismus.

»Wo ist dieses Mädchen eigentlich? Ist sie zurückgekommen?« fragte Jo'ela ruhig.

»Keine Ahnung«, antwortete Mirjam.

»Sie hat dich also nicht noch einmal belästigt«, sagte Jo'ela und ging schnell weg, um nicht noch mehr zu sagen. Etwas brannte ihr in der Kehle. Vor dem Wehenzimmer bat sie Monika, ab und zu bei Frau Mu'alem vorbeizuschauen und sie zu rufen, wenn es Fortschritte gab.

Im letzten Zimmer der Wöchnerinnenstation, im Bett gleich neben der Tür, lag das Mädchen mit geschlossenen Augen. Die diensthabende Schwester, eine junge Frau mit dunklen, zu einem Knoten zusammengebundenen Haaren, ordentlich, wie auch ihre überaus saubere Tracht, und mit einem Gesicht, das Gelassenheit und Tüchtigkeit ausstrahlte, blickte Jo'ela freundlich an. »Sie ist in Ordnung. Seit vier Uhr schläft sie, trotz der Wehen. Ich habe ihr Valium gegeben.« Sie warf einen Blick auf die Uhr und fügte hinzu, daß ihr Dienst gleich vorbei sei und daß es gut wäre, wenn das Bett vor der großen Visite wieder frei wäre.

»In Ordnung, vielleicht bekommt sie ja endlich ihr Kind«, sagte Jo'ela zerstreut.

Die Schwester lachte. »Irgendwann bekommt sie es ganz bestimmt. Aber Sie sehen erschlagen aus. Haben Sie schon was getrunken? Seit wieviel Uhr sind Sie da? Und warum sind Sie überhaupt da?«

»Eine Kreißende hat mich rufen lassen, privat«, sagte Jo'ela und trank den Kaffee, den ihr die Schwester, sie hieß Dina, brachte.

»Und wo ist Awital? Er hat doch Dienst.«

»Im Operationssaal«, antwortete Jo'ela leise und berührte die weiche Schulter Talia Levis, die sofort erwachte, sich mit der Hand über das Gesicht wischte und durch die Haare fuhr, bevor sie sich erschrocken aufsetzte und verschlafen stammelte: »Was denn? Was ist denn los?«

»Kommen Sie, ich untersuche Sie noch einmal, bevor das morgendliche Durcheinander anfängt«, sagte Jo'ela und wartete geduldig, bis Talia Levi die Füße in die Holzsandalen geschoben hatte.

Die Sandalen klapperten laut, als sie durch den langen Flur zum Wehenzimmer gingen. Die drei Betten waren leer, und auch im Flur wartete keine Schwangere, als hätten sich die Gesetze der Natur dem Schichtwechsel im Krankenhaus angepaßt. In einer halben Stunde fand er statt, und es würde nicht Mirjam sein, die der jungen Frau bei der Entbindung half, falls diese überhaupt bevorstand. Jo'ela hoffte inständig, daß es soweit war, damit Mirjam es noch erfuhr.

»Zwei Finger breit«, verkündete Jo'ela mit offen gezeigter Befriedigung hinter dem Wandschirm im Wehenzimmer.

Die junge Frau seufzte. »Was heißt das?« fragte sie verschlafen. Ihrem Gesicht waren die Spuren der Nacht nicht anzusehen.

»Das heißt, daß die Geburt angefangen hat«, sagte Jo'ela fröhlich. »Daß Sie Ihr Kind bekommen. Möchten Sie nicht doch jemanden rufen, damit Sie nicht allein sind?«

Das Mädchen richtete den Blick auf die graue Falte des Wandschirms und schüttelte langsam und hartnäckig den Kopf.

»Wie Sie möchten«, meinte Jo'ela und ging hinaus, um Monika zu suchen, die im Hebammenzimmer vor einem Teller mit den Resten von belegten Broten saß, die Füße in den weichen, weißen Gummischuhen ausgestreckt, mit einem Gesicht, das außer den roten Flecken um ihre hellen Augen keine Farbe aufwies, sondern blaß bis zur Durchsichtigkeit war. Langsam, aber ohne Vorwurf, erhob sie sich und dehnte den Rücken auf dem Weg zum Wehenzimmer. »Soll ich ihr gleich einen Einlauf machen und sie rasieren?« fragte sie ergeben.

»Das kann warten, bis du abgelöst wirst«, erklärte Jo'ela. »Es soll nur eingetragen werden, daß sie aufgenommen wurde, und sag Mirjam Bescheid, daß sie die Anweisungen zum Einlauf und zum Rasieren an die nächste Schicht weitergibt.«

Monika nickte heftig und schüttelte ihre Arme.

»Sie ist ganz allein«, bemerkte Jo'ela. »Vergewissere dich, daß man sie nicht einfach vergißt.«

»Es ist gut«, versprach Monika. »Ich werde Mirjam daran erinnern.«

Die Frauen auf der Station waren schon wach, die meisten hatten bereits gestillt. Im Speisesaal saßen drei Frauen, die gerade erst geboren hatten, um einen Tisch und lauschten der ausführlichen Beschreibung der Naht, die einer vierten das

Sitzen schwer machte. Sie rutschte auf einem weichen Gummireifen herum und beschrieb mit dem Finger in der Luft die Form des Schnittes. Alle hörten interessiert zu und warteten darauf, daß sie mit dem Erzählen an die Reihe kamen. Im ersten Wöchnerinnenzimmer saßen zwei Frauen nebeneinander auf dem Bettrand, die russische Krankenschwester strich kreisend über die rechte Brust der Frau, die ihre Bewegungen vorsichtig tastend nachahmte. Mit einem aufblitzenden Goldzahn lächelte die Krankenschwester Jo'ela zu. »Wir stillen«, erklärte sie in entschuldigendem Ton, als müsse sie sich rechtfertigen.

»Sehr gut«, antwortete Jo'ela und beschloß, erst nach dem Schwesternwechsel in den Kreißsaal zurückzukehren. Aus irgendwelchen Gründen hoffte sie, wie ihr klar wurde, als sie vor der Tür zu ihrem Zimmer stand, daß drinnen der Mann auf sie wartete, den Umschlag in der Hand. Aber er wartete nicht, und der Umschlag lag nicht auf dem Tisch. Ohne es zu merken, spielte sie am Lautsprecherknopf ihres Piepsers, und deshalb erschrak sie, als das Klingeln plötzlich im ganzen Zimmer zu hören war, gleichzeitig mit dem Klingeln der beiden Telefone.

Sie nahm den Hörer des weißen ab und hörte noch die Stimme der Telefonistin: »Warum sagst du, daß man sie nirgends findet, hier, sie ist in ihrem Zimmer.«

»Ja?« sagte sie gespannt.

Monikas Stimme klang gehetzt. »Deine Patientin schreit. Sie schreit und ruft nach dir. Sie hat jetzt Preßwehen und ...«

»Ich komme sofort«, sagte Jo'ela. Sie legte den Hörer auf, schloß langsam die Tür hinter sich zu und atmete tief ein, bevor sie mit schnellen Schritten durch den Korridor zurück zu den Kreißsälen lief. Mirjam verdrehte die Augen, ein Blick, der wohl bedeutete: Wir haben dich überall gesucht. Sogar zu deinen Privatpatientinnen kommst du nicht rechtzeitig. Doch laut zu sagen wagte sie das nicht. Im Kreißsaal stand Monika neben dem Infusionsapparat und bewegte den Infusionsbehälter, als würde das etwas helfen. Herr Mu'alem rang die Hände, und seine Frau schrie aus voller Kehle. »Es drückt«, brachte sie schließlich heraus. »Es tut weh.« Und wieder schrie sie. In ihren Augen lag Wut, als habe Jo'ela sie betrogen.

»Drücken Sie mit ganzer Kraft«, befahl Jo'ela streng. »Fest drücken. Nicht dagegen ankämpfen.«

Frau Mu'alem weinte und biß in das Laken, das sie sich zusammengeballt an den Mund hielt, dann entspannte sich ihr Körper. »Das tut weh«, klagte sie. »Das tut wieder weh. Der andere Doktor soll kommen.«

»Wir werden Doktor Goldmann gleich rufen«, versprach Jo'ela. »Lassen Sie mich nur nachschauen, vielleicht ist es schon soweit ...« Während sie sprach, bückte sie sich unter das Laken. Der Kopf war nicht weitergekommen, aber es gab auch kein Anzeichen für eine Gefährdung des Kindes. Die Herztöne waren in Ordnung, das Galoppieren der Pferde war im ganzen Zimmer zu hören. Herr Mu'alem zupfte an seinem Schnurrbart, sagte aber kein Wort.

In Frau Mu'alems Augen las Jo'ela: Für dich bin ich nur ein weiterer Fall, noch einer in dieser Nacht, für mich hingegen entscheidet diese Nacht über mein ganzes Leben, es kann zwischen uns keine Symmetrie geben. Du kannst mir nicht geben, was ich brauche – Erleichterung der Schmerzen, Kraft, Zusammengehörigkeitsgefühl in der Einsamkeit zwischen einer Preßwehe und der nächsten. Dies sind vielleicht die einsamsten Momente meines Lebens. Alles, was ich erfahre, ist, wie einsam ich bin und wie wenig ihr tun könnt, um mir zu helfen.

»Es ist bald vorbei«, sagte Jo'ela.

»Vielleicht bei Ihnen.«

»Frau Mu'alem, Alisa, schauen Sie uns an, mich, Ihren Mann, alle. Jeder von uns ist von einer Frau geboren worden. Dies ist nicht Ihre Erfindung.«

»Meinen Sie, ich hätte das auch nur für einen Augenblick vergessen?« fuhr Alisa Mu'alem sie an. »Sie gehen gleich wieder weg. Ich habe es als etwas Schönes in Erinnerung haben wollen, ich wollte, daß es schön ist, ich habe mir solche Mühe gegeben, damit es schön wird, sogar den Morgenrock habe ich extra ausgesucht, ich war beim Frisör, ich habe mir den ganzen Monat vorher freigenommen von der Arbeit, ich wollte, daß wir uns daran erinnern als an etwas Schönes.«

»Aber es ist schön«, betonte Jo'ela. »Es ist schön! Warum glauben Sie denn, daß es ohne Schönheit ist, nur weil Sie es sich anders vorgestellt haben? Auch in den Dingen, die anders sind, als wir sie uns ausgemalt haben, ist Schönheit. Wenn das Kind da ist, wird alles schön sein.«

Frau Mu'alems Nasenflügel zitterten, und ihr Mund preßte sich zusammen. Wie zart die Linie zwischen ihrem Kinn und ihrem Hals war. Um ihre Stirn lockten sich die Haare, ihr Gesicht war blaß, unter den hellbraunen Augen mit dem leichten, reizenden Silberblick hatte sie große Ringe.

»Es gibt gewisse Fortschritte«, sagte Jo'ela und drehte sich zu Monika um: »Aber wir können den Anästhesisten rufen.« Monika eilte aus dem Zimmer.

Dreimal fing Frau Mu'alem wieder an zu schreien, mit weit aufgerissenen Augen, wenn eine neue Wehe begann und ihr Körper sich krümmte, ohne daß sie der Aufforderung, während der Wehe zu drücken, nachkam. Sie stieß Jo'elas Hände weg, die ihr auf den Bauch drückten, und heulte laut auf, als Monika zurückkam und Jo'ela zuflüsterte, Doktor Goldmann sei im Operationssaal und könne im Moment nicht kommen, um nachzuspritzen.

»Das glaube ich nicht«, schrie Frau Mu'alem, die alles mitbekommen hatte. »Das kann er mir doch nicht antun!«

»Alisa, hören Sie gut zu«, sagte Jo'ela in dem besonderen Ton, den sie für solche Momente reserviert hatte. »Alisa, hören Sie mich?«

Aber Alisa Mu'alem weigerte sich zuzuhören. Sie richtete sich halb auf, fuchtelte wild mit den Armen durch die Luft. »Raus mit euch allen!« schrie sie. »Und bringt ihn her! Hört endlich auf, dauernd auf mich einzureden.«

Herr Mu'alem sprang von seinem Stuhl neben dem Bett auf. Er starrte seine Frau an, als verwandle sie sich vor seinen Augen in ein Ungeheuer, zog an seinem Schnurrbart und räusperte sich. »Du auch!« schrie Frau Mu'alem. »Red nicht mit mir!« Er sagte kein Wort. »Und steh nicht so da! Hör doch auf, mich anzustarren!« Er senkte die Augen. »Geh raus! Jetzt gleich! Damit ich deinen bedauernswerten Anblick nicht sehe! Als wärest du es, der hier leidet! Ich bin es, vergiß das nicht, ich!« Sie schlug sich auf die Brust. Er wandte sich zögernd zur Tür. »Wohin gehst du?« schrie seine Frau. »Wohin willst du denn gehen? Wag es ja nicht, mich hier allein zu lassen mit ... mit ... mit ...« Sie brachte kein Wort mehr heraus und fing an zu weinen, bevor es mit dem Schreien wieder losging.

Herr Mu'alem stand an der Tür, während Jo'ela den Sitz der Infusionsnadel und die Tropfgeschwindigkeit kontrollierte. »Was möchtest du denn, daß ich tue, Lisi?« fragte Herr Mu'alem flehend.

»Unternimm was!« verlangte seine Frau. »Bring diesen Arzt her! Hol ihn aus dem Operationssaal! Oder bring einen anderen! Unternimm was! Steh hier nicht so rum, tu doch was!«

Herr Mu'alems Adamsapfel bewegte sich auf und ab, doch er sagte nichts, sondern verließ das Zimmer. Jo'ela sah, wie er zur Schwesterntheke ging und Mirjam, die mit den letzten Eintragungen beschäftigt war, erklärte, er verstehe ja, daß der Arzt im Operationssaal gebraucht würde, aber seine Frau ...

»Frau Doktor Goldschmidt, vielleicht können Sie selbst ...«, sagte er und blickte Jo'ela erwartungsvoll an.

Mirjam hob den Kopf und warf Jo'ela einen triumphierenden Blick zu. »Es ist jetzt gerade kein Anästhesist frei«, erklärte sie, bevor sie sich mit erstaunlicher Leichtigkeit erhob und verkündete: »Gut, ich bin fertig. Hoffentlich klappt alles bei der nächsten Schicht, viel Erfolg.«

Herr Mu'alem blickte Jo'ela flehentlich an. Sein Gesicht war blaß, sein rechter Mundwinkel leicht verzerrt.

»Da ist nichts zu machen«, sagte Jo'ela. »Wir müssen es so schaffen.«

»Sie leidet so sehr«, sagte Herr Mu'alem kläglich. »Noch nie, in all den Jahren unserer Ehe, habe ich sie so reden gehört. Sie ist eine Frau, die ...«

»Es ist bald vorbei, und dann wird sie alles vergessen.«

»Sie wird es nicht vergessen«, versicherte er. »Und ich auch nicht. Wie kann man solche Worte vergessen?«

»Unsinn«, sagte Jo'ela. »Was man in dieser Situation sagt, ist vollkommen bedeutungslos. Wenn Menschen solche Schmerzen haben, wissen sie nicht, was sie sagen, man darf dem wirklich keine Bedeutung zumessen. Sie sind doch beide intelligente Menschen, und Ihre Frau hat schon so viele Stunden Schmerzen und Schlaflosigkeit hinter sich, das ist eine lange Geburt, da kann man nichts machen. Sie ist lang und nicht schwer.«

»Nicht schwer?« fragte er empört.

»Nein«, sagte Jo'ela. »Einstweilen gibt es keine Komplikationen, Gott sei Dank. Nein, man kann nicht sagen, das sei eine schwere Geburt.«

»Und was ist dann in Ihren Augen eine schwere Geburt?« protestierte er.

»Darüber können wir uns unterhalten, wenn alles zu Ende ist«, versprach Jo'ela, »dann erkläre ich Ihnen, was eine schwere Geburt heißt. Dies ist eine lange und bestimmt schmerzhafte Geburt, aber sie ist nicht schwer. Sogar die Lage des Kindes ist normal.«

»Und was können wir jetzt tun?« fragte Herr Mu'alem flehend.

»Jetzt ... jetzt ... Ich sage Ihnen, was wir jetzt tun«, sagte Jo'ela und winkte Monika zu, die in ihrem kurzen, schwarzen Mantel aus dem Hebammenzimmer trat. Silvia, die Oberhebamme von der Morgenschicht, war bereits gekommen. Jo'ela wandte sich wieder an Herrn Mu'alem: »Sie gehen jetzt zurück zu Ihrer Frau, setzen sich neben sie, hören sich alles an, was sie sagt, und hören es doch nicht, verstehen Sie?« Herr Mu'alem nickte gehorsam. »Seien Sie einfach lieb zu ihr und sagen Sie nichts. Befeuchten Sie ihr die Lippen, das ist alles. Mehr kann man nicht tun.«

»Und wo werden Sie sein?« fragte er voller Angst.

»Ich werde auch drinnen sein, mit Ihnen«, beruhigte sie ihn. »Und selbst wenn ich einen Moment hinausgehe, bleibe ich in der Nähe.«

»Wird es noch lange dauern?« wollte er wissen.

»Ich glaube nicht«, sagte Jo'ela mit gerunzelter Stirn. »Wenn eine Frau schon so weit ist, geht es ziemlich schnell.« Und um sich abzusichern, fügte sie hinzu: »Im allgemeinen jedenfalls.«

Noch eine ganze Weile waren jedesmal, wenn die Tür zum Kreißsaal geöffnet wurde, Frau Mu'alems Schreie zu hören. Jo'ela ging ein paarmal hinein, blieb einige Minuten und verließ den Raum wieder, während eine Hebamme von der Morgenschicht im Zimmer blieb. Als die Visite bis zur Mitte der Wöchnerinnenstation gelangt war, winkte eine Hebamme Jo'ela zu. Talia Levi, die junge Frau mit dem runden Gesicht, hatte nach ihr gefragt und wollte sich bei ihr bedanken, nun, da sie schon kurz vor der Geburt war. Weil sie gerade am Kreißsaal vorbeiging, trat sie ein, um nachzuschauen, sicher, daß es noch nicht soweit war. Sie zog das Laken von Frau Mu'alems Beinen, stieß einen aufgeregten, erstickten Schrei aus und verkündete laut: »Das Kind kommt!« Mit einem Handgriff verwandelte sie das Bett in einen Stuhl, zog mit einem Fuß eine Schüssel unter den Stuhl, direkt unter die

Beine Alisa Mu'alems, die mit blassem Gesicht vor sich hinstarrte, als ginge sie das alles, was mit ihr geschah, nichts mehr an, schlüpfte in ihre Handschuhe und verlangte die Schere von der Hebamme, die plötzlich aufgetaucht war, als habe man sie gerufen, obwohl das gar nicht stimmte. Sie war wegen der intuitiven Aufmerksamkeit hereingekommen, mit der Hebammen wahrnehmen, in welchen Abständen Ärzte einen Kreißsaal betreten oder verlassen. Um genau zu sein, war sie hinter Jo'ela eingetreten, mit der munteren Unbekümmertheit eines Menschen, der gerade sein Tagwerk beginnt. Und als die letzte Preßwehe anfing, der Kopf des Kindes sich vorwärtsbewegte und Alisa Mu'alem schreiend dem Drang zum Pressen folgte, machte Jo'ela vorsichtig einen mediolateralen Dammschnitt und stellte befriedigt fest, daß die Öffnung nun groß genug war; alles bereit also. Sie griff nach dem Kopf des Kindes, zog ihn mit einer leichten Drehung heraus und hielt gleich darauf den bläulichen Körper in der Hand – lang und schwerer, als sie erwartet hatte, und dennoch so leicht –, sie schnitt die Nabelschnur durch, drehte das Kind um, gab ihm einen Klaps, schüttelte es, legte es in das weiße Bündel, das Ruchama, die Hebamme, vorbereitet hatte, schlug das Tuch um das schreiende, zitternde Kind und blickte nun zum ersten Mal Herrn Mu'alem an, der, mit weißem Gesicht, hinter seiner Frau stand und sehr laut atmete. Ruchama legte das Bündelchen in die Arme seiner Mutter, die mit letzter Kraft das kleine, gelbliche, faltige Gesicht betrachtete, das Händchen nahm und die Finger zählte. »Fünf«, verkündete sie leise. »Auch an der anderen Hand?«

»Auch an der anderen«, bestätigte Jo'ela. Sie lachte. »An den Füßen auch.«

Der Schmerz brachte Frau Mu'alem wieder zu sich, sie schreckte hoch und verlangte nach einer Erklärung. »Die Nachgeburt ist schon da«, sagte Jo'ela schnell, mit einem Blick auf die Lippen, die sich wieder vorwurfsvoll verzogen. »Das ist ein gutes Zeichen und ein wichtiger Beweis dafür, daß wirklich alles in Ordnung ist. Und jetzt müssen wir nähen.«

»Wird da immer einfach mit einer Schere geschnitten?« fragte Herr Mu'alem heiser und schaute zu, wie sie sich auf den kleinen Hocker setzte und nähte, nachdem sie vorher noch die Nachgeburt kontrolliert hatte und der Kinderarzt seine Zufriedenheit mit dem Zustand des Neugeborenen erklärt hatte. Herr Mu'alem hielt vorsichtig seinen Sohn im Arm und lächelte einen Moment strahlend, als er die winzige Nase berührte, bevor er ihn, verwirrt, in das durchsichtige Bettchen legte.

»Fast immer bei der ersten Geburt«, bestätigte Jo'ela.

»Nein, ich meine, so mit Schere und Nadel und Faden?«

»Ja, immer«, sagte Jo'ela und prüfte den langen Faden. »Und das geht vorbei. Herzlichen Glückwunsch, der Junge ist wirklich prachtvoll.«

Herr Mu'alem hüstelte und zupfte an seinem Schnurrbart. »Danke«, wagte er erst zu sagen, als sie schon auf dem Weg zur Tür war.

»Viel Glück«, sagte Jo'ela. »Wirklich, ich wünsche Ihnen viel Glück.«

5.
Der Besuch

Um sieben Uhr abends gibt es Nachrichten. Sie hat noch keine Uhr – sie wird erst in zwei Jahren eine bekommen, wenn sie Bat-Mizwa sein wird –, aber sie weiß, daß es gleich sieben ist, weil ihre Mutter wieder stehenbleibt, sich von dem Lappen aufrichtet, einen Arm auf die Hüfte stützt, den Schrubber an die Wand lehnt, seufzt und dann mit schnellen Schritten zum Wohnzimmer läuft. Dort dreht sie am Knopf, und erst ist nur ein Pfeifen zu hören. Man darf kein Wort sagen, bis die Stimme, die Worte wie »Ben Gurion« und »Sekretär der Vereinten Nationen« und ähnliche uninteressante und unverständliche Dinge sagt, wieder aufhört. Wenn dann der Satz kommt: »Sie hörten die Nachrichten«, ist das für die Mutter das Zeichen, mit dem Anziehen zu beginnen. Gleich wird der Vater kommen, und dann werden beide schnell weggehen. Das Mädchen möchte brav sein, deshalb hilft sie, ohne dazu aufgefordert zu werden, die Stühle vom Tisch mit der Resopalplatte zu nehmen. Der Stuhl ist schwer und stößt an den Kühlschrank. Die Mutter schaut schnell nach, ob auch kein Kratzer an der weißen, glänzenden Oberfläche zurückgeblieben ist. Den Kühlschrank darf man nicht zerkratzen. Man darf auch auf keinen Fall an dem breiten Griff ziehen, nur wenn man ganz saubere Hände hat, und selbst dann muß man den Griff mit dem gelben Lappen anfassen, damit das glänzende Metall keine Flecken bekommt. Mehrmals am Tag poliert ihn die Mutter, bis er richtig blitzt, und wenn man sich vorbeugt, kann man in dem Metall das eigene Gesicht erkennen, langgezogen und verzerrt. Die Mutter steht in der Küchentür und blickt sich um. Sie geht zum Spülbecken und kratzt mit dem Fingernagel etwas von den Kacheln darüber ab, und erst dann schaut sie nach, ob das Brüderchen eingeschlafen ist. Der Kleine ist nicht eingeschlafen, aber er liegt ruhig in seinem Bettchen, das früher einmal das Bett des Mädchens gewesen ist, bevor man ihr ein großes gekauft hat, und strampelt mit den Beinen, stopft sich seinen großen Zeh in den Mund und lächelt. Der Kleine sieht glücklich aus. Gleich wird die Mutter anfangen, sich anzuziehen, und wenn das Mädchen ruhig hinter ihr stehenbleibt, darf sie zuschauen. Und sie wird wieder mit eigenen Augen sehen, wie das Wunder entsteht, der große Zauber, der dazu führt, daß der scharfe Zwiebelgeruch verschwindet, die unordentlichen Haare – und dann wird plötzlich eine Art Königin vor ihr stehen, verändert und fremd. So viele Male hat sie schon zugeschaut, um zu verstehen, wie das Wunder geschieht, hat einen Schritt nach dem anderen beobachtet und trotzdem nie wirklich begriffen, wie sich die Frau, die vorhin noch den Küchenfußboden gescheuert hat, in eine verwandelt, nach der sich gleich – das weiß sie schon – die Leute auf der Straße umdrehen werden. Sie möchte es so gerne verstehen. Aber so, wie sie beim Einschlafen schon oft versucht hat, genau den Moment zu merken, in dem das Einschlafen passiert, und dann am Morgen aufgewacht ist und wieder nicht wußte, wann oder wie sie eingeschlafen war, vor allem wie, so weiß sie auch nicht, wann und wie, vor allem wie, ihre Mutter zu einer anderen Person wird. Vielleicht wird sie es diesmal begreifen, wenn sie genau aufpaßt und an nichts anderes denkt. Vielleicht wird sie diesmal den Moment erkennen, in dem die Veränderung geschieht, und damit auch den Zauber entschlüsseln können, der diese Veränderung bewirkt.

Erst wäscht sich die Mutter. Das Mädchen weiß, daß das Wasser nicht an der Veränderung schuld ist. Schließlich wäscht sie sich selbst auch, und man wäscht ihr den Kopf, und trotzdem geschieht mit ihr kein Wunder. Es ist etwas anderes, sagt sie sich, während sie im Badezimmer steht, dessen Tür offen ist, damit die Mutter hören kann, wenn das Brüderchen anfängt zu weinen. Das Mädchen betrachtet den eingerissenen Reißverschluß an dem gelb-weiß karierten Kittel, der über der Türklinke hängt, sie betrachtet den Schwamm und die nackte Frau, deren Körper sie doch so gut kennt und der sie trotzdem jedesmal mit Verständnislosigkeit erfüllt. Sie kann ihn nicht wirklich betrachten, sooft sie ihn auch schon gesehen hat. Mit ihrem geistigen Auge sieht sie alles, aber sie geniert sich, wirklich das zu betrachten, was ihre Mutter hat und sie noch nicht. Sie möchte hinschauen, wagt es aber nicht. Es ist ihr unangenehm zu sehen, wie die Haken hinten geöffnet werden, und sogar der Anblick des Büstenhalters, den die Mutter gerade in das Waschbecken gelegt hat, verursacht ihr ein unangenehmes Gefühl – dabei hat sie ihn selbst schon oft genug anprobiert, abends, nachdem die Eltern weggegangen waren. Sie versucht, nur die Beine zu sehen. Ihre Mutter geniert sich überhaupt nicht. Vielleicht ist es ihr sogar angenehm, daß das Mädchen dasteht und ihr zuschaut. Sie verbirgt nichts, sie schließt nicht die Tür, und sie schickt das Mädchen auch nicht weg, um etwas aus einem anderen Zimmer zu holen oder um auf das Baby aufzupassen. Sie fährt sich mit dem Schwamm über das weiße, glatte Bein, das sie auf den Rand der Badewanne gestellt hat, und sieht aus, als genieße sie das sogar. Ihre Tochter soll ruhig sehen, was sie hat. Das Mädchen hat es noch nicht. Vielleicht wird sie es einmal haben. Verstohlen schaut sie zu dem Körper der Frau hinüber, die sich aufrichtet und einen Blick zum Fenster wirft, als entdecke sie dort etwas Interessantes und Wichtiges. Das Mädchen möchte nicht hinschauen. Es ist ihr peinlich, ein Gefühl, das sie nicht mag. Aber ihre Mutter fragt nun, ob sie ihre Hausaufgaben gemacht hat, und weil sie angesprochen wird, muß sie zur Mutter hinschauen, schnell die Augen heben, damit sie gleich zum Gesicht kommt, ohne an den Dingen unterwegs hängenzubleiben. Und sie muß auch aufpassen, um nicht zu zeigen, wie unangenehm es ihr ist, damit ihre Mutter nicht wieder sagt, sie *sei schließlich ihre Mutter, und vor seiner Mutter schämt man sich nicht*. Sie wünscht, ihre Mutter würde sich hinter der geschlossenen Tür waschen, aber dann würde sie nie erfahren, wie sich das Wunder der Verwandlung zu einer richtigen Frau vollzieht. Rede mit mir, sagt die Mutter, erzähl mir was, aber sie hat nichts zu erzählen. Ihr Gehirn ist wie gelähmt und voller Dinge, die man nicht aussprechen darf. Sie geht sie blitzschnell durch, lehnt eines nach dem anderen ab. Am sichersten ist es, irgend etwas Dummes aus der Schule zu erzählen. Das mag die Mutter, und solche Dinge zeigen auch nichts von der Scham und der Wut, die langsam in dem Mädchen aufsteigt, ohne daß sie weiß, warum. Wenn sie schweigt, ist ihr anzumerken, daß sie sich unbehaglich fühlt, dann wird die Mutter wieder lächeln und sie fragen: Was ist los, hast du etwas angestellt? Was hast du getan und nicht gesagt? Und erklären, was es ist, das sie zum Schweigen bringt, kann sie nicht. Außerdem stimmt es ja, das ist ihre Mutter, und man muß sich nicht schämen, wenn man seine Mutter sieht. Sie fängt langsam und unwillig an, von der Schule zu erzählen. Unter dem kurzen Handtuch, das sich die Mutter um den Körper gewickelt hat, ist noch ein bißchen von ihrem Popo zu sehen. Nur – bei der Mutter ist das nicht eigentlich ein Popo. Das Wort paßt nicht. Das Mädchen wird rot. Die Mutter hat eine sehr weiße Haut, ganz glatt, ohne Beulen und blaue Flecken. Ihr Körper ist rund und weich. Nicht mager und hart. Bei ihr kann man nicht die Rippen zählen, und wenn sie den Büstenhalter anzieht, verschwindet alles und füllt den glänzenden Stoff aus, und die beiden leeren Stoffhüllen sind nicht mehr zu erkennen. Vielleicht ist das der ganze Zauber. Wenn die Mutter ihr den Rücken zudreht, kann sie schnell hinschauen, ohne daß sie es merkt. Es kann doch gar nicht sein, daß diese Dinge den Zauber ausmachen, sie waren ja auch vorhin unter dem karierten Kittel mit dem eingerissenen Reißverschluß. Sie sind die ganze Zeit da.

Nun, im Schlafzimmer, wenn ein weißer Unterrock alles bedeckt, kann sie sich auf den Rand des Doppelbetts setzen und hinschauen. An dem Handtuch, der Unterhose, dem Unterrock und allem vorbei schaut sie auf die Terrasse, als beobachte sie die Vögel. Sie atmet erleichtert auf, weil sie nun von dem Anblick befreit ist, schielt dann aber wieder heimlich hinüber zur Mutter, aus Angst, den Moment, in dem es passieren wird, zu verpassen, weil sie sie nicht genau genug beobachtet hat, und schon ist alles anders, als es war. Der karierte Kittel ist verschwunden, die Haare sind nicht mehr zerzaust, sondern zurückgekämmt, und auf dem kleinen stoffbezogenen Hocker vor dem Spiegel sitzt eine andere Frau. Nicht dieselbe, die vorhin die Kacheln in der Küche geputzt hat. Wenn man Kinder will, muß man nackt sein. Warum schämt man sich nicht, wenn man nackt ist? Sie möchte nicht darüber nachdenken. Jetzt die Creme. Rosafarben. Die Mutter malt sich ein neues Gesicht. Erst schmiert sie sich Creme ins Gesicht und auf den Hals und tupft sie mit Wattebäuschen ab, die in der Ecke des Fachs liegen, unterhalb des Spiegels, dann kommt der schwarze Stift an die Reihe, der Striche um die Augen zieht. Das Mädchen beobachtet alles mit großer Aufmerksamkeit. Und schon weiß sie die Antwort auf eine Frage: Man malt einen schwarzen Strich um die Augen, um sie größer und auffallender zu machen. Unter ihrem Blick werden die Augen der Mutter größer und länger. Das Blau wird strahlender. Sie beißt sich auf die Lippe, als der schwarze Stift ins Auge gleitet und einen Strich auf dem Unterlid zieht. Sie beobachtet, wie sich die Farbe der Lippen von etwas Blassem, fast nicht Existierendem in einen roten Mund verwandelt, der später, wenn sie ins Bett gebracht wird, einen Fleck auf ihrer Wange hinterlassen wird. Sie sieht, wie die Hand der Mutter mit einem kleinen Kissen über die Wangen tupft. Auf die Stirnmitte. Auf die Nasenspitze. Der Pudergeruch erfüllt das Zimmer, aber es wird noch andere Düfte geben: den des Talks in den Strümpfen, die die Mutter über die nackten Beine zieht und am Strumpfbandgürtel befestigt, an den beiden Gummibändern. Sie steht da, hebt den Unterrock und prüft, ob die Naht gerade ist. Wozu ist das gut, die Creme, der schwarze Stift, der Puder, der Talk, hat sie schon öfter gefragt. Sie kann sich die Antwort vorsagen: Die Creme, um das Gesicht zu reinigen. (Seife trocknet die Haut aus. Bei ihr aber nicht, weil sie noch ein Kind ist.) Der schwarze Stift betont die Augen. (Sie darf das noch nicht, weil sie noch ein Kind ist.) Der rote Lippenstift betont die Lippen. (Warum muß das sein? Weil das schöner ist. Sie darf sich nur an Purim die Lippen anmalen.) Und der Puder dämpft die fettig glänzenden Stellen der Haut. (Ihre Mutter kennt das Wort »dämpfen« nicht, nur sie, ihre Mutter sagt »verstecken«.) Der Talk auf den Beinen ist dazu da, damit man die Strümpfe leichter hochziehen kann. (Sie selbst hat nur weiße Socken für Schabbat und wollene Kniestrümpfe für die Schule. Sie ist noch ein Kind. Wenn sie groß ist, wird sie auch solche Strümpfe haben. Aus Nylon. Und dann muß sie sehr aufpassen, damit sie nicht kaputtgehen. Und die Stelle, wo eine Laufmasche anfängt, mit Seife einschmieren.) Als sie einmal versucht hat, mit dem schwarzen Stift eine Linie auf das Unterlid zu malen, hat sie nur einen brennenden Schmerz am Auge gespürt, sonst ist nichts passiert, ihr Gesicht war wie immer. Im Zimmer riecht es nach Puder, Seife und Talk. Und jetzt kommt noch der süße Duft von Parfüm aus dem kleinen Fläschchen hinzu, mit dem sich die Mutter bespritzt. Trotzdem ist es unverständlich, einfach nicht zu begreifen, nämlich der Zusammenhang zwischen diesen Zubehörteilen und dieser geschmückten, herausgeputzten, strahlenden Frau, die nun vor dem Spiegel sitzt. Wenn jetzt alle Dinge wieder weg wären, wenn sie wieder nackt wäre, auch ohne Kittel, würde dann immer noch dieser Glanz von ihr ausgehen? Alles ist ja nur künstlich gemacht. Angemalt. Nicht wirklich. Ein hilfloser Zorn ergreift das Mädchen beim Anblick dieses zufriedenen Gesichts vor dem Spiegel. Ein Zorn, der sie unfähig macht zu sprechen.

Die Lehrerin Siwa ist schön ohne all diese Sachen, hört sich das Mädchen sagen. Sie ist schön, ohne sich herauszuputzen.

Ja? fragt die Mutter und dreht den Kopf zurück, betrachtet das Mädchen von oben bis unten. Wer hat das gesagt? fragt sie dann. Es wäre besser zu schweigen, trotzdem sagt das Mädchen: Sie malt sich nicht an, überhaupt gar nicht. Sie ist auch schön ohne das.

Die Mutter verzieht ihren neuen Mund zu einem Lächeln und breitet das schwarze Kleid mit den lila Blumen auf dem Bett aus. Von den seitlichen Schlaufen fällt der glänzende Lackgürtel auf das weiße Laken.

Deine Lehrerin, sagt die Mutter und beugt sich über den kleinen Pinsel, mit dem sie vorsichtig, mit zitternden Fingern über ihre Nägel streicht, ist wirklich schön, aber sie ist auch nur ein Mensch.

Na und? sagt das Mädchen zornig und weiß, daß die Sache schiefgeht, aber ein Rückzug ist schon nicht mehr möglich. Sie weiß, wenn sie hartnäckig so weitermacht, wird ihre Mutter Dinge sagen, die weh tun, doch sie kann nicht aufhören. Aber sie schmiert sich nichts ins Gesicht, sagt das Mädchen triumphierend, und das Herz ist ihr jetzt schon schwer.

Und ob sie das macht, murmelt die Mutter zerstreut und

wischt sich ein bißchen rosafarbenen Lack von der Haut neben dem Fingernagel. Du kannst mir glauben, daß sie das tut.

Ein heißer Strom fließt vom Herzen des Mädchens in ihr Gesicht, und der Zorn läßt sich nicht mehr unterdrücken. Sie will nicht weinen, aber die Tränen der Wut steigen in ihr hoch. Sie schluckt sie hinunter und schweigt. Wieder hat sie sich nicht genug konzentriert, um zu sehen, wie es passiert ist, sie hat sogar vergessen, die Mutter zu bitten, ihr auch diesen rosafarbenen Lack auf die Nägel zu streichen, wenigstens auf den kleinen Finger, dessen Nagel bis zur Kuppe abgenagt ist.

Weißt du, fährt ihre Mutter fort und betrachtet prüfend ihre Hände, sie ißt auch manchmal, deine Lehrerin, und sie ... Aber das Mädchen hört schon nicht mehr hin. Sie hält sich die Ohren zu und schließt die Augen. Das ist nicht wahr, schreit sie und ignoriert die Worte ihrer Mutter, das ist nicht wahr. Sie will nichts mehr hören, sie weiß, daß ihre Mutter jetzt über alle möglichen häßlichen Dinge spricht. »Toilette« ist das Wort, das sie hört, als sie die Hände von den Ohren nimmt. Die Augen der Mutter sind auf sie gerichtet. Einen Moment lang zeigt sie Erstaunen, vielleicht sogar Panik beim Anblick des schmerzverzerrten Gesichts ihrer Tochter. Doch sie dreht sich um, ohne den Versuch zu machen, sie zu verstehen, und wendet sich der Schublade mit dem Schmuck zu. Vorsichtig nimmt sie die Kette mit den blaugrünen Perlen heraus und legt sie sich um den Hals. Lichtflecken spielen funkelnd in den Steinen, von denen das Mädchen stur behauptet, es seien Smaragde, sogar als man ihr schon gesagt hat, sie seien aus Glas. Die Mutter greift nach hinten und hakt den Verschluß ein. Nun geht die Tür auf. Der Vater erscheint, schwer atmend, aber mit einem Lächeln. Erst küßt er den Nacken oberhalb der Perlen, dann hebt er das Mädchen hoch in die Luft. Aber auch als sie auf seinem Arm sitzt, seinen Schweiß riecht und seine stachelige Wange fühlt, spricht er mit der Mutter in ihrer Sprache. Schnell erzählt er Dinge, die das Mädchen kaum versteht, erwähnt Namen von Menschen und fragt, ob er sich umziehen soll. Das Mädchen ist vollkommen überflüssig.

Deine Tochter ist in ihre Lehrerin verliebt, kommt die Stimme der Mutter unter dem Kleid hervor, das sie sich gerade über den Kopf zieht, sehr vorsichtig, um ihre Frisur nicht durcheinanderzubringen. Der Klang der groben Worte hängt in der Luft. Vor dem Spiegel steht diese fremde, zurechtgemachte Frau. Wieder hat sich das Wunder ereignet, ohne daß das Mädchen verstanden hat, wie. Aber im Moment ist das nicht wichtig. Im Moment sind nur die Worte wichtig, die durch das Zimmer klingen. Ohne Angst spricht die Mutter die verbotenen Worte aus: Sie glaubt, ihre Lehrerin ist die Allerschönste.

Er lacht. Deine Mutter ist schöner, sagt er jetzt. Und man sieht ihm an, daß er es nicht so dahingesagt hat, er meint es wirklich. Man sieht es an seinen Augen, an dem glänzenden Braun. Und von dieser Frau, die dort vor dem Schrank steht, barfuß, kann man wirklich nicht sagen, sie sei nicht schön. Aber nur das Mädchen weiß, daß es keine echte Schönheit ist.

Sie hält ihre Lehrerin für einen Engel, dringt die ironische Stimme durch das Zimmer, von unten, vom Schuhfach, aus dem die Frau die schwarzen Schuhe mit den hohen, dünnen Absätzen hervorholt. Der Vater streichelt über die Wangen des Mädchens, und sie folgt ihm ins Badezimmer. Dort wird sie auf dem Wannenrand sitzen, den weißen Schaum auf seinen Wangen betrachten und zuschauen, wie das Messer die weiße Maske entfernt und die Gesichtshaut wieder zum Vorschein kommt. Er tippt ihr ein wenig Schaum auf die Nasenspitze und erklärt: Es reicht nicht, schön zu sein, man muß auch gut sein. Deine Mama ist nicht nur schön, sie ist auch gut wie ein Engel und – er macht eine Pause und spannt mit der Hand die Kinnhaut – klug.

Das Mädchen betrachtet ihn enttäuscht. Und von allem, was sie eigentlich sagen wollte – für das meiste gibt es ohnehin keine Worte –, bringt sie am Schluß nur einen entschiedenen und zornigen Satz heraus. Hartnäckig wiederholt sie die Worte, die eigentlich nicht zu beweisen sind, die keiner außer ihr begreift und von deren Wahrheit sie selbst nicht mehr überzeugt ist, aber es ist wichtig, sich nicht selbst zu widersprechen, nicht aufzugeben, auf der eigenen Meinung zu beharren, auch wenn er böse wird: Aber meine Lehrerin ist schöner.

Er lächelt und wischt ihr den Schaum von der Nase. Es gibt verschiedene Arten von Schönheit auf der Welt, erklärt er amüsiert. Das kannst du noch nicht wissen. Kinder sehen ihre Eltern so, wie sie sind. Für dich ist deine Mutter nur die Mama.

In ihrem Innern, neben dem Zorn, ganz nahe bei der Kränkung, erwacht bereits das Schuldgefühl. Andere Mädchen zum Beispiel Judith Albling – sind stolz auf ihre Mütter. Mit absoluter Sicherheit behaupten sie, daß keine Frau schöner wäre. Das Mädchen schweigt.

Abends, vor dem Einschlafen, sollte sie eigentlich an ihre Lehrerin denken. Aber etwas hat ihre Gedanken an Siwa, die Lehrerin, kaputtgemacht. Sie sind zu einer quälenden Last geworden. Nicht nur wegen des Aufsatzes über Bachstelzen, sondern auch wegen jenes Besuchs. Doch schon vor dem Besuch war es schwer, sich auf Siwa und auf die eigenen Gefühle zu konzentrieren. Und nach dem Besuch geht es erst recht nicht mehr. Siwa, die Lehrerin, weiß etwas, und das Mädchen hat keine Ahnung, worum es geht. Etwas über sie, irgendeine Wahrheit, die Josef, der Bibliothekar, ebenfalls weiß. Frau Desirée nicht, weil sie etwas wirr ist und alles vergißt. Aber die Lehrerin verzieht den Mund. Nicht gerade dann, wenn das Mädchen es sieht, aber vielleicht, wenn sie sich umgedreht hat. Sie lächelt ihr ins Gesicht, außer dem einen Mal, als sie gesagt hat, es sei verboten, so etwas zu sagen. Sie erinnert sich schon nicht mehr an das, was sie ihr damals mitgeteilt hatte, weswegen die Lehrerin plötzlich eine andere, fremde Stimme bekam und sie anfuhr, das dürfe man nicht sagen, das sei nicht schön. Sie weiß nur noch, daß es ein wirkliches Geheimnis war, ein Liebesopfer, das sie ihrer Lehrerin darbrachte. Vielleicht sagte sie ihr ins Gesicht, sie sei schön. Vielleicht auch, daß Lydia Schemesch gelogen hat. Plötzlich, als sie die Gefahr eingegangen war, es ihr mitzuteilen, hatte Siwa gesagt: Das darf man nicht sagen. Ohne dieses Lächeln, bei dem man ihre weißen Zähne sieht. Es ist nicht schwer zu verstehen, warum das Mädchen der Lehrerin nahe sein möchte. Und mehr als alles sehnt sie sich danach, die Lehrerin möge begreifen, daß unter dieser Haut, unter dem, was ihr da wachsen wird, noch etwas ist. Vielleicht. Wenn sie es wüßte, würde auch ihr dieser Zauber passieren. Er würde Wahrheit werden. Wenn die Lehrerin ihren Kopf auf dem langen Hals neigen und sie mit ihren braunen Augen anschauen würde. Ihr Blick ist nicht durchbohrend. Er ist weich und streichelnd, trifft eine Stelle, aus der eine warme Welle bis ins Gesicht aufsteigt, bis zu den Tränen.

Man sagt, sie sei Schönheitskönigin gewesen. Was bedeutet, daß man, während sie in der Klasse steht und mit ihrer weichen, ruhigen Stimme fragt, was Josefs Brüder wohl dachten, als er in der Grube war, sich vorstellt, wie sie einmal in einem weißen Badeanzug, mit einem blauen Band diagonal über der Brust, mitten auf einer Bühne stand, wie auf den Zeitungsfotos, und jemand ihr eine glänzende Krone aufsetzte.

Auch von ihrer Mutter sagen alle, sie sei sehr schön. Als ihre Mutter mit ihr zur Schule kam, starrte der Direktor sie ununterbrochen an. Der Direktor ist anders als alle Lehrer. Er hat ein großes Zimmer im zweiten Stock. Er spricht nicht mit den Kindern und kennt ihre Namen nicht. Seine Augen sind ebenfalls blau, aber von einem anderen Blau, zitternd und hell. Seine Nasenlöcher haben sich gebläht, als er die Mutter ansah. Und plötzlich hat er die blonden Zöpfe des Mädchens bewundert. Das ist deine Mutter? Wirklich? So jung. Vielleicht ist sie deine Schwester? sagte er, als spräche er mit dem Mädchen, und lächelte dabei die Mutter an, breit, mit vielen strahlenden Zähnen, und zog ein weißes, gebügeltes Taschentuch aus der Tasche seines blauen Anzugs. Er ist ein ganz besonderer Mann. Er trägt sogar eine Krawatte. Nach dem Besuch der Mutter zog jemand das Mädchen an den Zöpfen, als sie die breite Treppe hinaufrannte, verloren unter den großen Kindern, die ihr den Blick versperrten. Es war der Direktor, der sie an einem Zopf festhielt und sich nach der Mutter erkundigte: Wie geht es deiner Mutter? Und ihr Vater hat einmal gesagt: Schau, wie schön deine Mutter ist. Ein klassisches griechisches Profil. Beide haben am Tisch gesessen und gelacht. Das Mädchen hat nicht verstanden, was das bedeutet. Was ist das, ein Profil, wollte sie fragen, aber inzwischen erzählte er schon wieder von den Zügen in Österreich. Deine Mutter, sagte er und legte die Hand auf den weißen Arm, und sie schämte sich nicht einmal, sie lächelte langsam, und für einen Moment verwischte sich das Blau, deine Mutter hat sich als Griechin verkleidet, und die Leute im Zug haben es nicht gemerkt, und eine Frau hat zur anderen gesagt, auf deutsch: Schau mal, dieses griechische Ehepaar, was für ein klassisches griechisches Profil. Er lachte, und die Mutter lächelte, als gehe es um etwas, was nur sie beide verstanden. Dann hörten sie plötzlich auf zu lachen. Er seufzte, und sie senkte den Kopf. Man konnte nicht einmal etwas fragen. Wenn man nichts versteht, kann man auch nichts fragen. Gar nichts. Warum waren sie in diesem Zug, und wo war sie selbst damals gewesen? Als sie fragte: Hat es mich da schon gegeben?, lachten beide. Was ist so schön an einem griechischen Profil? Und warum mußte die Mutter sich verkleiden? überlegt das Mädchen. Und plötzlich weiß sie, daß die große Dunkelheit, die diese Geschichten begleitet und den blauen Blick dämpft, nichts mit Schönheit zu tun hat, sondern mit Angst. Im Kaffeegeschäft lächelt der Verkäufer die Mutter an. Jede Woche lächelt er wieder, und seine Bewegungen sind aufgeregt und schnell, und etwas an der Art, wie er ihr den gemahlenen Kaffee hinhält, erinnert an das weiße, gebügelte Taschentuch, das der Direktor aus seiner Anzugtasche gezogen hat. Und dann versucht das Mädchen zu verstehen, versucht, das zu sehen, was sie sehen. Sie hebt den Kopf und betrachtet diese Frau, ihre Mutter. Und versucht, dasselbe zu sehen: Meine Mutter ist schön. Sie prüft die Worte, aber das Bild ist nicht richtig. Sie ist nicht schön. In dem Pepitakostüm, mit dem Schal und den schwarzen, hochhackigen Schuhen, mit dem angemalten Mund und dem schmerzhaften Blau verwirrt diese fremde Frau nur. Ihr Gesicht verwischt sich, und sie ist weit weg. Man kann sich nicht mehr an alle Linien auf einmal erinnern. Nur an jedes Detail für sich. Immer wieder sagt sich das Mädchen die Worte vor: Meine Mutter ist schön, aber sie sind nicht wahr. Das ist nicht die Schönheit, die sie möchte. Sie versteht diese Schönheit nicht. Denn im Kaffeegeschäft und im Zimmer des Direktors sieht sie den gelben Kittel, den fleckigen, orangefarbenen Baumwollkittel, wie eine trockene, verschrumpelte Orange, die wirren, sehr schwarzen Haare über der Stirn, auf der Schweißperlen stehen, und sie sieht das schmerzhafte Blau, wie zu Hause. Nur dieses Blau ist unverändert, so wie hinter der Wohnungstür. Sie sagen »Schönheit«. Das Mädchen sieht diese Schönheit nur in den Augen der Leute, die sich nach ihrer Mutter umdrehen. Auf dem Bild, das sie immer von zu Hause nach draußen begleitet, auf dem Weg zur Schule und zurück, zu den Maulbeerbäumen, auf dem Weg zur Bibliothek und zurück, und auch in dem Moment, als das Auto plötzlich hielt, der Fahrer ausstieg und ihr eine Ohrfeige gab – auf diesem Bild steht die Mutter am Spülbecken oder am Bügelbrett. Das Mädchen möchte eine andere Schönheit erreichen, diese bräunlich-blasse, saubere, angenehme Schönheit ihrer Lehrerin Siwa. Sie möchte eine wirkliche Schönheit, eine ohne Putzlappen und ohne dieses schmerzhafte Blau. Eine braune, weiche und saubere Schönheit. Eine Schönheit, die zu den Maulbeerbäumen im Hof und zum Strand paßt, zu den weißen, absatzlosen Schuhen einer Tänzerin, eine Schönheit, zu der ein blauer Glockenrock und ein weißer Pullover gehören, eine weiche, sanfte Stimme, die ein gutes Hebräisch spricht, so wie es sich gehört. Eine Schönheit, von der etwas auf einen übergeht, wenn man dicht neben ihr steht und sie berührt. Dann würde man sich auch nicht so schmutzig vorkommen, so gefangen in dem kalten, schmerzhaften Blau. Wenn sie von der angenehmen, weichen Hand Siwas, ihrer Lehrerin, berührt würde, mit einer weichen, barmherzigen Bewegung, würde endlich das Wunder geschehen. Plötzlich würde sie zu einem Mädchen, das dazugehört. Als trüge sie selbst einen Glockenrock, als könnte sie mit so anmutigen, leichten Schritten gehen, als könnte sie – genau und gezielt – einen Ball weitergeben. Wenn ihre Lehrerin sie berührte, nicht zufällig, sondern mit Absicht, weil sie es wollte, würde das Wunder geschehen, und das Saubere, Richtige, Strahlende würde auf sie übergehen.

Die Lehrerin steht an der Tafel, in ihrem blauen Glockenrock und einem weißen Pullover, im selben Raum, in dem sie selbst sich befindet. Ihre Hand in dem schwarzen Stoffhandschuh hält die Kreide. Sie bekommt nämlich ein Ekzem von der Kreide. Als sie es den Kindern erzählte, nannte sie es Ausschlag, aber das Mädchen wußte, daß man diese kleinen roten Punkte Ekzem nennt. Auch sie hat einen Ausschlag an den Beinen. Pusteln wegen der Erdbeeren, hat Doktor Kaplan der Mutter erklärt. Die ersten Früchte der Saison. Inzwischen jucken die Pusteln und sehen häßlich aus. Und man darf keine Hosen anziehen, weil die Hosenbeine scheuern – und dann, sagt die Mutter, hast du Löcher statt der Pusteln, wie bei den Windpocken, als du gekratzt hast, und jetzt ist eine Narbe an deinem Kinn geblieben. Sie hat unter den Strümpfen rosa Creme auf den Pusteln, und ihre Lehrerin trägt einen schwarzen Stoffhandschuh, während sie mit runder, schöner

Schrift etwas an die Tafel schreibt. Ach, wenn sie doch selbst so eine schöne Handschrift hätte. Die Lehrerin hat unter dem Handschuh eine schöne weiße Hand mit langen Fingernägeln, und diese Hand legt sie sich, ohne Handschuh, an den Hals, bevor sie sie etwas senkt bis zu der Stelle, wo im Ausschnitt ihres Pullovers, an dem ein Perlenknopf glänzt, sehr glatte Haut zu sehen ist. Und dort bleibt die Hand liegen. Wie ein Schmuckstück mit silbernen Steinen – sie malt sich die Fingernägel silbern an. Jeden Sonntag lackiert sie ihre Nägel. Und ihre Stimme ist so weich, wenn sie die Hand an den Hals legt, wie um Kraft für die Frage zu sammeln, was Josefs Brüder wohl gedacht haben.

Und es ist wirklich schwer zu wissen, was sie gedacht haben. Natürlich haben sie gedacht, daß man sie nie im Leben erwischen würde. Daß niemand wissen würde, was sie getan hatten. Jakob, ihr Vater, war sehr alt und zerriß seine Kleider. Er glaubte, sein Sohn Josef sei zerfleischt worden. Ein wildes Tier habe ihn zerrissen. Auch sie hätte das an der Stelle des alten Erzvaters Jakob geglaubt. Die Lehrerin hat ihnen beigebracht, daß sie, die Hand angewinkelt und den Ellenbogen auf dem Tisch, nur den Finger heben sollen, dann sähe sie sie besonders gut. Sie hat gesagt, sie riefe nur die Kinder auf, die sich beherrschen könnten.

Es ist sehr schwer, sich zu beherrschen und daran zu denken, daß man die Antwort nicht hinausschreien darf, auch wenn man sie noch so gern sagen würde. Kein anderes Kind versteht alles so gut wie sie. Und die Lehrerin weiß nicht, daß sie die Fortsetzung der Geschichte bereits kennt. Denn jedesmal, wenn Josef, der Bibliothekar, ihr nichts geben will, bleiben ihr nur das Lesebuch oder die Bibel. Jetzt wird sie den anderen verraten, daß Josef gar nicht gestorben ist. Und wie er dann König werden wird. Aber es ist gar nicht wahr, was die Lehrerin versprochen hat. Daß sie nur die Kinder aufruft, die sich schön melden. Hier, sie tut es nicht. Bestimmt hat sie

Gründe, die das Mädchen nicht versteht. Eigene Gründe. Man hat dem Mädchen schon oft erklärt, daß sie nicht alles verstehen könne. Wie wäre es sonst möglich, daß die Lehrerin etwas verspricht und nicht hält? Wie kann man glauben, daß die Lehrerin an sie denkt und sie nicht aufruft? Daß sie es nicht hören will, sondern daß sie ausgerechnet Moti drannimmt, der von seinem Stuhl aufspringt und mit der Hand herumfuchtelt. Was Josefs Brüder gedacht haben, so etwas kann er nicht wissen, und er weiß es wirklich nicht. Jeder kann so etwas Dummes sagen: Sie dachten, sie würden ihn besiegen, und trotzdem sagt die Lehrerin: Sehr schön. Das sagt sie, um ihn zu ermutigen. Die Lehrerin glaubt, sie müsse Moti ermutigen. Das Mädchen muß nicht ermutigt werden. Sie ist schon ermutigt.

Siwa, die Lehrerin, hat noch keine Kinder, es ist noch nicht mal sicher, ob sie einen Mann hat. Jetzt geht sie zu ihrer schwarzen, glänzenden Schultasche aus weichem Leder, die ganz anders aussieht als die harten, braunen Taschen der Kinder, und klappt die beiden Griffe auf, um den Reißverschluß zu öffnen. Sie nimmt einen Stapel Hefte heraus. Heute bekommen sie die Bibelkundehefte zurück. Wie weich ihre Stimme klingt, als sie jetzt da steht, zwischen zwei Reihen, und den Stapel mit den Heften auf die Ecke von Nilis Tisch legt – sie sitzt immer in der linken Tischreihe, auf dem ersten Platz. Das Mädchen selbst sitzt am anderen Ende, in der rechten Tischreihe. Die Lehrerin hebt die Hand an ihren weißen Pullover und sagt, sie möchte über bestimmte Kinder sprechen, die verschnörkelte Buchstaben schreiben. In der Klasse wird es still. Die Lehrerin Siwa schreit nie, und bei ihr stören die Kinder nicht. Nur Moti prescht vor, macht den Mund auf. Er will wissen, was das heißt, verschnörkelte Buchstaben. Die Lehrerin erhebt ihre Stimme, für einen Moment wird sie fast zornig, als sie das L an die Tafel schreibt, das das Mädchen extra mühevoll mit einem gerundeten Schwanz versehen hat, einer angehängten Locke, damit das Heft, das sie neu abgeschrieben hat, schön und sauber aussieht wie der weiße Pullover der Lehrerin, schön wie die geraden Linien, die sie an die Tafel malt, das gerundete L, das G, das unter die Linie geht und das sorgfältig gerundete S. Die Lehrerin schreit fast, als sie das Wort »kokettieren« sagt: Die Buchstaben kokettieren. Es gibt Kinder, die haben eine gefallsüchtige Schrift. In ihrer Stimme liegt Spott, als sie das sagt. Es gibt Kinder, denen reicht es nicht, korrekte Buchstaben zu schreiben, sie müssen prahlen. Sie blickt das Mädchen nicht an, aber das Mädchen weiß, daß die Lehrerin über ihr Heft spricht. Das Heft, auf dessen weißen Umschlag ihr Vater einen großen Orangenbaum und einen Schwarm Vögel gezeichnet hat, obwohl das Bild, wie er meinte, keine Beziehung zur Bibel hat. Aber sie hat auf dem Baum und den Vögeln bestanden, weil sie die Gesetzestafeln, die auf allen anderen Umschlägen waren, nicht mochte. Die Lehrerin spricht über ihr Heft, über die Buchstaben, die sie sorgfältig gemalt hat, über die Antworten, die sie gegeben hat. Und nur die Lehrerin und das Mädchen wissen es. Plötzlich versteht das Mädchen, daß das alles nur wegen des Besuchs ist. Und daß Siwa, die Lehrerin, sie nicht mehr mögen wird. Nie. Sogar wenn die verschnörkelten Buchstaben verschwinden und sie das Heft abschreibt – es ist alles aus, weil die Lehrerin sie nicht mehr mag. Und sie weiß auch, daß das sehr schlimm ist, daß ihr großes Unrecht geschieht. Daß die Lehrerin sie nicht verstanden hat, sondern das Gegenteil annimmt. Aber es ist nicht gut, zu glauben, daß die Lehrerin böse ist. Da glaubt sie lieber, daß sie selbst böse ist. Denn es kann nicht sein – nicht mit dieser Hand am Hals und den dunklen weichen Haaren, die zu einer Bananenfrisur zusammengesteckt sind, nicht mit dem Schönheitsfleck unter den feinen Härchen oben an dem weißen, dünnen Hals –, daß Siwa plötzlich böse geworden ist. Jetzt ruft sie den Namen des Mädchens auf und reicht ihr das Heft, ohne sie anzuschauen. Das Mädchen weint nicht. Sie hält das Heft, auf dessen Umschlag die schöne Zeichnung vom Orangenbaum und dem Vogelschwarm prangt, fest in der Hand und steckt es dann in ihren Ranzen. Am schwersten ist es, die Lehrerin anzuschauen. Es ist unmöglich. Man muß den Kopf senken oder zur Seite schauen, um nicht zu zeigen, wie verletzt man ist. Bis dahin hat das Mädchen an sie geglaubt. Oder glauben wollen. Die Stimme ihrer Lehrerin klingt jetzt anders, neu und weit weg. Bis dahin hat das Mädchen einen solchen Klang nie gehört. Den Klang des Betrugs. Und alles wegen des Besuchs.

Wie oft hat das Mädchen die Lehrerin auf dem Heimweg begleitet und gesehen, wo sie wohnt. Sie hat es genau gewußt. Und wie oft hat sie vor der Tür gestanden und sich nicht getraut zu klingeln, bis sie dann doch Mut gefaßt hat. Dabei hat sie gewußt, daß es verboten ist. Sie hat nicht um Erlaubnis gefragt und zu Hause nichts davon erzählt. Damit ihr niemand sagen konnte, daß es verboten ist, und warum sie das überhaupt wolle. Manchmal war sie schon vorbeigegangen. Schon am ersten Tag hat sie angefangen, über eine andere Beziehung zwischen ihr und der Lehrerin nachzudenken, eine Beziehung, die über die alltägliche hinausgeht. Über ein Geheimnis, von dem die anderen Kinder nichts wüßten. Dann könnte sie alles ertragen, sogar eine ganze Unterrichtsstunde, ohne sich zu beteiligen.

Es gibt Dinge, die von Natur aus verloren sind. Es gibt Dinge, die man besser nicht ausprobiert, denn wenn sie verloren sind, gibt es den Schatz vor dem Einschlafen nicht mehr. Wie oft hat sie vor der Tür gestanden – im zweiten Stock, in der Ha'eschelstraße, an der Tür war nur ein Schild, Zafrir – und hat Angst gehabt. Bis sie sich plötzlich getraut hat zu klopfen. Und dann zu klingeln. Siwa, die Lehrerin, machte die Tür auf, das Mädchen war so klein und die Lehrerin so groß. Und drinnen war es sehr ruhig. Als wäre die Lehrerin allein. Am Anfang gab es noch Bonbons, das Mädchen wollte welche, genierte sich aber. Dann nahm sie doch eines, ein saures, aber die Schale mit den Schokoladenriegeln rührte sie nicht an. Schokolade macht schmutzig. Das Buch lag auf ihren Knien. In dem grauen Packpapierumschlag war Nemecsek schon längst gestorben. Sie wollte das Buch nicht zurückgeben. Die Lehrerin schaute auf ihre kleine Armbanduhr, dann auf das Mädchen und fragte noch nicht mal nach dem Buch. Und in der Luft hing das Wissen, daß es nicht richtig gewesen war, herzukommen. Daß sie weggehen mußte. Aber sie wollte nicht. Sie wollte nicht weggehen. Auch nicht, als es klingelte und der Mann kam. Selbst wenn sie die Worte nicht verstanden hätte, hätte sie gewußt, daß das Flüstern im Flur sie betraf. Der Mann war groß und schwarzhaarig, zu groß für die Lehrerin, aber nett. Er lächelte sie verwirrt und freundlich an, als er sich in den zweiten Sessel setzte. Auch das Mädchen lächelte – und wußte dabei, daß sie gehen mußte. Sie wußte nur nicht, wie sie es anstellen sollte. Wenn sie aufstand und wegging, würden sie wissen, daß sie wußte, daß sie wollten, daß sie wegging. Da war es besser, so zu tun, als verstehe sie nichts, um ihnen die Schande zu ersparen.

Der Mann fragte und fragte, das Mädchen verstand nichts, die Lehrerin antwortete nur mit Kopfnicken. Dann schwiegen sie alle drei. Das Mädchen wußte, daß sie etwas sagen mußte, aber ihr fiel nichts ein, was zu beiden gepaßt hätte. Schließlich kannte sie den Mann nicht, und er fragte nur nach dem Buch. Sie antwortete: »Die Jungen der Paulstraße« und hoffte, daß die Augen der Lehrerin aufleuchten würden und sie etwas Gnädiges zu Nemecsek sagen würde. Doch die Lehrerin sah aus, als habe sie nichts gehört. Vielleicht hatte sie wirklich nichts gehört. Sogar als sie noch einmal, zum zweiten Mal, »Die Jungen der Paulstraße« sagte, sprang die Lehrerin nicht auf. Zwischen ihren dünnen Augenbrauen entstand eine Falte. Auch der Mann sah nicht aus, als würde er es verstehen. Sie wollte ihn fragen, ob er es kenne, aber er blickte die Lehrerin mit hilfloser Erwartung an, und die Lehrerin straffte den Rücken und schwieg. Da lächelte er und sagte etwas in einer fremden Sprache, nicht in der, die ihre Eltern benutzten, sondern in einer anderen, die sie schon einige Male im Kino gehört hatte. Und die ganze Zeit wußte sie, daß sie gehen mußte. Aber sie konnte ihre Beine nicht bewegen, etwas hielt sie wie angeschmiedet an ihrem Platz fest. Etwas brachte sie dazu, nicht nachzugeben. Mit dem Nachgeben würde auch der Zorn kommen. Und die Scham. Das wußte sie zwar noch nicht wirklich, sie fühlte es nur an den Fußsohlen, am Starrwerden ihrer Knie. Sie saß starr da, in dem kleinen Wohnzimmer, in dem Sessel mit den spitzen Lehnen und den dünnen Beinen, den gewirkten Blumen in dem harten, roten Stoff, und betrachtete ihr Gesicht, das sich im schwarzen Glas des viereckigen Tisches spiegelte, und in dem Teller, auf dem die Schokoladenstückchen lagen, die sie so liebt und nur nicht angerührt hatte, um nichts zu beschmutzen, und die Kekse, die sie nicht genommen hatte, um keine Brösel zu machen und vor allem um nicht im Beisein der Lehrerin Siwa zu essen, denn Essen ist etwas Grobes und Ungehöriges und paßt nicht zu den eleganten Bewegungen der Lehrerin, die nun die Hände an die Seiten legte, als sammle sie Kraft zum Aufstehen.

Und wirklich stand sie plötzlich auf und sagte mit ihrer schönen Stimme, jetzt sei es Zeit für sie, nach Hause zu gehen. Das Mädchen mußte sich zusammennehmen, um die Lippen zu etwas zu verziehen, was wie ein fröhliches Lächeln aussah, und um zu sagen: Ich darf bis sieben Uhr bleiben.

Aber wir müssen gehen, erklärte die Lehrerin geduldig und stand neben dem Sessel. Auch das Mädchen stand auf und ging zur Tür. Sie wollte fragen, wohin sie gingen, wagte es aber nicht. In dem engen Flur folgte ihr die Lehrerin, als bewache sie ihre Schritte. Und das Mädchen fühlte, wie sich hinter ihrem Rücken der warme, braune Blick in etwas Hartes, Bläuliches verwandelte, alles sehend und alles wissend, ihre

Schande erkennend und nicht verzeihend. Schon dort im Flur wußte das Mädchen, daß sie die Lehrerin verloren hatte, auch die magische Schönheit, die ihr nie nahe war – und es nie sein würde. Und es war ihr schon egal, ob die Lehrerin den aufgetrennten Saum sah und vielleicht auch die Wunde über dem Knöchel. Die Lehrerin machte die Tür auf, legte die Hand an den Hals, nahe am Kinn, und lächelte, als sie auf Wiedersehen sagte. Das Mädchen hörte, wie hinter ihr das Schloß einschnappte und der Schlüssel umgedreht wurde. Hätte sie genug Mut gehabt, wäre sie an der Tür stehengeblieben und hätte zugehört, was die beiden sagten. Aber sie gab auf. Ihre Hände umklammerten das Buch. Dabei hatte die Lehrerin auf der Elternversammlung zur Mutter gesagt, sie sei ein ganz besonderes Mädchen und habe viel Phantasie, und nun stellte sich heraus, daß das nichts bedeutete. Sie mußte schnell groß werden, sonst hatte sie keine Chance. Und Nemecsek, das wußte sie, war wirklich tot, und auch wenn sie das Buch von Anfang an lesen würde, könnte sie das nicht vergessen und so tun, als lebe er.

Sie übersprang keine Treppenstufen. Langsam und mit schweren Schritten stieg sie die Treppe hinunter, den Blick auf die Wollstrümpfe geheftet, die ihr bis zu den Knien gingen. Wie sorgfältig sie sie vor dem Besuch hochgezogen hatte, damit sie sich nicht unordentlich über den braunen, hohen Schuhen rollten, deren Schnürsenkel gut zugebunden waren, mit einem Doppelknoten, um zu verhindern, daß sie aufgingen.

6.
Es ist verboten, zu …

Als Jo'ela schon an der Tür stand, auf dem Weg zum Viertel Me'a Sche'arim, klingelte das Telefon. Während sie noch überlegte, ob sie drinnen oder draußen war – wenn sie draußen stünde, würde sie nicht antworten, wer das Haus verläßt, geht nicht zurück, um den Telefonhörer abzunehmen; wer allerdings drinnen steht, die Hand auf der Klinke, kann es noch tun, soll es vielleicht auch –, sah sie sich schon selbst vor dem kleinen Spiegel im Flur stehen, unter dem auf einem Ablagebrett das Telefon stand, und den Hörer in die Hand nehmen.

Eine angenehme, tiefe Männerstimme verlangte Doktor Goldschmidt zu sprechen. »Am Apparat«, sagte sie, zog vor dem Spiegel die Augenbrauen zusammen und glättete den Kragen ihrer Bluse.

»Doktor Jo'ela Goldschmidt?« fragte die Stimme.

»Ja, ja«, bestätigte sie ungeduldig.

»Hier spricht Jo'el, der mit dem Auto, gestern …«

»Ja, guten Tag«, sagte sie und senkte die Augen. Sie fürchtete, wenn er weiter über das Auto sprach, könne er verlangen, daß sie den Schaden bezahlte, nicht wegen des Geldes, sondern weil sie wußte, wie unbehaglich sie sich fühlen würde, wenn sich herausstellte, daß diese Nähe, die sie gespürt hatte, lediglich ihrer Einbildung entsprungen war oder wenigstens nur für jenen Moment gegolten hatte.

»Sie haben einen braunen Umschlag bei mir im Auto vergessen.«

»Ja. Danke, daß Sie anrufen«, sagte sie leichthin. »Ich habe versucht, Ihre Telefonnummer zu finden, aber es ist mir nicht gelungen. Sie haben eine Geheimnummer.«

Er lachte. »Das stammt noch aus der Zeit, als ich den Film über die reuig zum Glauben Zurückkehrenden gemacht habe. Es gab damals ziemlich viel Theater, und ich habe es einfach noch nicht geschafft, das mit der Geheimnummer wieder zu ändern. Ich hätte Sie leichter gefunden, wenn Sie nicht gesagt hätten, Sie seien eine Krankenschwester. Als ich im Krankenhaus anrief und die Schwester Goldschmidt verlangte, sagte man mir, es gebe keine, es gebe nur Doktor Goldschmidt. Ich dachte zuerst, das sei Ihr Mann, bis ich es verstand. Warum haben Sie das gesagt?«

»Keine Ahnung«, sagte Jo'ela leise, klemmte den Hörer zwischen Ohr und Schulter und begann, den Knoten, der sich zwischen den Holzperlen in der dünnen Kette gebildet hatte, zu lösen. »Ich habe keine Erklärung dafür.«

»Vielleicht hatten Sie, weil wir uns über den Film unterhalten haben, den ich plane, Angst, ich könnte Sie um Hilfe bitten«, schlug er vor. »Vielleicht war es Ihnen unangenehm.«

»Vielleicht«, sagte Jo'ela flüchtig, »ich weiß es nicht.« Mit den Fingern malte sie Linien auf das Ablagebrett, um den Telefonapparat herum.

»Ich würde mich jedenfalls gern mit Ihnen treffen«, sagte er, schnell, in einem Atemzug, wie jemand, der die Augen schließt, bevor er springt.

»Wenn es wegen des Umschlags ist«, hörte sie sich erschrocken antworten, »brauchen wir uns nicht zu treffen, Sie können ihn irgendwo abgeben, im Krankenhaus oder bei mir zu Hause.«

Auf der anderen Seite wurde es einen Moment still. Als erwöge er die Möglichkeiten. »Es ist nicht wegen des Umschlags«, sagte er schließlich.

»Weshalb sonst? Wegen des Films, den Sie drehen möchten?«

»Nein, es ist auch nicht wegen des Films«, sagte er langsam. Die klar ausgesprochenen Worte zeigten seine Entschlossenheit, doch die Langsamkeit deutete auf eine gewisse Schüchternheit hin.

»Gut«, sagte sie und wunderte sich über sich selbst. »Wo? Wann?«

»Das können Sie bestimmen.«

»Wann?«

»Geht es heute?« wollte er wissen.

»Heute?« Jo'ela erschrak.

»Der Umschlag«, meinte er entschuldigend. »Ich dachte, wenn Sie ihn dringend brauchen, würde das gut passen. Es lohnt sich nicht, es hinauszuschieben.« Er lachte.

»Ich muß ohnehin gleich in die Stadt«, sagte sie und überlegte, daß sie sich wieder umziehen müßte, ohne daß ihr klar war, warum. »Wenn Sie mich heute treffen wollen, geht es in einer Stunde, in der Stadt, und wenn es nicht heute ...«

Wenn sie eine Stunde mit ihm verbrachte und dann nach Hause zurückfuhr, um sich umzuziehen, würde sie erst gegen Mittag ins Krankenhaus kommen, aber ihn so zu treffen – im Schottenrock, den sie von ganz hinten aus dem zweiten Fach ihres Kleiderschranks hervorgezogen hatte –, war ebenfalls unmöglich. Es blieb nur eins, mit dem Taxi in die Stadt zu fahren, mit einer großen Tüte, in die sie diese seltsamen Kleider gepackt hatte, und später zu überlegen, wo sie sich umziehen konnte. Denn so konnte sie ihn nicht treffen, im Schottenrock, der alten Bluse und dem ebenfalls alten Pullover. Sie hätte nicht zustimmen dürfen, aber die Erregung in der zögernden Stimme, der offen gezeigte Wunsch – das waren Dinge, über die sie jetzt besser nicht nachdachte. Was in ihren Ohren wie Hingezogensein klang, war vielleicht nur seine typische Art zu sprechen. Und was ihren plötzlichen Wunsch betraf, seine Stimme zu hören – seit wann hatte sie denn solche Bedürfnisse, falls hier von Bedürfnissen die Rede sein konnte –, lohnte es sich nicht, darüber nachzudenken, besonders jetzt nicht, während sie mit ungeschickten Fingern Kleiderbügel aus dem Schrank zerrte. Nichts war ihr recht. Das schwarze Kleid war zu festlich, zu einladend, man könnte eine Absicht dahinter vermuten. Auf dem Bett im Schlafzimmer lagen drei schwarze Röcke und zwei enge Kleider unter zwei Hosen, dazu Blusen, die mit dem Blumenmuster war zu durchsichtig, die weiße zu solide. Was wollte er? Sie betrachtete sich in dem großen Spiegel im schwarzen Hosenanzug. Dieser aufgeregte, verlangende Unterton paßte so gar nicht zu den zweiflerischen Überlegungen hinsichtlich der Kluft zwischen dem, was man sagte, und dem, was man tatsächlich wollte, und daß in diesem Fall das, was man tatsächlich wollte, vielleicht nur gute Beziehungen waren zum Zweck von Dokumentarfilmen. Ja, natürlich, mit absoluter Sicherheit, würde ihre Mutter sagen. Wie oft hatte sie sie vor den getarnten Interessen anderer Menschen gewarnt, die ganzen Jahre ihrer Kindheit und Jugend hindurch. Zum Beispiel hatte ihre Mutter immer die Gründe angezweifelt, die ihre Freundin dazu gebracht hatten, Jo'ela zu einem Frisörbesuch zu raten. »Sie ist doch nur neidisch, weil du schöne Haare hast«, hatte sie erklärt. Wie mit einem Messer hatten diese Worte jede mögliche Freude von vornherein zerschnitten. Der schwarze Anzug war eine Katastrophe. Wegen der schlaflosen Nacht hatte sie dunkle Ringe unter den Augen. Wer konnte sich überhaupt für ein so verschlossenes Gesicht interessieren, ein Gesicht mit zwei scharfen Falten neben dem Mund, einer Kerbe über der Oberlippe, die sie deutlich im Spiegel sah, und solchen kleinen Triefaugen. Ein andermal, hätte sie sagen sollen. Vielleicht sollte sie das Gummi herausnehmen und die ziemlich ausgebleichten Haare offen lassen, statt sie, wie sie es jetzt tat, zu einem Knoten zusammenzunehmen.

Während der ganzen Fahrt war sie angespannt gewesen, hatte ängstlich die Zeiger der Uhr am Armaturenbrett des Taxis verfolgt, dem Fahrer, als der Wagen in einer langen Reihe vor der Ampel stand, alternative Fahrstrecken vorgeschlagen und sich über die Sorglosigkeit geärgert, mit der er in dem pfeifenden Radio nach einem anderen Sender gesucht hatte. Doch all ihre Befürchtungen einer Verspätung erwiesen sich als lächerlich, denn sie kam zehn Minuten vor dem verabredeten Termin an. In dem großen Park lief eine junge Kellnerin in einer weißen Bluse und einem sehr kurzen schwarzen Rock zwischen weißen Plastiktischen herum und wischte Tannennadeln ab, die an den Stühlen klebten. Als sie sich über einen Tisch beugte, hob sich ihr kurzer Rock und entblößte das Ende ihrer runden Oberschenkel. Über ihrem Bauch baumelte eine schwarze Stofftasche, und sie sagte: »Wir haben gerade erst aufgemacht.«

Weil sie zu früh gekommen war, erschrak Jo'ela nicht, als sie feststellte, daß kein Mensch im Café saß. »Wir haben gerade aufgemacht«, entschuldigte sich die Besitzerin und beeilte sich, zwei schwere Stühle zu einem Tisch in der Ecke zu rücken, auf den Jo'ela deutete. Obwohl sie versuchte, den Pfützen am Eingang und um den Putzeimer auszuweichen, hinterließen ihre Absätze feuchte Flecken auf ihrem Weg zum Tisch. Nervös fragte die Besitzerin, was sie ihr bringen dürfe. »Nur einen Kaffee, bitte«, sagte Jo'ela. Doch die Frau beeilte sich, ihr auch eine handgeschriebene Speisekarte hinzulegen und auf die verschiedenen Frühstücksmenüs zu deuten. »Ich warte noch auf jemanden«, sagte Jo'ela zögernd, als sei dieser

Satz an sich schon verräterisch. Das verständnisvolle Lächeln der Besitzerin und ihr Kopfnicken deutete Jo'ela als Zeichen einer Beziehung, die gegen ihren Willen entstanden war. Warum hatte sie »auf jemanden« gesagt und sich nicht mit den beiden ersten Worten begnügt?

Der Tisch war wacklig, deshalb wunderte sie sich auch nicht, als ein paar Tropfen Kaffee aus der Tasse spritzten und auf ihrem schwarzen Hosenanzug Flecken hinterließen. Sie legte eine Papierserviette auf den Unterteller.

In der Fensternische neben dem Tisch stand eine rosafarbene Geranie in einem weißen Plastiktopf, darüber sah man die hohen Bäume im Park. Auf dem Kies waren schwere Schritte zu hören. Es dauerte lange, bis sie einen alten, sehr gebückten Mann sah, der sich der Treppe zwischen dem Park und dem Café näherte. Nach einigen Minuten stellte sie die leere Tasse zurück auf den Unterteller. Niemand hatte das Café betreten. Von Zeit zu Zeit kam die junge Kellnerin mit energischen Schritten herein, die schwarze Tasche vor dem Bauch, und erkundigte sich, ob alles in Ordnung sei oder ob sie etwas wünsche. In ihren Augen lag eine Mischung aus Neugier und Spott. Aber vielleicht kommt mir das auch nur so vor, dachte Jo'ela.

Jedesmal, wenn sie mit dem Fuß an ein Bein des runden Tisches stieß, wackelte dieser. Gerade als sie sich bückte, um ein doppelt zusammengefaltetes Papier unter ein Tischbein zu schieben, hörte sie die schnellen Schritte und fühlte, wie ihr Gesicht rot wurde, während sie, verlegen lächelnd, unter der rot-weiß karierten Tischdecke auftauchte und ihn vor sich stehen sah. Er betrachtete sie mit unverblümter Genauigkeit.

»Ich freue mich sehr, Sie zu sehen«, sagte Jo'el, ohne sich wegen seiner Verspätung auch nur mit einem Wort zu entschuldigen, als er sich ihr gegenübersetzte, das Kinn auf die Hände stützte und den Blick nicht von ihr nahm. »Gestern war ich so durcheinander, daß ich noch nicht mal an die technische Seite gedacht habe.«

»Wirklich?« fragte sie erstaunt und spöttisch. »Sie haben keinen verwirrten Eindruck gemacht. Was hat Sie denn verwirrt? Der Scheinwerfer?«

»Nein, nicht der Scheinwerfer. Sie. Die Gegensätze.«

»Welche Gegensätze?«

»Gleich werden wir darüber sprechen. Erst möchte ich einen Kaffee.« Wieder tauchte die Besitzerin auf und blieb neben ihnen stehen, den Kopf demonstrativ gebogen, bereit, die Bestellung aufzunehmen, egal, wie detailliert sie ausfallen würde. Er folgte ihr, um sich aus dem Glaskasten ein Stück Kuchen auszuwählen, und Jo'ela bestellte noch einen Kaffee und ein Glas Wasser. Dann betrachtete sie ihn von hinten, seine langen Beine in den etwas zu kurzen braunen Hosen, das blaue Hemd, das weder in der Farbe noch im Schnitt dazu paßte. Trotzdem ging ein erfreulicher, unbeholfener Charme von ihm aus, mit seinen leichten Bewegungen, den straffen Schultern, dem völligen Mangel an Höflichkeitsformen. Sie spielte mit dem Löffelchen in einer rosafarbenen Zuckerdose – ein paar Körner fielen heraus –, malte Linien hinein und verwischte sie wieder mit der Rückseite des Löffels.

»Eine Frau voller Gegensätze«, verkündete er, als er sich wieder hinsetzte, und fuhr im selben Atemzug fort: »Der Kuchen sieht wunderbar aus, vielleicht wollen Sie doch einen? Käsekuchen.« Er hatte volle, graue, gerade geschnittene Haare, als habe er sich in der Küche hingesetzt, einfach auf einen Stuhl, und gesagt: »Schneiden.« Aber aus seinen Augen, eng beieinanderstehend und braun, schossen gelbe Lichtstrahlen. Man konnte nicht sagen, es sei ein besonders hübsches Gesicht, schmal und mit einem spitzen, vorstehenden Kinn. Ein Gesicht ohne ein besonderes Detail, außer einem hellen Muttermal, das sie gestern nicht wahrgenommen hatte, auf der linken Wange, neben der geraden Nase. »Ich habe mich erkundigt, ich habe meine Hausaufgaben gemacht«, sagte er mit fröhlichem Stolz.

»Wo haben Sie sich erkundigt?« fragte sie verwirrt.

»Da und dort«, antwortete er lächelnd. Die junge Kellnerin brachte den Kaffee, das Wasser, auch den Käsekuchen und zwei Kuchengabeln. Er aß ein Stück, schmatzte, nahm ein weiteres Stück auf die Gabel und hielt es ihr hin. Ohne nachzudenken, beugte sie sich vor und öffnete den Mund. Während sie den Kuchen probierte, gab er wieder ein schmatzendes Geräusch von sich, wie man es bei einem Kind tut, und erst da fiel ihr auf, daß sie, ohne zu zögern, von seiner Gabel gegessen hatte.

»Nur gute Sachen«, sagte er und schaute ihr in die Augen. »Stärke, Vernunft und Ehrgeiz, sehr viel Ehrgeiz, das hat auch Ihr Chef gesagt.« Er lächelte. »Aber keiner hat von Ihrer Angst in einem Verkehrsstau gesprochen oder von einer anderen Angst, die mir aufgefallen ist.«

Jo'ela schwieg.

»Aber Sie hatten natürlich keine Zeit, sich zu erkundigen«, sagte er enttäuscht.

»Ich hätte auch nicht gewußt, bei wem«, meinte sie.

»Sie werden sich auf Ihre Augen verlassen müssen«, sagte Jo'el und trank geräuschvoll einen Schluck Kaffee. »Was sagen Sie dazu?«

»Was sage ich wozu?«

»Zu uns.«

»Gibt es zu uns etwas zu sagen? Gibt es schon ein ›uns‹?« Sie versteckte ihr Erschrecken hinter einem gezwungenen Lächeln. »Ich muß gleich gehen«, fügte sie schnell hinzu. Ein paar Krümel des Käsekuchens versanken im Wasserglas. »Warum wollten Sie, daß ... daß wir uns treffen?« Das hätte sie nicht fragen dürfen, er könnte vielleicht merken, wie sehr sie es sich gewünscht hatte. Solche Fragen führen zu Antworten, wie sie sie jetzt bekam.

»Ich wollte Sie kennenlernen, Sie haben mir gefallen, was ist daran so erstaunlich?«

Jo'ela schwieg. Wirklich, was war daran so erstaunlich, solche Dinge passierten tagtäglich, und daß es ihr bisher noch nie passiert war, hatte nichts zu bedeuten.

»Zeigen Sie mir Ihre Brille«, sagte er neugierig. Ohne zu fragen, nahm sie ihre Brille ab und legte sie vor ihn auf den Tisch. Er schaute durch die Gläser und erschrak. »Ihre Augen sind sehr schlecht!«

»Ich leide an Kurzsichtigkeit und Astigmatismus.«

»Lesen Sie im Dunkeln? Lesen Sie viel?«

»Früher, bis ich erwachsen wurde, habe ich sehr viel gelesen, wie ... wie eine Betrunkene, eine Süchtige, trotz des Bibliothekars, der ekelhaft war und mir nicht zweimal am Tag Bücher geben wollte.«

Er seufzte. »Sie haben sich die Augen kaputtgemacht.«

»Blödsinn«, stieß Jo'ela aus, »ein Irrglaube. Schlechte Augen sind erblich.« Sie schwieg.

»An was haben Sie jetzt gedacht?« fragte Jo'el. »Ohne Ausrede, antworten Sie schnell, an was haben Sie gedacht?«

»An meine Mutter«, bekannte Jo'ela.

»Was ist mit Ihrer Mutter?«

»Ich habe daran gedacht, daß sie vermutlich weiß, wo ich bin.« Jo'ela lachte verschämt. Seit wann sagte sie solche Dinge, seit wann wurden ihr solche Fragen gestellt, so hartnäckig, in so einfacher Sprache, mit einer so gierigen Erwartung ihrer Antwort?

»Haben Sie Angst vor ihr?« wollte er wissen.

»Manchmal«, gab sie zu. »Sie weiß viel.«

»Auch von Ihnen hat man mir gesagt, daß Sie viel wissen«, sagte er befriedigt. »Sie errät Zusammenhänge, sie hat Intuition, hat der Professor gesagt, vielleicht vererbt sich so etwas auch, diese Art Wissen.«

»Ich muß gehen«, sagte Jo'ela. »Ich habe noch viel ...«

»Warum haben Sie aufgehört zu lesen?«

»Ich habe nicht wirklich aufgehört, nur das Tempo hat nachgelassen.«

»Warum?«

»Ich weiß nicht ... Vielleicht ist es natürlich so. Meine Tochter hat auch ... Es ging nicht mehr, es mußte aufhören mit den Träumen, ich mußte etwas tun«, sagte sie nachdenklich.

»Was haben Sie in der Tüte?« fragte er und legte die Hand darauf, wie um den Inhalt zu erfühlen. Warum erschrak sie und zog die Plastiktüte schnell zu sich heran?

»Nur ein bißchen Zeug«, sagte sie, und während sie den letzten Schluck Kaffee nahm, verbot sie sich, der Versuchung nachzugeben und etwas von dem jungen Mädchen und Me'a Sche'arim zu erzählen.

»Sie haben kein Auto«, sagte Jo'el. »Wo ist Ihr Auto?«

»In der Werkstatt«, sagte sie. »Abgeschleppt worden.«

»Ich fahre Sie«, sagte er entschieden und stand auf, um zu bezahlen. »Wohin müssen Sie?«

»Erst nach Hause«, antwortete sie, ohne nachzudenken. Und danach fiel ihr ein, daß sie am Telefon gesagt hatte, sie habe etwas in der Stadt zu erledigen.

Er wunderte sich aber nicht. »Das ist nichts Neues«, sagte er lächelnd. »Und dies hier war unsere erste Verabredung, nur für den Anfang. Wir werden uns noch öfter treffen«, versprach er, während er in seinem Geldbeutel wühlte. »Ich wünsche es mir sehr.«

»Wie werden wir uns treffen?« protestierte sie. »Und wozu?«

»Damit wir Freunde werden«, sagte er mit Entschiedenheit. Und als die Kellnerin sich dem Tisch näherte, fügte er schnell hinzu: »Kommen Sie, gehen wir.«

Im Auto, als er ihr den Sicherheitsgurt hinhielt und seine Arme die ihren berührten, wagte sie zu fragen: »Wie sollen wir Freunde werden? Sie sind verheiratet, nicht wahr?«

»Ja, natürlich.«

»Haben Sie Kinder?«

»Eine Tochter bei der Armee und einen Sohn in der elften Klasse.«

»Ist Ihre Ehe gut?« fragte Jo'ela. Ihr Herz klopfte heftig, sie blickte starr geradeaus.

»Gut, ja, ich glaube sogar, sehr gut«, antwortete er.

»Nun?«

»Was heißt das, nun?«

»Also was tun Sie? Und warum?«

»Das ist kein Widerspruch«, antwortete Jo'el. »Und sogar wenn es so wäre, bin ich jetzt nicht bereit, daran zu denken.«

»Was für einen Grund haben Sie, wenn ...«

»Darüber werden wir uns noch unterhalten«, sagte er abschließend.

»Sind Sie oft so?« erkundigte sich Jo'ela. Die Frage klang scharf. Er wich nicht aus.

»Nein, normalerweise nicht«, sagte er. »Ich sage nicht, daß es nie passiert ist, gelegentliche Affären, aber so nicht, auf diese Art nie, ich sammle Frauen nicht, wenn Sie das meinen. Vermutlich drängt es mich irgendwie.«

»Na und?« wandte Jo'ela ein. »Man fängt einfach so eine Geschichte an, ohne nachzudenken? Übrigens, ich auch.«

»Gut?«

»Was?«

»Ist Ihre Ehe gut?«

»Ja, ich glaube schon«, sagte Jo'ela. »Und deswegen ist es auch verboten, zu ...«

»Verboten, verboten«, sagte Jo'el. »Darauf kann man nicht immer Rücksicht nehmen, auch das ist verboten, sonst versäumt man etwas, und man hat nur ein Leben.«

»Sie sehen keine zwei Schritte weit voraus.« Jo'ela rang die Hände. »Man darf solche Dinge nicht tun, ohne daß man darüber nachgedacht hat, zu was sie führen.«

»Was glauben Sie denn, zu was sie führen? Wird Feuer vom Himmel fallen? Ein Blitz uns erschlagen? Werden wir gesteinigt?«

»Nein, nein, überhaupt nicht so etwas.« Sie schüttelte den Kopf auf eine Art, wie sie es als Kind getan hatte, wenn man sie nicht verstand. »Ich spreche nicht von der öffentlichen Moral, auch nicht von den Zehn Geboten. Nur von dem, was ich sehe, den Bildern.«

»Und was sehen Sie? Was für Bilder?« wollte er wissen und schlug mit einer heftigen Bewegung das Lenkrad um, als das Auto in die Bar-Ilan-Straße einbog.

»Schmerz, viel Schmerz und Trauer, Lügen, sogar wenn ...«

»Sogar wenn was?«

»Sogar wenn es zu einer gewissen Nähe zwischen zwei Menschen kommen sollte, in unserem Alter.«

»Zweifeln Sie daran?«

»Ich glaube, ja«, sagte sie verlegen.

»Warum? Gefalle ich Ihnen nicht? Glauben Sie nicht an mich?« fragte er herausfordernd.

»Sie gefallen mir, aber was hat das damit zu tun«, widersprach sie. »Was hat das mit Glauben zu tun? Ja, Sie gefallen mir. Aber was für ein Leichtsinn!«

»Wegen des Kummers, der vielleicht entstehen könnte?«

»Wenn es keinen Kummer gibt, heißt das, daß die Geschichte bedeutungslos ist. Und einfach so ... Und deswegen sollte man lügen?«

»Muß man überhaupt lügen? Kommt Ihre Mutter schon wieder zu Besuch?«

»Meine Mutter hat nichts damit zu tun«, sagte Jo'ela. »Sie glaubt ohnehin nichts.«

»Wem?«

»Nichts. Sie glaubt sowieso nichts. Sie meint immer, ich wäre anders als ... nicht wie es scheint ...«

»Aber Sie sind wirklich anders, als es scheint. Man muß der Wahrheit ins Auge schauen, das haben Sie doch selbst gesagt.«

»Hören Sie auf damit«, bat Jo'ela. »Hören Sie auf, ich möchte nicht darüber sprechen.«

Die Frau, die eilig an der Ampel die Straße überquerte, kam ihr bekannt vor. Vergeblich versuchte sie, sich zu erinnern, woher sie dieses Gesicht kannte. Neugierig blickte sie mit ihren blauen Augen in das Auto, das vor dem Übergang stand. Die Ampel wechselte. Er fuhr nach links und hielt am Hang. »Nicht bis ans Haus«, meinte er mit einem leichten Lächeln. »Oder doch bis ans Haus?«

»Hier ist es prima«, sagte Jo'ela. Die Straße war menschenleer.

»Warum waren Sie denn einverstanden, mich zu treffen?« fragte Jo'el und machte den Motor aus.

»Haben Sie schon was von Ambivalenz gehört?« erkundigte sich Jo'ela und öffnete den Verschluß des Sicherheitsgurts. »Über widersprüchliche Wünsche und so?«

»Das Problem mit dir ist«, sagte Jo'el, beugte sich schnell zu ihr und legte den Arm um ihre Schulter, »daß du zuviel sprichst. Man muß dich für einen Moment zum Schweigen bringen.« Die Bewegung, mit der er sie an sich zog, hatte nichts Grobes, sondern war weich und sanft. Sehr langsam berührte er sie mit den Lippen, erst auf der Wange, nahe am Ohr, und dann auf dem Mund. Eine große Intimität, zusammen mit einem neuen Gefühl, registrierte ihr wacher Verstand, bevor er für einen Moment versank, nur für einen Moment, in Goldbraunem, Honiggoldenem, in einer warmen Süße, in dem Geruch von Stärke und Waschmittel, süßem Käse und Kaffee. Seine eine Hand lag fest um ihre Schulter, die andere an ihrem Hals. Hinter ihren geschlossenen Augen drehte sich die Welt, die Straße. In der Ferne hupte ein Auto. Jo'ela schob seinen Kopf von sich. »Es ist ernst«, flüsterte Jo'el und blickte ihr in die Augen. »Sehr ernst.«

»Was ist ernst?« fragte Jo'ela mit einer fremden Stimme.

»Was hier entsteht«, sagte Jo'el. Seine Hand glitt über ihren Arm, von unten nach oben. Diese Worte, ebenso wie der Anblick der Straße vor ihnen, das offene Tor bei einem der Häuser, brachten sie dazu, die Plastiktüte, die zwischen ihren Beinen stand, zu packen und die Autotür zu öffnen – ohne auf seine Hilfe zu warten: von außen, durch das offene Fenster –, auszusteigen und wegzulaufen. Sie wandte sich nicht um, auch nicht, als sie durch die Tür ging, sie schloß und im Garten stand, und erst im Haus, weit weg von den prüfenden Blicken Schulas, die die Bettwäsche wechselte, als sie den karierten Schottenrock anzog, erinnerte sie sich an den Umschlag. »Was sind das für Kleider?« fragte Schula erschrocken, als Jo'ela aus dem Badezimmer kam. »Sie sehen aus wie … wie eine Fromme … wie eine von denen, von dort.«

»Das habe ich beabsichtigt«, sagte Jo'ela. »Jedenfalls so ungefähr.«

7.
Und er in seiner Güte

Am Rand des Bürgersteigs, nahe der Stelle, an der das Taxi hielt, stand das Holzgerippe eines breiten Sessels, aus dessen bloßgelegtem Inneren rostige Sprungfedern ragten, dazwischen hielten sich hartnäckig noch Reste geblümten Brokats. Im verschwommenen Licht des frühen Chamsinmorgens glänzte das verblichene Goldbraun im Blumenrelief. In einem solchen Sessel hatte Tante Frieda gesessen, mit der Tasse in der Hand, in die Onkel Schlojme aus der blauen Porzellankanne mit den weißen Schwänen Tee goß, und hatte mit abgespreiztem kleinem Finger deutsche Ausdrücke hervorgestoßen und damit ihre Geschichten über die besonderen Modelle gewürzt, die sie für Prinzessinnen nähte, extra ihretwegen kamen sie aus Jordanien, ganz abgesehen von den vornehmen Damen aus Tel Aviv, die sich nur auf sie verließen. Nach dem Kaffee und dem Tee, nach dem Apfelkuchen brachte Onkel Schlojme immer die großen Fotoalben an, mit einem rauhen Reliefeinband in Rot und Braun, die dunklen Seiten mit einem Stoffband zusammengehalten. Aus den runden, goldumrandeten Fenstern auf jedem Band blickte einen Tante Frieda an, in einem grauen Leinenkostüm, mit nachdenklichen hellen Augen unter den dünn gemalten Augenbrauen, darüber eine Haartolle, ähnlich der auf Jo'elas eigenen Babybildern, als sie nackt auf dem blauen Teppich fotografiert wurde, die Haare mit einer Klammer zu einer Tolle zusammengesteckt, die die glatte Stirn betonte. Am Schabbatnachmittag wurde sie immer schön angezogen, das rote Samtkleid im Winter, das Organzakleid im Sommer, um Tante Frieda zu besuchen, die noch nicht mal eine entfernte Verwandte war – doch das erfuhr Jo'ela erst, als die Jahre vergingen und der Sessel langsam ausblich, die deutschen Ausdrücke weniger wurden und polnische Sätze an ihre Stelle traten: sie beschrieben Bilder aus einer Zeit, die länger zurücklag als die der jordanischen Prinzessinnen und der vornehmen Damen. Erst da erfuhr Jo'ela, daß Tante Frieda und Onkel Schlojme aus derselben Stadt stammten wie ihre Mutter. »Menschen aus derselben Stadt sind wie Verwandte, sie sind alles, was einem geblieben ist«, erklärte ihre Mutter, als Jo'ela sich darüber beschwerte, daß die verwandtschaftliche Bezeichnung doch nur eine Lüge sei. »Niemand erinnert sich an mich als kleines Mädchen, niemand ist geblieben, der meine Mutter und meinen Vater gekannt hat, außer Tante Frieda und Onkel Schlojme«, fuhr die Mutter fort und wischte sich die Hände an dem Tuch ab, mit dem Jo'ela das Geschirr abtrocknete. »Aber das kannst du nicht verstehen, du hast Menschen, die sich erinnern werden.« Sie stieß einen Seufzer aus, in dem Zufriedenheit darüber lag, daß Jo'ela auf derartige Beziehungen nicht angewiesen sein würde, und zugleich Bitterkeit, weil sie selbst sehr wohl darauf angewiesen war und dafür Tante Friedas *fojle schtik* und Onkel Schlojmes Armseligkeit aushalten mußte, damit sie bezeugten, daß sie selbst einmal ein kleines Mädchen gewesen war.

Manchmal, wenn Tante Frieda etwas besonders Wichtiges zeigen wollte, wie zum Beispiel ein Foto, auf dem sie selbst mit einer der Frauen König Abdullahs zu sehen war, in einem Kleid, das Tante Frieda genäht und für das man den Stoff extra über den Libanon aus Paris hergebracht hatte, winkte Tante Frieda Jo'ela mit einer ausladenden Handbewegung neben sich auf den Sessel und ab und zu sogar auf ihre Knie. Von diesem Platz aus konnte Jo'ela die Fältchen am Arm sehen, oberhalb des Ellenbogens, wo das Fleisch zitterte, und ganz aus der Nähe den bitteren Duft des Kölnisch Wassers riechen, vermischt mit dem Geruch nach Naphthalin und Äpfeln, und sie konnte das Glitzern der kleinen roten Steine um den rhombenförmigen Brillanten in Tante Friedas Ring betrachten und sich wieder einmal davon überzeugen, daß Tante Frieda recht hatte mit ihrer Behauptung, der Brillant sei echt, nicht wie die Glassteine in den Ringen von kleinen Mädchen, wegen der Art, wie sich das Licht vielfarbig darin brach, wenn Tante Frieda mit der Hand über die Fotos strich und mit halbgeschlossenen Augen prüfte, ob Jo'ela auch wirklich ihren Erklärungen lauschte, ob sie, wie es von ihr erwartet wurde, auch die versteckten Abnäher bemerkte, die die Illusion einer großen, hohen Büste bewirkten, oder die Aufschläge an den Taschen, auf die Tante Frieda mit knochiger Hand und blutrotem Fingernagel auf dem braunen Bild hinwies. Nur wenn sie im Sessel saß, mit der Wange den Ärmel der weißen Seidenbluse streifte, die Tante Frieda am Schabbat zu tragen pflegte – nur von diesem Platz aus konnte sie auch sehen, wie die Spitze des Mittelfingers der großen Hand manchmal auf dem Gesicht eines Mannes mit Hut innehielt, eines Mannes, der, den Arm um Tante Friedas Schultern gelegt, mit weißen Zähnen lachte. Und wenn Tante Frieda sagte: »Schön wie Tyrone Power«, wurde das Album von Onkel Schlojme, der hinter ihnen stand, auch schon weggenommen, noch bevor sie das Foto der beiden betrachten konnte, wie sie auf ihrem Weg nach Beirut aus dem Zugfenster winkten.

Einmal, nachdem sie erklärt hatte, wo genau sich ihre erste Einzimmerwohnung in Jerusalem befand, und nachdem sie deren Grundriß auf einem karierten Blatt aufgezeichnet hatte, zog sich Tante Frieda die karierte Schottendecke fester um die Knie, stieß das versilberte Messer in den Apfelkuchen, den Onkel Schlojme gebracht hatte, schob ihren Rollstuhl näher zum Teetisch und sagte: »Ich werde dir den großen Sessel schenken, wenn wir ihn frisch bezogen haben.« Doch beim nächsten Mal erwähnte sie den Sessel nicht mehr. Und einige Monate später erzählte Jo'elas Mutter schon, wie Onkel Schlojme die Hände ausstreckte, um zu verhindern, daß Tante Frieda sich aus ihrem Rollstuhl erhob, zur Tür stolperte, sich mit aller Kraft am Griff festklammerte, um sich schaute und mit flehenden Augen fragte: »Was habe ich gewollt? Was habe ich gesucht? Wo? Wo?« Ein Jahr später, als Tante Frieda im Heim für unheilbar Kranke gestorben war, wußte keiner mehr etwas über den Verbleib des großen Sessels, auch nichts über seinen Zwillingsbruder, der immer in der Ecke des zweiten Zimmers gestanden hatte, es wußte auch niemand, was aus den Stühlen geworden war, auf denen sie und ihre Eltern immer um den Kaffeetisch mit der Glasplatte gesessen hatten. »Es ist schon Jahre her«, seufzte ihre Mutter, »wieso denkst du plötzlich dran? Onkel Schlojmes Pflegerin hat nach seinem Tod alles mitgenommen. Sie hat zu uns gesagt, er habe ihr die Sachen vererbt. Was hätte ich denn tun sollen? Ihre Aussage nachprüfen?«

Es war ausgeschlossen, daß diese Holzstümpfe mit den Stoffetzen, die aussahen wie die schmutzigen Reste eines Polsterstoffes, einmal die Lehnen von Tante Friedas großem Sessel gewesen waren. Aber er stand da, vor der Tür eines Geschäfts für gebrauchte und antike Möbel, und jeder, der wollte, konnte ihn neu beziehen lassen, auch sie selbst, statt hier mitten auf dem Bürgersteig wie angewurzelt zu stehen und ihn anzustarren, während Männer in Mänteln und mit schwarzen Strümpfen an ihr vorbeieilten und schnell die Köpfe abwandten, trotz ihres karierten Faltenrocks und der bis zum Hals zugeknöpften Bluse und trotz des Mantels, den sie trug. Hinter dem Sessel, in dem dämmrigen Lagerraum, waren Teile anderer alter Möbelstücke zu sehen. Armlehnen, Beine, Reste von Sprungfedern, Kissen. Der Verkäufer schob beide Hände in seinen Hosengürtel, so daß die Fransen seines Gebetsschals zu sehen waren. »Interessieren Sie sich für antike Möbel?« fragte er und trat ein paar Schritte vorwärts. »Ich könnte Ihnen etwas zeigen. Drinnen im Laden habe ich ein paar ganz ausgefallene Stücke.«

»Nein, danke«, sagte sie und senkte den Kopf, und plötzlich verschwand das kleine Lächeln unter dem schwarzen Bart, als habe der Mann verstanden, daß es vergeudet war. Aber so leicht schien er nicht aufgeben zu wollen, er sprach schnell weiter: »Haben Sie Möbel zu verkaufen? Vielleicht eine Erbschaft?« Und als sie den Kopf schüttelte und wiederum zu dem Gerippe des Sessels hinüberblickte, trat er noch einen Schritt näher und sagte leise: »Vielleicht wollen Sie ihn beziehen lassen? Man kann ein ausgezeichnetes Stück daraus machen. Solche Holzrahmen werden heute überhaupt nicht mehr hergestellt.«

»Nein, nein, danke«, wehrte Jo'ela ab und entfernte sich mit großen Schritten. Auf der Straße hinauf nach Me'a Sche'arim, zwischen den Möbelgeschäften und den Stoffläden, standen ein Mann in einem blauen Regenmantel und zwei Frauen, eine von ihnen mit einem Rucksack auf dem Rücken, und hörten einem jungen Mann in hohen Schuhen und mit kurzen Hosen zu. Als sie näher kam, hörte sie ihn verkünden: »Zwei Minuten vom Stadtzentrum entfernt, und schon sind wir hundert Jahre zurückgegangen und befinden uns in einem jüdischen Schtetl in Polen.« Er deutete auf eine Betonmauer mit einer Tafel voller Ermahnungen an die Töchter Israels, auf züchtige Kleidung zu achten, ebenso eine Aufforderung, den Brauch des Sühneopfers zugunsten der Sozialküche nicht zu vergessen. Ein paar Leute schienen sich besonders für einen rosafarbenen Zettel in der Ecke der Tafel zu interessieren, die schwarz eingerahmte Mitteilung über Frau Hinde Friedman und den Verkauf einer enormen Menge heiliger Bücher. Der Rand der Mitteilung war abgerissen, um Platz zu schaffen für die Ankündigung eines Frauenkreises mit Rabbi Pinchas Schejnberg.

Der Fremdenführer lachte laut, und die Frau, die neben ihm stand, streifte die Stoffträger ihres großen Rucksacks ab und stellte ihn an die Betonmauer, nicht weit von dem breiten, bogenförmigen Tor, von dem aus Stufen hinunter zur Straße führten. Jo'ela beobachtete eine Frau, die einen Kinderwagen die Treppe heraufzog. Das Kind wackelte in dem Wagen hin und her, während die Frau vor Anstrengung die Lippen fest zusammenpreßte. Mitten auf dem Weg, zwischen einer Stufe und der nächsten, drehte sie sich um, rückte sich mit einer Hand das bunte Kopftuch zurecht und zog an ihrem schwarzen, mit blauen Blumen übersäten Flanellkittel, den sie über einem braunen Wollkleid trug. Unförmige Holzschuhe machten ihre Schritte schwerfällig und klapperten laut. Jo'ela betrachtete den Kittel und überlegte, was die Frau wohl dazu gebracht haben konnte, sich einen solchen Kittel zu kaufen, Flanell, mit einem dünnen, satinähnlichen Blümchenstoff bezogen.

Der Übergang war stufenlos, plötzlich, egal aus welcher Richtung man kam, von der Bar-Ilan-Straße oder der Straußstraße, es traf einen immer wie ein Schlag. Auf der einen Seite alte Kiefern, Kasuarinen und ein riesiger Ailanthus, auf der anderen Seite, hinter der Kreuzung, Reihen armseliger Läden mit Namen wie »Alles für das Kind« oder »Viel Glück«, Löcher, in denen man Kinderwagen kaufen konnte, und eine riesige Werbung, daß hier Federbetten gereinigt und aufgefüllt wurden.

Im hellen Tageslicht, mitten am Vormittag, stand sie hier wie ein Eindringling und versuchte, ihre Verwirrung zu verbergen. Sogar die Frauen, die an ihr vorbeieilten, senkten die

Köpfe, um sie nicht anschauen zu müssen. Eine Hure, schienen sie zu denken, und dabei ist sie noch nicht mal gekommen, um ein Federbett oder antike Möbel zu kaufen. Jo'ela stand da, mitten auf der Me'a-Sche'arim-Straße, nachdem sie, wie von einem Dybbuk gejagt, vor diesem süßen Gefühl geflohen war (konnte man es anders als fliehen nennen?). Sie wollte das Mädchen aus ihren Klauen befreien. Henia Horowitz sollte nicht von der Häßlichkeit angesteckt werden, aus der nichts Gutes oder Vollkommenes wachsen konnte. Denn wenn das Gesicht eines Menschen, seine groben oder zarten Bewegungen, sein Hunger, seine Hemmungen, seine Schwerfälligkeit, die Art, wie er sich gibt, wie er atmet, liebt, ein Ausdruck seiner Seele sind, so ist auch der Ort, an dem er lebt, sind die Straße, das Haus, einfach alles, deutliche Zeichen für etwas Dahinterliegendes, untrügliche Merkmale, die eine verborgene Wahrheit offenbaren. Natürlich hatten sie Erklärungen für alles, an Erklärungen mangelte es ihnen nicht. Sie behängten sogar die graue Betonmauer mit Geistigem, um gegen den Teufel zu kämpfen, den sie in natürlichen Bedürfnissen, Trieben und Begierden sahen. Überhaupt sollte man nicht auf das hören, was Menschen laut sagen, um eine Situation zu erklären, sondern mehr auf das, was sie unbewußt verraten. Die Wahrheit kommt (allerdings in ihrer ganzen Häßlichkeit) ans Licht, wenn man nach ihr sucht. Manchmal birgt sie aber auch etwas Schönes, Unerwartetes. Die Schönheit lag im Wesen des Mädchens, in der Durchsichtigkeit, der Absichtslosigkeit, der Verletzbarkeit. Alles andere hier, die Häßlichkeit, die innere Verlogenheit beschmutzten dieses Wesen. Die Schönheit ist zufällig, unerwartet, denn wenn man sie erwartet, kommt schon der Wille ins Spiel, und im Willen liegt bereits der Samen des Hungers. Und Hunger, der nicht gestillt wird, wächst sich aus zu einem gierigen, häßlichen Etwas, es sei denn, man erstickt ihn mit Wissen und der Erkenntnis der Wahrheit, die alles im nüchternen Licht der Häßlichkeit zeigt.

Es war schwer zu verstehen, daß diese Häßlichkeit aus Gott und der Erlösung strömen sollte. Wenn diese Welt wirklich so aussah, ein schmaler Gang, eine schmale, schmutzige Brücke, stinkend nach Schimmel und Hühnern, durfte das Mädchen nicht hierbleiben.

Jo'ela schaute einem Mann nach, der an ihr vorbeieilte, den Kopf abgewandt unter einem breitkrempigen Schtrejml. Hinter ihm lief mit kleinen Schritten eine Frau mit einer platinblonden Perücke, deren Strähnen im trockenen Wind flatterten. Jo'ela stellte sich neben die Touristen. Jo'el hätte alles anders gesehen. Die wache Neugier in seinen braunen Augen hätte die Straße in seltsames Licht getaucht, sie mit menschlichen, vielleicht sogar fröhlichen Farben überzogen. Wenn sie allerdings jetzt mit ihm hier ginge, Arm in Arm, würde man sie mit Steinen bewerfen. Das tut man mit ehebrecherischen Frauen: man steinigt sie. Aber eine Frau, die Arm in Arm mit einem Mann ging, mußte doch nicht unbedingt eine Ehebrecherin sein.

Die Frau, an die sich Jo'ela nun wandte, um die Hausnummern in der Awodat-Israel-Gasse herauszufinden, betrachtete sie ohne Scheu, musterte sie von oben bis unten, preßte die Lippen zusammen, zog an ihrem Kleid und sagte schnell: »Hier gibt's keine Nummern.« Erst als Jo'ela weiterging, rief sie ihr nach: »Frau! Frau!« und erkundigte sich: »Wen suchen Sie hier?«

Mitten in der Gasse, oberhalb der Treppen, zwischen Papierfetzen, die von einem plötzlichen Windstoß aufgewirbelt wurden, zwischen Obstschalen und Abfall, stand Jo'ela und blickte sich suchend um. Vor ihr war die Treppe, zu beiden Seiten erstreckte sich die Gasse mit ihren kleinen Betonhäuschen, eins ans andere gedrückt, als seien sie aus grauem, nassem Sand errichtet, den Kinder aufgehäuft hatten. Sie stellte sich viele, viele Menschen vor, zusammengepfercht in Höhlen aus erstarrtem Zement, die mit ihren Händen kleine Öffnungen in die Wände kratzten und sie dann schnell mit Gittern versahen, nur um Wäscheleinen zwischen den einzelnen Höhlen spannen zu können.

Sie betrachtete eine unregelmäßige Treppe mit einem krummen Geländer, die zu dem aus gelblichen Steinen gebauten oberen Stockwerk hinaufführte. Zwischen den Steinen verliefen breite Streifen aus grauem, grobem Verputz, was den Wänden ein provisorisches, instabiles Aussehen verlieh. Die Wäscheleine hing voll mit Bettwäsche und Kinderkleidern, nur über ihrem Kopf flatterte eine lange, schwarze Seidenunterhose, daneben eine Art Unterhemd, wohl aus Nylon und rot bestickt. Auf dem Treppenabsatz, zu dem sie rasch hinaufgestiegen war, stand ein prächtiger Baum in einer betoneingefaßten Bewässerungsmulde, daneben eine Holzbank mit rissiger Lehne, wie sie früher einmal in der Rothschild-Allee oder in der Nordau-Straße gestanden hatten. Niemand saß darauf. Wenn man neben dem Baum stand, konnte man in die kleinen Fenster der ersten Stockwerke der Häuserreihe sehen. Eine Tür ging auf, eine Frau in einem blauen Kittel, die Haare unter einem Kopftuch verborgen, kam heraus, musterte sie mit zusammengekniffenen Augen, riß den Mund auf, als wolle sie anfangen zu schimpfen, gähnte aber nur. Die Hände in die Hüften gestemmt, blieb sie zwischen der Wäscheleine mit der geblümten Bettwäsche und der Haustür stehen, einer Tür, wie sie sie zu Hause auch hatten, innen Stahl und außen dunkelbraun gestrichenes Holz: das konnte sie auch aus dieser Entfernung sehen. Jo'ela stand in der Awodat-Israel-Gasse und wußte nicht, ob sie sich nach links oder nach rechts wenden sollte. Auf dem Computerausdruck der Klinik war zwar die ganze Adresse angegeben, samt Hausnummer – nur in der Spalte für die Telefonnummer war ein Strich: die Familie besaß kein Telefon –, aber sie konnte auf keinem Haus eine Nummer entdecken. Am Geländer der Frau mit dem blauen Kittel war ein grüner Blumenkasten befestigt. Darin wuchsen

Geranien, aber als Jo'ela näher trat, sah sie, daß, abgesehen von einigen braunen, vertrockneten Stümpfen, nur noch ein Stengel grün war. Als habe jemand den Versuch gewagt, die Vorherrschaft des Betons und der Wäscheleinen zu brechen, habe gepflanzt und gegossen und dann enttäuscht wieder aufgegeben. Wegen dieser Geranie wagte es Jo'ela, die Frau im blauen Kittel – auch sie trug dicke gerippte Wollstrümpfe in einem hellen Braun, dazu blaue abgetretene Holzschuhe – nach der Familie Horowitz zu fragen. Ein schnelles Zwinkern begleitete die Kopfbewegung der Frau, sie musterte Jo'ela erneut, ihre roten Hände rückten das Kopftuch zurecht, bis sie schließlich sagte: »Ich weiß nicht, fragen Sie dort«, und nach rechts deutete. Vermutlich hieß das, daß sie die Familie kannte, aber beschlossen hatte, Jo'ela verdiene die Auskunft nicht.

Zwei Häuser von der Frau entfernt blieb Jo'ela vor einer anderen Wäscheleine stehen, vor etwas, was aussah wie eine ganze Reihe weißer Tücher mit je einem großen Loch in der Mitte, doch als sie sich ihre Brillengläser abgewischt hatte, entdeckte sie auch die Fransen an den Rändern. Es waren Gebetsschals der Art, wie fromme Männer sie täglich unter der Kleidung tragen; die Löcher in der Mitte dienen dazu, sie über den Kopf zu ziehen. Jo'ela trat in den Zwischenraum zwischen den Gebetsschals und einer rosafarbenen Babydecke neben geblümter Bettwäsche und klopfte an die Tür. »Sie meinen Frumet-Bracha Horowitz?« fragte die Frau, nachdem sie schnell die Tür aufgerissen hatte. »Ich habe gedacht, es wäre der Mann vom Strom. Sie legen keinen Strom?«

Jo'ela schüttelte den Kopf.

»Dort«, sagte die Frau, »im zweiten Haus, im Erdgeschoß.«

Nach dem dritten Klopfen wurde die Tür des Betonhäuschens in einer ganzen Reihe ähnlicher Häuser einen Spaltbreit geöffnet, und der blonde Lockenkopf eines etwa dreijährigen

Mädchens schob sich heraus, dann folgte der Körper. Das Mädchen blickte Jo'ela an, steckte einen Finger in den Mund und schob ihn zwischen den Lippen hin und her. Die Kleine trug ein braun-grün kariertes Kleid mit etwas, was einmal ein Spitzenkragen gewesen sein mußte, jetzt aber, durch vieles Waschen und Weitervererben, nur noch ein grauer Stoffstreifen war, außerdem dicke schwarze Wollstrümpfe und durchsichtige Plastiksandalen. Sie schob ihren Finger noch tiefer in den Mund, zwischen zwei Reihen kleiner weißer Zähne. Abgesehen von der Haarfarbe glich sie dem jungen Mädchen überhaupt nicht. Jo'ela lächelte, aber die Kleine fuhr fort, sie mit ihren blauen, durchsichtigen Puppenaugen anzustarren, ohne den Mund zu verziehen.

»Ist deine Mama daheim?« fragte Jo'ela und knöpfte den obersten Knopf ihres Mantels zu.

»*Mame, Mame*«, rief das Mädchen laut und wischte sich mit dem karierten Ärmel über die Nase und die runde Wange.

»Was ist denn?« klang plötzlich die zornige Stimme der Mutter, auf Jiddisch. Die Frau stand schon in der Tür. Ihr Gesicht war rot, wie es im Krankenhaus gewesen war, und unter dem festgebundenen schwarzen Kopftuch, das die Stirn halb bedeckte, lugte auch jetzt kein Härchen hervor. Sie trug einen ähnlichen Kittel wie die Frau mit dem Kinderwagen vorhin auf der Treppe, nur in Braun, dazu schwarze Wollstrümpfe. Mit vorgewölbtem Bauch stand sie da und blickte Jo'ela erstaunt an, als erkenne sie sie nicht, dann ließ sie den Blick zum Türstock wandern, murmelte ein gleichgültiges »Ja« und hielt die Tür fest.

»Sie waren vor ein paar Tagen bei mir, ich bin Doktor Goldschmidt«, sagte Jo'ela und merkte, daß sie plötzlich, wie Ja'ara es oft tat, den Satz in einem leicht fragenden Ton beendete, als erwarte sie ein zustimmendes Nicken.

Frau Horowitz streckte den Kopf aus der Tür und blickte nach links und nach rechts, dann stieß sie die Tür auf und blieb neben ihr stehen, bis Jo'ela eingetreten war. »Sie sind schwer zu finden«, sagte Jo'ela, nur um etwas zu sagen. Sie stand noch an der Tür, vor einem Eimer, einem Schrubber und einem Putztuch.

»Sie haben das Haus gefunden«, sagte die Frau vorwurfsvoll. »Wie haben Sie das geschafft?«

»Ich habe gefragt«, gab Jo'ela zu.

»Wen haben Sie gefragt?« wollte die Frau wissen, und das kleine Mädchen blickte ängstlich von ihr zu Jo'ela, hängte sich dann an den Kittel ihrer Mutter und flüsterte vernehmlich: *»Si is a prize*?«*

Die Mutter gab ihr einen Klaps auf die Hand und zischte: *»Schtil!«*

»Ein paar Häuser weiter«, sagte Jo'ela entschuldigend. »Aber ich habe nichts gesagt, niemand weiß ...«

»Sie sind mit Ihrem Auto gekommen, und alle haben es gesehen«, widersprach die Frau.

»Nein, nein, ich bin in einem Taxi gekommen, und niemand hat es gesehen«, wehrte Jo'ela erschrocken ab.

Frau Horowitz zog ihre vollen Backen zwischen die Zähne. »Gut«, sagte sie mißbilligend, »kommen Sie rein.«

Jo'ela ging durch den engen Flur, vorbei an dem Putzeimer und dem Lappen, und betrat ein nicht sehr großes Zimmer. In der Mitte, um einen langen Tisch, standen Stühle mit schmalen Lehnen. Ein Teil der gelblichen Fußbodenkacheln schimmerte noch feucht, vor allem vor dem großen Schrank, hinter dessen Glastür Jo'ela ein paar Bücher mit rötlichem Einband entdeckte, neben zwei Silberleuchtern und dem Hawdala-Gerät.

Frau Horowitz deutete auf ein grünes abgewetztes Sofa. »Ich bin mitten im Putzen«, sagte sie, »wir hatten gestern viele Gäste, wegen der Trauung meiner Nichte.« Ihre Stimme klang

* *prize* (jidd.): Hure

entschuldigend und anklagend zugleich. Die Tischecke bohrte sich ihr zwischen Brust und Bauch, als sie sich vorbeugte, zwei Stühle nahm und sie mitten ins Zimmer stellte. Auf einen kletterte das kleine Mädchen, nachdem sie vorher im Vorbeigehen Jo'elas Faltenrock berührt hatte.

»Genug«, schimpfte die Mutter. Sie stand noch immer neben dem Tisch.

Jo'ela ging mit zögernden kleinen Schritten zur Ecke mit dem grünen Sofa, wobei sie sorgfältig den feuchten Flecken auf dem Fußboden auswich, und setzte sich. Sie legte den Arm auf die schmale Holzlehne und stützte das Kinn in die Hand. Von hier aus konnte sie das Fenster in der gegenüberliegenden Wand sehen, und eine halboffene Tür, die in die dämmrige Küche führte. Frau Horowitz seufzte, zog ihren Kittel enger und setzte sich dann auf den Stuhl am Kopfende des Tisches. Das Mädchen starrte Jo'ela mit wachen, neugierigen Augen an, als wolle sie ihre Gesichtszüge auswendig lernen.

»Kann sie Hebräisch?« fragte Jo'ela.

»Sie versteht es«, antwortete die Frau unwillig.

»Dann wäre es vielleicht besser, daß sie ... Wir sollten uns lieber allein unterhalten. Sagen Sie ihr doch, daß sie rausgehen soll.« Jo'ela fiel auf, wie laut ihre Stimme klang, wie deutlich sie die Wörter aussprach, als unterhalte sie sich mit jemandem, dem es schwerfiel, eine fremde Sprache zu verstehen. Die Mutter machte eine Kopfbewegung zu dem Mädchen. Die Kleine stand langsam auf und ging rückwärts zur Tür, mit langen Schritten, die sie laut zählte. Als sie im Flur war, hörte man sie rennen, dann fiel eine Tür ins Schloß.

»Es geht um Ihre älteste Tochter, um Henia«, erklärte Jo'ela.

Frau Horowitz schwieg.

»Ist sie nicht zu Hause?« erkundigte sich Jo'ela.

Die Mutter gab nur widerwillig Auskunft. »Nein, sie lernt.«

»Wir müssen sie zu Untersuchungen ins Krankenhaus aufnehmen«, sagte Jo'ela. »Sie sind sehr spät gekommen, wir sollten keine Zeit verlieren. Wenn wir uns beeilen, können wir vielleicht noch etwas machen. Ihr helfen. Aber es ist wirklich dringend. Sie müssen Sie zu gründlichen Untersuchungen zu uns bringen.«

»So etwas kann ich nicht allein entscheiden«, sagte die Frau erschrocken und fuhr mit der Hand über die braune Tischplatte. »Ich muß meinen Mann fragen.«

»Sie hatten drei Tage Zeit, um mit ihm zu sprechen, und nichts ist passiert«, sagte Jo'ela. »Ich bin extra hergekommen, denn vielleicht haben Sie nicht ganz verstanden, wie ernst ... wie ernst die Situation ist.«

»Wir haben noch nicht entschieden, was wir tun«, sagte die Frau und senkte den Kopf. »Mein Mann wollte nur wissen, ob sie ... ob sie das Leben einer Frau führen kann.«

»Sogar das kann ich Ihnen erst nach weiteren Untersuchungen sagen. Ich bürge für nichts, wenn das Mädchen nicht gründlich untersucht wird«, erklärte Jo'ela und legte ein Bein über das andere.

Frau Horowitz schob die Unterlippe vor, so daß ihre Zähne zu sehen waren. »Wir müssen es entscheiden. Ohne meinen Mann kann ich das nicht. Und er ist nicht da. Er ist außerhalb der Stadt, beim Lernen, die ganze Woche über. Er kommt nur einmal mitten in der Woche nach Hause und am Schabbat. Wenn er kommt, werde ich ihn fragen. Und er wird sich mit dem Rabbiner beraten.«

Jo'ela erschrak. »Heißt das, er weiß noch nicht mal, daß Sie mit dem Mädchen zur Untersuchung waren?«

»Natürlich weiß er das!« protestierte Frau Horowitz. »Das haben wir vor einer Woche mit dem Rabbiner ausgemacht. Hat er es Ihnen nicht gesagt?«

»Wenn der Rabbiner einverstanden war, daß Sie mit dem Mädchen zu mir kommen, warum sollte er dann weiteren Untersuchungen nicht zustimmen?« sagte Jo'ela.

»Die Leute reden«, meinte die Frau zögernd. »Das verringert die Chancen. Ich habe außer Henia auch noch Schifra Rachel, sie ist bald fünfzehn.« Sie beugte sich vor. »Bei euch ist das anders, aber bei uns ist es so.«

»So etwas läßt sich doch gar nicht verheimlichen«, behauptete Jo'ela. »Nach der Hochzeit kommt es doch raus. Was wollen Sie tun? Sie einfach verheiraten, ohne ein Wort zu sagen? Wie wird sie sich da fühlen? Ihre Tochter ist nicht in Ordnung, Frau Horowitz, ich möchte ihr doch nur helfen. Machen Sie sich denn keine Sorgen um das Mädchen?«

»Der Heilige, gelobt sei Er, sorgt für uns alle«, murmelte die Frau, senkte den Kopf und zog mit dem Finger Linien über die Tischplatte.

Jo'ela folgte der Bewegung der Hände, die von weitem kindlich und hilflos aussahen. Die Frau war vielleicht noch nicht mal fünfunddreißig. Fünf Töchter in diesem kleinen, erdrückenden Haus, und alle mußte man verheiraten. Und dann? Dann war das Leben eigentlich zu Ende. Vielleicht ist sie jetzt schwanger. Es war nicht zu sehen, ob der Bauch das Überbleibsel der fünf Schwangerschaften war oder der Beginn einer neuen.

»Bei uns«, erklärte Frau Horowitz, »vertraut man auf Ihn, gelobt sei Er. Auch bei kleinen Kindern, wenn man draußen sagt, man soll ihnen eine Spritze gegen Masern oder eine andere Krankheit geben. Ich hab's nicht getan. Mein Mann hat es nicht erlaubt. Und die Kinder sind gesund, unberufen, der Herr sorgt für uns alle. Vielleicht kommt es ja von allein in Ordnung, es geschieht, wie Er es will.«

»Das ist etwas ganz anderes«, wandte Jo'ela ein. »Es geht hier nicht um eine Impfung gegen Krankheiten, es geht darum, daß Ihre Tochter vielleicht keine ...«

Die Tür wurde lärmend geöffnet, und die Frau sprang auf. Erst kam das kleine Mädchen angerannt, aufgeregt rufend: »*Tate, Tate, Tate iß do, Tate hot gekumen!*«, und dahinter tauchte die hohe, schmale Gestalt eines Mannes auf, das Gesicht halb verdeckt von einem breitkrempigen schwarzen Hut. Er hatte einen langen, dünnen hellen Bart und dünne Schläfenlocken, die ihm bis auf die Schultern fielen. Er trug einen grün-weiß gestreiften Mantel mit einem breiten Gürtel in vergilbtem Weiß, darunter waren weite, unter dem Knie zusammengehaltene Stoffhosen zu sehen. Hätte er dazu weiße seidene Strümpfe getragen, hätte seine untere Hälfte wie die eines Pagen ausgesehen, aber seine Strümpfe waren schwarz und lagen eng an den dünnen Beinen an, so dünn wie die des Mädchens. Als er in der Tür stand, nahm er den Hut ab. Sein fast kahler Kopf war jetzt nur noch von einer großen, weißen Kipa bedeckt. Nun sah man auch die breite, weiße Stirn, die Nase, den langen, schmalen Mund, fast verborgen unter dem dünnen Bart. Seltsam und überraschend war die Ähnlichkeit mit dem jungen Mädchen, mit ihrem fast männlich geschnittenen Gesicht, und überraschend war auch seine Stimme, ein heller Tenor, mit dem er den Gruß seiner Frau erwiderte. Die Wangen der Frau wurden noch röter, sie saß da, mit herabhängenden Armen, aufgeregt und erschrocken, als habe man sie bei einer Sünde ertappt.

»Ziporale hat gesagt, wir haben Besuch«, sagte er, ohne zum Sofa hinüberzublicken.

Jo'ela saß da, die Beine dicht nebeneinander, und wartete. Für einen Moment fühlte sie sich vom Erschrecken der Mutter angesteckt. Was würde sie tun, wenn er mit den Füßen in den abgetretenen braunen Schuhen aufstampfte, die Hände in die Hüften stemmte, in ihre Richtung spuckte? Was würde sie tun, wenn er die Hand ausstreckte und ihr die Tür wies? Sie hatte kein Recht, hier zu sein. Ohne den weißen Kittel konnte man nicht wissen, was erlaubt und was verboten war, was sich lohnte und was nicht.

Seine Augen, dunkelblau wie die des Mädchens, glitten

über sie, dann wandte er sich sofort wieder an seine Frau. »Wer ist sie?« fragte er leise.

»Die Ärztin aus dem Krankenhaus«, kam die schnelle Antwort. »Frau Doktor Goldschmidt, über die der Rabbiner gesagt hat ...«

Der Mann wippte auf seinen langen Beinen und lehnte sich an den Türstock. Die Frau erhob sich von ihrem Stuhl, dessen Lehne Rillen in ihren geblümten Kittel gedruckt hatte. Sie blieb stehen, hielt sich am Tischrand fest und blickte von Jo'ela zu ihrem Mann. Der murmelte etwas in seinen Bart und starrte den Fußboden an, der inzwischen ganz getrocknet war. Das kleine Mädchen stand neben ihm und hielt sich an seinem gestreiften Mantel fest. Mit seiner schmalen, weißen Hand fuhr er über ihren Lockenkopf.

»Der Heilige, gelobt sei Er, möge meine Augen von der Sünde wenden und mich auf Seinen Wegen führen«, sagte er seufzend und setzte sich nicht weit von seiner Frau an den Tisch. Sein Gesicht war dem Schrank mit den Glastüren zugewandt. Die Kleine kletterte auf seine Knie.

»Genug, genug«, sagte ihre Mutter.

»Sie stört nicht«, beruhigte sie ihr Mann. »Es ist schon in Ordnung.«

Er blickte Jo'ela nicht an, doch eine gespannte Erwartung hing in der Luft. Jo'ela setzte sich gerade. »Ich bin wegen Henia gekommen«, sagte sie zögernd, und aus Ärger über sich selbst, weil sie sich nicht davon befreien konnte, fuhr sie schnell fort: »Man kann die Sache nicht so lassen, so ungeklärt.«

»Henias Mutter hat mir am Telefon gesagt, daß es ein Problem gibt«, murmelte er, das Gesicht über die Haare des Mädchens gesenkt.

»Sie muß umfassend untersucht werden«, sagte Jo'ela, selbst nicht überzeugt von der Logik ihrer Behauptung. »Wir müssen genau herausfinden, wo das Problem liegt, damit wir sehen, ob man etwas tun kann.«

»Wir müssen darüber nachdenken«, sagte der Mann in warnendem Ton, als fürchte er sich vor dem, was sie vielleicht noch sagen könnte. »Wir müssen uns mit dem Rabbiner beraten, wir müssen sehen, der Herr wird uns helfen.« Noch immer hatte er das Gesicht abgewandt.

Sie trommelte mit den Fingern einer Hand auf dem Knie, stand plötzlich auf und setzte sich sofort wieder hin. Sie ließ den Blick über seine zusammengesunkene Gestalt gleiten, dann schaute sie die Mutter an. »Was gibt es da zu sehen und nachzudenken? Henia muß ins Krankenhaus, ganz einfach. Sie wird untersucht, und dann weiß man Bescheid.«

»Ihr Herz ist völlig verstockt«, murmelte der Vater und stellte die Kleine neben sich, wandte aber den Kopf mit dem scharfen Profil nicht zu Jo'ela. »Er in Seiner Gnade hält mich fern vom Weg der Lüge und führt mich den Weg Seines Gesetzes.« Er räusperte sich, sein Adamsapfel rutschte auf und ab.

Frau Horowitz sagte nichts, sie blickte ihren Mann erschrocken an. Die Kleine schmiegte sich an ihren Vater. Mit dem Finger im Mund stand sie an sein Knie gelehnt, bis ihre Mutter sie wegzog.

»Warum sind Sie zu mir gekommen, wenn nicht, um Henias Problem zu lösen?« fragte Jo'ela sehr ruhig und langsam. Die Stimme zu erheben wäre ein grober Fehler. Sie betrachtete ihre Hände. »Sie hätten es doch gar nicht zu tun brauchen.«

Nach einigen Sekunden des Schweigens sagte der Vater leise: »Der Rabbiner hat es uns geraten.«

»Und rät er es jetzt nicht mehr, Herr Horowitz? Ihre Tochter...« Sie betrachtete die Kleine, die ihr Gesicht in den Armen ihres Vaters versteckte, dann die Mutter, die noch immer mit hängenden Armen dastand, die Augen gesenkt. Jo'ela wagte nicht, hier, in dem gelblichen Zimmer, einfach zu sagen, was mit dem jungen Mädchen los war. Sie mußte andere

Worte finden. »Es ist nicht sicher, ob sie Kinder gebären kann, wenn wir sie nicht behandeln.«

Er nickte, den Kopf zwischen die Schultern gezogen, das Gesicht zum Tisch gedreht, und murmelte etwas, von dem sie nur die Worte verstand: »... daß mir die Seele verschmachtet.«

»Wir tun ihr nichts Böses«, versuchte sie ihn zu beruhigen. Für einen Moment glaubte sie, er gebe nach. Sie fuhr sich mit den Händen über das Gesicht, betrachtete sie. »Wir sind keine Heiden, dort in der Klinik. Ganz Israel hat einen Anteil an der kommenden Welt.« Sein Erstaunen darüber, daß sie ein Zitat vorbrachte, von dem er nicht angenommen hatte, daß sie es wisse, hinderte sie aber nicht, sich selbst zu verachten, weil sie versuchte, sich einzuschmeicheln. Sie hätte schärfer sein müssen.

Aber er erhob sich. »Es gibt noch einen zweiten Teil«, sagte er im singenden Tonfall eines Talmudschülers: »Und wenn sie keinen Teil an der kommenden Welt haben, werden die Toten nicht auferstehen, und es wird kein Gesetz des Himmels geben.«

»Das ist jetzt nicht wichtig«, unterbrach ihn Jo'ela. »Wichtig ist nur, daß Henia behandelt wird. Sie wollten wissen, ob sie das Leben einer Frau führen kann, Ihre Frau hat mir das ausdrücklich gesagt.«

Frau Horowitz starrte Jo'ela mit weit aufgerissenen Augen an.

»Alles ist eitel, dumm und böse«, murmelte er. Er hob die Hand und rief: »Vertraue auf den Heiligen, aus ganzem Herzen, und stütze dich nicht auf deine eigene Einsicht. Er kennt alle deine Wege und wird sie ebnen. Halte dich nicht für klug und fürchte den Herrn und hüte dich vor dem Bösen. Heilung und Hilfe kommen nur durch Ihn.«

Jo'ela seufzte. »Gut, in Ordnung. Aber sogar von Ihren Leuten behandle ich immer wieder Frauen mit Fruchtbarkeitsproblemen und unterweise andere in der Anwendung von Verhütungsmitteln. Das heißt doch, daß man auch hier die Medizin anerkennt. Gott kann alles richten, aber darf man ihm nicht dabei helfen?« Ihre Stimme wurde immer schwächer. Alles war verloren.

Es war etwas Erschreckendes an der Art, wie er plötzlich aufstand, beide Hände auf den Tisch stützte, mit gespanntem Körper, den Stuhl nach hinten geschoben. »Er wird mir ein Zeichen geben«, sagte er mit erstickter Stimme und breitete die Hände aus. »Er wird mir den Weg zeigen.«

»Was haben Sie dagegen?« fragte sie laut, und ihre Stimme zitterte ein wenig. »Nur untersuchen, das ist doch nicht dasselbe wie eine Spritze gegen Masern, oder? Ihre Frau hat mir gesagt, daß die Kinder nicht gegen Masern geimpft werden durften. Auch nicht die Dreifachimpfung?«

Die Mutter begann, schnell und pfeifend zu atmen.

»Schon gut, schon gut, Frumet«, sagte der Vater erschrocken und trat zu seiner Frau, die sehr blaß geworden war. Er rannte in die Küche, holte ein Glas Wasser und zwang sie, es in langsamen Schlucken zu trinken. »Gut, gut, ganz ruhig, setz dich«, murmelte er und drückte sie auf einen Stuhl, den er für sie hinrückte. Dann wandte er sich zu Jo'ela. »Meine Frau ist nicht gesund«, fuhr er sie wütend an. »Sie ist nicht gesund, und sie kann von solchen Reden einen Anfall bekommen, es ist besser, Sie gehen jetzt.«

Jo'ela stand auf und trat zu dem Schrank, sah ihr Spiegelbild, dunkel und stumpf in dem blitzenden Glas. Aber im Schrank war Staub. Wie war der hineingekommen? Heilige Bücher standen darin: ein babylonischer Talmud, eine Mischna, ein Jubiläumsbuch von Beit Ja'akow und ein Silberkelch, auf dem Löwen eingraviert waren, eine Vase aus venezianischem Glas, Silberleuchter, eine Chanukkia. An den Wänden hing kein einziges Bild, nicht einmal um die schwarzen Flecken neben dem Schrank zu verdecken, inzwischen getrocknete Schimmelflecke vom winterlichen Regen.

»Was hat sie?« fragte Jo'ela, als die Frau stöhnte.

Schweigen.

»Woran leidet Ihre Frau?« wiederholte Jo'ela hartnäckig ihre Frage. »Hat die Krankheit einen Namen?«

»An Epilepsie«, sagte er widerwillig.

»Sie hat Epilepsie? Aber ihr erlauben Sie doch hoffentlich, daß sie Medikamente nimmt? Es gibt Medikamente, die die Anfälle verhindern. Bekommt sie etwas?«

»Alles liegt in Seiner Hand«, sagte er feierlich.

»Aber es ist so schade, es ist schade um das Mädchen«, sagte Jo'ela flehend und zog den Mantel fester um sich. »Bricht es Ihnen nicht das Herz? Wissen Sie eigentlich, daß ich noch nicht einmal sicher bin, ob sie eine Gebärmutter hat?« So. Nun hatte sie es ausgesprochen.

Er senkte den Kopf und schwieg.

»Ich habe sie untersucht und nichts gemerkt von einer Gebärmutter. Vielleicht ist sie weiter oben, vielleicht verlagert, aber um das zu wissen, muß ich Ihre Tochter untersuchen.«

»Sie wird nicht ins Krankenhaus gehen«, sagte er und verschränkte die Hände. »Es ist besser, wenn Sie uns jetzt verlassen.« Seine Stimme war leise.

Wenn man oben an der Treppe der Awodat-Israel-Straße steht, unter dem steinernen Bogen, den Kopf senkt und blinzelt, hat man das Gefühl, einen Ausschnitt aus einem Schwarzweißfilm über ein jüdisches Ghetto zu sehen. Die Autos stören das Bild zwar, aber die Männer, die ihre schwarzen Hüte festhalten, und die Frauen, denen man schon von weitem ansieht, daß sie Perücken tragen, stimmen genau. Wohin eilen all diese Menschen? Warum gehen sie nicht langsamer? Heißer Wind wirbelt durch die Luft, reißt abgerissene Teile von Anzeigen mit sich, Zeitungsfetzen, eine leere Limonadenpackung. Wenn man oben an den langen schmalen Stufen steht und mit der Schuhsohle über ihre rissige Kante reibt, kann man sich nicht vorstellen, daß man sie sicher hinuntersteigen wird. Wenn man oben an der Treppe steht und der Gruppe Mädchen in langen blauen Röcken und schwarzen Strümpfen zuschaut, die über die lärmende Straße rennen, und meint, in der Gestalt am Rand, der mit den schlenkernden, knochigen Gliedern, das Mädchen zu erkennen, kann man sich vorstellen, das Gleichgewicht zu verlieren und die Treppe hinunterzufallen.

Sie hätte nicht so mit dem Vater sprechen dürfen, sie hätte nicht die Beherrschung verlieren dürfen, sie hätte auf einen anderen Tag warten müssen, um etwas für das Mädchen zu erreichen. Alle Mädchen auf der Straße waren sauber gewaschen, alle trugen lange Zöpfe. Wenn es soweit war, würde man ihnen die Zöpfe abschneiden. Langsam ging Jo'ela die Stufen hinunter, die Hand an das Eisengeländer gelegt, das die Treppe entlangführte, bis hinunter zur Me'a-Sche'arim-Straße. Rabbi Akiba hat gesagt: Alles ist nur als Pfand gegeben, und ein Netz ist über das ganze Leben gespannt. Wieso erinnerte sie sich daran?

Vor dem Operationssaal trat Nerja neben sie, sehr nahe, zu nahe. Er legte ihr den Arm um die Schulter. Sie spürte seinen Atem an ihrem Ohr. »Hör auf, dich selbst aufzufressen, Jo'ela«, sagte er leise. »Solche Dinge passieren eben. Das nächste Mal wird sie mehr Glück haben.«

Hier, vor dem Operationssaal, kam sie langsam wieder zu Kräften. Sie lehnte sich an die Wand, zog sich die OP-Haube vom Kopf und zerknüllte sie zwischen den Händen. Nerja stieß an einen Türflügel, und für einen Moment drang das Weinen Talia Levis heraus auf den Flur, bis Nerja die Tür losließ, die noch einmal vor- und zurückschwang und sich dann schloß.

»Da kann man nichts machen, wenn sich siebzig Prozent der Plazenta abgelöst haben und du noch dazu mit ihr im Fahrstuhl steckenbleibst. Aber auch da war es schon zu spät. Da kann man nichts machen.«

Zwei Falten erschienen zwischen seinen Augen – ein helles Blaugrün, dessen gelber Schimmer nun durch das Grün des Operationskittels verwischt wurde – und eine starke Wölbung unter dem Brillenrand, neben der rechten Augenbraue, deren Aufwärtsschwung ihm immer einen leicht fragenden, zweifelnden Ausdruck verlieh. Beim Sprechen betrachtete er prüfend seine Finger, einen nach dem anderen, dann zog er das Band seiner grünen Hose fester und klopfte ihr mehrmals leicht auf die Schulter, wie man einem Baby auf den Rücken klopft, damit es endlich aufstößt. Sie betrachtete die waagerechte Kerbe an seinem Kinn, unterhalb der schmalen Lippen, die ihm ein hartes, besonders autoritäres Aussehen verlieh, als er jetzt von sich aus sagte, ohne daß sie ihn gefragt hatte: »Ich hätte an deiner Stelle nichts anderes getan, wirklich nicht. Vermutlich hätte ich auch operiert, auch wenn es, medizinisch gesehen, eine falsche Entscheidung war. Nach vierzig Stunden Wehen, wenn sich die Plazenta löst und das Kind plötzlich stirbt, noch dazu bei einer unverheirateten Mutter, so daß es niemanden gibt, mit dem man sprechen kann, hätte ich ebenfalls nicht auf eine natürliche Geburt gewartet, auch wenn das aus medizinischer Sicht richtig gewesen wäre.«

»Die ganze Geburt war eine Katastrophe, ich habe versagt«, sagte Jo'ela zur anderen Wand, dann schaute sie ihn an.

Nerja schob die Brille auf die Stirn und rieb sich das linke Auge mit dem Handballen. Sie sah von der Seite, daß das kurzsichtige Auge gerötet war und das Lid zitterte. »Ich habe dir doch gesagt, ich hätte sie auch operiert.«

Sie nickte schwach.

»Natürlich hätte ich mit mir gekämpft, aber ich hätte sie vielleicht auch operiert. Das werde ich auch bei der Besprechung sagen. Schade, daß du dich nicht mit jemandem beraten hast ...«

»Wann hätte ich denn mit jemandem sprechen sollen? Drei

Minuten nachdem ich es auf dem Monitor gesehen hatte, habe ich sie doch runtergebracht ...«

»Ja, ja, ich weiß, drei Minuten ... Ich meine ja auch nicht die Ablösung, sondern das, was hinterher war, die Operation ...«

»Was gibt es da zu beraten? Es war meine Entscheidung, ich habe die Verantwortung dafür, daß ich auch an ihre Seele gedacht habe. Wenn du sie gesehen hättest ...«

»Natürlich, natürlich«, sagte Nerja beruhigend. »Ich spreche ja nur als guter Freund, als einer, der dich kennt, ohne Berechnung, ganz spontan, sogar ungeschützt, aber ich verstehe dich, gerade deshalb verstehe ich dich ja ...« Er atmete tief ein und stieß geräuschvoll die Luft aus.

»Ich bin nur zufällig vorbeigegangen, ganz zufällig bin ich reingegangen, ich hätte es überhaupt nicht zu tun brauchen«, klagte sie. »Und dann ging alles so schnell, so plötzlich, noch bevor ich Zeit hatte, sie zu untersuchen, ich stand da, hatte den Handschuh an, und da kam das Fruchtwasser ...«

(»Das ist ja wirklich Wasser«, hatte Talia Levi gesagt, die Gebärende, und ihr rundes Gesicht hatte gestrahlt, als sie den großen Fleck betrachtete, der sich auf dem Laken ausbreitete, und erst als das Wasser auf den Boden tropfte, hatte sich Besorgnis auf ihrem Gesicht gezeigt. »Was haben Sie denn geglaubt, was es wäre?« hatte Lina, die Hebamme, gefragt.)

»Das ist mir zum ersten Mal passiert. Noch nie ist die Fruchtblase von selbst geplatzt, als ich gerade den Finger reinstecken wollte.«

»Aber das heißt doch gar nichts«, sagte Nerja. »Du redest jetzt nur so daher. Was hat das damit zu tun? Mir ist das schon ein paarmal passiert. Und in der Nacht, als ich sie untersucht habe, war alles in Ordnung.«

(»Jetzt kann ich Sie schon nicht mehr untersuchen, jetzt müssen wir warten«, hatte Jo'ela zu der jungen Frau mit dem runden Gesicht gesagt, die sie fragend anschaute. »Wir nehmen nur im Notfall eine vaginale Untersuchung vor, wenn die Fruchtblase geplatzt ist, um eine Infektion zu vermeiden«, hatte Jo'ela erklärt. Sie hatte sich um einen sachlichen Tonfall bemüht, um ihre Sorge zu verbergen, als sie die Hebamme fragte, wann die Gebärende das letzte Mal untersucht worden sei. »In der Nacht«, hatte Lina mit einem Blick auf die Patientenkartei geantwortet. »Doktor Nerja hat sie untersucht, alles war in Ordnung.« Jo'ela hatte auch in Linas kleinen, vernünftigen Augen hinter den dicken Gläsern die heimliche Sorge erkannt. Lina hatte die Hand auf die Talia Levis gelegt, bereit, sie zu drücken, wenn es nötig wäre. Nun befestigte sie den Gürtel auf dem gespannten Bauch der Frau. Ihr Eulengesicht war undurchdringlich. Talia Levi verfolgte ihre Bewegungen mit aufgeregter Freude.)

»Sie hat sich so gefreut, als das Wasser gekommen ist«, sagte Jo'ela zu Nerja, der mit einer zarten Bewegung ein Haar von ihrem grünen Operationskittel nahm, von dem er glaubte, es sei ihr ausgefallen. Als er merkte, daß er sich geirrt hatte, ließ er es schnell wieder los.

»Heute nacht, als ich sie untersucht habe, war alles in Ordnung«, bemerkte er.

(»Jetzt kann man mich wirklich nicht mehr nach Hause schicken«, hatte Talia Levi gesagt, nachdem das Fruchtwasser gekommen war. »Niemand hat vor, Sie irgendwohin zu schikken«, hatte Lina versprochen und Jo'ela angeschaut, als wolle sie ihr Erstaunen über die seelische Festigkeit des Mädchens mit ihr teilen. »Schade, daß Sie die Hebamme heute nacht nicht gesehen haben, sie hat mir nicht geglaubt, daß das Kind kommt«, hatte Talia Levi gemeint. »Sie war die ganze Zeit mißtrauisch und hat geglaubt, es wären Übungswehen.« Jo'ela hatte sie angeschaut und gefragt: »Jetzt sind Sie schon über vierundzwanzig Stunden auf der Station. Beharren Sie noch immer darauf, daß niemand zu Ihnen kommen soll?«)

Nerja lächelte sie warm an. »Das ist doch typisch für dich,

zufällig vorbeizukommen und hineinzugehen. Das ist dein Charakter.« Er legte ihr den Arm um die Schulter und zog sie näher zu sich und tippte ihr mit der anderen Hand auf die Nase. »Deshalb sind wir doch schon jahrelang Freunde, nicht wahr?«

Sie nickte und blickte durch das runde Glasfenster in das Aufwachzimmer. Talia Levis Augen waren geschlossen. Sie lag auf dem Rücken und sah ganz ruhig aus, doch plötzlich krümmte sie den Rücken, und ihre Schultern zuckten.

»Man hat sie nicht an den Kardiotokographen angeschlossen«, beschwerte sich Jo'ela. »Sie hatte keine Wehen, es gab keine Anzeichen, und alles fing mit einem normalen Fruchtwasserabgang an. Erst als die Blutung kam, wußte ich Bescheid. Wie hätte ich es vorher wissen sollen?«

(»Ich fühle mich so seltsam«, hatte Talia Levi plötzlich gesagt, mit vor Anstrengung verzerrten Lippen, und fast erstaunt hinzugefügt: »Es tut weh! Es tut schrecklich weh!« Aber sie hatte nicht geschrien. In diesem Moment hätte Jo'ela stutzig werden müssen. Sie zog den Handschuh aus und legte die Hand auf den großen Bauch, der sich bewegte. »Leg deine Hand hierher und sag mir, was du fühlst«, forderte sie Lina auf. Lina gehorchte und zog ihre rechte Hand aus Talia Levis harten Griff. Die Haare des Mädchens, die in der letzten Nacht noch geglänzt hatten, waren strähnig und stumpf geworden, und die Kopfhaut schimmerte rosa in dem trüben Licht, das ins Zimmer fiel und die blauvioletten Streifen des Vorhangs dunkler färbte. Auch mit verzerrten Lippen sah ihr Gesicht weich aus, nur ihre Wangen schienen weniger rund zu sein, die Augen größer geworden, die Haut durchsichtig. »Ja, das sind Wehen«, bestätigte Lina mit ihrer ruhigen, klangvollen Stimme, in der Erstaunen lag. »Hast du keinen Hypertonus gefühlt?« fragte Jo'ela und legte die Hand auf das Knie Talia Levis, die bei der Berührung zusammenzuckte. »Nein«, versicherte Lina, »es scheint alles ganz normal zu sein.« Jo'ela bat sie, den Monitor lauter zu stellen. »Warum hört man nichts?« fragte Talia Levi erschrocken. »Es hört sich ganz anders an als heute morgen. Und es tut mir jetzt auch anders weh.« Jo'ela richtete sich auf. »Wie?« fragte sie und beobachtete das Tropfen der Infusion. »Anders«, sagte das Mädchen. »Im Bauch. Ein neues Bauchweh.« Jo'ela legte ihr wieder die Hand auf den Bauch. Schon bevor die Blutung einsetzte, fühlte sie, daß sich etwas geändert hatte, daß beim Platzen der Fruchtblase oder vielleicht in dem Moment, als Lina den Gürtel an dem gespannten Bauch befestigt hatte, oder auch kurz darauf schon nichts mehr in Ordnung gewesen war.)

»Du konntest es wirklich nicht wissen«, murmelte Nerja. »Niemand hätte es wissen können. So ist es nun mal bei einer Plazentalösung. Man könnte glauben, es ist das erste Mal, daß ... Genug, Jo'ela, wirklich. Gehen wir was essen. Vergessen wir das Ganze. Wir haben nur noch wenig Zeit bis zur Besprechung. Ich lade dich zu Pommes frites ein, in der Cafeteria, wie damals, als wir für die Prüfungen gelernt haben.«

(Die Blutung war nur leicht gewesen, und im ersten Moment hatte Lina gemeint, sie gehöre zum Fruchtwasser. »Der letzte Rest vom Fruchtwasser«, hatte sie mit ihrem amerikanischen Akzent gesagt, aber Jo'ela, die das Tuch hob und zwischen den verkrampften Knien hindurchsah, hörte schon das Warnzeichen in ihrem Kopf, aber sie sagte nichts. Ihre Bewegungen waren zu langsam, weniger entschlossen als sonst, vielleicht wegen der letzten Nacht, vielleicht auch wegen der Frage, was mit Jo'el sein würde, wegen des jungen Mädchens, wegen ihres Versagens, vielleicht auch wegen des tadelnden Gesichts der Stationssekretärin, die mit einem Blick auf den karierten Schottenrock und den braunen Regenmantel verkündet hatte, Jo'ela möge doch bitte in Zukunft Bescheid sagen, wohin sie gehe, man habe sie gesucht, und bis zu Margaliots Rückkehr sei kein Oberarzt auf der Station, außer Nerja, der nachts gerufen worden sei.)

Nerja wartete draußen, vor der Garderobe, bis Jo'ela den grünen Kittel gegen den Schottenrock getauscht hatte. Ihre Finger waren trocken und hölzern, als sie das Fach abschloß.

Er empfing sie mit einem Lächeln. »Du siehst aus wie eine von den Frommen«, sagte er. »Wie ein braves, orthodoxes Mädchen. Was ist das, was du heute anhast?«

Sie zuckte mit den Schultern. Sie wollte nicht, daß man sie in dem Mantel sah, deshalb trug sie ihn über dem Arm.

»Hab keine Angst, Jo'ela, ich bin ja bei dir«, sagte Nerja, während er ihr die Aufzugtür aufhielt, wartete, bis sie hineingegangen war, und dann auf den Knopf drückte. »Mach dir keine Sorgen, es kommt alles in Ordnung. Denken wir an etwas Schönes. Zum Beispiel an die neue Abteilung. Du wirst sehen, was für eine besondere Abteilung das wird, ich habe tolle Pläne.«

Jo'ela verzog die Lippen zu einem Lächeln.

Als sie in der Schlange standen, eingequetscht zwischen der langen Theke und dem Geländer, verkündete Nerja: »Denn der Mensch ist wie ein dürrer Baum.« Er legte Brot auf das Tablett, zwei Teller mit Vermischtem, eine Schüssel mit gelbem eingelegtem Gemüse, eine rote Paprikaschote und einen Teller Weißkraut, dazu tatsächlich eine Schüssel mit warmen, fettigen Pommes, und auf ihr Tablett stellte er zwei Schüsselchen Suppe.

(Als sich herausstellte, daß das Baby in Schwierigkeiten war, daß der Herzschlag nachließ und sich nicht mehr erholte, als Jo'ela schrie: »Abruptio!« und alles in Aufregung geriet, war es schon zu spät.)

Gut, daß Nerja die neue Abteilung bekommt, dachte Jo'ela. Da würde sich die Wunde endlich schließen, und sie würde nicht mehr fürchten müssen, er sei neidisch, denn manchmal war es ihr wirklich vorgekommen, als läge etwas Feindseliges in seinem Blick. Besonders am Schabbat, wenn er mit Chanusch und den Kindern zu Besuch kam und sie an dem großen

Tisch saßen und über alles mögliche sprachen, was nicht zum Beruf gehörte, hatte sie oft das Gefühl gehabt, er sei böse auf sie. Und bei den letzten Besprechungen war er immer schweigsamer geworden, vor allem wenn an Tagen, an denen Margaliot verreist war, sie den Tagesplan vorgelegt hatte. Gut, daß diese neue Abteilung eingerichtet wurde, mit einem Inkubator, und daß er der Chef wurde. Er würde gute Forschungsbedingungen bekommen und müßte nicht mehr mit dem Gefühl der Niederlage kämpfen, weil sie ihm bei der Beförderung vorgezogen worden war. Er müßte auch nicht mehr so laut ihre Freundschaft betonen. Nicht, daß es diese Freundschaft nicht gab, da brauchte man nur an die vielen Jahre zu denken, an das gemeinsame abendliche Lernen, auch an die Feste, die gemeinsamen Essen, die Feiern. Trotzdem lag ein Keim des Zweifels in ihrer Beziehung, das Gefühl, vielleicht doch lieber zurückzustecken und vom anderen nicht das Unmögliche zu verlangen. Eigentlich hätte man denken können, die Freundschaft sei vollkommen, aber Jo'ela brauchte nur die Augen zu schließen, um die Stimme ihrer Mutter zu hören. Wirklich? fragte sie, wie sie jedesmal gefragt hatte, wenn Jo'ela ihr von etwas erzählte, auf das sie sich freute, und sie sofort von vornherein alles in Zweifel zog und sie damit ansteckte. Ihre Augen, blau, sehr blau, an der Badezimmertür. Warum weinst du? fragte sie, kurz, mit einer kalten, zornigen Stimme. Er ist vielleicht der erste, aber nicht der letzte, es wird noch viele geben. Sie hatte nie erlaubt, daß Jo'ela ihren Kummer zeigte. Freunde kommen und gehen, nur der Familie kann man vertrauen.

Sie könnte Nerja von dem jungen Mädchen erzählen. Nein, besser nicht, er würde lachen und fragen, warum sie sich eigentlich darum kümmerte.

Nerja nahm das Geschirr von dem braunen Plastiktablett und stellte ein weißes Schüsselchen vor sie hin, Suppe, in der kleingeschnittenes Gemüse schwamm. Sie brach sich ein Stück weißes Brot ab. »Es gab kein Fladenbrot«, sagte er entschuldigend. »Aber frisches Brot ist ja auch was Gutes. Es geht nichts über frisches Brot.«

»Na ja, ich hätte sie vielleicht nicht operieren sollen«, sagte Jo'ela, als sie sich über den Teller mit Chumus beugte.

(Talia Levi hatte nicht einmal geweint. »Dann operieren Sie mich eben«, hatte sie gesagt. »Heute nacht habe ich das Kind noch gefühlt, und jetzt das. Sind Sie sicher, daß nichts zu machen ist?« Und Jo'ela hatte geantwortet: »Ihretwegen wäre es besser, auf die natürliche Geburt zu warten. Eine Operation hat trotz allem etwas Traumatisches.« Da erst hatte Talia Levi angefangen zu weinen. »Ich wollte nicht umsonst von Anfang an hierbleiben. Ich habe gefühlt, daß etwas nicht in Ordnung ist.« Jo'ela hatte es ihr erklärt: »Bei einer vorzeitigen Ablösung der Plazenta kann man nichts machen, man kann sie nicht verhüten oder auch nur voraussagen, vor allem nicht bei der ersten Geburt.« Und Talia Levis Flehen: »Dann operieren Sie mich wenigstens und holen Sie das Kind raus. Ich kann nicht mehr warten.«)

Vielleicht hätte ich stur bleiben sollen, auch bei Frau Horowitz, dachte Jo'ela. Der Mann läßt nicht einmal ihre Epilepsie behandeln. Vielleicht brauchte er das ja, daß sie Anfälle bekommt.

»Nun, du weißt ja, daß wir auch nur Menschen sind«, sagte Nerja und goß ihr ein Glas Malzbier ein. »Aus medizinischer Sicht eine falsche Entscheidung, aber aus menschlicher Sicht kann ich sie verstehen. Man muß auch auf den Menschen achten. Wenn du den Ehemann von der Frau heute nacht gehört hättest! Ich kann dir sagen!«

»Warum hat man dich eigentlich in der Nacht gerufen?«

»Gebärmutterhalskrebs, im Endstadium. Sie mußte in ein Hospiz verlegt werden.«

»Nichts mehr zu machen?«

»Nein, nichts.« Er nahm etwas Rotkraut auf die Gabel. »Du wärest gestorben, wenn du sie gesehen hättest. Alles in allem haben wir nicht soviel mit dem Tod zu tun, verhältnismäßig, meine ich.«

»Eine junge Frau?«

»Zweiunddreißig, zwei Kinder. Das jüngste ein Jahr alt.«

»Hat man bei der Geburt denn nichts festgestellt?«

»Das war nicht bei uns«, sagte er beruhigend. »Sie hat ihr Kind nicht bei uns bekommen. Ich glaube, in einer anderen Stadt, aber ich erinnere mich nicht. Übrigens, ich halte das da für Tütensuppe. Ich wollte nur sagen, daß uns einiges erspart bleibt.« Er blickte auf seine Uhr. »Komm, wir müssen zur Sitzung. Margaliot ist schon zurück.«

Es war wie Sägemehl in der Luft, wie unsichtbares, trockenes Sägemehl, das einen zu ersticken drohte, wenn man den Mund nicht zumachte. Und daß die Fenster geschlossen waren und das Neonlicht brannte, war auch kaum auszuhalten. Man mußte das Kinn auf die Hand stützen, damit niemand das Zittern des Halses bemerkte. Wie oft waren sie schon zu hören gewesen, diese billigen Beleidigungen, die vagen Andeutungen, die man beiseite schob, auf die man nicht reagierte, wenn man selbst nicht getroffen war, wenn man selbst nicht ihr Opfer wurde. Auch wenn man wußte, daß er so war, hoffte man, daß er sich einem selbst zuliebe Mühe gab und sich anders verhielt. Am besten war es, den Kopf zu senken, um das Gesicht des Verräters im Moment des Verrats nicht ansehen zu müssen. Man bekäme vielleicht die Krätze, wenn man ihn jetzt anschaute. Wie gut wäre es, wenn man ihn durch einen Blick erschüttern könnte, aber er war nicht zu erschüttern. Wohin mit der Scham?

»Vielleicht war Jo'ela auch nur müde«, sagte Nerja mit einem kleinen Lächeln und Falten neben den Augen. Braune Haare, mit Grau durchzogen, und über dem Bauch drohte ein Knopf abzuplatzen. »Das muß man berücksichtigen, schließlich werden auch wir manchmal müde.«

Jemand tippte im Dreivierteltakt auf die Tischplatte. Margaliot, der früher als erwartet zurückgekommen war, mit der Nachricht, daß der Spender abgesprungen sei und man das Projekt verschieben müsse. Der Inkubator würde nicht rechtzeitig eintreffen, hatte er in entschuldigendem Ton zu Nerja gesagt, der als Leiter der neuen Abteilung vorgesehen war. Und als er aufgehört hatte zu sprechen, hatte er wieder angefangen, mit der Bleistiftspitze auf die Tischplatte zu klopfen. Jeder einzelne Ton zerrte an Jo'elas Nerven. Sie wartete auf die Pause.

»Ich will jetzt nicht von der Steißlage reden, das braucht man wirklich nicht zu untersuchen, und bei einer vorzeitigen Plazentalösung – wenn sie über siebzig Prozent ausmacht, wie Jo'ela gesagt hat – kann man nicht viel machen, aber...« Nerja lehnte sich im Stuhl zurück, so daß der Knopf wirklich fast absprang, rieb sich mit den Händen die Stirn, fuhr sich über die Falten zwischen den Augen, spannte die Wangen und fuhr fort: »Aber wenn das Kind schon tot ist, warum muß man da operieren? Aus medizinischer Sicht ist das eine falsche Entscheidung, meiner Meinung nach.« Er warf Margaliot, der mit geneigtem Kopf zuhörte, einen entschuldigenden Blick zu.

Man durfte jetzt nichts sagen. Er war ihr nichts schuldig. Vor einer halben Stunde hast du anders gesprochen. Niemand hat dich darum gebeten. Du hast es von dir aus getan. Das alles konnte man nicht sagen, wenn man um den langen, rechteckigen Tisch saß, zusammen mit vier Ärzten, zwei Praktikanten und drei Studenten. Was sollen die zwei Praktikanten, die drei Studenten, die vier Ärzte, die fast Oberärzte waren, und Margaliot denken? Aber das war nicht das Problem. Das Problem war, daß man kaum atmen kann, wenn man einen Tritt in den Bauch bekommt. Plötzlich, bei dieser Sitzung, bei der es eigentlich um Verwaltungsangelegenheiten gehen sollte, wurde ihr klar, wie dünn das Eis ist, über das man geht. Über den Linoleumboden lief eine große, schwarze Ameise.

Sie würde ihn weiterhin jeden Tag sehen müssen. Sie würden weiter zusammenarbeiten. Vielleicht würde es ihm sofort leid tun. Vielleicht würde er ihr die Sache nachher, wenn sie das Zimmer verlassen hatten, erklären können. Vielleicht würde er sich entschuldigen. Wenn er sich jetzt sofort entschuldigte, könnte man die Sache übergehen. Wenn man frei atmen will, muß man das Blickfeld vergrößern. Damit aufhören, sich selbst zu bemitleiden. Etwas daraus lernen. Man könnte sich zum Beispiel sagen, daß der heutige Tag einer ist, an dem die Wahrheit ans Licht kommt. An dem die Sicht klarer wird. Immer wieder zeigt sich, daß der Mensch anders ist, als er zu sein scheint. Aber auch das ist nicht ganz richtig. Man müßte diskutieren, warum man sich weigert, die Anzeichen und ihre Bedeutung zu erkennen. Auch bei Jo'el ließ sich aufgrund der Umstände eine gewisse Leichtfertigkeit voraussagen. Und bei Nerja hatte es schon immer etwas gegeben, auch früher, am Anfang, als er Lehrmaterial für die Anatomieprüfung gefunden und nicht weitergegeben hatte. Und als er herausfand, wo man medizinische Instrumente billig bekam, wie man einen Antrag auf Unterstützung formulierte, und es ihr verschwieg. Aber sie hatte vorgezogen, diese Details zu übersehen. Denn ihre Bedeutung zu erkennen hätte geheißen, auch auf andere Dinge verzichten zu müssen. Da war es kein Wunder, daß sie vorgezogen hatte, nichts zu merken.

Eine Studentin schrieb etwas in ein Heft. Die Buchstaben waren groß und rund, aber nicht zu lesen, weil sie zu stark nach rechts geneigt waren. Was schreibt sie denn? Wir können unserem Nächsten vielleicht die eine Tat verzeihen, die uns zwingt, der Wahrheit ins Gesicht zu blicken. Nur diese eine. Wenn er sich hätte zurückhalten können. Jetzt gibt es keinen Weg mehr zurück, denn nichts wird mehr in Ordnung sein. Aber sie hätte es wissen müssen. Sie wußte es. Blind sein. Wir möchten es so gerne. Bis wir keine Wahl mehr haben. Er hat ein liebes Lächeln, der Student mit dem Lockenkopf. Und dann ist in einer Sekunde alles zerstört. Vielleicht hatte ihre Mutter recht. Vielleicht darf man nie glauben, man sei nicht allein. Denn wenn sie jemand noch vor einer Minute nach Nerja gefragt hätte, hätte sie geantwortet: »Nerja? Er ist ein Freund. Schon seit Jahren.«

Noch nie war ihr Nerja so häßlich vorgekommen wie in diesem Moment, als er im Sitzungszimmer sprach, sogar die Wölbung neben seiner Augenbraue war gerötet. »Manchmal kann man nicht gut sein, ohne böse zu sein«, erklärte er mit einem Blick auf die Studentin mit den glatten schwarzen Haaren.

Margaliot trommelte mit der Spitze seines neuen gelben Bleistifts, mit dem er Notizen aufschrieb und radierte, weiter auf die graue Resopalplatte des Tisches. Noch immer hatte er kein Wort gesagt.

»Hat nicht jeder von uns oft genug vor der Frage gestanden, ob er tun soll, was der Patient will, um was er uns bittet, und dabei gewußt, was in Wahrheit das Beste für ihn ist?« fragte Nerja. Die schwarzhaarige Studentin lächelte ihn mit geschlossenem Mund an. Bemüht.

Sägemehl würgte Jo'ela im Hals. Der Puls unter dem Finger, den sie ans Handgelenk legte, stieg auf tausend. Sie mußte die Hand wieder unters Kinn schieben.

»Ich würde das nicht wirklich einen Fauxpas nennen«, sagte Nerja. »Aber ich hätte sofort bei Beginn der Blutung erwogen, sie in den Operationssaal zu bringen, ich hätte nicht darauf gewartet, daß der Herzschlag schwach wird.«

Vielleicht machte ihm die Sache Spaß. Vielleicht genoß er sie. Und was, wenn er nun immer so bliebe, hochmütig wie ein großer getigerter Kater?

»Wir wissen, daß diese Überlegung nicht richtig ist«, sprach Nerja weiter.

Nicht kotzen. Nicht runterschlucken. Sägemehl. Jo'ela drückte eine Büroklammer zusammen, bog sie wieder auseinander, hielt die Augen nur auf das Stück Metall geheftet. Es war sinnlos zu fragen, warum. Es war auch sinnlos, sein Verhalten damit zu rechtfertigen, daß sie die Dozentenstelle vor ihm bekommen hatte, den Auftrag zur Klimakteriumsforschung, an dem er nicht beteiligt war, er mit seiner schweren Kindheit. Vielleicht hatte sie nicht genug an ihn gedacht. Vielleicht hatte sie zu selbstverständlich vorausgesetzt, daß er ihre Erfolge hinnahm und sie unterstützte. Sie hätte merken müssen, was es ihn kostete. Hinter der Tür des Sitzungszimmers ging das normale Leben weiter, war wieder das Quietschen des Essenwagens zu hören, und im Sitzungszimmer hatten sich vier Ärzte versammelt, fast Oberärzte, dazu zwei Studentinnen, ein Student und zwei Praktikanten, und Margaliot, am Kopf des Tisches, schaute nicht einmal zu ihr herüber, sondern prüfte kühl ein Detail nach dem anderen, hörte sich an, wie sie zufällig nachts das Mädchen im Warteraum getroffen hatte, wie es ihr gerade mal eben gelungen war, Mirjam zur Aufnahme der Patientin zu bringen, wie sie sie in der Wöchnerinnenstation untergebracht hatte, wie, wie, wie ...

Margaliot streute Salz in die Wunden: »Die ganze Zeit hat Ihre Intuition funktioniert, nur nicht im kritischen Moment.«

Diese klaren, einfachen Worte trafen sie hart. Es geschah ihr ganz recht. Aber vielleicht hatte sie nicht genau verstanden, was er gesagt hatte? Das war möglich. Warum sollte sie eigentlich eine solche Staatsaktion daraus machen? Man kann doch einfach leben, wird Arnon sagen. Nein, auch Arnon wird das nicht sagen. Wieso denn? Die anderen schauten sie an, warteten darauf, daß sie etwas sagte.

»Ich weiß, daß es, medizinisch gesehen, richtiger gewesen wäre, eine normale Geburt abzuwarten«, sagte Jo'ela. »Aber wenn Sie dabeigewesen wären, hätten Sie die arme Frau nach über achtundvierzig Stunden Wehen auch nicht länger warten lassen.«

»Du hättest dich mit jemandem beraten können«, sagte

Nerja plötzlich direkt zu ihr. »Ich war schließlich auf der Station. Ich war hier. Warum hast du das nicht getan? Das ist doch unter Kollegen keine Schande.«

Ihre Füße waren eiskalt. Aber ihre Hände und ihre Stirn brannten. Das ist nicht gut, wenn der Kopf heiß ist und die Füße kalt. Umgekehrt ist es besser. Und die Luft ist gelb. Alles ist Gelb vor lauter Schwarz. Und wenn sie plötzlich losschrie? Warum nicht? Aber es ging gar nicht, sie hatte einen Brocken in der Kehle, einen viereckigen Brocken. Er nicht. Es konnte nicht anders sein. Sonst wäre er vorsichtig gewesen. Hätte zumindest so getan. Mit entschlossenem Griff den Stuhl zurückschieben. Zu Fuß nach Hause rennen. Fühlen, wie die Luft ins Gesicht schneidet.

»... wie ich schon gesagt habe«, erklärte Margaliot, vermutlich sogar ihr, »werden wir jetzt nicht die Unterstützung bekommen, um das Projekt anzugehen, aber wir bekommen einen anderen Zuschuß, für die Klimakteriumsforschung. Genug für das Gehalt eines Assistenten. Nun, Jo'ela, was sagen Sie dazu?«

Zweimal räusperte sie sich, trotzdem war ihre Stimme belegt, als sie antwortete: »Schön, wirklich sehr schön. Aber ich muß jetzt gehen, mein Auto ist fertig, ich muß es bei der Werkstatt abholen, bevor zugemacht wird.«

Niemand bewegte sich, und sie wußte nicht, wie sie aufstehen sollte. Die Wörter hallten im Zimmer nach. Ein Stuhl knarrte. Wenn sie aufstand, würden ihre Beine nachgeben. Jo'el kommt nicht in Frage. Eine Verschwörung gegen sie. Sie wird es nicht zulassen. Wenn man so etwas zuläßt, kann man den Kopf verlieren. Den Kopf verlieren und schließlich vertrauen. Und die Häßlichkeit. Später kommen die Lügen. Schon jetzt. Man braucht sich ja nur umzuschauen. Das kann sie nicht brauchen. Sie wird es auf keinen Fall tun. Dieses süße Gefühl spielt keine Rolle. Dieses süße Gefühl ist gefährlich. Besonders wenn man es »sehr ernst« nennt. Der Mensch kann sich nur auf sich selbst verlassen. Alle sahen sie an. Sie bewegte den Kopf hin und her, wie sie es als Kind immer getan hatte. Was hast du gemacht? fragte ihre Mutter, als wisse sie es, als habe sie es ihr erzählt, die Leute können doch nicht einfach so … Ihr Vater war tot. Ihre Mutter ging noch immer zum Markt.

»Ich habe Kopfschmerzen«, flüsterte sie, um zu erklären, warum sie den Kopf von rechts nach links bewegte, von links nach rechts. Wenn eine Frau die chirurgische Abteilung leitete – vielleicht in drei Jahren –, bedeutete das dann, daß sie männlich geworden war? Mochte Jo'el sie wirklich? Und Arnon? Wie sehr? Wenn er von dem wüßte, was heute morgen im Auto passiert war, würde er sie dann immer noch mögen? Die Kinder, die Kinder.

In eine Ecke des Sofas gedrückt, kaute Ja'ara an einer Haarsträhne. »Wie geht's?« fragte Jo'ela und blickte sich um.

»So, so«, antwortete Ja'ara und kaute weiter.

»Wo ist Ja'ir?«

»Zu Omer gegangen.«

»Hat Papa angerufen?«

»Nein.«

»Und Ne'ama?«

»Nein. Nur Oma. Du sollst sie zurückrufen.«

Ja'ara hatte ein Buch auf den untergeschlagenen Beinen liegen, zugeklappt, die Finger zwischen den Seiten. Man mußte sich nicht anstrengen, um den Titel zu entziffern.

»Ich habe gar nicht gewußt, daß man das heute noch liest. An welcher Stelle bist du denn?« Jo'ela hörte selbst, wie falsch ihre Stimme klang, gewollt fröhlich, um sich nicht zu verraten. Der bekannte grüne Einband und die eingravierten Buchstaben, auch wenn man sie nicht las, reichten aus für einen plötzlichen Schmerz. Wenn sie nicht aufpaßte, würde sie anfangen zu weinen, und Ja'ara würde erschrecken.

»Ich habe nicht gewußt, was ich tun soll«, murmelte Ja'ara. »Das Buch da habe ich in eurem Schrank gefunden. Ich bin schon ganz hinten. Sie ist schwanger.« Sie wickelte sich eine Haarsträhne um den Finger.

»In deinem Alter? Ist das nicht ein bißchen zu früh?« Eine herausfordernde Frage, denn eigentlich sollte sie froh sein. War sie nicht auch immer so früh gewesen?

»In welcher Hinsicht zu früh? Es gibt noch nicht mal Gewaltszenen. Und Sex auch nicht.«

»Aber in deinem Alter ist das doch langweilig.«

»Manchmal überspringe ich was.«

»Es ist kein besonders optimistisches Buch.«

»Einstweilen auch nicht besonders pessimistisch. So geht es eben den Armen in Skandinavien. Wird sie es am Schluß gut haben, diese Kristin Lavranstochter?«

Jo'ela zuckte mit den Schultern. »Ich verrate es dir nicht.«

»Oma hat gesagt, du hättest es tausendmal gelesen, als du so alt warst wie ich.«

»Ja? Das hat sie gesagt? Wann?«

»Heute, als sie angerufen hat und wissen wollte, was ich tue, und ich es gesagt habe. Stimmt das?«

»Keine Ahnung, vielleicht. Warum wunderst du dich?«

»Nur so. Ich habe nicht gewußt, daß du viel gelesen hast. Sie hat mir erzählt, daß man dich nie ohne Buch in der Hand gesehen hat und daß du plötzlich aufgehört hast zu lesen. Ich habe gesagt, daß du auch heute liest, aber sie meint, das wäre etwas anderes, etwas vollkommen anderes, Fachbücher wären nicht dasselbe.«

»Ja«, bestätigte Jo'ela, »das ist etwas vollkommen anderes.«

»Möchtest du das Buch nicht noch einmal lesen?«

»Vielleicht«, sagte Jo'ela, »vielleicht wirklich.« Sie drehte sich um und wollte zur Küche gehen.

»War Oma früher eine schöne Frau?«

Jo'ela blieb wie angewurzelt stehen. »Was ist das für eine Frage?« erkundigte sie sich überrascht.

»Sie hat gesagt, ich soll dich fragen.« Ja'ara war verwirrt. »Ich habe mich mit ihr unterhalten, wegen der Schule, weil wir doch nach unseren Wurzeln suchen. Ich habe sie gefragt, und sie hat mir Antwort gegeben.«

»Ja, sie war sehr schön«, sagte Jo'ela. »Wenn sie auf der Straße ging, haben sich die Leute nach ihr umgedreht. Und wenn sie in ein Zimmer trat, haben alle ... Der Direktor von meiner Schule war in sie verliebt, sie hatte Augen ... Sogar der Fischhändler vom Markt hat ihr immer die schönsten Fische gegeben.«

»Du siehst ihr also ähnlich?« wollte Ja'ara wissen.

»Ich glaube nicht«, sagte Jo'ela. »Ich sehe Opa ähnlich, ich habe ... ich habe keine Augen wie sie, keinen Mund, der aussieht wie gemalt, keine Backenknochen, wie sie sie hatte.«

»Aber du bist schön!« beharrte Ja'ara und streckte die Beine aus. »Auch meine Freundinnen sagen das. Du bist so groß und so blond.« Und besorgt fügte sie hinzu: »Hast du Minderwertigkeitskomplexe?«

Jo'ela lachte entspannt. »Nein, die habe ich nicht. Aber ich bin bestimmt nicht so schön, wie Oma es war. Allerdings hat sie wohl kein besonderes Vergnügen daran gehabt. In ihren Augen war die Schönheit vermutlich nur dazu da, um zu überleben. Die jugendliche Schönheit als Mittel, kein Wert an sich.«

»Was soll das heißen? Warum?«

»Ich glaube, sie ist überzeugt davon, daß diese Schönheit ihr ein paarmal das Leben gerettet hat. Das hat sie jedenfalls immer gesagt.«

»Wie? Erzähl doch.«

»Die Einzelheiten weiß ich nicht, sie hat es nie wirklich erzählt.«

»Hast du sie nicht danach gefragt?«

»Doch.« Jo'ela seufzte. »Natürlich habe ich sie gefragt, als ich klein war, aber später habe ich sie nicht mehr gefragt, da wußte ich schon, daß man darüber nicht spricht.«

»Was hat das Ganze mit der Schönheit zu tun?« beharrte Ja'ara.

»Sie hat es doch selbst zu dir gesagt. Sie hat gesagt, daß es in deinem Alter keine Rolle spielt, was du anziehst, du siehst sowieso schön aus. Weil du jung bist. Später, wenn man älter wird, das heißt, wenn Frauen älter werden, gibt es keinen anderen Weg zu überleben.« Sie dachte laut nach. »Einerseits hat sie der körperlichen Schönheit eine enorme Bedeutung zugemessen, andererseits denke ich, wie schuldig sie sich fühlen mußte, weil sie als einzige ihrer Familie überlebt hat. Dieses Schuldgefühl, wegen ihrer Schönheit überlebt zu haben, ließ ihr auch keinen Raum, sich daran zu freuen. Wie hätte sie sich denn an ihrer Schönheit freuen sollen?«

Ja'ara ließ schweigend eine Hand über das Sofa gleiten und folgte der Bewegung mit den Augen. »Bei dir ist es was ganz anderes«, sagte sie schließlich. In ihrer Stimme lag so etwas wie Hoffnung.

»Bei mir ist es ein bißchen anders«, sagte Jo'ela. »Ich lebe in Frieden mit meinem Spiegel. Vielleicht war es ein großes Glück, daß ich mich nie für schön gehalten habe. Ich habe nichts zu verlieren. Trotzdem ist es mir natürlich angenehm, daß du mich für eine gutaussehende Frau hältst. Deine Oma glaubt, daß eine Frau alles verliert, wenn sie alt wird, ihre ganze Welt. Als hätte sie nichts außer ihrer Schönheit.«

»Ich denke das aber nicht«, sagte Ja'ara.

»Bei dir ist es wirklich etwas anderes, du kannst dich einfach daran freuen, wie du aussiehst«, versicherte Jo'ela.

Ja'ara verzog das Gesicht zu einer Grimasse.

»Uns geht es von Generation zu Generation besser«, sagte ihre Mutter lächelnd und ging zur Küche.

»Schula hat dir Essen aufgehoben«, rief Ja'ara ihr nach.

Neben der Spüle standen Frikadellen in Tomatensoße, grüne Bohnen und ein Topf mit Gemüsesuppe. Jo'ela steckte eine Gabel in eine Frikadelle, tauchte sie in die Soße und biß ein kleines Stück ab. Sie hätte nicht sagen können, daß es ihr nicht schmeckte, aber sie war unfähig weiterzuessen. Ohne zu zögern, warf sie die Frikadelle in den Abfalleimer. Jo'ela! Was tust du da! sagte ihre Mutter erschrocken. Ist es nicht schade drum?

»Es ist schade um die Toten«, murmelte Jo'ela und betrachtete den gelben Mond hinter dem Fenster. »Und es ist schade um die Lebenden«, sagte sie, als ihr Blick auf den Kalender fiel. Der Tag der Schoah. Wieder hatte sie ihn vergessen. Mit langsamen Bewegungen füllte sie die Reste des Essens, das Schula aufgehoben hatte, aus den Töpfen in Plastikdosen und legte sie ins Gefrierfach. Dann stand sie einige Minuten vor der Spüle und blickte hinaus auf den Mond, der von Abend zu Abend runder wurde, um dann wieder abzunehmen.

8.
Pnina

Schon ihr ganzes Leben lang bereitete sich Pnina auf den Zeitpunkt vor, an dem die Ordnung der Welt zerstört würde. Immer dachte sie dabei an einen Krieg oder eine schwere Krankheit. Auf eine große Katastrophe war sie also vorbereitet, nicht aber auf die kleinen Störungen, die niemandem etwas ausmachten außer ihr. Wie zum Beispiel darauf, daß die rumänischen Schwestern plötzlich verschwunden waren und sie hilflos zurückgelassen hatten. Das war vor einem Jahr gewesen, als sie an einem verregneten Wintermorgen zu dem Kurzwarenladen in der Allenbystraße fuhr, neben dem Markt, und plötzlich, statt vor dem Geschäft, vor einer Pizzeria stand. Über dreißig Jahre war sie, mit einmal Umsteigen, zu diesem Laden gefahren, um Knöpfe und Garn zu kaufen, Bänder und Spitzen für Jo'elas Kleider, oder Satinstoffe für Kostüme, die sie ihr zu Purim nähte, und plötzlich war der Laden verschwunden, ohne Ankündigung. Verschwunden war auch der Arm mit den Lochhandschuhen, der im Schaufenster gelegen hatte, verschwunden waren die gestickten Tischdecken, direkt neben dem Arm in einer Ecke aufgestapelt, und die Stoffpuppe mit dem roten Pilz, gespickt mit Steck- und Nähnadeln, von dem dicke Wollfäden herunterhingen. Erst ein Monat war vergangen, seit sie das letzte Mal hiergewesen war.

Vielleicht war die Abwesenheit des Fischverkäufers schuld, daß ihr die Einkaufskörbe schwerer vorkamen als sonst. Verloren wartete sie am Autobus und dachte nicht daran, die Fahrkarte herauszusuchen. Im Autobus stand sie neben dem Fahrer, die Körbe zwischen den Füßen, und wühlte erst in ihrer großen Handtasche, dann in der Tasche ihres Kleides und fand die Fahrkarte schließlich in ihrem Geldbeutel. In der Kurve wäre sie fast umgefallen. Ihre Bewegungen waren langsamer als sonst, und nur mit Mühe sammelte sie das Obst wieder in den umgekippten Korb. Zornig blickte sie den Jungen an, der neben ihr stand, sie mit einem undurchdringlichen Blick betrachtete und sich nicht einmal bückte, sondern sich umdrehte und, mit weniger undurchdringlichem Blick, zum Fenster hinausschaute. Sie preßte die Lippen zusammen und sagte kein Wort. Das Leben hatte sie gelehrt, daß sie nicht die ganze Welt erziehen konnte, aber das Leben selbst würde ihn lehren, wie er sich zu verhalten hatte.

Als sie, die Körbe in der Hand, mit dem quietschenden Aufzug nach oben fuhr, vergaß sie, sich vor dem zu fürchten, was passieren konnte, und auch als sie die Wohnung betrat, fühlte sie sich nicht anders als damals, im Winter, als sie vor der geschlossenen Pizzeria gestanden hatte, die vorher das Geschäft der Rumäninnen gewesen war, und nicht wußte, wo sie hingehen sollte. Sie konnte nicht formulieren, was sie bedrückte, es war lediglich ein verschwommenes Gefühl, daß die Welt nicht in Ordnung war. Das erste Zeichen dafür, daß an diesem Tag etwas schiefging, war das Fehlen des Fischverkäufers gewesen. Pnina machte sich das nicht in diesen Worten klar, als sie anstelle des Verkäufers den jungen Mann gesehen hatte, sie fühlte nur einen Stich in der Brust und eine Traurigkeit, die immer beklemmender wurde. Nach dem Anruf bei Jo'ela wurde aus der vagen Traurigkeit ein lähmender Schrekken, der sie dazu brachte, in der Küche vor den Einkaufskörben zu stehen und nicht zu wissen, was sie tun sollte. Nach dem Anruf bei Jo'ela hatte sie das Gefühl, die Welt sei ins Wanken gekommen. Bis dahin war sie nur mit einem schweren, quälenden Gefühl herumgelaufen – denn auch sie wußte, daß das Fehlen des Mannes im Fischgeschäft, vernünftig betrachtet, eine Bagatelle war – und hatte nicht gewußt, worauf ihre Unruhe zurückzuführen war.

Dreiundzwanzig Jahre lang hatte Pnina ihre Fische beim selben Stand auf dem Markt Pardes Katz gekauft. Nachdem sie vor zwölf Jahren von Ramat Gan nach Tel Aviv umgezogen waren, war sie, mit Umsteigen, weiterhin mit dem Autobus zum Markt Pardes Katz gefahren, weil sie sich nicht vorstellen konnte, Beziehungen zu einem neuen Fischverkäufer, einem neuen Metzger zu knüpfen. Jeden Mittwoch nahm sie die lange Fahrt auf sich, schaute sich alle Stände mit Obst und Gemüse an und kaufte dann Äpfel, Bananen, Artischocken und reife Avokados, nicht ohne sorgfältig zu prüfen, ob die Schalen auch grün genug waren. Zitronen holte sie immer bei der alten Frau mit dem seltsamen Kinn, Suppengemüse, Petersilie und Karotten bei dem alten Jemeniten. Dann ging sie zum Metzger, der ihr Suppenfleisch und Knochen für eine gute Fleischsuppe gab, dazu mageres Fleisch, das sie zu Hause selbst durch den Fleischwolf drehte. Die Küchenmaschine und die elektrische Fleischmühle, die Arnon ihr aus Deutschland mitgebracht hatte, standen, originalverpackt, im Schrank. »Für wen hebst du das auf?« hatte Arnon erstaunt gefragt, als er einmal den Schrank aufgemacht und die Kartons gesehen hatte. Sie hatte mit den Schultern gezuckt, die Hände an dem Geschirrtuch abgetrocknet, das sie sich um die Hüften gebunden hatte, über die Schürze. Als das Erstaunen aus seinem Gesicht verschwand und einer Art Zorn Platz machte, der ihr sofort Schuldgefühle verursachte, sagte sie: »Warum sollte ich meine Gewohnheiten ändern, wenn mit den alten Sachen alles in Ordnung ist?« Er hatte behauptet, das spare Zeit, hatte die elektrische Fleischmühle aus der Verpackung genommen und sie auf die Marmorplatte neben die Spüle gestellt. »Und was soll ich mit der gesparten Zeit anfangen?« hatte Pnina ihren Schwiegersohn gefragt, der die Gebrauchsanweisung studierte und, ohne etwas zu sagen, das Gerät anmachte, und als er sich wieder mit ausgebreiteter Zeitung in den Sessel setzte, hatte sie noch hinzugefügt: »Ich habe ja gesagt, daß ich nichts brauche.« Jeden Mittwoch drehte sie also die übliche Runde auf dem Markt: erst Gemüse, dann Obst, und am Schluß ging sie zum Metzger.

Nie kaufte sie dieses gefrorene Hackfleisch. Mit Widerwillen betrachtete sie die Packungen in der Gefriertruhe – moderne Errungenschaften, die ihr Unbehagen bereiteten – und regte sich innerlich über die mitverarbeiteten Fett- und Knorpelstücke auf. »Im besten Fall«, sagte sie zu sich selbst – in der letzten Zeit hatte sie sogar angefangen, die Sätze nicht nur innerlich zu sagen, sondern laut vor sich hin zu murmeln –, »im besten Fall sind es nur Fett und Knorpel.« Sie drehte das Fleisch immer selbst durch den Wolf und brachte es dann zu Jo'ela. Jeden Donnerstag lud Arnon die Körbe mit dem Essen in sein Auto. Das frische Obst und Gemüse, das sie besonders billig bekommen hatte, dazu Päckchen mit Hackfleisch, damit Schula Frikadellen daraus machen konnte, und die Plastikdosen mit *gefilte fisch* und der gehackten Leber, dem Braten, dazu noch einen Karton, in den sie den Käsekuchen verpackt hatte. Zu den Feiertagen bereitete sie immer besondere Leckerbissen vor, *kreplech* und Kalbsfuß in Aspik. Aber die Krönung waren die Fische, von denen Hila sagte, sie seien ein Gedicht.

Jo'ela konnte nicht richtig kochen, und in dieser Beziehung schwankte Pnina zwischen Schuldgefühlen, bei der Erziehung ihrer Tochter versagt zu haben, und der Erleichterung, daß sie selbst noch gebraucht wurde. Wenn Jo'ela etwas kochte, zum

Beispiel eine einfache Hühnersuppe, dann schmeckte sie nach nichts. Doch darüber wurde nicht gesprochen. Nur die Begeisterungsschreie der Kinder, die Pnina schon vor dem Haus erwarteten und in den Körben wühlten, wenn das Auto ausgeladen wurde, zeigten, wie sehr sie gewartet hatten. Als Pnina einmal im Krankenhaus war, wegen ihres Herzens, hatte Ja'ara gesagt: »Oma, du mußt schnell wieder heim, wir haben sonst niemanden, der uns so gutes Essen kocht.« Doch niemals wurde erwähnt, daß sie ihr Talent zum Kochen nicht an ihre Tochter weitervererbt hatte. Sie braucht auch nicht kochen zu können, rechtfertigte Pnina sie vor sich selbst, sie arbeitet schon schwer genug.

Erst wenn die Körbe gefüllt und alle anderen Einkäufe erledigt waren, ging Pnina zum Fischstand. Als letzten Gang. In blauer Arbeitskleidung und mit einer Gummischürze stand der Verkäufer da und wartete mit zornigem Schweigen darauf, daß sie kam und ihre drei Karpfen auswählte. Nie wagte er es, selbst die Fische für sie auszusuchen. Nie lächelte er, nie erkundigte er sich, wie es ihr gehe. Das zornige Funkeln in seinen Augen und die regelmäßige stumme Zeremonie, mit der er seinen Platz räumte und sie an das Becken treten ließ, in dem er die lebenden Karpfen aufbewahrte, waren der einzige Beweis für ihre dreiundzwanzigjährige Bekanntschaft.

Pnina hatte nie versucht, ihm näherzukommen. Sie wußte, daß die Beziehung zwischen ihnen so war, wie sie sein sollte. Im Laufe der Jahre waren allerdings einige Veränderungen eingetreten. Vor zweiundzwanzig Jahren zum Beispiel, ein Jahr nachdem sie angefangen hatte, bei ihm zu kaufen, hatte sie erlaubt, daß er die Fische vor sich auf eine Zeitung legte und ihnen die Köpfe abschlug, statt sie lebendig und zappelnd in ihren Korb zu legen. Nachdem Jo'ela geheiratet hatte, kaufte Pnina immer drei Karpfen statt zwei. Nach Chaims Tod vor fünf Jahren erlaubte sie dem Verkäufer, die Fische auszunehmen und in Stücke zu schneiden. Sie stand da, beobachtete die Bewegungen des Mannes beim Säubern, sah, wie Fischschuppen in seine Haare sprangen, und kontrollierte zu Hause, im Licht, ob er sauber gearbeitet hatte.

Fast vierzig Jahre waren vergangen, seit sie lebende, zappelnde Fische gekauft hatte, eingepackt in feuchtes Zeitungspapier, das fleckig wurde von dem blassen Blut. Sie hatte sie immer in der Badewanne aufbewahrt, und jeden Donnerstag hatte Jo'ela geweint, wenn ihre Mutter den Fischen die Köpfe abschnitt, dann mit dem scharfen Messer die Bäuche öffnete, mit der Hand hineinlangte und die Innereien herausholte, auch den durchsichtigen Ballon, den sie Jo'ela zum Spielen gab. Doch das Mädchen war immer nur entsetzt zurückgewichen. Die anderen Kinder in der Straße waren mit den luftgefüllten Blasen hinausgelaufen und hatten sie erst weggeworfen, wenn sie ausgetrocknet und verschrumpelt waren.

Damals hatte Pnina die Fische immer sofort in Stücke geschnitten, gesäubert und zubereitet. Erst Jahre später, als sie schon einen elektrischen Kühlschrank besaß, war sie bereit gewesen, die toten Fische darin aufzuheben, eingewickelt in das Zeitungspapier, wie der Mann sie ihr überreicht hatte. Nie erlaubte sie, daß er sie direkt in eine Plastiktüte steckte, ohne Zeitungspapier zwischen den Fischen und der Tüte, in der sie hätten schwitzen können.

Jo'ela hatte erst vor wenigen Jahren angefangen, Fisch zu essen. Früher hatte sie immer den Kopf vom Teller gewandt, das Gesicht verzogen, und ein Schauer war ihr über den Körper gelaufen, als erinnere sie sich deutlich an den Moment ihres Sterbens. Vor wenigen Jahren – eigentlich seit sie mit Ja'ir schwanger gewesen war, dachte Pnina nun – hatte Jo'ela angefangen, Weißbrot in die Fischsoße zu tauchen, und später hatte sie sogar die Füllung probiert. Pnina hatte es nie aufgegeben. Jedesmal, wenn sie die Fische auf den großen Teller legte und die leere Plastikdose sorgfältig säuberte, um sie beim nächsten Mal wieder zu benutzen, hatte sie ihrer Tochter einen bittenden Blick zugeworfen und leicht gereizt gesagt: »Vielleicht probierst du sie heute wenigstens mal? Heute sind sie mir ganz besonders gut gelungen.« Und Jo'ela hatte hartnäckig den Kopf von einer Seite zur anderen bewegt, wie sie es als Kind immer getan hatte.

Jo'ela hatte immer sehr schlecht gegessen. Als sie noch klein war, hatte Pnina ihr das Essen in den Mund gestopft und verhindert, daß sie es von einer Backe in die andere schob, während Chaim zornig zuschaute. Sie hatten alles versucht, alle möglichen Gerichte, sie hatten Geschichten erzählt, sie hatten gesungen, sie hatten ein hartes Ei für den Strand mitgenommen, eine saftige Tomate, die Jo'ela immer im Sand versteckte, aber das Kind hatte sich geweigert zu essen und war tatsächlich dünn und mager gewesen. Jedesmal, wenn Pnina die dünnen Ärmchen betrachtete, hatte sie das bittere Gefühl, versagt zu haben, und Scham und Ärger packten sie, wenn sie, vergeblich, die Grübchen an den spitzen Ellenbogen suchte. »Man kann ihre Rippen zählen«, hatte Chaim immer gesagt und eine besorgte Bemerkung über die grünliche Gesichtsfarbe des Mädchens gemacht. Schon seit ihrer Geburt war Jo'ela *a grine schabe** gewesen. So hatte Pnina sie beim Füttern genannt, wenn sie das Essen im Mund behielt oder die ganze Mahlzeit wieder erbrach. Erst in der Pubertät fing Jo'ela an, besser zu essen, aber auch da ekelte sie sich eher vor gekochtem Essen und zog Brot und Käse vor. Oft seufzte Pnina dann und erinnerte sich an die Qualen, die sie ihr als Baby bereitet hatte. Einmal, in der schlechten Zeit, hatte Pnina mühsam einen großen Apfel für Jo'ela ergattert: die hatte einmal hineingebissen und ihn dann auf das Dach des Hauses geworfen, in Cholon, wo sie vor ihrem Umzug nach Ramat Gan gewohnt hatten, was die Nachbarin aus dem ersten Stock zu lauten Protesten wegen dieser Verschwendung

* *grine schabe* (jidd.): grüner Frosch

veranlaßte. Pnina hatte diese Szene immer wieder beschrieben, und Jo'ela hatte sie sich verwirrt, mit gesenktem Kopf, angehört. Sie selbst erinnerte sich nicht mehr daran. »Wie sollst du dich auch daran erinnern«, sagte Pnina dann, »du warst drei, vielleicht noch nicht mal.« Jo'ela erinnerte sich allerdings sehr genau an die Geschichten, die über diesen Apfel erzählt wurden. Sie wußte auch nichts mehr von dem Besuch bei der bekannten Kinderärztin damals, kannte die Geschichte in allen Details aber aus den Berichten ihrer Mutter. »Als ich gar nicht mehr weiter wußte«, erzählte Pnina, »habe ich sie zur Ärztin gebracht, einer alten Russin, die sie sehr gründlich untersuchte und dann mit mir sprach.« Wenn Pnina davon anfing, lächelte sie regelmäßig, ein Lächeln, das sich langsam auf ihrem Gesicht ausbreitete und das man nur als spitzbübisch bezeichnen konnte. Solche seltenen Augenblicke der Selbstironie verliehen ihrem Antlitz einen anderen Ausdruck, der Jo'ela mehr Angst einjagte, als daß er sie freute. Nachdem Pnina gesagt hatte, das Mädchen esse nichts, untersuchte die Ärztin sie noch einmal lange und sagte dann: »Sie ist ganz gesund.« Pnina protestierte: »Aber sie ißt nichts.« An diesem Punkt der Geschichte angelangt, beschrieb Pnina erst einmal die äußere Erscheinung der Ärztin: eine Russin mit eingeschrumpftem Gesicht und scharfen Augen, groß und knochig, und wiederholte in dem genauen Tonfall die Frage, die sie gestellt hatte. »Gar nichts?« Pnina antwortete: »Gar nichts.« Dreimal, erzählte Pnina lachend, wiederholte sich dieser kurze Dialog, bis Pnina schließlich zugab: »Vielleicht einen Apfel am Tag.« An dieser Stelle atmete Pnina immer tief, bevor sie zur Pointe kam. »Und dann hat sie gesagt: Sehen Sie, auch von einem Apfel am Tag kann man leben.« Hier hielt Pnina inne und wartete auf die Reaktion. Jo'ela schwieg immer, Arnon räusperte sich, die Mädchen bettelten: »Los, erzähl noch eine Geschichte über Mama, als sie klein war«, und das Lächeln auf Pninas Gesicht erlosch so langsam, wie es gekommen war.

Das Wort »Genuß« nahm Pnina erst in den Mund, nachdem Jo'ela Arnon geheiratet hatte, der gutes Essen zu würdigen wußte. Bis zur Hochzeit ihrer Tochter hatte sie zwei Karpfen gekauft und darauf geachtet, daß sie nicht mehr als ein Kilo wogen. Der bedeutungsvolle Wandel in ihrer Beziehung zu dem Fischverkäufer war in dem Moment eingetreten, als sie zum ersten Mal zögerte, nachdem sie zwei Fische ausgesucht hatte. Der Mann wartete, daß sie zu ihrem Platz vor der Theke zurückkehrte, und sie sagte nur: »Noch einen.« Seit damals kaufte sie drei. »Ungefähr ein Kilo und vierhundert Gramm«, sagte sie immer, bevor er die Fische wog, »nicht über anderthalb Kilo.« Jedesmal warf er ihr einen seiner zornigen Blicke zu, als wolle er sagen: Was ist, haben Sie etwa kein Vertrauen zu mir?, und erst dann schlug er die Fische an die Tischplatte. Für Arnon zu kochen war ein Vergnügen. Er verstand die Mühe zu würdigen, die man brauchte, um ein gutes Essen zuzubereiten, und lobte immer die Fische und die gehackte Leber und ganz besonders den Kalbsfuß in Aspik, bei dem Jo'ela angeekelt den Kopf abwandte. »Nicht vor den Kindern«, hatte Pnina oft gesagt, »vielleicht schmeckt es ihnen ja«, aber Jo'ela verzog weiter das Gesicht, wenn sie Kalbsfuß in Aspik sah.

Heute war der Verkäufer nicht dagewesen. An seiner Stelle hatte ein junger Mann dagestanden, der die Gummischürze des eigentlichen Verkäufers über einem hellen Hemd mit aufgekrempelten Ärmeln getragen hatte, und während er die Fische säuberte, hing in seinem Mundwinkel eine brennende Zigarette. Pnina hatte befürchtet, daß Asche auf die Fische fiel, doch er hatte den Kopf seitwärts gedreht, und die Asche war auf den Boden gefallen, auf den Haufen Fischschuppen neben der Theke. Sie fragte nach dem Mann, und zum ersten Mal bedauerte sie, daß sie nach all den Jahren nicht einmal seinen Namen kannte, daß sie nie ein Wort mit ihm gewechselt hatte und nichts von ihm wußte. Nur daß sie ihn jeden Mittwoch auf dem Markt treffen würde, sommers wie winters. Sogar während des Jom-Kippur-Kriegs war er dagewesen, nachdem sie eine Woche nicht zum Markt gefahren war, wegen ihres Umzugs zu Jo'ela und Arnon. Man konnte die Male an den Fingern einer Hand abzählen, die sie nicht zum Markt gefahren war, zum Beispiel als sie im Krankenhaus gelegen hatte oder als Chaim gestorben war und sie Schiwa gesessen hatte, und sogar da hatte sie Frau Sakowitz, ihre Nachbarin, gebeten, Fische für sie zu kaufen. Der Verkäufer hatte sicher gewußt, daß sie für sie bestimmt waren, obwohl sie ihm nie ihren Namen gesagt hatte. Immer war er dagewesen. Nur heute nicht. Der stechende Schmerz in der Brust, den sie gefühlt hatte, als sie den jungen Mann erblickte, der die orientalische Musik aus dem Radio mitsummte, brachte sie dazu, die Frage zu stellen: »Wo ist er?« Der junge Mann fragte nicht, wer, sondern sagte nur gleichgültig: »Er fühlt sich nicht wohl.« Das Stechen in der Brust war zu einer quälenden Last geworden, als sie mit ihren Körben in den Bus einstieg und nach Hause fuhr. Schon im Bus schimpfte sie mit sich selbst und beschloß, nicht mehr daran zu denken, doch plötzlich stiegen Fragen in ihr auf, zum Beispiel, ob er Frau und Kinder hatte. Den jungen Mann hatte sie gefragt: »Sind Sie sein Sohn?«, doch er hatte lediglich den Kopf geschüttelt und geantwortet: »Ich arbeite nur hier für ihn.«

Als die rumänischen Schwestern verschwunden waren, hatte Pnina Jo'ela bei der Arbeit angerufen. Sie hatte versucht, die Angst in ihrer Stimme zu zügeln, als sie sagte: »Weißt du, die Rumäninnen haben ihren Laden zugemacht, jetzt ist dort eine Pizzeria, und ich weiß nicht, wohin sie verschwunden sind und was mit ihnen los ist.« Jo'ela hatte etwas Unverbindliches geantwortet. »Dreißig Jahre, über dreißig Jahre, und plötzlich sind sie verschwunden, was weiß man schon von den Menschen!« hatte Pnina ins Telefon gesagt, hatte das Rascheln von Papieren auf der anderen Seite gehört und gewußt, daß

Jo'ela nichts verstand. Und obwohl ihr klar war, daß ihre Tochter beschäftigt war, und obwohl Jo'ela nur ein »Aha« murmelte und zweimal zerstreut: »Was du nicht sagst«, konnte Pnina nicht aufhören zu reden. »Was weiß man schon von den Menschen!« wiederholte sie und wagte sogar zu sagen: »Ich habe keine Ahnung, was ich jetzt machen soll.« Doch Jo'ela antwortete nur: »Was hast du denn mit ihnen zu tun gehabt, alles in allem?«

Wer solche Dinge verstand, war Hila. Am Schabbat, beim Mittagessen, als Pnina beschrieb, wie sie vor dem Schild »Pizza Sababa« gestanden hatte und Jo'ela ungeduldig die Lippen verzog, fuhr Hila sie an: »Verstehst du das denn nicht? Man zerbricht ihr die Welt, an die sie gewöhnt war.« Wenn Hila zu Besuch kam, hatte Pnina immer das Gefühl, es gebe einen Menschen, mit dem man reden konnte. Hila freute sich jedesmal, wenn sie sie traf, lächelte freundlich und fragte: »Wie geht es dir, Oma Pnina?« Pnina liebte Hilas Schönheit und ihre auffallende Kleidung. »Sie hat Stil, sie ist ein besonderer Mensch«, sagte sie oft zu ihrer Tochter, wenn sie allein in der Küche waren. Nur da äußerte sie ihr Lob, und sie verstand nie, warum sich Jo'elas Gesicht verdüsterte.

Als sie vom Markt zurückgekommen war und ihre Körbe in der Küche abgestellt hatte, setzte sie sich an den Tisch, stützte die runzligen Ellenbogen auf die gelbe Platte und starrte auf den Kalender, der an der Wand hing. Plötzlich fiel ihr auf, daß sie vergessen hatte weiterzublättern und er immer noch den März zeigte. Zum ersten Mal nahm sie auch Einzelheiten des Bildes wahr, ein Zimmer, in dem ein Mann an einem Schreibtisch saß, und eine verschwommene Gestalt auf einem Bett mit lila-rosa karierter Decke. Erst jetzt sah sie, daß die wie ein Embryo zusammengekrümmte Gestalt in einem Morgenrock aus blauem Samt ein junger Mann mit weiblichen Gesichtszügen war, und nicht, wie sie immer angenommen hatte, eine junge Frau. Sie nahm den Kalender vom Nagel und blätterte weiter bis zum Juni, da war das Bild mit den beiden Liegestühlen, der eine rot und der andere blau. Dazwischen eine geschlossene braune Tür. Was hat dieses Bild nur, fragte sie sich, bloß zwei Liegestühle auf einem Betonboden und eine geschlossene Tür. Was ist schön daran? Jeder kann zwei Liegestühle und eine geschlossene Tür malen. Sie beugte sich über den Tisch und betrachtete das Bild aus der Nähe. Die Tür war wirklich geschlossen. Das bedeutete offenbar etwas, auch wenn sie nicht hätte sagen können, was. Wieder fühlte sie den Stich in der Brust.

Dann blickte sie auf die Zeiger der großen elektrischen Uhr, die sie von der Versicherungsgesellschaft zu ihrem sechzigsten Geburtstag bekommen hatte, und überlegte, ob sie in der Klinik anrufen sollte. Die Mittwoche waren Jo'elas leichte Tage, ohne Operationen. Doch als ihr Blick auf das in Zeitungspapier gewickelte und in eine Plastiktüte gesteckte Paket fiel, als sie tief die feuchte, heiße Luft eingeatmet hatte, stand sie auf – wegen der Hitze klebten ihre Oberschenkel an dem Plastiksitz fest und gaben ein saugendes Geräusch von sich, als sie sich lösten – und ging zur Schranktür. Während sie den Aluminiumtopf herausnahm – den sie nicht gegen einen anderen eintauschen wollte, trotz Jo'elas Warnungen wegen eines möglichen Zusammenhangs zwischen Aluminium und Alzheimer –, Karotten und Zwiebeln hineinschnitt und mit Wasser auffüllte, um die Soße für die Fische zu kochen, versuchte sie, die Unruhe, die sie ergriffen hatte, wieder abzuschütteln. Schon jetzt hatte sie ein vages Gefühl, daß ihr die Fische heute nicht gelingen würden. Irgend etwas läuft falsch, sagte sie sich zum wiederholten Mal, doch erst als sie die Fischteile, die sie für die Füllung benötigte, das getrocknete Weißbrot und die geschnittenen Zwiebeln vorbereitet hatte, rieb sie sich die brennenden Augen und rief Jo'ela bei der Arbeit an. Sie war auf alles vorbereitet, auf den Dialog am Anfang, wenn Jo'ela sie rügte, weil sie um diese Zeit in der Klinik anrief, auch auf den Spruch »Schade um das Geld, Mama« und auch auf ihre Antwort: »Um nichts ist es schade, das ist doch nur Geld, schade ist es nur um die Toten«, und sie wußte auch, daß Jo'ela dann lächeln würde. Während sie wählte, meinte sie schon, Jo'elas geschäftiges »Hallo« zu hören, das sie insgeheim immer wieder erstaunte, weil sie, fast ungläubig, ihre Tochter vor sich sah, in einem weißen Kittel, auf dessen Tasche in roten Buchstaben ihr Name gestickt war. Wer hätte das geglaubt, sagte sie sich immer wieder mit einem Kopfnicken, wer hätte das geglaubt? Die Schwestern, die Sekretärinnen, auch der konzentrierte Blick, den sie einmal bemerkt hatte, als Jo'ela sich zu einer Frau beugte und mit ihr sprach, ein Blick, der Pnina sehr bekannt vorkam, aber nicht von jetzt, von früher, ein Blick, der ihr für einen Moment wieder das Kind zurückgebracht hatte, all die Dinge, an die sie sich nie gewöhnt hatte. Deshalb, weil sie so gar nicht darauf vorbereitet war, sackten ihr fast die Knie ein, als die Sekretärin mit einer erschrockenen Stimme sagte: »Ich dachte, Sie wüßten es, sie ist nicht zur Arbeit gekommen, sie ist krank.«

Pnina versuchte, sich an die wenigen Male zu erinnern, die Jo'ela krank gewesen war. Abgesehen von den Kinderkrankheiten war sie immer gesund gewesen. Das war eines der Dinge, die die russische Ärztin damals betont hatte, die Gesundheit und die physische Kraft des Mädchens, ihre Gelenkigkeit. Um von der Arbeit fernzubleiben, mußte Jo'ela entweder ein Kind bekommen oder hohes Fieber haben, was vielleicht zweimal in ihrem Leben passiert war.

Mit zitternden Fingern wählte Pnina die Nummer von Jo'elas Wohnung, doch dort antwortete niemand. Sie hörte das Telefon in dem leeren Haus läuten und stellte sich alle nur möglichen Katastrophen vor. Sie drehte die Fischstücke durch die alte Maschine, die sie an die Marmorplatte geschraubt hatte, die Zwiebel und die in Wasser eingeweichten Scheiben Weißbrot, die sie mit ihrer ganzen Kraft ausgedrückt hatte, und beobachtete, wie die Mischung bei jeder Drehung des Griffs aus den Löchern quoll. »Wie Würmer«, hatte Jo'ela früher gesagt, als sie noch klein war. Immer wieder probierte sie mit der Fingerspitze ein bißchen von dem Brei, den sie mit den Händen rührte, und fügte völlig mechanisch Salz und Zucker und Pfeffer hinzu. Die Mischung schmeckte nicht. Ein paarmal wischte sie sich die Hände ab und wählte hartnäckig wieder, wartete zwischen den einzelnen Zahlen und fühlte jedesmal, wie ihre Angst wuchs, und die Mischung zum Füllen der Fische mißlang immer mehr, und jedesmal, wenn sie versuchte, Arnons Firma anzurufen, hörte sie das Besetztzeichen. Als sie aus der Mischung Bällchen formte und in das sprudelnde Wasser im Aluminiumtopf legte, spürte sie, daß sie, wenn sie nicht bald erfuhr, was los war, zusammenbrechen würde.

Erst am späten Nachmittag, als die Fische schon in dem großen Topf lagen, antwortete Ja'ir auf das hartnäckige Läuten des Telefons und rief, als er ihre Stimme hörte, ungeduldig: »Oma! Ich habe den Rekord gebrochen! Ich bin mitten im Spiel, ich habe zwölf geschafft.«

»Wo ist deine Mutter?« fragte Pnina.

»Im Bett«, sagte der Junge und wies sie darauf hin, daß sie ihm das Computerspiel kaputtmachte, und als sie ihn bat, Jo'ela ans Telefon zu rufen, sagte er noch ungeduldiger: »Sie kann jetzt nicht sprechen, sie ruft dich später an.«

»Warum kann sie nicht sprechen? Ist sie krank?«

»Ich weiß nicht«, antwortete er. »Sie hat Grippe, und Papa ist schon beim Reservedienst. Er hat versprochen, daß er mir ein Lego-Raumschiff mitbringt.«

»Und wer kümmert sich jetzt um dich?« fragte Pnina, besorgt bei dem Gedanken, daß niemand darauf achtete, daß er sich Gesicht und Hände wusch oder daß er etwas trank, aber als er nun ungeduldig und vorwurfsvoll antwortete: »Ich muß schnell zu meinem Spiel zurück!«, sagte sie nur: »Wer hat dir Mittagessen gemacht?«

»Schula, aber jetzt ist sie weg, und Mama bezahlt Ja'ara drei Schekel die Stunde, damit sie auf mich aufpaßt.« Der Junge war kaum zu verstehen, vermutlich hatte er das Gesicht zur Seite gedreht und schaute wohl zum Fernsehschirm hinüber, denn sie konnte Schüsse hören.

»Gib mir Ne'ama«, verlangte Pnina und stellte sich das ernste, verantwortungsbewußte Gesicht ihrer ältesten Enkelin vor, die als einzige von den dreien Jo'ela ähnlich sah.

»Sie ist nicht zu Hause«, teilte Ja'ir mit und wollte schon den Hörer auflegen, doch Pnina sagte schnell: »Ja'iri, vielleicht fragst du die Mama noch mal, ob sie mit mir sprechen kann?«

»Sie hat gesagt, ich soll nicht mehr ins Zimmer kommen, und sie hat alles dunkel gemacht«, sagte der Junge und knallte nach einem schnellen »Also dann, Oma, auf Wiedersehen« den Hörer auf.

Erst da merkte Pnina, wie heftig ihr Herz klopfte. Die Kinder sind in Ordnung, sagte sie sich, und Jo'ela lebt. Und auch wenn Arnon beim Reservedienst ist, so macht er doch nichts Gefährliches, warum regst du dich denn überhaupt auf? Sie ging wieder zu dem Topf, doch die Vorstellung aller möglichen Unglücksfälle ließ sie nicht los. Sie sah, daß die Fischbällchen zu lange im Wasser gewesen waren, auf zu großer Flamme, so daß sie nun fast auseinanderfielen, und hantierte mit zittrigen Fingern an den Knöpfen des alten Gasherdes herum, bis die Flamme die richtige Höhe erreicht hatte, die niemand außer ihr einstellen konnte, nicht voll aufgedreht, aber auch nicht zu schwach, sondern eine Art Geheimstufe in der Mitte, die sie erst nach jahrelanger Übung herausgefunden hatte. Wieder probierte sie die nun gekochte Füllung, hätte aber nicht sagen können, was fehlte, denn sie schmeckte einfach nach nichts. Wieder wählte sie die Nummer von Arnons Firma, obwohl sie wußte, daß er schon weggefahren war, sie hoffte, mit seiner Sekretärin sprechen zu können, aber da war wieder das hartnäckige Besetztzeichen. Wie besessen wählte sie weiter, und bei jeder Zahl wuchs die Befürchtung, Jo'ela könne gerade versuchen, sie anzurufen, um ihr alles zu erklären, deshalb befahl sie sich, mit dem Wählen aufzuhören und die Leitung frei zu lassen für Mitteilungen. Noch nie war es passiert, daß Jo'ela zu Hause war und nicht zum Telefon kam, es sei denn, sie war unter der Dusche. Sie sagte höchstens mal: »Leg auf, ich rufe gleich zurück.« Sie überlegte, ob sie noch einmal bei ihr zu Hause anrufen sollte, doch ihre Hand, die sie schon erhoben hatte, fiel schlaff auf die Sessellehne zurück.

Es wurde langsam dunkel, sie schaltete den Herd aus und nahm den Deckel von dem großen Topf, mechanisch, ohne zu wissen, was sie eigentlich tat, sie wusch die Gurken und wickelte sie in Zeitungspapier, weil sie so drei Tage und länger im Kühlschrank frisch blieben und nicht anfingen zu schimmeln wie in einer Plastiktüte, wie sie Jo'ela schon oft erklärt hatte. Erst dann räumte sie alles in den Kühlschrank und versuchte, sich selbst zu beruhigen, auf Jiddisch, auf Polnisch, und sich zu sagen, daß sie morgen schon alles erfahren werde, sie müsse nur noch das Essen einpacken, aber das könne sie auch morgen früh erledigen. Wer würde sie eigentlich holen, wenn Jo'ela krank war? Sie schob die Frage beiseite, und nachdem sie die Fische auf der großen Platte angerichtet und die Soße in dieselbe Glasschüssel wie immer gefüllt hatte, fing sie wieder an, mit sich selbst zu reden, wobei sie ständig zu dem schweren schwarzen Telefon hinüberblickte, das nie gegen ein neueres Modell ausgetauscht worden war.

Um sieben Uhr abends war in dem kleinen Küchenfenster noch blasses Licht zu sehen, und Pnina fiel auf, daß der Vorhang eine Wäsche brauchte. Sie hatte ihn seit den Feiertagen nicht mehr abgenommen. Auch andere Kleinigkeiten stachen ihr jetzt ins Auge, zum Beispiel daß die Steckdose neben der Tür zur Küche schief hing und daß der Griff der Kühlschranktür geputzt werden müßte. Der Teppich auf dem Küchenfußboden hatte Flecken, die ihr bisher nicht aufgefallen waren, und das Bild auf dem Wandkalender wirkte auf einmal bedrohlich. Und dann wählte sie wieder. Diesmal war Ja'ara am Telefon. Ruhig sagte sie, Mama fühle sich nicht wohl, und mit einem verantwortungsbewußten Ton in der Stimme fügte sie hinzu, sie mache jetzt für sich und Ja'ir das Abendessen, Mama schlafe und habe gebeten, nicht geweckt zu werden. Und sie solle der Oma ausrichten, daß sie morgen nicht kommen könne, um sie zu holen, sie habe Grippe. Es lohne sich auch nicht, daß die Oma sich anstecke. So blieb Pnina auf dem geblümten Sessel mit den dünnen Armlehnen sitzen, neben dem schwarzen Telefon, eine Hand auf dem Hörer, ohne zu wissen, was sie tun sollte.

Im Fernsehen erklärte eine geschminkte Ansagerin auf Arabisch, wie man gefüllte Weinblätter zubereitet, und Pnina stellte das Gerät lauter, um Gesellschaft zu haben und um die inneren Stimmen zu übertönen, die ihr alle Leiden ihres Lebens aufzählten. Sie war erfüllt von der zunehmenden Gewißheit, daß ein Unglück passiert war, aber hätte nicht sagen können, worum es sich handelte.

Auch um zehn Uhr abends ging Jo'ela nicht zum Telefon, sondern Ja'ara sagte mit schläfriger Stimme, Mama werde morgen anrufen, und Papa habe sich noch nicht gemeldet. In der Firma ging niemand ans Telefon. Pnina bedeckte das Gesicht mit den Händen. Jetzt erst fiel ihr auf, daß sie sich, seit sie vom Markt zurückgekommen war, nicht umgezogen hatte, und wieder spürte sie das bedrückende Gefühl, das angefangen hatte, als sie feststellen mußte, daß der Fischverkäufer heute nicht da war.

Sie sah sich einen alten amerikanischen Film im Fernsehen an, während sie langsam das Kleid mit dem Blumenmuster auszog, das sie an diesem Tag wegen der Hitze gewählt hatte. Als sie die elastischen Stützstrümpfe hinunterschob und die

Krampfadern freilegte, betrachtete sie ihre Beine, die einmal so schön gewesen waren. In der Küche summte die Neonröhre. Das Geschirr war abgespült, ohne daß sie registriert hatte, es getan zu haben, und die abgekühlten Fische standen bereits im Kühlschrank. Die gehackte Leber wartete noch, der Käsekuchen verströmte seinen Duft in der ganzen Wohnung, die Hühnersuppe brodelte im Topf, und Pnina hatte das Gefühl, noch nicht einmal genug Kraft zu haben, um den Gasherd auszumachen, geschweige denn darauf zu warten, daß die Suppe abkühlte.

Langsam schnitt sie sich eine Scheibe von dem Brot ab, das sie morgens in den Kühlschrank gelegt hatte, und bestrich es dünn mit Margarine und Erdbeermarmelade, die Hilas Rubi selbst gekocht hatte. Sie bereitete sich einen blassen Tee, probierte einen Löffel, starrte die Wohnungstür an und versuchte, sich durch gleichmäßiges Kauen und ständiges Rühren des Tees mit dem Löffel zu beruhigen. Das Brot war hart und schwer zu kauen, und ihr fiel ein, daß sie dringend zum Zahnarzt gehen mußte, wegen der Brücke, die wacklig geworden war. Sie betrachtete die kleinen braunen Flecken auf ihrem Handrücken, einer war ziemlich groß, und dachte, daß die Hände der alten Frauen so ausgesehen hatten, als sie noch ein Kind war und sich nicht vorstellen konnte, selbst einmal solche Hände zu bekommen. Sie berührte den Ehering, den sie auch nach Chaims Tod nicht abgenommen hatte, und überlegte, was er wohl zu dem, was mit ihr geschah, gesagt hätte, und für einen Moment überdeckte die Trauer über seinen Tod die Angst, die ihr in der Kehle aufstieg, und sie fragte sich, warum sie, seit er gestorben war, niemanden mehr hatte, mit dem sie reden konnte, und was ihr zu tun übrigblieb, wenn ihre einzige Tochter nicht mehr mit ihr sprechen wollte und ihr einziger Sohn irgendwo in Los Angeles lebte, in einem Haus mit unzähligen Treppenaufgängen, und niemand war da, sei es auch nur, um ihr zu sagen, was mit ihr geschah und wie krank sie wirklich war.

Ihr Blick fiel auf eine seltsame Überschrift in der Zeitung, die sie am Kiosk neben dem Haus gekauft hatte, und ohne Brille las sie, daß eine Frau den Leiter der chirurgischen Abteilung eines Krankenhauses anklagte, weil dieser ihr irrtümlich eine Brust amputiert hatte. Pnina sah ganz deutlich Jo'ela vor sich, wie sie ihre rechte Brust abtastete, so, wie sie es ihr selbst beigebracht hatte, wie ihre Hand innehielt, als sie den Knoten spürte, und wie sie ratlos von einem befreundeten Arzt zum anderen lief, denn Ärzte können sich ja nicht selbst behandeln. Pninas Atem ging kürzer, während sie sich klarzumachen versuchte, daß bisher alles gutgegangen war, daß seit Chaims Tod vor fünf Jahren kein Unglück passiert war, daß außer seinem Tod und den Kriegen seit Jo'elas Hochzeit mit Arnon alles gut lief, daß sie fünf gesunde Enkelkinder hatte, die gut lernten, wohlerzogen waren und sogar hübsch und freundlich. Allerdings sprachen die beiden kleinen Jungen ihres Sohnes nur Englisch, und sie hatte sie, wegen der Entfernung und ihrer Angst vorm Fliegen, erst zweimal gesehen. Ihre Mutter hieß Annabell, ein langer und schwieriger Name, aber sie war offenbar gut zu den Jungen und zu ihrem Mann. Alles lief gut, und Arnon holte sie jeden Donnerstag ab, er kam immer direkt von der Firma aus zu ihr, lud die Körbe in den Kofferraum und nahm sie mit zu ihnen nach Hause, wo sie dann bis Sonntag morgen blieb, bis er sie schließlich wieder zurückbrachte in ihre Wohnung. Sie stellte keine großen Ansprüche ans Leben. Sie packte die Körbe aus, sie reinigte die Plastikgefäße, sie putzte die Wohnung – auch in den letzten Jahren hatte Jo'ela es nicht geschafft, sie dazu zu überreden, Hilfe anzunehmen. Zwei Tage brauchte sie immer, um Wohnzimmer und Schlafzimmer zu putzen, dann kamen Jo'elas Zimmer und das Bad an die Reihe, bis alles glänzte, und wenn sie die Küche geschrubbt hatte, wusch sie mit der Hand die Bettwäsche und die Unterwäsche, manchmal auch die schmutzige Wäsche der Kinder, rieb die Flecken, die Jo'elas Schula nicht herausbekam, und abends, beim Fernsehen, flickte sie Wäsche, und mittwochs fuhr sie mit zwei Körben zum Markt von Pardes Katz, um alles einzukaufen und zu kochen und für die Fahrt nach Jerusalem vorzubereiten.

Obwohl sie keine Bücher las, fast nie mit jemandem sprach und höchstens alle zwei Monate ins Kino ging, zu einer Nachmittagsvorstellung, flogen ihre Tage nur so vorbei. »Ist dir nicht langweilig?« fragte Jo'ela manchmal, wenn sie nach dem Schabbatessen abends in der Küche standen, Jo'ela das Geschirr in die Spülmaschine räumte, während Pnina, die Spülmaschinen grundsätzlich mißtraute, noch die Töpfe abwusch. »Nein, nie«, antwortete sie dann und erklärte: »Ich habe einen Fernseher, ich habe eine Zeitung, und ich habe immer viel zu tun.« Einmal hatte Jo'ela zögernd gefragt: »Möchtest du nicht Leute kennenlernen? Soll ich dich vielleicht mit einem Mann bekannt machen?« Pnina hatte sie entsetzt angeschaut. »Wozu? Damit ich für ihn waschen und kochen muß? Was ist schlecht an meinem Leben?« Dann hatte sie geseufzt und wiederholt, was sie in den letzten Jahren schon so oft gesagt hatte: »Einen Mann wie deinen Vater gibt es nicht noch einmal, wir waren jung, als wir uns kennenlernten, und jetzt sind alle alt.« Jo'ela hatte sie erstaunt angeschaut. »Willst du etwa einen jungen?« hatte sie gefragt. Pnina hatte eines ihrer seltenen Lächeln gelächelt und gesagt: »Warum nicht?« Ihre Tochter war rot geworden und hatte sich schnell wieder daran gemacht, die schwarze Marmorplatte zu putzen, von der Pnina sofort gesagt hatte, sie würden sie bestimmt bald auswechseln, weil sie nicht praktisch sei.

Pnina zog die Pikeedecke über sich, die sie als Schutz gegen die Mücken benutzte, und lauschte dösend den Spätnachrichten. Wie jeden Abend seufzte sie, als sie das Hauskleid auszog und in das Nachthemd schlüpfte, das ihr die Kinder zu Pessach geschenkt hatten. Sie hatte nicht vorgehabt, es zu benutzen, aber Ne'ama hatte sie mit ihren braunen Augen ernst angeschaut und gesagt: »Heb es ja nicht im Schrank für mich auf, Oma, wir haben es zu dritt für dich ausgesucht.« Und jedesmal, wenn Pnina nun den dünnen, hellblauen Stoff sah, sah sie zugleich die ernsten braunen Augen Ne'amas vor sich, die von allen seit ihrer Geburt als »Engel« bezeichnet wurde und schon als Zweijährige einen so ernsthaften, verantwortungsbewußten Blick gehabt hatte.

Sie konnte nicht einschlafen. Sie überlegte sogar, ob sie Hila anrufen sollte, vielleicht wüßte die ja, was mit Jo'ela los war, wagte es aber wegen der späten Stunde nicht. Sie traute sich auch nicht, eine der Schlaftabletten zu nehmen, die ihr der Kassenarzt verschrieben hatte. Sie wollte am nächsten Morgen wach sein, wenn Jo'ela anrief. So warf sie sich im Bett hin und her, stand am Schluß auf, wanderte in der Wohnung herum und lauschte den Geräuschen, die von draußen hereindrangen, Geräuschen von Autos, von Menschen, die mitten in der Nacht auf der Straße herumliefen. Sie stellte das kleine Radio an, das neben Chaims Bettseite stand, und als sie sich dann hinlegte, zum Radio gewandt, und die Hand ausstreckte, spürte sie für einen Moment Chaims Körper, sie hörte den Sprecher etwas über die Hochzeitsrituale brasilianischer Indianer erzählen, und schließlich holte sie aus Jo'elas Zimmer die polnische Enzyklopädie über die gesunde Familie, in der sie manchmal blätterte, suchte das Stichwort »Geschwulst« und las zum soundsovielten Mal alles, was über Brustkrebs darin stand. Erst gegen Morgen, als es draußen bereits hell wurde, schlief sie ein.

9.
Hila oder: Der Prozeß findet statt

Als Hila aufwachte, war es drei Uhr morgens. Obwohl es ihr nicht gelang, noch einmal einzuschlafen, blieb sie bis gegen sechs Uhr liegen, nahm sich alles mögliche vor, versuchte, irgendwelche schönen Vorstellungen festzuhalten, die aber immer wieder davonflogen wie Drachenschnüre bei starkem Wind, bis sie schließlich, noch vor sechs Uhr, im Badezimmer stand, den Bauch ans Waschbecken gepreßt, das Gesicht so dicht wie möglich an dem kleinen Spiegel mit dem schwarzen Rahmen. Mit dem Finger zog sie die Oberlippe hoch und berührte ihr Zahnfleisch. Erst oben, dann unten. Sie fletschte die Zähne und riß den Mund auf. Wenn nichts zu sehen war, gelobte sie sich auch diesmal, würde sie darauf verzichten, Alex zu treffen, wenigstens einmal.

Als sie ihre Fingerspitzen betrachtete, die zwar feucht waren, aber keine Spur von Blut zeigten, entschied sie, daß das eigentlich noch nichts bedeute und sie daher das Gelöbnis nicht zu halten brauche. Nur wenn wirklich keine Blutung auftrat, wollte sie auf das Treffen verzichten. Und falls sich herausstellen sollte, daß sie ganz gesund war, versprach sie sich, würde sie vielleicht den Kontakt mit ihm für einige Zeit aufgeben, möglicherweise sogar für immer.

Mit der Spitze ihres kleinen Fingers fuhr sie über das rosafarbene Zahnfleisch und betrachtete prüfend den Fingernagel, ob ein Zeichen für eine Blutung zu erkennen war. Nichts war zu sehen, auch nicht der kleinste Tropfen, trotzdem brauchte man nicht gleich an die Einhaltung des Versprechens zu denken. Wenn sie es sich genau überlegte, hatte sie es ja nicht wirklich versprochen, sie hatte die Bedingungen noch nicht endgültig formuliert.

Im Spiegel sah sie, daß ein Knopf an ihrem Hemd fehlte. Man durfte sich nicht gehenlassen. Sie mußte ihn sofort annähen. Unter dem Wasserhahn, im Waschbecken, waren gelbe Rostflecken zu sehen, deshalb mußte sie den Knopf annähen. Das war zwar kein Blut, aber ganz genau weiß man das ja nie, sagte sie zu ihrem Spiegelbild. Und vielleicht bestand das erste Anzeichen ja auch aus etwas anderem als Blut.

Da ihr Mund so trocken war, fiel es ihr schwer, ins Waschbecken zu spucken, aber als sie es geschafft hatte, entdeckte sie etwas, das man vielleicht als Rosa bezeichnen konnte, eine Farbe, die durchaus auf eine geheime Blutung hinweisen konnte. Die beiden Wörter »geheime Blutung« reichten, um alles zwingend und dringend zu machen. Geheime Blutungen und die dunklen Ränder unter ihren Augen. Nur wenn man das untere Lid herabzog, sah man den hellen Rosaton unterhalb des Augapfels, ein Beweis für Blutarmut, was untrüglich auf eine starke Anämie oder eine innere Blutung hinwies.

Während sie Nadel und Faden suchte, überlegte sie, daß sie den obersten Knopf abschneiden könnte, den sie ohnehin nie benutzte, und statt des fehlenden annähen. Der Nähkasten stand noch immer auf dem Bücherschrank im Wohnzimmer, wie damals, als ihre Mutter noch gelebt hatte, und sie mußte sich auf die Zehenspitzen stellen, um ihn herunterzuholen. Als sie den Deckel öffnete und die drei treppenförmigen Schubladen herausklappte – keine einzige Nadel war zu sehen –, strich sie sich mit der anderen Hand über die linke Brust, wie

Jo'ela es ihr gezeigt hatte, mit kreisenden Bewegungen von der Achselhöhle zur Brustmitte. Es war zwar besser, sich im Liegen zu untersuchen, aber im Stehen ging es auch, das konnte einem ja keiner verbieten. In dem Monat, seit ihr Vater ins Altersheim umgesiedelt war, das auch »die Stätte des goldenen Lebensabschnitts« genannt wurde, waren so viele Dinge passiert, daß ihr ganz schwindlig wurde, wenn sie daran dachte.

Er hatte nichts dagegen gehabt, daß sie einstweilen, bis eine andere Lösung gefunden war, in der Wohnung wohnte. Er hatte überhaupt sehr gleichgültig reagiert, besorgniserregend gleichgültig, als sie ihm erzählt hatte, daß sie von zu Hause wegging. Auch Rubi hatte diesmal ihre Mitteilung, sich von ihm zu trennen, nicht ernst genommen, so als habe er mit ihrem Vater abgesprochen, sie solle sich austoben, diese Periode hinter sich bringen, den Anfall durchstehen – wie Rubi es einmal genannt hatte, während er mit einem Holzlöffel in der Erdbeermarmelade rührte – und dann in aller Ruhe nach Hause zurückkehren. Sie hatten beide nicht erwartet, daß sie auch nur einen Monat durchhalten würde, und vielleicht war das der Grund dafür, daß sie durchhielt und auch nicht aufgeben würde. Die Tatsache, daß ihre Töchter nicht zu Hause waren, unterstützte sie dabei. Wenn Rubi wollte, daß sie zurückkam, wenn er vor lauter Sehnsucht den Verstand verlor, wenn er bettelte – dann würde sie es sich vielleicht überlegen, doch jetzt dachte sie nicht daran, zu der Routine zurückzukehren, die Rubi so liebte, und das langsame Sterben eines verheirateten Paares zu erleben. Die Tatsache, daß sie über vierzig war, was Rubi nie zu erwähnen vergaß, hatte keinerlei Bedeutung. Auch eine Frau über vierzig hatte Rechte. Ehe war kein Schicksal, das man hinnehmen mußte. Nichts war wirklich Schicksal, außer den Krebszellen und dem körperlichen Verfall.

Wenn sie wüßte, daß sie gesund wäre, hätte diese Einsamkeit vielleicht etwas Schönes sein können. Wenn sie wüßte, daß sie gesund wäre, hätte sie den ganzen Vormittag dem Einfassen der grünen Steine widmen können, die sie gestern herausgebrochen hatte, und den Schnallen der Ledergürtel, die ein Schuster in Rechawja nach ihren Wünschen geschnitten hatte. Aber der Gedanke an eine Krebsgeschwulst am Gaumen oder am Kiefer ließ sie nicht los. Vielleicht wäre es besser, etwas zu tun, sich abzulenken, vielleicht wäre es gut, sich auf die Gürtelschnallen zu konzentrieren. Sie könnte an diesem Morgen die fünf Gürtel und die zwei Armreifen fertig bekommen, die sie eigentlich an Chagits Boutique liefern mußte, dann würde sie etwas verdienen, um die Rechnung für die ambulante Behandlung vom Wochenende zu bezahlen, die von der Krankenkasse abgelehnt worden war.

Sie ließ ihre Brust los und suchte mit zitternden Fingern, ob in einer Garnrolle eine Nadel steckte, dann nach der kleinen Schere mit der abgerundeten Spitze, mit der man einen Faden abschneiden konnte, ohne den Stoff zu beschädigen. Dabei tastete sie mit der Zunge ihren Gaumen nach etwas Auffallendem ab, und als sie das Gefühl hatte, hinter einem linken oberen Backenzahn eine Schwellung gefunden zu haben, nahm sie das Telefonbuch und suchte fieberhaft nach der Privatnummer von Doktor Groß, als wäre das die Rettung, fand sie aber nicht.

Um halb sieben saß sie in dem lilafarbenen Sessel und rieb ihren großen Silberring am Bezug der Armlehne. Wenn sich herausstellen sollte, daß sie nichts am Zahnfleisch hatte, würde sie den Ring ins Meer werfen, sie würde extra zum Strand fahren, um ihn noch heute ins Meer zu werfen, und wenn nicht heute, so doch bestimmt morgen. Den Sessel hatte sie vor einigen Monaten selbst angestrichen, als Überraschung für ihren Vater, der von der Kur zurückkam und überhaupt nicht überrascht war, weil schon damals feststand, daß er diesen Sessel nicht in sein Zimmer im Altersheim mitnehmen würde, in dem ohnehin nicht genug Platz war für all seine Möbel, und überhaupt wollte er lieber neue.

Sie war ratlos und wußte nicht, was sie mit sich anfangen sollte, bis Doktor Groß mit der Sprechstunde begann. Weil ihr einfiel, daß er in einer Mietwohnung lebte und das Telefon vielleicht gar nicht auf seinen Namen zugelassen war, rief sie in der Praxis an und hinterließ auf dem Anrufbeantworter eine Nachricht, daß sie ihn unbedingt heute morgen noch sehen müsse. Aber ein Anrufbeantworter war nicht zu vergleichen mit einem direkten Gespräch mit Doktor Groß selbst, der sie sicher nach einer Minute des Zuhörens sofort zu sich bestellt hätte, so wie damals, vor zwei Wochen. Er würde ihr blasses Gesicht mit seinen gelblichen Augen betrachten, in denen sie jedesmal, wenn sie auf dem Behandlungsstuhl saß, braune Pünktchen entdeckte, nicht aber, wenn sie ihm gegenüberstand; und mit seiner ruhigen, geduldigen Stimme, der es an Feuer und Autorität fehlte – aber genau dieses Fehlen war es, was ihn in ihren Augen professionell machte –, würde er ihr erklären, daß es keinen Grund zur Sorge gab und der Befund jetzt nicht anders sein konnte als vor zwei Wochen. Beim letzten Mal hatte er ihr, als die Sprechstundenhilfe das Zimmer verlassen hatte, mitfühlend gesagt, wie sehr er es bedauere, daß sie so litt, und als er ausrechnete, wieviel sie bezahlen mußte, hatte er gefragt, ob sie nicht an all das Gute denken könne, das es schließlich doch auch gab, und wie schade es wäre für eine so schöne Frau wie sie, in der Blüte ihrer Jahre, mit so gelungenen Töchtern, wenn sie das vergaß.

Jo'ela anzurufen war sinnlos, nicht nur, weil es schon zehn nach sieben war – wie doch die Zeit verging, jetzt saß sie schon über eine halbe Stunde im Sessel, ohne etwas zu tun, aber manchmal war auch Nichtstun eine Tätigkeit, während Aktivität Flucht bedeuten konnte – und sie vielleicht schon das Haus verlassen hatte, sondern weil Jo'ela nichts verstand von Mund und Kiefern. Doch wenn sie es genau überlegte, war auch Doktor Groß kein Mund- und Kieferchirurg, deshalb hatte auch seine Versicherung, sie sei vollkommen gesund, keine besondere Bedeutung. Vielleicht war es doch besser, wieder zur Ambulanz zu fahren und bei dieser Gelegenheit gleich um eine Blutuntersuchung zu bitten, das war der sicherste Weg, um herauszufinden, ob sie krank war, das hatte nichts mit der Rechnung zu tun, die ihr die Klinik geschickt und die sie noch nicht bezahlt hatte, auch nichts mit dem ausdrücklichen Versprechen, das sie Jo'ela gegeben hatte, diese Woche nicht mehr hinzugehen, nachdem sie sich beim letzten Mal lächerlich gemacht habe. Warum durfte sie nicht einfach hinfahren, ohne daß jemand böse auf sie wurde und ihr Vorwürfe machte? Wenn sie ruhig und ohne Angst war, konnten es die anderen doch wohl ebenfalls sein.

Die Wochenenden waren besonders schlimm, weil man dann die passenden Ärzte nicht anrufen konnte. Dann mußte man extra zur Ambulanz fahren und Ärzte in grünen Kitteln um Hilfe anflehen, Ärzte, die einem aufmerksam zuhörten und dann, wenn sie die Patientenkartei bekommen hatten, ein arrogantes Lächeln aufsetzten.

Um zehn Minuten vor acht lauschte Hila wieder der nachdenklichen Stimme von Doktor Groß auf dem Anrufbeantworter, der auf Hebräisch und Englisch Tage und Stunden der Sprechzeiten bekanntgab. Ihr war klar, daß sie sich sofort anziehen und zur Ambulanz fahren müßte, um ihren Körper vor der Geschwindigkeit des Prozesses zu schützen, der in diesem Moment schon dazu führen konnte, daß sich die Zellen vermehrten und zu einer Geschwulst wurden, die Metastasen streute.

Sie konnte sich nicht entscheiden, was sie anziehen sollte, aus der Hoffnung heraus, daß trotzdem das Telefon in der leeren Wohnung läuten würde und Alex am anderen Ende wäre und sie sofort sehen wollte, weil sein Leben ohne sie nicht lebenswert war, und wenn nicht er, so jemand anderer, der etwas von ihr wollte, denn wenn ihr heute etwas Unerwartetes passierte, würde alles anders ablaufen. Deshalb stellte sie erst einmal den Wasserkessel auf. Wenn man es genau bedachte, war es trotzdem gut, etwas zu trinken, vielleicht Kaffee, denn die Trockenheit bei der Hitze, die dieses Jahr sehr früh eingesetzt hatte, konnte zu Zahnfleischbluten führen, und auch wenn sie kein Blut gesehen hatte, so war doch irgend etwas Ungesundes an dem deutlichen Gefühl, daß mit ihrem Zahnfleisch etwas passierte, was sie nicht wußte; der Prozeß war nicht zu leugnen.

Wegen des Chamsin wäre es besser, in der schwarzen Kiste nach einem Sommerkleid zu suchen, einem, das den Bauch kaschierte, den sie im Lauf des letzten Winters bekommen hatte. Rubi hatte zwar gesagt, der Bauch störe ihn nicht, aber genau das war der springende Punkt, er hätte ihn stören müssen. Wer so dick ist, muß wenigstens wissen, daß sein Körper frei ist von Geschwülsten, sagte sie fast laut, als sie den Deckel der schwarzen Kiste hob, in die sie, als es Winter wurde, die Sommersachen gepackt hatte, weil sie sich damals nicht vorstellen konnte, daß der Winter je vergehen und ein neuer Sommer kommen würde, und der Platz, den die überflüssigen Kleider beanspruchten, sie störte. Deshalb hatte Rubi die Sachen auf ihre Bitte zur Wohnung ihres Vaters gebracht und unordentlich in die Kiste gestopft. Sie zog ein Sommerhemd von Rubi und ein kleines Kleid von Nufar heraus. Daß Gewichtsverlust eines der ersten Anzeichen war, wußte sie, das war bekannt, aber es gab schließlich auch andere Fälle – manchen Frauen wuchs zum Beispiel eine Geschwulst im Bauch.

Aus einer Ecke der Kiste zog sie einen grünen Baumwollstoff hervor, es war das grüne Kleid aus indischem Stoff, hervorragend geeignet für einen Tag wie diesen, weil es zum einen etwas Leichtes und Flattriges an sich hatte, zum anderen der Farbton ihre Blässe betonte. Sie wußte, daß sie gut daran tat, ihre Blässe zu betonen, denn Ärzte mußten auf verschiedene Arten überzeugt werden, allein von Worten ließen sie sich nicht beeindrucken, man mußte auch entsprechend aussehen.

Sie sollte sich auch genau überlegen, ob sie schön sein wollte, das heißt, ob sie den Gürtel mit der großen Kupferschnalle anzog – sie sollte diesen Gürtel nachmachen, mit einer ähnlichen Schnalle, der würde bestimmt reißenden Absatz finden – und die Wangenknochen mit dem rosabräunlichen Puder betonte oder ob sie lieber auf alles verzichtete und nicht einmal ihre roten Locken zusammenband, sondern wild herunterhängen ließ. Wenn sie zum Beispiel in einfachen Holzsandalen ging, konnte das mitleiderregend und irgendwie dringender wirken. Aber, erinnerte sie sich selbst, als sie den braunen Gürtel mit der Kupferschnalle umband, man mußte auch aufpassen, daß man nicht zu verrückt aussah, denn dann weigerten sie sich, einen gründlich zu untersuchen. Hoffentlich hatte ein anderer Arzt Dienst als der von der Nacht von Schabbat auf Sonntag, und wenn es schon derselbe war, so hatte er sie hoffentlich vergessen, denn wenn er sich an sie erinnerte, würde er sich weigern, sie auch nur anzuschauen. »Meine Dame«, hatte dieser junge Arzt mit den hellen triefenden Augen in der Nacht zum Sonntag gesagt, während Hila die braunroten Flecken auf seinen Sportschuhen betrachtet hatte, braunrot wie Blutflecken, was sie vielleicht auch waren, »Sie sind gesund wie ein Stier. Sie haben nichts.« Und nach einem Blick in ihre Patientenkartei hatte er hinzugefügt: »Vielleicht sollten Sie sich eine Beschäftigung suchen, dann würden Sie nicht auf solche Gedanken kommen.«

Die Frage war, wie man Ärzte von der Dringlichkeit einer Angelegenheit überzeugen konnte. Vermutlich konnte eine gut zurechtgemachte Frau in solchen Situationen kein Mitleid erregen, andererseits aber vielleicht doch, wenn sie besonders schön aussah. Es war ja bekannt, daß alte Frauen manchmal einen ganzen Tag in der Ambulanz herumlagen, ohne daß sich jemand um sie kümmerte. Zum Beispiel dieses Ehepaar, das sie neulich nachts gesehen hatte. Der Alte lag da wie eine Mumie, und seine Frau saß neben ihm. Niemand kümmerte sich um sie. Hila hatte sie lange beobachtet und gehört, wie der Alte dauernd fragte, wieviel Uhr es sei. Anfangs hatte die Frau noch geduldig geantwortet. Sie hatte jedesmal den Kopf gesenkt und auf die Uhr geschaut, die sie auf der Brust hängen hatte, und ihm die genaue Zeit gesagt. Doch mit jeder Frage bemühte sie sich weniger, dann schaute sie ihn nicht einmal mehr an, wenn sie ihm antwortete, und am Schluß sagte sie wütend: »Wozu mußt du wissen, wieviel Uhr es ist?« Kein einziges Mal hatte sie nach seiner Hand gegriffen. Hila hatte in der wiederholten Frage des Mannes seinen Wunsch herausgehört, das Alleinsein zu überwinden, endlich behandelt zu werden, damit der Schmerz in seinem Körper aufhörte, sie hatte sogar seine Sehnsucht herausgehört, wieder jung zu sein, oder daß ihm jemand die Hand auf die Stirn legte, auf seine Wange, seinen Arm. Die Frau, die sich an dem eisernen Bettgestell festklammerte, gab ihm aber nur die Auskunft, wieviel Uhr es war.

Im Spiegel an der mittleren Tür des Kleiderschranks im Schlafzimmer ihrer Eltern – eines alten Schranks mit drei gewölbten, an den Ecken abgerundeten Türen – sah sie, daß das grüne Kleid, trotz des braunen Gürtels, unbedingt gebügelt werden mußte. Genaugenommen mußte jedes Kleid, das sie aus der schwarzen Kiste zog, gebügelt werden. Als sie das Bügelbrett ins Wohnzimmer schleppte und sich mit der in zwei, drei Stücke zerfallenen Steckdose abmühte, einen Schraubenzieher fand sie nicht, überlegte sie, ob sie vielleicht Jo'ela um ihre Meinung bitten sollte, wagte es dann aber nicht, denn vorgestern hatte sie sie dreimal bei der Arbeit angerufen, und beim dritten Mal war Jo'ela ungeduldig geworden und hatte gesagt, sie solle doch mal rausgehen und was unternehmen, im selben Ton wie der Arzt von der Ambulanz, als wäre sie außerhalb des Hauses von ihrem Körper befreit, überhaupt eine freie Person, als würde sie, wenn sie sich nur beschäftigte, aufhören, über die Prozesse nachzudenken, die in ihrem Körper stattfanden. »Wenn im Inneren eine leere Stelle ist, kann etwas anderes sie einnehmen«, hatte Rubi vor ein paar Tagen gesagt, als sie bei ihm anrief und ihn bat, sie zur Ambulanz zu fahren. »Wenn du nach Hause zurückkommst, können wir darüber reden. Inzwischen kannst du tun, was du willst, aber allein.« Die vorigen Male, als sie von zu Hause weggegangen war – nie für so lange Zeit –, war er immer gekommen und hatte alles getan, worum sie ihn bat. Doch man mußte seine Weigerung nicht so ernst nehmen. Es war eher, als hätte jemand ihm gesagt, wie er sie behandeln sollte, wie ein kleines Mädchen. Sie brauchte sich vor seinem Urteil nicht zu fürchten, schließlich war ihr die Sache ernst, und es reichte, wenn sie das selbst wußte. Sie mußte es als Prüfung ihrer Fähigkeit betrachten, eine einmal getroffene Entscheidung auch durchzuhalten. Bei ihrem letzten Gespräch hatte Jo'ela verlangt, ihr eine ganze Reihe von Dingen zu versprechen, unter anderem, daß sie diese Woche nicht mehr zur Ambulanz fuhr. Wenn sie Jo'ela jetzt anrief und um Rat fragte, ob sie das grüne Kleid anziehen sollte oder nicht, würde sie sie an ihr Versprechen erinnern und sie dazu zwingen, zu Hause zu bleiben und zu warten, bis Doktor Groß in der Praxis war – und was noch schlimmer war, woran sich Jo'ela aber nicht erinnerte oder was sie nicht verstand oder überhaupt nicht wußte: zu warten, bis ein Anruf von Alex kam oder nicht kam, ein Anruf, auf den sie gern verzichten würde, freiwillig und aus eigener Initiative, wenn sie dafür die Sicherheit bekäme, sei es auch nur für einen Tag, daß sie gesund war. Aber Alex rief ohnehin nicht an, und wenn, so nur, um zu sagen, er habe es eilig und werde sich im Lauf des Tages noch einmal melden. Er würde sich höchstens darüber freuen, daß sie zu Hause war und sich nicht an allen möglichen Orten herumtrieb, wo man sie nicht erreichen konnte, und vielleicht würde er erwähnen, es bestehe die Möglichkeit eines Treffens, was sich aber erst im Lauf des Tages herausstellen werde, obwohl er sich natürlich davor hüten würde, wirklich etwas zu versprechen, denn bei den letzten Malen, als er ein Versprechen gegeben hatte und es im letzten Moment nicht halten konnte (einmal, weil sich seine Schwiegermutter den Arm gebrochen hatte, ein andermal, weil er vergessen hatte, daß er seiner Frau versprochen hatte, mit ihr ins Kino zu gehen, dann wieder hatte eine geschäftliche Besprechung länger als erwartet gedauert), hatte das bei Hila zu Wutausbrüchen geführt, und sie hatte Dinge gesagt, die im Gegensatz zu der Rolle standen, die sie eigentlich in seinem Leben spielen wollte – die heimliche Frau, die gute Freundin, ganz zu schweigen von der rätselhaften Geliebten –, und ihre Sicherheit, sie sei, anders als viele Romanheldinnen, über Dummheiten und Nichtigkeiten erhaben, stark erschütterten. Ihre Ausbrüche hatten ihn nur erschreckt und dazu gebracht, vorsichtiger mit Versprechungen umzugehen. Aber einen Rat Jo'elas anzunehmen, selbst zu entscheiden, die Initiative zu ergreifen, das heißt vorsätzlich und freiwillig darauf zu verzichten, ihn zu treffen – das schaffte sie nicht, weil sie es nicht schaffte, die Beziehung zu ihm ganz abzubrechen, wie Jo'ela es einmal gutmütig geraten hatte, ohne Moralpredigt, »weil es dir außer Kummer nichts bringt«, auch wenn sie gelobte, ihn eine ganze Woche nicht zu treffen, falls sich herausstellen sollte, daß sie gesund war, wie sie es das letzte Mal getan hatte, bevor sie zur Ambulanz gefahren war, aber dann hatte sie es entgegen allen Vorsätzen nicht geschafft, ihm ein Wort davon zu sagen, deshalb war es auch kein Wunder, daß sie sich jetzt wieder in derselben Situation befand.

Als sie das grüne Kleid bügelte, klingelte das Telefon. Hila dachte daran, den Stecker herauszuziehen, damit nicht dasselbe passierte wie damals an Purim, als sie für Nufar Chanales Schabbatkleid bügelte, an dem Rubi dann Sterne befestigen wollte, und ein versengter Abdruck des Bügeleisens auf dem weißen Stoff zurückgeblieben war, mitten auf dem Kleid, woraufhin Rubi ihr nicht mehr erlaubte, seine Hemden zu bügeln.

Die Sache damals war nur passiert, weil das Telefon geklingelt hatte, und sie nahm sich vor, Alex die Geschichte zu erzählen, sie war sicher, daß er es war, der anrief, deshalb erschrak sie auch so sehr, als am anderen Ende eine Frauenstimme, die sie nicht erkannte, aufgeregt rief: »Hila? Hila?«

»Ja«, antwortete sie zögernd. Erst als die Frau sagte: »Entschuldige, falls ich dich geweckt haben sollte«, erkannte sie Pnina und fand, als sie ihr antwortete, sofort den Ton, mit dem sie normalerweise mit ihr sprach: »Du hast mich nicht geweckt, ich war schon aufgestanden, mein Leben ist kein Leben, und nachts schlafe ich kaum.«

Pnina bemerkte gar nicht, daß sie das Wort »Leben« so aussprach, wie sie es manchmal tat, um sie mit ihrer aschkenasischen Aussprache zu necken. Sie lachte auch nicht, sie machte sich nur Sorgen, ob sie sie geweckt hatte oder störte, und hörte überhaupt nicht auf zu sprechen: »Es tut mir wirklich leid, wenn ich dich aufgeweckt habe, aber ich habe es einfach nicht mehr ausgehalten, ich habe die ganze Nacht nicht geschlafen und warte schon seit sechs Uhr morgens, weil ich dich nicht wecken wollte ...« Und dann fügte sie hinzu: »Jo'ela hat mir schon vor einer Woche gesagt, daß du in Urlaub bist oder so, der arme Rubi, ihn habe ich auch nicht wecken wollen, aber er hat mir diese Telefonnummer gegeben und gesagt, nach acht wäre es in Ordnung, da könnte ich dich anrufen ...«

»Oma Pnina!« sagte Hila, so wie Ja'ara es immer tat. Sie zog das Telefon näher zu sich. Der Apparat fiel mit großem Getöse zu Boden, deshalb wurde der Strom von Entschuldigungen auf der anderen Seite unterbrochen, und Pnina erkundigte sich erschrocken, was passiert sei und ob Hila sie höre. Hoffentlich ist nichts kaputtgegangen, dachte Hila, als sie sich wieder zum Bügeleisen umdrehte, den Stecker in die Steckdose schob und sich den Hörer zwischen Ohr und Schulter klemmte. Als sie das Kleid auf dem Bügelbrett ausbreitete, entdeckte sie sofort die Flecken vom letzten Jahr, die sich nicht verstecken ließen. Sie erinnerte sich genau, wann das Kleid diese Flecken bekommen hatte: in Jo'elas Garten, an einem Schabbatmorgen, als die Wassermelonenscheiben tropften und Pnina sagte: »Melonenflecken gehen auch beim Waschen nicht raus.« Jetzt würde sie das Kleid neu färben müssen, in einem anderen Grün.

»Entschuldige, wenn ich dich mitten in etwas störe«, sagte Pnina am anderen Ende der Leitung.

»Beruhige dich, Oma Pnina«, sagte Hila beschwichtigend. »Ich bin nicht mitten in etwas und auch nicht am Anfang von etwas. Wie geht es dir?« Sie steckte den Finger in den Mund und betrachtete prüfend ihre Spucke. Sie beschloß, die Frage »Was ist passiert?« nicht zu stellen, obwohl Pnina das immer tat, wenn Hila in Jo'elas Haus manchmal den Hörer abnahm, nur weil sie gerade neben dem Telefon stand.

Pnina sagte leise: »Ich wollte dich um etwas bitten ... um einen großen Gefallen.«

»Alles, bis zu einem halben Königreich«, versprach Hila und fuhr sich mit der Hand über die Linie vom Kinn zum Hals.

»Was?« fragte Pnina. »Ich habe dich nicht verstanden, die Leitung ...«

»Das Vergnügen ist ganz meinerseits, aber gerne«, schrie Hila. »Ich tue alles, was du willst.«

»Ich weiß nicht, wie ich es dir sagen soll, aber ...«

»Ich habe keine Angst vor dem, was du möchtest«, sagte Hila und konnte sich genau vorstellen, wie Pnina bei dem Versuch, die Beherrschung nicht zu verlieren, unsichtbare Flusen von der karierten Schürze zupfte und die Lippen verzog.

»Hast du in der letzten Zeit Verbindung mit Jo'ela gehabt?« fragte Pnina.

»Was soll das heißen?« antwortete Hila erstaunt. »Natürlich ...«

»Wann hast du das letzte Mal mit ihr gesprochen?« beharrte Pnina. Ihre Stimme war scharf, der zögernde Ton war verschwunden.

»Vorgestern, glaube ich«, sagte Hila, ohne nachzudenken.

»Ich sage dir, es ist etwas los ... Etwas ist nicht in Ordnung.«

»Etwas ist nicht in Ordnung«, wiederholte Hila wie eine brave Schülerin. »Was zum Beispiel?« Sie versuchte, den Schrecken zu verbergen, der in ihr aufstieg. Die seltenen Male, die Pnina bei ihr angerufen hatte, um sich nach Jo'ela zu erkundigen, hatte es sich jedesmal darum gehandelt, daß dort niemand ans Telefon ging, oder sie hatte sich beklagt, daß immer besetzt sei.

»Nicht in Ordnung«, wiederholte Pnina. »Überhaupt nicht. Ich habe Angst, es ist etwas passiert.«

»Was denn? Was könnte passiert sein?« wollte Hila wissen und stellte das Bügeleisen auf den Metallständer, der als Ablage bestimmt war.

»Gestern habe ich angerufen, und in der Klinik hat man mir gesagt, daß Jo'ela Grippe hat. Die südamerikanische Sekretärin, diese Rothaarige, hat mit ihr gesprochen und es mir gesagt. Sie hat sich gewundert, warum ich das nicht wußte, denn Jo'ela ...« Pnina hustete und sagte: »Entschuldigung.«

»Grippe?« fragte Hila. »Das habe ich nicht gewußt.«

»Genau!« unterbrach Pnina triumphierend. »Seit gestern! Und du hast es auch nicht gewußt.«

»Na ja«, meinte Hila, »auch wenn sie gestern krank geworden ist und ich noch nichts weiß, heißt das doch nicht ...«

»Du kennst Jo'ela doch, sie ist nie krank. Das darf man eigentlich nicht sagen, unberufen, aber ich erinnere mich nicht, wann sie ...«

»Grippe, Pnina, keine plötzliche Stummheit, ein Mensch kann seine Stimmbänder auch benutzen, wenn er Angina hat«, erklärte Hila und begann, das grüne Kleid zusammenzufalten, erst in der Länge, dann in der Breite.

»Was?« fragte Pnina. »Ich habe dich nicht verstanden.«

»Man kann mit ihr sprechen, sie fragen, wie es ihr geht, man muß doch nicht gleich ...«

»Sie war gestern den ganzen Tag nicht bei der Arbeit, und ich weiß zufällig, obwohl sie es mir nicht selbst erzählt hat, daß sie mitten in etwas steckt, einem Projekt, deswegen wird sie nicht einfach so ...«

»Nicht einmal Jo'ela ist aus Eisen«, bemerkte Hila. »Manchmal wird ein Mensch krank und kann nicht arbeiten, sogar wenn er Jo'ela heißt.«

»Sie hat gestern den ganzen Tag nicht mit mir gesprochen, und wenn ich angerufen habe, sind nur die Kinder am Telefon gewesen, und ich ...« Pnina schnaufte in den Hörer.

»Also wirklich«, bat Hila. »Die Kinder haben mit dir gesprochen, sie sind in Ordnung, das heißt: Jo'ela ist ein bißchen krank. Die Sekretärin hat gesagt, sie hat Grippe, die Kinder haben es gesagt, warum mußt du dann etwas anderes dahinter suchen? Was stellst du dir denn vor, was passiert sein könnte?« Sie hoffte, daß sie sich beruhigend anhörte, aber sie merkte, daß es ihr nicht gelang. Pnina tat ihr leid, als sie im Ton eines kleinen Mädchens sagte: »Ich weiß es wirklich nicht genau.« Der Kummer und die Angst in der Stimme und die Erinnerung an das kleine, faltige Gesicht Pninas, die sich über das Essen beugte, appetitlos in dem kleingeschnittenen Fleisch herumstocherte, es widerwillig in den Mund schob, kaute und dem Gespräch beim Schabbatessen zuhörte, an das schüchterne Lächeln, das sie manchmal zeigte, auch das Erröten, wenn Hila von den Liebesabenteuern in ihrer Jugend erzählte, rührten ihr Herz, deshalb zögerte sie, bevor sie sagte: »Aber wenn jemand, der nicht daran gewöhnt ist, Grippe bekommt, dann fühlt er sich wirklich schwach und deprimiert, und das kann dazu führen, daß man mit niemandem sprechen möchte, das ist nicht gerade außergewöhnlich, und jetzt, in dieser Übergangszeit, sind viele Leute krank.«

»Ich wäre hingefahren, ich könnte durchaus auch mal mit dem Autobus fahren, aber ich will nicht ... Sie hat gesagt ... sie hat gebeten ... Sie hat durch Ja'ara ausrichten lassen, daß ich nicht kommen soll ... Und mit Gewalt geht das nicht ... Es lohnt sich nicht, sie zu überreden.«

Nein, mit Gewalt geht es nicht, dachte Hila und fragte sich, wer überhaupt von Gewalt geredet hatte, um welche Gewalt es ging und was wäre, wenn Alex gerade anzurufen versuchte und nur das Besetztzeichen hörte. Doch zu Pnina sagte sie nur: »Hat sie dich wirklich gebeten, nicht zu kommen? Nun, das wird sie nur getan haben, weil sie sich Sorgen um dich macht, um deine Gesundheit. Das letzte, was du kriegen solltest, Oma Pnina, wirklich das letzte, ist eine Grippe, ich habe schon lange daran gedacht, mit dir über eine Impfung zu reden, jeder Kassenarzt wird bereit sein, dich ...«

»Du denkst bestimmt, ich bin verrückt.« Pnina ignorierte Hilas Beschwichtigungsversuche und sprach weiter, mit sorgfältig gewählten Worten, während Hila ihren Hals betastete und dann das braune Muttermal auf ihrer Schulter berührte. Es kam ihr vor, als sei es in der letzten Zeit gewachsen. »Es ist nicht, daß ich mir wegen einer Grippe Sorgen mache, ich weiß, daß das keine Grippe ist. Ich sage dir, daß ich es weiß. Mütter wissen so etwas.«

»Bei allem Respekt«, sagte Hila, ihre Ungeduld zügelnd, »deine Tochter hat das Recht, ein normaler Mensch zu sein und einmal im Leben krank zu werden.« Sofort tat ihr die Bemerkung leid. »Ich meine«, fügte sie weicher hinzu, »daß viele Leute jetzt Grippe haben, die Krankheit ist, wie man weiß, nicht besonders gefährlich.«

»Ja, aber sie hat kein Wort mit mir gesprochen!« klagte Pnina. »Sie hat nicht angerufen. Kann man etwa nicht sprechen, wenn man Grippe hat? Ist es etwa eine schwere Angina? Es ist eine Grippe, und da kann man sprechen.«

»Manchmal«, überlegte Hila laut, »wird Grippe von einer Depression begleitet, vielleicht ist es das.«

»Was? Was hast du gesagt?« fragte Pnina nervös.

»Manchmal wird man auch ein bißchen depressiv, wenn man eine Grippe hat, und dann will man mit keinem sprechen. Ich bin sicher, auch wenn ich es versuche, wird sie ...«

»Schula hat gesagt, Jo'ela kann mich nicht holen, und Arnon ist ja beim Militär. Deswegen habe ich gesagt, ich schaffe den Weg schon allein, ich werde kommen und ihr mit den Kindern helfen, aber da hat Schula gesagt, ich soll nicht kommen, damit ich mich nicht anstecke und weil Arnon nicht da ist.«

»Siehst du? Arnon wäre nicht weggefahren, wenn es ein Problem gäbe«, unterbrach Hila sie.

»Nicht zum Reservedienst? Was hätte er sagen können? Ich kann nicht kommen, mit meiner Frau stimmt was nicht?« wandte Pnina ein. »Aber egal, was ist, ich bin alles andere als ruhig.«

»Du bist alles andere als ruhig«, wiederholte Hila ihre Worte und hoffte, daß nichts von dem, was plötzlich in ihr aufstieg, zu merken war. Wer ist hier überhaupt ruhig? Doch dann dachte sie an die zusammengekniffenen Augen, die dicken, braunen Stützstrümpfe wegen der Krampfadern und meinte die Einsamkeit der Frau förmlich durch das Telefonkabel fließen zu sehen. »Du hast keinen Grund zur Unruhe«, versicherte sie. »Aber ich werde Jo'ela anrufen und mit ihr sprechen, und dann rufe ich dich zurück.«

»Ich habe mir gedacht, daß ... wenn du mit ihr sprichst, wenn du mir Bescheid sagst ... dann kann ich mich beruhigen ...«

»Ja, ich werde mit ihr sprechen. Und dann rufe ich dich sofort an.«

»Und wenn sie nicht ans Telefon geht?« fragte Pnina ängstlich. »Eben gerade ging dort niemand ans Telefon, und ich ...«

»Du hättest lieber, daß ich selbst hinfahre und nachschaue«, sagte Hila.

»Ich möchte dich nicht stören, du hast bestimmt was vor, und ich will nicht, daß du nur, weil ich mir Sorgen mache ...«

Warum verstellst du dich so? dachte Hila, du denkst doch ohnehin, daß ich nichts arbeite und genügend Zeit habe, aber das würdest du mir nie sagen. »Ich habe nichts vor, ich fahre gern hin«, sagte sie in das Telefon.

»Ich habe gedacht«, flüsterte Pnina, »ihr seid doch so gute Freundinnen, fast wie Schwestern, mehr als Schwestern, du weißt ja, daß man manchmal nur mit einer Freundin sprechen kann ...«

Hila schwieg. Pnina hörte sich jetzt an wie ein Teppichverkäufer, der seine Ware anpries.

»Nur wenn du Zeit hast ... entschuldige, daß ich dich bitte, aber einer Freundin erzählt man Dinge, die man einer Mutter nicht erzählt, und Jo'ela war mir gegenüber immer verschlossen ... Und wenn Jo'ela nicht zur Arbeit geht und nicht am Telefon sprechen will und nicht ... wie kann ich da etwas wissen? Und sie hat mir ausrichten lassen, ich soll nicht kommen. Wann hat sie das je getan, wann? Das hat es noch nie gegeben.«

Nun tastete Hila über ihren Bauch.

»Sie ist wirklich verschlossen, sie war schon immer verschlossen, von Kindheit an hat man nichts aus ihr herausgebracht. Und wenn du mir sagst, daß du sie mit eigenen Augen gesehen hast, werde ich wissen, daß alles in Ordnung ist. Ich hätte dich nicht belästigt, wenn ich ...«

»Ich fahre hin«, versprach Hila. »Aber abgesehen davon, daß ich hinfahre, vielleicht hat sie einfach die Nase voll von der Arbeit? Und weil Arnon nicht da ist, hat sie beschlossen, sich vor der Welt zu verstecken, das würde ich selbst manchmal gern tun ...«

»Jo'ela?« rief Pnina erschrocken. »Entschuldige, daß ich das sage, aber du und Jo'ela ... das ist etwas ganz anderes. Nimm es mir nicht übel, aber ... Sie ist immer zur Arbeit gegangen! Sogar wenn die Kinder krank waren ... Und bei den Schwangerschaften ... immer ... Erinnerst du dich nicht?«

Hila hielt den Hörer weiter weg und nahm jetzt nur noch das Rauschen der Stimme wahr, unaufhörlich, und meinte, das Rascheln der Plastiktüten zu hören, in denen Pnina herumwühlte, wenn sie ihre Zahnbürste suchte oder ihre Blutdrucktropfen oder wenn sie vor dem Schlafengehen ihre Gummistrümpfe auszog. Diese Geräusche waren an den Schabbatabenden immer zu hören, nach dem Wochenrückblick im Fernsehen. Dann stand Pnina vorsichtig vom Sofa auf und ging in ihr Zimmer im Erdgeschoß, am Ende des Flurs, und erst nachdem das Tütengeraschel aufgehört hatte, ging der Kampf mit der Tür los. Zunächst versuchte sie immer, sie geräuschlos zu schließen, um die Familie und ihre Freunde nicht zu stören, und am Schluß fiel sie doch mit einem Knall ins Schloß.

»Es ist ja nur schade um das viele Essen, das ich vorbereitet habe«, flüsterte Pnina plötzlich, genau in dem Moment, als Hila den Hörer wieder ans Ohr nahm.

»Pnina, hast du wirklich gesagt, es ist schade um das Essen? Es ist doch nur schade um die Toten«, zitierte Hila belustigt, und für einen Moment kam es ihr vor, als könne sie Pninas Verwirrung und Scham durch das Telefon hindurch spüren, deshalb fuhr sie versöhnlich fort: »Wir leben im Zeitalter der Tiefkühltruhen. Man kann alles einfrieren.« Weil Pnina schwieg, die Nase hochzog und nur ihr lautes Atmen zu hören war, versprach sie noch einmal: »Ich fahre sofort hin und rufe dich an, sobald ich zurück bin.«

Sie stand aus dem Sessel auf, zog den Stecker des Bügeleisens heraus, warf das grüne, zerknitterte Kleid auf das Sofa, zog ihr schwarzes Kleid mit den lila Blumen an, das zwar auch ein Sommerkleid war, aber trotzdem im Schrank hing, neben den Wintersachen, und dessen tief angesetzter Rock ihren Bauch kaschierte, während der runde Ausschnitt und die weiten Ärmel ihre Blässe betonten und die Farbe der Blumen dem Gesicht schmeichelte. Sie kämmte sich die Locken, band sie aber nicht zusammen, sondern steckte sie nur an einer Seite mit einem elfenbeinfarbenen spanischen Kamm auf, was ihr, wäre da nicht das einfache Kleid, vielleicht ein zu dramatisches Aussehen verliehen hätte. Trotz der Hitze wußte man nie, wen man unterwegs traf.

Als sie mit fester Hand den schwarzen Strich um ihren Mund malte, um ihn nachher mit bräunlichem Lippenstift auszufüllen, hörte sie den Motor des Müllabfuhrwagens und beschloß, den grauen Tag heute zu ignorieren, ebenso den Staub, der durch das geöffnete Fenster hereinwirbelte, und die kleinen Staubflocken um das Bett. Sie überlegte sogar, ob sie vielleicht ihre Pläne ändern und erst nachmittags zu Doktor Groß gehen sollte, möglicherweise war der Besuch bei ihm wirklich nicht so dringend, und außerdem war er kein Facharzt für Kieferchirurgie, so daß seine Diagnosen ohnehin ein wenig zweifelhaft waren, und genaugenommen hatte sich ihre Angst verflüchtigt und einer inneren Gelassenheit Platz gemacht: Was passierte in ihrem Körper? Als sie an Alex dachte, spürte sie sogar eine kleine Freude, weil er vielleicht gerade dann anrufen würde, wenn sie unterwegs zu Jo'ela war, und nicht wüßte, wo er sie finden konnte, doch dann fing der Pianist im Haus gegenüber wieder an, den Schluß des ersten Satzes von Brahms' zweitem Klavierkonzert zu üben, und obwohl sie schon Tag um Tag den langsamen Satz gehört hatte und er Takt um Takt einzeln übte, trafen sie die Töne, als würde das Stück perfekt vorgetragen, als habe die Leere in ihrem Kopf nur auf diese Musik gewartet, um die Seele mit einem reinen

Schmerz zu füllen, der nichts mit ihrem Körper und mit dem, was sich in ihm abspielte, zu tun hatte. Nun gelang es dem Spieler sogar, eine ganze Passage ohne Innehalten zu spielen, ohne Korrekturen, und Hila überlegte, daß sie, wenn sie über den Hof zu der Tür ginge, aus der diese Töne kamen, wohl eine Frau antreffen würde, keinen Mann, denn nur eine Frau konnte sich tagelang bemühen, um Brahms so zu spielen, wie er gespielt werden sollte, auch wenn es keine Chance gab, daß sie es je wirklich konnte. Denn Brahms konnte nur von einem Mann richtig gespielt werden, so wie es noch andere Dinge gab, die Frauen nicht konnten, und sogar Jo'elas verächtliches Schnauben bei dieser Behauptung half da nichts, auch nicht, wenn sie beharrte: »Blödsinn, die Frage ist doch nur, ob der Pianist oder die Pianistin begabt ist, mit dem Geschlecht hat das nichts zu tun, Clara Schumann selbst hat das erste Klavierkonzert gespielt, beim zweiten war sie schon zu alt. Das ist wirklich eine seltsame Behauptung, ohne jede Logik, die Bemerkung einer romantischen Frau, die noch immer ihre Welt mit Männern bevölkert, die Rüstungen tragen und mit Pferden über hohe Mauern springen!« Das wisse sie, Hila, doch selbst.

Hila stand am Fenster, an dem dunkelbraun gestrichenen Rahmen, von dem die Farbe abblätterte, und betrachtete ihren breiten Silberring, überlegte, wie dumm es doch wäre, ihn ins Meer zu werfen, und wie schade, sich von ihm zu trennen, und wie gefährlich andererseits, ein Gelöbnis nicht zu halten, am besten war es wohl, die Sache erst einmal zu verschieben. Vielleicht morgen, versprach sie der dunklen Macht, der sie es gelobt hatte und die jetzt verschwunden war.

Hätte Hila nicht auf dem hohen Sitz hinter dem Fahrer gesessen, hätte sie von dem ganzen Tumult nichts mitbekommen. Hätte sie zwischen den anderen Fahrgästen an der rückwärtigen Tür gestanden, hätte sie sich die Beulen an Armen und

Beinen vielleicht erspart, obwohl auch die Leute, die hinten im Autobus saßen, also weit weg von der Stelle, wo der Streit losging, gegen ihren Willen hineingezogen wurden. In dem Verkehrsstau, mitten zwischen den Autos, die die Durchfahrt von der Herzlallee nach Ramat Eschkol verstopften, kurz vor der Einfahrt zur Ausfallstraße, pflügte ein Bulldozer den Asphalt auf und häufte Kies und Sand um das große Loch mitten in der Straße, neben der Ampel. Ein Verkehrspolizist stand dicht neben dem Autobus und hielt mit der Hand die wartenden Autos zurück. Der Fahrer, ein junger Mann mit geistesabwesendem Gesicht unter einer grauen Schirmmütze, kratzte sich an der Nase und drehte dann am Knopf des Radios, bis er eine Station gefunden hatte. Der Sprecher sagte erst etwas auf Englisch, bevor ein lauter Gesang verkündete, daß nichts ewig dauere, nicht einmal der November. Eine ältere Frau drängte sich nach vorn und blieb neben dem Fahrer stehen. »Entschuldigen Sie bitte«, sagte sie mit einer heiseren, atemlosen Stimme und strich mit beiden Händen über die Metallsäule neben ihm, »entschuldigen Sie bitte.«

Der Fahrer drehte sich um und warf ihr einen gelangweilten Blick zu, ganz ohne Neugier, als erwarte er eine lästige Frage.

»Können Sie bitte das Radio ausmachen?« verlangte die Frau, und ihrer Stimme war anzumerken, daß sie sich nur mühsam beherrschte. Dabei starrte sie die runden braunen Hände des Fahrers an, als gehe etwas Erschreckendes von ihnen aus.

Mit einer heftigen Bewegung drehte sich der Fahrer jetzt zu ihr um. »Warum?« fragte er erstaunt. »Warum soll ich es ausmachen?«

»Wissen Sie nicht, was heute für ein Tag ist?« fragte die Frau mit erstickter Stimme.

In diesem Moment sah Hila die Frauen aus dem Viertel Beit Israel kommen und die breite Straße vor der langen

Autoschlange überqueren, sie sah Männer in schwarzen Mänteln und mit gesenkten Köpfen zum Friedhof in Sanhedria eilen und rutschte unbehaglich hin und her, als spüre sie auf ihrer eigenen Haut die Last der Kaftane und den Schweiß, als ihr plötzlich einfiel, daß sie in Wahrheit Erlöste waren, auch wenn in ihren Gesichtern gar keine Erlösung zu sehen war, sondern Bitterkeit und drückende Last und Kummer und Tollheit.

Zu diesem Zeitpunkt hatten sich schon zwei amerikanische Touristen, die wissen wollten, was los war, neben den Fahrersitz gedrängt und lauschten der Frau, die ihnen in fließendem Englisch erklärte, worum es ging, und ein großer Mann mit einem langen, breiten Bart, dessen Augen Blitze in Richtung des Fahrers schleuderten, sprach von Erlösung und von der Unsterblichkeit der Seele, fuchtelte mit seinen knochigen Armen zu dem nahen Friedhof hinüber und rief zur gegenseitigen Solidarität auf, bevor er einen jungen Mann mit hellen Haaren an den Schultern packte und schüttelte. Ein Pockennarbiger wurde fast auf den Fahrer geworfen, der wiederum schürzte die Oberlippe, zog seine graue Schirmmütze tiefer ins Gesicht und drehte das Radio sehr laut. Bässe und elektrische Gitarren dröhnten durch den Autobus, und die Lippen der weißhaarigen Frau begannen zu zittern. Links neben dem Bus, auf der Spur für Linksabbieger, dröhnte der Motor eines schwarzen Autos, auf dem mit weißen Buchstaben geschrieben stand: »Gerechtigkeit gehe Dir voraus«. Ein frommer junger Mann in Schwarz, der am Steuer des Autos der Chewra kadischa* saß, hob den Kopf und hupte. Hila versuchte, sich zu erinnern, ob man sich an den Ohren ziehen mußte oder ob dreimal Spucken ausreichte. An den Ohrläppchen zupfen war möglich, mit einer Bewegung, als richte sie die Ohrringe, die sie nicht angelegt hatte; da war Spucken, ohne daß es jemand

* *Chewra kadischa* (hebr.): Beerdigungsgesellschaft in jüdischen Gemeinden. Es sind fromme Männer, die die Beerdigung übernehmen.

merkte, schon schwerer. Es ging nur, wenn man das Gesicht in beide Hände legte. Außerdem war es ohnehin schon zu spät. Seit über dreißig Jahren lag ihre Mutter schon in Sanhedria unter einem weißen Rosenstrauch. »Sie liegt nicht wirklich da«, hatte ihr Vater früher, als sie ein Kind war, gesagt und sich zu ihrem verweinten Gesicht hinuntergebeugt, wenn sie beide vor dem schwarzen Marmorstein standen. Er hatte seine große Hand auf ihre Schulter gelegt, mit der anderen hatte er zu dem blaugrauen Himmel hinaufgedeutet. »Was heißt das, in der Blüte ihrer Jahre?« hatte sie gefragt, als sie die Inschrift das erste Mal langsam gelesen hatte.

Die Frau auf dem Nebensitz rückte wegen des Tumults um den Fahrer näher zu ihr, so nahe, daß sie einander fast berührten. Sie hatte ein Muttermal neben der Nasenwurzel, aus dem ein langes schwarzes Haar wuchs. Durch ihre enganliegenden Ärmel waren Grübchen am Ellenbogen zu sehen, und an ihrer blondgrauen Perücke rührte sich kein Haar. Ihre Hände lagen wie schützend auf dem Bauch, die Augen hielt sie gesenkt. Vermutlich der achte Monat, schätzte Hila, der Bauch ist noch hoch, und wenn man die ausgebreitete Hand drauflegt, kann man bestimmt die Bewegungen des Kindes fühlen. Sie selbst würde kein Kind mehr haben, ihr Bauch würde sich nicht mehr hin und her bewegen. Sie legte die Hand auf ihren Bauch. Dick und weich. Nie mehr würde darin ein Kind strampeln. Eine alte Frau wurde zum Vordersitz gedrängt und lehnte sich daran. Ein Knäuel von Menschen um sie herum schrie, und sie lächelte mit ihren Goldzähnen und hielt den Korb, den sie vorher auf dem Kopf getragen hatte, zwischen den Füßen fest. Aus dem Korb ragten Pfefferminzpflanzen, und ihr frischer Duft mischte sich mit der heißen, staubigen Luft.

Hila verschränkte die Hände hinter dem Kopf, um das Geschrei nicht zu hören. Der Mann mit dem langen, breiten Bart hatte den Fahrer an den Schultern gepackt und schüttelte ihn hin und her, Trommelwirbel erfüllten den Bus. Hila selbst roch nicht nach Schweiß, aber unter den Achseln der Schwangeren waren große, feuchte Flecken. Hila hielt sich die Ohren zu und schloß die Augen, um die schmalen zittrigen Lippen der weißhaarigen Frau und die Tränen, die ihr über die Wangen liefen, nicht mehr zu sehen. Als sie die Augen wieder öffnete, fiel ihr Blick auf die blitzenden Goldzähne der Araberin. Unter dem schwarzen Kleid mit roter Stickerei zeichneten sich ihre schweren, hängenden Brüste ab. Die amerikanischen Touristen bahnten sich einen Weg zum hinteren Ausgang. »Was wollen Sie denn von mir! Lassen Sie mich doch in Ruhe!« schrie der Hellhaarige, und zwei junge Männer schoben den Bärtigen auf den Fahrer zu. Jemand schrie einem kleinen Mann mit einer Kipa auf dem Kopf entgegen, was man den Griechen in Tripolis angetan habe, und schleuderte ihn auf den Sitz gegenüber.

Der Fahrer stellte den Motor ab und stand auf.

Hila wurde an das Fenster gedrückt und versuchte so zu tun, als wäre sie gar nicht da. Es war am besten, sich nicht einzumischen, und was konnte sie schon tun, wenn die Frau mit den weißen Haaren dastand und mit ihrer heiseren, atemlosen Stimme, die jeden Moment brechen konnte, schrie. Sie sollte wirklich aufhören, ihr Gesicht war schon ganz grau. Der Bärtige steckte sich eine Zigarette an und sagte zu dem Fahrer, der sich vor ihm aufbaute: »Na, wir werden ja sehen.«

Es war besser, sich nicht einzumischen. Aber warum schrie sie dann plötzlich: »Hier ist eine Schwangere!« und schlug auf den jungen pockennarbigen Mann ein, der blutend auf ihren Sitz sank und den Kopf gegen ihre Schultern fallen ließ? Sie stieß ihn gegen die Frau neben sich, deren Kopf zurückfiel, als sei sie ohnmächtig geworden. Auf einmal war Hilas Angst verschwunden, eine Angst, die sie immer packte, wenn sie unter vielen Menschen war und die Gefahr bestand, daß sie im Fall eines Brandes nicht schnell genug hinauskam. Als sie einmal mit Jo'ela im Theater gewesen war, war aus einem der Belüftungsschächte Rauch gekommen, und die Leute hatten sich zum Ausgang gedrängt, erst einzelne, dann ganze Massen. An der Tür stand ein ganzer Haufen Männer und Frauen in Abendkleidung, die sich gegenseitig stießen, erst wortlos, danach laut schreiend. Sie und Jo'ela waren sitzengeblieben, ohne es abgesprochen zu haben. Sie aus Angst davor, von der Menge zertrampelt zu werden, eine Angst, die sie auch packte, wenn sie an Demonstrationen der Linken teilnahm und Leute sich vorwärtsschoben und sie zu zertreten drohten. Jetzt war diese Angst plötzlich verschwunden, sie fühlte nur noch Zorn, als sie sich vor die schwangere Frau stellte und sie mit ihrem eigenen Körper schützte, sich gegen die Leute stemmte und die Schwangere zum Fenster schob, weiter weg von den Streitenden, wobei sie beruhigend auf sie einredete. Sie mischte sich ein! Und wie! Jemand zog sie an den Haaren, jemand stieß sie, ein harter Ellenbogen wurde ihr in die Seite gerammt, etwas gegen ihr Bein geschlagen. Der Fahrer beugte sich zu seinem Sitz und drückte auf einen Knopf. Die beiden Türen gingen auf, trotz der Menschen, die sich vor ihnen zusammendrängten. Von irgendwoher tauchte ein Polizist auf und schob die Araberin zur Seite, die mit beiden Händen den rechteckigen blauen Plastikkorb umklammerte und nicht mehr lächelte. Der Korb fiel ihr aus den Händen und wurde über den Boden des Autobusses gestoßen, der sich schnell mit dem Geruch nach Pfefferminz, Zitrone und Petersilie füllte. Die Araberin bückte sich, um ihre Sachen wieder einzusammeln. Der Polizist zerrte den Bärtigen, dessen Augen wie Murmeln glänzten, an den Schultern aus dem Autobus und kam in Begleitung eines zweiten Polizisten zurück.

Erst jetzt, als sie das keuchende Atmen der schwangeren Frau hörte und sah, wie sie ihren Bauch mit den Händen schützte, bemerkte Hila, daß der Fahrer das Radio ausgemacht hatte. Sie blickte in das blasse Gesicht und fragte die

Frau schließlich, ob alles in Ordnung sei, und die Frau nickte und sagte: »Ja, Gott sei Dank.« Hila spürte einen kleinen Stich, daß die Frau ihren Schutz so selbstverständlich angenommen hatte. Sie atmete tief den Geruch nach Schweiß und Staub ein und hörte zerstreut dem Polizisten zu, der laut redete, sie betrachtete den Fahrer, der irgend etwas antwortete, und sah die alte Frau, die zum rückwärtigen Ausgang lief, und die beiden Jugendlichen. Jetzt erst bemerkte sie die dicke Beule an ihrem Arm, die breite Schramme, aus der Blut über ihr Bein lief. Plötzlich spürte sie auch, daß ihr das Knie weh tat, obwohl ihm äußerlich nichts anzusehen war, aber sie konnte sich den Bluterguß schon vorstellen, der bald entstehen würde, erst blau, dann schwärzlich und schließlich gelb.

Im Autobus, der immer noch am Straßenrand stand, kurz hinter der Kreuzung Bar-Ilan, breitete sich Stille aus, als kämen die Leute langsam wieder zu sich und wollten vergessen, was geschehen war. Als wäre gar nichts passiert. Der Bärtige, die Frau mit den weißen Haaren und die beiden Jugendlichen hatten den Bus verlassen, auch andere stiegen aus. Hila blickte zu den Türen und stellte fest, daß ringsherum nur normale Fahrgäste saßen, einige hielten volle Plastiktüten auf dem Schoß, andere schauten aus dem Fenster, und alle taten, als wäre nichts passiert. Dabei waren sie noch vor wenigen Minuten bereit gewesen, sich gegenseitig umzubringen. Plötzlich war es möglich gewesen, das Radio auszumachen, plötzlich war es keine unwürdige Nachgiebigkeit mehr.

Erst als Hila den Klopfer, eine kupferne Hand, auf die Tür fallenließ, machte Schula ihr auf. Hila selbst war es gewesen, die den Klopfer auf dem Bucharen-Markt gefunden und an dem Tag gebracht hatte, als die Familie in das Haus einzog. Arnon hatte die Hand aus dem dünnen Papier gewickelt, über das ganze Gesicht gelächelt und gesagt, es gebe viele Hände, aber diese sei besonders hübsch, so rundlich, und vielleicht bringe sie ja wirklich Glück, wie Hila behauptete, und dann hatte er sie gleich mit ein paar Hammerschlägen an der Tür befestigt, während Jo'ela noch zweifelnd den Kopf hin- und herbewegte und fragte: »Wollen wir wirklich eine Tür mit einem Klopfer? Was ist schlecht an einer normalen Klingel?«

Hila betrat das Haus, und Schula drückte nun erst auf den Knopf des Staubsaugers und stellte den Lärm ab, der die Klingel übertönt hatte. »Gut, daß Sie gekommen sind«, verkündete sie. »Dann kann ich endlich gehen. Ich wollte sie in diesem Zustand nicht allein lassen.«

»Was heißt das, in diesem Zustand?« erkundigte sich Hila.

»Krank, mit Grippe, ohne daß ihr jemand Tee kocht oder was. Aber wenn Sie da sind, bin ich beruhigt.«

»Hat sie Grippe?«

»Ich nehme es an«, meinte Schula, und die Flügel ihrer dünnen Adlernase blähten sich, als sie tief atmete, wie um ein Gähnen zu unterdrücken. Vorsichtig legte sie einen Finger auf das obere Augenlid und rieb sich das Auge an der Stelle, wo die drei Farbschichten zusammentrafen: das Weiß über dem Lidrand, darüber Grün und dann das Braun. Diese Art des Schminkens ließ ihre braunen Augen, die ansonsten normal und leicht hervorstehend waren, mandelförmig und geheimnisvoll aussehen.

»Warum gehen Sie nicht ans Telefon?« fragte Hila, und Schula verzog die Lippen, die sehr blaß aussahen wegen des weißen Lippenstifts und der dunklen Umrandung, die sich im Weiß verwischte. Den Konturstrich hatte ihr Hila vor Jahren beigebracht, der weiße Lippenstift hingegen entsprang ihrer eigenen Initiative. Der Mund verlieh ihrem schmalen, langen Gesicht einen schmollenden Ausdruck, der aber verschwand, als Hila fortfuhr: »Pnina hat gesagt, sie habe versucht anzurufen.«

»Ich bin noch gar nicht lange hier«, verteidigte sich Schula. »Das Telefon war ausgesteckt, da habe ich es so gelassen.«

Dann fuhr sie sich mit den Fingern durch die langen glatten Haare und fragte: »Was wollte sie denn?«

»Sie macht sich Sorgen.«

»Na gut, es war aber ausgesteckt. Was kann ich da machen?«

»Nach so vielen Jahren könnten Sie es allein wieder einstecken«, meinte Hila.

Schula warf ihr einen Blick zu, dann beugte sie sich über den Staubsauger und begann, das Kabel aufzuwickeln. »Ich weiß nicht, was sie hat. Ich habe sie noch nie so gesehen«, sagte sie, als sie sich wieder aufrichtete und das Gerät zu dem weißen Wandschrank neben der Eingangstür zog.

»Wen meinen Sie?« fragte Hila, um Zeit zu gewinnen.

»Sie.« Schula deutete zum ersten Stock hinauf und schob den Staubsauger in den Schrank. »Nie. In den ganzen neun Jahren nicht.«

»In welcher Hinsicht?« wollte Hila wissen.

»In der Hinsicht, daß sie ... daß sie nicht spricht, nichts sagt, nichts entscheidet, nicht herumläuft, daß ihr alles egal ist und daß sie, habe ich gestern gedacht, vielleicht sogar geweint hat.«

»Geweint?«

»Geweint. Wann haben Sie sie einmal weinen gesehen? Nur als ihr Vater gestorben ist. Und sogar da ... Und ich bin sicher, daß ich sie gestern hinter der Tür, als ich ihr Tee bringen wollte ... es waren da Geräusche. Und sie läßt mich auch nicht im Zimmer aufräumen. Schon seit zwei Tagen will ich ...«

»Hat sie Fieber?« fragte Hila schnell, damit Schula nicht genau beschreiben konnte, was sie hinter der Tür gehört hatte. Natürlich hätte sie es gerne gewußt, hätte es nicht eine Art Komplott mit Schula bedeutet. Hila hatte das Gefühl, es wäre nicht anständig von ihr, sich das anzuhören. Wenigstens in Jo'elas Augen, wenn sie es wüßte, und sie würde es wohl erfahren.

»Also was? Soll ich etwa die Ärztin von der Ärztin sein?« beschwerte sich Schula. »Es hat sich so angehört, aber als ich gefragt habe, hat sie mir keine Antwort gegeben, sie läßt mich ja noch nicht mal dort saubermachen. Das ist das schlimmste. Wenn Sie das Zimmer sehen, denken Sie daran, daß es nicht an mir liegt.«

»Was hat sie wirklich, was meinen Sie?«

»Grippe«, entschied Schula. Und in der Art, wie sie das Wort betonte, drückten sich alle Zweifel der Welt aus. Als habe sie insgeheim beschlossen, kein anderes Wort zu sagen als dieses. Als wäre klar, daß das Wort eine Tarnung war. Als wüßten sie beide, daß es um etwas anderes ging, man es aber Jo'ela zuliebe so nennen müsse. Hila fühlte sich unbehaglich in den kurzen Momenten des Schweigens, in denen eine die andere prüfend musterte, als versuchten sie herauszubekommen, wie ehrlich und aufrichtig man in dieser Situation sein sollte.

»Hat Arnon angerufen?«

»Gestern. Heute nicht.«

»Heute war das Telefon ja ausgesteckt«, erinnerte sie Hila.

»Soll ich es jetzt wieder anschließen?« fragte Schula zögernd.

Hila zuckte mit den Schultern. »Lassen Sie es«, sagte sie und hinkte zur Küche hinüber.

»Was haben Sie?« fragte Schula erschrocken. »Warum können Sie nicht richtig gehen?«

»Ich bin unterwegs gestürzt«, sagte Hila, weil sie keine Lust zu langen Erklärungen hatte. Und dann, nachdem sie sich über das Spülbecken gebeugt und Wasser aus dem Hahn getrunken hatte, verkündete sie: »Ich gehe jetzt hinauf.« Sie wischte sich mit dem Handrücken den Mund ab.

»Das ist nicht gut, sie ist gerade eingeschlafen, vor ein paar Minuten war ich oben.«

Hila blickte zu dem großen Radio hinüber, aus dem das

Lied drang: »Was für ein Junge bist du, Elifelet.« Die im Radio kommen schon ganz durcheinander mit den Gedenktagen, dachte sie.

»Den ganzen Tag gibt es schon solche Lieder, ich mag sie ja, aber sie bringen mich zum Weinen«, erklärte Schula und machte das Radio aus. »Setzen Sie sich doch, trinken Sie eine Tasse Kaffee, essen Sie was. Vielleicht wacht sie inzwischen auf. Ich muß zum Arzt rennen, Moran hat eine Blasenentzündung, ich habe heute morgen ihren Urin hingebracht. Fragen Sie nicht, was das für ein Theater war, den Urin einigermaßen steril aufzufangen. Haben Sie mal diese Becher mit dem Aufkleber gesehen? Und wie sich das Kind angestellt hat.«

»Gehen Sie ruhig«, sagte Hila müde. »Ich bleibe nur noch ein bißchen hier sitzen, dann gehe ich rauf. Machen Sie sich keine Sorgen.«

»Es gibt Gemüsesuppe, die sie sehr gern ißt, und ich habe Frikadellen gemacht, aber die Kinder kommen spät, Ja'ara ist Gott weiß wo, und Ja'ir hat Judo, erst dann ...«

Mit halbem Ohr hörte Hila auf das Gemurmel, die Anweisungen, die schnellen Schritte, dann winkte sie Schula noch zu, die in der Tür stand, groß, gut geformt, in lila Schuhen mit hohen Absätzen, den kurzen Pelzmantel über dem Arm, in einer fast durchsichtigen geblümten Bluse und einem Gürtel in den engen Jeans, die sich über ihren Hüften spannten. Sie nickte, als Schula sagte: »Hoffentlich springt mein Auto an, was für Probleme es mir heute morgen gemacht hat«, und atmete erleichtert auf, nachdem sich die Tür hinter ihr geschlossen hatte.

Auf dem Knie war jetzt ein roter Fleck zu sehen, Hila betastete ihn vorsichtig. Sie erinnerte sich an einen heftigen Schlag, und ein Schlag, der einen solchen Fleck verursacht, könnte wirklich die verschiedensten Folgen haben. Sie blickte durch das Fenster hinaus auf die Zypresse, die aus einem kleinen Steckling gewachsen war und jetzt schon den ersten Stock erreichte, und sah wieder die Kinder vor sich, die vier Mädchen – Ja'ir war damals noch nicht geboren –, wie sie abwechselnd gruben, und Nufar und Ja'ara miteinander Streit bekamen, wer an der Reihe war, die Gießkanne zu halten. Hila stellte eine Tasse neben den elektrischen Wassertopf, goß kochendes Wasser über das Kaffeepulver, sah zu, wie die Körnchen schmolzen, warf eine Süßstofftablette hinein, dann noch eine, schließlich, nach kurzem Zögern, eine dritte und beobachtete, wie sie sich zischend auflösten. Dann kippte sie etwas Milch aus der Glaskanne hinzu, in die immer, weil Jo'ela hartnäckig darauf bestand, die Milch aus den Plastiktüten umgefüllt wurde, probierte das Getränk und goß noch etwas Milch nach. An die Spüle gelehnt, trank sie die Hälfte des Kaffees, den Rest schüttete sie in das Sieb über dem Ausguß, um das Porzellanbecken, das Schula so glänzend geputzt hatte, nicht zu verschmutzen. Dann zog sie die Sandalen aus und stieg barfuß die Treppe hinauf zum ersten Stock.

»Was ist mit deinem Arm passiert?« fragte Jo'ela mit heiserer Stimme, und Hila atmete erleichtert auf, bevor ihr einfiel, daß ihr erster Gedanke, es sei alles wie immer, etwas Armseliges an sich hatte. Das zerwühlte Laken und die Bücher, die vor dem Bett lagen, die Unordnung im Schminkfach, die Cremetube, die auf- und nicht wieder zugeschraubt worden war, die Päckchen Papiertaschentücher, die auf dem Bett und dem Nachttisch herumlagen, der halb heruntergelassene Rolladen, der das Zimmer in Dämmerlicht hüllte – das alles waren, wenn es sich um Jo'ela handelte, Zeichen für eine gewisse Zerstreutheit oder das, was Hila so nannte, aber trotz des anscheinend zornig weggeworfenen zusammengeknüllten Papiers, das jetzt von Hila neugierig aufgefaltet und betrachtet wurde, offenbar eine Besorgungsliste, auf der einiges bereits mit schwarzer Tinte ausgestrichen war (Mantel in die Reinigung bringen, neue Kleiderbügel besorgen, im Labor anrufen, Testergebnis prüfen), gab es etwas, das wie immer war: Wie immer war sie, Hila, das Thema, der Grund zur Sorge.

»Nichts, ich habe im Autobus einen Schlag abgekriegt.«

»Im Autobus?« fragte Jo'ela und schloß die Augen. »Hast du kein Taxi genommen? Woher wußtest du eigentlich, daß ich zu Hause bin?«

»Deine Mutter hat mich heute morgen angerufen«, erklärte Hila. »Sie macht sich Sorgen. Außerdem habe ich mir überlegt, daß du vielleicht etwas brauchst, und ans Telefon ist niemand gegangen. Deshalb habe ich beschlossen ... ich wollte ... He, muß ich mich entschuldigen oder was? Störe ich dich? Willst du, daß ich wieder gehe?«

Jo'ela hob kraftlos die Hand und legte sie auf die Stirn. »Warum läufst du denn die ganze Zeit rum? Setz dich doch endlich. Und was ist mit deinem Knie passiert?«

Hila setzte sich auf den Bettrand, sehr nahe zu Jo'ela, streckte das Bein vor und erschrak. »Ich kann es nicht geradebiegen.« Besorgt blickte sie Jo'ela an.

Deren Augen mit den hellen Wimpern waren gerötet, als hätte sie wirklich geweint, und rund um die Lider waren kleine rosafarbene Schwellungen. Sie machten Hila Angst, ebenso die monotone Stimme, mit der Jo'ela sagte: »Im Badezimmer gibt es Verbandszeug, mach dir kalte Kompressen drauf, es wird vorbeigehen.«

»Das ist nicht so wichtig«, meinte Hila, hoffte aber insgeheim, Jo'ela würde darauf bestehen und sie drängen. Doch diese schloß wieder die Augen. Sie schien das Knie bereits vergessen zu haben, möglicherweise war sie auch der Ansicht, daß die Sache nicht so wichtig war, doch das Knie tat sehr weh. »Hast du Fieber?« fragte Hila.

»Es kommt und geht. Gestern hatte ich neununddreißig, heute ist es unter sechsunddreißig.«

»Hast du Paracetamol genommen?«

»Nein.«

»Du hast nichts genommen?« erkundigte sich Hila erstaunt. »Zu mir sagst du immer, daß ich ...«

»Es hilft nichts«, unterbrach Jo'ela sie und verschränkte die Arme auf dem Laken, mit dem sie sich zugedeckt hatte.

»Was heißt das, es hilft nichts? Wenn du Grippe hast, dann ...«

»Es scheint eher so was wie Malaria zu sein, mein ganzer Körper... Ach, nicht wichtig, lassen wir das.« Wieder waren ihre Augen geschlossen.

Hila horchte auf ihr eigenes Herzklopfen und konzentrierte sich auf den Schmerz in ihrem Knie.

Jo'ela drehte den Kopf und riß ihre hellen blaugrünen Augen weit auf, ihr Blick wirkte wegen ihrer Kurzsichtigkeit irgendwie erstaunt und verloren.

»Wo hast du deine Brille?« fragte Hila.

»Dort«, antwortete Jo'ela und deutete auf den anderen Bettrand. Und als Hila sich hinüberbeugte, die Brille nahm und sie ihr hinhielt, fügte sie hinzu: »Ich brauche sie jetzt nicht.« Der erstaunte, kurzsichtige Blick verschwamm, als sich Jo'elas Augen plötzlich mit Tränen füllten, die aus den schrägen Augenwinkeln über die blassen Wangen flossen. Jetzt sah ihr Gesicht zusammengeschrumpft aus, als habe man die Luft herausgelassen, die Wangen schienen eingefallen, und die Lippen, von denen sie immer behauptete, sie seien zu voll, waren trocken und farblos. Ein paar Strähnen ihrer hellbraunen Haare hatten sich aus dem Gummi gelöst, eine klebte an ihrem Ohr fest. Sie schniefte. Die geröteten Nasenflügel ließen ihre Nase gröber als sonst erscheinen. Der Spalt in ihrem Kinn war nicht zu sehen, als sie den Kopf auf die Brust sinken ließ.

Hila, die diesen tiefen Kummer nicht mehr schweigend ertragen konnte, beugte sich zu ihr, berührte ihren Arm und sagte: »Sprich mit mir, Jo'ela, bitte, sag mir, was mit dir ist.«

»Ich weiß es nicht, ich weiß es selber nicht«, antwortete Jo'ela nach langer Zeit. Ihre Lippen zitterten. »Es ist besser, wir lassen das, es ist nichts passiert, ich ... es ist nur ... Im Bad gibt es Kompressen. Halte eine unter kaltes Wasser und leg sie dir aufs Knie.« Ihre Stimme klang heiser und erstickt, als unterdrücke sie ein Weinen.

Hila saß regungslos da, erschrocken und ratlos, aber nur für einen Augenblick, dann fühlte sie, wie ihre Entschlossenheit wuchs und sie sogar den Schmerz in ihrem Knie vergessen ließ. Wieder betrachtete sie das Gesicht, auf dem tiefe Hilflosigkeit zu lesen war, aber noch schlimmer war der in sich versunkene, verlorene Blick.

»Der Mensch wacht nicht einfach morgens auf, ohne daß etwas passiert ist, und fühlt sich ... jedenfalls du nicht! Jo'ela, ich sehe doch, daß es sich nicht um eine einfache Grippe handelt.«

»Es ist aber eine Tatsache.«

»Was ist eine Tatsache?«

»Daß ein Mensch morgens aufwacht und ... sogar wenn ich dieser Mensch bin.« Jo'elas Hände tasteten unter ihrer Decke, bis sie eine Rolle Klopapier gefunden hatten. Sie riß sich einen langen Streifen ab und wischte sich damit über das Gesicht. »Siehst du irgendwo meine Brille?« fragte sie und zog die Nase hoch.

Hila griff schweigend nach der Brille, die sie auf die kleine Kommode neben dem Doppelbett gelegt hatte, und hielt sie ihr hin.

Jo'ela nahm die Brille, setzte sie aber nicht auf. Sie betrachtete sie nur mit dem gleichen verschwommenen Blick und sagte: »Ich weiß nicht, was ich machen soll, ich weiß es einfach nicht.«

Hilas Energie verflog, und wieder fühlte sie sich hilflos. Zögernd fragte sie: »Ist etwas passiert? Bei der Arbeit? Mit Arnon?«

»Nichts ist passiert. Was hat das eigentlich damit zu tun? Ich bin krank, einfach krank. Darf ich nicht auch mal krank sein?«

»Dann muß man einen Arzt rufen. Du zitterst ja ... Soll ich vielleicht Nerja anrufen? Er kommt bestimmt sofort her und gibt dir was.«

»Auf gar keinen Fall!« rief Jo'ela mit heiserer Stimme.

Hila schwieg und betrachtete ihre Freundin, die immer noch den Kopf schüttelte. »Was habe ich denn getan? Ich habe doch nur gesagt, ich könnte Nerja anrufen«, sagte sie leise. »Seit wann bist du ...« Und dann stellte sie fest: »Dir ist etwas bei der Arbeit passiert.«

Jo'ela schwieg, doch das Zittern ihrer Lippen nahm zu, und ihre Hände spielten unruhig mit der Brille, klappten die Metallbügel auf und zu, auf und zu.

Hila schob ein aufgeschlagenes Buch, das umgedreht unten auf dem Bett lag, zur Seite und hob einen roten Band hoch, der darunter zum Vorschein kam. »Was hast du da? Was ist das?« fragte sie erstaunt und schlug vorsichtig die erste Seite auf. Zwischen den gelben und braunen Flecken las sie die Worte: *Bug-Jargal*. »Wer liest das? Liest du es Ja'ir vor?« fragte sie ungläubig. »Von wo ...«

»Laß das«, bat Jo'ela gereizt. »Ich habe einfach ein paar Sachen aus einem Karton geholt, der im Schrank stand.«

»Das ist ein Buch aus deiner Kindheit«, sagte Hila liebevoll. »Jo'ela, das Kind. Ich kann mir dich nicht als kleines Mädchen vorstellen, was für ein Kind warst du wirklich?«

»Ich erinnere mich nicht mehr, ein ganz normales kleines Mädchen«, murmelte Jo'ela nach einer Weile. Sie zitterte, sprach die Worte nicht deutlich aus, sondern zischte sie durch die Zähne und klappte die Brille zusammen.

Hila sagte nachdenklich: »Ich habe noch nie jemanden getroffen, der niemals über seine Kindheit spricht. Wenn ich deine Mutter nicht kennen würde, könnte ich glauben, du wärst als erwachsener Mensch auf die Welt gekommen, so verantwortungsbewußt, wie du es heute bist.«

»Wie ich es heute bin«, wiederholte Jo'ela die letzten Worte mit zerbrochener Stimme und schnaufte laut. Sie zog mit beiden Händen an ihren Haaren, als wolle sie sie ausreißen, rieb sich heftig die Augen und bedeckte schließlich das Gesicht mit den Handflächen. Dann bewegte sie den Kopf hin und her und zog die Schultern hoch, als versuche sie, ihren Kopf an der Brust oder zwischen ihren Armen zu verstecken, wie ein Vogel. Leise, jammernde Töne drangen zwischen ihren Armen hervor, und dann brach sie in lautes, bitteres Weinen aus, beide Hände vor dem Gesicht – eine hilflose, kindliche Gebärde –, bevor sie suchend, wie blind, auf dem Bett herumtastete, ohne mit dem lauten Weinen aufzuhören. Wie gebannt verfolgte Hila die suchenden Bewegungen. Und immer wieder wischte sich Jo'ela über die Augen, über die Nase, hörte aber nicht auf zu weinen. Nun erst wagte Hila sich zu bewegen, sie nahm ein Päckchen Taschentücher von der Kommode und drückte es der Freundin in die Hand. Jo'ela trocknete sich die Tränen ab und putzte geräuschvoll die Nase. Eine Strähne klebte ihr an der Wange, und ein einzelnes, langes Haar hing an ihrer Lippe. Hila, noch immer wie gelähmt vor Schrecken, wagte nicht, ihre Freundin zu berühren. Erst als das Schluchzen aufhörte, brachte sie ein paar Worte heraus. »Genug, Jo'ela, genug«, sagte sie und legte ihre Hand auf den Arm, der zitternd und schwitzend auf der Decke lag, die Hände fest in die Decke gekrallt.

»Sag mir, was passiert ist«, bat Hila. »Das ist doch nicht nur der Körper, der macht so etwas nie ohne Grund, er will etwas damit sagen.«

»Nichts, nichts, nichts«, sagte Jo'ela und fing wieder an, den Kopf ruckartig hin und her zu bewegen, aber das Weinen hatte aufgehört.

»Vielleicht gibst du mir einen Hinweis, das Ende eines Fadens, irgend etwas?«

»Ich habe nichts, einfach nichts. Es ist nichts passiert, nur plötzlich ist alles ... Schade um die Worte. Es gibt nichts zu sagen.«

»Schade ist es nur um die Toten«, sagte Hila automatisch, aber Jo'ela lachte nicht. »Sprich doch mit mir, ich rede doch auch immer mit dir. Auch wenn ich gewußt habe, daß du mir nicht helfen kannst, habe ich dir immer alles gesagt.«

Jo'ela setzte die Brille auf, drückte die Bügel hinter die Ohren und zwinkerte, bevor sie mit monotoner Stimme sagte: »Es lohnt sich alles nicht. Ich habe das Gefühl, daß sich alles nicht lohnt. Es hat keinen Sinn. Ich habe keine Kraft mehr. Was ich dir immer über das Leben und den Alltag gesagt habe, über Handlungen, die einen Wert haben – vergiß es. Alles nur Geschwätz.«

Vielleicht müßte ich jetzt einen gewissen Triumph empfinden, überlegte Hila bestürzt, andererseits bewies allein die Tatsache, daß Jo'ela diese Worte aussprach, ihre Richtigkeit, machte sie real und existent. Einerseits lag wirklich etwas Tröstliches in diesen Worten, die sie unkontrolliert, ohne nachzudenken, gesagt hatte, etwas Bohrendes, anderes, Neues, Unerwartetes, aber andererseits – es gibt eine andere Seite, dachte Hila bestürzt, es muß doch etwas geben, was daraus entsteht. »Ohne die Erkenntnis, daß die Dinge an sich von vornherein und grundsätzlich bedeutungslos sind, lohnt es sich wirklich nicht«, sagte sie schließlich nachdenklich, breitete ihr Kleid über die angezogenen Knie und legte die Arme um die Beine. Für einen Moment sah sie Alex' Gesicht, das sich über sie beugte, und sie wurde von der Angst gepackt, daß er nicht mehr anrief, nie mehr, doch dann sah sie sich selbst, ganz in Weiß, wie eine Krankenschwester, Jo'elas Hand haltend, und ihr Herz wurde weit.

Im Zimmer war nur das Ticken der Uhr zu hören, dann ein Knurren aus Jo'elas Magen, was Hila daran erinnerte, daß sie außer einer halben Tasse Kaffee nichts gegessen und getrunken hatte. Sie betrachtete Jo'ela und dachte daran, wie sie sich selbst in solchen Momenten fühlte, sie meinte dann zwar ernst, was sie gesagt hatte, wünschte zugleich aber, jemand, egal wer, würde es schaffen, sie aus sich selbst herauszuholen und wieder auf die Füße zu stellen. Als wäre sie ein kleines, hilfloses Kind. »Ich habe heute morgen nichts getrunken«, sagte sie schließlich.

»Geh du ruhig runter, ich bleibe im Bett«, sagte Jo'ela, legte sich auf die Seite und zog die Beine an den Bauch, wie jemand, der endgültig aufgegeben hat.

Trotz ihrer Panik – nie hatte sie Jo'ela so weinen sehen, nie so zusammengekrümmt, zerschlagen – mußte Hila lachen. »Für immer?« fragte sie. »Du stehst nie mehr auf?«

»Hör auf«, bat Jo'ela.

»Ich kann dir etwas ans Bett bringen, aber ich sage dir aus Erfahrung: Am Schluß mußt du doch aufstehen, du kannst nicht für immer so liegen bleiben, sogar wenn du krank bist, mußt du aufstehen, das machst du doch auch mit den Frauen nach der Entbindung, sie müssen aufstehen, auch wenn sie glauben, daß sie es nicht können. Und weil du sowieso irgendwann aufstehen mußt, kannst du es doch auch gleich tun. Jedenfalls hast du es mir so beigebracht. Wir essen und trinken ein bißchen, und dann sieht alles anders aus.«

»Ich will es aber nicht anders«, flüsterte Jo'ela.

Hila senkte verständnisvoll den Kopf und lauschte auf die geheimen Stimmen in ihrem Inneren. Neben der Angst bei dem Gedanken an eine andere Jo'ela, neben dem Fast-Beleidigtsein wegen der Rollenumkehrung, neben der Ungeduld, die Jo'elas Verhalten, das nicht frei von Erpressung war, in ihr auslöste, neben dem Erstaunen und dem Wunsch zu sagen: »Wieso geht es dir denn so schlecht, du bist eben auch mal krank«, spürte sie jetzt doch einen leisen Triumph, und das mobilisierte in ihr das Wissen, was sie zu tun hatte, sie wußte, wie sie selbst in solchen Momenten, ehrlich gesagt, einen Außenstehenden brauchte, der sie mit Gewalt aus sich selbst herausholte, wenn sie nicht aufstehen wollte, nicht auf ihren Beinen stehen, nicht essen – auch wenn man in solchen Momenten das, was man sagt, sehr ernst meint, besonders jemand wie Jo'ela, die nichts Theatralisches oder Manieriertes an sich hatte. Man mußte mit Jo'ela umgehen wie mit einem Kind. Mit einer Mischung aus Genugtuung und vagem Widerspruch sagte sie nun: »Ja, ich weiß, daß du nicht willst. Deshalb ist es ja nötig. Jetzt steh auf, zieh dich an und putz dir die Zähne. Dann gehen wir hinunter in die Küche und essen die Gemüsesuppe, die Schula gekocht hat.«

Das junge Mädchen hob sich Jo'ela für den Schluß auf. Vorher sprach sie von der Geburt und dem toten Kind der jungen Frau, die ganz alleine in die Klinik gekommen war. Sie betrachtete den Löffel, den sie gehorsam in der Hand hielt, über dem Teller mit Gemüsesuppe, den Hila ihr feierlich hingestellt hatte, und hörte, wie die Worte monoton aus ihrem Mund kamen, eines nach dem anderen, und sich zu der Beschreibung der Minuten zusammensetzten, in denen sie versucht hatte, das Kind zu retten, von dem Erschrecken im Aufzug und der Entscheidung, trotzdem zu operieren.

»Oh, wie schlimm, ich wäre verrückt geworden«, murmelte Hila und stand auf, um sich noch eine Portion Suppe zu nehmen. Und es war gar nicht klar, wem ihr Mitleid eigentlich galt. »Das ist eine schlimme Geschichte.« Und dann fragte sie, ob es wegen des Cholesterins keine Butter gab oder nur zufällig.

»Schau mal ins untere Türfach«, sagte Jo'ela. »Da muß noch welche sein.« Sie schlug die Arme um den Körper, weil ein Schauer sie überlief.

»Mit all dem Ultraschall und so könnte man eigentlich glauben, daß es solche Sachen nicht mehr gibt, aber es gibt sie«, verkündete Hila und fügte erstaunt hinzu: »Es wird sie immer geben.« Sie strich eine dicke Schicht Butter auf eine Brotscheibe.

Obwohl Jo'ela nicht zum ersten Mal erlebte, wie ihre Freundin auf große Probleme mit einer wahren Freßorgie reagierte, und obwohl sie diesen Heißhunger als ein Zeichen ansah, daß die Sache Hila berührte, ja sogar erschütterte, zuckte sie zurück, als sie die fettige Hand sah, geschmückt mit einem großen Silberring, die nun mit entschlossenen, rhythmischen Bewegungen Salz auf das Brot streute, sorgfältig und konzentriert, und vor den vollen Lippen, die sich über dem Brot schlossen.

»Nur einen Moment«, sagte Hila und sprang auf.

»Wo gehst du hin?« wollte Jo'ela wissen, aus Angst, wieder zu schweigen, wenn sie nur einen Moment allein gelassen wurde, daß sie nicht mehr reden konnte und ein Kloß aus Wörtern ihr im Hals steckenblieb, unzusammenhängend, ohne innere Logik, wenn dieser Strom, der aus ihr herausbrechen wollte, unterbrochen wurde. Doch Hila, die ausgesehen hatte, als höre sie nur zerstreut zu, als achte sie in Wirklichkeit eher auf das Ticken der großen Uhr, der sie manchmal einen Blick zuwarf, als erwarte sie etwas Bedeutendes und Wichtiges, kam zurückgerannt und hängte Jo'ela den blauen wollenen Morgenrock um die Schulter, den sie aus dem Badezimmer geholt hatte, wobei sie murmelte, die objektive Temperatur spiele keine Rolle, man müsse auf den Körper hören.

Jo'ela konnte trotzdem weitersprechen, eigentlich konnte sie nicht aufhören, sie konnte gar nicht so schnell sprechen, wie sie alles loswerden wollte, aber auch, um Hila eben keinen Grund zu geben, sie zu unterbrechen und nach Details zu fragen, mußte sie eine genaue Beschreibung in der richtigen Reihenfolge liefern, um in Hilas Augen die Bestätigung zu sehen, daß auch sie, wäre sie an ihrer Stelle gewesen, mit Entsetzen und Verletztsein reagiert hätte, und erst als Hilas olivgrüne Pupillen sich erweiterten und verengten, als sie das Kinn auf eine Hand stützte, während die andere mit dem Löffel im Suppenteller rührte, beruhigte sich Jo'ela. Sie hatte jetzt aufgehört zu sprechen und fuhr sich mit der Hand über Mund und Nase.

»Ich habe es ja gewußt«, rief Hila triumphierend und schlug mit dem Löffel auf den Tisch. Dann fügte sie hinzu, während sie den Fuß auf den Stuhl links neben ihr stellte: »Ich habe diesem Typ nie getraut. Allerdings soll man so etwas nicht von vornherein erwarten, das stimmt schon.« Sie runzelte die Stirn. »Wenn man von vornherein mißtrauisch ist, kann man sich auf niemanden einlassen, und wenn man das nicht tut, wenn man ständig auf die Grenzen achtet und dauernd Angst hat, vom anderen verletzt zu werden, sind alle Beziehungen sinnlos. Aber in seinem Fall ...« Jo'ela blickte sie erwartungsvoll an. Sie wunderte sich selbst, wie abhängig sie gerade jetzt von Hilas Zustimmung war. Das unmißverständliche Bedürfnis, sie auf ihrer Seite zu wissen, eindeutig, ohne jede Distanz, war größer als ihre Scham. »Es war nicht schwer zu wissen, daß man sich auf ihn nicht verlassen kann. Ich habe dir schon lange gesagt, daß er abhängig ist, ein Opfer seines Ehrgeizes. Die Grausamkeit dieser Ehrgeizlinge, die süchtig sind nach Anerkennung ...«

»So extrem muß man es nun auch wieder nicht sehen«, protestierte Jo'ela, die insgeheim hoffte, Hila würde ihren Einspruch sofort widerlegen, und sie fragte sich, warum sie die Dinge überhaupt auf diese radikale, gefährliche Art zur Diskussion stellte, als gäbe es keine andere Möglichkeit, aber sie konnte nicht aufhören damit. »Schließlich kann man doch leicht verstehen, was ihn ärgert und neidisch macht. Wenn du das Ganze mal aus seiner Sicht betrachtest ...«

Hila aß ein paar Löffel Suppe, und Jo'ela merkte, wie heftig ihr Herz klopfte, bis sie Hila wütend sagen hörte: »Du kannst es betrachten, wie du willst, ich jedenfalls betrachte es auf meine Art.« Sie wischte sich die Lippen mit dem Handrücken ab und verkündete: »Ich sehe überhaupt keine Notwendigkeit, darüber nachzudenken oder nach Entschuldigungen zu suchen, Verrat ist Verrat, und das ist alles. Mich hätte das auch krank gemacht.«

»Wirklich?« fragte Jo'ela erleichtert. »Glaubst du wirklich, es hätte dich ebenso gekränkt?«

»Was für eine Frage! Jeder wäre so verletzt gewesen, besonders wenn es keine Hinweise ...«

»Nicht nur, daß es keine Hinweise gegeben hat, er hat selbst vorgeschlagen ... er hat sich als Hilfe angeboten, es hat ihn doch niemand gebeten, mich bei der Sitzung zu verteidigen, oder? Wenn ich jetzt logisch darüber nachdenke, war schon seine Ankündigung, er würde bei der Sitzung für mich einstehen, eine Gemeinheit. Seit wann brauche ich solchen Schutz? Ich wäre mit der Angelegenheit leicht allein zurechtgekommen, und wenn er es so hinstellt, als wolle er mich schützen oder so, dann verstärkt er damit das Gefühl, etwas sei falsch. Ich sage ja nicht, daß es in diesem Fall nicht so etwas gab – in gewisser Hinsicht –, aber es war auch nicht so, daß er es als Präzedenzfall nehmen müßte, schließlich kann man wirklich nichts machen, wenn sich die Plazenta vorzeitig gelöst hat. Nur wenn es während des Geburtsvorgangs selbst passiert, kann man das Kind retten. Aber du an meiner Stelle wärest nicht so zusammengebrochen, ich verstehe selbst nicht, was das in mir ausgelöst hat, ein Gefühl, als ...« Etwas erstickte ihre Stimme und hinderte sie am Weitersprechen.

»Was für ein Gefühl?« Hila hörte auf zu essen und beugte sich vor.

Jo'ela senkte den Kopf und schluckte. »Ich weiß es nicht. Als hätte sich alles umgedreht, als stünden alle Bilder auf dem Kopf, als hätte ich die Realität nicht wirklich gesehen, als hätte ich von jemandem einen Schlag bekommen, genau in dem Moment, als ich bedingungsloses Vertrauen empfand, als hätte ich vergessen, vorsichtig zu sein, als wäre ich der letzte Dummkopf, und darauf war ich nicht vorbereitet, ich war so sicher gewesen, daß er alles ernst meinte, was er sagte, mir ist es gar nicht in den Sinn gekommen, vorsichtig zu sein, und diese Selbstverständlichkeit, meine gedankenlose Naivität ist in meinen Augen schlimmer als das, was er getan hat.«

»Und was bedeutet das?« fragte Hila.

Jo'ela zog die Schultern hoch, fast bis zu den Ohren, und ihr Mund verzerrte sich.

»Du schämst dich«, sagte Hila. »Es ist, weil du dich schämst.«

»Warum sollte ich mich schämen?« fragte Jo'ela laut, ihre Ohren glühten.

»Weil man dir angesehen hat, daß du etwas brauchst, daß du mehr als bereit bist, seine Unterstützung anzunehmen, daß er das gespürt hat«, sagte Hila, als sei das völlig selbstverständlich. »Du kannst nicht ertragen, daß man dir anmerkt, wie bedürftig du bist.«

»Was? Was soll ich denn brauchen?« fragte Jo'ela. Ihr Mund war trocken.

»Was alle brauchen. Bestätigung, Wärme, Liebe, Hingabe, solche Sachen eben. Er hat dich in einem Moment erwischt, als du ganz nackt warst.«

Jo'ela hielt sich die Ohren zu. Die Berührung der kalten Hände beruhigte ihre Ohren. Es fiel ihr schwer, sich das anzuhören. »Alle brauchen das«, sagte sie schließlich. »Und alle arrangieren sich mit ihren Bedürfnissen. Ich auch. Ich brauche schon lange nichts mehr, schon seit ich ein Kind war. Das ist nicht der Grund. Ich verstehe einfach nicht, warum ich nicht darauf vorbereitet war.«

»Das gibt es nicht, daß man nichts braucht«, sagte Hila nachdrücklich. »Es gibt nur Selbstschutz, Verdrängen oder ein Ersticken der Bedürfnisse, das ist alles.« Sie lächelte Jo'ela an. »Du bist wirklich toll.«

»Blödsinn«, sagte Jo'ela. »Ich brauche wirklich nichts. Ich habe alles, was ich brauche. Und wenn ich, nur mal angenommen, trotzdem etwas bräuchte, möchte ich nichts davon hören, ich verzichte darauf. Es gibt ohnehin keine passende

Antwort auf Bedürfnisse, von niemandem und für niemanden. Ich möchte nur wissen, was mich so schwach gemacht hat.«

»Erstens«, sagte Hila, »haben wir gerade von dem Preis gesprochen, den man bezahlen muß, wenn man immer auf alles gefaßt sein will, und zweitens: Was ist noch passiert?«

»Außerdem habe ich einen Unfall gebaut«, sagte Jo'ela, wie ein gläubiger Christ bei der Beichte dem Priester hinter dem Vorhang seine Sünden aufzählt.

»Wirklich?« fragte Hila erschrocken.

»Aber es ist nichts passiert, nur der hintere Kotflügel war verbogen, er ist schon gerichtet. Mir ist nur ein Trauma geblieben, diese Geräusche, und die Angst, aber du fährst ja nicht Auto, deshalb kannst du dir das vielleicht nicht vorstellen und fragst dich, warum ich so ein Theater darum mache.« Jo'elas Stimme wurde leiser, sie schwieg verwirrt.

»Ich bin auch keine Chirurgin, trotzdem kann ich verstehen, wie du dich gefühlt hast.«

»Das ist nicht dasselbe«, widersprach Jo'ela scharf. Die Erinnerung an die junge Frau mit dem runden Gesicht machte ihr angst und bedrückte sie.

»Alles in allem?« sagte Hila schließlich und kniff die Augen zusammen, wie sie es manchmal tat, wenn sie sich sehr konzentrierte.

»Ja? Was ist alles in allem?« fragte Jo'ela atemlos, als erwarte sie ein Gerichtsurteil.

»Alles in allem kann bei der Sache nur etwas Gutes herauskommen, du wirst schon sehen.«

»Bei welcher Sache?«

»Aus allem, was dir passiert ist, was dir jetzt so schlimm vorkommt, als hättest du versagt, aber eigentlich hast du nur die Selbstkontrolle aufgegeben – der Unfall, deine Grippe, wenn wir es mal so nennen wollen, sind nichts anderes als ein Verzicht auf die Anmaßung, alles zu können, und eine Anerkennung der Tatsache, daß es auch für dich Grenzen gibt, wie für uns alle.«

Hila sprach mit halb geschlossenen Augen und in einem Tonfall, als sei sie in Trance. Das weckte Jo'elas Widerstand, sie verzog das Gesicht und sagte wütend: »Ich habe nie behauptet, für mich gäbe es keine Grenzen, ich verstehe nicht, was du willst.« Während sie das sagte, nahm sie sich vor, den Mann mit keinem Wort zu erwähnen, zum einen fürchtete sie, etwas an dem süßen Gefühl zu zerstören, zum anderen konnte sie sich schon den Ton vorstellen, in dem Hila antworten würde: Dummkopf, warum nicht? Weil sie nichts von ihm sagen wollte, sah sie sich gezwungen, von dem Mädchen zu erzählen.

»Gibt es so etwas, daß eine Frau keine Gebärmutter hat?« fragte Hila erstaunt.

Jo'ela seufzte. »Ich habe dir schon vor langer Zeit von diesen Gängen erzählt, erinnerst du dich nicht?«

»Doch, ja«, sagte Hila, »von den Müllerschen und den ... wie heißen die anderen?«

»Wolffschen«, sagte Jo'ela ungeduldig.

»Erklär mir's noch mal«, bat Hila, und Jo'ela tat es, wie sie es schon im letzten Sommer getan hatte, während sie mit der stumpfen Seite eines weißen Plastikmessers in den warmen Sand malte, nachdem Hila gefragt hatte: »Hältst du das nicht für ein großes Wunder?«

»Wieso Wunder?« hatte Jo'ela damals verschlafen gefragt, das Gesicht in die Gummimatratze gedrückt.

»Schau doch mal, dann siehst du es selbst«, hatte Hila gesagt, und Jo'ela hatte in die Richtung geschaut, in die der weiße Arm deutete. Hila saß entspannt in dem weißen Liegestuhl und hatte sich zum Schutz vor der Sonne in ein weißes Handtuch gewickelt. Unter der breiten Krempe des Strohhuts betrachtete sie durch ihre dunklen Brillengläser die morgendlichen Turner, die Ballspieler, die jungen Mädchen in ihren

Badeanzügen mit den fast bis zur Taille hochgezogenen Beinausschnitten. »Alles. Ein großes Wunder. Die Menschheit.«

»Ach so, die Menschheit«, meinte Jo'ela, drehte sich auf die Seite und stützte sich auf den Ellenbogen.

»Wundert dich das nicht? All die jungen Mädchen, die Frauen, die alten Frauen ... all die Männer. Sie gehen in einen Laden, sie kaufen sich Badesachen, sie fahren dahin und dorthin ... Überall auf der Welt fahren Leute zum Strand. Wundert es dich nicht, daß sie alle mal Babys waren und von dem Augenblick ihrer Geburt entschieden war, nein, früher, viel früher, ob sie Frauen oder Männer werden, und daß sie von Anfang an alles hatten, was sie dazu brauchten? Ich sage dir: Das ist ein Beweis dafür, daß es Gott gibt.«

»Chromosomen und Hormone, genetische Festlegung«, murmelte Jo'ela. »Das alles gehört zur Evolution.«

»Das ist kein Widerspruch«, beharrte Hila, »genausowenig wie wenn man Wasser HO_2 nennt, was heißt das schon?«

»H_2O«, korrigierte Jo'ela. »Ich habe es dir doch schon mal erklärt.«

Damals hatte sie ein weißes Plastikmesser genommen und die doppelten Fortpflanzungsorgane im Körper eines Fötus in den Sand gezeichnet, wie sie es jetzt auch tat, mit der Spitze der Gabel auf dem Holztisch, und erklärte, wie sich die Gebärmutter, die Eileiter und das obere Drittel der Vagina entwickeln, und sich selbst wunderte über die Begeisterung, mit der sie sprach. »Ich habe dir erklärt, daß die Gonaden sich grundsätzlich entweder zu männlichen oder zu weiblichen Fortpflanzungsorganen entwickeln können, daß sie nur männlich werden, wenn das männliche Geschlechtschromosom vorhanden ist, sonst entwickeln sie sich weiblich, und dann bildet sich das Wolffsche Gangsystem, das heißt die männliche Anlage, im ersten Drittel der Schwangerschaft zurück, die Müllerschen Gänge entwickeln sich, und das Kind bekommt Gebärmutter, Eileiter und das obere Drittel der Vagina.«

»Und Eierstöcke«, sagte Hila.

»Die Eierstöcke gehören nicht dazu. Soll ich es dir noch einmal erklären?«

»Nein.«

»Im Normalfall sind die beiden Gänge jeweils symmetrisch, die beiden Seiten stimmen überein. Und im Fall einer Agenesie, das heißt, wenn die Gonaden fehlen, entwickeln sich weder Eileiter noch Gebärmutter und auch nicht das obere Drittel der Vagina. Selbst wenn die betreffende Frau Brüste hat und normal aussieht, wird sie nicht menstruieren, und wenn man sie mit der Hand untersucht, stößt man nirgendwo an, und mit Ultraschall oder bei einer Laparoskopie stellt man fest, daß es keine Gebärmutter gibt, und das ist es, was ich anfangs gedacht habe, denn sie hat keine Periode. Aber man sieht an ihr nicht einmal sekundäre Geschlechtsmerkmale, nichts, gar nichts, und die äußeren Geschlechtsorgane sind weiblich, deshalb ist es nicht ... Ach, ist ja auch egal.«

»Nein, nein, hör nicht auf«, bat Hila. »Also, was war mit ihr? Was wird mit ihr sein?« Hila war eine wunderbare Zuhörerin, wenn am Schluß eine Geschichte herauszukommen versprach. Aus Erschöpfung und einer Art Aussichtslosigkeit war Begeisterung geworden, und beim Erzählen wurde Jo'ela wieder einmal klar, daß es gut war, die Dinge laut auszusprechen, und daß Sprechen überhaupt gut war, nicht nur wegen der Entspannung, sondern weil es einen zwang, klar zu formulieren, damit der andere verstand, was man meinte. Als sie das Gesicht des Mädchens beschrieb, das kreidige Gefühl, das beim Berühren der Haut auf ihren Händen zurückgeblieben war, merkte sie auch, daß sie sich anstrengen mußte, um gegen den unbestimmten Wunsch anzugehen, alles für sich zu behalten, in seiner uranfänglichen Form, und auf ihr Bedürfnis nach Erklärungen und Wissen zu verzichten, denn der Fall, so schrecklich er auch sein mochte, hatte auch etwas von der verborgenen Süße, die vielem von dem anhaftete, was sie früher getan hatte oder gern getan hätte und nicht gewagt hatte, unter anderem, weil ihr die Dinge unerklärlich und zwecklos vorgekommen waren, und noch mehr, weil schon die Tatsache, sie zu tun, bedeutet hätte, sich mit allen Gefühlen und Lastern bloßzustellen. Wenn man Dinge formuliert und offen ausspricht, verzichtet man irgendwie auch auf die Gefühle, die dazugehören, oder wenigstens auf ihre Heftigkeit. Lautes Aussprechen verkleinert ihre Ausmaße auf eine realistischere Dimension. Doch wegen der Scham war es zum Beispiel unmöglich, den Drang, das junge Mädchen noch einmal zu berühren und nachzuprüfen, was in ihrem Körper los war, in Worte zu fassen, jedenfalls nicht die Stärke des Drangs. Die Scham war es, die von ihr verlangte, sich zurückzuhalten, auf offenes Pathos zu verzichten, es auf dem Weg von innen nach außen auszumerzen. Sie wußte schließlich selbst, wie sonderbar und sinnlos ihr Gang nach Me'a Sche'arim gewesen war, und mußte schon beim Erzählen der Vorgeschichte diese Erkenntnis, diese beschämende Selbstverurteilung einflechten, um nicht von lähmender Verwirrung erfaßt zu werden. In der kritischen Darlegung ihres Drangs, verbunden mit vielen Erklärungen, die sie ihren Bedürfnissen überstülpte, übte sie Verrat an sich selbst und verkleinerte die Sache, um sich verständlich zu machen. Hila sollte es verstehen – und vielleicht mehr noch sie selbst. Daß Hila es verstehen würde – vielleicht sogar besser als sie selbst –, daran zweifelte sie nicht, und gerade diese Sicherheit war es, die sie zurückschrecken ließ: Hila sollte es im richtigen Ausmaß verstehen, sie sollte es vor sich sehen können, sie sollte genau sehen, was mit ihr los war, dann würde sie schon verstehen, was für eine Dummheit dahintersteckte, und sie selbst würde auf die Scham verzichten können. Aber wer Hila sah, die kindische Dummheit, mit der sie hartnäckig darauf bestand, sich die Haare knallrot zu färben, die schwarzen Balken, die sie sich um die Augen malte und die ihre Lider verlängerten, so wie Schula es ihr beigebracht hatte, wer sie in diesem ausgeschnittenen Kleid sah, diesen grünlichen Blick von der Seite, der, wenn sie sich konzentrierte, olivgrün wurde, wer ihren aschkenasischen Tonfall hörte, ihr übertriebenes Hebräisch, ihr pseudokluges Gerede, würde sie für ein kindisches, angeberisches Geschöpf halten. Infantil nannte Arnon sie manchmal, ohne jede Mißbilligung, und staunte immer wieder, wenn sie tatsächlich etwas Gescheites sagte. Aber wenn Hila etwas verstanden hatte, brachte sie wirkliche Anteilnahme auf; dann war sie freilich bereits involviert, und es war unmöglich, sich wieder zurückzuziehen, so wie Jo'ela es in den letzten Tagen getan hatte, genauer gesagt: eigentlich schon seit langer Zeit.

»Was für ein Wunder«, murmelte Hila nun, »daß so viele Babys, die geboren werden, normal sind, mit diesen zwei Gangsystemen, dem Müllerschen und dem Wolffschen, und daß die beiden Gänge entscheiden, wie sie sich entwickeln, und daß sie das schaffen.«

Jo'ela seufzte.

»Jedenfalls wird es Zeit, Gott sei Dank«, sagte Hila.

»Was?«

»Wer sich nicht entwickelt, geht zurück. Auf einer Stelle stehenbleiben, das geht nicht. Und sag jetzt ja nicht: *Schaut mal an, wer das sagt,* denn jeder hat seinen eigenen Rhythmus«, sagte Hila und rieb sich zart das Knie. In ihren Augen glitzerte Selbstzufriedenheit, als sie fortfuhr: »Es ist wirklich geschwollen.«

Jo'ela beugte sich zu ihr und untersuchte das Knie. »Bis zu deiner Hochzeit ist es vorbei«, sagte sie, ohne die Spur eines Lächelns.

»Das gibt es nicht, daß man nicht an sie rankommt, daß man sie nicht findet«, verkündete Hila.

»Du hast leicht reden«, murmelte Jo'ela und schob den Teller Suppe von sich. Und jetzt erst erzählte sie von dem Besuch in Me'a Sche'arim und von dem Vater des Mädchens.

»Das glaube ich nicht«, erklärte Hila. »Du bist mitten am Vormittag dort hingegangen? Zu ihnen nach Hause? Du hast zu ihm gesagt, daß sie keine Gebärmutter hat?«

Jo'ela nickte zerstreut.

»Na gut«, entschied Hila, aber ihr Mund verzog sich unsicher. »Wenn es das war, was du wolltest, war es wahrscheinlich nötig.« Und mit einem kleinen Lächeln, das sich zeigte, noch bevor sie weitersprach, fügte sie hinzu: »Wer weiß, zu was allem du noch fähig bist.«

Diesen Satz kenne ich, wollte Jo'ela laut hinausschreien, den habe ich mehr als einmal gehört, als ich etwas aus aller Kraft wollte und es nicht verbarg. Und er war nie gut gemeint, sondern mißbilligend. Schon lange kenne ich ihn, schon sehr lange. Ich müßte ihr jetzt von Jo'el erzählen. Sie meint es gut, sie wird mir keine Vorwürfe machen. Aber ich habe keinen Mut. Die Wellen von Übelkeit kamen zurück, die Schauer, die Welt um sie wurde dunkel und hell, die Suppenteller bewegten sich, die Löffel und Gabeln verbogen sich, die Brotkrumen um Hilas Teller nahmen riesige Formen an. Hilas Augen verwischten sich zu grünen Flecken, ihr Mund war weit weg, ihre Haut ausgedörrt und kalt. »Mir ist schlecht«, flüsterte Jo'ela. Sie legte den Kopf auf die Arme, auf die Tischplatte, die nach altem Essen roch.

»Stütz dich auf mich«, sagte Hila. Ihre Stimme kam von weit, weit her, als sie sie zum Sofa im Wohnzimmer führte. »Stütz dich auf mich, hab keine Angst, ich halte dich.« Sie schob ihr ein dickes Kissen unter den Kopf, ein anderes unter die Füße. Hinter Jo'elas geschlossenen Lidern drehte sich alles, auch das Sofa bewegte sich, schwankte von einer Seite zur anderen, wie ein Gummiboot, sie hörte das Tappen nackter Füße, hörte, wie Hila eine Nummer wählte und dann ins Telefon sprach. Als schaltete immer wieder jemand mit einem Knopfdruck die Sprache ein und aus, drangen nur Bruchstücke von Sätzen an ihr Ohr. »Nicht heute ... Vielleicht morgen … Ich war nicht … Jetzt geht es nicht …« Es dauerte eine Ewigkeit, bis sie verstand, daß Hila jetzt nicht mehr mit Alex sprach, sondern mit einer Frau, zu der sie sagte: »Mach dir keine Sorgen, es ist nicht schlimm«, und das Radio in der Küche, von dort kam das Klirren von Geschirr, eine Gruppe sang, und Hila sang mit, und als sie ins Wohnzimmer zurückkam, stellte sie klirrend eine Tasse Tee auf den Sofatisch, mit einer sehr autoritären Bewegung, zufrieden und ohne jeden Unterton von Sorge befahl sie Jo'ela zu trinken, solange der Tee noch heiß sei, dann setzte sie sich in die andere Ecke des Sofas, zog die Knie an und legte die Arme darum. »Ich habe mir etwas überlegt«, sagte sie. »Alles wird gut, du wirst schon sehen. Wir nehmen uns frei, und du machst nur, was ich dir sage, und alles wird gut. Eine Woche gehen wir nicht zur Arbeit.«

»Das ist ausgeschlossen«, hörte Jo'ela sich selbst murmeln. »Es ist unmöglich, nicht zur Arbeit zu gehen, und außerdem gehe ich dort nie wieder hin.«

»Das geht vorbei, du wirst schon sehen.«

10.
Die musikalische Erziehung

Auf dem blauen Samtbezug liegt eine goldene Trompete. Die schwarze Hülle ist ausgebreitet wie die harten Flügel eines großen, wunderbaren Vogels. In einer kleinen Vertiefung, ebenfalls mit blauem Samt bezogen, ruht das Mundstück. Ohne das wird es keinen Ton geben. Mit festen, sicheren Händen nimmt ihr Vater das Instrument und befestigt das Mundstück, um ihm Leben einzublasen. Aus der Küche ist nervöses, unpassendes Klirren von Tellern und Töpfen zu hören. Doch gleich wird es von den klaren, goldenen Tönen überstimmt werden. Sie werden alles zum Schweigen bringen, auch das Rattern des Autobusses auf der Hauptstraße vor dem Haus und sogar das fröhliche Gurgeln des Brüderchens, das zwischen einem Rattern und dem nächsten zu hören ist. Zusammengekauert in der Sofaecke, die Knie bis zur Nase hochgezogen, wartet das Mädchen schweigend. Ihr Rücken reibt sich an der Enzyklopädie. Sie rutscht ein Stück weiter, ihr Rücken lehnt jetzt an dem Nachschlagewerk *Ewen-Schoschan*, ihr Ellenbogen stößt an das rote Buch mit den eingeprägten goldenen Buchstaben auf dem Rücken. Dieses Buch wird immer aus dem Regal genommen und aufgeschlagen, wenn sie Fieber hat. Und die Hand, die jetzt dem goldenen

Körper das Mundstück aufsteckt, gleitet dann über die Seiten und hält an der Stelle inne, wo beschrieben ist, welche Krankheit sie hat. Eine Ewigkeit dauert das immer.

Mit offenem Mund schaut das Brüderchen zu, es sitzt auf einem hohen Holzstuhl und schlägt mit dem Knochen eines Hühnerschenkels auf das Brett vor ihm. Der Knochen trifft den braunen Kopf des Bambis und seiner Eltern, die auf das Brett gemalt sind. Die Eltern werden sterben und Bambi allein lassen, das weiß das Mädchen schon. In dem großen Wald brannte es. Es wurde gejagt und geschossen. Oben auf dem Hügel stand Bambis Vater, und sein großes Geweih ragte zwischen den brennenden Ästen heraus. Es geht gut aus, versprach ihr Vater, und in dem dunklen Kinosaal fingen ein paar Kinder an zu weinen. Aber es ging tatsächlich gut aus. Bambi wuchs ein Geweih, so groß wie das seines Vaters. Und es bekam auch eine Frau.

Gleich werden die Klänge in die Luft fliegen. Schon längst hat der Vater ihr beigebracht, wie das Instrument heißt: Trompete. Das Wort klingt überhaupt nicht nach goldenen Tönen und blauem Samt. Ein Sonnenstrahl stiehlt sich ins Zimmer, in dem das Brüderchen auf dem Holzstuhl gurrt, mit der dicken kleinen Faust auf Bambi schlägt und mit offenen Händchen durch die Luft fuchtelt, in Richtung Trompete. Der Sonnenstrahl gleitet über das Gold und läßt es rot aufblitzen. Der Vater erlaubt ihr, die goldenen Knöpfe zu berühren, er erlaubt ihr auch zu blasen. Aber wenn sie hineinbläst, hört man nur die Luft. Der kleine Bruder starrt mit seinen blauen Augen wie hypnotisiert auf die Trompete und schiebt die Lippen wie zum Blasen vor. Er verfolgt jede Bewegung, fuchtelt mit seinen Armen herum, trampelt mit seinen dicken glatten Beinchen – keine grünlichen Streichholzbeine – auf das Holzbrett unter dem Hochsitz. Den Knochen hat er schon auf den roten Teppich geworfen, aber niemand hat es gemerkt, und sie hat sich auch nicht gebückt, um ihn aufzuheben. Es ist ihr egal, ob

Ameisen kommen. Schließlich ist sie diesmal nicht schuld, das kann jeder sehen. Der kleine Bruder möchte das Gold, das im Sonnenstrahl aufblitzt.

Die Sonne trifft auch den Ehering am langen Ringfinger des Vaters und den dunklen Flaum, von dem Fünkchen ausgehen, so daß es scheint, als glitzere die ganze Hand. Der Vater hat den Kopf zurückgelegt, bläst die Backen auf, und plötzlich kommen die Töne heraus. Die Luft zittert. Wellen strömen durch das Zimmer, alles bewegt sich und schmerzt. Die Art, wie der Klang durch den Körper schneidet und weh tut, ist nicht zu ertragen. Sie möchte sich die Ohren zuhalten, die Finger hineinstecken, aber zugleich ist der Klang so süß, daß sie ihn nicht versäumen will. Denn gleich wird er wieder vorbei sein. Sie ist ganz nahe bei ihrem Vater und sieht die Lippen, die sich um das Mundstück pressen, die aufgeblasenen Backen. Sie rutscht noch näher. Er steht vor dem Sofa. Statt sich die Finger in die Ohren zu stecken, legt sie die Hände flach auf die Ohren, hebt sie an, legt sie wieder hin. Der Ton kommt und geht, wie bei der großen Muschel, in der man das Meer rauschen hört, auch wenn es gar nicht hier ist, in ihrem Bett, sondern weit weg. Sie legt dem Vater zwei Fingerspitzen auf die Wangen und drückt sie hinein – wie bei dem Spiel, das er früher mit ihr gespielt hat, als sie drei Jahre alt war und er wollte, daß sie etwas aß –, um den Anblick des Gesichts, das nicht mehr aussieht wie ein Gesicht, zu beenden. Und mit einem Schlag ist alles vorbei. Das Zimmer hört auf zu zittern, sein Gesicht fällt zusammen, verzieht sich enttäuscht, und dann lacht er, nimmt das Mundstück heraus, legt es wieder zurück an seinen Platz in der schmalen, samtenen Vertiefung.

Sie haben ihr ein neues Organzakleid mit einem weißen Unterrock angezogen. Sie ist noch einmal frisiert worden, mit sehr fest geflochtenen Zöpfen, und darf auf gar keinen Fall die weißen Murmeln, die ihr der Vater mitgebracht hat, in die Tasche ihres Kleids stecken. Sie darf für die Zeit, die sie draußen vor dem Saal warten muß, nur eine Puppe zum Spielen mitnehmen. Aber auf den breiten, weißen Treppenstufen gegenüber der riesigen Glaswand, an die sie ihr Gesicht preßt – die Nase in die Breite gezogen, den Mund plattgedrückt –, kann man noch nicht einmal mit der Puppe spielen. Erstens ist es dunkel. Nur eine Straßenlaterne wirft etwas Licht unten auf die Treppe. Aber wenn sie sich dort hinsetzt, wird sie den Vater nicht sehen. Sie steht an der Glaswand und beobachtet, wie sich die Flügel des Kastens öffnen, wie er die goldene Trompete herausnimmt und den Kopf zurücklegt. Aber die Töne kann sie nicht hören. Sie haben ihr erklärt, daß Kinder nicht hineindürfen. Schon ein paarmal haben sie es ihr erklärt. *Aufnahme* ist das Wort, weshalb es diesmal verboten ist. Später wird man die Töne im Radio hören. Sie versteht nicht, wie das geht, eine Platte aufnehmen wie »Peter und der Wolf«, eine richtige Platte wie die, die im obersten Fach des Bücherschranks stehen, mit dem Bild von einem Hund vorn auf der Hülle. Wie das gehen soll, versteht sie nicht, und auch nicht, warum sie draußen stehen muß, auf der Marmortreppe, hinter dem Glas auf der anderen Seite, in ihrem rosafarbenen Organzakleid, von dem niemand weiß, daß es neu ist, und mit frisch geflochtenen Zöpfen, die niemand sieht, um die aufgeblasenen Backen und die an das Mundstück gepreßten Lippen zu beobachten, ohne daß sie einen Ton hören kann.

Da, wo sie steht und ihr Gesicht ans Glas drückt, um ihn vielleicht zu erreichen, um vielleicht etwas zu hören, weiß eine Hälfte von ihr, daß man über das komische Gesicht ihres Vaters, über den zurückgelegten Kopf, die aufgeblasenen Backen und die an das Mundstück gepreßten Lippen lachen könnte. Sie erinnert sich genau, daß es ihr, als man ihr zu Hause erklärt hat, sie müsse draußen warten, egal gewesen ist. Aber jetzt ist es ihr nicht egal. Die böse Hälfte gewinnt. Die Hälfte, die drinnen sein will, bei ihm in dem großen Licht, mit den bedeutenden Leuten, die um ihn herum stehen, damit sie wissen, daß sie seine Tochter ist, nicht irgendein allein gelassenes Mädchen, das niemandem gehört und von dem niemand etwas weiß. Das ist die Hälfte in ihr, die sie jetzt dazu zwingt, mit den Füßen zu trampeln und mit den Fäusten gegen die Glaswand zu schlagen. Niemand dreht sich nach ihr um. Und irgendwie sind trotzdem die beiden durchsichtigen Murmeln – kein anderes Kind hat solche Murmeln: die gibt es nur da, wo ihr Vater arbeitet – in der kleinen Tasche ihres rosafarbenen Kleides. Sie hat sie im letzten Moment noch hineingeschoben. Diese Murmeln schlägt sie jetzt gegen die riesige Glaswand, und der Mann, der große schwarze Teller auf den Ohren hat und mit den Händen in der Luft herumfuchtelt, hält plötzlich inne; alle schauen zu ihr her. Der Mund ihres Vaters entspannt sich, seine Backen nehmen wieder ihre normale Form an. Seine dicken Augenbrauen ziehen sich zusammen, und er winkt mit der Hand, die die Trompete hält. Sie leuchtet jetzt nicht mehr golden in der Sonne, denn die Sonne ist längst untergegangen, und draußen ist es dunkel, auch auf den breiten weißen Treppenstufen, auf die nur ein kleiner, heller Lichtkreis von der Straßenlaterne draußen fällt. Aber drinnen, wo ihr Vater jetzt drohend den Finger hebt und ihn schnell hin und her bewegt und den Kopf auf eine Art schüttelt, die sie gut kennt, als hätte sie ihn wieder einmal sehr enttäuscht, gibt es viel Licht. Sie ist allein hier im Dunkeln und sieht, wie drinnen alles wieder so wird wie vorher, er hebt die Trompete an den Mund und bläst die Backen auf, als habe er vor, das noch lange zu tun, sehr lange, in alle Ewigkeit. Und wieder hebt der Mann die Hand und gibt ein Zeichen, die Backen ihres Vaters blasen sich noch mehr auf, sein Gesicht ist rot, und sie weiß genau, daß jetzt Klänge aus dem Instrument kommen, aber sie kann sie nicht hören. Und wieder schreit es in ihr, warum sie hier draußen stehen muß, hinter der Glaswand, von wo aus der erleuchtete Raum drinnen, der von Klängen überflutet sein muß, so hell und warm aussieht. Unten neben der Treppe entdeckt sie den Stein. Ein normaler Stein, mittelgroß, so wie die Steine, die sie im Hof mit den Jungen um die Wette wirft. Da hat sie es noch nie geschafft, die Linie zu erreichen, die die Jungen der fünften Klasse in den Boden ritzen, aber jetzt hebt sie, die Hand fest um den Stein geklammert, den Arm hoch, noch höher, hält den Stein noch fester, als wisse sie nicht, was sie mit ihm zu tun beabsichtigt, glaubt selbst nicht, daß sie es wagen wird, und eine fremde Kraft strömt durch ihren Arm, ihre Hand wird vorwärtsgeschleudert, und dann hört sie, wie der Stein auf die große Glaswand trifft, die aber nicht zerbricht. Sie hat den Stein mit aller Kraft geworfen, und die Leute drinnen erstarren. Entsetzte Gesichter blicken sie an. Es ist ihr egal. Sollen sie sie doch umbringen. Es ist sinnlos, zu erklären, warum sie es getan hat. Sie weiß es selbst nicht. Ihr Vater legt die Trompete einfach auf den Boden und kommt aus dem Zimmer gerannt. Er bleibt vor ihr stehen. Sein Gesicht ist kreideweiß, seine Lippen vor Wut verzerrt. Daneben spielt schon nichts mehr eine Rolle. Sie macht die Augen zu und hört ihr Herz heftig klopfen. Es ist ihr egal. Es tut nicht weh. Sollen sie doch mit ihr machen, was sie wollen, sie wird keinen Ton von sich geben. Auch als er ihr den Po verhaut, gibt sie keinen Ton von sich. Es tut nicht weh. Sie hört, wie seine Hand auf den Organzastoff und ihre Unterhosen trifft, einmal, zweimal, dreimal, viermal. Es tut nicht weh, und es ist ihr egal. Ihre Lippen sind zusammengepreßt, und sie wird die Frage Warum? nicht beantworten. Weiß sie doch, daß das Warum, alles, was sie ihm erklären könnte, seine Ohren nicht erreicht. Keine Erklärung wird auf sein Gesicht die Freude zurückbringen können, die sie gesehen hat, als er ihr erzählte, sein Solo, das von ihm komponierte Solo, würde aufgenommen. Sie weiß, daß er es ihr nie verzeihen wird. Hat sie doch versprochen, sich anständig zu benehmen. Er hat sie ausdrücklich gewarnt. Aber sie hat sich die Entfernung nicht vorstellen können, auch nicht die Dunkelheit auf den Marmortreppen, nicht die Wut und die Kränkung, die sie wegen der großen Glaswand empfinden würde, durch die sie nur sah, wie sich das Gesicht bewegte, aber keinen Ton hörte. Er packt sie wieder fest an der Schulter, und sie beißt sich auf die Lippen, um keinen Seufzer auszustoßen, um das Entsetzen nicht zu verraten, das sie beim Anblick seines Gesichts ergreift, einem Anblick, den sie nie im Leben vergessen wird. Sie hat alles verdorben, es ist verloren. Es ist auch noch verloren, als sie drinnen ist, im Zimmer, und der Mann mit den Tellern auf den Ohren den Arm hebt. Er wirft ihr einen Blick zu, und es ist ihr egal, was er denkt. Nur der helle, schmerzhafte Ton der Trompete ist wichtig, der durch den Raum hallt. Sie hebt nicht die Augen, um den Vater anzuschauen. Und trotz der Scham und der Angst, die in ihr nagen, weiß sie, daß sie von Anfang an hier hätte sein können, im Raum, und nicht draußen, und nur wegen dieser Leute – vor allem wegen dieses fremden Mannes, der sich schwarze Teller auf die Ohren gesetzt hat –, die ihrem Vater wichtiger sind als sie, hat er sich nicht für sie eingesetzt. Und weil er sich nicht für sie eingesetzt hat, hat sie es selbst tun müssen. Auch in der Scham liegt Kraft. Besonders, wenn man allein auf einem Stuhl in der Ecke sitzt. Ganz ruhig, wie sie es zu Hause versprochen hat. Sie sitzt da, sieht, riecht und hört ganz allein.

Es gibt schon keine Trompete mehr. Im Wohnzimmer steht das Klavier, groß und schwarz. Möbelträger haben es gleich gebracht, nachdem der Vater mit der Nachricht nach Hause gekommen ist. Die Mutter schaut herein, sagt aber kein Wort. Das Mädchen hat selbst gehört, wie er gesagt hat: Ein Bett kann man auch in zwei Monaten kaufen, Betten gibt es immer zu kaufen, aber – das! Die Mutter hat den Mund aufgerissen und die Augen zugemacht. Ihr Gesicht war sehr blaß, aber sie hat wenigstens etwas gesagt. Ein paar Worte in ihrer Sprache, aber das Mädchen hat nur »Geld« verstanden.

Leipzig, hat der Vater gesagt, antik, aus Leipzig, eine Gelegenheit. Ein Glücksfall. Dann hat er noch gesagt, die Leute seien »reingefallen«, und andere schwere Wörter benutzt. Leute, die sie nicht kennt. Sie hat sich vorgestellt, daß die Leute vielleicht ins Meer gefallen sind, und hätte gern gewußt, was das mit dem Klavier zu tun hat. Aber es war sinnlos, den Schwall von Worten zu unterbrechen oder den braunen Blick, mit dem er die Mutter verzauberte. Und mitten in seinen schnell dahingesagten, drängenden Sätzen, ungeduldig, als habe er sein ganzes Leben auf diesen Moment gewartet, hob er den Deckel und zeigte: Hier war der Spiegel und hier, zu beiden Seiten, die Kerzen und hier die Medaille. Vier goldene Medaillen befinden sich innen auf dem Deckel. 1872, liest er ehrfürchtig vor. Das Mädchen sieht schmale, gelblichweiße und schwarze Tasten, als er einen roten Filzstreifen hochhebt. Sie streichelt den Stoff.

Das Mädchen wird spielen, sagt er zum Abschluß, und die Mutter verzieht das Gesicht. Wie ein kleiner Junge, murmelt sie von ihrem Platz an der Wohnzimmertür.

Und er sagt: Der Platz ist genau richtig. Es paßt ins Zimmer. Es ist wie für diese Ecke geschaffen.

Es gibt einen schwarzen Schemel, den man drehen kann. Sie hört, wie er quietscht, als er gedreht wird. Vor ihren Augen wird er höher. Noch ein Wunder. Wie kann das sein? fragt sie, aber er hört nicht hin. Er hebt sie hoch und setzt sie auf seine Knie. Sie sieht, wie er zart über die Tasten streicht. Sie sind aus Elfenbein, Klaviertasten, erklärt er. Sie weiß das. Aus Büchern. Und Elfenbein wird aus den Stoßzähnen von großen, grauen Elefanten gemacht, die in Afrika leben. Die Musiklehrerin in der Schule hat eine Geige, auf der begleitet sie die Kinder beim Singen. Die Geige hat einen kreischenden Klang, den die Kinder mit ihren Stimmen übertönen. An Schawuot hat die Lehrerin auf einem Akkordeon gespielt. Aber noch nie auf einem Klavier. Das Mädchen hat überhaupt noch nie ein Klavier gesehen. Sie sagt es, und der Vater lacht laut. Die Mutter steht noch immer neben der Tür. Mit verschränkten Armen, den Kopf zur Seite geneigt. Er spielt. Hebt zögernd die Hand über die Tasten, zitternd, schwebend, bis er sie endlich berührt.

Fünfzehn Jahre ist es jetzt her, sagt er in die Luft, wer hätte das geglaubt. Und die klaren Töne erfüllen das Zimmer. Sie kommen nicht von einer Platte und nicht aus dem Radio, sondern entstehen unter den geschickten Fingern des Vaters. Zögernd und weich. Am hölzernen Türstock lehnt die Mutter, und ihr blauer, schmerzhafter Blick hat plötzlich etwas Weiches, Mitleidiges. Aber nicht wegen der Musik, das weiß das Mädchen, sondern wegen etwas anderem. Wegen des Zusammenseins. Einen Moment lang gehören sie zusammen, das Mädchen ist ruhig, der kleine Bruder schläft im anderen Zimmer, der Wasserhahn ist abgedreht. Schön? fragt der Vater, und das Mädchen nickt. Sie sitzt jetzt nicht mehr auf seinen Knien, sondern steht neben ihm. Die Töne, die langsam begonnen hatten, strömen nun. Chopin, erklärt er. Seine Augen werden feucht. Und plötzlich, von einem Moment auf den anderen, ist alles vorbei. Ich erinnere mich nicht mehr, sagt er zur Mutter. Ich brauche Noten. Die Mutter blickt ihn freundlich an. Für eine Weile sieht er abwesend aus. Er ist nicht hier. Das Mädchen möchte wissen, wo er ist, aber er spricht nicht, und auch die Mutter schweigt. Was vorbei ist, ist vorbei, sagt er schließlich und klappt heftig den Deckel zu. Der Filzstreifen wird eingeklemmt, seine Enden hängen heraus. Der Vater blickt sich um, dann macht er den Deckel wieder auf. Mit gemessener Stimme erklärt er dem Mädchen Oktaven und Tonleitern. Zeigt ihr das C.

Das Mädchen wird Klavier spielen lernen, erklärt er einem unsichtbaren Zuhörer, wie eine Kampfansage, und die Mutter nickt.

Die Klavierlehrerin hat braune Flecken auf den Händen und hervorstehende Zähne. Sie riecht nach Frikadellen, wie die, die das Mädchen beim Mittagessen ewig lange im Mund behalten hat, bis sie endlich allein war und sie ausspucken konnte. Die Mutter kocht Kaffee, und die Klavierlehrerin hält den Silbergriff der gläsernen Tasse und spreizt dabei ihren knochigen kleinen Finger ab. Sie trinkt laut. Das Mädchen tut folgsam, was ihr aufgetragen wird: malt Noten, spielt Tonleitern, übt Etüden von Czerny. Aber das sind nicht die Klänge, die sie eigentlich hören möchte. Sie wünscht sich, daß auch unter ihren Händen, die sich so sehr bemühen, schmerzliche Töne entstehen. Manchmal passiert es, für einen Moment, wenn sie eine Tonleiter abwärts spielt, die chromatische Tonleiter heißt, wie ihr Vater ihr ehrfürchtig erklärt hat: Schau mal, wie bei Brahms. Das Mädchen weiß nichts von Brahms. Der Vater legt eine Platte auf, eine von denen, auf deren Hülle ein Hund gemalt ist. Starke Klänge eines Orchesters, bei denen einem schwindlig wird, schrecklich in ihrer Pracht, dann ein Klavier. Der Vater setzt vorsichtig die Nadel in die Mitte der Platte. Noch einen Moment, sagt er und legt den Finger auf die Lippen. Jetzt. Das ist eine chromatische Tonleiter. Sie hört zu. Es ist schwer, sich zu konzentrieren. Gedanken tauchen auf und tragen sie mit sich.

Die Klavierlehrerin ist wie Frau Desirée. Genauso zerstreut. Sie hat den gleichen Gesichtsausdruck eines Menschen, der nicht weiß, wo er sich befindet. Mit solchen Leuten ist es sinnlos zu reden. Dem Mädchen ist es egal. Sie hat ohnehin schon verstanden, daß sie es mit ihren kleinen Händen nicht schaffen wird, dem Klavier die Töne zu entlocken, die sie möchte. Sie möchte keine Tonleitern, sondern solche Musik wie von diesem Chopin. Du hast noch Zeit, sagt ihr Vater lächelnd, noch viel Zeit, du mußt nur jeden Tag üben. Aber das kann sie nicht, sie schafft es nicht, auf etwas zu warten, von dem sie nicht weiß, ob es je eintrifft. Ganz bestimmt wird sie es nie so können, wie es nötig wäre. Wie es das Ohr hören will. Auch wenn die Klavierlehrerin es ihr erklärt und zeigt, nachdem sie die leere Kaffeetasse auf den Tisch gestellt hat, auf die weiße, bestickte Decke – klingt es nicht, wie es eigentlich klingen sollte. Nicht so, daß es weh tut. Das Mädchen fragt nicht, wie lange es dauert, bis sie selbst so spielen kann, daß es weh tut. Sie fragt, wie lange es dauert, bis sie so schwere Stücke spielen kann wie diesen Chopin. Das hängt davon ab, wieviel sie übt. Manchmal beschließt sie: weiter, weiter, weiter. Eine Tonleiter nach der anderen, die Etüden von Czerny und alles. Einen Tag nach dem anderen. Aber die Zeit vergeht, und die Diskrepanz zwischen dem, was das Ohr hören will, und dem, was die Hand kann, wird immer größer. Und die Klavierlehrerin ist so häßlich. Das Mädchen kann nicht warten. Sie widmet ihre ganze Hingabe einer Sonatine von Beethoven. Sie beugt sich über die Tasten und bemüht sich, die Töne weich und hart klingen zu lassen. Für einen Moment vergißt sie alles, außer den Klängen. Ihr Vater stürzt aus dem anderen Zimmer herein. Sie hat einen Fehler gemacht. Im Stehen spielt er ihr die Stelle vor. Diese Leichtigkeit, mit der seine Finger über die Tasten gleiten und so etwas Schönes hervorbringen. Das wird sie nie können. Jetzt ist sie ganz sicher. Und wenn sie es nicht richtig können wird – dann ist es besser, es gar nicht zu können. Kampf lohnt sich nur da, wo man Aussicht auf Erfolg hat. Woanders, zum Beispiel bei Josef, dem Bibliothekar, braucht man es gar nicht zu versuchen. Da wird sie lieber zu dem Frosch, der aufgibt und in dem Glas Milch ertrinkt. Bis sie das verstanden hat, hat sie aus aller Kraft mit den Händen weitergeschlagen, in der Hoffnung, daß aus der Milch Butter wird. Aber jetzt weiß sie, daß aus ihrem Klavier, trotz Leipzig und den Medaillen und allem, nicht der richtige Klang herauskommen wird und daß Ewigkeiten vergehen werden, bis sie – wenn überhaupt – Chopin werden wird. Es ist sogar verboten, Musik auch nur zu hören.

Das alte Klavier schläft, vielleicht ist es sogar tot. Es schweigt, der schwarze Deckel ist zugeklappt, die Melodien sind drinnen. Niemand sieht sie, niemand weiß es. Auch der Kreis, in dem der Spiegel gewesen ist, ist versteckt, auch die Stellen, an denen die Kerzenhalter waren. Von außen sieht es wie ein normales schwarzes Klavier aus, mit Schnörkeln an den Beinen. Auf vier Fliesen sind Rostflecken von den kleinen Rädern zu sehen. Und auf dem Klavier thront, auf einer rechteckigen, weißen, mit Blumen bestickten Decke, eine goldangemalte Büste Beethovens, an deren Rändern die Farbe abblättert. Daneben stehen die rote venezianische Vase, ohne Blumen, und die grüne Schale, auf die ein Schäfer und eine Schäferin auf einer grünen Weide gemalt sind, dazu noch ein weißer, glatter Hund, aus dessen rosafarbenem Gaumen spitze Porzellanzähne ragen. Das Klavier ist wie ein Möbelstück unter anderen Möbeln und braucht Platz. Wenn das Mädchen der Mutter helfen muß, wischt sie mit dem gelben Staubtuch über die Schnörkel, hebt den schweren Deckel hoch und schlägt mit dem Lappen auf die Tasten.

Aus dem kleinen Lautsprecher im Kinderzimmer, der an das Radio im Wohnzimmer angeschlossen ist, kommt ein Hörspiel. In der Dunkelheit hört sie zu. Eine Hand dreht an dem Knopf, und plötzlich sind im Zimmer die Klänge der verabscheuten Trompete zu hören. Erschrocken springt sie aus dem Bett, um die Störung zu beseitigen. Der Vater hebt die Hand, um sie zum Schweigen zu bringen: Nicht jetzt. Im Winterpyjama, mit nackten Füßen, läuft sie zum Wohnzimmer, dreht selbst an dem schwarzen Knopf. Er sitzt in dem braunen Sessel, mit geschlossenen Augen. Sie wird ihren Schmerz nicht zeigen. Sie wird die Trompetenklänge nicht zulassen. Er schlägt auf ihre Hand und dreht wieder zurück.

Das ist doch Mahler! sagt er protestierend zur Mutter, die kommt, um zu vermitteln. Gib nach, sagt die Mutter, laß sie doch. Sein Gesicht wird blaß vor Zorn. Sie soll sich Mahler anhören, fordert er. Aber das Mädchen wird sich niemanden anhören, weder Mahler noch sonst jemanden. Sie gibt nach, verkündet aber Krieg. Sie kann nicht. Die Stelle, an der die Klänge ins Innere sickern und anfangen können zu brodeln, wird nicht mehr aufgebrochen werden. Sie kann sein Gesicht, auf dem sich die nackte Sehnsucht nach einer anderen Welt zeigt, nicht mehr ertragen. Es bleibt ihr nichts anderes übrig, als mit leeren Händen zu warten.

11.
Scham

Ein warmer Wind blies die blauen Glockenröcke der Seminarschülerinnen auf und wirbelte Staub durch die Luft. Sie meinte, aus dem Zoo neben Beit Ja'akow das Brüllen wilder Tiere zu hören. »Schon seit neun Tagen haben wir Chamsin«, sagte Jo'ela, »das ist doch nicht normal.« Sie rieb die schwarze Fläche in der Mitte des Lenkrads. Hila antwortete nicht. Ihr Blick war auf das Tor auf der anderen Straßenseite geheftet. Sie hielt einen Fotoapparat fest in der Hand. »Ich weiß nicht, wozu du das brauchst, wozu die ganze Sache überhaupt gut ist«, seufzte Jo'ela. Hila hatte sie gestern lange ausgefragt, als sie die dramatische und sinnlose Aktion, das junge Mädchen zu fotografieren, plante und dabei behauptete, man könne es durch langes, ungestörtes Betrachten des Fotos herausfinden. Und als Jo'ela gefragt hatte, was dieses »es« denn sein sollte, das man herausfinden könne, wurden Hilas Antworten sehr unbestimmt, leeres Gerede, dem nur zu entnehmen war, wie wenig sie selbst wußte, was sie eigentlich antrieb. Ihre Argumente klangen wie die von politischen Fanatikern, die mit ihren Vorschlägen in eine Sackgasse geraten sind: Fragt man sie nach den Folgen ihrer Forderungen, zerpflückt man ihre Empfehlungen und stellt sie der Realität gegenüber, fangen sie an, unzusammenhängendes Zeug zu reden, sinnlose Sätze, und ausgerechnet dann werden ihre Stimmen immer lauter. Sie versuchen, mit Verve und Begeisterung den Mangel an Logik zu überdecken.

»Willst du das Mädchen oder nicht? Entscheide dich.«

»Ich weiß schon gar nichts mehr«, sagte Jo'ela, ohne den Blick von dem Eisentor in der Mauer zu wenden. »Es kommt mir alles so dumm vor, auch dieser Fotoapparat.«

»Du hast gesagt, daß sie untersucht und behandelt werden muß«, erinnerte sie Hila, hob den Fotoapparat und blickte durch den Sucher. Jo'ela beschloß, auf die Frage zu verzichten, was denn eine Untersuchung mit einem Foto zu tun habe. »Sag mir sofort Bescheid, wenn du sie siehst, laß das Tor nicht aus den Augen, sie sehen alle gleich aus. Ich übrigens auch.« Hila lachte, strich sich den blauen Glockenrock über den Knien glatt, rückte die nicht existierende Naht an ihren dunklen Strümpfen zurecht und schob eine rote Locke unter das Kopftuch. Ihr Gesicht, ohne Rouge, ohne die schwarzen Striche um die Augen und ohne den braunen Lippenstift, war rot und geschwollen, als habe sie zu lange geschlafen. Die Art, wie sie sich ständig mit der Zunge über das Zahnfleisch fuhr, machte Jo'ela nervös und weckte ihren Widerstand und bestärkte das Gefühl, daß sie sich lächerlich machten. Wie zwei pubertierende Mädchen, dachte sie, fehlt nur noch, daß wir hysterisch anfangen zu lachen, wie Na'ara es beim Telefonieren oft tut. Auch ihre Scham war zurückgekommen. »Ich weiß nicht«, sagte sie zweifelnd, »ich habe Spiele schon immer gehaßt. Schon immer.«

»Hast du denn keine Spiele gespielt, als du klein warst?«

»Ich erinnere mich nicht«, murmelte Jo'ela. »Ich hatte eine Puppe, ich hatte auch viele Spiele, aber ich glaube, ich habe nur gern allein gespielt, vielleicht war mein Bruder auch zu klein und hat wirklich nichts verstanden. Andere hätten mir wohl mein Spiel verdorben, sie hätten mir allein durch ihre

Existenz gezeigt, daß es nur ein Spiel ist. Ich weiß nicht ...« Jo'ela zögerte verwundert. »Ich verstehe selbst kaum, was ich sage. Es macht mir angst.«

»Das ist ja gerade das Problem. Laß dich doch mal auf etwas ein, was du nicht verstehst, und schau, was dabei herauskommt, nur einmal. Dann werden wir schon sehen. Denk daran, was du versprochen hast.«

»Aber es hört dann nicht auf, mir angst zu machen«, widersprach Jo'ela. »Und es tut mir schon leid, daß ich das Bett verlassen habe. Wenn du mich nicht mit deinen Einfällen verrückt gemacht hättest, wäre ich unter der Decke geblieben, ist es mir da etwa schlecht gegangen?«

»Es ist dir sehr schlecht gegangen, und außerdem hast du dich wegen deines Selbstmitleids schon nicht mehr ausstehen können. Ich habe noch nie einen Menschen getroffen, der von sich selbst so viel verlangt wie du, und zwar nicht im positiven Sinn. Wenn du mal etwas tust, ohne dabei absolute Selbstbeherrschung zu bewahren, fängst du sofort an, dich zu hassen, und um diesen Selbsthaß loszuwerden, brauchst du Fieber und eine Grippe, aber auch das hat dir nie gereicht, bei dir wird die Grippe zu Sinusitis und Ohrenentzündung, zu einer Krise des ganzen Systems. Und nur weil du meinst, daß du für deinen Körper nicht verantwortlich bist, weil du davon ausgehst, daß man seinen Körper nicht beherrschen kann. Nur unter solchen Bedingungen erlaubst du dir, dich selbst zu ertragen, vielleicht wegen der Scham.«

»Für dich ist alles ein Abenteuer«, sagte Jo'ela und drückte auf den Schmerzpunkt zwischen Nase und Wangenknochen. »Ich brauche dich doch nur anzuschauen, um zu wissen, wohin dich das gebracht hat. Man könnte Gott weiß was denken. Und diese ganzen psychologischen Klischees, die du von dir gibst. Wie geht es Alex?«

»Gut, denke ich, ich habe gestern nicht mit ihm gesprochen«, antwortete Hila, ohne beleidigt zu sein. »Und ich bin kein Beispiel für irgend etwas, von mir darf man sich nichts abschauen. Aber wenn du nur ein bißchen von dem annehmen würdest, was ich in dieser Hinsicht habe, dann sähe bei dir alles ganz anders aus. Zum Beispiel müßtest du nicht auf so vieles verzichten wegen der Energie, die dich deine inneren jüdischen Kämpfe kosten. Eine Woche ohne Fragen, wozu etwas gut ist. Das ist alles, was ich von dir will. Und daß du mit mir zu diesem russischen Heiler gehst.« Plötzlich erschrak Hila und richtete sich auf. »Hast du sie gesehen? Paß auf, daß wir sie nicht verpassen.«

»Nein, noch nicht«, sagte Jo'ela. »Vielleicht ist sie ja gar nicht da.« Sie hoffte fast, das Mädchen wäre nicht da. Sie war aufgeregt, und bei dem Gedanken, sie möglicherweise wiederzusehen, von Angesicht zu Angesicht, vielleicht sogar ihre Stimme zu hören, spürte sie auch wieder Angst. Vielleicht war es besser, sie nicht mehr zu sehen, sich nicht mehr um sie zu kümmern, damit sie stumm blieb, ohne menschliche Stimme, die Dummheiten und Lügen aussprach, vor allem nicht zusammen mit Hila, die mit einem Blick auf das Mädchen fragen würde: »Sie? Das ist sie also? Alles wegen ihr?«

Die kostbarsten unserer Träume, Vögelchen mit gelbem Flaum und empfindlich gegen Kälte, lassen wir auf ihren kleinen Beinchen zu unserem Nächsten trippeln, dem möglichen Verbündeten. Immer wieder reden wir uns ein, er werde sie schon, wenn wir es nur zulassen, aufheben und in seinen weichen Händen wärmen, und jedesmal reagieren wir mit Entsetzen, wenn sie fallen gelassen oder zerdrückt werden, klein geworden im Licht eines fremden Bewußtseins.

»Sie ist bestimmt da«, murmelte Hila.

»Da!« rief Jo'ela und deutete auf eine Gestalt, die außerhalb der Gruppe lief, unsicher, mit einem Kopf, der auf dem dünnen Hals zu schwanken schien. Der Wind blies ihr den Rock um die schwarzbestrumpften Beine.

»Die in der Ecke?« erkundigte sich Hila aufgeregt und

drückte mehrmals auf den Auslöser, ohne die Antwort abzuwarten, bevor sie sich umdrehte und sagte: »Die in der Ecke, die Große?«

Jo'ela nickte und stemmte die Füße gegen den Autoboden.

»Ich habe es ja gewußt«, versicherte Hila stolz. »Bald werden wir es sehen. Was wir sehen werden? Ich habe dir gesagt, daß wir etwas sehen werden, bestimmt!«

Der Gedanke daran, daß Hila an der Sache beteiligt war, daß in gewisser Weise das Mädchen auch ihr gehören würde, weckte Jo'elas Widerstand. Wenn zwei Menschen etwas betrachten, gleichzeitig, am selben Ort, kann, wenn auch nur in Ausnahmefällen, eine Gemeinsamkeit entstehen, der Preis dafür ist jedoch der Verzicht auf das Geheimnis. Außerhalb dieses Geheimnisses, in der Realität, war das Mädchen ein kümmerliches, leicht groteskes Geschöpf. Dicke schwarze Strümpfe, ein langer blauer Rock, ein straff gekämmter Zopf, eine weiße Stirn. Nur sie, Jo'ela, wußte, was für ein Zauber von der kreideweißen Haut ausging, die sich so süß anfühlte, sie kannte den hohlen Körper, den reinen, von jeglichem Schmutz unberührten Schmerz.

»Warte einen Moment«, sagte Hila, warf die kleine Kamera auf den Rücksitz und sprang aus dem Auto, bevor Jo'ela sie zurückhalten konnte. Jo'ela selbst blieb wie erstarrt sitzen. Keine Kraft der Welt hätte sie dazu bewegen können, auszusteigen, sich dem Mädchen zu nähern, sie auf der Straße zu berühren, ihre Stimme zu hören. Sogar hier sah Hila mit ihrem rundlichen Körper, dem langen Rock und den schwarzen Strümpfen, mit dem Kopftuch, das sie umgebunden hatte, ziemlich lächerlich aus, wie sie jetzt nach links und rechts blickte und die Straße überquerte, als sei sie eine von ihnen. Sogar wenn man sie in eine Nonnentracht steckte und ihr eine Haube aufsetzte, würde Hila immer wie Hila aussehen.

Ganze Gruppen von Mädchen in hellblauen Blusen, schwarzen Strümpfen und mit straff gekämmten Zöpfen verdeckten den Blick auf die eine dort, auf der anderen Straßenseite. Im Rückspiegel sah sie die großen Metallscheiben auf dem Fernsehgebäude weit hinter ihr aufblitzen. Ihr Herz klopfte heftig, als das Mädchen plötzlich wieder zu sehen war. Sie ging mit kleinen, langsamen Schritten, und wenn ihr der Wind den Rock gegen die Beine wehte, sahen sie aus wie lange, dünne Pfähle. Sie hielt den Kopf ergeben gesenkt, den Blick auf den Gehsteig gerichtet. Da stand Hila auch schon vor ihr, sagte offenbar etwas, denn das Mädchen hob den Kopf. Von weitem war nichts zu erkennen, außer dieser Bewegung des Kopfes. Wie im Untersuchungszimmer hatte sie die Arme an den Körper gedrückt und die Brust nach innen gewölbt. Ihre Schultern waren noch stärker gebogen, die ganze Gestalt hatte etwas Flehendes. Jo'ela sah Hilas gebeugten Rücken, ihre Arme, die sich in weitem Bogen bewegten, im Gegensatz zu dem zusammengezogenen Körper des Mädchens. Bei dem Anblick stieg wieder dieses Bedauern in ihr auf, stärker als der Schauer, der ihr über den Rücken lief, und trieb ihr Tränen in die Augen. Eine Traurigkeit ging von dem Mädchen aus, die alles umfaßte, auch sie selbst. Für einen Augenblick tauchte das Bild eines Mädchens vor ihr auf, eine Momentaufnahme, ein Mädchen mit hellen Zöpfen und weit offenen Augen, darauf wartend, daß sie endlich Kraft hätte, den Kummer zu beenden, sah die breiten Treppen, hörte die chromatische Tonleiter, die entscheidenden Klänge, wußte, wie ein bitteres Echo, daß das Ersehnte nie Wirklichkeit würde.

Das junge Mädchen stand bewegungslos da, wie erstarrt. Sie senkte den Kopf auf dem dünnen Hals, und erst als Hila mit einer weiten Bewegung zum Auto hinüberdeutete, hob sie, offenbar entsetzt, das Gesicht. Jo'ela schob sich die Brille zurecht, um alles genauer zu erkennen, und einen Moment sah es aus, als wolle das Mädchen Hila gehorsam folgen, doch dann hob sie mit einem Ruck den Kopf, blickte über Hilas Schulter hinweg Jo'ela an, die dort saß und wartete, dann drehte sie sich blitzschnell um und lief in die entgegengesetzte Richtung davon, wobei sie mit einer Hand ihren Rock an den Körper drückte. Als steckten Nadeln darin, wie in der Erzählung *Drei Geschenke* von Perez, die den Stoff an dem langen, vorwärtsstrebenden Körper befestigten, sich ins Fleisch bohrten, ohne Zeichen zu hinterlassen und ohne daß Blut floß.

»Fahr ihr hinterher«, verlangte Hila, die rasch ins Auto sprang. »Los, schnell.«

Jo'ela saß da wie gelähmt.

»Warum fährst du nicht?« rief Hila. »Außerdem muß ich nach Hause, vielleicht ruft Alex an, oder er sucht mich ...«

»Das hier ist kein Kino«, sagte Jo'ela. »Es ist sinnlos. Sie geht nach Hause, und dort können wir nicht mit ihr sprechen. Du hast sie verjagt.«

»Ich habe nur gesagt, daß die Ärztin im Auto wartet und daß sie mit ihr reden soll, mehr habe ich nicht sagen können, da war sie schon verschwunden, wie ... wie Luft.«

»Es ist nicht wichtig«, erklärte Jo'ela. »Ich weiß schon gar nicht mehr, was ich von ihr will.«

»Rettung, das ist es, was du von ihr willst«, antwortete Hila und atmete tief ein, als wolle sie gleich eine ihrer blumigen Reden halten, doch dann sagte sie nur: »Die Welt reparieren«, und schwieg. Sie betrachtete ihr Gesicht in dem kleinen Spiegel, drückte mit zwei Fingern an einem schwarzen Punkt auf ihrer Wange herum, wühlte dann in ihrer Schminktasche und begann, ihrem Gesicht die Farben wiederzugeben, die sie morgens abgewaschen hatte, die Wimpern schwärzte sie mit Mascara. Weil sich Hila normal benahm wie immer, weil sie sprach wie immer, als sei nichts passiert, als sei das Mädchen eines von vielen, wich das bedrückende Gefühl von Jo'ela und machte einer tiefen Scham Platz. Einer Scham darüber, daß sie sich hier befand, daß sie einem verrückten Impuls nachgegeben und auf eine innere Stimme gehört hatte, statt ganz normal ihre Arbeit zu tun, daß sie dem Mädchen folgte wie eine Diebin, einer Scham über die Rötung ihrer Nase, die sie im Spiegel wahrnahm, über die Tränen, die sie gestern vergossen hatte, die Schwäche, die innerlich an ihr nagte und der sie Macht über sich einräumte, auch darüber, daß sie sich ins Bett gelegt hatte, als wäre sie krank, daß sie so schnell wieder aufgestanden war, über ihre Hände, die kraftlos in ihrem Schoß lagen, daß sie neben Hila saß und auch über das, was sie ihr gezeigt hatte. Denn was hatte sie mit diesen orangefarbenen Haaren zu tun, die jetzt unter dem Kopftuch hervorkamen, was mit der sensationslüsternen Hila, deren Kopf voller banaler Sprüche und trivialer Gedanken war, was hatte sie mit dieser anarchischen Angelegenheit zu tun, die sie an diesem Vormittag noch erwartete? Was war die Erklärung dafür, daß sie – zwar zögernd und halbherzig, aber es war eine Tatsache, daß sie das Bett verlassen hatte, das Haus – zugestimmt hatte, mit Hila diesen dubiosen Mann aufzusuchen, diesen Kurpfuscher, den Wunderheiler aus Rußland, der erst seit zehn Monaten hier lebte? Schon als Hila begeistert und ohne jede Spur von Ironie seine Fähigkeiten rühmte, hatte sie diese Verwirrung gespürt. Bis jetzt hatte Hila noch kein weiteres Wort über das Mädchen gesagt. Für Hila war das Mädchen eine Kuriosität. Sie hätte sich nicht von ihr verführen lassen dürfen. Hila wollte das Foto zu diesem Heiler bringen. Der könne auch an einem Foto alles erkennen, behauptete sie.

»Gut, dann fahren wir jetzt und lassen den Film entwickeln«, sagte Hila und warf die Leinentasche auf den Rücksitz.

»Wozu?« sagte Jo'ela düster. »Diese Henia Horowitz interessiert mich nicht mehr.« Für einen Moment bereitete ihr die Art, wie sie den Namen aussprach, ein seltsames Vergnügen, als verringere sie das Problem, als mache sie das Mädchen zu einer von vielen, ein armes Ding, das man gleich wieder vergessen konnte. Aber das Vergnügen schwand sofort, und die

Worte hinterließen einen bitteren Nachgeschmack. Sie erschrak vor dem Verrat.

»Aber vorhin hast du es doch auch gewollt, du warst einverstanden«, widersprach Hila.

»Vorhin war es anders«, sagte Jo'ela. »Jetzt möchte ich nach Hause, ins Bett, ich fühle mich nicht wohl.« Über Schmerzen zu klagen befreite einen manchmal davon, andere Erklärungen abgeben zu müssen. Aber es klappte nicht.

»Was ist? Habe ich etwas gesagt oder habe ich etwas nicht gesagt?« beharrte Hila.

Jo'ela schwieg. Sie müßte den Zündschlüssel umdrehen, aber ihre Hände lagen bewegungslos auf ihrem Schoß.

Hila ließ nicht locker. »Ist es deshalb, weil sie mich nicht so beeindruckt hat?«

Es reichte nicht, sich über sie zu ärgern, sie verlangte auch noch, daß man darüber redete, sie wollte, daß man ihr den Kummer erklärte.

»Jo'ela«, sagte Hila weich, »so habe ich es nicht gemeint, du brauchst nicht so ... so ... Es spielt überhaupt keine Rolle, was ich denke oder was ich sage, sie ist wirklich nur deine Angelegenheit, ich kann sie nicht so sehen wie du, für mich ist sie nicht dasselbe wie für dich, für mich ist sie ein Objekt der Neugierde, und sie sieht wirklich seltsam aus. Da kann man nichts machen, ich kann nur immer wieder sagen, sie sieht seltsam aus. Sie ist kein Bild von Botticelli, sie ist kein Klarinettenquintett, sie ist kein Gedicht. Für dich hat sie eine ganz private Bedeutung, und das reicht mir. Für mich bist du die Hauptsache, nicht sie, deshalb mußt du dich nicht schämen, ich erzähle dir doch auch ... Ich erzähle dir doch auch jeden Tag von meinen Ängsten. Gib doch mal nach, laß mich teilhaben, dann fühlst du dich gleich leichter.«

»Nachgeben? Habe ich die Freiheit, zu entscheiden, ob ich hier nachgeben möchte oder nicht? Habe ich mir die Scham etwa freiwillig ausgesucht?«

Hila seufzte. »In gewisser Weise schon. Man muß sich anschauen, welche Vorteile einem die Scham bringt. Natürlich kann man alles in sich bewahren, die Scham mit Klauen und Nägeln festhalten, um sie nicht mit irgend jemandem zu teilen, das geht, aber am Schluß ... Als ich dir gestern von diesem Heiler erzählt habe, hast du nicht gelacht, aber ich habe gewußt, was du denkst. Und ich sage dir, zwischen dem Alleinsein, weil man sich wegen der Scham nicht mitzuteilen wagt, und dem Alleinsein, weil einen etwas ganz allein angeht, ist ein Unterschied. Ich ziehe die zweite Möglichkeit vor, weil man dann doch nicht ganz allein ist.«

»Das stimmt nicht«, widersprach Jo'ela mit erstickter Stimme, »man ist noch einsamer als vorher.«

»Nur weil du nicht verstehst, wie wichtig du mir bist, daß ich dir gegenüber überhaupt nicht ironisch bin. Das ist auf keinen Fall wie Gurow mit dem Mann vor dem Klub.«

»Was für ein Gurow?« fragte Jo'ela wütend. Sie erwartete wieder eine von Hilas sinnlosen Assoziationen, denn die Freundin runzelte schon konzentriert die Augenbrauen und sprach schnell, um den Gedanken nicht zu verlieren. Manchmal schienen bei ihr die Worte vor den Gedanken zu kommen. Jo'ela wandte den Kopf zur Seite, um dieses vor Anstrengung und Konzentration vorgeneigte Gesicht nicht sehen zu müssen. Man konnte es heimlich betrachten und sogar sehen, daß es schön war, sie gern haben. Es gab eine Stimme in ihr, die sich danach sehnte, mit ihr zu sprechen, ihr zu danken, denn sie spottete wirklich nie und zerstörte nichts, aber in diesem Moment war es schwer, sie anzublicken. Jo'ela wandte den Kopf zum Fenster.

»Der von Tschechow, aus ›Die Dame mit dem Hündchen‹. Als der anfängt zu erzählen, was für eine wunderbare Frau er auf Jalta getroffen hat, sagt sein Freund, daß der Stör wirklich verdorben gewesen ist. Das ist nicht wie bei uns, wenigstens nicht genauso, aber ich gebe mir Mühe, ich will es für dich, es ist mir wichtig. Du sollst es auch für mich wollen. Geh mit mir zu ihm, auch wenn es nur mir zuliebe ist.«

Jo'ela hörte die Worte, sie schwollen an, wurden leiser. Sie rührten an eine geheime Sehnsucht. Sie bemüht sich, zuzuhören, zu antworten. Die Worte hören sich richtig an. Dummme Gedanken: Wie wird Hila es wagen, in solchen Kleidern in der Stadt rumzulaufen? Was wird sein, wenn jemand sie bei diesem Heiler sieht, irgendein Patient, jemand aus dem Krankenhaus? Was wird man über sie denken? Was wäre, wenn ...

»Ich bin nie ... auch nicht, als ich ganz jung war ... Ich suche nicht nach solchen Sachen.«

»Genau deshalb bist du so erschrocken«, sagte Hila trocken. »Hättest du nach ihnen gesucht, hättest du selbst gemerkt, wie interessant sie sind und was alles möglich ist. Du hast keine Angst, darüber zu diskutieren, daß der Heiler ein Scharlatan ist oder daß er spinnt, aber du fürchtest dich vor der Möglichkeit, daß etwas dran sein könnte, daß er etwas bei dir entdecken könnte.«

»Tu mir einen Gefallen«, sagte Jo'ela zornig, »und hör auf mit ... mit diesem Psychologisieren.« Sie fuhr sich mit dem Handrücken über die brennenden Wangen. »Man könnte meinen, du seist die Sorgentante eines Frauenjournals der übelsten Sorte.« Wieder war es die andere Stimme, die aus ihr herausgebrochen war und ihr die Worte im Mund umgedreht hatte. Auf dem Weg von innen nach außen waren sie giftig geworden.

»Nur weil sich die Sachen bekannt oder sogar richtig anhören, vielleicht auch etwas oberflächlich, sagt das doch noch lange nicht, daß sie nicht stimmen. Und daß du schreist, gibt dir auch nicht mehr recht.« Hila raffte ihren Rock mit einer eleganten Bewegung. »Und jetzt tu mir einen Gefallen und fahr hier weg. Es gibt einen Laden, in dem man die Negative in einer halben Stunde entwickelt, du wirst auf mich warten. Und dann, bitte, fährst du mit mir zusammen hin.«

Das Café war eigentlich ein Restaurant. Wegen der Uhrzeit kamen immer mehr Gäste, die zu Mittag essen wollten, deshalb blieb die Kellnerin, den Block in der Hand, am Tisch stehen, nachdem Jo'ela um einen Tee mit Zitrone gebeten hatte, und wartete auf ihre weitere Bestellung. Aber Jo'ela hatte keinen Appetit. »Das ist einstweilen alles«, sagte sie, zufrieden, daß sie es geschafft hatte, auf eine weitere Bestellung, die nur die Erwartungen der Kellnerin erfüllt hätte, zu verzichten und sogar die Mundwinkel zu einem Lächeln zu verziehen. Die Kellnerin zögerte und warf ihr noch einen Blick zu, bevor sie den Stift in die Hosentasche steckte und sich um andere Gäste kümmerte.

Am Tisch gegenüber saßen drei Männer, zwei um die fünfzig, der dritte jünger, und studierten konzentriert die Speisekarte. Neben ihnen stand nun die Kellnerin, lächelte und sagte etwas, und der Jüngere schlug mit einem Knall die Speisekarte zu. Die Kellnerin notierte die Bestellungen, und die beiden älteren Männer nickten. Sie blickten ihr nach, als sie zur Durchreiche ging und etwas in die Küche hineinrief. Der jüngere Mann hob einen Aktenkoffer auf seine Knie, einer der beiden anderen, ein Mann in einem Anzug, hielt ihn mit einer raschen Handbewegung zurück. Der Jüngere stellte den Aktenkoffer wieder neben sich und schlug sich laut auf die Schenkel. Die Kellnerin brachte hohe Gläser, stellte sie auf den Tisch und goß in das Glas des Mannes mit dem Anzug etwas Weißwein. Er probierte, nickte mit verhaltener Zufriedenheit, und sie goß die Gläser voll. Die drei tranken. Jo'ela hatte das Gefühl, als seien sie von Brüderlichkeit und Sicherheit eingehüllt, überzeugt von der Wichtigkeit dessen, was sie taten und was man von ihnen erwartete. Der ältere Mann, der ohne Anzug, erzählte vermutlich einen Witz, denn die beiden anderen lachten laut, während der Erzähler mit unbewegtem Gesicht sprach. Wieder nahm der Jüngere den Aktenkoffer auf die Knie, die beiden anderen blickten ihn erwartungsvoll an. Mit welchem

Ernst sie das Urteil erwarteten und, mit geblümten Krawatten und Aktenkoffern, ihre eigene Schwäche zu verdecken suchten. Sie arbeiten an Projekten, sie zeigen der Welt eine Brieftasche aus Leder mit einer ganzen Sammlung verschiedenster Kreditkarten.

Das Mitleid, das Jo'ela beim Anblick dieser diensteifrigen Männer empfunden hatte, begleitete sie auch, als sie zum Nachbartisch hinüberblickte und dem Gespräch der beiden Frauen im mittleren Alter lauschte, die da saßen. Sie machten den Eindruck einsamer Frauen, die krampfhaft nach einer konstruktiven Beschäftigung suchen. Essen in einem Restaurant und vielleicht anschließend die Nachmittagsvorstellung in einem Kino. Jo'ela beobachtete aus den Augenwinkeln die Frauen, eine hatte eine große Lacktasche über die Stuhllehne gehängt, die andere strich sich gerade das reizlose Kleid glatt, das ihre dicken Hüften betonte, und teilte der anderen mit, daß morgen ihre Enkel kämen. Sie habe, gab sie zu, die Schokoladentorte zum Geburtstag des Jüngsten schon fertig, sie müsse nur noch das Mittagessen kochen, was sie aber lieber erst am Tag des Besuchs machen wolle, »frisch schmeckt es doch besser, und ich will Schnitzel machen«. Jo'ela spürte, wie ihr Mitleid verschwand, sie kam sich lächerlich vor. Die Frau mit der Lacktasche fragte: »Erst die Eier und dann das Mehl oder umgekehrt?« Die Gefragte schloß den Mund, kniff die Augen zusammen, hob die dünnen Brauen, zog ihren Stuhl näher zum Tisch, beugte sich vor und verkündete mit ernster Stimme: »Erst das Mehl und dann die Eier und am Schluß Semmelbrösel, aber es ist wichtig, daß das Öl richtig heiß und die Schnitzel gut geklopft sind.«

»Natürlich, ich werde es meinem Mann sagen«, meinte die Taschenbesitzerin und fügte erklärend hinzu: »Er ist in Pension und hat nichts zu tun, ich werde ihm sagen, daß er die Schnitzel ganz dünn schneiden muß.« Dann rückte auch sie näher zum Tisch, schlang ihre Beine um ein Tischbein und verkündete, sie müsse unbedingt noch etwas fragen. Die andere blickte sie erwartungsvoll an. Auch die Fragerin sah gespannt aus, gefaßt auf die Möglichkeit, keine Antwort zu bekommen, aber die demonstrierte Aufmerksamkeit ihrer Begleiterin schien sie doch zum Weiterreden zu ermuntern. »Ich kann es kaum glauben«, sagte sie, die Besitzerin der Handtasche, deren Mann bereits in Pension war, »daß drei Minuten von jeder Seite ausreichen. Ist das Fleisch denn dann wirklich durch?« Der Dicken war die Erleichterung anzusehen, sie lehnte sich im Stuhl zurück und versprach in begeistertem, bestimmendem Ton, drei Minuten von jeder Seite seien genau richtig, damit das Fleisch durchgebraten, aber saftig sei. Eine Antwort, die die Fragende mit zweifelndem Gesichtsausdruck entgegennahm, aber es war klar, daß sie nicht wagen würde, ihre Frage zu wiederholen. Der Zweifel verschwand erst, als die andere hinzufügte: »Natürlich nur bei Hühnerschnitzel, nicht bei Putenfleisch.«

»Natürlich bei Hühnerschnitzel«, sagte die andere gekränkt.

»Und es muß wirklich dünn geschnitten sein.«

»Ich werde es meinem Mann sagen.« Die Frau ließ das Tischbein los, lockerte ihre Beine, breitete die Arme aus und sagte mit einem unerwartet schlauen und hochmütigen Lächeln: »Denn was kann eine Frau schon von einem Mann erwarten?«

Jo'ela lächelte verwirrt und legte schnell die Hand vor das Gesicht, denn es gab nichts Schlimmeres, als wenn eine Frau ihres Alters irgendwo in der Öffentlichkeit saß und plötzlich in sich hineinlächelte. Es war auch besser, die Beine unter der Tischdecke zu verbergen und sich leicht zusammenzukauern, denn ein großer Körper, auch wenn er nicht dick war, fiel doch sehr auf, wenn man allein am Tisch saß, mitten unter anderen Menschen. Ihre Hosen waren zu dünn. Gegen ihren Willen breitete sich das Lächeln in ihr aus und verdrängte das Elend.

Plötzlich sah alles anders aus. Erstaunlich, fast erschreckend, wie schnell sich ihre Stimmung wandelte. Bedeutete das, daß die Schwermut, der Rückzug ins Bett, die große Verzweiflung, die sie jetzt aus einem gewissen Abstand heraus betrachtete – die aber jederzeit wiederkommen konnten, die hinter den Dingen lauerten –, nichts anderes waren als ein Anfall von gekränkter Verwöhntheit, von Weichlichkeit? Schließlich mußte keiner dieser Leute, weder die drei Männer noch die beiden Frauen, zwangsläufig unglücklich sein, auch wenn sie natürlich manchmal unglücklich waren. Und was sich hinter der harten Frage der Frau mit der Handtasche verbarg, war eine ganze Welt, zerdrückt, zerknittert, verdrängt, ein immer wiederkehrender Kummer, Träume, die diese Frau einmal gehabt hatte, ebenso wie ihre Freundin, ebenso wie viele andere Frauen, zu allen Zeiten und an allen Orten, rosafarbene Träume, in Satin und Gold gewickelt, wie ein Bettüberwurf im tiefsten Amerika. Diese Träume, die nicht von den Männern erfunden wurden, denn sie waren es nicht, die ihre Erfüllung versprochen hatten, werden von einer Generation an die nächste weitergegeben, ohne Worte, von der Mutter an die Tochter, wie ein ewiges Bedürfnis, bei dessen Befriedigung die Mutter zwar versagt hat, das sie aber wie einen einzigartigen Schatz weitergibt. Vielleicht wird es ja der Tochter gelingen, aus ihren Haaren, aus ihren weichen Brüsten, aus dem trockenen Stroh, von dem das Zimmer voll ist, Gold zu spinnen. Und dann kommt der Prinz. Sie mußte Hila unbedingt von Jo'el erzählen, aber wie sollte das gehen, nach all ihren Moralpredigten wegen Alex? Und warum sollte sie nicht den Heiler aufsuchen, für sich selbst, warum sollte sie es nicht ausprobieren? Sie war zwar überzeugt, daß er ein Scharlatan war, ein Schaumschläger, aber dennoch bestand eine kleine Möglichkeit, wenn auch nur theoretisch, daß er etwas herausfand. Hila hatte ihn als einen Menschen beschrieben, der durch den Körper sehen konnte, dessen Hände, ohne Berührung, alles fanden, auch wenn auf einem Röntgenbild nichts zu sehen war. Man mußte es probieren. Denn eigentlich war die Frage: Was hat eine Frau von einer Frau?

12.
Im Haus des Heilers

Wäre sie allein gekommen, dann wäre Jo'ela vielleicht schon in diesem Moment wieder weggegangen, statt dazustehen und das Stück Papier mit den kyrillischen Buchstaben anzustarren, das unter der Klingel festgeklebt war. Als Hila auf die Klingel drückte, erschrak Jo'ela wieder bei dem Gedanken, was passieren würde, vielleicht begegnete sie einer früheren Patientin. Es war tatsächlich die Frage, ob sie, aus beruflicher Sicht, überhaupt dazu berechtigt war, hier zu sein. Im Treppenhaus, vor der verschlossenen Tür, roch es nach Essen. »Frikadellen mit Zwiebeln«, kicherte Hila. »Na und? Auch Zauberer müssen etwas zu Mittag essen.«

Gegen Verwirrung schützt man sich mit lauten Worten, man überspielt durch Aufregung das, was man eigentlich erwartet, man versucht, sich zu immunisieren, von vornherein auf die Enttäuschung gefaßt zu sein, als ließen sich die leisen Erwartungen davon überzeugen. Auch wenn es nicht nach Frikadellen röche, auch wenn die Wohnung nicht im dritten Stock eines gewöhnlichen Blocks in einer Neubausiedlung läge, hätte Jo'ela nicht wirklich an die besonderen Kräfte des Heilers glauben können. Stünde sie jetzt zum Beispiel vor einem runden Wüstenzelt, vor einer grauen Wagenplane, fühlte sie unter ihren Füßen feinen, gelben Sand, stünde sie zwischen hohen Felsen vor einer Höhle mit einem von dichtem Gestrüpp verborgenen Eingang oder vor einer schottischen Burg auf einem kahlen Hügel, wäre es dann leichter, ganz naiv zu glauben, was er sagen würde? Oder ist dieser normale Anblick, der Mangel an geheimnisvoller Pracht, ein weiterer Beweis für die tatsächliche Existenz einer wunderbaren Erscheinung in dieser Welt, die sich wissenschaftlich nicht erklären läßt? Es gibt trotz allem das Wunderbare im Alltäglichen, trösten wir uns mit Anstrengung, wir müssen nur danach suchen, nach den Anzeichen des Wunders, das sich unter dem Erwarteten, dem Bekannten verbirgt.

Schwere Schritte näherten sich der Tür, und die Worte verflogen angesichts der Frau, die vor ihnen stand. Ihre hellen Haare, auf Halshöhe abgeschnitten, bildeten eine gerade, harte Linie, ihr schwerer Körper versperrte den Eingang, während sie Jo'ela und Hila ohne großes Interesse musterte.

»Wir sind angemeldet«, versuchte Hila zu erklären und blickte über die breite Schulter hinweg ins Innere der Wohnung.

Das Mißtrauen in den hellen Augen der Frau stand in deutlichem Gegensatz zu ihrem weichen, gemurmelten »Bitte«, zu der überraschend jungen Stimme und der Leichtigkeit, mit der sie ihren großen Körper zur Seite bewegte, den Weg freigab und in ihren Hausschuhen in ein Zimmer schlurfte, das, nach dem Geräusch brutzelnden Öls zu schließen, die Küche sein mußte, wo sie offenbar die Frikadellen briet, deren fettiger, scharfer Geruch die ganze Wohnung erfüllte.

Schon im Flur befand sich ein Sammelsurium verschiedener Dinge, von hier und von dort, von der neuen Heimat und der alten, das rührende Durcheinander eines Menschen, der sich mit Gewalt entwurzelt hat, der hastig die Reste seines früheren Lebens in einer großen Holzkiste verstaut und hier ausgepackt und abgestellt hat, in der Hoffnung, daß sie, wie er auch, weiterleben als Zeugen eines früheren Daseins. Eine Reihe von Samtstühlen von dort neben einem Korbsessel von hier, in der Ecke, hinter einem Fernseher, ein schwerer großer Schrank aus rötlichem Holz, auf den Sonnenlicht fiel, so daß man deutlich die trüben Stellen an den Glastüren sah, ebenso die Staubschicht auf den wenigen dicken, in Leder gebundenen Büchern dahinter, an die sich ein Silberkelch und ein großer Samowar lehnten.

Ein dicklicher Junge, der von irgendwoher aus der Wohnung auftauchte und etwas auf Russisch rief, hielt eine Schirmmütze in der Hand und betrachtete die hebräischen Buchstaben, die verkündeten, alle Menschen in ganz Israel seien Freunde. Auch diese Mütze, blau-weiß, die er in der Hand drehte, zeigte dieses seltsame Durcheinander, denn auf die hebräischen Buchstaben folgten kyrillische. Eine alte Wanduhr tickte laut in die Atempausen einer weichen Stimme, die im Radio in der Küche Nachrichten auf Russisch verlas.

Als Jo'ela Hila anschaute und die aufgeregte Nervosität wahrnahm, mit der sie ihre Ringe an den Fingern drehte, hatte sie das Gefühl, etwas Schönes und Erfreuliches zu verderben. Die Leichtigkeit, mit der sie den von Hila angebotenen anthropologischen Standpunkt akzeptiert hatte, bedrückte sie jetzt. Ihre eigene Kälte störte ihre Gelassenheit. Sie empfand noch nicht einmal Neugier. Wegen dieser Erstarrung versuchte sie, sich selbst zu erschrecken, den Gedanken zu mobilisieren, daß er etwas über sie wissen könnte, was sie selbst nicht wußte. Aber sie erschrak nicht. Der Gedanke kam ihr hier, auf dem Flur, zermürbend vor. Der einzig akzeptable Standpunkt, der ihr Warten rechtfertigen konnte, war die kühle Neugier eines Forschers, der Material für eine Arbeit sammelt. Ein ganz anderer Standpunkt als das sichtbare Vergnügen und die kindliche Neugier, die Jo'el gezeigt hatte, als er über die Filme sprach, die er noch drehen wollte. Er könnte das Bindeglied zwischen Hilas Anhänglichkeit und ihrer eigenen Kälte sein.

Beim Gedanken an Jo'el empfand sie eine plötzliche Schwäche in den Oberschenkeln, die ihr peinlich war. Jetzt, in diesem Moment, rieben sich Menschen aneinander, sagten sich irgendwelche Worte, berührten einander, streichelten sich gegenseitig in einem Verlangen, das lediglich Teil eines kosmischen Planes war. Es war erniedrigend, so daran zu denken, aber immerhin besser, als sich zu irren, was die Möglichkeiten betraf, die sich hinter dieser Anziehung verbargen. Auch wenn sie sich mit ihm in einem geschlossenen Zimmer befände, nachdem andere Hindernisse beseitigt wären, zum Beispiel in einem Hotelzimmer, sogar wenn es ein ganz besonders zauberhaftes Gebäude wäre, mitten in einem Park, zu einer Stunde, in der die Sonne die Wände golden färbt, auch dann, auch wenn alles schön wäre und man die Hürden schnell übersprungen hätte – Eintrag in die Gästeliste des Hotels, die Bezahlung, wie im Kino –, würde trotzdem, für einen Moment, das Reiben eines Knies am anderen im Mittelpunkt stehen, eine Hand, die eine Brust berührt, Lippen, die aufeinandergedrückt werden, eine große Erregung, die Illusion von Nähe und Gemeinsamkeit. Er würde all ihre Mängel sehen. Auch wenn sie jünger wäre. Sich vorzustellen, daß eine Frau ihres Alters, mit einem Netz blauer Äderchen auf den Oberschenkeln und weicher Haut an den Armen, einen Mann sehnsüchtig anblickt und ihm Dinge zuflüstert. Wenn sie ihrem Verlangen, ihn zu berühren, nachgäbe, wäre sie eine von Millionen Menschen, die ein momentanes Bedürfnis befriedigen (man kann es in der Erinnerung nicht nachempfinden, es noch einmal zu erleben ist unmöglich, und eine Weiterführung verwischt die Bilder) und sich dabei einbilden, gemeinsam vor Leidenschaft zu brennen. Dieses Brennen verbirgt für einen Moment die Trennwand der Fremdheit, die sich aber blitzschnell wieder aufbaut, und zwar nicht wegen der Schwerfälligkeit, mit der Knöpfe oder Reißverschlüsse geöffnet werden, sondern wegen ganz anderer Dinge, dem Schlagen einer Tür, dem Rest eines Geruchs, den Anzeichen des Lebens und seiner Geräusche, die den Schmutz dahinter zeigen.

Sie mußte nach dem albernen Herumsitzen hier, wie im Wartezimmer eines Zahnarztes, diese Neigung einfach ersticken und alles glattstreichen, wie man am Strand den Sand über einem vorher gegrabenen Loch glattstreicht. Sie war nicht besser als die Frau, die ihr gegenübersaß. Diese Frau starrte neugierig zu Hila hinüber, die nun ihre große Leinentasche auf den Schoß stellte und darin herumwühlte. Erst schob sie nur die Hand hinein und suchte, ohne hinzuschauen, dann klappte sie die Tasche auf, und schließlich begann sie, den Inhalt auszupacken und rund um sich auszubreiten. Jo'ela wünschte, sie müsse Hila nicht so sehen, mit den Augen des Mannes, der in dem runden Korbsessel in der anderen Ecke saß, den Blick von der russischen Zeitung hob und mit unverhohlenem Interesse die zerrissenen Notizhefte betrachtete, die alten Lippenstifte, das Schminktäschchen, das schmutzige, zusammengefaltete, eingerissene Papier, und sich dann wieder seiner Zeitung widmete, als genüge ihm das, was er gesehen hatte. Doch die Frau beugte sich vor und schaute Hila, die sie überhaupt nicht bemerkte, neugierig und ohne Hemmungen zu. Jo'ela warf ihr einen tadelnden Blick zu, doch die andere ließ ihre Fischaugen, blau und leicht hervorquellend unter einem großen weißen Strohhut, zwischen der Leinentasche und dem leeren Stuhl neben Hila hin und her wandern, dem Stuhl, auf den Hila nun zerknitterte Busfahrscheine legte, ein Telefonverzeichnis, eine Schachtel Mentholzigaretten der Marke »Eve«, von denen sie längst zugegeben hatte, sie kaufe sie nur wegen der hübschen Verpackung, einen Plastikbehälter mit Paracetamol, ein zerdrücktes Päckchen Kopfwehtabletten und eine spröde Plastikhülle, in der noch eine Tablette Vaben war, die Jo'ela selbst ihr einmal gegeben hatte; ein paar Papierschnipsel und Tabakkrümel klebten daran.

»Was suchst du?« fragte Jo'ela leise, um die Verwirrung zu verbergen, die diese Art der Zurschaustellung und Hilas völlige Ignoranz gegenüber den neugierigen Blicken anderer Leute bei ihr hervorrief – auch der sehr alte Mann, der sich neben der Frau mit dem Strohhut auf einen knorrigen Stock stützte und dessen gelbliches, zusammengeschrumpftes Gesicht ausgesehen hatte, als schlafe er, machte nun die Augen auf und schaute zu Hila hinüber. Hila gab keine Antwort, sie fuhr fort, weitere Dinge aus der großen Tasche zu räumen. Sie murmelte vor sich hin, während sie alle möglichen Papiere und Dokumente auf ihren Knien ausbreitete, bevor sie sie auf den Stuhl neben sich legte. Und was wäre, wenn man sie genau in diesem Moment auffordern würde einzutreten?

»Du sprechen Russisch?« fragte die Frau mit dem Strohhut und zog langsam ihre weißen Stoffhandschuhe aus, ohne den Blick abzuwenden.

Jo'ela schüttelte den Kopf.

»Erstes Mal hier?« wollte die Frau wissen. Ihr Mund war knallrot geschminkt.

»Ja«, antwortete Jo'ela widerwillig und beobachtete aus den Augenwinkeln Hila, die nun alle Sachen wieder in die Leinentasche stopfte, nicht ohne vorher befriedigt einen kleinen weißen Umschlag auf ihr Knie gelegt und festgestellt zu haben: »Da ist er ja.«

»Das sein großer, großer Mann«, verkündete die Frau und legte die Hand, in der sie ihre Handschuhe hielt, aufs Knie.

Es reichte nicht, daß sie hier war, daß sie sich einverstanden erklärt hatte, mitzugehen, sie mußte auch noch Gemeinsamkeiten und Bestätigungen ertragen. Jo'ela drehte sich um und betrachtete das Ölgemälde mit der Schneelandschaft und den blauen Bergen.

»Ich gesehen in Rußland viel, viel, alles nicht wie große

Mann«, beharrte die Frau, nahm nun auch den weißen Strohhut ab und strich mit der Hand das gelbe Band glatt, das um ihn geschlungen war. Ihr Doppelkinn zitterte über einer weißen Fliege mit roten Punkten.

»Wirklich?« mischte sich Hila mit großen Augen ein.

Aber die Frau blickte sie nicht an, als sie antwortete: »Sehr groß. Hilft mir viel, viel«, versicherte sie, und Jo'ela betrachtete die Baumreihe vor einem roten Sonnenuntergang auf einer großen, goldgerahmten Leinwand.

Lange saßen sie so da, bis sich die Holztür öffnete und der Heiler mit einer leichten Verbeugung andeutete, es sei nun an der Zeit, die Grenze zwischen Wohnzimmer und Arbeitszimmer zu überschreiten. Jetzt erst wurde Jo'ela klar, daß sie einen alten Mann mit gebeugtem Rücken erwartet hatte, eine Art Gott, der sie mit einem gütigen, allwissenden Blick betrachtete. Sie war jedenfalls nicht auf diesen eingeschrumpften, kleinen Körper gefaßt, nicht auf die braunen, ganz normalen Augen, die sie durch eine dünnrahmige Brille musterten, nicht auf die Sandalen mit den Plastikriemen, die er trug. Als er Hila ermutigend zulächelte und mit den Schultern zuckte, nachdem sie gefragt hatte, ob ihre Freundin dabeisein dürfe, bemerkte Jo'ela das große Muttermal, rund und dunkel, zwischen seinen Augenbrauen, von dem Hila unaufhörlich gesprochen hatte, sie hatte auf mystische Literatur hingewiesen und Formulierungen wie »das dritte Auge« erwähnt. Dieses Muttermal war nicht zu übersehen, es war da, zwischen den Augenbrauen, braun und rund, wie das Tikka-Zeichen, das sich Hindus auf die Stirn malen. Vor langer Zeit hatte Hila ihr von diesem Zeichen erzählt, als sie über die Entwicklung gewisser Eigenheiten des Hinduismus sprach. Was am Anfang das Zeichen eines besonderen Kultes war, an dem der Gläubige teilnahm – er bestrich die Stirn des Gottes mit roter Farbe und legte den Finger dann auch auf die eigene Stirn, weil er sich selbst ein bißchen als Gott sah oder es wenigstens anstrebte –, wurde, wie sie fand, verunreinigt, als es Teil eines anderen, koketten Kultes wurde: indische Frauen stimmen die Farbe des Tikka-Zeichens auf die Farbe ihres Sari ab.

Der Heiler deutete auf einen Stuhl, der in der Ecke des kleinen Zimmers stand, neben der Tür. Jo'ela setzte sich gehorsam hin und beobachtete, wie er mit den Händen die Konturen von Hilas Körper nachzeichnete, in der Luft, ohne sie zu berühren. Hila hatte sich nicht ausgezogen, sie setzte sich nun, einer auffordernden Handbewegung des Heilers folgend, auf einen schwarzen Lederhocker, die Beine angezogen, die Arme eng am Körper, und schloß die Augen. Nachdem er sich leise erkundigt hatte, wie sie sich heute fühle – Jo'ela senkte die Augen, um Hilas schaukelnd vorgetragene, um Genauigkeit bemühte Antwort nicht durch einen tadelnden Blick zu stören, »nicht direkt Schrecken, eher Angst und vielleicht Sorge« –, bewegte der Mann mit weichen Bewegungen die Arme vor Hilas Brust, berührte sie aber nicht, breitete dann die Hände aus und zog sie dann wieder an sich, als wären sie mit einem weichen, unsichtbaren Gummi befestigt, wie Spielzeugvögel, oder als spiele er mit einem Jo-Jo. Jo'ela sah, wie sich Hilas Arme entspannten und nun locker herunterhingen. Ihre Lippen öffneten sich, fast lächelte sie, doch ihre Augen blieben geschlossen. Der Mann stand jetzt hinter ihr und bewegte die Hände an ihrem Hals, wieder ohne sie zu berühren, er streckte nur die Finger aus und zog sie wieder zusammen. »Es tut weh«, murmelte Hila mit geschlossenen Augen und hob die Hand zur Schulter. »Ja, ja«, bestätigte der Heiler und hörte auf. Für einen Moment stellte Jo'ela sich vor, welches Vergnügen eine solche Berührung, die eigentlich keine war, bereiten konnte, solch ein wortloses Gespräch, und daß man es nur zulassen müsse.

»Krebs ist keiner da«, verkündete er von seinem Stuhl hinter dem Schreibtisch aus und fuhr sich mit beiden Händen über den kahlen Kopf, bevor er in kyrillischer Schrift etwas auf einen Zettel schrieb, den er von einem Block abgerissen hatte. Hila, auf dem Korbsessel vor dem Tisch, atmete laut aus. Ihr Gesicht strahlte Gelassenheit aus, und ihr Lächeln wurde zu einem zufriedenen Glucksen. »Alles nur Erschöpfung«, verkündete sie triumphierend in den Raum hinein. »Aber es gibt Angst«, fuhr er langsam fort, »und diese Angst kann, wenn man sie nicht losläßt ...« Seine Hände bewegten sich durch die Luft, während er noch einige Wörter auf Russisch und auf Jiddisch sagte. Hila warf Jo'ela einen fragenden Blick zu, doch diese hatte kein Wort verstanden und schüttelte den Kopf. Auch er blickte sie hoffnungsvoll an. »Krank machen?« schlug Hila vor. Er wiegte zweifelnd den Kopf. »Ja«, meinte er zögernd. Es war ihm anzusehen, daß diese Antwort ihm nicht paßte. »Etwas entwickeln, wachsen lassen«, bot ihm Hila an und drehte die Hände auf dem kleinen Tischläufer nach oben. Er schien diese Worte vorzuziehen, er murmelte: »... wie ... wie die Welt.«

»Wie die Welt?« fragte Hila erstaunt, bis sich ihr Gesicht erhellte. »Erschaffen«, rief sie erfreut.

»Ja, ja.« Das Gesicht des Mannes strahlte. »Erschaffen. Wie von Nichts zu Etwas ... Wie die Welt am Anfang ...«

Hila nickte. »Ja, es steht in der Bibel, daß Gott am Anfang die Welt erschuf.«

»Richtig, erschaffen«, murmelte der Mann und schrieb, nicht in hebräischer Schrift, das Wort auf einen Zettel und wiederholte langsam ein paarmal die Silben, bevor er erfreut aufblickte.

»Wenn man Angst vor ihm hat, kann man ihn erschaffen? Die Angst kann Krebs erschaffen?« wollte Hila plötzlich wissen.

»Ja«, sagte der Mann, flocht die Finger ineinander und nickte mehrmals, wobei seine Schultern breiter wurden und das Kinn die Brust berührte. Plötzlich hob er den Kopf und breitete hilflos die Arme aus. »Ja, so ist es.«

»Aber wie kann ich die Angst beherrschen?« widersprach Hila.

Der Mann legte die Hände zusammen. »Das ist schwer. Aber möglich.« Von seinem Platz hinter dem Schreibtisch aus beugte er sich vor zu dem Korbstuhl, streckte die Hand aus und ließ sie, als wäre sie ein Lichtstrahl, vor Hilas Brust kreisen, dann horchte er, wie ein Arzt, der den Puls mißt, an seiner Hand. »Es gibt große Energie, wirklich große«, schloß er nachdenklich seine Diagnose ab.

»Ich bin sehr müde«, wandte Hila ein, »die ganze Zeit sehr müde. Soll das so sein? Ist das normal?«

»Sehr gut, das habe ich jetzt getan«, erklärte der Heiler. »Ich habe Energie genommen.«

Der Ärger über ihre Freundin, die Gewißheit, daß Hila ihre Ängste mit suggestivem Gerede nährte, und der Wunsch, das beschämende, zweifelhafte Schnauben zum Schweigen zu bringen, ließen Jo'ela ihre Stimme zügeln. In interessiertem Ton, als gehe es um eine neue mikroskopische Untersuchung im Labor, fragte sie: »Wie machen Sie das?«

Er betrachtete sie gutmütig und ernsthaft, geduldig, als warte er darauf, daß sie ihre Frage spezifizierte, aber sie richtete den Blick auf das Muttermal zwischen seinen Augenbrauen.

»Wie mache ich was?« fragte er.

»Wie nehmen Sie Energie? Und woher wissen Sie, ohne sie anzufassen, daß sie nirgendwo eine Krebsgeschwulst hat? Wie sehen Sie durch den Körper hindurch?«

»Mit den Händen«, antwortete er, als sei das selbstverständlich.

»Ja, aber wie?«

»Das ist mit Wärme«, erklärte er langsam.

»Er meint, es sei wegen der Wärme«, beeilte sich Hila zu erläutern. »Interessant, ich habe das nie gefragt. Wie Dostojewski sagt, ausgerechnet die Realisten glauben, ohne zu zögern, wenn man ihnen ein Zeichen gibt.«

Von draußen war das Zeitzeichen vor den Nachrichten zu hören, dann krachte es plötzlich, wie eine Explosion direkt unter dem Fenster. Jo'ela sprang mit einem Satz zum Fenster. In einiger Entfernung war grauer Rauch zu sehen.

»Wieder mal was passiert«, murmelte Hila, und der Mann seufzte. Jo'ela setzte sich wieder auf den Holzstuhl und hörte dem Heiler zu, der sagte: »Das ist von dort, vom Dorf, oder von der Altstadt, jeden Tag. Man gewöhnt sich.« Er lächelte etwas verzerrt. »In Rußland wir haben nicht gewußt«, sagte er entschuldigend.

»Es gibt keinen sicheren Ort«, bestätigte Hila freundlich, »auf der ganzen Welt gibt es Probleme.« Der Mann nickte.

»Aber wie nach der Wärme?« fragte Jo'ela weiter.

»Die Hände empfindlich, sie fühlen. Wo es nicht in Ordnung, ist Wärme anders.«

»Wärmewellen«, korrigierte Hila, »er meint, daß seine Hände die Wärmewellen aufnehmen.«

Wenn du schon hierhergekommen bist, sagte sich Jo'ela, wenn du schon so verrückt bist, warum brauchst du dann eine rationale Erklärung? Akzeptiere ihn, wie er ist, oder laß es bleiben.

»Ich weiß, daß draußen viele warten«, sagte Jo'ela angesichts des wachen, abwartenden Blicks des Heilers.

»Das macht nichts«, meinte er gelassen. »Bitte fragen, das macht nichts.«

»Wie haben Sie das gelernt?« fragte sie schnell, mit einem Blick auf die Tür.

»So geboren, von Geburt«, antwortete er einfach. »Und auch ... wie sagt man ... abgewickelt Talent.«

»Entwickelt«, korrigierte ihn Hila. »Er hat das vervollkommnet, was ihm gegeben war, Jo'ela.«

Der Mann nickte.

»Glauben Sie, daß Sie wirklich heilen können, mit den Händen?«

»Nicht alles«, sagte der Mann vorsichtig. »Im Körper, wenn es gibt vielleicht schon Krebs – nein. Aber Kräuter im Tee, Behandlung mit Händen – gut für ... innen.«

»Gut für die Seele, meint er«, erklärte Hila.

»Ja, ja«, bestätigte er erfreut. »Gut für die Seele.«

»Aha, die Seele«, sagte Jo'ela und rebellierte innerlich gegen seinen Blick, der ihr verzeihend vorkam, verständnisvoll, der Blick eines Menschen, der zu seinem Auftritt in einem ihm bekannten Theaterstück bereit ist. »Was wissen Sie über meine Seele?« fragte sie herausfordernd.

»Noch nicht.« Er lächelte und breitete die Hände aus. »Erst nach Untersuchen.« In seiner Stimme lag nichts Entschuldigendes. »Aber sie«, er deutete auf Hila, »ich kenne ein bißchen. Der Körper – kein Problem. Nur Stoffwechsel ist langsam. Aber Seele – das ist etwas anderes.«

»Was ist mit ihrer Seele?« wollte Jo'ela wissen. »Wo liegt ihr Problem?«

»Nicht ruhig. Seele sucht, sucht, will etwas, weiß nicht was, vielleicht Artista.«

»Kunst?« fragte Hila verwundert.

»Sie will, sie will. Aber Perfektion läßt sie nicht. Schlimme Depression wegen Perfektion«, bestätigte er.

»Was für eine Kunst?« fragte Hila ungeduldig.

Er dachte lange nach. »Etwas mit Händen, vielleicht Bilder«, sagte er dann zögernd und deutete auf das blasse Aquarell neben der Tür. »Vielleicht Figur, wie sagt man?«

»Zeichnen?« fragte Jo'ela erstaunt. »Sie hat Talent zum Zeichnen? Zur Bildhauerei?«

»Vielleicht. Aber sie will nicht Mitte. Alles oder gar nicht.«

Hila lächelte erfreut. »Siehst du?« flüsterte sie Jo'ela zu. »Ich habe es dir ja gesagt.«

Jeder, der ihre Aufmachung sah, ihre Sandalen, diesen dummen, vollkommenen und zweifelsfreien Glauben, konnte erraten, was sie hören wollte.

»Es gibt auch Probleme mit Kontakt«, fuhr er zögernd fort. »Wann ist Datum von Geburt?«

»Zehnter November.«

»Und das Jahr?«

»Neunundvierzig.«

»Und Ehemann? Gibt es Ehemann?«

»Ja«, bestätigte Hila.

»Wann ist sein Datum?«

»Dreiundzwanzigster Februar.«

Der Mann wartete, den Bleistift in der Hand, und fing erst an zu schreiben, als es Hila einfiel und sie schnell hinzufügte: »Neunzehnhundertvierundvierzig.«

»Das ist es«, sagte er befriedigt und betrachtete seine Notizen. »Sehr schwer. Fast nicht möglich. Aber vielleicht doch.«

»Was? Was ist nicht möglich oder vielleicht doch möglich?« fragte Hila erschrocken.

»Familienleben mit astrologischer Situation«, sagte er, als handle es sich um die selbstverständlichste Sache der Welt.

Jo'ela räusperte sich, zog die Nase hoch und verzog die Lippen zu einer Art Lächeln. »Und wie werden Sie das behandeln? Wie behandeln Sie Eheschwierigkeiten? Auch mit Wärmewellen?«

»Das ist schwer«, gab er zu. »Aber möglich.«

»Mit Tee?«

»Auch mit Tee.«

»Gut, lassen wir das Eheleben, was ist mit ihrer Depression und ihrer künstlerischen Begabung? Wie behandeln Sie das?«

»Mit Händen.«

»Mit Wärmewellen?«

»Zu Energiezentrum. Wie wenn es Entzündung gibt.«

»Sie behandeln Entzündungen?«

»Ja«, antwortete er gelassen.

Wenn man Elektroden am Kopf befestigt, auf den Haaren, die sie vom Schädel trennen, bekommt man ein Bild der elektromagnetischen Wellen, ein EEG. Sie sind unsauber und unregelmäßig, aber sie zeigen Krankheiten an, zum Beispiel Epilepsie. Vielleicht ist das das Prinzip, überlegte Jo'ela, vielleicht soll man es sich so vorstellen: Wenn elektromagnetische Wellen etwas vom Gehirn zeigen, warum sollte es nicht bei anderen Körperteilen andere sensible Reaktionen geben?

»Es gibt ein paar Energiezentren im Körper«, erklärte er. »Hier«, er deutete auf sein Knie, »und da«, er deutete auf seine Brust, »und da«, er drückte vorn auf seinen Hals, »und noch zwei.«

»Ist das chinesisch? Ist das wie Akupunktur?«

»Manche Merkmale sind gemeinsam«, antwortete er nachdenklich. »Aber nicht ganz genau. Nicht weit von östlichen Theorien.«

»Und ich? Was habe ich?« fragte Jo'ela hartnäckig.

»Bitte«, sagte er höflich und deutete auf den schwarzen Hocker mitten im Zimmer.

Sie schloß ebenfalls die Augen, wie auf Befehl, obwohl er kein Wort gesagt hatte, und ließ ihn mit den Händen die Umrisse ihres Körpers nachzeichnen. Und als sie ihm gegenübersaß, fragte sie sich, wie sie wissen sollte, ob wirklich etwas an der Sache war. Denn plötzlich wurde sie wieder von einem Schwächeanfall gepackt, wie vor ein paar Tagen in der Küche. Sie öffnete die Augen. »Bitte Augen zumachen«, befahl der Heiler, und sie gehorchte. Das Schwindelgefühl nahm zu. »Ich kann nicht«, hörte sie sich sagen, »mir dreht sich der Kopf.« Vielleicht war die Erklärung nicht so kompliziert, und vielleicht mußte man auch auf eine Erklärung verzichten. Aber da war auch noch etwas Drittes. Schließlich berührte er den Körper wirklich nicht, und seine Hände waren aus Fleisch und Blut, keine wie immer gearteten Instrumente, das heißt, es konnte sich nicht um elektrische Ströme handeln, natürlich konnte er auch ein Scharlatan sein, aber so sah er nicht aus, er war höchstens größenwahnsinnig. Es war klar, daß er selbst an das glaubte, was er sagte.

»Sehr gut«, verkündete der Mann, »das ist von Behandlung. Sonst ist Körper in Ordnung. Im allgemeinen. Keine Probleme. Nur eine Zyste am Eierstock, hier.« Er deutete auf die linke Seite. »Vielleicht eine starke Entzündung.«

»Am linken Eierstock?« erkundigte sich Jo'ela.

»Oder in der Ecke von Gebärmutter«, erklärte der Mann. »Zyste nicht groß. Muß man untersuchen.«

Jo'ela starrte verwirrt vor sich hin. Es mußte eine Erklärung geben ... Und selbst wenn er imstande war, elektrische Ströme aufzunehmen, woher wußte er, wie er sie zu interpretieren hatte? Woher wußte er, daß es sich um eine Zyste handelte? Wie kam er auf die Erklärung?

»Und was ist mit ihrer Seele?« fragte Hila von weit her.

Der Mann schloß die Augen, machte sie wieder auf, blickte Jo'ela an und streckte die Hand aus, zu ihrer Brust, dann zog er sie zurück. »Oh«, sagte er, »das ist schwer ...«

»Was heißt schwer?« erkundigte sich Jo'ela in gleichgültigem Ton. Ihr Herz klopfte heftig.

»Es gibt schwere Konflikte ... Es gibt innen etwas ... anderes ... und jetzt ... Auf Russisch sagt man Nevrastenia und auf Hebräisch ...« Er suchte das Wort, und Jo'ela warf Hila einen strengen Blick zu, damit sie schwieg. »Es gibt Depression«, sagte er schließlich unwillig.

»Bei mir also auch?« fragte Jo'ela erstaunt. »Erst sie und jetzt ich, das ist eine sehr bequeme Lösung. Vielleicht leiden alle Frauen unseres Alters an Neurasthenie, an nervöser Erschöpfung.«

»Jo'ela«, sagte Hila verlegen, mit einer verschwörerischen Kopfbewegung zu dem Mann hinüber. Am liebsten würde sie ihm wohl auf der Stelle erklären, daß ihre Freundin eine konventionelle Ärztin sei, der es schwerfalle, Unerklärliches und Unmeßbares zu akzeptieren. Aber sie tat es nicht.

Jo'elas Vorwurf schien ihn nicht zu erschrecken. Zwischen seinen Augenbrauen, um das Muttermal herum, erschienen Falten. »Depression ist nicht richtiges Wort«, sagte er. »Nicht genau dasselbe. Bei ihr ist es anders als bei Ihnen. Es gibt große Kräfte, aber kein ... wie Eisen, man kann nicht ...« Er nahm ein schweres Lineal aus Metall in die Hand und tat, als wolle er es verbiegen. »Man kann nicht ... es ist nicht ... nicht ...«

»Elastisch?« schlug Hila zögernd vor.

Er zog aus dem Regal hinter ihm ein grün gebundenes Buch, ein Wörterbuch Russisch – Hebräisch.

»Vielleicht«, sagte er und schlug eine Seite auf. »Man muß schauen«, erklärte er. Hila deutete mit dem Finger auf das Wort »elastisch«.

Er schaute es an und sagte mit Entschiedenheit: »Ja. Es gibt nicht elastisch. Es gibt schwer.«

»Härte«, verbesserte ihn Hila.

»Ein Allgemeinplatz«, erklärte Jo'ela. »Wie bei Horoskopen.«

»Ich arbeiten auch mit Astrologie, warum nicht?« sagte er schnell. »Das kann viel helfen, mit Astrologie, mit einer genauen Karte, kann man ...«

»Das«, betonte Jo'ela, »ist überhaupt kompletter Unfug, da braucht man sich doch nur die Wochenendausgaben der Zeitungen anzuschauen, die kann man immer so interpretieren, wie es einem paßt, das hat keine Basis, das ist einfach Blödsinn.«

Der Mann faltete die Hände und neigte den Kopf, als habe er keine Angst davor, weiter zuzuhören. »Macht nichts, macht nichts«, sagte er. »Es ist schwer zu akzeptieren, was nicht rational. Ohne wissenschaftliche Erklärung. Sie, die Freundin« – Hila nickte heftig, wie um die guten Beziehungen zwischen ihnen zu bestätigen – »von wissenschaftlicher Disziplin, es ist schwer.«

»Woher wollen Sie wissen, zu welcher Disziplin ich gehöre?« protestierte Jo'ela.

»Nun gut«, meinte er entschuldigend, »das sind Dinge, ich sehe.«

In die Stille, die sich im Zimmer ausbreitete, drang von draußen das Sirenengeheul eines Krankenwagens.

»Also was kann man tun?« fragte Hila.

»Was?« wollte er wissen.

»Mit der Depression«, erklärte Hila.

»Das? Da ich kann helfen.«

»Wie denn?« erkundigte sich Jo'ela.

»Nun, einfach so, Tee und Behandlung.«

»Gibt es einen besonderen Tee gegen Depressionen und einen anderen gegen Ängste? Einen gegen Bauchweh und einen anderen gegen Krebs? Oder wie ist das?« fragte Jo'ela.

»Das ist immer anders«, erklärte er willig, als habe er den Spott in ihrer Stimme nicht wahrgenommen. Aber von der Zyste hatte er gewußt. Das war eine Tatsache. Und schließlich konnte es ihr doch egal sein, ob die Gelassenheit auf Hilas Gesicht nun das Ergebnis einer Autosuggestion war. Und wie er darauf kam, bei ihr mangelnde Elastizität festzustellen, war nicht schwer zu erklären, auch nicht die Sache mit dem wissenschaftlichen Beruf. Nur das mit der Zyste. Angenommen, er konnte wirklich manchmal richtig diagnostizieren, dann hieß das noch lange nicht, daß er auch heilerische Fähigkeiten besaß. Wenn sie jetzt nicht ausdrücklich sagte, was sie meinte, würde Hila sich weiter verführen lassen, würde bittere Kräuter aufkochen, genauso lange, wie er es vorschrieb, würde den Tee durchsieben, daran glauben, daß ihre Ängste mit jedem Schluck geringer würden, und sich nicht dafür interessieren, woher diese Ängste kamen, Hauptsache, sie lösten sich auf. Aber sie, Jo'ela, interessierte sich dafür. Vielleicht weil sie neidisch war. Neidisch auf Hila, die sich verführen ließ. Wir überlassen uns viel zu leicht fremden Menschen, gerade wegen ihrer Fremdheit.

Hila würde sich weder von den Frikadellen stören lassen noch von der ganzen Wohnung oder der orangefarbenen Resopalplatte auf dem Kinderschreibtisch. Sie würde auf das Muttermal zwischen den Augenbrauen hereinfallen, auf die verschwommenen Sätze, die man interpretieren konnte wie ein Orakel, auf die Bücher auf den Regalbrettern zwischen den Metallständern, vor allem auf die Schriften von Paracelsus, die sie zwischen anderen, rot eingebundenen Büchern entdeckt hatte. Aber sie würde sich weigern, Blutanalysen oder Röntgenaufnahmen zu glauben. Nach allen Bemühungen und Untersuchungen kam dieser Mann, streckte die Hände aus, ohne sie zu berühren, und sie verlieh ihm den Glanz des Wissenden. Elektrische Strömungen, man mußte es akzeptieren, daß sie von den Händen aufgenommen wurden, auch ohne Berührung.

Hila zog mit einer heftigen Bewegung ihre Leinentasche zu sich und nahm den weißen Umschlag heraus, den sie im Wartezimmer tief unten in der Tasche gefunden hatte, nahm drei Fotos heraus und legte sie vor dem Mann auf den Tisch. Er beugte sich über die Fotos und betrachtete sie verblüfft.

»Sie haben mir beim letzten Mal gesagt, daß Sie auch auf Fotos etwas erkennen können«, sagte Hila.

»Ich kann, ich kann«, sagte der Mann beruhigend, ohne den Blick von den Fotos zu lassen. Es dauerte lange, bis er den Kopf hob.

»Aber das ist nicht Ihre Tochter?« erkundigte er sich erschrocken.

»Nein, nein«, beeilte sich Hila, ihn zu beruhigen.

»Und ihre?«

»Nein, auch nicht. Keine Verwandte, wir wollen es nur wissen.«

Er schloß die Augen, dann machte er sie wieder auf und bewegte die Hand über den drei Bildern hin und her, bewegte auch den Kopf von einer Seite zur anderen, zog ungläubig die Stirn in Falten, dann blickte er die Fotos wieder an.

»Was ist sie von Ihnen?« erkundigte er sich vorsichtig. »Kusine?«

Das Gesicht des jungen Mädchens war auf dem Foto klar und deutlich zu erkennen, auch die dünnen Streichholzbeine, die den schlaffen Körper trugen. Das Gesicht des Mannes verlor den Ausdruck fröhlicher Gelassenheit, er sah bedrückt aus. Jo'ela überlegte, ob er selbst etwas wahrnahm oder nur ihre eigene Furcht spürte.

Wieder bewegte er die Hand über den Fotos, dann sagte er entschuldigend: »Ich muß wissen, was sie für Sie ist, damit ...«

»Ich habe Kopfschmerzen«, sagte Hila und griff sich mit beiden Händen nach der Stirn.

»Eine Stunde«, versprach er. »Noch eine Stunde, dann vorbei.«

»Sie können also keine Diagnose stellen«, sagte Jo'ela. »Nach dem Foto können Sie es nicht.«

Er zuckte mit den Schultern. »Ich müssen erst wissen, was dieses Mädchen für Sie ist. Oder sie wirklich sehen.« Zweifelnd fügte er hinzu: »Das ist doch ein Mädchen, nicht wahr?«

Am Ende des Flurs fragte Hila: »Nun? Was sagst du?«, und als Jo'ela flüsternd antwortete: »Wir werden draußen darüber reden, nicht hier«, entdeckte Hila das junge Paar mit dem Baby auf dem Arm. Sie stand schon am Ausgang, als sie die beiden bemerkte und mit fröhlichem Gesicht begrüßte, obwohl sie längst beschlossen hatte, sie wegen ihrer Distanziertheit zu ignorieren. Aber die Überraschung und die Schwäche, die sie nach dem Treffen mit dem Heiler fühlte, die Schlaffheit ihrer Muskeln und der feuchten Hand, mit der sie noch immer den viermal zusammengefalteten Zettel umklammerte, auf dem in exakter Dosierung die Kräuter angegeben waren, die der Apotheker zusammenmischen würde, und das große Blatt, auf dem ausführliche Anweisungen zur Zubereitung für den

»Trank« standen, dämpften die kühle Reserviertheit, mit der sie schon länger der Frau zugenickt hatte, wenn sie sie im Treppenhaus traf, sogar wenn sie das neue Baby trug, auf dessen süßes Gesicht sie im Vorbeigehen einen Blick geworfen hatte, schnell, damit die Mutter nicht merkte, wie groß ihr Interesse eigentlich war.

Die beiden waren ihre neuen Nachbarn in dem Haus, in dem sich auch die Wohnung ihres Vaters befand. Und vor einigen Monaten, als Hila ihn mit der Begründung aufsuchte, sie brauche ein altes Kleid (sie brauchte eine Ausrede, weil sie das Gefühl hatte, ihre Besuche seien ihm unangenehm, vielleicht weil sie seine Ruhe störten, die Ordnung seines Alltags, die Übersetzungsarbeit, in die er ganz versunken war, sein Schläfchen im Sessel, vor dem Fernsehapparat), hatte sie plötzlich vom Wohnzimmer aus schwere Schritte gehört, das dumpfe Scharren großer Möbelstücke, die herumgezogen wurden, und das Schlagen von Türen, und die Geräusche waren alle aus der Wohnung gegenüber gekommen, die nach dem Auszug der Liwkins wochenlang leer gestanden hatte. Trotz des Einspruchs ihres Vaters, der murmelte: »Ich habe geglaubt, wir wären Rosenstein endlich los«, und damit Frau Rosenstein meinte, die im Parterre gewohnt hatte, die bei jedem Geräusch aus der Wohnung geschossen war und sich, seiner Meinung nach, überhaupt verhalten hatte wie eine Concierge in einem Roman von Balzac (Wochen nach ihrem Tod hatte ihr Vater auf der Schwelle des Hauses noch immer seine Schritte beschleunigt und war auf Zehenspitzen an ihrer Wohnungstür vorbeigeschlichen, um ihr nicht in die Hände zu fallen), öffnete Hila die Eingangstür, schob neugierig den Kopf hinaus und sah die hellen Möbelkisten und die verschnürten Pakete, aber nur die Möbelpacker standen vor der Tür gegenüber, die neuen Mieter sah sie an jenem Abend noch nicht. Es war der Abend, an dem sie sich nur für einen Moment auf dem Sofa ausgestreckt hatte, vor dem Videogerät, und vermutlich eingeschlafen war, denn am nächsten Morgen lag sie immer noch da, mit der karierten Schottendecke zugedeckt. »Ich habe dich zugedeckelt«, sagte ihr Vater mit einem Lächeln, in der Sprache, die sie als Kind benutzt hatte, und plötzlich strömte ins Zimmer, was sie schon seit Monaten bei ihren wiederholten Besuchen gesucht hatte, bei denen ihr überhaupt nicht klar gewesen war, wie er sich über sie gefreut hatte. Diesmal ließ sie sich nicht irreführen. Der Anblick seines gebeugten Rückens, als er sich nun schlurfend von ihr entfernte, in den Hausschuhen, die sie haßte, und ohne ihr Gesicht berührt zu haben – gab es das überhaupt irgendwo auf der Welt, daß alte Väter ihre erwachsenen Töchter umarmten? –, verschwand auch wieder das Bild, das vor ein paar Augenblicken aus der Erinnerung aufgestiegen war: sie selbst als kleines Mädchen, das ihm die Hände aus dem Bettchen entgegenstreckt, seine Freude, sein tiefes, geheimnisvolles Lachen, sein offen gezeigtes Erstaunen über die Wörter, die sie erfand, die Art, wie er diese Wörter immer wieder verwendete. Doch später hatte er nichts dagegen, daß sie ihn auf seinem Morgenspaziergang begleitete, und dort im Hof, zwischen den alten Zypressen, standen riesige Holzkisten, eine Art Container, und ihr Vater sagte, das seien Lifte, solche hätten die Einwanderer aus Osteuropa in den fünfziger Jahren mitgebracht. Vielleicht seien die neuen Nachbarn Einwanderer aus Rußland, wie die Liwkins, die Besitzer der Wohnung, die ursprünglich aus Belorußland gekommen seien, meinte er und spielte mit einem schmatzenden Geräusch an seinem Gebiß herum, ein Geräusch, das sie ganz nervös machte, weil es sie daran erinnerte, wie alt er geworden war und daß es ihm egal war, ob jemand sich von ihm abgestoßen fühlte. Dieses Herumgefummel an seinen Zähnen war in ihren Augen ein weiterer Beweis dafür, wie gleichgültig er ihr gegenüber war, der ganzen Welt gegenüber, ein Beweis seiner gewollten Isolierung, seines kompletten Mangels an Interesse, was ihr Leben betraf, worin sie einen völligen Verzicht auf Liebe erblickte. Dieser Verzicht stand im Widerspruch zu der Begeisterung, mit der er Opernplatten sammelte, zu der Hingabe, mit der er zur Ouvertüre einer Rossini-Oper mit den Fingern den Takt schlagen konnte, und dem erfreuten Lächeln, das jedesmal auf seinem Gesicht erschien, wenn er, in *El amor brujo*, das Klopfen des Bogens auf dem Holz hörte. In der Folgezeit sprach er viel über seine neuen Nachbarn, über den Lärm, den sie machten, über das Klopfen an der Wand. Und an seiner zögernden, nachdenklichen Art zu sprechen war sein innerer Konflikt zu spüren, der Konflikt zwischen den Gefühlen, die man seiner Meinung nach haben müßte, wenn es um die Schwierigkeiten von Einwanderern in einem fremden Land ging, und dem, was er tatsächlich empfand. Er erinnerte an Stefan Zweig, der sich im Exil umgebracht hatte, dessen alte Welt jedoch zerstört worden sei, was man, wie er einschränkend hinzufügte, von den Neueinwanderern nicht sagen könne. Seine Schuldgefühle waren ihm deutlich anzumerken, ihr Ursprung lag darin, daß er das, was er für richtig hielt, in seinem persönlichen Fall nicht anwenden konnte. Seine Abneigung war für jeden spürbar, vor allem als er beschrieb, wie er praktisch gezwungen war, zu ihnen zu gehen und sie zu bitten, mit dem Klopfen aufzuhören, und die Haltung der nicht mehr jungen Frau nachahmte, die schief, mit vorgewölbtem Bauch, ohne mit der Wimper zu zucken, geleugnet hatte, Verursacherin des Lärms zwischen zwei und vier Uhr nachmittags und um drei Uhr nachts gewesen zu sein. Auf der Treppe – die ihr Vater monatelang nur langsam und unter Qualen hinaufgestiegen war und die, seiner Behauptung nach, mit schuld war an seinen Schmerzen im Knie, Schmerzen wiederum, die der Hauptgrund dafür waren, wie er sagte, daß sein Umzug ins Altersheim unumgänglich war, denn in seinem Alter sei es völlig sinnlos, in eine andere Wohnung umzuziehen, wie sie ihm einmal vorgeschlagen hatte – hatte Hila in den letzten Wochen die Frau manchmal getroffen, wie sie langsam, hochschwanger, auf dünnen, hohen Absätzen, hinaufgestiegen war, volle Einkaufstaschen neben der Tür abgestellt hatte, schwer atmend und stöhnend. »Kommen Sie, ich helfe Ihnen«, hatte Hila beim ersten Mal gerufen und ihr eine Tasche abnehmen wollen, aber die Frau hatte panisch »Nein, nein, nein« geschrien, sich dann gefaßt und »Danke, nein« gesagt.

Das erste Mal hatte Hila den Mann in der Nacht gesehen, als das Kind auf die Welt kam. An jenem Abend, als ihr Vater davon sprach, wie notwendig es langsam für ihn werde, ins Altersheim umzuziehen, und sie selbst überlegte, wie sie ihm beibringen könnte, daß sie vorübergehend in seine Wohnung ziehen wollte – sie schämte sich, weil ihr erster Gedanke war, daß sie so, ohne Miete bezahlen zu müssen, allein in einer Wohnung leben könne, noch dazu in dieser Wohnung. Er kämpfte mit sich, vor allem, weil er sich immer geweigert hatte, irgend etwas zu unternehmen, um die Wartezeit zu verkürzen, und sie, obwohl sie sich vorgenommen hatte, einen passenden Moment abzuwarten, sprach ihre Idee aus, gerade als er ihr bitter erzählt hatte, wie er, weil er keinen Ausweg sah, einen weißen Umschlag auf den Tisch des Leiters des Altersheims gelegt habe: eine Spende, um die Sache voranzutreiben. »Von wegen Spende«, murmelte er, »es war simple Bestechung.« Er schlug mit der Hand auf die Sessellehne. »Wer hätte gedacht, daß ich je an einer Bestechung beteiligt sein könnte, daß ich meine Hand für etwas hergebe, was ich mein ganzes Leben ...« In diesem Moment wurde an die Tür geklopft, erst leise, dann lauter, und noch bevor sie zur Tür kam, klingelte es auch schon. Vor ihr stand ein magerer, bärtiger Mann, rang die Hände und entschuldigte sich. Damals besuchte Hila ihren Vater fast täglich, unter anderem, um ihr schlechtes Gewissen zu beruhigen, aber auch weil sie sich die Krise vorstellen konnte, in der er sich befinden mußte, obwohl ihm äußerlich nichts anzumerken war, abgesehen von dem Herumspielen mit seinem Gebiß, einer Angewohnheit, die von Mal zu Mal schlimmer wurde und die sie für ein Zeichen seiner Einsamkeit hielt, vor allem seit dem Tod Gitas, die vor fast einem Jahr plötzlich gestorben war, obwohl sie doch sieben Jahre jünger gewesen war als er. Hila kam gar nicht auf die Idee, daß er diese Einsamkeit nicht empfand. Manchmal erlaubte sie sich, die Ungeduld in seiner Stimme wahrzunehmen, wenn er sie fragte, ob sie jetzt nicht nach Hause zurückgehen müsse, und dann fürchtete sie, er wolle nichts lieber, als von ihr in Ruhe gelassen zu werden, er habe genug von ihrem Gerede und noch mehr von ihrer ständigen Hoffnung auf ein wirkliches Gespräch zwischen ihnen, das sich immer auf banale Alltagsthemen beschränkte, was ihr schwerfiel zu verstehen, denn er war ein gebildeter, empfindsamer und sensibler Mensch, mit dem sie eigentlich über alles hätte sprechen können, doch neben seiner Sensibilität gab es noch – wie immer – eine gewisse Distanz, die sie manchmal als Schwäche auffaßte, dann wieder als Stärke, und diese Verschlossenheit – die wenigen Freunde, die er gehabt hatte, waren gestorben. Er hatte nach dem Tod ihrer Mutter nicht wieder geheiratet, trotz enger Beziehungen zu anderen Frauen, vor allem zu Gita, nach deren Tod er sich noch mehr abgesondert hatte. Letztlich hatte ihre Hoffnung auf ein wirkliches Gespräch dazu geführt, daß sich ein regelrechter Kult entwickelte, der darin bestand, daß sie den Kühlschrank saubermachte, verschimmelte Nahrungsmittel wegwarf, seinen Kleiderschrank regelmäßig kontrollierte, seine Hemden mit den abgewetzten Kragen, die sie manchmal – trotz seiner Proteste, vor allem in Form von wegwerfenden Handbewegungen – auch bügelte. Wenn sie zögernd versuchte, seine Einsamkeit anzusprechen, unterbrach er sie mit einem ungeduldigen: »So ist das nun mal« oder »Das ist der Lauf der Welt«, und einmal, als er von Katzenellenbogens Beerdigung zurückgekommen war, hatte er gesagt: »Aus der Erde sind wir gekommen, zu ihr kehren wir zurück, das wird keinem Menschen erspart.« Außer ihr hatte er keine Verwandten, nur noch eine Schwägerin, die Frau seines verstorbenen älteren Bruders, doch auch über sie sprach er distanziert, wenn nicht gar spöttisch. Manchmal hatte Hila das Gefühl, er sei lieber mit Rubi zusammen, mit dem er bei den wenigen Malen, die er ihre Einladungen angenommen und sie zu Hause besucht hatte, in ein schweigend geführtes Schachspiel versunken war.

Trotzdem beantwortete er all ihre tastenden Erkundigungen nach seinem Tagesablauf, nach seinem Leben konkret, und statt seine Gefühle bezüglich der zwanzig Jahre, die er nun schon pensioniert war, vor ihr auszubreiten, erzählte er, daß er Sanskrit lerne und speziell für Rentner eingerichtete Kurse über Archäologie besuche und daß er das Bedürfnis verspüre, das Gilgamesch-Epos neu zu übersetzen, und manchmal zeigte er ihr auch Entwürfe, Gedichte, die er aus dem Deutschen übersetzt hatte, vor allem seine Übersetzungsversuche – immer nur Versuche, er war nie zufrieden mit dem Ergebnis – der Elegien Rilkes. Doch immer riß er ihr die gelben Blätter, auf die er tippte, aus der Hand, während sie sie noch betrachtete und zu verstehen suchte, wobei er murmelte, schließlich sei T. S. Eliot sein Leben lang Bankangestellter gewesen, deshalb gebe es keinen Grund, warum nicht ein Ingenieur, der bei der Stadt angestellt gewesen war, ein Gedicht ordentlich übersetzen könne.

In jener Nacht, als der Mann der Nachbarin an die Tür geklopft hatte, stellte sie sich bereits vor, wie es wäre, allein in der Wohnung zu leben, selbst die Wände neu zu streichen, und wie sie freundschaftliche Beziehungen zu der Familie gegenüber unterhalten würde, freundschaftliche, aber nicht zu intime, nicht zu weit gehende, sondern wie eine erwachsene Frau, die Grenzen einzuhalten weiß. Wie er so in der Tür stand, verlegen und verwirrt, gefiel ihr der russische Nachbar vom ersten Augenblick an. Schon da fühlte sie, daß sie, wenn ihr guter Wille und ihre guten Absichten zum Erfolg führten, die Ben-Jehuda-Straße wieder entlanggehen konnte, ohne daß sich ihr das Herz zusammenzog bei der Erinnerung an den alten Russen, der dort in einem zerbrochenen Baß gebrüllt hatte, die Hand auf der breiten Brust gespreizt. Es hatte sie nicht einmal erleichtert, wenn sie ein Geldstück in die viereckige Blechbüchse warf, die er neben sich stehen hatte. Immer wieder hatte sie in diese Büchse geschaut und den Zehnschekelschein gesehen, der ausgebreitet darin lag, doch auch wenn sie schnell an ihm vorbeilief und die vorher herausgesuchten Münzen in die Büchse fallen ließ, so daß sie auf dem Blechboden klirrten, war dies eine Bestätigung, daß es ihn wirklich gab. Deshalb ging sie immer schnell an ihm vorbei und drehte den Kopf zur Seite. Hätte sie ihrem Vater von diesen Gedankengängen erzählt, hätte er sicher erwähnt, daß die Äthiopier noch bedürftiger waren, auch wenn sie nicht in der Ben-Jehuda auftauchten, und sich dann über die Hungrigen und Bedürftigen der ganzen Welt ausgelassen. Manchmal, in nüchternen Augenblicken, überlegte Hila ganz kühl, was es eigentlich war, das ihren Vater dazu brachte, weiterzuleben und sogar über die Epen Homers zu sprechen, wo doch klar war, daß es keinen Menschen mehr gab, der ihm wirklich etwas bedeutete und in dessen Gesellschaft er sich gerne aufhielt. Immer wieder fragte sie sich, was ihm dieser Verzicht auf Liebe brachte, wie er die Zeit vom Abend zum Morgen erlebte, wenn über allem die Farbe des Verzichts lag, und wie er Tag um Tag weiterexistierte, jenseits von Kummer, Willen und Leid, frei von Haß und Wut, das heißt von Liebe und Hoffnung und Glauben, und sich mit mürrischen Beschwerden über sein körperliches Befinden zufriedengab. Manchmal stiegen Bilder in ihr auf, aus ihrer Kindheit, und sie glaubte sich zu erinnern, daß er die Hände vor das Gesicht geschlagen hatte und seine Schultern zuckten. Das bedeutete, daß er nicht immer so gewesen war, es bedeutete, daß er, je älter er wurde, um so mehr verzichtete, es bedeutete, daß Alter gleichzusetzen war mit Verzicht. Und dann stellte sich die schreckliche Frage, welche Motive der Mensch dann noch hatte, pünktlich zu essen und für die kleinen Dinge des Alltags zu sorgen. Was gab ihm jetzt Kraft, was brachte ihn dazu, mit einer solchen Hartnäckigkeit an diesem Leben festzuhalten, und was trieb Jo'ela an, vor allem in der letzten Zeit, wo klar wurde, daß sie sich nicht mehr so fest daran klammerte, daß alle Dinge so waren, wie sie sein sollten, und ihr auch dieser professionelle Typ nicht mehr soviel anhaben konnte wie vorher. Natürlich würde Jo'ela sagen, sie liebe Arnon, die Kinder, ihre Mutter und auch sie, Hila, aber manchmal merkte man deutlich, daß für Jo'ela Liebe etwas war, das es einfach gab, etwas Konstantes, das sich aus den Umständen ergab, demonstriert durch das Aufrechterhalten von Beziehungen, die nie ernsthaft in Frage gestellt wurden, obwohl sie manchmal, wenn sie Ja'ir anschaute, für einen Moment einen vollkommen weichen Blick hatte und in ihren Kämpfen mit Ja'ara etwas lag, was Zorn sehr nahekam.

Als ihr Vater an jenem Abend über das Altersheim gesprochen hatte, kurz bevor an die Tür geklopft wurde, hätte sie fast gefragt: Wofür lebst du, und warum willst du weiterleben, obwohl du genausogut wie ich weißt, daß dies das Ende ist, daß du zum Beispiel nie mehr eine Frau voller Begehren umarmen wirst und daß dich nie mehr jemand aus aller Kraft umarmen wird. Als es klopfte und ihr Vater sie anblickte und seltsam aufgeregt fragte, wer das wohl sein mochte, hatte sie die Tür aufgerissen und den dünnen Mann vor sich stehen sehen, der die Hände rang und sich entschuldigte. Auch wenn sie ihn vorher nur einmal von weitem gesehen hatte, als er mit dem Fahrrad fuhr, das normalerweise im Flur stand, neben den Mülltüten, die bewiesen, daß sie dort hinter der Tür hausten wie ängstliche Hasen, obwohl ihr Vater über die Mülltüten neben der Tür murrte, über den Kohlgeruch abends, das Klopfen und die lauten Schritte – sie werden Ende des Jahres ausziehen, wenn sie Geld bekommen, hatte er hoffnungsvoll gesagt –, wußte sie sofort, wer er war. In einem überraschend klaren, rollenden, weichen Hebräisch erklärte er, seine Frau habe heute ein Kind bekommen. »Wir haben es nicht gewußt«, rief Hila, »wir haben nichts gehört«, und dann schwieg sie verlegen, weil er vielleicht glauben könnte, sie habe erwartet, daß die Frau im Treppenhaus schrie oder etwas Ähnliches, und bat ihn herein. Erstaunlich war auch, wie weich das Gesicht ihres Vaters wurde, als er dem Mann gratulierte und sich erkundigte, ob es ein Junge oder ein Mädchen sei. Der Mann zog seine braunen Hausschuhe aus – die gleichen hatte ihr Vater früher auch gehabt, bevor sie von dem ständigen Geschlurfe endgültig genug gehabt und ihm die grauen, geschlossenen Hausschuhe gebracht hatte, die er dann an der Ferse niedertrat, so daß er auch in ihnen schlurfte – und ließ sie auf der Schwelle stehen, bevor er zögernd, auf grauen Strümpfen, das große Wohnzimmer betrat, sich umschaute und bemerkte, er sei nur gekommen, um sich nach einer Sozialstation in der Nähe zu erkundigen, denn im Krankenhaus habe man ihm erklärt, er müsse eine Schwester bestellen. Er wirkte hilflos, obwohl es sich anhörte, als sei alles geregelt. »Setzen Sie sich doch, bitte«, sagte ihr Vater und ging in die Küche. Als er zurückkam, hatte er zwei Gläser in der Hand und die Flasche mit dem französischen Weinbrand unter den Arm geklemmt, den er für seinen abendlichen Schlummertrunk reserviert hatte. Er hielt dem Nachbarn ein Glas hin, das andere war für ihn selbst, dann erst blickte er Hila an, verwirrt, reichte ihr das Glas, das er in der Hand hielt, ging laut schlurfend wieder in die Küche und kam mit einem dritten zurück, goß ein, sagte Prost, und sie tranken. Sie genierte sich, als ihr Vater sich nicht beherrschen konnte und von der Qualität und der Exklusivität dieses Tropfens anfing, es war fast, als nenne er den Preis, um den Überfluß zu betonen, in dem er lebte. »Ein Armagnac«, verkündete er dem Nachbarn, in einem Ton, als wären sie alte Partner bei Weinproben, und der Russe nickte und beantwortete in seinem reinen Hebräisch, wie aus den Schriften Bialiks, alle Fragen, die ihm gestellt wurden. An diesem Abend sah es aus, als komme alles in Ordnung, als entstünde eine Beziehung zwischen ihnen, und an dem Tag, als die Frau nach Hause kam, bat Hila an der offenen Wohnungstür, ob sie sich das Baby anschauen dürfe, das auf dem Arm der Mutter sehr süß aussah. Hila erwartete nicht, in die Wohnung gebeten zu werden, sie betrachtete nur mitleidig die kleine, so hilflos wirkende Frau, sagte eifrig: »Jede Hilfe, wirklich jede«, und betonte: »Zögern Sie nicht.« Doch die Frau nickte nur kühl und sagte: »Vielen Dank, vorläufig brauchen wir nichts«, in einem Ton, als wolle sie in Ruhe gelassen werden. Hila gab nach.

Das Baby hörte nicht auf zu weinen, einen ganzen Monat lang hörte man die Kleine Tag und Nacht schreien, und nun saßen sie also da, im Wartezimmer des Heilers, die Kleine auf dem Arm der Mutter, die sie langsam hin- und herwiegte, in einem irgendwie falschen Rhythmus, der Vater zupfte an seinem dünnen Bart, mit vorgeschobenen Schultern. Beide wandten mit einem Ausdruck der Überwindung die Köpfe zu der Russin mit der gepunkteten Fliege und dem weißen Strohhut, die so laut sprach, daß ihre Stimme das Weinen des Babys übertönte.

»Waren das deine Nachbarn von gegenüber?« fragte Jo'ela, als sie draußen waren.

Hila nickte. »Das Baby ist die ganze Zeit so.«

»Das hast du mir schon erzählt«, erinnerte sie Jo'ela. »Du hast sogar gesagt, du seist gespannt, ob er die Kleine zum Schweigen bringt, und nun sind sie da, auch du hast Kräfte, du hast es vorausgesehen.«

Im Treppenhaus fragte Hila aufgeregt: »Nun, was sagst du, ist er nicht beeindruckend?«

»Er hat etwas Beeindruckendes«, antwortete Jo'ela zögernd, »aber man muß die Spreu vom Weizen trennen. Es braucht sehr viel Anmaßung, um alles mit Tee zu behandeln.«

»Aber es ist nicht immer derselbe Tee«, erinnerte sie Hila.

»Vermutlich kann er wirklich mit den Händen Wärmestrahlen aufnehmen, wenn etwas nicht in Ordnung ist, aber es fragt sich, ob er sie interpretieren kann, und falls er es kann, wie.«

»Was meinst du also?« fragte Hila, die sich schon fast geschlagen gab.

Jo'ela zögerte. »Es ist nicht so, daß ich ihm überhaupt nicht glaube, ich bin hin und her gerissen.« Sie lächelte.

Hilas Gesicht wurde rot. Wie ein Mädchen sah sie jetzt aus. Und um sie zu besänftigen, um ihr etwas zu geben, fügte Jo'ela hinzu: »Ich weiß es nicht.« Und unwillig, aus der Angst heraus, Hilas Aberglauben zu stärken: »Vor einem Monat habe ich mich untersuchen lassen, ich habe eine kleine Zyste am linken Eierstock.«

»Wirklich?« rief Hila erstaunt. »Du hast nichts davon gesagt, ich habe es nicht gewußt.«

»Das ist auch nicht wichtig, es hat keine Bedeutung.«

»Heißt das, daß du an ihn glaubst?« fragte Hila und fügte ängstlich hinzu: »Heißt das, daß er wirklich Fähigkeiten hat?« Und dann, in einem Ton, als habe sie ihn bisher nicht ganz ernst genommen: »Soll ich mich von ihm behandeln lassen?«

»Das hängt davon ab, um was es geht«, schränkte Jo'ela ein. »Er kann vermutlich wirklich Wellen aufnehmen, ähnlich wie elektrische Ströme, auch wenn ich nicht verstehe, wie er das macht, ohne den Körper zu berühren – dieses ganze Gerede über Astrologie ist allerdings nicht ernst zu nehmen –, aber es geht mir einfach nicht in den Kopf, wie er es wagen kann, diese Ströme zu erklären. Gut, wir wissen, daß es elektrische Strömungen im Körper gibt, aber wie kann er sagen, was sie bedeuten, diese elektrischen Ströme oder

Wärmestrahlen, die er merkt? Und dann noch das Heilen mit Tee.«

»Brauchst du denn unbedingt eine Erklärung?« fragte Hila. »Geht es nicht auch so, ohne alles genau zu verstehen?«

Jo'ela zuckte mit den Schultern. »Gut, daß er es wenigstens nicht im Fall des Mädchens gewagt hat«, murmelte sie. »Gut, daß er nicht mit irgendwelchen Phantastereien angefangen hat, das spricht für ihn, aber dieses ganze Theater mit den Fotos leuchtet mir nicht ein, er kann höchstens etwas an einem anwesenden Menschen entdecken, und auch das ist ein Wunder, das einer Erklärung bedarf.«

»Aber du selbst«, widersprach Hila, »du merkst doch auch alle möglichen Dinge, das hast du mir selbst erzählt ... Wie hast du es bei dem Mädchen gewußt?«

»Ich habe sie berührt«, betonte Jo'ela, »ich habe sie untersucht.«

»Du hast es vorher gewußt«, erinnerte sie Hila. »Und was ist mit den anderen Fällen, wo du etwas vorausgesehen hast?«

»Ich behaupte ja nicht, daß es keine Intuition gibt«, sagte Jo'ela mürrisch. »Aber er tut, als wisse er etwas wirklich.«

»Vielleicht«, sagte Hila plötzlich über der großen Schüssel Salat, die Ja'ara und Ja'ir ihr hingestellt hatten, damit sie ihn anmachte, »gibt es eine innere Sprache, eine wortlose, mit deren Hilfe wir anderen etwas mitteilen.«

»Was meinst du damit?« fragte Jo'ela und polierte die Gabel, bevor sie sie links neben den Teller legte.

»Mach nicht zuviel Zitrone dran«, sagte Ja'ir warnend zu Hila. »Papa mag nicht zuviel Zitrone.«

»Aber Papa ist doch nicht da«, rief Ja'ara und verdrehte die Augen, als sei soviel Dummheit kaum zu ertragen.

»Das habe ich vergessen«, sagte Ja'ir.

»Nein, das hast du nicht«, sagte Ja'ara wütend. »Du willst dich doch bloß wichtig machen.«

»Das ist nicht wahr!« schrie Ja'ir. »Mama, sag's ihr!«

Jo'ela streichelte ihm über den Arm und deutete auf die Schublade. »Es fehlen noch zwei Gabeln«, sagte sie.

Er kämpfte einen Moment mit sich, ob er sich ablenken lassen wollte, und entschied sich für die beiden fehlenden Gabeln.

»Du wirst lachen«, sagte Hila, »aber Geschöpfe unterhalten sich ohne Worte miteinander, sie geben Botschaften weiter. Zum Beispiel Mütter mit ihren Babys. Wie können sie sonst wissen, wo sie ihre Hand hinlegen müssen, wenn es weh tut?«

»Im allgemeinen wissen sie es nicht, ganz im Gegensatz zum Mythos«, sagte Jo'ela und legte die Gabeln, die Ja'ir ihr hinhielt, auf den Tisch.

»Sie wissen es häufiger, als sie es nicht wissen, und woher weißt du etwas, woher weiß ich etwas, ohne zu wissen, daß wir es wissen, weder die Mutter noch das Kind wissen, was sie bewegt, und woher hast du plötzlich gewußt, daß du dem Mädchen Blut abnehmen mußt?«

»Was hat das damit zu tun?« fragte Jo'ela.

»Ich will Brot abschneiden«, verlangte Ja'ir.

Ja'ara zog den runden Brotlaib zu sich. »Die Mama schneidet es ab«, fuhr sie ihn an. »Sie kann es am besten.«

»Ich glaube, wer zu dem Heiler kommt – so wie ich, nicht wie du«, beeilte Hila sich zu versichern, »setzt bei sich und dem Heiler einen atavistischen Apparat in Bewegung, ein unbewußtes Gespräch. So weckt er in ihm das Wissen und überträgt ihm die Aufgabe, so wie das Mädchen dir die Aufgabe übertragen hat.«

»Was für ein Mädchen? Was für ein Heiler?« fragte Ja'ara. »Von was redet ihr überhaupt?«

»Na gut, eine Mutter«, sagte Hila. »Eine Mutter und ihr Kind, ein ewiges Band, Instinkt und so weiter, aber hast du dich schon mal gefragt, wer einen Vater wirklich zu einem Vater macht?«

»Wer denn?« fragte Ja'ara.

13.
Triebe an den Fußsohlen

Rabbiner Perlschtajn war sehr höflich, sogar freundlich. Aufmerksam hörte er sich an, was Jo'ela zu sagen hatte. Hätte er gewußt, daß sie von zu Hause aus anrief, von ihrem Schlafzimmer, ihrem Bett aus, hätte er sich vorstellen können, daß der Bericht mit dem Ergebnis der Blutuntersuchung nur eine Ausrede war, hätte er sich bestimmt anders verhalten. Natürlich machte ihn auch die beiläufig gestellte Frage nach dem Ort, an den man das Mädchen geschickt hatte, nicht mißtrauisch. Um glaubwürdig zu sein, brachte sie trotzdem verhaltenes Erstaunen darüber zum Ausdruck – statt die Sache ganz zu ignorieren –, daß man sie nicht zur Untersuchung ins Krankenhaus gebracht, sondern einfach weggeschickt hatte. Sie wunderte sich selbst über den Zorn, den seine rechtfertigenden, wohlüberlegten Erklärungen und das Gerede darüber, daß es besser sei, abzuwarten und zu überlegen und einen allgemeinen Plan zugunsten des Mädchens zu entwerfen, bei ihr hervorriefen. Hätte sie sich nicht schon vor Monaten zu diesem Vortrag in einer Klinik im Süden des Landes verpflichtet, wäre es Jo'ela vielleicht nicht eingefallen, in das fromme Dorf zu fahren, wohin man das Mädchen verbannt hatte.

Hila hatte versucht, sie von dem Vortrag abzuhalten, ihn wegen Krankheit abzusagen, aber als ihr klar wurde, daß Jo'ela diesen Vortrag halten wollte, beschloß sie, einen alten Plan, aus dem bisher nichts geworden war, zu verwirklichen und mitzufahren: In einer nahegelegenen Stadt wollte sie eine Frau aufsuchen, die sich in Seelenwanderung auskannte, und machte auch gleich einen Termin mit ihr aus, um zu erfahren, ob sie in einem früheren Leben vielleicht an einer unheilbaren Krankheit gelitten hatte und ob diese wiederkommen könne. Als Jo'ela das Gesicht verzog, hatte Hila fröhlich bemerkt: »Deine Verrücktheit und meine Verrücktheit, und beide hübsch begründet durch eine Notwendigkeit.«

Wegen des kühlen Tons, sachlich und interessiert, den Jo'ela ohne Anstrengung gefunden hatte, damit er nicht merkte, wie dringend sie die Auskunft begehrte, erfuhr sie die genaue Adresse. Es wunderte sie nicht, daß man das Mädchen so weit weggeschickt hatte. »Nur für einige Zeit«, sagte der Rabbiner in frömmelndem Ton und beeilte sich hinzuzufügen: »Nur zu ihrem Besten.« Und nicht ihr Zorn wunderte sie, lediglich seine Intensität. Sie mußte ihn verbergen, mußte so tun, als akzeptiere sie seine Argumente und glaube ihm, daß alles nur zum Besten des Mädchens geschehen sei. »Nach allem, was ihr in den letzten Tagen passiert ist, ist es besser, sie wegzuschicken, bis man weiß, was zu tun ist.« Ein Teil ihres Bewußtseins, schlau und nüchtern, bestimmte den Ton der Unterhaltung: ruhig, fast gönnerhaft und interessiert, das war der Ton, zu dem Ausdrücke gehörten wie »Aha« und »Ja, ja« und »Hm«. Diese verlogene Selbstbeherrschung kam ihr vertraut vor, einen ähnlichen Ton hatte sie sich als Kind selbst beigebracht und ihn ausgefeilt, um vor ihrer Mutter die wahren Motive ihres Handelns zu verbergen. Jahre waren vergangen, in denen sie diesen Ton nicht nötig gehabt hatte, und es war ein seltsamer Gedanke, wie leicht sich alte Fertigkeiten wieder verwenden ließen, wie in ihrer Kindheit, ohne schlechtes Gewissen, als gehe es nur darum, sie auf bestmögliche Art zu benutzen. Und es war erstaunlich, mit welcher naiven Aufrichtigkeit ihr der Rabbiner antwortete. Einen solchen Erfolg hatte sie bei ihrer Mutter nie erreicht. Die reagierte auf jedes Wort mit ihren ewigen zweifelnden Blicken. Vielleicht war sie aufgrund der alten Erfahrungen bei dem Rabbiner so erfolgreich. Wegen der unzähligen Prüfungsvorbereitungen, um gelassen zu klingen, um nicht zu stottern, sich nicht zu versprechen, um schließlich doch nachzugeben – und alles ohne zu ahnen, ob die Mutter Bescheid wußte oder nicht. Auch heute noch hatte ihre Mutter diesen mißtrauischen Blick, nun ein verschwommenes Blau wegen des grauen Stars. Die Gutgläubigkeit des Rabbiners, der ihr die genaue Adresse nannte und sogar den Namen der Familie, bei der sich das Mädchen aufhielt, diese Naivität eines Menschen, der im allgemeinen alles andere als naiv war, warf ein scharfes Licht auf ihren eigenen Wahnsinn. Er fand also nichts dabei, daß eine Ärztin in ihrer Stellung ein junges Mädchen durch das ganze Land verfolgte, einfach so. Der andere Teil ihres Bewußtseins, der auf den unterschwelligen Ton achtete, unterhalb der Rechtfertigung, spürte eine große Welle aus Ekel und hilflosem Zorn bei dem Gedanken, wie schnell sie es geschafft hatten, das Mädchen zu verstecken, sie zu verbannen, um die Aussichten der anderen Mädchen nicht zu verderben. Sie sahen in ihr eine Art Quasimodo. Ihr unbekanntes Gebrechen rief ihr Entsetzen hervor.

Wie viele Jahre waren vergangen – ihr kam es vor wie eine Ewigkeit –, seit sie das letzte Mal geweint hatte, einfach so. Hatte sie jemals an einem normalen Werktag im Bett gelegen, ohne krank zu sein, die Hände müßig in den Schoß gelegt, die Augen geschlossen? Ohne daß ihr etwas weh tat, weder der Kopf noch der Körper, sogar ohne müde zu sein, einfach nur so. Das Problem, wenn man einfach so im Bett lag, war, daß sich alle möglichen bedrückenden Gedanken einschlichen,

Gedanken ohne Anfang und Ende, Gedanken, die zu nichts führten. Jedesmal, wenn sie überlegte, welches Interesse sie an dem Mädchen hatte, hatte sie das Gefühl, in Dunkelheit zu versinken.

Hila fragte ausdrücklich: »Warum willst du zu ihr in dieses Dorf fahren, man wird dich dort wegjagen, wie man dich aus Me'a Sche'arim weggejagt hat.« Sie antwortete ihr, was sie Arnon geantwortet hätte, wenn er sie gefragt hätte (bestimmt hätte er bestürzt reagiert, so wie er vorgestern, als sie ihm von dem russischen Heiler erzählt hatte, bestürzt reagiert und sofort gesagt hatte, er spreche von einem Feldtelefon aus, und die Warteschlange sei sehr lang).

»Ich lasse es nicht zu«, antwortete sie Hila, ohne zu zögern.

»Was läßt du nicht zu?« wollte Hila wissen.

»Ich lasse es nicht zu, daß sie das Mädchen einfach wegschicken, sie sollen wenigstens Angst haben, Gottesfurcht, und außerdem kann ich sie dort, von Angesicht zu Angesicht, vielleicht überzeugen.« Doch sie war selbst erschrocken über den Enthusiasmus, mit dem sie »Ich lasse es nicht zu« gesagt hatte, denn insgeheim wußte sie, daß dies nicht der Punkt war. Der Impuls, das Mädchen wiederzusehen, sie zu berühren, ihre Stimme zu hören, hatte nichts damit zu tun, was sie zulassen würde oder nicht, sondern mit Anziehung, mit einer Kraft, die aus anderen Bereichen wuchs. Diese Kraft, die sie antrieb, war verwirrend und bedrohlich, vor allem wenn man auch an Jo'el dachte, und ganz besonders nach dem Gespräch mit der Reflexzonentherapeutin, die diesen Blödsinn gesagt hatte, an den Fußsohlen gäbe es Stellen, die den Trieben entsprächen. Die Argumentation, ein verkrampfter kleiner Zeh sei ein deutliches Zeichen für unterdrückte Triebe – etwas Blöderes konnte man sich doch nicht vorstellen, obwohl man natürlich anerkennen mußte, daß es unterdrückte Triebe gab. Vielleicht konnte man die Gedanken zwingen, sich in Reih und Glied aufzustellen, damit einer sich aus dem anderen ergäbe, damit eine gewisse Logik in den Ablauf käme. Zum Beispiel die Frage, ob sie ein triebhaftes Wesen sei und ob ihre Triebe, nur einmal angenommen, sie seien unterdrückt, sich dann zwangsläufig einen Ausgang verschafften? Offen? Heimlich? Direkt? Auf Umwegen? Wenn es im Inneren lauernde Triebe gab und man sie tagtäglich mit den Füßen trat, konnte es dann nicht sein, daß sie einfach aufgaben und langsam versteinerten? Wie anders ließ es sich sonst erklären, daß sie ihre Existenz nicht spürte? War es wirklich vorstellbar, daß es eine begrenzte Menge Triebenergie gab, die sie auffraß, nur weil sie auf einem Gebiet arbeitete, das nichts mit Trieben zu tun hatte? Konnte man, ohne der Gefahr einer allzu großen Simplifizierung zu unterliegen, wirklich glauben, daß ihre Triebenergie ihre Arbeit unmöglich machte und sie diesen Ausweg suchte? Warum mußte sie, wenn sie an ihre Arbeit und an ihr Leben mit Arnon dachte, immer Staudämme sehen? Hieß das, daß sie ihre Arbeit oder Arnon nicht liebte? Das stimmt gar nicht, schrie eine Stimme in ihr, du liebst deine Arbeit, und du liebst Arnon, und die Frage, was Liebe ist, stellt sich hier nicht, es ist Liebe, schließlich ist es dir jahrelang gutgegangen. Gut? mischte sich eine andere Stimme ein, eine bläuliche. Was war schlimm an diesem Ausweg? Doch wenn dieser Ausweg fehlerfrei war, in welche Lücke war dann das junge Mädchen gestoßen? Und Jo'el? »Jemand hat ein paarmal nach dir gefragt«, hatte Ja'ara gestern gesagt, »ein Mann, keine Frau, und er hat nicht Doktor Goldschmidt gesagt, sondern Jo'ela, und ich habe gesagt, du hättest frei, aber morgen wärst du wieder da, ist das in Ordnung? Was soll ich sagen, wenn ich gefragt werde, daß du frei hast oder daß du krank bist?«

Wegen der Bemerkung, die Hila vor zwei Tagen gemacht hatte, hatte Jo'ela die Geschichten von Tschechow mit ins Zimmer genommen, und weil sie in dem grünen Band »Die

Dame mit dem Hündchen« nicht fand, holte sie sich aus Ne'amas Zimmer auch noch die Schulausgabe, und jetzt blätterte sie die Geschichte durch, die sie als rührende Liebesgeschichte in Erinnerung hatte, von einer Frau in einem grauen Kleid und ihrem Spitz.

Hinter ihren fest zugedrückten Augen stand das junge Mädchen, wortlos flehend, mit gesenktem Kopf. Schlafen ging nicht, einfach so, mitten am Tag, wenn Hila unten war, im Zimmer der Mutter. Zwei Frauen und zwei Kinder waren im Haus, die Männer waren in ihren eigenen Angelegenheiten unterwegs, sie würden wiederkommen. Inzwischen konnten sich die Frauen ausruhen. Ein Buch lag aufgeklappt auf Jo'elas Bauch, wie früher, in ihrer Kindheit, ihr Kopf ruhte auf dem dicken Kissen, das an der Wand lehnte. Ein vertrautes Gefühl stieg in ihr auf. Was brachte sie denn auf einmal dazu, eine sentimentale Liebesgeschichte zu lesen, in der es, wie sie meinte, um ein zufälliges Zusammentreffen in einem Badeort ging, eine Ferienliebe, die anhielt und immer komplizierter wurde. Warum die beiden nicht heirateten, hatte sie vergessen. Sie müßte sich eigentlich auf ihren Vortrag vorbereiten, aber eine gewisse Trägheit hielt sie davon ab, eine Trägheit, die davon herrührte, daß sich zwei Frauen, Freundinnen, unter einem Dach aufhielten und ruhig ihren Beschäftigungen nachgingen. Die Kinder waren in ihre eigenen Angelegenheiten vertieft, und manchmal kam es ihr vor, als diene ihre Anwesenheit zu Hause nur dem Zweck, daß sie wußten, sie war zu Hause. Sie müßte jetzt eigentlich die Karteikarten heraussuchen, um den Vortrag vorzubereiten, aber sie lag hier so bequem auf dem Rücken, nahm ihren Körper, der mitten am Tag so gemütlich ausgestreckt war, mit einer neuen Aufmerksamkeit wahr und wußte selbst, daß sie eigentlich nicht krank war. Ihr Körper war groß und nicht mehr so mager, wie er es gewesen war. Früher, wenn sie auf ihrem Bett gelegen hatte, noch im Haus ihrer Eltern, waren ihre Arme und ihre Finger, die das

Buch hielten, dünn wie Streichhölzer gewesen. Jetzt waren sie rund. Und sie hatte lange Beine. Früher hatte sie das Buch beim Lesen manchmal auf eine flache Brust gelegt, später auf kleine Hügelchen, und jetzt waren es plötzlich große, weiche Brüste, wie ihre Mutter sie gehabt hatte, bevor sie anfing zusammenzuschrumpfen. Erst hatte Jo'ela in dem Buch herumgeblättert, um die Stelle zu suchen, die Hila erwähnt hatte, und den Dialog zwischen Gurow und seinem Spielpartner zu lesen, dem Angestellten, mit dem zusammen er den Klub der Ärzte verließ. Gurow konnte sich nicht beherrschen und erzählte von der entzückenden Frau, die er kennengelernt hatte. Übrigens, sagte der Freund, Sie hatten doch recht: der Stör hatte einen Stich. Das geschah Gurow recht, er hätte sich zurückhalten müssen und nicht mit diesem Mann über Anna Sergejewna sprechen dürfen. Dann blätterte Jo'ela zum Anfang zurück und fing an, sehr langsam, nicht wie früher, als sie Bücher regelrecht verschlang, die Geschichte Gurows zu lesen, des vorsichtigen Schürzenjägers, der trotz seiner grauen Haare und seiner Vorsicht von seiner ersten, unheilbaren Liebe zu Anna Sergejewna gepackt wurde, einer jungen verheirateten Frau, unschuldig und unerfahren. Sie las von Gurows hochgewachsener Frau mit den dunklen Augenbrauen, hochmütig und selbstbewußt, die sich selbst für klug hielt, während er sie insgeheim als beschränkt, engstirnig und reizlos betrachtete, er fürchtete sie und hielt sich so wenig wie möglich zu Hause auf, betrog sie jahrelang, ohne daß irgend etwas passierte, bis er schließlich Anna Sergejewna traf. Nach seinem Urlaub in Jalta, wo sie sich zum ersten Mal getroffen hatten, fuhr Gurow nach S., der Stadt, in der Anna Sergejewna lebte, stand vor ihrem Haus, an dem grauen Zaun, der das Grundstück umgab, wütend auf sich selbst wegen der unerklärlichen Anziehungskraft, wegen dieser Liebe zu einer »in der Provinzmenge verlorenen kleinen Frau« (Ne'ama hatte diese Stelle mit einem Bleistift angestrichen), aber er gab trotzdem nicht auf und sorgte dafür, daß er ihr im Theater zufällig begegnete. Als Anna nach Moskau kam, in die Stadt, in der Gurow lebte, trug sie das graue Kleid, das er an ihr so liebte. Sie erwartete ihn im Hotel »Slawischer Bazar«, wo sie sich nach jenem Abend im Theater immer trafen. Jo'ela las, wie sich Gurows Leben veränderte, wie das Geheime, Verborgene, im normalen Leben hinter Lügen versteckt, zum Wichtigsten wurde. Obwohl ausdrücklich und in großer Offenheit erzählt wurde, daß Gurow und Anna Sergejewna einander aufrichtig liebten, wie Mann und Frau, wie Vertraute, obwohl sie sich vorstellten, daß das Schicksal selbst sie zu Mann und Frau bestimmt hatte, waren sie in ihren eigenen Augen doch »wie zwei Zugvögel, die man gefangen hatte und zwang, in verschiedenen Käfigen zu leben« (diesen Satz, der ihrer Lehrerin wohl besonders wichtig war, hatte Ne'ama mit roter Tinte unterstrichen). Als Anna Sergejewna im Hotel »Slawischer Bazar« weinte, bestellte er Tee, und die drückende Last versuchte er mit dem Löffel wegzurühren. Mit Anna Sergejewna, die am Fenster gestanden und geweint hatte, fragte er: Wie, wie? und griff sich an den Kopf. Wie grausam Tschechow doch war. Und wie recht er hatte. Man konnte dieses bedauernswerte Paar nicht schmähen, diese Gefangenen ihrer selbst, man mußte Mitleid mit ihnen haben, aber man konnte sie auch unmöglich als tragische Helden betrachten. Sie waren willensschwach und bedauernswert. Und das war noch das Höchste, was man sagen konnte. So geschahen die Dinge, und es bestand kein Zweifel, daß sie sich liebten. Aber was brachte ihnen, Anna Sergejewna und Gurow, diese Liebe? Was hatten sie davon, außer dem Bewußtsein, gefangen zu sein von Mächten, die sie nicht erklären konnten? Warum wagten sie nicht, mit allem zu brechen? Für Hila, die ständig las, bedeuteten Bücher keine Herausforderung, sondern eine Ablenkung. Wenn man sich täuschen lassen wollte, sollte man lieber nicht lesen. Aber es war gut zu lesen, um sich zu erinnern, um sich nicht zu dem Glauben verführen zu lassen, daß es auf der Welt andere Möglichkeiten gab. Bücher bereiten Kummer, aber dieser Kummer stärkt und erweitert den Blick, kühlt die brennenden Stellen, wie ein Umschlag mit Zinksalbe Wunden kühlt. Es ist ein anderer Schmerz. Ganz anders als dieser Schmerz, der seit ein paar Tagen an ihr nagte. Die Entscheidung war längst gefallen. Das Gesicht Arnons, wenn er schlief, verletzlich, nackt. Sein kindliches, schuldbewußtes Lächeln, wenn sie ihn drängte, ein frisches Hemd anzuziehen. Sein erstauntes Gesicht, wenn er ein Geschenk bekam. Seine Sehnsucht, zu füttern und zu wickeln. Die vollkommene Konzentration, mit der er neue Hölzer für die Firma auswählte, der zweifelnde Stolz in seinen blaugrauen Augen, wenn er von anderen gelobt wurde. Seine kleinen Ohren, rosafarben wie Muscheln, wenn er sich auf sie rollte. Wäre sie an jenem Morgen, der nun schon Jahre zurückzuliegen schien, im Auto sitzengeblieben, hätte das weder Freude noch Glück zur Folge gehabt, sondern Dutzende von Löffeln hätten in Teetassen geklirrt, und die Frage Wie, wie? hätte sich Tag für Tag gestellt. Hätte Blume Herschel die Tür geöffnet, statt ihn im Regen stehen zu lassen, hätte sie ihm von Angesicht zu Angesicht gegenübergestanden, was wäre dann passiert? Blume wäre nicht Blume, aber was hätte Herschel getan, mit seinem schwachen Willen, wenn er die Möglichkeit einer Verwirklichung gehabt hätte? Und sie selbst hatte niemand verheiratet, weder Zirl und Tojber auf der Erde noch Gott im Himmel. Sie hatte frei gewählt. Wenn ihre Mutter jetzt anriefe und ihr sagte, so wie sie es früher getan hatte, als sie ein Kind war, und wie sie es heute zuweilen noch tat: Erzähl mir was, du erzählst mir nie was, was könnte sie dann antworten? Wenn sie sagte: Es geht mir nicht gut, ich bin unruhig, der Käfig des Fleisches zittert, ich stehe am Scheideweg, würde das vollkommene Ablehnung auf der anderen Seite zur Folge haben. Wieso geht es dir denn nicht gut? würde die Mutter erschrocken und ungeduldig fragen. Du hast doch alles, *alles,* einen Mann und drei gesunde Kinder, unberufen, und eine wichtige und interessante Arbeit, die du liebst, Gesundheit, ein Haus. Es gibt Leute, die ... Und wenn sie sagte: Meine Haare werden grau und fallen aus, die Haut an meinen Armen wird locker, ich fühle, daß dies die letzten Tage sind, an denen ich noch wählen kann, würde ihre Mutter mit kaltem Zorn antworten: Nun, so ist es nun mal, das Alter, bei allen. Oder: Du siehst sehr schön aus und hast noch viele Jahre vor dir, unberufen, du mußt nur auf dich achten. Schau mich zum Beispiel an ...

Wenn sie ihr von dem jungen Mädchen erzählte, würde es am anderen Ende der Leitung still werden, und dann erst würde ihre Mutter es wagen, langsam und vorsichtig Fragen zu stellen. Ob sie ihre Eltern kenne, ob sie sie auch angemessen bezahlten. Wenn sie die Fragen nicht so beantworten könnte, wie es sich gehört – selbst wenn sie die Antworten wußte –, würde sich das Gesicht auf der anderen Seite verdüstern, und die Zweifel würden förmlich aus der Telefonleitung fließen. Wozu das alles? würde sie am Schluß flüsternd fragen. Bist du gesund, Jolinka?

Durch das Schlafzimmerfenster drangen von unten plaudernde Stimmen und Lachen herauf. Auf nackten Füßen schlich Jo'ela leise hinunter. Als sie auf dem Treppenabsatz zwischen dem ersten Stock und dem Erdgeschoß stand, hielt sie sich einen Moment lang am Geländer fest. Von draußen war Ja'aras Lachen zu hören, die Stimme Hilas, die sich mit ihr unterhielt. Der Augenblick war lang und zugleich sehr kurz. Sie steht da, in ihrem Winterpyjama aus Flanell, dessen Hose man mit der Hand festhalten muß, weil das Gummi ausgeleiert ist, im dunklen Flur, und aus der Küche fällt gelbes, weiches Licht. Dieses Reden und Lachen, die Mutter lacht leise, Tante Sarah redet ununterbrochen, und beide schweigen, als sie in der Tür auftaucht.

Als Hila die Hintertür geschlossen hatte und nun im rückwärtigen Teil des Flurs stand, den man Pninas Zimmer nannte, fiel ihr plötzlich auf, daß sie sich hier noch nie lange aufgehalten hatte. Sie war höchstens einmal hineingegangen, um den Nähkasten zu holen, wenn sie während der Woche zu Besuch gewesen war. Zum ersten Mal saß sie nun im Schaukelstuhl an dem Fenster, das auf den Rasen hinter dem Haus hinausging, und schaukelte hin und her, hin und her, mit rhythmischen Bewegungen, von denen man behauptete, sie wirkten beruhigend, die aber in ihr eine besondere Unruhe hervorriefen, weil ihr plötzlich der Gedanke kam, die Schwellung unter ihrer Zunge sei vielleicht anders als bei allen anderen Menschen. Es wäre gut, wenn sie diese Stelle mit derselben Stelle unter Jo'elas Zunge vergleichen könnte, aber Jo'ela hatte sich hingelegt, und sie schämte sich, Ja'ara zu rufen. Sie legte sich auf das schmale Bett mit der harten Matratze, die Pnina mochte, aber als sie die Augen schloß, wurde ihre Angst immer größer. Deshalb stand sie schnell auf und machte sich erneut daran, das Regal mit den Büchern zu ordnen, spielte an den Knöpfen des alten Radios, das lange brauchte, bis es warm wurde, und als sie Stimmen in einer fremden Sprache reden hörte, stellte sie das Gerät leiser. Nun saß sie wieder im Schaukelstuhl und breitete das Kleid mit dem abgerissenen Saum, das zuvor zusammengefaltet auf dem Bett gelegen hatte und auf den nächsten Besuch Pninas wartete, auf ihren Knien aus und fädelte einen weißen Faden in eine Nadel, die sie in dem Strohkorb neben dem Radio gefunden hatte. Sie meinte das Telefon klingeln zu hören, legte den Kopf schräg, um besser zu hören, erhob sich aber nicht. Und wenn das Alex ist, der dich sucht, fragte eine leise Stimme in ihrem Inneren triumphierend und ängstlich. Schluß mit den Gedanken an Alex, der wählte, immer wieder, hartnäckig, und wissen wollte, ob sie da war, und Wellen von Sehnsucht und Bitterkeit stiegen in ihr auf. Sehnsucht wegen der kleinen Chance, daß doch noch etwas möglich sein könnte, und Bitterkeit wegen des Wissens, daß es nicht möglich war. Die ersten Monate, nachdem sie Alex kennengelernt hatte, waren vielleicht wirklich die schönsten ihres Lebens gewesen. In ihrer Erinnerung bestanden sie aus reinstem Glück, aus einem Staunen darüber, daß sie ihn gefunden hatte, daß er sie gefunden hatte. Immer wieder hatten sie es staunend zueinander gesagt, und daß das Leben hätte vergehen können, ohne daß sie sich kennengelernt hätten, andere Arten von Versäumnis konnten sie sich damals nicht vorstellen.

Es war eigentlich nicht so, daß dieses große Wunder, das sie von der ersten Minute ihres Zusammentreffens empfunden hatte, diese plötzliche Übereinstimmung von Körper und Seele, ganz erloschen wäre. Es war wohl eher so, daß ihre Kraft, die auftretenden Risse und Spalten immer abzudecken, langsam nachgelassen hatte.

Wegen *Ein deutsches Requiem* hatte Hila so viele Hoffnungen in Alex gesetzt.

Jahrelang hatte sie darauf gewartet, jemanden zu treffen, der sich für Trompeten genauso begeisterte wie sie. Sie stand vor dem Konzertsaal, in der Hand die überflüssige Karte. Sie achtete nicht einmal auf sein Gesicht. Er wandte sich in letzter Sekunde an sie, als sie bereits drauf und dran war, auf den Verkauf zu verzichten. Sie steckte den Geldschein ein, den er ihr gab, und rannte in den Saal, um die ersten Akkorde nicht zu verpassen. Der Saal war halb leer, und auf der Bühne standen ein paar Streicher, die ihre Instrumente stimmten und einige Worte miteinander wechselten. Er setzte sich neben sie, als die ersten Töne erklangen, und sein entschuldigendes Lächeln – er mußte sich an ihr vorbeidrängen, um zu seinem Platz zu gelangen – beantwortete sie damit, daß sie den Rand ihres Kleides anhob, um ihn vorbeizulassen. Sie war überhaupt nicht auf die Tränen gefaßt gewesen, die ihr aus den Augen liefen, als die Chöre mit langen, rhythmischen, leisen Tönen anstimmten:

Alles Fleisch, es ist wie Gras. Sie bohrte sich beide Fäuste in die Wangen. Verwirrt und beschämt zog sie die Nase hoch, ließ sich die Haare schützend über das Gesicht fallen und befahl sich selbst, sofort aufzuhören, aber ohne großen Erfolg, denn als sie schon meinte, die Tränen besiegt zu haben, setzte der Bariton ein: *Herr, lehre doch mich, daß ein Ende mit mir haben muß, und mein Leben ein Ziel hat, und ich davon muß,* und sie fing wieder an zu weinen. Von ihr selbst war die Rede. Der Baritonsänger war kein junger Mann mehr, seine Stimme zitterte und brach manchmal, ein Zeichen für das Ende seines Weges. Er stand beim Singen einfach da, mit herunterhängenden Armen.

Als der letzte Ton verklungen war, noch bevor das Klatschen einsetzte, bahnte sie sich einen Weg hinaus, ohne nach rechts oder links zu schauen. Sie sehnte sich nicht nach Einsamkeit, aber es fiel ihr auch kein Mensch ein, mit dem sie hätte zusammensein wollen. Deshalb schrak sie zusammen wie jemand, der plötzlich inmitten einer Menschenmenge aufwacht und feststellt, daß er nackt ist, als eine Hand sie sanft am Arm berührte. Sie sah den Mann an, der neben ihr stand und lächelte.

Es folgten Tage, an denen sie sich immer wieder gegenseitig die Geschichte ihres Kennenlernens erzählten und sie immer wieder gerne hörten. Nachdem sie seine Frau gesehen hatte, schlich sich ein neuer Ton in die Melodie ihrer Geschichte, wie alles angefangen hatte. Seine Frau war klein und vertrocknet und litt immer wieder unter schweren Asthmaanfällen – Anfällen, die zunahmen, wenn sie nicht wußte, wohin ihr Mann gegangen war. Wegen dieses Asthmas rief er sie sehr häufig an, entweder zu Hause oder an ihrem Arbeitsplatz, auch wenn er mit Hila zusammen war.

Was ein großes Wunder gewesen war, wurde zu einer Selbstverständlichkeit. Langsam schlichen sich auch andere Töne in ihre Beziehung, und Eifersucht verdunkelte alles. Hilas Enttäuschung über Alex, so behauptete Jo'ela, sei schuld an ihren Ängsten wegen irgendwelcher fortschreitender Prozesse. Aber Jo'ela weigerte sich zu akzeptieren, daß Hilas Beziehung zu Alex eine besondere Bedeutung hatte. Es sei keine Ehre, die Geliebte eines verheirateten Mannes zu sein, hatte Jo'ela immer wieder gesagt. Der Mensch sehne sich nach Ausschließlichkeit. Man müsse die grundsätzliche Situation verstehen, sie akzeptieren oder auf sie verzichten, sonst werde man nicht glücklich damit.

Um etwas Nützliches zu tun und um die nur allzu bekannten Gedanken an Alex wegzuschieben, die rasch ihre mühsam errungene Gelassenheit untergraben könnten, saß sie unterdessen auf dem harten Schaukelstuhl und flickte ein Kleid. Denn alles Fleisch, es ist wie Gras. Für einen Moment sah sie Pnina vor sich, von der man erzählte, wie schön sie in ihrer Jugend gewesen sei und wie sehr ihr Mann sie geliebt habe. Er war gestorben, und Pnina hatte den grauen Star. Und das Gesicht mit dem berühmten griechischen Profil war jetzt klein und vertrocknet. Ihr ganzer Körper war eingeschrumpft. So würde auch Jo'ela einschrumpfen. Nach dem Säuglingsalter muß der Mensch in seine Arbeit hineinwachsen, sagte Jo'ela oft, und einen Sinn darin finden, in einem festen Rahmen zu leben, mit wohlüberlegten Wünschen und guten Beziehungen zu denjenigen, die ihm nahestehen – etwas, das sie kurz Menschsein nannte. Deshalb braucht der Mensch eine Arbeit. Gut, was war schlecht daran, Kostüme fürs Theater herzustellen und sich um die Requisiten zu kümmern? Wenn das Theater geschlossen wurde, gab es denn dann keine anderen auf der Welt? Und wenn sie nicht mehr an Türen klopfen wollte, konnte sie immer noch zum Fernsehen zurückkehren, zur Maske, wo sie vor Jahren gearbeitet hatte. Warum sollte sie eigentlich solche Tätigkeiten als vorübergehende Ablenkung ansehen, bis sie das angeblich Richtige gefunden hatte? Auch ein Herzensfreund wie Alex war nur eine Ablenkung, der sie für kurze Zeit von der schweren Aufgabe befreite, ein Mensch zu sein, dessen Pflicht es ist ...

Jo'ela war eine starke Frau, und daß sie schwankte, aktivierte ihre Vitalität. Hila berührte ihre linke Fußsohle, die Stelle, die man als Energiepunkt bezeichnet, und spürte einen plötzlichen, starken Schmerz. Was sie empfand, war keine Schadenfreude, kein Triumph, sondern Angst vor der Niederlage, die Jo'elas Sicherheit bedrohte. Diese Angst war es, die sie dazu bewogen hatte, zusammen mit Jo'ela nach einem Ausweg zu suchen. Sie wollte beweisen, daß Jo'ela sich irrte und daß ausgerechnet von ihr, Hila, die Rettung kam. Diese Überlegung hatte sie dazu gebracht, sich an der Suche nach dem Mädchen zu beteiligen.

Die Reflexzonentherapeutin, die sie gestern aufgesucht hatten, verströmte einen starken Duft nach Orangen und lebte in einem alleinstehenden Haus in einem Gebiet, wo sich einmal ausgedehnte Orangenplantagen befunden hatten. Die meisten Bäume waren im Lauf der Zeit gefällt worden und hatten Häusern Platz gemacht, die Pnina »Villen« zu nennen pflegte – mit einer Betonung des *l*, was ihre Distanz gegenüber solchen Gebäuden unterstrich, als sei es ihr vorausbestimmt, solche Häuser nie zu bewohnen, auch Jo'elas Haus nannte sie manchmal »Villa« –, dabei waren es einfach zwei- bis dreistöckige Häuser, mit Vorsprüngen und Kanten, mit Ziegeldächern und runden Satellitenschüsseln. Die Reflexzonentherapeutin wohnte in einer der Hauptstraßen des Ortes, ihr Haus war ein einstöckiges, viereckiges Gebäude, und die Fenster, grau angestrichen und mit einem Fliegengitter versehen, blickten unter dem dichten Laub des Geißblatts hervor, das sich an den Wänden emporrankte.

Gestern gegen Abend, als Jo'ela das Auto vor einem kleinen Eisentor abstellte, das in den Angeln schaukelte, versprühte ein alter Rasensprenger Tropfen über dem ungemähten Gras, und die Luft im Zimmer der Reflexzonentherapeutin war feucht und strömte eine Art Frische aus, die Hila sofort mit Brot und Brunnenwasser verband. Das Gesicht der jungen Frau war mager, fast asketisch, und strahlte die Gelassenheit aus, die man sich durch Leiden erwirbt. Darauf wiesen auch die scharfen Falten zwischen den Augenbrauen hin, trotz der glatten, bräunlichen Haut, während das kleine Lächeln auf den geschlossenen Lippen zwar keine Freude ausdrückte, wohl aber Freundlichkeit und Ergebenheit. Wenn die Frau sprach, waren ihre vorstehenden Schneidezähne zu sehen, die in ihrer Kindheit nicht richtig behandelt worden waren. Ihre Schritte waren leise und leicht – sie ging auf ihren weißen Baumwollstrümpfen zur Küche und zurück, vorbei an einem Sofa, an dem hohen, schmalen Behandlungstisch, an den Glasbehältern mit Cremes –, ihre dünnen Arme bewegten sich langsam und weich und wirkten plötzlich runder, als sie ihnen Wasser in hohen, blauen Gläsern anbot, in die sie Zitronenscheiben gelegt hatte. Als Hila den besonderen Geschmack des Wassers betonte, zuckte sie mit den Schultern und meinte, sie habe dem Leitungswasser ein paar Pfefferminzblätter hinzugefügt, allerdings schmecke bekanntermaßen hier, in diesem Gebiet, das normale Wasser recht gut. Jo'ela schwieg, beobachtete die Frau aber unausgesetzt von dem schmalen Sofa aus, auf dem sie saß, besonders als sie sich über ein dickes Heft beugte und ihre Aufzeichnungen noch einmal durchging, bevor sie Hilas Fußsohle berührte. Der Gegensatz zwischen ihrem jungen Gesicht, der leisen Stimme und dem kleinen Lächeln, das sie nicht verlor, während sie aufmerksam Jo'elas Fragen anhörte, und den völlig weißen Strähnen in ihren dunklen, jugendlich geschnittenen Haaren bestärkte Hila in dem Gefühl, die Frau müsse über besondere Kräfte verfügen. Als die kühlen Hände der Therapeutin über ihre Beine glitten, von den Fersen bis zu den Knien, erschrak Hila für einen Moment, weil sie plötzlich fürchtete, die Frau könne, wenn sie ihre Füße betrachtete, durch die Haut hindurchschauen, auch durch das

Hühnerauge an ihrem kleinen Zeh, und all ihre Eigenheiten entdecken, ihr heftiges Verlangen nach Berührung zum Beispiel – sie wußte, daß nach Ansicht der Reflexzonentherapeuten die Triebe eines Menschen an der Länge seiner kleinen Zehen abzulesen sind, und ihre kleinen Zehen, das hatte man ihr schon oft gesagt, waren besonders groß im Vergleich zu den großen Zehen, dem Sitz der Vernunft –, und dann würde sie schnell die Füße wegschieben, verächtlich oder erschrokken, und erklären, daß sie sie nicht behandeln könne.

Wäre da nicht der zweifelnde Unterton in Jo'elas Fragen gewesen, die die Massage von Hilas Füßen beobachtete (»Erst sie, dann sehen wir ja, ob noch Zeit ist«, hatte sie vom Sofa aus gemurmelt), hätte sich Hila der Berührung durch die kühlen, trockenen Hände hingeben können, einer Berührung, die zugleich Schmerz und Genuß bereitete. Aber Jo'ela beobachtete jede Bewegung, als suche sie hinter ein großes Geheimnis zu kommen, und als die Frau auf den mittleren Zeh drückte und Hila aufstöhnte, weil sie ganz unerwartet einen scharfen Schmerz spürte, wollte Jo'ela sofort wissen, ob sie sie mit einem spitzen Fingernagel gekratzt habe – die Nägel an den schmalen, zarten Händen der Frau waren kurz geschnitten –, und dann erkundigte sie sich, ob der Druck besonders heftig gewesen sei.

»Es reicht eine einfache Berührung«, erklärte die Frau ruhig, »das ist der Sinuspunkt, und ihre Nebenhöhlen sind voll, vielleicht hat sie sogar eine leichte Entzündung, wegen der Blütezeit reagieren viele Leute allergisch.«

»Kann man eine Sinusitis durch Druck auf die Füße behandeln?« fragte Jo'ela schnell, die Frau nickte und bewegte ihren Körper, wie um Kraft in ihre Arme zu schütteln und von dort in die Hände, die auf Hilas Füßen lagen.

Wegen Jo'elas ununterbrochenen Fragen schaffte Hila es nicht, irgendwelche außerordentlichen Reaktionen ihres Körpers wahrzunehmen, falls sie überhaupt wahrnehmbar waren.

Vor allem hätte sie sich gern nach dem Zahnfleisch erkundigt, doch Jo'ela schuf wie mit Absicht eine Atmosphäre, in der simple Fragen zu einer Dummheit werden konnten. Wegen Jo'ela stand die Frau von dem kleinen Hocker auf und erklärte mit ihrer klaren, leisen Stimme: »Die Füße eines Menschen und die Art, wie er sie benutzt, sind ein deutlicher Beweis dafür, wie stabil er ist und wie er auf dem Boden steht.«

»Ein deutlicher Beweis«, wiederholte Jo'ela die Worte und verlieh ihnen einen hochmütigen, spöttischen Ton.

Aber die Frau, die diese Töne offenbar nicht wahrnahm, weil sie so gar nicht zu dem einfachen, kühlen Zimmer paßten, das in der beginnenden Abenddämmerung vom Duft der Orangenblüten durchzogen wurde, erklärte gutwillig und bescheiden, während sie Hilas Füße weiter massierte, die physische Erdgebundenheit eines Menschen lasse oft Rückschlüsse auf die Erdgebundenheit seiner Gefühle zu, deshalb könne man aus dem Aussehen der Füße viel lernen. Hila schloß rasch die Augen, als sie den zweifelnden Ausdruck auf Jo'elas Gesicht sah. Die Frau schien nichts zu bemerken, sie sprach weiter, wies auf die flache Wölbung von Hilas Fußsohle hin, die ein klares Zeugnis ablege – »Ohne daß ich sie kenne«, sagte sie entschuldigend – für Hilas Schweben, für ihre mangelnde Fähigkeit, sich in Dinge zu vertiefen. »Habe ich recht?« fragte sie schnell, und Hila nickte, obwohl sie überhaupt nicht daran zweifelte, daß sie sich in Dinge vertiefen konnte, und keineswegs schwebte, aber hier war nicht der Ort, das zu diskutieren. Das ruhige, gelassene Gesicht der Frau zeigte nun einen Ausdruck der Zufriedenheit, der keinen Platz ließ für einen Irrtum, und sie sagte: »Ja, das sieht man sofort.«

»Also dann«, murmelte Jo'ela, als sie sich selbst auf den schmalen, hohen Behandlungstisch legte und einen Arm in den Nacken schob. »Hat jeder Punkt des Körpers seine Entsprechung im Fuß?«

»Jeder einzelne«, versicherte die Frau.

»Und wo ist die Entsprechung der Fußsohle auf der Fußsohle?«

Für einen Moment war die Frau verwirrt und ließ Jo'elas Fuß los, als müsse sie über diese Frage erst einmal nachdenken. »Die gibt es nicht«, bekannte sie schließlich. »Die Fußsohle hat keine Entsprechung auf der Fußsohle.«

»Aha.« Jo'ela lächelte befriedigt und lauschte mit hochgezogenen Augenbrauen den Erklärungen über die Größenverhältnisse der Zehen, daß sich zum Beispiel die Rationalität an den Ausmaßen des großen Zehs erkennen lasse.

»Es ist nicht nur eine Frage der Länge, sondern auch der Form und der Dicke«, sagte die Frau mit einer Ernsthaftigkeit, die durch Jo'elas Nicken ins Lächerliche gezogen wurde.

»Ist das eine Weisheit aus dem Fernen Osten, aus China?« wollte Jo'ela wissen.

»Da sind wir nicht ganz sicher«, sagte die Frau entschuldigend. »Wir glauben, daß ihre Wurzeln im alten Ägypten liegen.«

»Im alten Ägypten also«, murmelte Jo'ela und fuhr plötzlich mit einem überraschten Schmerzensschrei hoch. »Das hat weh getan!« beschwerte sie sich.

»Ja, das ist bei allen ein empfindlicher Punkt«, sagte die Frau, und ihre Hand umfaßte die Fessel, der Daumen lag unterhalb des Knöchels auf der Innenseite der Wölbung. »Dieser Punkt ist die Gebärmutter«, erklärte sie.

»Die Gebärmutter!« sagte Jo'ela und setzte sich auf dem Behandlungstisch auf und starrte ihren Fuß an. »Und was haben Männer an dieser Stelle? Ist bei ihnen da nichts?« Mit einem unbehaglichen Lachen legte sie sich wieder hin, mit gespanntem Rücken, die Beine dicht nebeneinander.

»Bei ihnen befindet sich auf der anderen Seite der Punkt für die Prostata«, antwortete die Frau, ohne das Gesicht von dem Fuß zu heben, den sie nun mit großer Aufmerksamkeit betrachtete.

Jo'ela erkundigte sich einzeln nach allen Punkten, und während der Massage und der Druckausübung antwortete die Frau ohne jede Hemmung. »Hier ist das Gehirn«, sagte sie und deutete auf den Ballen des großen Zehs, »und hier der Dünndarm und der Dickdarm«, sie deutete auf die Seite der Fußsohle, »da die Gallenblase. Und hier«, sie fuhr mit dem Finger über die Ballen zwischen den Zehen, »die Schultern, der Brustkorb, die Lungen.«

»Das fühlt sich sehr angenehm an«, sagte Jo'ela und sah drein, als prüfe sie die Beziehung zwischen den Gliedern ihres Körpers und ihren Entsprechungen am Fuß. »Aber das ist nicht überraschend, daß es sich angenehm anfühlt. Ein Körperteil, der immer in Schuhen eingequetscht ist, wird plötzlich befreit, massiert, da braucht es keine Entsprechung zu irgend etwas anderem.«

Die Frau lächelte und berührte die Zehen. Sie streckte den gekrümmten kleinen Zeh und strich über die Stelle unterhalb des Nagels. »Sie sind an der Basis ein sehr triebhafter Mensch«, verkündete sie erstaunt.

»An der Basis? Was heißt hier Basis?« fragte Jo'ela in beleidigtem Ton.

»Hier«, sagte die Frau, »der kleine Zeh ist verkrümmt, aber wenn man ihn streckt, ist er ziemlich lang.«

»Aha«, spottete Jo'ela, »Sie erkennen also alle Triebe eines Menschen an seinem kleinen Zeh.«

»Und an seinem Verhältnis zu den anderen Zehen«, sagte die Frau und fuhr fort, den großen Zeh zu massieren. Dann drückte sie sehr fest auf den Ballen. »Hier ist der Intellekt«, sagte sie und betrachtete den Zeh.

»Da? An der Stelle? Und wie ist mein Intellekt?«

»Die Rationalität ist bei Ihnen sehr gut entwickelt«, antwortete die Frau.

Dann erkundigte sich Jo'ela nach den alten Ägyptern.

»Ich weiß nicht genau, was sie mit dieser Therapie zu tun

haben«, sagte die Frau uninteressiert und fügte entschuldigend hinzu: »Auf dem Gebiet kenne ich mich nicht aus.«

Hila in der Sofaecke richtete sich auf und wollte von einer Wandmalerei erzählen, die sie einmal in einem Buch über die Kultur der alten Ägypter gesehen hatte und auf dem sich ein Ägypter, im Profil, wie es für ägyptische Zeichnungen typisch ist, über den Fuß seines Freundes, eines verwundeten Kriegers, beugt, als wolle er einen Dorn herausziehen, aber vielleicht – die Idee sei ihr schon länger gekommen – handelte es sich um die authentische und wirklich einmalige Darstellung einer Reflexzonenbehandlung, entschied sich aber dann doch, lieber den Mund zu halten, und lauschte der klaren Stimme Jo'elas, die den Raum erfüllte.

»Ich verstehe nicht viel von solchen Dingen«, sagte die Frau und fügte nicht ohne Stolz hinzu: »Ich arbeite mehr mit Intuition.«

»Und was sagt Ihnen Ihre Intuition über meinen Fuß?« fragte Jo'ela herausfordernd.

»Ganz allgemein? Über die Seele im allgemeinen?«

Jo'ela nickte.

»Das Gewicht Ihres Körpers, scheint mir, liegt vor allem auf ihren Fersen«, sagte die Frau nachdenklich, nahm beide Füße in ihre Hände, als wolle sie sie wiegen. »Das heißt, daß Sie zu den Menschen gehören, die ihre Fersen fest auf den Boden drücken, und das bedeutet, Sie haben die Fähigkeit zur Beherrschung und zur Entschiedenheit gut entwickelt.« Die Frau sprach zögernd, dann fragte sie schnell: »Habe ich recht?«

Jo'ela schwieg, doch Hila warf eilig ein: »Ja, sehr«, nur damit das Gesicht der Frau wieder seine alte Gelassenheit bekam und sie mit der Massage fortfuhr.

»Das ist wirklich angenehm«, sagte Jo'ela, »aber warum nennt man das nicht einfach Massage? Warum müssen Sie gleich einen mystisch-medizinischen Ausdruck benutzen?«

Die Frau lächelte. »Weil die Reflexzonentherapie eine medizinische Funktion hat.«

»Eine heilende?« beharrte Jo'ela. »Hat sie eine heilende Funktion?«

»Man kann selbstverständlich alle möglichen Leiden durch eine Reflexzonentherapie lindern«, sagte die Frau fest.

»Was zum Beispiel?«

Hila seufzte und atmete tief den Duft der Orangenblüten ein.

»Ach, viele«, sagte die Frau. »Rückenschmerzen, Probleme des Verdauungsapparats, Drüsenfunktionsstörungen, Menstruationsbeschwerden, unregelmäßige Ovulation, Ruhelosigkeit und Anspannung, sogar Ängste kann man ...«

»Wie regeln Sie zum Beispiel die Ovulation?« fragte Jo'ela, und ihrer Stimme hörte Hila an, daß sie nicht nur neugierig war, sondern auch gekränkt.

»Mit einer ganzen Behandlungsreihe«, sagte die Frau, »unter besonderer Betonung des Fortpflanzungsapparats und der Geschlechtsorgane.« Sie wischte sich die Hände ab und richtete sich auf. »Es gab solche Fälle, mehr als einen«, versicherte sie ruhig.

»Vielleicht war das Autosuggestion?« widersprach Jo'ela.

Die Frau zuckte mit den Schultern und sagte zurückhaltend, fast widerwillig: »Es geht darum, daß durch den ganzen Körper Lymphflüssigkeit fließt, unterwegs Abbauprodukte und tote Zellen sammelt und zum Herzen bringt, und manchmal sammelt sich dieser Abfall an Stellen im Körper, die wir Lymphknoten nennen. Wenn man diese Stellen reizt, fördert man die Ausscheidung von Abbauprodukten aus dem Körper, und auf den Fußsohlen – das ist eine Tatsache – gibt es eine ganze Reihe von Lymphknoten, deshalb geht man davon aus, daß die Reflexzonentherapie vor allem auf das Lymphsystem wirkt, und ...«

Jo'ela hatte sich jäh auf dem Behandlungstisch aufgesetzt.

»Einen Moment«, rief die Frau. »Nicht so plötzlich aufstehen. Sie machen das zum ersten Mal, nicht wahr?«

»Mir ist schwindlig«, stellte Jo'ela erschrocken fest.

»Legen Sie sich noch ein paar Minuten hin, das vergeht gleich wieder, das ist eine ganz normale Reaktion«, beruhigte sie die Frau. »Die Reflexzonentherapie sieht im Fuß einen wichtigen Gradmesser für die Gesundheit oder Krankheit des ganzen Systems, deshalb kann eine Erschütterung selbstverständlich ...«

»Was für eine Erschütterung?« murmelte Jo'ela, ausgestreckt auf dem Behandlungstisch liegend. »Wer redet von einer Erschütterung? Ein einfaches Schwindelgefühl.«

Bis Abu Gosch sagte Jo'ela kein Wort und drehte auch nicht den Kopf. Hila betrachtete ihr hartes Profil. Ihr Gesicht war starr nach vorn gerichtet, und es gelang ihr anscheinend nur mühsam, die Augen offenzuhalten. Ihre zusammengepreßten Lippen drückten Unbehagen und Zweifel aus, die straff zurückgekämmten, von einem breiten Gummiband gehaltenen Haare betonten die slawischen Wangenknochen, die glatte Haut des Gesichts, die wie immer glänzte. Nur zeigte sie eine auffallende Blässe statt des üblichen Rosatons. Ihre langen Beine steckten in hellen Hosen, ihr großer, weißer Körper saß aufrecht und gespannt auf dem Fahrersitz. Erst an der Abfahrt nach Abu Gosch sagte sie: »Wenn ich mir Henia Horowitz' Fuß angeschaut hätte, ihre Zehen, sagen wir mal den kleinen, was meinst du, wie das Verhältnis ihres kleinen Zehs zum großen ist? Wie steht es bei ihr mit den Trieben?«

»Wer kann das wissen? Alles, was wir denken, beruht auf einer Vorahnung«, erinnerte sie Hila. »Du hast ihr Gesicht und ihren Bauch und alles gesehen und ihre Füße nicht?«

»Ich bin nicht auf die Idee gekommen. Ich habe sie noch nicht mal gebeten, die Schuhe auszuziehen, nicht einmal ...«

Das Schicksal des Menschen, vor allem einer Frau, ist vor dem Altwerden entschieden. Der Prozeß ist nicht aufzuhalten. Die Frage ist nur, ob sie zu den runden Alten gehören wird, zu den dicken, ob sich ihr Bauch vorwölbt wie eine Fortsetzung des Busens – auch diese Frauen schrumpfen auf eine seltsam verzerrte Art – und plötzlich unten am Rumpf aufhört, manchmal über dünnen Schenkeln, während sich bei anderen die Fülle fortsetzt, geschwollen bis zu den Knien, zuweilen sogar bis zu den Fesseln, und die Schenkel unter weiten Kleidern zittern, oder ob ihre Zukunft darin liegt, auszutrocknen und einzuschrumpfen, ob sie zu einem knorrigen Geschöpf wird mit einwärts gewölbter Brust. Roheit und Stumpfheit sind schuld daran, daß sich das Doppelkinn vergrößert. Erst verschwindet der Hals, und der Mund hängt über dem Busen. Von den wenigen Malen, die sie Rubi gefragt hatte – Alex hatte sie das nie gefragt, vielleicht aus Angst, allein die Frage könnte den Zauber brechen –, wie er sie sich als alte Frau vorstelle, wobei sie schnell hinzugefügt hatte, ob er meine, daß sie überhaupt alt werde, hatte er einmal, müde und ungeduldig, mit den Schultern gezuckt und, was sie nicht ohne Vergnügen hörte, gesagt, sie werde wohl alle begraben. Normalerweise sagte er allerdings das, was sie seiner Meinung nach hören wollte, nämlich: »Du wirst nie alt« oder »Sehr nett«.

In den letzten Wochen vor ihrem Auszug hatte er die Augen verdreht, wenn sie ihm die Ergebnisse ihres fortgesetzten Studiums der Physiognomie alter Menschen im Vergleich zu ihrem früheren Aussehen erklärte, und besonders erschrocken hatte er reagiert, als sie ihm die beiden Optionen beschrieb: anschwellen oder verschrumpeln. Genaugenommen spiegele der Körper den großen Verzicht wider. Seine offensichtliche Verwandlung sei die kindische Weigerung aufzugeben, was sich vor allem in der Hingabe an billigen Ersatz wie Essen ausdrücke, denn während des Essens wenigstens sei der Mangel verdeckt. Und es sei unmöglich zu sagen, ob eine Option besser sei als die andere. Zwar hafte den Ausgedörrten etwas wie Asketentum an, aber das sei schließlich auch nur äußerlich.

Im ersten Moment hatte Rubi laut gelacht. Sein dicker Bauch hatte gezittert vor Lachen, seine dicken Hände klatschten auf die Tischplatte und brachten die Gläser zum Wackeln, als sie verkündete, sie wenigstens habe nicht vor, irgendwann einmal so zu sitzen, wie alte Frauen das zu tun pflegen, mit gespreizten Knien und übereinandergelegten Füßen. Noch eine Minute vor ihrem Tod würde sie, falls sie saß, die Beine anziehen, Knie an Knie. Sie tat, als verstehe sie nicht, was an ihren Worten so lächerlich war, und fühlte sich wirklich gekränkt, als er sie amüsiert anblickte und fragte, ob ihrer Meinung nach Frauen wirklich keine Erfüllung im Alter hätten. Was für eine Erfüllung? hatte sie gefragt. Was für eine Erfüllung konnte eine Frau haben, die nie mehr in ihrem Leben Objekt geschlechtlichen Begehrens sein würde? Und was ist mit Männern? fragte Rubi. Was ist mit ihnen, wenn sie aufhören, das Objekt geschlechtlichen Begehrens zu sein? Wo finden sie Erfüllung? Das ist nicht dasselbe, Männer hören nie auf, verkündete Hila im Ton der Überzeugung, obwohl auch sie wußte, daß es bei ihnen nicht viel anders war, und führte selbst die alten Kirschs als Beispiel an, die zusammengeschrumpft und ausgedörrt waren. Dann hatte Rubi gelacht und gesagt: »Hila, du bist wirklich ein harter Fall.«

Gut, daß Arnon nicht zu Hause war. Wenn er hereinkam, war sie immer sofort überflüssig. Drei sind nicht zwei und nicht vier. Wäre sie mit Rubi hier, hätten sie sich in zwei und zwei aufgeteilt, die Männer für sich und die Frauen für sich. Wenn sie mit Jo'ela allein war, sprachen sie anders. Waren sie zu dritt, lag etwas Gezwungenes über allem. Man mußte – Jo'ela zwischen beiden hin und her gerissen – gemeinsame Gesprächsthemen finden, einen sicheren Boden. Das wurde allerdings nie ausgesprochen. Jo'ela tat immer, als sei es ihr egal, ob Arnon zu Hause war oder nicht, aber wenn er dabei war, trommelten ihre Finger auf die Sofalehne, und ihr breites Gesicht bewegte sich schnell, mit hochgerecktem Kinn, von einer Seite zur anderen. Sie verteidigte die Freundin gegen Arnon, auch wenn er sie überhaupt nicht angriff, sie formulierte ihre Sätze weicher, glättete Ecken und Kanten, änderte den Unterton. Wenn sie zu dritt waren, teilte sich Jo'ela in zwei Personen. Die eine Hälfte, der Oberkörper, war dem Sessel zugewandt, in dem Arnon saß. Der untere Teil, die angezogenen Beine, waren zu Hila gerichtet, die Zehen an ihren nackten Füßen bewegten sich, statt daß sie etwas sagte. Die ganze Welt war in Paare aufgeteilt. Und die wollten allein sein. Draußen vor dem Fenster waren Schritte auf dem trockenen Rasen zu hören. Ja'ara breitete eine Decke aus und legte sich auf den Bauch. Hila ging zu ihr hinaus.

Gegen Abend, kurz bevor es dunkel wurde, waren sie in der Küche, Jo'ela kochte Kaffee, Ja'ir kam von Zeit zu Zeit aus dem Garten, die Hände dreckverschmiert, und Hila saß auf einem Stuhl und hatte die Beine auf einen zweiten Stuhl gelegt. Plötzlich fiel ihr das rhythmische Sprechen Ja'aras aus dem Wohnzimmer auf. Es dauerte einen Moment, bis sie verstand, daß Ja'ara wirklich deklamierte. »Hier liegen unsere Körper«, las sie mit ihrer klaren Stimme, jede Silbe sorgfältig artikulierend, und Hila hob erstaunt die Augenbrauen. »Sie hat heute abend eine Probe«, erklärte Jo'ela. »Zum Gedenktag, für die Feierlichkeiten.«

»Ich habe das seit Jahren nicht mehr gehört«, murmelte Hila und stand auf, um einen Blick ins Wohnzimmer zu werfen. Mit dem Rücken zu den schweren Gardinen, die vor das große Fenster zum Rasen gezogen waren, stand Ja'ara mit leicht gespreizten Beinen, in einer Hand eine Strähne ihrer hellen Haare, die sie um den Finger wickelte, in der anderen das Heft, aus dem sie die Zeile immer wieder laut vorlas.

»Eine lange, lange Reihe«, deklamierte sie, »unsere Gesichter entstellt, der Tod blickt uns aus den Augen.«

Hila lehnte sich gegen den Türrahmen. Ein Schauer lief ihr über den Rücken, sie bekam eine Gänsehaut. Die Worte, die sie in diesem Moment hörte, als sei es das erste Mal, und die überall im Land am Gedenktag gesagt wurden, jedes Jahr, immer wieder, und bei denen kein Mensch mehr richtig hinhörte, nur noch den schweren Rhythmus wahrnahm. Aber die Worte! Wir sind in eine Reihe gelegt worden. Unsere Gesichter sind entstellt.

Wie dünn Jo'ela in den letzten Wochen geworden war. Und auch ihre Haare, die ihr bis auf die Schulter fielen, hatten den alten Glanz verloren. Zwei Falten hatten sich um ihre breiten, trockenen Lippen gegraben. Hinter ihren dicken Brillengläsern blitzten ihre kleinen, hellen Augen, die dünnen Lider blinzelten. In ihrer Haltung, die Hüften abgeknickt, den Rücken an das Spülbecken gelehnt, die Hände im Gürtel, sah sie aus wie eine jugendliche alte Frau. Über dem langen Körper ein Gesicht, dem es bestimmt war zu welken. Ihre kleine Nase würde spitz werden, vogelartig. Ihre seltsamen Augen, schmale schräge Schlitze, an den äußeren Winkeln leicht nach unten gezogen – was bestimmten Menschen einen deprimierten Ausdruck verlieh, bei Jo'ela aber immer auf scharfe Auffassungsgabe und ein wenig Ironie hinwies –, waren jetzt starr. Und die beiden bläulichen Streifen an ihrem langen Hals stachen deutlich hervor. Sie würde zu den Ausgedörrten gehören, zu den Zusammengeschrumpften, ihre Schlankheit würde verschwinden, ihre Schultern nach vorn fallen.

Jo'ela goß Kaffee ein. »Eine lange, lange Reihe«, rief Ja'ara im Wohnzimmer, immer wieder, mit verschiedenen Betonungen. »Unsere Gesichter entstellt, der Tod blickt uns aus den Augen.«

»Du läßt sie an so einem Abend, mit Terroranschlägen überall in der Stadt, aus dem Haus gehen?« fragte Hila erschrocken.

»Sie wird abgeholt, sie muß nicht mit dem Autobus fahren«, beruhigte sie Jo'ela. »Außerdem sind wir uns doch längst einig, daß man die Kinder nicht einschließen kann, so ist das Leben hier, und wir müssen uns damit abfinden.«

»Wer wird sie abholen?«

»Nedew und sein Vater.«

»Gibt es schon einen Nedew?« kicherte Hila.

»Wir haben ihn noch nicht gesehen, er ist in der elften Klasse. Sein Vater bringt beide hin und holt sie wieder ab.«

»Was für ein edler Mann, dieser Vater. Und was tut er in der übrigen Zeit?«

Jo'ela zuckte mit den Schultern. »Wir sind noch nicht dazu gekommen, seinen Vater auseinanderzunehmen«, sagte sie lächelnd.

Hila hockte sich auf das Sofa, streifte die Sandalen ab und zog die Beine unter sich. Jo'ela setzte sich auf ihren üblichen Platz mitten auf dem Sofa und blickte ihre Kaffeetasse an. Ja'ara las den Text noch einmal vor und fragte sie um ihre Meinung. Dann wiederholte sie die Worte, doch diesmal hielt sie das Heft umgedreht. Zweimal mußte sie hineinschauen, dann, nach einem Blick auf ihre Armbanduhr, rannte sie in ihr Zimmer.

In diesem Moment wurde draußen der kupferne Klopfer an die Tür geschlagen, gleich danach klingelte es. Hila blickte Jo'ela an, die aufstand, um zu öffnen; auf dem Weg drückte sie auf den Lichtschalter. Als sie wieder hereinkam, folgte ihr ein junger Mann, groß und mager, dessen rote, lockige Haare im Nacken zusammengebunden waren. Er zerrte am Saum seines weißen T-Shirts und stopfte es in die Jeans.

Draußen, ein paar Schritte von der Tür entfernt im dunklen Garten, war eine Gestalt zu erkennen. »Nedew?« rief eine bekannte Stimme. »Warum dauert es so lang? Ich muß um neun schon wieder...« Noch während er sprach, kam der Mann näher, und Jo'ela blieb fast das Herz stehen.

»Darf ich bekanntmachen«, sagte Nedew feierlich und verlegen. »Das ist Ja'ara, und das ist ihre Mutter.«

»Sehr angenehm«, sagte Ja'ara, streckte die Hand aus und blickte Nedews Vater unschuldig an.

Es war nicht zu ändern.

»Jo'el«, sagte der Mann lächelnd, und seine grauen Haare, einen Topf auf den Kopf gestülpt und abgeschnitten, wurden von einem plötzlichen Windstoß aufgeweht. Er drückte fest ihre Hand und schüttelte sie. Ja'ara und Nedew gingen vor ihnen. Jo'ela verschränkte die Hände vor der Brust. Ihr Herz klopfte wie wild. »Du hast gewußt, daß ich hier wohne«, warf sie ihm vor.

»Sagen wir mal, ich habe es vergessen«, antwortete er spöttisch. »Das sind die Wunder des menschlichen Gehirns, ich bin so versunken ... Ich war so in Gedanken versunken, daß es mir nicht auffiel, außerdem bin ich damals nicht ins Haus gekommen, und in der Dunkelheit ... Wie geht es dir, Frau Doktor Goldschmidt? Warum sagt man im Krankenhaus, du seist im Krankenurlaub, und warum geht im Haus niemand ans Telefon? Ich habe dich gesucht.«

Weit weg von der chinesischen Laterne, nahe bei der Straßenbeleuchtung, sah sie in seinen Augen fast so etwas wie Freude. »Wirklich? Hast du mich gründlich gesucht? Die ganze Zeit?« stichelte Jo'ela in einem widerspenstigen Ton, den sie schon jahrelang nicht mehr an sich wahrgenommen hatte, und beobachtete gleichzeitig, wie Ja'ara und Nedew auf den Rücksitz des Saab kletterten.

»Ja, natürlich, ein paarmal«, protestierte er und fügte erfreut hinzu: »Und du hast darauf gewartet, daß ich anrufe.« Er wartete auf die Bestätigung, aber Jo'ela senkte den Kopf. Er war nicht beleidigt. »Ich habe dich gesucht. Obwohl ich viel Arbeit hatte, den Film vorbereiten und so ...«

»Machst du wirklich den Film über Gebärende?«

»Ja, natürlich«, bestätigte er und berührte ihren Arm.

»Aber in einem Krankenhaus im Süden, denn hier... hat es nicht geklappt.«

»In welchem Krankenhaus?« wollte Jo'ela wissen. Er nannte den Namen. Aus den Augenwinkeln sah sie, wie Ja'ara den Kopf aus dem offenen Autofenster schob und den Hals reckte. Die hellen Haare verdeckten ihre Augen, aber es war ja ohnehin dunkel.

»Ich muß jetzt los«, entschuldigte sich Jo'el, der ihrem Blick gefolgt war. »Vielleicht kommst du mit uns, und anschließend trinken wir einen Kaffee?«

»Ich kann nicht, ich habe Besuch«, antwortete Jo'ela und stellte erstaunt den bedauernden Unterton in ihrer Stimme fest. Und was ist mit deinen ganzen Entschlüssen? fuhr sie sich wütend an.

»Wir haben wieder den braunen Umschlag vergessen«, sagte Jo'el. »Aber vielleicht ein andermal... Du wirst ja morgen in die Klinik im Süden fahren, warum hast du mir das nicht gesagt?«

»Du hast nicht gefragt«, sagte Jo'ela und legte die Hand an den Hals.

»Dann frage ich jetzt: Wirst du morgen dort im Krankenhaus sein?«

»Ich muß einen Vortrag halten, das ist schon längst abgemacht.«

»Wunderbar«, sagte er, wieder mit dieser offen gezeigten Erwartung. »Das ist wirklich wunderbar. Also abgemacht? Morgen? Ich bringe auch den braunen Umschlag mit.« Er lachte und drückte ihren Arm.

Jo'ela hörte sich lachen. »Papageno«, sagte sie leise und erschrak. Sie berührte ihren Arm dort, wo er ihn gedrückt hatte.

14.
Mais und Uranfangs-Channeling

Als Jo'ela am nächsten Morgen um fünf Uhr plötzlich erwachte und die kleinen Vögel im Rolladenkasten schrien, wußte sie im ersten Moment nicht, wo sie war und was sie tun mußte. Beim Aufwachen mitten aus einem Traum hatte sie das Gefühl, nicht in ihrem eigenen Haus zu sein, nicht in ihrem Doppelbett zu liegen, sondern in ihrem Kinderbett, auf der harten Schaumgummimatratze, die mit einem dicken, braun-orange gestreiften Stoff bezogen war, darüber das weiße Bettuch, nach Stärke und Sauberkeit riechend, ein Duft, der aber nicht ganz den Schimmelgeruch der Gummimatratze unterdrückte. Doch dann wußte sie auch schon, daß die Geräusche, die von draußen kamen, zu ihrem heutigen Leben gehörten, daß dieses Bett schon lange ihres war und das Bild der Marmortreppe, auf der sie gestanden hatte, Teil eines langen Traums war, an den sie sich nur stückweise erinnerte, und auch diese Stücke würden verschwinden, sobald man sie ließ. Es war eine seltsame Vorstellung, daß sie es war, die sich erlaubte, zwischen diesen beiden Bewußtseinsebenen hin- und herzupendeln, auf ihnen zu schwimmen, ohne zu entscheiden, ohne zu wählen, welcher der reale Ort sei, als wolle sie sehen, wohin dieses entspannte Gefühl sie führe und wie lange es dauern werde, bis die Entscheidung von selbst fiel. Obwohl Jo'ela wußte, daß die Marmortreppe zu einem Traum gehörte – alle Leute träumen dauernd –, hätte sie geschworen, daß sie nicht träumte. Ganz selten nur erinnerte sie sich an Bildausschnitte. Im Traum hatte sie auf der Marmortreppe des Krankenhauses gestanden, aber eigentlich hatte die Treppe anders ausgesehen, vertraut und aus einer fernen Vergangenheit, schmaler als die des Krankenhauses, gelblich, gewunden. Sie stand zwischen dem Erdgeschoß und dem ersten Stock. In einem blauen Wollmantel, wie sie als Kind einen besessen hatte. Als sie nach dem Bettrand griff, war in ihrem Bewußtsein noch die verschwommene Gestalt eines Mannes, aber sie verschwand, während sie sich erschrocken aufsetzte, als ihr die Fahrt in den Süden einfiel. Als sie an das junge Mädchen dachte und auch, mit einer mit Reue gemischten Erregung, an die Verabredung mit Jo'el. Scham ergriff sie, als sie sich daran erinnerte, wie sie mit einer Art jubelnder Sicherheit »Papageno« gesagt hatte. Mit beiden Händen drückte sie sich das Kopfkissen ans Gesicht und schloß die Augen.

Die kleinen Vögel stießen unaufhörlich ihre kurzen, spitzen Schreie aus und hörten auch nicht damit auf, als Jo'ela durch das offene Fenster mit dem halb heruntergelassenen Rolladen das Flügelschlagen und das beruhigende Gezwitscher der alten Sperlinge hörte. Schon seit Jahren nisteten sie im Rolladenkasten, und alle Versuche, die Höhlung von Federn, Schmutz, trockenen Blättern und Reisig zu befreien und überhaupt alles zu entfernen, was das Gefühl territorialen Anspruchs in ihnen wecken könnte, waren mißlungen. Jedes Jahr im Frühling saß ein Sperlingspaar auf dem Fensterbrett – vielleicht wurden gute Nistplätze in der Welt der Sperlinge weitergegeben, von Generation zu Generation –, und dann füllte sich der dunkle Hohlraum des Rolladenkastens vor dem Schlafzimmerfenster wieder mit Gräsern und ähnlichem, und wenn Jo'ela das fröhliche Zwitschern hörte, mit dem die Vögel, die sie eigentlich zu vertreiben vorgehabt hatte, ihren Nestbau begleiteten, war es immer schon zu spät. Sie schaffte es nicht, die brütende Vogelmutter von ihren Eiern zu jagen, und deshalb ignorierte sie sie jedes Jahr, bis eines Tages – es war immer eine große Überraschung – das Geschrei der Kleinen zu hören war und sie lange Zeit in aller Frühe weckte, beim ersten Morgengrauen, und nicht wieder einschlafen ließ. Einmal hatte Arnon eine Lehmfigur in den Rolladenkasten gelegt, weil das angeblich die einzige Möglichkeit sei, die Vögel zu vertreiben, aber nach der Zeit des Nestbaus, nachdem die Jungen wieder geschrien hatten, bis sie groß genug geworden waren, um wegzufliegen, hatte sich herausgestellt, daß die Sperlinge die Lehmfigur einfach in ihren Nestbau einbezogen und sie mit Reisig und Staubflocken gepolstert hatten. Arnon hatte die Figur wütend in den Mülleimer geworfen, als nehme er ihr übel, als Vogelscheuche versagt zu haben.

Erst klingelte der Wecker, dann das Telefon.

»Nun, was sagst du?« fragte ihre Mutter.

»Zu was?«

»Zu den Nachrichten«, sagte sie zornig. »Schreckliche Nachrichten.« Sie seufzte.

»Was soll ich sagen? Wirklich schreckliche Nachrichten«, stimmte Jo'ela zu. Ihre Mutter meinte den Zwischenfall im Südlibanon, bei dem drei israelische Soldaten getötet worden waren.

»Gut, daß du zwei Töchter hast, und bis Ja'ir soweit ist, unberufen ...«, sie stotterte, »... dann wird es vielleicht schon nicht mehr nötig sein ...« Schon während des Redens merkte sie wohl, wie fragwürdig ihr »nicht mehr nötig sein« wirklich war, deshalb fuhr sie vorwurfsvoll fort: »Also sag mir, wie ist das, daß man nicht weiß ... Noch dazu mitten am Tag, noch nicht mal während der Dunkelheit, kann man so etwas erklären?«

»Nein, kann man nicht«, stimmte Jo'ela zu. »Es gibt keine Erklärung.«

Man habe schon einen Untersuchungsausschuß einberufen, sprach ihre Mutter bereits weiter, offenbar in der Hoffnung, man könne zu neuen Erkenntnissen gelangen, die den Vorfall doch noch erklären könnten, und schließlich verkündete sie wütend: »Als ob sie das wieder lebendig machen könnte!« Plötzlich fügte sie erschrocken hinzu: »Habe ich dich geweckt?«

»Nein«, sagte Jo'ela und hörte ihre Mutter hüsteln und seufzen.

»Ich wollte mit dir reden ...«, sagte sie zögernd und unentschieden, »jedenfalls, ich meine, man muß an den Jahrestag denken.«

»An den Jahrestag?« fragte Jo'ela. »Jetzt? Auf der Stelle?«

»Nun, wann denn sonst?« antwortete ihre Mutter. »Schließlich ist er morgen, in Beit Ajar. Im letzten Jahr haben wir es am Gedenktag gemacht, und es war in Ordnung. Ich habe gedacht, daß vielleicht auch dieses Jahr ...«

»Auf gar keinen Fall!« rief Jo'ela, wagte aber nicht zu sagen, was sie wirklich beschlossen hatte.

»Ich habe gedacht«, fuhr ihre Mutter fort, als habe sie nicht gehört, was Jo'ela gesagt hatte, »daß wir dieses Jahr nicht auf einen Chasan verzichten. Schließlich ist es unmöglich, ohne ein bißchen ... ein bißchen ... Wer wird sonst den Kaddisch sagen? Es sei denn ... Arnon kommt auch.«

»Arnon ist beim Reservedienst«, erinnerte sie Jo'ela, »und auch wenn er nicht dort wäre, müßte er nicht mitkommen, und selbst wenn er das täte, gäbe es keinen Grund, daß er das, was er nicht bereit ist, für seine Eltern zu tun, für meinen Vater tun sollte, er wird den Kaddisch nicht sagen, und das weißt du auch.«

»Dann bestellen wir einen Chasan«, sagte ihre Mutter entschieden, als sei damit auch schon alles weitere klar.

»Nicht diese Woche«, sagte Jo'ela leise.

»Wie du willst.«

»Ich bin diese Woche im Druck«, entschuldigte sich Jo'ela aus einem plötzlichen Anfall von schlechtem Gewissen heraus. »Vielleicht nächste Woche oder übernächste.« Sie griff sich an den Hals und drückte mit dem Daumen fest zu, denn schon in diesem Moment war ihr klar, daß sie auch dieses Jahr nicht wagen würde, sich der Zeremonie zu entziehen. Jedes Jahr seit dem Tod ihres Vaters überlegte sie, wie sie es ihrer Mutter beibringen konnte, daß sie nicht wollte. Und jedesmal war es wieder dasselbe Bild: Sie und ihre Mutter, die allein aus einem Auto steigen, sie schnell, in der einen Hand den Strauß Gerbera, den ihre Mutter am Tag zuvor gekauft hat, mit der anderen die Tüte mit dem neuen Kaktus vom Rücksitz zerrend, die Mutter langsam und vorsichtig, die schwarze Handtasche unter den Arm geklemmt und in beiden Händen eine Tüte mit einer alten, krummen Gabel und einem leeren Glas, in dem einmal Erdbeermarmelade gewesen war, dazu einem größeren Gefäß, einem früheren Gurkenglas, das für die Gerbera bestimmt ist, und einem neuen gelben Staubtuch. Jedes Jahr machen sie diesen langen Weg durch den Friedhof, der sich vor ihnen erstreckt, vorbei an Blumenverkäufern vor dem Eingang und vorbei an den Bettlern am Tor, und nie bleiben sie an dem Kiosk stehen, in dem belegte Brote, Süßigkeiten und Getränke verkauft werden, nicht einmal in dem Jahr, als sie die Mädchen mitgenommen hat, ihre Mutter hat Ne'ama und Ja'ara nur erlaubt, einen Strauß Nelken zu kaufen. Mitten auf der Strecke bleibt ihre Mutter stehen, immer an derselben Stelle, an dem schwarzen Gedenkstein für die Toten von Majdanek, setzt die Tüte ab, wühlt in ihrer schwarzen Tasche und zieht einen gelben, zusammengefalteten Zettel heraus, breitet ihn behutsam aus und liest laut die Nummer des Friedhofsblocks und der Parzelle vor, dann geht sie langsam weiter in der Hitze – es ist immer heiß und drückend um diese Zeit –, bis sie den richtigen Block und die richtige Parzelle gefunden hat, die jedesmal anders aussieht, denn es gibt immer mehr Grabsteine, und die Rosenhecke links neben dem Grabstein – rechts ist ein freier Platz, bezahlt und bereit – wird jedes Jahr höher und dichter und verbirgt fast die schwarzen Marmorflügel zweier Statuen, der »Abstrakten«, dazwischen das Porträt des Gefallenen, und jedesmal klagt ihre Mutter, manche Menschen kämen öfter als einmal im Jahr, und wenn sie könnte, würde sie auch öfter kommen, an seinem Geburtstag, am Hochzeitstag, und jedesmal weist Jo'ela sie darauf hin, daß sie sie immer herfahren könne, wann sie es nur wünsche, und jedesmal antwortet ihre Mutter, nicht ohne Bitterkeit: »Du hast zuviel zu tun«, und dann stehen sie beide vor dem einfachen weißen Marmorstein, auf dem der Name ihres Vaters steht, das Datum seiner Geburt und seines Todes, daneben, auf Initiative der Mutter, auch »aus Lwow«, und Jo'ela ist jedes Jahr verwirrt wegen dieser Betonung seines Geburtsortes und würde am liebsten diese Betonung der Herkunft zerstören, die so lächerlich ist wie die Lobeshymnen auf Trauerkarten, doch zugleich ist sie sich gram wegen dieser Scham, ihre Mutter hat so wenig Grund zur Freude, man muß ihr verzeihen, auch wenn ihre Bedürfnisse gegen den guten Geschmack verstoßen, und vielleicht ist das der Grund, daß sie, wenn ihre Mutter sie zögernd fragt, ob sie vielleicht zum Wasserhahn gehen könnte, sofort losrennt, taub gegen die Warnung vor den Dornen, zwischen den Gräbern hindurch zum Wasserhahn eilt, mehrmals, Wasser holt, die leeren Gläser füllt und ihrer Mutter zuschaut, die Wasser über den Marmor gießt und ihn mit dem gelben Tuch sauberreibt, Erdbröckchen von den Kakteen kratzt und sie dann vorsichtig und sparsam begießt, mit der Gabel in den Töpfen herumstochert, einige Kakteen sehen ausgetrocknet aus, andere sehr lebendig, und jedes Jahr eine Pflanze herausnimmt und statt dessen die neue einsetzt, und am Schluß das hohe Gurkenglas mit den Gerbera auf die

Marmorplatte stellt, so daß sich die Blumenstengel den eingravierten Buchstaben zuneigen. Wenn sie sich einen Moment auf den Steinrand setzt, mahnt ihre Mutter, daß man sich hier nicht hinsetzt, als könne sich dieses Sitzen ausdehnen, bis es zur endgültigen Ruhe würde. Jo'ela versucht, sich daran zu erinnern, wie ihr Vater in ihrer Kindheit gewesen war, und die ewige Klage ihrer Mutter, wie vernachlässigt alles sei, verwischt das Bild, statt dessen taucht ein anderes auf, das Bild des Kranken, der weiß, daß er sterben wird, und nichts sagt.

Jedes Jahr legen sie einen Stein auf die Grabplatte, jedes Jahr berühren sie mit feuchten Fingern die eingravierten Buchstaben, schütteln die Köpfe über die Schwärme von Mücken, die aus den Pflanzen aufsteigen, nicken, wenn ein magerer bärtiger Mann hinter einem der Gräber auftaucht und sich mit leiser Stimme erkundigt, ob sie die Leute seien, die einen Chasan bestellt haben, an seinem langen, vom vielen Tragen glänzenden schwarzen Mantel zieht, sich an die Mutter wendet und flüsternd nach den Namen der Kinder und Enkel fragt, weil er nach dem Kaddisch noch ein Gebet spricht, für das Wohlergehen der Kinder und Enkel – immer wartet er, bis die Mutter nervös und in der Reihenfolge der Geburt die Namen der Kinder und Enkel wiederholt, wobei er bei jedem Namen nickt, als seien ihm die Personen völlig geläufig, als kenne er jeden einzelnen persönlich –, und wenn er fertig ist, nachdem ihm die Mutter unauffällig einen Geldschein in die ausgestreckte Hand gedrückt hat, blickt er sich nach allen Seiten um, senkt er den Kopf und verschwindet. Und jedes Jahr nimmt ihre Mutter Jo'ela an der Schulter und bedeutet ihr, nicht auf dem Weg zurückzugehen, auf dem sie gekommen sind, sondern auf einem anderen, parallel dazu, und dann dreht sie sich noch einmal um und betrachtet die beiden Steine, die sie hingelegt haben. Auch dieses Jahr wird sie so stehen und sich klarmachen, daß sich eine Konfrontation nur wegen einer Stunde im Jahr nicht lohne und daß es hier nicht um sie gehe, sondern um ihre Mutter und auch um die richtige Ordnung der Dinge.

»Vielleicht könnten auch die Mädchen ...«, fragte Pnina vorsichtig.

»Das kommt nicht in Frage. Als ich vor zwei Jahren Ja'ara mitgenommen habe, hat es mich hinterher einen ganzen Tag gekostet, ihr klarzumachen, daß er nicht wirklich dort liegt, unter der Erde, und als sie auf den leeren Teil daneben getreten ist, den, der für ... Da hast du zu ihr gesagt, sie soll nicht auf dir herumtreten.«

Pnina seufzte.

»Ich muß jetzt die Kinder wecken«, sagte Jo'ela, »ich muß mich beeilen. Ich rufe dich später an.«

»Wann ist das, später?«

»Bald«, versprach Jo'ela. »In einer halben Stunde.«

»Weil ich doch noch zum Einkaufen muß«, entschuldigte sich Pnina. »Auch darüber wollte ich mit dir sprechen: Soll ich für die Kinder Frikadellen aus Hühnerfleisch machen oder aus Rind?«

»Wie du willst ... aus Hühnerfleisch.«

Das Haus leerte sich, und am Küchentisch saß Hila mit halbgeschlossenen Augen und trank ihren Kaffee. Sie blickte Jo'ela an, und Jo'ela erschrak über das Aufleuchten in ihren Augen beim Anblick des engen elfenbeinfarbenen Kleides und der weißen Pumps mit den niedrigen Absätzen. »Du siehst sehr schön aus«, sagte Hila. »Vielleicht vergrößerst du dir noch mit ein bißchen Schminke die Augen?« Das war ein klares Zeichen dafür, daß Hila sich selbst für nicht ausreichend angezogen hielt, und es lohnte sich auch nicht, ihr etwas aus dem eigenen Kleiderschrank anzubieten, wegen der Größe, und deshalb betrachtete sie das schwarze ausgeschnittene Kleid mit den lilafarbenen Blumen und sagte: »Willst du die weiße Kette, die mit dem Silber?«

»Geben wir dem Kaiser, was des Kaisers ist«, murmelte Hila, »und nehmen wir selbst den Apfelbutzen.«

Jo'ela seufzte. »Ist das nicht in Ordnung, was ich anhabe?«

»Im Gegenteil. Und das alles für einen einzigen Vortrag.« Hila musterte ihre Beine. »Im Gegenteil. Du solltest immer Kleider tragen, da gibt es nichts zu meckern, vielleicht treffen wir unterwegs ja auch jemanden.«

Das war nur eine freundlich gemeinte Bemerkung, doch Jo'ela erschrak bei dem Gedanken, Hila könnte vielleicht etwas erraten. Hila wandte sich wieder ihrem Kaffee zu, sie ahnte offenbar wirklich nichts, trank einen Schluck, hob dann ihre Leinentasche auf den Schoß und holte das Schminktäschchen heraus. Sie klappte den kleinen Spiegel auf, spannte die Lippen, malte sich den Mund mit dem rotbraunen Stift an, drückte die Lippen aufeinander und nahm dann die Augen in Angriff. Während sie die Farbschichten auf die Lider auftrug, erklärte Jo'ela einer Frau am Telefon, daß auch Ärzte manchmal krank seien, und überlegte, ob sie sie an Nerja verweisen solle, der die Geburt für sie übernehmen könne, doch dann nannte sie einen anderen Namen. Als Schula in der Tür auftauchte, schwer atmend, als habe sie den ganzen Weg zu Fuß zurückgelegt, und mit dem Finger zum Zaun deutete, wo ihr Auto stand – »Den ganzen Morgen hat es mir nur Ärger gemacht, es wollte einfach nicht anspringen« –, waren auch schon Hilas tänzelnde Schritte zu hören. Ihr Gesicht strahlte in Rosa, ihre Augen leuchteten grün, betont durch das Braun und Weiß auf den Lidern. Sie zwickte Schula in die Wange, die erstaunt und kindlich bewundernd sagte: »Wie schön Sie aussehen!«

Hila sagte nur: »Gehen wir?«

»Uranfangs-Channeling«, sagte Hila mehrmals, bis Jo'ela schließlich, bevor sie links abbog, Richtung Kloster Latrun, fragte, wovon sie eigentlich rede.

»Das ist es, was die Frau macht, so nennt man das«, erklärte Hila. »Sie erklärt dir, welche Reinkarnationen du vorher durchgemacht hast und welche Auswirkungen das auf dein jetziges Leben hat.«

Es war schwer zu beurteilen, wie ernst sie es meinte. »Sag mal, glaubst du wirklich an so etwas?« fragte Jo'ela zum ersten Mal direkt.

Hila lachte. »Was habe ich schon zu verlieren? Im schlimmsten Fall läuft es darauf hinaus, daß wir einfach zum Spaß gefahren sind, als Abenteuer. So gesehen kann man doch gar nichts verlieren.«

»Wirklich, im Ernst«, bat Jo'ela. »Einmal im Ernst.«

»Wie kann man auf eine solche Frage im Ernst antworten?« protestierte Hila. »Wir haben sie ja noch gar nicht getroffen, wir werden ja sehen.« Und herausfordernd: »Und du? Glaubst du daran?«

»Wie kommst du denn auf diese Idee!«

»Aber du fährst mit mir hin!«

»Ich wäre nicht gefahren, wenn es nicht ...«

»Es ist nicht nur wegen des Vortrags«, sagte Hila. »Sag das nicht.«

»Aber du glaubst doch selbst nicht wirklich dran, wie kannst du dann meinen, daß ich es tue?«

»Ich weiß nicht, ob ich glaube, ich habe sie noch nicht gesehen, vielleicht sieht sie aus wie ... wie Seragina? Und wenn du Seelenwanderung ganz allgemein meinst, daran glauben Millionen von Menschen, unter ihnen sehr gebildete, auch Wissenschaftler.« Sie atmete tief ein und erzählte von Indern, vom Glauben der Inder, dann wechselte sie zu einem Buch zweier englischer Forscher über die Denkweise von Männern. Sie beschrieben die Wunde in den Seelen von Männern, entstanden durch die gewaltsame Trennung von ihren Müttern. »Sie sind wirklich arm dran, hilflos und schwach«, schloß sie nachdenklich.

»Und was ist mit den Frauen? Müssen sie sich nicht physisch von ihren Vätern trennen? Und von ihren Müttern?« widersprach Jo'ela, aber Hila erzählte jetzt schon von ihrem Vater, von Alex, der Nachbarin von gegenüber und dem Baby, das immer weinte, bis sie auf Rubi kam, der immer dicker wurde und sich überhaupt seltsam benahm, als habe er beschlossen, so lange zu essen, bis er unter dem Joch seines eigenen Körpers zusammenbreche. »Und sein Körper ist nicht gescheiter als er«, fügte sie mit einem halben Lächeln hinzu, eine Zeile aus einem Gedicht zitierend.

An der Kreuzung Kastina hielten sie an, um zu tanken.

»Wer ist das, Seragina?« fragte Jo'ela.

»Jo'ela! Seragina, die Dicke, die am Strand tanzt? Wie konntest du sie bloß vergessen!«

»An welchem Strand?«

»Das die Kinder … um halb acht, und die Kinder wollen sie immer sehen, sie hat …«

»… ein gequältes Gesicht und Augenbrauen wie eine Hexe und ein zerrissenes schwarzes Kleid?«

»Die, die tanzt. Und Gawido, der Junge, läuft immer hin, um sie zu sehen, und wird zur Strafe in ein Kloster gesteckt.«

»Das ist kein Kloster, das ist einfach eine normale Schule in Italien. Und der Tag, als seine Mutter ihn besucht … Da rennt sie zum Strand, seine Mutter, ich habe mich nicht daran erinnert, daß sie Seragina heißt.«

»Auch hier gibt es schon Fahnen«, beschwerte sich Hila, als sie in die Kleinstadt einfuhren, und wirklich flatterten an Schnüren zwischen den Strommasten kleine Fahnen in Blau-Weiß, dazwischen Lampions und Luftschlangen. »An der ersten Kreuzung geht es nach rechts«, verkündete Hila mit großer Sicherheit, aber als sie an der Kreuzung waren, im Moment vor dem Abbiegen, rief sie: »Nein, eigentlich links, jetzt fällt es mir ein, links.« Jo'ela drehte schnell das Lenkrad um. Hinter ihnen hupte der verärgerte Fahrer eines Lieferwagens.

Nach der Kurve hielt Jo'ela am Straßenrand und wartete, während Hila in ihrer großen Tasche nach der Wegbeschreibung suchte. Endlich zog sie einen zusammengefalteten Zettel hervor, breitete ihn auf ihren Knien aus, betrachtete ihn von vorn, von hinten und murmelte schließlich: »Gut, versuchen wir es, wenn wir's nicht finden, müssen wir eben fragen. Fahr geradeaus weiter.«

Jo'ela gehorchte.

»Bleib einen Moment stehen«, befahl Hila neben einem Lebensmittelgeschäft, das sich hinter den Säulen eines mehrstöckigen Hauses verbarg. Als sie zurückkam, hatte sie neben einem weiteren Zettel ein Päckchen Mentholzigaretten in der Hand, in der anderen eine Tüte, in der zwei Saftflaschen klirrten. Eine von ihnen legte sie auf den Boden zu ihren Füßen, schraubte den Deckel der zweiten ab, trank sie halb leer und hielt sie dann Jo'ela hin. »Jetzt weiß ich es genau«, erklärte sie fröhlich, während Jo'ela den Kopf zurücklegte und in einem Zug den Rest des Grapefruitsafts austrank. »Es ist ganz nah. An der übernächsten Kreuzung nach rechts, der erste Block.«

Der erste Block an der übernächsten Kreuzung rechts hatte sechs Eingänge, ebenso der Block gegenüber, auf der anderen Straßenseite, der, wie Jo'ela betonte, ebenfalls der erste Block sein konnte. Hila stieg aus. Jo'ela ließ den Motor laufen, während ihr Blick Hila folgte, die mit schnellen Schritten von einem Eingang zum nächsten lief. Sie atmete tief die staubige Luft ein und betrachtete die Wäscheleinen und das Bettzeug, das über den Fensterbänken hing, die gelbgestrichenen Balkons mit den lilafarbenen Eisengeländern. Jetzt trat Hila aus dem fünften Eingang und winkte triumphierend.

Ein breites Lächeln lag auf ihrem Gesicht, während sie wartete, daß Jo'ela den Motor abstellte und ausstieg. Drei Kinder standen neben ihr und betrachteten sie mit unverhohlener Neugier. »Warum seid ihr nicht in der Schule?« erkundigte sie sich, und ohne ihre Antwort abzuwarten, sagte sie zu

Jo'ela: »Im dritten Stock rechts. Der Name ist nicht gut zu lesen, aber das muß es sein.«

»Sucht ihr die Hexe?« fragte ein etwa sechs-, siebenjähriger Junge in kurzen Hosen und Gummistiefeln.

»Die Hexe?« fragte Hila amüsiert. »Warum ist sie eine Hexe?«

»Sie ist eine«, entschied der Junge. Ein Mädchen, größer als er, in einem sehr kurzen rosafarbenen Kleid, die einen vielleicht dreijährigen Knirps an der Hand hielt, machte ihn nach: »Eine Hexe, eine Hexe!« Der Knirps fing an zu weinen, und das Mädchen zuckte mit den Schultern. »Sie ruft Teufel«, versicherte der große Junge und lief zu dem Auto hinüber, das neben dem ersten Eingang geparkt war.

»Wieso seid ihr auf der Straße? Es ist erst elf Uhr, und schon keine Schule mehr?« fragte Hila.

»Wir sind heute nicht gegangen«, bemerkte der Junge und verkündete laut: »Sie – sie hat keine Kinder. Und den ganzen Tag zaubert sie.«

»Komm schon«, sagte das Mädchen und griff nach dem Saum ihres kurzen Kleidchens. Ihre nackten Füße trampelten über das Gras, das wild neben dem Eingang wuchs.

»Wohnt ihr hier?« fragte Hila. »In diesem Eingang?«

»Ich wohne dort«, sagte der Sechsjährige und deutete auf ein weit entferntes Haus. »Und sie wohnt dort. Und hier«, er deutete auf die Haustür vor ihm und flüsterte, »da wohnen Verrückte, nur Verrückte und die Hexe.« Alle drei Kinder sahen den beiden Frauen nach, die nun das Haus betraten. Der Junge bückte sich und hob einen Stein auf, wischte ihn sauber und warf ihn dann mit einer weiten Bewegung hinüber auf die andere Straßenseite.

Im ersten Stock ging eine Tür auf, und eine untersetzte Frau trat heraus. In der einen Hand hielt sie einen Besen, die andere stützte sie auf die Hüfte. Ihre neugierigen Augen folgten Jo'ela und Hila, die weiter die Treppe hinaufstiegen. Auf der weißen Wand, der man ansah, daß sie frisch gestrichen war, hatte jemand mit krummen roten Druckbuchstaben »Chana Spitzer ist die Tochter einer Hure« geschrieben, und im dritten Stock hingen dort, wo eigentlich eine Klingel sein sollte, zerrissene Kabel aus der Wand, darunter stand in verwischten großen Buchstaben der Name: Cohen.

Hila klopfte leise an die Tür, dann noch einmal. Erst nach dem vierten Klopfen war hinter der Tür das Klappern von dünnen Absätzen zu hören, und die Tür wurde aufgerissen. Vielleicht lag es an dem Gespräch über Seragina, daß Jo'ela auf den Anblick der kleinen, blondhaarigen Frau so verblüfft reagierte. Statt eines zerrissenen schwarzen Kleides, das sie sich vorgestellt hatte, trug die Frau eine enge getigerte Hose und ein weites goldenes Hemd, das über den schmalen Hüften mit einem dünnen Ledergürtel zusammengehalten wurde, dazu eine Kette aus bunten Steinen. Die üppigen, sehr blonden Haare fielen ihr über die Schultern, eine Strähne hing über die Stirn bis zu einer dünnen dunklen Augenbraue. Ihre Augen, klein und funkelnd, blickten Hila und Jo'ela mißtrauisch an. In der Hand hielt sie einen kleinen Topf voller Maiskörner, aus denen der rote Griff eines Löffels herausragte.

»Wir sind aus Jerusalem«, sagte Hila, »wir haben uns für heute angemeldet ...«

»Kommen Sie rein«, sagte die Frau, trat zur Seite und stocherte mit einem langen Fingernagel die gelbe Schale eines Maiskorns zwischen ihren Schneidezähnen heraus.

Zögernd und mit gesenktem Kopf folgte Jo'ela Hila in die Wohnung. Hila blickte sich ungeniert um, betrachtete die Wände, an denen große Ölbilder hingen, grellfarbige abstrakte Landschaften aus Flecken und Kreisen. Jo'ela blieb an der Eingangstür stehen. Die Frau setzte sich in einen Sessel, der in einer Sitzecke stand, neben einem der großen Bilder, häufte Maiskörner auf den Löffel, prüfte sie genüßlich mit den Lippen und kaute geräuschvoll. »Wer von Ihnen kommt zu mir?« fragte sie, nachdem sie den Topfboden ausgekratzt hatte. »Zwei auf einmal kann ich nämlich nicht.«

»Sie«, sagte Jo'ela und deutete auf Hila, »ich warte nur.«

»Dann warten Sie hier«, sagte die Frau, »ich mache es nämlich in der Küche.«

»Kann sie nicht einfach dabeibleiben?« bat Hila.

»Auf keinen Fall, das ist privat«, entschied die Frau und stellte den Topf auf den Marmortisch neben dem Sessel. »Sie können sich auch hierher setzen, wenn Sie wollen.« Sie deutete mit der Hand mit den silbern lackierten Nägeln auf die Eßecke – ein Tisch mit einer Spitzendecke, ringsherum sechs Holzstühle –, »damit Ihre Anwesenheit sie nicht stört.«

»Wen denn?« fragte Hila erschrocken, aber die Frau lief schon auf ihren hohen, dünnen Absätzen zur Küche.

Jo'ela setzte sich auf den Stuhl gegenüber der Durchreiche zur Küche und betrachtete erstaunt den alten lächelnden Mann in dem weißen Umhang auf dem Bild, das neben der Durchreiche hing, und den Kerzenhalter daneben, den dicken, verrauchten Kerzenstummel, der darin steckte, und hörte dabei, als wäre es ein Theaterstück, wie Hila in der Küche flehend fragte: »Was ist das eigentlich, wie ... was werden wir jetzt tun?« Dann die heisere, entschiedene Antwort der Maisesserin: »Uranfangs-Channeling gibt Ihnen die Möglichkeit, sich so zu sehen, wie Sie sind, aber es löst Ihnen keine konkreten gegenwärtigen Probleme. Ich stelle jetzt gleich das Tonbandgerät hier an, aber vorher geben Sie mir zweihundert Schekel, dann erkläre ich Ihnen alles, und Sie beantworten mir einige Fragen.«

Jo'ela zupfte an der Spitzendecke und berührte die große bunte Kristallvase, in der Stoffblumen standen. Sie hörte das Rascheln von Papier. Vermutlich stellte Hila, ohne Diskussion, in der Küche einen Scheck aus. Auch wenn der alte Mann auf dem Bild ein Verwandter war und nicht irgendein Wunderrabbi, so war doch klar, daß hier in dieser Wohnung ein Götzendienst betrieben wurde, und es war schwer zu glauben, daß es wirklich Hila war, die in diesem Moment ohne Hemmungen, in einfacher Sprache, sagte, sie würde gerne wissen, ob es in ihren früheren Inkarnationen »Fälle von langsamem Sterben, verbunden mit großen Schmerzen« gegeben habe.

Jo'ela glaubte, in der heiseren Stimme ein Lächeln zu hören, als sie fragte: »Das ist alles, was Sie interessiert? Wollen Sie nicht wissen, was Sie aus sich machen können, warum Sie so verwirrt sind – sind Sie nicht hergekommen, um solche Sachen zu hören?« Hila flüsterte etwas Unverständliches. »Ja«, sagte die Frau, »das werden wir bald sehen, alles, aber erst muß ich Ihnen erklären, daß alles, was hier gesprochen wird, auf Band aufgenommen wird, und wenn Sie sich die Bänder wieder anhören, sagen wir mal einmal in einer Woche, werden Sie sehen, daß eine Lösung drinsteckt.«

»In welchem Sinn, wie meinen Sie das? Wenn ich nicht weiß, was ich mit meinem Leben anfangen soll, können Sie mir dann die Richtung sagen? Jedem Menschen?«

»Das gehört nicht zum Uranfangs-Channeling«, sagte die Frau. »Uranfangs-Channeling beschäftigt sich damit, warum sich eine Seele in bestimmte Situationen begibt, aber es mischt sich nicht in das Privatleben ein, zum Beispiel, warum jemand seine Arbeit nicht gefällt.« Und wie lange die Sache dauere? »Es geht um den gesamten genetischen Code der Seele«, sagte die melodische, heisere Stimme in der Küche. »Der genetische Code der Eltern und der ... (ein Räuspern). Uranfangs-Channeling zeigt klar und deutlich, wer Sie sind, und dadurch können Sie wissen, was Sie tun wollen. Bei dieser Methode geht es ums Material ...« Wegen dieser seltsamen, unerwarteten Mischung, der Anhäufung von Worten, die überhaupt nicht zu der getigerten Stretchhose paßten, hörte Jo'ela nun aufmerksam zu, lauschte auf die heisere Stimme, die leiser und lauter wurde, versuchte, die Worte von der Sprachmelodie zu trennen, fast in der Hoffnung, in ihnen eine umfassende Erklärung zu finden. »Bei mir«, verkündete die Frau, »sind alle Wesenheiten – eine bestimmte Gruppe von Wesenheiten befindet sich hier.«

»Rufen Sie die Seelen?« hörte Jo'ela Hila erschrocken fragen. Sie zog aus ihrer braunen Tasche die Karteikarten, die sie für den Vortrag »Die neuesten Untersuchungsmöglichkeiten embryonaler Systeme« brauchte, und blätterte sie durch. Sie wußte den Vortrag auswendig, deshalb konnte er gar nicht der Grund für die bekannten Schmerzen in Schultern und Nacken sein.

»Sehen Sie«, sagte die Frau in einem Ton, als wolle sie ein Familienrezept weitergeben, »der, mit dem ich am meisten arbeite, ist der Stützer, er hilft mir bei ... Was wir hier tun, ist eine Psychoanalyse der Seele, denn die Seele ist Blut.« In der Küche wurde ein Stuhl gerückt. »Ich arbeite auch mit Wandel, der Kraft, die für die kosmische Psychologie verantwortlich ist, und mit Wendung. Sie müssen verstehen, die Seele ist nach unserer Auffassung etwas Physisches, Seele, das heißt Blut. Die Seele ist das energetische Element, das all Ihre Fähigkeiten antreibt, etwas so oder so zu machen. Gleich werden wir sehen, welches Ihre Bestandteile sind.«

Jo'ela fragte sich, um welche Bestandteile es hier wohl gehen mochte, und wunderte sich, warum Hila diesen Wortschwall über Kosmos und Energie nicht stoppte – ob sie sich wohl beherrschen mußte, oder akzeptierte sie alles ohne Einwände? Aber aus der Küche war nur die heisere Stimme zu hören, die unablässig sprach.

»Uranfangs-Channeling ist in fünf Abschnitte eingeteilt. Der erste beschäftigt sich mit der Frage, aus welchem Teil der großen Energie, die wir Mutterenergie nennen ...« Der Tonfall änderte sich völlig, als die Frau nun geringschätzig sagte: »In unserer normalen Sprache ist das Gott«, bevor sie mit dem früheren dramatischen Pathos und fast kippender Stimme fortfuhr: »Sie haben alle Codes aufgenommen und kristallisiert, und jetzt sind sie Ihre Charakterstrukturen.« Die

Stimme erhob sich zu einem Schreien. »Nein, nicht die Eigenschaften, nicht die Natur, denn die treffen sich außerhalb, sie sind Anlage. Der Charakter ist in seiner Grundstruktur nicht veränderbar. Was man verändern kann, ist die Wahrnehmung. Natur kann man ändern, Eigenschaften kann man ändern, aber nicht die Basis. Stützer wird Ihnen die Mutterenergie zeigen. Im ersten Abschnitt beschäftigen wir uns mit dem Ort, von dem Ihre Seele stammt.«

»Aha«, sagte Hila auf der anderen Seite der Wand. Als sähe sie Jo'elas Gesicht, als könnten sie Blicke wechseln.

»Der Ursprung der Seele, der Ort, aus dem sie hervorgegangen ist, ist bestimmend für die Krankheiten, für das Auftreten von Krankheiten und allem, was damit zusammenhängt. Wenn die Seele aus dem Ohr herausgebrochen ist, dann wird das Ohr die empfindliche Stelle sein.«

»Kann sie auch aus der Kehle herausbrechen? Aus dem Zahnfleisch?« unterbrach sie Hila. »Und sind das dann die empfindlichen Körperteile?«

Jo'ela verschränkte die Arme.

»Es gibt einen Unterschied zwischen dem Punkt, wo sich die Seele aufhält, und das ist ein empfindlicher Punkt, und dem Ort, aus dem sie herausgebrochen ist. Herausbrechen – das ist Gewalt. Gewalt tut weh. Und danach werden die Schwierigkeiten magnetisch von dieser Stelle angezogen. Was sich jetzt bald herausstellt, sind die Charakterisierungen: die Kristallisierung und die Art des Abbrechens – und wie Sie sich selbst aus allen möglichen Situationen herausnehmen.«

Zweimal schrie ein Rabe, anhaltend und so laut, als befände er sich im Zimmer, direkt neben der Durchreiche.

»Und an diesen Dingen gibt es keine Zweifel?« fragte Hila an ihrer Stelle.

»Nein!« verkündete die andere Stimme mit entschiedenem Stolz. »Das kommt alles aus meinem Inneren, aus mir ... und nicht aus mir, aus dem, was ich mitbekommen habe ...«

Ein paar Sekunden herrschte Schweigen, dann fuhr die heisere Stimme mit dem schwungvollen Vortrag fort: »Probleme bei der Ablösung, dieser ersten Geburt, beeinflussen unser ganzes Leben. Diese Ablösung ist traumatisch. Die Frage ist nur, in welcher Dosierung welche Frustrationen die Seele nach dem Herausbrechen begleiten ... Die Situation draußen entzündet eine bereits vorhandene Zündschnur, so daß das Gefühl schon bekannt ist ...«

Wieder breitete sich Schweigen aus. Jo'ela neigte den Kopf und versuchte, das Gesicht der Sprecherin oder das von Hila durch die Durchreiche zu sehen, aber dafür hätte sie aufstehen, sich davor hinstellen und ihre Anwesenheit demonstrieren müssen, die von den beiden in der Küche offenbar vergessen worden war, und wenn sie dieser Frau dort zeigte, daß sie da war, würde sie, wie Jo'ela plötzlich fürchtete, äußerst mißvergnügt reagieren. »Nach der Ablösung befindet sich die Seele außerhalb der Energie, der ersten Orientierung, und das zeigt, wie Sie sich einer feindlichen, verzerrten Welt stellen, wie Sie sich unbekannten Dingen gegenüber verhalten, Orientierung ...«

Jo'ela hatte keine Lust mehr zuzuhören. Sie legte ihre Karteikarten auf einen Haufen und sah sich die Ölbilder an. Ein Bild, das nicht weit von dem Alten hing, war ein bunter Mischmasch auf einer riesigen, nicht gerahmten Leinwand. Woher konnte man eigentlich wissen, ob etwas schön war oder nicht?

»Das dritte Auge, das jeder Mensch hat«, sagte die heisere Stimme in der Küche.

Hila murmelte etwas.

»Das ist der erste Abschnitt«, seufzte die Frau und sprach langsam weiter: »Im zweiten Abschnitt geht es um die Wahl selbst. Okay. Ich bin hervorgegangen, ich bin herausgebrochen, um eine bestimmte Idee zu verwirklichen, welchen Abschnitt innerhalb der Idee werde ich verwirklichen? Der Anfang der Wahl ist wie ein symbolisches Bild, und die Erklärung kommt unter der Überschrift.«

»Wenn Sie sagen, ein symbolisches Bild ...«, sagte Hila zögernd.

»Ich weiß nicht, was Sie sehen«, erklärte die Frau schnell. »Ich will es auch nicht wissen ... Vielleicht sehen Sie ein Bild, das die Fortsetzung eines früheren Lebens ist, vielleicht auch einen Teil des Ziels ... In den meisten Fällen wissen die Seelen nicht, zu welcher Bestimmung sie sich in einem Körper materialisieren. Die Seele ist Energie, Antimaterie. Wenn Antimaterie auf Materie trifft, wird die Materie isoliert und unterliegt nicht mehr ihrem ursprünglichen molekularen Aufbau. Das heißt, daß die Materie durch die ursprünglichen chemischen Eigenschaften der Antimaterie reduziert und der Prozeß durcheinandergebracht wird. Deshalb gibt es das Problem von ›Was-soll-ich-hier-eigentlich-tun‹. Nicht, daß die Seele es nicht weiß. Sie erinnert sich einfach nicht daran. Im Dickicht der Materie erinnert sie sich nicht.«

Ausgerechnet das Wort »molekular« und das Gerede über Materie und Antimaterie ließen Jo'ela nicht mehr gehorsam sitzen bleiben, sie stand auf und näherte sich mit leisen, vorsichtigen Schritten der Durchreiche zwischen Eßecke und Küche. Dort saß Hila, das Kinn auf die Hand gestützt – ihr Silberarmband war fast bis zum Ellenbogen gerutscht –, und ihre Augen hingen, wie Jo'ela befürchtet hatte, an der Frau, die mit halbgeschlossenen Augen, fast als schliefe sie, vom »dritten Abschnitt« berichtete und mit ihrem silberlackierten Fingernagel einen Kreis auf die braune Tischplatte zeichnete, bevor sie von den »Uhren der Seele« anfing. Hila verfolgte gespannt jede ihrer Bewegungen. »Das ist«, sagte die Frau, räusperte sich und machte die Augen auf, »als nähme man die Seele, teilte sie in vier Teile, und jedes dieser Viertel zeigte einen vollen Ausschnitt vom Wesen der Seele. Die erste Uhr, die Hauptuhr, sind die Werkzeuge im Vergleich zum Potential.« Sie zählte noch drei Uhren auf und sprach von Potential im Vergleich zu Werkzeugen, von erworbenem Wissen und der Nullstellung des Lebens. Auf der anderen Seite des Tisches, an der Wand über dem Spülbecken, hing ein Schrank, dessen Türen offenstanden, und Jo'ela konnte Dutzende von Konservendosen sehen, fast alle enthielten Mais und saure Gurken.

»Es ist unmöglich, das Gefühl zu lehren, wie man sich verhalten soll. Es funktioniert von allein. Das Problem beginnt, wenn sich der Mensch seinen Gefühlen entfremdet und sich ihnen nicht mehr unterwirft. Wenn ein Mensch sehr sensibel ist und sein Gefühl sehr stark und er es mit Gewalt unterdrückt, das heißt, wenn er sich nicht mehr seinem Gefühl entsprechend verhält und es ignoriert – das heißt, er kann sich nicht anders verhalten, aber er ignoriert sein Gefühl –, dann kommt es zu einem Problem.«

Nun fing die Frau mit dem vierten Abschnitt an. »Der vierte Abschnitt . . .«, sagte sie.

»Der dritte«, korrigierte Hila sie.

»Der vierte!« beharrte die Frau und zählte die Namen der vorigen Abschnitte auf. »Das sind die Seelenwanderungen. Die Seelenwanderung ist ausschlaggebend. Sie gibt ein Beispiel, wie die Seele mit ihrer Hauptuhr . . . mit Korrelation oder ohne, wie man eine optimale Wiederverkörperung macht, er zeigt die Inkarnation vor der jetzigen, also was Sie aus ihren vorigen Leben mitbringen.«

»Wer?«

»Der Stützer«, sagte die Frau. »Er zeigt Ihnen zwei Leben, das optimale und das vorige, vor dem jetzigen.«

»Und das passiert erst im vierten Abschnitt?« fragte Hila empört. »Und was macht man, bis man zu ihm kommt?«

Die Frau lachte leise. »Machen Sie sich da keine Sorgen, Schätzchen.« Ein gönnerhaftes, verführerisches Lachen. »Bis dahin muß man sich vielen anderen Dingen stellen, sonst sind die Reinkarnationen ohne Bedeutung.«

Jo'ela seufzte. Die Frau war noch nicht mal bei der Hälfte.

»Und der fünfte Abschnitt: Von wo sind Sie hergekommen, aus welcher kosmischen Schule sind Sie gekommen, von welchem Planeten, ist es überhaupt ein Planet aus unserem Planetensystem, und zu welchem Stern, zu welcher Schule werden Sie gehen, wenn Sie diesen Körper verlassen. Daran können wir sehen, wie Sie die eine Hälfte Ihrer Reinkarnationen leben und wie Ihre Bestimmung ist, die anderen zu leben. Hälfte nicht in dem Sinn, daß man die Leben nimmt und einfach teilt, denn wir kennen nicht die Anzahl Ihrer Leben, sondern wie Sie auf einer Stufe leben und wie Sie zur nächsten aufsteigen sollen. Okay?«

Vermutlich hatte Hila zustimmend genickt. In der Küche wurde es still. Jo'ela neigte sich vor. Sie konnte sehen, wie Hila das Kinn aus der Hand nahm und zurückwich. Die Frau sah aus wie von einer versteckten Feder gespannt, sie sprang auf, dehnte sich und bog dann den Oberkörper vor, sie drehte den Hals, als führe sie einen Kampf mit Luftströmungen, ihre Zunge, rosa und spitz, befeuchtete die Lippen. Als sie anfing zu sprechen, war ihre Stimme schläfrig, singend, leise und weich, als wäre sie Zeugin eines großen, freudigen Akts der Liebe. »Guten Tag, hier ist Stützer, Wandel unterwegs, beladen, es scheint, daß ...« Sie flüsterte, und Jo'ela ging auf die andere Seite des Tisches, so daß sie nun direkt vor dem weißhaarigen alten Mann stand, und lauschte entgeistert und ungläubig der einlullenden Stimme. »... Wandel hat hier nichts zu sagen ... diese Seele wurde in ihrer ersten Existenz im rechten Gehirnlappen geboren, dem intuitiven, kreativen Lappen, dem verpflichtenden, aktiven, dieser Bezirk verlangt größtmögliche Bewegungsfreiheit, das Aufsteigen in Höhen, kein Sinken in die schwache Welt, das Wesen dieser Seele, ihr Charakteristikum, ist schwebende Leichtigkeit, nur aus ihr kommt das Schöpferische, aus ihr kommt die Bewegung, die alle Wahrnehmungen beeinflußt.«

Wie hypnotisiert starrte Jo'ela die geschlossenen Augen der Frau an, die ihre dünnen Arme um den Körper geschlungen hatte, und lauschte den rhythmischen Worten, die immer mehr zu einer Melodie wurden, als spreche sie wirklich Dinge aus, die ihr mitgeteilt wurden. »Auf die Reaktionen – auf die Ruhe – auf die Reaktionen und – auf die Seufzer.« Die Melodie der Worte verwandelte sich in eine Art Gebet: »Denn der Charakter, der verstanden wird von dieser Ausprägung – läßt sich auf dem Aufbau der Charakterisierung nieder – will alles sehen von einem hohen Platz – um den Ort des Erbes perspektivisch zu sehen – den Ort der Geburt. – Ein Teil der Stirn war nicht genug, weil diese Seele dazu neigt, sich zusammenzupressen und durch die Enge zu den Anfängen zurückzugleiten. Diese Seele entwickelt einen Charakterzug, in sich selbst zu wühlen, ein unaufhörliches Suchen – bis zur Selbstverletzung. – Darüber hinaus – und als Folge dieser Verletzung – neigt diese Seele dazu – die belebenden Gebiete brachliegen zu lassen – die sie umfangen mit der Sicherheit der Zugehörigkeit – des Hingehörens – und das Gefühl hört nicht auf zu bohren – denn es ist – ständig wachsam und zweifelnd als Produkt dieses Bereichs – in dem die Logik keine Bedeutung hat – das heißt, diese Paradoxien werfen auf die Seele das Licht und die Geräusche des schöpferischen Wesens – das sich von einer Stufe löst – um sofort eine andere zu ersteigen – das ist die Stufe, die die Seele jedesmal ins Schleudern bringt bei der Abschrift der Motive ... – aus diesen charakteristischen Linien macht die Seele das Gefühl der Verwundung. – Sie verschwindet instinktiv im Dickicht des Gedankens, gleitet – aus der Position der Windungen und betritt die enge Höhle, aus der sie hinausgleitet ... Die Höhle ist eng – der Weg durch dasselbe Gebiet wird, wenn er nicht richtig gepflegt wird – in der Zukunft der Seele als Materie eine Achillesferse sein. Ist es bis hierhin klar?«

»Ich verstehe kein Wort von dem, was Sie sagen«, murmelte Hila.

Die Frau seufzte. »Nun, er hat Charakterisierungen gegeben. Ihre Seele ist im rechten Gehirnlappen geboren, und die Frage ist, was Sie in diesem Gebiet erworben haben, welche Charakterlinien.« Ein Aufstoßen unterbrach den Redestrom, danach nahm ihre Stimme wieder den harten heiseren Ton von vorher an. »Er hat darüber gesprochen, daß diese Seele mit allem, was sie hat, immer dazu neigt, etwas Enges zu betreten, statt des Gehirns, sie möchte, symbolisch gesehen, nicht durch die Stirn herausbrechen, sie gleitet und gleitet, dieser Bereich ist bei Ihnen sehr empfindlich, da können Sie alle möglichen Empfindungen spüren, eine große Empfindlichkeit. Was heißt das, Empfindlichkeit? Vielleicht Kopfschmerzen. Ich weiß nicht, ob Sie an Kopfschmerzen leiden, jedenfalls ist da der Ort ... mehr als ein Ort, eine Achillesferse. Er hat gesagt, daß die Stirn nicht geeignet war zum Herausbrechen ... also jedesmal, wenn Sie irgendwo ausbrechen wollen, betreten Sie einen sehr engen Ort, eine Art ... Verstehen Sie?«

»Ist das veränderbar?« wollte Hila wissen.

»Nein, das ist nicht veränderbar«, erklärte die Frau in zufriedenem Ton. »Aber wenn Sie es verstehen, ist das schon eine Änderung. Es ist eine Seele, die viel Freiheit und Freiraum braucht. Aus einer so großen Sache ist sie gekommen, sehen Sie, und in eine so kleine Sache ist sie gegangen, sehen Sie, und das ist die Frustration, die normalerweise das Kind im Mutterleib begleitet, das Baby. Die Seele kommt, tritt in eine breite Öffnung ein, wenn es viel Platz gibt, und durch welchen Ausgang geht sie schließlich wieder raus? Durch nichts. Und das genau ist der Prozeß. Sie hat beschlossen, aus dem kleinen Gehirn auszubrechen, aus den Wirbeln, das ist der Bereich. Die Wirbel. Haben Sie Schwierigkeiten mit dem Rücken?«

»Nie!« verkündete Hila mit klarer Stimme, um erschrokken hinzuzufügen: »Könnte es sein, daß ich welche habe und es nicht merke? Können Sie ihn das fragen?«

»Nein. Beim Uranfangs-Channeling gibt es keine Fragen.«

»Wie kann ich es dann wissen?« fragte Hila enttäuscht.

Die Frau antwortete nicht sofort. Sie schloß erneut die Augen und drehte den Kopf, als folge sie einem in die Luft gemalten Kreis, und wieder glitt ihre Zunge über die trockenen Lippen. Jo'ela drückte ihre Wange an die kühle Wand. Währenddessen bekam die Stimme, die nun wieder rhythmisch deklamierte, den bekannten dumpfen Klang. »Die Seele scheint sich zusammenzuziehen, die Seele ist wie eine Sprungfeder, wenn sie herausbrechen will, mit Hilfe der Sprungfeder, die Seele hat das Gefühl, ins Licht hinauszutreten, das Hinaustreten selbst scheint das traumatische Drama zu vernichten, denn beim Hinaustreten selbst hat die Seele das Trauma der Enge erlebt, der Begrenzung, des Zusammenziehens und Gedrücktwerdens.«

Seufzen und Gemurmel drang von der anderen Seite zu Jo'ela, sie spähte hinüber zu den gebeugten Gesichtern, die wie von einem Kreis umschlossen schienen. Hilas Gesicht zeigte eine heftige Erregung, wie das Gesicht eines Kindes, das etwas zugleich Erschreckendes und Anziehendes sieht. Wie ein Herold, der die Ankunft des Königs verkündet, rief die Frau: »Die erste Wahl!« Hila richtete sich folgsam auf ihrem Stuhl auf und stützte das Gesicht mit den Händen. »Ich sehe eine fahrende Eisenbahn, eine Spielzeugeisenbahn, die irgendwo anfangen muß, aber sie fährt die ganze Zeit, ich weiß nicht, woher sie kommt und wohin sie fährt, ich weiß nur, daß sie wie ein Perpetuum mobile ...« Sie hielt inne, seufzte und fuhr fort: »Die Seele steht da, betrachtet die Eisenbahn, während die Eisenbahn fährt, wirklich eine Miniatur im Vergleich zu ihr, die Schienen sind ziemlich schmal, die Seele weiß, daß sie nicht in die Eisenbahn steigen kann, daß sie zwischen den Schienen nicht hindurchlaufen kann, sie versucht, die Bedeutung dieser Wahl zu verstehen, und dann versteht sie wirklich den Hauptpunkt – einen Moment vor dem Verschwinden des Bildes, und legt sich hin. Schauen Sie, so ...«, setzte sie plötzlich mit ihrer normalen, heiseren Stimme hinzu, streckte sich nach rückwärts gegen die Stuhllehne, schwenkte die Arme vor und zurück und stützte dann das Kinn auf eine Hand. »Wie ein Junge, der sich auf den Teppich legt und der Eisenbahn zuschaut ... und plötzlich versteht die Seele, daß sie zu den Proportionen des Daseins hinuntersteigen muß, der Zug ist sozusagen das Leben, sozusagen ihre Fahrt im Leben jetzt, klein, aber unaufhörlich, und wenn sie so stehenbleibt – in die Wagen kann sie nicht steigen, die sind zu eng –, also eine Sekunde bevor das Bild verschwindet, legt sie sich hin und betrachtet sie. Sind sie gleich hoch? Schauen wir mal, was das bedeutet.« Plötzlich riß sie die Augen auf und klopfte sich an die Seiten und stieß einen triumphierenden Schrei aus. »Verstehen Sie diese Wahl?«

Hila runzelte die Stirn, kräuselte die Lippen, zuckte mit den Schultern und sagte schließlich: »Ungefähr.«

»Ach, das ist ja toll!« rief die Frau und klatschte in die Hände, als habe sie das große Los gezogen. »Schauen Sie! Wenn Sie es schaffen, sich ruhig hinzulegen, zum Beispiel, um die kleinen Dinge des Lebens in der richtigen Perspektive zu betrachten, dann werden Sie verstehen, daß jedes Erlebnis keinen Anfang und kein Ende hat. Das heißt, was man von Ihnen in diesem Leben verlangt, ist, das Leben eines Philosophen zu führen.«

»Von der Seite zuschauen, wie die Dinge sind?« fragte Hila erschrocken.

»Nicht von der Seite«, protestierte die Frau. »Sie von der Seite betrachten heißt auch verstehen, wie sie funktionieren, das ist nichts Passives! Das ist etwas sehr Schöpferisches! Das heißt sich einlassen. Kennen Sie den Ausdruck aus der Therapeutensprache: ein Typ, der sich auf Beziehungen einläßt? Das ist ein kreativer Mensch, der mit anderen in Berührung kommt, er kann ein ausgezeichneter Psychologe sein, ein guter Leiter, denn er versteht das Leben von da aus, wo es anfängt.

Er weiß, daß es keinen Anfang und kein Ende hat. Verstehen Sie?«

»Nicht so ganz«, meinte Hila enttäuscht. »Aber ich werde ein andermal kommen und nachfragen.«

»Schätzchen, der Stoff wird nicht umsonst so schwer dargeboten. Sie sollen was lernen.«

»Aber das ist nicht das, was ich ...«

»Sehen Sie«, sagte die Frau ernst und vorsichtig: »Sie haben sich weit von der Wahl entfernt. Für wen leben Sie? Sie leben doch vor allem für sich selbst, und dann, wenn es Ihnen gut mit sich selbst geht, geben Sie anderen etwas von diesem Guten ab. Sie sind nicht hergekommen, um einen Dienst anzubieten, sondern Sie sind gekommen, Ihr eigenes Leben zu betrachten, um seine Größe durch die kleinen Dinge zu sehen, durch den fahrenden Zug, das Perpetuum mobile, das Unaufhörliche. Wenn Sie diese Perspektive verstehen, werden Sie Ihr Leben auf der höchsten Ebene führen können, ich meine damit eine Erkenntnisebene, eine mentale Ebene. Verstehen Sie? Sie begreifen das Leben noch nicht. Seine Bedeutung ist, sich den kleinen Dingen anzuschließen. Nach ihrem Hervortreten hätte die Seele Ruhe gebraucht. Sie haben ihr keine Ruhe gegeben! Sie mußte sofort herumrennen, um sich an dem neuen Ort zurechtzufinden, bei Anweisungen zur Energie wird gesagt: uneingeschränkte Ruhe, weil die Seele mit ihren Intuitionen sehr energiereich ist, sehr aktiv, weil es ihr schwerfällt, Anweisungen zu befolgen, und sie nur aus Mangel an anderen Möglichkeiten gehorcht. Alles ist empfindlich, jeder Funke stößt sie nach unten, verstehen Sie? Sie hat also keine Wahl und tritt in den Zustand der Ruhe, der lange andauern kann, man darf sie auf keinen Fall auch nur eine Sekunde zu früh herausziehen, dann war die ganze Ruhe nichts wert. Sie dürfen auf keinen Fall eine Sekunde vor dem Ende der Ruhe aufstehen. Kommen Sie, sehen wir, was Wandel als Psychologin zu diesem Abschnitt zu sagen hat.«

»Sie sprechen hier von Krankheiten?« fragte Hila plötzlich wieder munter.

»Nein, es geht um Umwälzungen, nicht um Krankheiten, es geht um die Seele, die sich im Zustand der Ruhe befindet, daß Sie sich im Zustand der Ruhe befinden, es geht darum, daß Sie, wenn Sie krank sind, wenn Sie zum Beispiel Grippe haben, erst aufstehen dürfen, wenn Sie wieder ganz gesund sind, keinen Moment früher. Denn alles wiederholt sich. Verstehen Sie?«

»Natürlich«, sagte Hila, mit dem Hauch eines Lächelns in der Stimme.

»Es ist ganz wichtig, daß Sie wissen, wann Sie einen Zustand verlassen dürfen. Das kann bei der Arbeit sein, bei ... egal, wo, es ist wichtig, daß Sie keine vorzeitigen Änderungen machen.«

Hila räusperte sich.

»Es geht nicht darum, daß Sie im Bett liegen sollen, sondern daß Sie sich das Leben ohne Kampf betrachten.«

Hila lachte. »Das sagt sich so einfach.«

»Wieso sagt sich das so einfach?« widersprach die Frau. »Sie können, wie in dem Beispiel mit der Eisenbahn, etwas mit einer gezielten Absicht betrachten, und dann ist das Alltagsleben nicht mehr so verwirrend. Denn was ist der Unterschied zwischen einem bewußten und einem unbewußten Menschen? Der unbewußte Mensch sieht in seinem ganzen Alltagsleben ein Bedürfnis, und der bewußte sieht in ihm eine Herausforderung. Das ist der Unterschied.«

»Was? Wie bitte?« fragte Hila schnell. Jo'ela verdrehte die müden Augen.

»Es ist eine Tatsache, daß Sie morgens aufstehen müssen, Mann, Kinder, sehen Sie? Das muß sein. Dieses Müssen verwirrt, Sie betrachten es nicht richtig. Die junge Mutter mit einem Baby hat dauernd das Gefühl von Bedürfnissen. Wenn sie eine bewußte Frau ist, weiß sie, daß das Kind nachts etwas trinken muß, und dann verschwendet sie keine Energie mit Beruhigungsversuchen. Verstehen Sie? Ist es nun lediglich eine Frage des Bewußtseins – ob das Leben eine Realität oder ein Bedürfnis ist? Sie finden hier eine praktische, sofortige Lösung. Wie können Sie Ihr Leben ändern? Essen muß man? Ist das eine Realität oder ein Bedürfnis? Es ist eine Realität. Wenn ein Mensch vierzig Tage nichts ißt, stirbt er. Das ist eine Realität und kein Bedürfnis. Wenn Sie die Ruhezeiten durcheinanderbringen, verlieren Sie Energie. Wenn Sie einen Zusammenhang und einen Sinn sehen, machen Sie die Dinge mit Spaß. Sie mit Ihrer Wahl müssen die Dinge gelassen betrachten ... Sie versuchen, mit Gewalt in die kleinen Dinge einzudringen, und brechen sich dabei die Beine.«

»Aber ich bin eine bewußte Frau!« behauptete Hila. »Ich bin sogar sehr bewußt.«

Jo'ela malte mit dem Fingernagel Rillen in die Spitzentischdecke. Wenn Hila so weitermachte, sich so naiv stellte und von dieser Frau dort Achtung verlangte, würde sie bald eingreifen und den Abschied ankündigen müssen. Warum saß sie selbst eigentlich hier, fürchtete sich zu stören, als passiere irgendein Wunder, das von einer plötzlichen Bewegung zunichte gemacht werden konnte?

Die Frau sprach weiter. »Es ist, als hätten Sie eine Thermodynamik in sich, die sich immer wieder aufheizt und kocht und kocht – aber es hat nicht gekocht, weil Sie nicht hinausgehen. Es gibt wunderbare gefühlsmäßige Inhalte, aber sie kommen nicht raus. Es gibt empfindliche Lasten, das alles ist in Ihrer Anlage, so ist die Seele. Aber wenn Sie die Dinge rufen, wird alles leichter. Verstehen Sie, was sie hier macht, in ihrem Prozeß?«

»Wer?« Hilas Stimme war bereits Ungeduld anzuhören.

»Die Uhr der Seele. Sie bietet Ihnen hier das ganze System, den molekularen Aufbau der Seele. Ihn zu entschlüsseln, den Kern zu spalten, das ist eine Atomexplosion. Also langsam,

langsam. Verstehen Sie? Aber ich weiß es. Uranfangs-Channeling bewirkt bei den Menschen Dinge, von denen sie nie geträumt hätten und die ihnen kein Psychologe bieten kann. Hier hat der Mensch keine Wahl. Er muß sich dem Wissen stellen.«

»Aber wenn doch alles vorgegeben und unveränderbar ist ...«, erinnerte Hila.

»Manche haben sich allein durch die Sache selbst verändert. Sie hat ihre Lebensqualität verändert, nicht den Kern des Lebens, denn man kann sich den Menschen nicht überstülpen, aber nach einem Jahr, wenn Sie sich die Kassetten anhören, werden Sie es plötzlich verstehen. Ich kann Ihnen auch nicht die ganze Überfülle erklären, denn ich verstehe die Absicht selbst nicht bis zum Ende, nur Sie können das, denn es ist Ihre Seele. Sie können sich mit ihr vereinen. Er hat das Beispiel einer guten Reinkarnation gegeben, wie sie eigentlich vor sich gehen sollte, nach dieser Reinkarnation sehnen Sie sich. Sie werden schon noch verstehen, wie Sie Ihr Leben ändern können. Ein Mensch ändert sich nicht, er verändert nur seinen Blickwinkel. Grausamkeit verändert sich nicht. Mörder, Metzger ... Was ist ein Metzger? Ein Chirurg? Alles Gewalttätige. Nicht besser als Mörder.« Und wie im Kino, wenn die Werbung und die Voranzeigen laufen und auf einmal in Schwarzweiß die Ankündigung des wirklichen Films kommt, ohne Übergang, ohne Vorbereitung, sagte die Frau plötzlich: »Und jetzt wollen wir uns mal eine Metamorphose betrachten.«

In der Küche wurde ein Stuhl gerückt. Hila atmete laut und tief.

Wieder beschrieb der Kopf auf dem dünnen Hals Kreise in der Luft, dann war ein tiefer Seufzer zu hören, gefolgt von der deklamierenden Stimme: »Ich sehe einen jungen Mann, vermutlich im alten Ägypten oder nicht weit davon, ich kann den Ort nicht genau bestimmen, vielleicht sogar in Griechenland oder in Rom. Im ersten oder zweiten Jahrhundert der Zeitrechnung. Ein junger Mann in jener Epoche – wenn nicht der Sohn eines Adligen, dann ein Sklave. Der junge Mann ist sehr schön, und seine Ergebenheit geht bis zur Selbstaufgabe. Er ist sehr, sehr empfindsam und sehr schön. Er verliebt sich in einen angesehenen Mann, eine bedeutende Persönlichkeit, vielleicht einen Ritter oder König. Möglicherweise ist der Mann sogar Kaiser. Der junge Mann, der die Fähigkeit hat, seine Mitmenschen zu erkennen, zu erfühlen, erobert seinen Herrscher, den Kaiser, der ihn zu sich auf die Burg nimmt. Er ist ein ganz besonderer Mensch, der Kaiser. Ich sehe, daß er einen ästhetischen Geschmack hat, die Schönheit des jungen Mannes rührt an sein Herz, auch seine Ergebenheit, er ist ein aktiver Typ ... ich weiß nicht ... er wird ganz und gar abhängig von ihm, der Kaiser von dem jungen Mann. Und der junge Mann ist offenbar ganz ergeben, ein Sklave. Aber durch seine Fähigkeit, andere zu erfühlen, alles bis in die feinsten Einzelheiten zu erkennen, wenn es ein Problem gibt, in Ruhe, ohne daß er gefragt wird, langsam, ganz langsam, seine Einwände vorzubringen, das heißt zu sagen: Da war es so, und da war es so, einzelne Sätze – das hat den Kaiser von ihm abhängig gemacht, und zwischen ihnen entwickelt sich eine enge Gemeinsamkeit, die in der patriarchalen Gesellschaft nicht erlaubt ist, wie damals in Ägypten oder ich weiß nicht wo ... Der Kaiser kann ohne ihn nicht mehr leben. Warum? Weil er immer den Finger auf die richtige Stelle legt. Verstehen Sie diese Metamorphose? Der junge Mann hat plötzlich hinter den Kulissen eine bedeutende Rolle gespielt.«

»Und was ist mit ihm passiert?« Hilas Stimme zitterte. Und das war es, was Jo'ela so aufbrachte, das und die entschiedene Feststellung: »Er ist gestorben.«

»Gestorben?« fragte Hila erschrocken. »Wie? An einer Krankheit?«

»Nein, er hat sich selbst getötet«, sagte die Frau müde.

»Und das soll meine gute Metamorphose gewesen sein? Daß ich der Geliebte des Kaisers war?« meinte Hila zweifelnd. »Sehen Sie noch andere?«

»Moment«, sagte die Frau erschrocken. »Erst stellen wir mal aus astrologischer Sicht fest, woher Sie gekommen sind und wohin Sie gehen!« Sie stieß einen tiefen Seufzer aus, dann fing sie plötzlich an zu lachen. »Aha! Abkunft vom Neptun, der Schule der Illusion, die einem beibringt, so zu machen – schauen Sie, mit der Hand, so.« Ihre Hand dehnte sich mit gespreizten Fingern, ein silbrig-bläuliches Funkeln. »Es ist da nichts, aber dort lernt man, die Finger zu schließen«, sie ballte die Hand zur Faust, »und zu sagen – es gibt was. Das ist eine sehr kreative Schule, sie lehrt Form, Ästhetik, Schönheit, Kunst, zusammen mit Bindungen, ich werde Ihnen sagen, was diese Schule lehrt: negative Gefühle auszugleichen, aufzusteigen in Illusionen und auch in der Schwäche die Stärke zu erkennen. Was den Neptun für Sie so schwer macht – daß Sie auf dem Boden gehen und ihn nicht zu berühren scheinen, alles sieht zwergenhaft klein aus. Neptun ist ein Vampir. Wissen Sie, was ein Vampir ist? Jemand, der seine Energien aus allem saugen kann, weil er sich selbst soviel Aufmerksamkeit widmet, allem, was mit ihm zu tun hat, mit seiner Vergangenheit, der aus allem den größten Genuß ziehen kann. Außerdem verzerrt Neptun die Gerechtigkeit. Er zwingt sie in kleine Karos. Und die Gerechtigkeit der kleinen Karos erleben Sie. Eine Hälfte von Ihnen lebt das Leben des Neptun, das heißt abgetrennt von den Dingen, sehr oft auch abgetrennt von Ihnen selbst, viele Reibungen mit der Kunst, das heißt Liebe zu den schönen Dingen und eine ganz außergewöhnliche empathische Kraft. Wissen Sie, was das heißt? Die Fähigkeit, sich in andere einzufühlen, sie führt oft zu völliger Hingabe und Selbstzerstörung. Das sind die Auswirkungen des Neptun.« Sie seufzte. »Die Seele geht Richtung Krebs, Ziele zu finden, vollkommene Kontinuität, die Grenzen kennt, Rückgrat, Verständnis der Materie, die Bewältigung der Unsicherheit, denn der Neptun gibt sehr viel Unsicherheit ... Der Krebs lehrt, wie man den Hebel der Unsicherheit ergreift und eine gesunde Basis daraus aufbaut. Deshalb weiß ich nicht, wann Sie aufgehört haben, den Neptun zu leben, und angefangen haben, den Krebs zu leben.«

»Das habe ich noch nicht gelernt«, meinte Hila grinsend.

»Saturn kann besonders gut Einschränkungen bewältigen, auch Mängel, und trotzdem voller Hoffnung sein. Denn durch den Pessimismus findet er den Weg zum Optimismus.«

»Ist das etwas Positives?«

Jo'ela stöhnte und ging mit lauten Schritten zu dem kleinen Fenster zur Straße. Warum mußte Hila dieser Frau da drüben unbedingt etwas beweisen? Und warum erlaubte sich die Frau, einfach weiterzureden, als habe Hila nichts gesagt? Auf der Straße liefen Kinder zwischen den Eingängen hin und her und sammelten sich dann in Gruppen auf der anderen Straßenseite. Fähnchen flatterten im Wind. Der Wind hatte zugenommen und trieb Wolken aus Staub und Sand vor sich her, Sand, der sich auf dem schmalen Gehsteig anhäufte. Durch das geschlossene Fenster, das sie nicht zu öffnen wagte, waren große gelbbraune Felder zu sehen und viele Blocks mit mehreren Eingängen. Nur vereinzelt gab es krumme Bäume, um ihre Stämme waren Bewässerungsgruben aus dem Straßenbelag gehauen. Eine Frau schob einen Kinderwagen vor sich her, ein alter Mann in abgewetzten, schlabbrigen Hosen ging schwerfällig die Straße entlang und stieß fast mit den beiden jungen Mädchen zusammen, die ihm entgegenkamen, eine von ihnen in sehr engen, sehr kurzen Hosen, und aus einem vorbeifahrenden Auto winkte der Fahrer den beiden Mädchen zu.

»Jo'ela«, rief Hila von der Küchentür her. »Komm einen Moment, sie wird uns erklären, wie wir hinkommen.«

Jo'ela legte ihre ganze Kraft in den warnenden Blick, den sie Hila zuwarf, damit sie ja nichts von dem Mädchen erzählte, als sie sah, wie die rundliche Hand in den Tiefen der Leinentasche versank, um, wie sie wußte, den Umschlag daraus hervorzuholen. Hila zog die Hand zurück.

»Was suchen Sie dort?« fragte die Frau. »Kennen Sie dort jemanden?«

Hila brachte Jo'ela mit einer Handbewegung dazu, den Mund zu halten, und sagte: »Familie Nechoschta'i, den Rabbiner Nechoschta'i.«

»Ich kenne ihn, natürlich kenne ich ihn«, sagte die Frau und begann, die verwandtschaftlichen Beziehungen zwischen ihrer Familie und der des Rabbiners zu erklären.

»Gut, wo genau wohnt er?«

Die Frau beschrieb einen Kreis in der Luft. »Sie verlassen die Stadt über die Hauptstraße, dann biegen Sie an der ersten Kreuzung nach links ab, fahren vielleicht vierhundert oder fünfhundert Meter, es gibt ein kleines, grünes Schild, das müssen Sie finden, ich gebe Ihnen ... Ich zeichne es Ihnen auf!« Sie riß ein Blatt von einem alten Kalender, der neben dem Tisch an der Wand hing, und skizzierte die Hauptstraße, die Abzweigung nach links, vier Häuser, auf das vierte malte sie einen großen Stern. »Wenn Sie in den Ort reinfahren und mit dem Rücken zur Straße stehen, dann ist es das vierte Haus. Und wenn Sie sich verfahren, erkundigen Sie sich einfach nach der Familie des Rabbiners Nechoschta'i.«

15.
Ein Sommernachtstraum

Die Schauspielgruppe spielt den »Sommernachtstraum«. Erst soll das Mädchen eine der Elfen spielen, die Titania begleiten. Und viele Stunden lang stellt sie sich vor, wie sie selbst die Titania spielt, in einem weiß-rosafarbenen Kleid und mit einer Krone auf den offenen Haaren, aber sie hat keine Chance, sie ist erst zehn, sie muß froh sein, daß sie bei dieser einzigen Aufführung, die die Schauspielgruppe vor der ganzen Schule spielen wird, überhaupt mitmachen darf. Von Chanukka bis Purim dauern die Proben. Der Schauspiellehrer ist ein dünner, häßlicher Mann. Seine Brillengläser sind noch dicker als ihre. Aus den Kreisen in den dicken Gläsern betrachten kleine Augen, glänzend wie zwei Insekten, verächtlich ihre lästige Begeisterung. Das ist schwer zu beweisen, es gibt keine greifbaren Anzeichen, und darüber sprechen geht nicht. Er hat dünne Lippen, zwischen denen ein kehliges *r* kommt, wenn er das Stück vorliest. Wenn er normal spricht, ist auch sein *r* normal. In der Schauspielgruppe lernt man wichtige Dinge wie Aussprache und Bewegung. Über das Stück spricht er kein Wort, er erklärt ihr nichts von Titania und dem Esel, von der Strafe, die Oberon seiner Gemahlin auferlegt. Und was wäre, wenn sich am Schluß nicht alles wieder eingerenkt hätte? überlegt sie. Wie kann man sich so in Gefahr bringen wie Oberon? Das hätte sie gerne gewußt.

Sie lesen den Text von Matrizenabzügen, das sind grau bedruckte Blätter, die er an alle verteilt hat. Das Mädchen murmelt sämtliche Rollen vor sich hin. Erst hat sie wirklich eine der Elfen spielen sollen, aber der Junge, der den Puck spielen soll, ist auf einmal nicht mehr gekommen, und sie hat die ganze Rolle auswendig gewußt. Wenn sie groß wäre und wenn der Schauspiellehrer das wollte, könnte sie auch die Titania spielen oder wenigstens die Helena, aber sie ist noch klein. Deshalb ist es auch nur zufällig passiert. Ganz zufällig hat sie die Rolle des Puck bekommen. Es lohnt sich einstweilen nicht, mehr zu erwarten oder an etwas anderes zu denken.

Er hat keine Wahl, nur weil sie den Text auswendig weiß, muß er ihr die Rolle geben. Es gibt viele Leute auf der Welt, die sich von ihrem großen Wissensdurst abgestoßen fühlen. Als sie zum ersten Mal die Abschlußrede des Puck deklamiert, schlagen ihr förmlich seine Mißbilligung und sein Abscheu entgegen, wie der bittere Geruch von Desinfektionsmittel. Sehr schnell wird sie von dem Bitteren angesteckt und bald ganz davon ausgefüllt. Auch wenn sie sich bei jeder Probe sagt, daß sie das einzige Mädchen aus den unteren Klassen ist, das mitspielen darf, und daß alle anderen größer sind, erleichtert sie das nicht. Wenn sie die Rolle einer Elfe spielen würde, könnte sie die Haare offen tragen und ein langes Tüllkleid anziehen, aber das wäre keine Sprechrolle, und sie versteht natürlich sehr genau, daß es besser ist, Puck zu sein als eine schöne, schweigende Elfe. Es ist nicht schlimm, daß sie nicht die Titania ist. Als Titania müßte sie den Esel auf den Kopf küssen. Bei dieser Szene lachen immer alle. Sie auch. Aber sie lacht nur, um ihre Angst zu verstecken. Schlimm, was sie mit der Königin machen. Die Rolle hat Chawa bekommen, aus der achten Klasse, die wirklich wie eine Königin aussieht. Man sieht die Träger unter ihrem Unterhemd. Was dem Mädchen angst macht, ist die Vorstellung, daß nicht alles in Ordnung kommen könnte, diese Welt, in der jeder nicht den liebt, von dem er selbst geliebt wird, sondern jemand anderen. Ob sie wohl, wenn sie groß ist und selbst solche Träger unter dem Unterhemd hat, den richtigen Mann findet? Man braucht sich ja nur Titania und den Esel anzuschauen. Lysander und Demetrius lieben Hermia. Hermia liebt zwar Lysander, was bedeutet, daß in einem Fall alles in Ordnung kommen kann, aber was ist mit Helena und Demetrius? Gut, am Schluß klappt ja alles. Und der Esel? Jedem kann ein Esel passieren, auch Titania. Die anderen Kinder lachen, nur sie bedrückt das Unverständliche, was da geschieht, vor allem in der Szene mit dem Esel, auch wenn es nur ein Sommernachtstraum ist und am Schluß alles gut ausgeht. Natürlich darf sie niemandem zeigen, wie verwirrt sie ist. Wenn sie es ihrer Mutter sagt, wird sich der blaue Blick für einen Moment besorgt auf sie heften, dann wird er sich klären, und die mütterliche Hand wird eine wegwerfende Bewegung machen, verächtlich, und ihr Lachen hätte nichts Überzeugendes. Nein, sie wird niemandem etwas sagen. Sie weiß schon, daß die weiß-rosa Bilder im Buch, die zeigen, wie ein Kind auf die Welt kommt, zusammengekrümmt in einem Sack im Bauch der Mutter, nicht wirklich echt sind. Es fehlen Farben, zum Beispiel Schwarz und Grau – und Blut, da muß auch Blut sein. Aber ein Teil von ihr ist nicht sicher, vielleicht sind Babys bei anderen wirklich rosa und weiß. Vielleicht ist bei ihnen alles so sauber wie die Seidendecke des Kindes, das geboren worden ist. Bei ihr nicht. Ihre Hand mit den abgenagten Fingernägeln schafft es nicht, die Zeichnung ganz zu bedecken. Die erstreckt sich über eine große Seite. Sie versucht, die Hand so ausgebreitet zu lassen, wie sie ist, und sie schnell auf ihren Bauch zu legen. Wie konnte Oberon Titania so beschämen? Sie versteht, daß er ihr eins auswischen will, daß sie es vielleicht sogar wirklich verdient hat – es ist schwer zu verstehen, weswegen sie gestritten haben, was für eine Bedeutung hat der kleine Junge, den Titania behalten will, und warum kümmert das Oberon? Und dann ist alles wieder, als wäre nichts geschehen. In ihrem luftigen weißen Kleid mit der Schleppe wird Titania geliebt wie vorher. Das Mädchen weiß schon längst, daß ihre Fragen die Augen der Eltern verdunkeln. Aus ungeahnten Tiefen steigt der verwirrte, erschrockene Blick auf, den sie damals hatten, als sie es nicht schaffte, etwas richtig von der Tafel abzuschreiben. Im besten Fall lachen sie, oder sie ignorieren sie einfach. Sie prüft jeden Tag nach, ob sie oben dicker geworden ist, fühlt aber keinen Unterschied. Sie muß gut essen. Und viel schwimmen. Sie ißt Suppe und Eier und sogar Fleisch, auch viele Scheiben Brot mit Quark und Gurkenscheiben, sie gibt sich Mühe, schnell zu wachsen, damit ihr auch etwas wächst. Aber es geht einfach nicht voran. Es tut ihr allerdings weh, wenn sie die Brust berührt, zu sehen ist jedoch nichts, und sie weiß nicht, ob das Wehtun ein Zeichen dafür ist, daß sich bei ihr etwas tut. Einmal, auf dem Heimweg, hat sie versucht, mit Lidia Zofi darüber zu sprechen. Lidia Zofi ist zwar selbst klein und flach, aber wegen ihrer Kusine Carmela Zofi versteht sie was von solchen Dingen. Beim Klassenausflug hat sie ihnen von der Tante mit den roten Wangen erzählt. Carmela selbst kann man nicht fragen, die würde nur rot werden und nichts sagen. Gerade weil sie für ihr Alter gut entwickelt ist. Gut entwickelt heißt, daß es unter Carmelas dicken Blusen, die ihren Körper verbergen, schon etwas gibt. Als das Mädchen versucht hat, Lidia Zofi etwas über das nächtliche Wehtun zu erzählen, und sogar schon die Worte »Nachts tut es mir manchmal weh« ausgesprochen hatte, erinnerte sie Lidia daran, daß sie rennen müßten, um rechtzeitig zum Fußballplatz zu kommen, wo heute ein besonderes Spiel stattfindet.

Ihr Vater steht hinter ihrer Mutter, die sich über das Spülbecken beugt. Sie schneidet eine Zwiebel in kleine Stücke und wischt sich mit dem Arm über die tränenden Augen. Das Mädchen spürt, wie ihre Augen ebenfalls feucht werden beim Gedanken an die scharfe Zwiebel. Jahre später wird sie erst hören, die Menschen seien wie Zwiebeln, man entfernt eine Schale nach der anderen, und am Schluß bleiben Tränen. Der Vater steht ganz dicht hinter der Mutter und küßt ihren Nacken. Die Mutter stößt ihn weg, aber er ist nicht beleidigt. Sie spielen. Das ist eine Art Spiel. Das Mädchen selbst sitzt am Küchentisch und baumelt mit den Beinen. Obwohl sie mit dem Rücken zu ihnen sitzt, sieht sie alles. Ohne hinzuschauen, sieht sie es. Drei Knöpfe auf dem Rücken des grünen verblaßten Sommerkleids sind nicht zugeknöpft. Es ist schwer zu verstehen, wie sie es sieht: die Hand, die die Zwiebel zerschneidet, das Gesicht ihres Vaters, über den Nacken gebeugt, die Haltung ihrer Mutter, als sei sie bereit zum Zutreten. Nicht, daß sie wirklich zutritt, nein, das tut sie nicht. Das Mädchen sitzt am Tisch und wischt eifrig die weißen Flecken von der gelben Resopalplatte, aber sie gehen nicht ab, sie gehören zur Farbe. Ihre dünnen Beine bleiben am Plastiksitz des Stuhls kleben. Er schmeichelt ihr, das weiß das Mädchen. Die Mutter tut, als stoße sie ihn weg, aber alle wissen, die ganze Welt weiß, daß sie es nicht wirklich tut. Der Wasserhahn, der abwechselnd auf- und zugedreht und wieder aufgedreht wird, weiß es, die Schüssel weiß es, der Kühlschrank, der anfängt zu summen, und der Geruch der Zwiebel, die in der Pfanne angebraten wird, vermischt sich mit dem Geruch der Liebe. Vor ihren Augen spielt sich ein Verwirrspiel ab, das sie nie im Leben verstehen wird. Sie verhalten sich, als wäre das Mädchen nicht da. Die Frage ist, ob sie eines Tages auch so etwas tun wird. Und wie passiert es, daß zwei Leute einander lieben? Wie geht so was? Und wenn sie einmal jemanden liebt, wird er sie dann zufällig auch lieben? Wie wird es sein, wenn sie einen wegstößt, der kommt und ihren Nacken küssen will?

Der Schauspiellehrer hat sehr dünne Wangen. Vielleicht ißt

er nicht genug, aber Männer müssen das offenbar nicht. Er ißt nichts, sondern raucht eine Zigarette nach der anderen und erklärt ihnen ausführlich, warum es verboten ist, Sonnenblumenkerne zu essen, und wie sich die dünne, unsichtbare Haut unter der dicken Schale an den Stimmbändern festsetzt und man davon heiser wird. Ganze Trauben von solchen Häutchen setzen sich an den Stimmbändern fest, und nur durch eine gefährliche Operation, bei der noch nicht mal sicher ist, ob nicht auch die Stimmbänder verletzt werden, ist es möglich, die Häutchen von den zarten Stimmbändern wieder zu entfernen. Er hat einen Kern zwischen seinen gelben Zähnen aufgeknackt und allen das dünne Häutchen gezeigt, jedem einzelnen. Bei ihr hat er sich nicht lange aufgehalten, sie ist die kleinste von allen. Sie möchte fragen, traut sich aber nicht, warum man das Häutchen nicht einfach zerkauen kann, so wie den Kern auch. Er wiederholt vor Titania und Oberon und den anderen Edlen die Sache mit dem Sonnenblumenkern, und dabei hat er keine Ahnung, wieviel tausend Kerne sie in ihrem Leben schon geknackt und gegessen hat, es kann also leicht sein, daß jetzt schon Tausende von diesen Häutchen sich an ihren Stimmbändern festgesetzt haben und sie im nächsten Moment, vielleicht mitten in der Aufführung, ihre Stimme verlieren wird, so plötzlich, wie er es gesagt hat – und wenn man die Heiserkeit erst hört, ist es schon zu spät.

Plötzlich, nach all den Tagen des Wartens, ausgerechnet an einem Tag, an dem sie vergessen hat zu kontrollieren, sich nicht angefaßt und nicht nachgeschaut hat, hat sie es. Wie alle anderen. Dieses »es haben« ist nicht so etwas wie ein Zaubertrank. Es wird real beim Anblick des Blutes. Ein rötlichbrauner Fleck, und in der Mitte ein kleiner Kreis von frischem Blut. Und auf einmal stimmt es, was ihre Mutter ihr gesagt hat, daß man nach langem Warten immer enttäuscht wird. Sie hat zwar das Warten auf Menschen gemeint, aber trotzdem ist jetzt klar, daß der Satz im Hinblick auf alles stimmt. Wenn man aufgehört hat zu warten, wenn man nicht mehr daran denkt – dann bekommt man es. Obwohl dann alles schon einen säuerlichen Beigeschmack von »zu spät« hat, nicht so, wie man es hätte haben wollen. Nie ist etwas, wie sie es sich vorgestellt hat. Sie hat sich einen Blutstrom ausgemalt, obwohl sie einmal in einem der Mülleimer eine Binde gesehen hat, aber nicht wagte, näher hinzuschauen, aus Angst, ertappt zu werden. Sie hat sich jedenfalls keinen mittelmäßigen Fleck vorgestellt, weder groß noch klein, begleitet von lästigen Bauchschmerzen, die sie schon den ganzen Tag gespürt hat, ohne zu verstehen, woher sie gekommen sind, ein roter Fleck, der das seltsame Gefühl in den Beinen erklärt, schwer, als würden sie zur Erde gezogen, als wollten sie bedeckt sein, aber an einem Tag im Sommer, bei dieser Hitze, war es unmöglich, daß ihre Beine kalt waren, es sei denn, sie wäre krank, und krank wollte sie nicht sein.

An diesem Tag geht sie zu ihrer Tante. Zu dieser Tante, die keine Schwester ihrer Mutter oder ihres Vaters ist, nicht einmal eine Verwandte, sondern nur eine gute Freundin der Mutter, und um die Fragen nach den wirklichen Onkeln und Tanten, die sie nicht hat, abzuwehren, sagt man einfach Tante Sarah. Aber ihr Vater hat einmal gesagt, sie sei wie eine Schwester, mehr als eine Schwester, wegen allem, was sie zusammen durchgemacht haben. Was das war, was sie zusammen durchgemacht haben, weiß das Mädchen nicht, aber sein Gesicht wurde bitter, als er das sagte, sein Blick dunkel und abwesend, als habe er vergessen, daß sie da war und auf eine Erklärung wartete, eine Geschichte.

Einmal saßen Tante Sarah und die Mutter zusammen in der Küche, allein, das Mädchen lag im Bett, und draußen regnete es. Sie müßte aufstehen, um zu hören, über was sie dort sprachen. Wenn sie sich leise neben die Tür stellte, würde sie alles hören, was sie reden und was sie so komisch finden. Sie verließ die Wärme des Bettes und der Zudecke, eine Wärme, die sie erst nach langem Zittern und Zusammenrollen erreicht hatte, und stand dann barfuß an der Küchentür und lauschte. Aber sie konnte nichts verstehen. Tante Sarah, die flüsternd eine lange Geschichte erzählte, lachte immer wieder laut, und auch ihre Mutter lachte, ein wenig tadelnd zwar, aber sie lachte. Ein leises, weiches Lachen, ganz anders als das zügellose Gelächter Tante Sarahs, aber auch fröhlich. *Scha, schtil, der kind, si is du,* sagte die Mutter warnend zu Tante Sarah, die die Beine von sich gestreckt hatte, und ihre Augen lachten auch noch, als sie plötzlich still wurde, mühsam ein ernstes Gesicht machte und sagte: Barfuß? Du schläfst noch nicht? Um diese Zeit schlafen schon alle Kinder auf der ganzen Welt, alle. Das Mädchen bat um ein Glas Wasser und wartete, daß sie weitersprachen, aber sie schwiegen. Tante Sarah nahm ihre Füße von dem Stuhl, auf dem sie gelegen hatten, stand auf, legte den Arm um die Schultern des Mädchens, brachte sie zurück ins Bett und stopfte die Daunendecke fest um ihre Beine. Die ganze Zeit lächelte sie, auch als sie mit dem Finger Kringel auf die Wange des Mädchens malte und dann das Licht ausmachte.

An diesem Tag also, bei Tante Sarah, ruht sie sich auf der Terrasse von dem langen Weg aus, den sie gelaufen ist, um das grüne Kleid zu bringen, zum Reparieren, weil Tante Sarah das gut kann. Das Mädchen streckt die Beine aus und legt sie auf den Tisch, denn den ganzen Tag über tun ihr schon die Gliedmaßen und der Bauch weh. Ein neuer Schmerz, den sie nicht kennt. Anders als das Bauchweh, wenn man zuviel Süßigkeiten gegessen oder nach Wassermelonen Wasser getrunken hat, auch nicht wie das Seitenstechen, wenn man zu lange gerannt ist, ein anderer Schmerz. Ein Gefühl, als pochten zwei Adern auf beiden Seiten unten im Bauch. Vor ihr steht Tante Sarah und lächelt warm und freundlich. Das Mädchen zieht schnell den blauen Rock tiefer, um die Knie zu verdecken. Aber es ist zu spät. Wieder wissen andere etwas vor ihr, etwas, was sie selbst noch nicht gemerkt hat. Erst elfeinhalb, und schon? fragt Tante Sarah lächelnd.

Schon? Was?

Weißt du nicht, daß du es bekommen hast? fragt die Tante erstaunt.

Das Mädchen hört den verschwörerischen Ton und versteht ihn nicht. In der Toilette sieht sie es dann. Rotes, frisches Blut. Ein bräunlicher Fleck, hell, aber nicht klein. Es gibt keinen Zweifel.

Sie rennt den ganzen Weg nach Hause und steht an der Tür, bis sie wieder atmen kann. Mit undurchdringlichem Gesicht, gelassen, um ihre Aufregung nicht zu zeigen, die sich, vor der Mutter, sofort in Scham verwandeln würde, sagt sie: Ich hab's gekriegt.

Zeig, sagt die Mutter mit einem zweifelnden Blick.

Sie erschrickt, hat einen Moment Angst, es könnte sich gleich herausstellen, daß es nicht stimmt, daß sie es sich nur einbildet. Der blaue Blick heftet sich auf die weiße Baumwollunterhose, öffnet sich weit vor Stolz.

Herzlichen Glückwunsch, verkündet die Mutter mit einer feierlichen, zitternden Stimme. Du bist eine Frau geworden.

16.
Wenn man ihre Stimme hört

Der Sandsturm, der begonnen hatte, noch während sie in der Wohnung waren, nahm an Kraft zu. Hila hielt mit beiden Händen ihr Kleid fest, das vom Wind hochgeblasen wurde, und die Kinder, die sich neben dem Auto zu einer großen Horde versammelt hatten, lachten laut. Der Junge, der vorher den Stein zur anderen Straßenseite geschleudert hatte, malte Clownsgesichter in die Staubschicht auf der Kühlerhaube; als sie näher kamen, hörte er damit auf. Der kurze Weg von der Tür zum Auto hatte gereicht, ihnen Sand in die Augen zu treiben. Jo'ela blinzelte hinter den dunklen Gläsern ihrer Sonnenbrille. Hila hob eine Hand an die Stirn und kniff die Augen zusammen. Sie stiegen ein. Mit geschlossenen Fenstern, gegen den Sand, der vor ihnen aufstieg, bewegte sich das Auto langsam auf die Hauptstraße zu.

Schmutziger, gelblichgrauer Nebel hätte besser gepaßt als diese Sandsäulen, die sich mitten auf der Straße ganz unerwartet erhoben. Als wolle der Sand eine letzte Hürde errichten, sie zurückhalten. »Sollten wir nicht unterwegs anhalten und was essen?« fragte Hila.

»Ich habe keinen Hunger«, antwortete Jo'ela, ihre Kehle war trocken.

»Nun, du hast nie Hunger, wenn du angespannt bist«, meinte Hila. »Aber du hast noch einen anstrengenden Tag vor dir, und ich sterbe vor Hunger. Hier, da ist ein Einkaufszentrum.«

Jo'ela hielt auf einem Platz, von Geschäften umgeben, deren Türen wegen des Sandsturms geschlossen waren. »Hier gibt es was.«

Das Einkaufszentrum war leer. Hila öffnete die Tür eines Restaurants neben einem Kurzwarengeschäft, in dessen Schaufenster sich ein buntes Trikothemd über einem rosafarbenen Torso spannte. Ein dicker Mann mit einer Schürze um den Bauch empfing sie. »Kann man hier was essen?« erkundigte sich Hila und ließ den Blick über die Tische mit den roten Tischdecken gleiten. Gäste waren keine zu sehen.

»Man kann, natürlich kann man das«, sagte der Mann erschrocken. Mit einem einfältigen Lächeln führte er sie, nach einem prüfenden Blick auf die leeren Tische, zu einem Tisch in der Ecke, für zwei Personen, als habe er ihn eigens ihren Bedürfnissen entsprechend ausgewählt.

»Wer ist dieser Mann?« fragte Jo'ela und deutete auf das Bild eines alten Mannes in einem weißen Gewand, das über der dunklen Holztheke hing.

»Ehre seinem Angedenken, er war ein großer Heiliger.«

»Glauben hier alle an ihn?«

Der Mann lachte. »Nein, nicht alle, aber die meisten. Ich wegen meines Vaters seligen Angedenkens, er hat ihm sehr nahegestanden.« Er deutete auf ein Foto links von der Theke, auf dem ein Mann mittleren Alters zu sehen war, dessen Arm auf einem Podest ruhte. Er trug einen dunklen Anzug mit einer grauen Krawatte, und über seinem dicken Bauch hing eine goldene Uhr. Auf seinem vollen Gesicht lag ein zufriedenes, selbstbewußtes Lächeln, sein Kopf war von einer großen roten, goldbestickten Kipa bedeckt. »Mein Vater«, sagte der Restaurantbesitzer. »Er ist vor zwei Jahren gestorben, Sie können fragen, wen Sie wollen, alle haben ihn gekannt, er hatte ein goldenes Herz, und wem hat er nicht geholfen?«

Hila räusperte sich mehrmals, um zu zeigen, daß es an der Zeit wäre, die Sache mit dem Essen zu besprechen. »Was kann ich Ihnen bringen?« fragte der Mann und wischte sich mit den Händen über die Schürze. »Heute gibt's Suppe und verschiedene gefüllte Gemüse.«

»Wunderbar, bringen Sie mir das«, rief Hila und warf Jo'ela, die nur etwas zu trinken bestellte, einen sorgenvollen Blick zu.

»Und gar nichts zu essen?« fragte der Mann gekränkt.

»Haben Sie Salat?« wollte Jo'ela wissen.

»Natürlich gibt es Salat, eine große Auswahl, er kommt gleich.«

»Bringen Sie Salate, dann sehen wir weiter«, meinte Hila beruhigend.

»Wer hat Sie zu mir geschickt? Vielleicht Mosche Maimon?«

»Ich kenne keinen Mosche Maimon, wer ist das?« erkundigte sich Hila.

»Ach, ich habe nur gedacht. Man kommt aus dem ganzen Land zu mir, wirklich, aber ich habe gedacht, weil Sie nicht von hier sind ...«

Der Mann hörte auf. Er nahm ein Holztablett von der Theke und verschwand hinter einem Vorhang aus hölzernen Perlen, der zwischen dem Speiseraum und der Küche hing. Von dort war nun das Klappern von Tellern und Töpfen zu hören. Ein Vorhang aus Holzperlen hing auch vor der Glastür, die ins Freie führte. Im Raum war es angenehm dämmrig, es roch nach Essen, und beinahe hatten sie schon den Staub und den Sand vergessen.

»Hat Sie der Sandsturm erwischt?« murmelte der Mann, stellte Wasser vor sie auf den Tisch und verteilte kleine Teller mit allen möglichen Salaten und Eingelegtem, dazu einen großen Teller mit dicken Scheiben von dunklem Brot und eine Schüssel mit dampfender Suppe.

»Nun, ein französisches Restaurant ist das nicht«, murmelte Hila, den Mund voll Brot. »Gott sei Dank.« Sie häufte einen Löffel Salat, scharf angemachte gekochte Karotten, auf das Brot. »Genau so etwas habe ich mir vorgestellt.«

Jo'ela zerbröckelte ein Stück von dem dunklen Brot über ihrem Teller und nahm sich ein wenig von dem Auberginensalat. Der Anblick Hilas, die gierig aß, weckte in ihr zugleich Hunger und Ekel. Es wäre besser, etwas zu essen, aber aus irgendeinem Grund trank sie nur einen Schluck Wasser und steckte sich widerwillig kleine Brotkügelchen in den Mund, die sie zwischen ihren Fingern geknetet hatte.

»Ach, wie schön«, sagte Hila, »das Leben ist wunderbar.« Sie biß in das Brot mit Salat. »Wer hätte geglaubt, daß wir hier so ein schönes Lokal finden!«

Jo'ela trank noch einen Schluck Wasser.

»Jo'ela«, sagte Hila bittend, »willst du nicht doch etwas essen?«

»Ich will nicht«, sagte Jo'ela.

»Warum gönnst du dir denn nicht auch mal was!« brach es aus Hila heraus.

Jo'ela blickte sie mit Tränen in den Augen an. »Ich kann es nicht, ich wollte, ich könnte es.«

»Ich meine nicht nur dieses Essen, warum kannst du dich nicht auch mal freuen? Früher hast du es gekonnt.«

»Wirklich? Konnte ich das?« fragte Jo'ela zweifelnd.

»Jedenfalls eher als heute«, meinte Hila und wischte energisch die Reste der Sesamsoße aus einer Schüssel. »Was sagst du?«

»Was soll ich wozu sagen?« sagte Jo'ela mürrisch. Sie hatte das Gefühl, Hila von Jo'el erzählen zu müssen, schaffte es aber nicht.

Hila lachte verlegen. »Was sagst du zum Uranfangs-Channeling? Dazu, daß ich mal ein junger Grieche oder Ägypter war, der Geliebte des Kaisers.«

»Was soll ich dazu sagen? Für zweihundert Schekel hättest du ...«

»Man kann es nicht vorher wissen«, erklärte Hila. »Man muß es einfach riskieren. Na gut, dann sind eben zweihundert Schekel im Eimer, was kann man machen, ein Sühneopfer.« Sie hob das Glas hinüber zu dem Bild des alten Mannes und seufzte tief. »Aber jede Sache hat auch ihr Gutes.«

»Du glaubst doch nicht etwa dieser Frau mit dem Mais?« fragte Jo'ela erschrocken.

»Ist doch egal, ob ich ihr glaube oder nicht, jedenfalls wären wir ohne sie jetzt nicht hier.«

»Ha, wie wichtig!« spottete Jo'ela und stieß ein Lachen aus, das sie für Momente wie diese reserviert hatte, wenn sie mit einem einzigen Ton eine Weltanschauung ausdrücken wollte. Sie blickte hinüber zu dem Mann, der mit flinken Fingern von einem Kupfertablett gefüllte Gemüse nahm und sie auf zwei große Teller verteilte.

»Wunderbar«, rief Hila. »Und sogar noch Kartoffeln! Ausgezeichnet! Haben Sie das selbst gekocht?« Ihre Stimme klang laut und herausfordernd in dem kleinen Raum.

»Nein, meine Mutter«, bekannte der Mann stolz. »Da ist sie.«

In der schmalen Öffnung, vor dem Vorhang aus Holzperlen, stand eine große Frau mit einem geblümten Kopftuch und blickte sie an. Ihr Gesicht war schmal und verwelkt, mit eingefallenen Wangen, und an ihren Ohrläppchen baumelten große, birnenförmige Ohrringe.

Hila winkte mit der Gabel. »Es schmeckt ausgezeichnet«, rief sie.

»Guten Appetit.« Die Frau lächelte.

»Sie kochen alleine? Alles?« erkundigte sich Hila.

»Was soll ich machen«, meinte die Frau verlegen. Ihre

schweren goldenen Ohrringe klimperten, als sie den Kopf senkte. »Wer soll denn sonst kochen?« fügte sie hinzu und verschwand wieder hinter dem Holzperlenvorhang. Auch der Mann verschwand, aber nicht, bevor er gesehen hatte, wie Hila einen Bissen probiert und einen Ton des Behagens ausgestoßen hatte. Wieder erklärte sie, wie wunderbar alles schmecke, bat um eine weitere Portion Gurkensalat und legte mit einer aufmerksamen Bewegung eine gefüllte Zwiebel mitten auf Jo'elas Teller.

»Vermutlich schmeckt das sehr gut, aber ich habe überhaupt keinen Appetit«, klagte Jo'ela, nachdem sie die Füllung aus Reis und Fleisch probiert hatte.

»Es ist wegen des jungen Mädchens«, sagte Hila, »und dem, was sie repräsentiert.«

»Was soll sie schon repräsentieren?« fragte Jo'ela in schnaubendem Ton. »Außer vielleicht ...«

»Vielleicht was?« beharrte Hila.

»Ach, nichts«, sagte Jo'ela.

»Was nichts?«

»Ich will nicht darüber sprechen, es ist nichts.« Es fiel Jo'ela schwer, sich zusammenzunehmen, sie behielt sogar das Wasser eine Weile im Mund, bevor sie es mühsam schluckte.

Hila wedelte mit dem Messer. »Nun, du wolltest doch, daß sie zu dir kommt, damit du sie untersuchen kannst. Du wolltest, daß sie in deinen Händen ist und nicht in denen ihrer Eltern.«

»Aber warum?« fragte Jo'ela und umklammerte ihre kalten Hände, betrachtete die feinen Flaumhärchen auf ihrem Armrücken, die sich aufrichteten, als ihr ein Schauer über den Rücken lief. »Ich kenne sie überhaupt nicht.«

»Weil«, sagte Hila und schluckte den letzten Bissen der gefüllten Zwiebel, »weil du sie vor dem schrecklichen Leben retten wolltest, das sie erwartet, mit dem Versteckspiel und dem Betrug. Das ist es, was du gewollt hast.«

»Habe ich das gewollt?«

»Vielleicht stehe ich dir zu nahe, um das alles wirklich zu verstehen, aber es ist mir nicht egal, es reicht mir, daß du es gewollt hast, daß du es willst, wenn sie dir nur zu etwas nützt.«

»Zu was denn?« fragte Jo'ela erschrocken. Vor ihren Augen, über dem Teller mit den Resten des Essens, erschien plötzlich das Gesicht des Mädchens und über schwarzer Wolle ein Streifen weißes Fleisch, das kühl aussah. Wie ein Blitz durchfuhr sie die Erkenntnis, wortlos, daß sie, wenn sie es schaffte, mit dem Mädchen allein zu sein, wenn sie ihr gegenüberstünde, sie anfaßte, nur einen Moment lang, ohne zu sprechen, nur mit einer Handbewegung, ihr klarmachen konnte, ohne Worte, nur durch ihre Berührung, was sie tun, wie sie sich verhalten sollte – und in diesem Moment würde das Mädchen verstehen, daß sie nicht vor ihr davonlaufen mußte, sondern vor den anderen, sie würde es von selbst verstehen, ohne Worte. Doch im nächsten Moment hatte sich die Erscheinung schon wieder in Luft aufgelöst – und im selben Augenblick auch ihre Sicherheit. Dagegen sah sie sich selbst, ganz realistisch, wie sie das Mädchen berührte und eine Botschaft weitergab, die knochigen Schultern unter der Flanellbluse, und wurde von der unerschütterlichen Erkenntnis getroffen, daß diese Berührung nicht möglich war. Das alles würde nicht passieren, es verband sie nichts mit dem fremden Mädchen. »Ich habe sie nie sprechen gehört«, sagte sie leise zu Hila. »Ich weiß noch nicht einmal, wie sich ihre Stimme anhört, ob sie hoch oder tief ist, klar oder heiser.«

»Nun«, sagte Hila, »das ist die Wurzel der ganzen Sache. Sie hat sich in deiner Phantasie eingenistet. Ein Dybbuk. Wenn du sie wiedersiehst, wird der Dybbuk verschwinden.«

»Wie?« fragte Jo'ela flehend. »Was heißt das?«

Hila schloß kurz die Augen. Als sie sie wieder öffnete, war alle Fröhlichkeit daraus verschwunden. »Jo'ela, du siehst sie vielleicht so, wie du gerne wärest oder glaubst, daß du gerne wärest, oder ... eine Art Ziel deiner verlorenen Wünsche, aber in Wirklichkeit ist sie einfach nur ein Mensch wie alle anderen. Wenn du mit ihr alleine sprichst, wirst du es selbst merken, das kann nicht anders sein, und dann wirst du sie in Ruhe lassen, dann kannst du auf sie verzichten und auch wieder essen.«

»Du redest wie diese Frau mit dem Mais«, sagte Jo'ela zornig, aber ihre Stimme hatte ihre alte Sicherheit verloren. »Was heißt das, sie repräsentiert etwas?« Sie legte ihre Hand gebieterisch auf die Leinentasche, in der Hila wieder einmal zu wühlen begann, und bat um die Rechnung, betrachtete sie, legte einen Hundertschekelschein auf den Tisch und nickte, als Hila, die neben dem Mann stand und über seine Schulter hinweg zur Küche hinüberschaute, noch einmal das Essen lobte. Dann machte sie die Tür auf.

Auf dem Weg zum Auto sagte Hila: »Dafür müßten wir ins Detail gehen. Über deine Sexualität sprechen, über die du gar nicht gerne redest, und über dein Verlangen, nichts zu wollen, was mit dem Körper zu tun hat, kurz gesagt: über Scham.«

Unter ihren Schuhen knirschte der Sand auf dem Bürgersteig. Neben dem Auto blieb Hila stehen, blickte sich suchend um, wühlte in ihrer Handtasche und sagte schließlich: »Hast du eine Telefonmünze? Ich möchte nur ganz schnell telefonieren.« Sie sprach hastig, wie jemand, der Fragen und Erklärungen vermeiden möchte, und rannte dann durch eine Sandwolke hinüber zu einer Telefonzelle. Es dauerte nicht lange, bis sie wiederkam, den Kopf zwischen die Schultern gezogen, und als sie sich ins Auto setzte, sagte sie zerstreut: »Er ist schon nicht mehr da.«

»Vielleicht später«, meinte Jo'ela tröstend.

»Nein, für heute ist es schon aus, und er weiß gar nicht, wo ich bin.«

»Das schadet ihm nichts«, sagte Jo'ela, »wenn er auch mal was nicht weiß.« Sie drehte sich um, bevor sie aus der Parklücke fuhr. Auf der Straße war kein Auto zu sehen, und an den Häusern links und rechts waren die Rolläden heruntergelassen. Es spielten auch keine Kinder auf dem Gehweg.

»Jetzt ist es ein halber Kilometer, und da ist ja auch das Schild. Wege beschreiben kann sie jedenfalls.«

Am vierten Haus fuhr sie langsamer, vorbei an dem großen Schild, »Rabbiner Nechoschta'i«, schwarze Buchstaben auf weißem Hintergrund, und hielt zwei Häuser weiter an. »Ich bleibe hier«, verkündete Hila und streckte die Füße aus, bis sie an die graue Verkleidung stießen.

Das Schild hing an einem kleinen Tor, das aus einem wackligen Holzrahmen mit eingerissenem Metallgitter bestand. Rechts und links davon erstreckte sich ein großer Garten, und vor dem kleinen Haus standen einige Obstbäume. Ein Pflaumenbaum, ein abgeernteter Zitronenbaum, und neben dem Tor blühte ein wilder Apfelbaum, dessen weißrosige Blüten in ein paar Tagen abfallen würden, damit die säuerlichen Früchte wachsen konnten. Der grüne, frische Rasen wirkte gegen die gelbe, dunstige Luft wie gemalt, aber hier sah man keinen Sand. Einen Moment stand Jo'ela reglos da, bis sie lautes, klares Gelächter vom anderen Ende des Gartens hörte. Das Lachen brachte die Entscheidung. Sie ging durch den Garten auf das Lachen zu. Ein paar Schritte vor einem Planschbecken aus Plastik blieb sie stehen. Auf einer Betonfläche neben dem Becken kniete das Mädchen, einen Wasserschlauch in der Hand, mit dem sie in das Becken spritzte.

Unter dem bekannten blauen Rock, den sie um die Knie gezogen hatte, waren ihre Füße zu sehen, die in dicken, hellbraunen Wollstrümpfen steckten. Die Ärmel ihrer blauen Bluse hatte sie bis unter die Ellenbogen gekrempelt, ihr Zopf flog mit den Bewegungen des Wasserschlauchs nach links und nach rechts. In dem Planschbecken stand mit vorgewölbtem Bauch ein etwa zweijähriger Knirps. Er stampfte mit den Beinen, so daß das Wasser nach allen Seiten spritzte, auch auf das Gesicht und die Haare des Mädchens, und bog sich vor Lachen.

Jo'ela betrachtete die Szene. Das einzige Glück, das uns erwartet, wächst aus Schmerz und Verzicht.

Jo'ela überquerte mit langsamen Schritten den Rasen und betrat die Betonfläche. Der Kleine hörte auf zu lachen und starrte sie an. Das Mädchen drehte den Kopf, ihr Gesicht war rot, und ihr lachender Mund ließ sehr weiße Zähne sehen. Als sie Jo'ela erblickte, sprang sie plötzlich auf. Der erschrockene Ausdruck ihres Gesichts war noch vermischt mit Lachen, doch die Röte wich aus ihren Wangen. Mit offensichtlicher Angst blickte sie an Jo'ela vorbei, als suche sie den Rabbiner, der sie hergeführt haben könnte, dann zu dem Jungen, der noch immer zögernd im Wasser herumstampfte. Sein Gesicht wurde rot, und man sah ihm an, daß er kurz davor war zu weinen. Die Augen des jungen Mädchens, blau auf grauem Hintergrund, zogen sich zusammen, als bemühe sie sich, besser zu sehen. Der Mund des Jungen klappte auf. »Sind Sie nicht die Ärztin aus dem Krankenhaus?« fragte das Mädchen schließlich mit einer angenehmen Stimme, weder Sopran noch Alt, die fröhliche, klare Stimme eines jungen Mädchens. Sie wirkte nun verblüfft, eher mißtrauisch als ängstlich, und fuhr sich mit der Zunge über die Lippen. Der Wind hatte sich gelegt, die Luft war noch sehr staubig. Jo'elas Kopf fühlte sich schwindlig und leicht an. Da war sie also, und sie hatte gesprochen. Hila hatte recht gehabt, sie war wie jeder andere Mensch auch. Mehr als andere war sie wie jeder andere Mensch auch. Der Junge bückte sich, schaukelte hin und her und fiel nach vorn und setzte sich laut platschend auf den Po. Seine Hände lagen auf dem Boden des Planschbeckens. Er nahm eine grüne Gummiente aus dem Wasser, biß hinein und warf sie dann zu dem Mädchen.

»Ich bin Doktor Goldschmidt«, sagte Jo'ela.

Das Mädchen blickte sich erschrocken um.

»Ich bin allein hier«, sagte Jo'ela. »Ich habe niemanden mitgebracht. Ich ... Ich wollte nur mit dir sprechen.«

Das Mädchen warf die Gummiente vorsichtig zurück ins Wasser, der Kleine lachte, das Mädchen trat zum Rand des Planschbeckens. Jo'ela folgte ihr. »Es ist gefährlich, wenn man nicht aufpaßt«, erklärte das Mädchen. »In dem Alter können die Kinder noch leicht ertrinken.«

Jo'ela nickte. Jedes Wort des Mädchens ließ die letzte Woche in einem grotesken Licht erscheinen. Als wisse das Mädchen alles. Was für eine Falle hatte sie sich selbst gestellt. »Man hat dich hierhergeschickt«, sagte Jo'ela schließlich. Denn alle anderen Wörter, die sie hätte benutzen können, wie: verjagen, verstecken, die Schande verbergen, die ihr ebenfalls durch den Kopf gingen, waren widerlegt. Eine leise Stimme in ihr pochte noch darauf, sie trotzdem auszusprechen, auch wenn sie dem Augenschein widersprachen, aber sie unterdrückte sie. Natürlich war das Mädchen blind gegen die Grausamkeit, mit der sie behandelt wurde, sie sah das anders. In ihren Augen war das eine Chance. Es würde kein geheimes Bündnis zwischen ihnen beiden geben. Wieder quetschte der Kleine die Gummiente, hob das dicke Ärmchen und warf sie mit aller Kraft auf das Mädchen. Die Ente traf die einwärts gezogene Brust, prallte ab und fiel seitlich zu Boden. Mit einem verlegenen Lächeln bückte sich das Mädchen, hob die Ente auf und warf sie ins Wasser zurück. »Er spielt«, sagte sie entschuldigend.

Auf dem Rasen, nahe der betonierten Fläche, stand ein Gartenstuhl mit geflochtenem Sitz, darauf lag ein umgedrehtes Buch, der braune Einband mit den Goldbuchstaben nach oben. »Meine Eltern haben gemeint, daß es mich heilt«, erklärte Henia Horowitz, »von meiner Blutarmut.«

»Du bist nicht blutarm«, sagte Jo'ela. »Die Untersuchung hat das ergeben.«

»Weil ich doch so blaß war. Hier ist es ruhig. Der Rabbiner hat zu meinem Vater gesagt, das würde mir guttun.«

»Und was ist mit der Schule?«

»Es gibt hier eine Mädchenschule, dort gehe ich erstmal hin.«

»Dir geht es hier gut«, sagte Jo'ela.

Henia Horowitz senkte den Kopf. »Ich habe ein Zimmer für mich allein, und im Garten ... Ich sitze im Garten, und manchmal spiele ich mit dem Kleinen«, murmelte sie.

»Und die Leute? Ist das ihr Kind? Des Rabbiners Nechoschta'i und seiner Frau?«

»Sie haben noch ein Baby. Dieser da, Jizchakle, ist der Zweitjüngste, und dann gibt es noch zwei größere, alles Söhne, Gott sei Dank.« Sie lächelte den Kleinen an. Der Gummischlauch war vom Planschbecken gerutscht, das Wasser lief jetzt auf den Beton. Henia nahm den Schlauch und hängte ihn zurück ins Becken. Dann ging sie mit langen, schnellen Schritten zum Wasserhahn neben dem Haus, drehte ihn mit einem Griff zu und kam zurück. Sie hatte dabei den Jungen nicht aus den Augen gelassen.

»Sind sie Verwandte von dir?« fragte Jo'ela.

»Die Tante, die Frau des Rabbiners, ist eine Kusine meiner Mutter«, erklärte Henia verschämt. Dann fragte sie: »Hat mein Vater Sie geschickt? Hat er Ihnen gesagt, daß Sie herkommen sollen?«

»Nicht ... nicht genau.« Jo'ela war verlegen. Daran hatte sie nicht gedacht. Erst jetzt wurde ihr klar, daß das Mädchen wirklich an ihren Eltern hing. »Ich bin gekommen, um zu sehen, ob es möglich ist ... Ich möchte dir etwas erklären, damit du auch verstehst, wie wichtig es ist, daß wir dich untersuchen, damit wir herausfinden, was wir für dich tun können. Es ist zu deinem Besten.« Mit einem Gefühl des Abscheus hörte sie selbst ihre verlogenen Worte, die eigentlich ihre Anwesenheit hier nicht erklärten, auch nicht das bißchen Wahrheit, das in ihnen enthalten war. Das Mädchen blickte sie mit diesen blauen vernünftigen Augen an, warf dann einen

Blick auf den Jungen, der mit den Händen auf das Wasser platschte.

»Mein Vater hat mir alles Notwendige erklärt, und er hat gesagt – auch Rabbiner Perlschtajn hat das gesagt –, daß mit Gottes Hilfe alles in Ordnung kommt. Mein Vater wird mir sagen, wann.«

»Was heißt das, wann?« fragte Jo'ela. Ihre Worte hallten durch die Luft. Aus einer Seitentür neben dem Wasserhahn, die ihr bisher nicht aufgefallen war, trat eine Frau, ein Baby auf dem Arm. Sie trug ein weißes Kopftuch, und das weite, helle Kleid reichte ihr bis zu den Knöcheln. Dort, wo sie das Baby hielt, fast an der vage erkennbaren Hüftlinie, hatte sie einen großen Fleck auf dem Kleid. Ihre Augen, hell und groß, blinzelten gegen das Licht. Als sie nun lächelte, erschien ein tiefes Grübchen in ihrer rechten Backe, oberhalb eines Muttermals.

»Ich habe Stimmen gehört«, sagte die Frau entschuldigend. »Ich wollte sehen, mit wem du dich unterhältst.«

»Das ist Frau Doktor Goldschmidt aus dem Krankenhaus«, sagte das Mädchen mit dieser wohlklingenden, ganz normalen Stimme.

»Sehr angenehm«, sagte die Frau, aber eine Wolke von Unmut verdüsterte das schöne Gesicht. Das Grübchen war verschwunden, und ihre Arme umklammerten das Baby.

Jo'ela zog die Schultern hoch, kroch fast in sich hinein. Wie hätte sie in dieser Umgebung dem Mädchen etwas erklären können? In dieser Panik? Sie ärgerte sich über sich selbst und über Hila. Was hatte sie erwartet? Was hatte sie sich vorgestellt?

»Ich war zufällig in der Gegend«, sagte sie, »und da habe ich mir gedacht ... Die Rabbinerin hat es mir gesagt.«

Im Gesicht der Frau zeigte sich Erleichterung. Sie lächelte, und das Muttermal verschwand fast in dem Grübchen. »Die Rabbinerin«, sagte sie zufrieden, »hat Sie also gebeten, nachzuschauen, was mit unserer Henia ist? Sie sieht gut aus, Gott sei Dank, es geht ihr gut bei uns, nicht wahr, Henia?«

Das Mädchen lächelte schüchtern. »Nia, Nia«, krähte der kleine Junge aus dem Wasser und streckte ihr die nassen Arme entgegen.

»Kommen Sie doch herein, bitte«, sagte die Frau und ging Jo'ela voraus zur Seitentür. »Trinken Sie etwas Kaltes, ruhen Sie sich ein wenig aus. Wenn Gott will, werden wir ...«

Von den Füßen aufwärts stieg Angst in Jo'ela hoch. Sie würden es herausfinden. Schnell blickte sie auf die Uhr. »Man wartet auf mich in ... Ich muß mich beeilen.«

»Auch kein Glas Saft?« fragte die Frau bedauernd. »Wasser? An einem so heißen Tag? Heniale, hol doch mal schnell ...«

»Nein, nein, nein, danke, wirklich nicht«, beharrte Jo'ela und ging ein paar Schritte rückwärts. »Ich möchte mich jetzt verabschieden, vielleicht ein andermal ...« Im Sprechen hielt sie Henia die Hand hin. Das Mädchen blickte sie zögernd an, wandte den Kopf zu ihrer Tante und legte dann ihre Hand in Jo'elas. Die Hand war noch feucht vom Wasser des Planschbeckens. Beschämt.

»Paß auf!« schrie Hila, als Jo'ela vor der Hauptstraße aufs Gas trat. Ein Auto raste an ihnen vorbei. Jo'ela riß das Steuer herum und bremste plötzlich.

»Nichts ist passiert, nichts ist passiert«, sagte Hila in einem beruhigenden, mütterlichen Ton. Jo'ela ließ die zitternden Hände in den Schoß sinken. »Genug jetzt, was haben sie dort mit dir gemacht?«

Auf dem Weg zum Krankenhaus hielt Jo'ela am Einkaufszentrum an. Hila hängte sich die Tasche über die Schulter und stieg aus dem Auto. »Bist du sicher, daß es besser so ist?« fragte sie zum dritten Mal.

Jo'ela nickte.

»Also in zwei Stunden?« fragte Hila. »Und wenn es mir vorher stinkt, komme ich einfach ins Krankenhaus?«

Wieder nickte Jo'ela. Sie hätte ihr von Jo'el erzählen sollen, aber weil sie es bisher nicht getan hatte, ging es irgendwie nicht mehr.

»Du brauchst dir keine Sorgen zu machen«, meinte Hila lächelnd, »es wird mir nicht langweilig werden. Und wenn – dann kann ich ja ein bißchen lesen, ich habe ein Buch dabei, oder ins Kino gehen.« Sie stand noch immer neben dem Auto, als falle es ihr schwer, sich zu verabschieden. Beim Anblick des Gesichts in der Fensteröffnung, der rundlichen Hand mit den abgenagten Fingernägeln empfand Jo'ela plötzlich so etwas wie Mitleid. Seit Jahren hatte sie ihr nicht gesagt, wie gern sie Hila hatte.

Wie oft schweigen wir denen gegenüber, die uns wirklich nahestehen. Und dann sagen plötzlich eine weiße Hand oder abgenagte Fingernägel so viel. Es ist alles andere als selbstverständlich, daß Hila jetzt hier ist. Sie hat ihre eigenen Interessen beiseite geschoben, um bei dir zu sein. Wir erfinden Rituale, um mit allem fertig zu werden. Geburtstage, Todestage, Gedenktage. Manchmal aus Abwehr und manchmal aus Scham.

Jo'ela spürte einen plötzlichen Impuls, Hila zu sagen, daß sie recht gehabt hatte. »Willst du mitkommen?« fragte sie gegen ihren Willen.

»Nein, nein«, wehrte Hila ab. »Mach dir keine Sorgen. Nur fahr vorsichtig, bitte.«

Jo'ela neigte den Kopf, beugte sich zum Fenster. Sie berührte die Hand. Sie hätte so gern etwas gesagt, irgend etwas. Um ihren Dank auszudrücken. Sie richtete sich wieder auf. Hila ließ das Fenster los, und Jo'ela nahm den Fuß vom Bremspedal.

Im Krankenhaus wurde sie schon erwartet. Und nach der Begrüßung, dem Kaffee, den begeisterten Ausrufen der beiden Oberärzte, die sie von früher kannte, dem offiziellen Teil mit dem Chefarzt der Abteilung, dauerte es nicht mehr lange, da stand sie auch schon in dem kleinen Saal, auf dem Steinpodest, vor Reihen von Zuhörern. In den vordersten Reihen saßen einige Ärzte, die sie kannte, darunter auch eine Praktikantin, mit der sie vor Jahren, noch als Studentin, zusammengearbeitet hatte. In der letzten Reihe, nahe am Ausgang, entdeckte sie Jo'el. Er hatte den Ellenbogen auf der am Stuhl befestigten Schreibplatte aufgestützt und die Wange in die Hand gelegt. In der anderen Hand hielt er den braunen Umschlag und fächerte sich damit Kühlung zu. Es war heiß im Saal.

Der Vortrag verlief wie geplant, der Diaprojektor funktionierte ordentlich, und kein einziges Mal legte sie ein Dia verkehrt herum ein, alles klappte. Als sie von den Karteikarten, die sie in den Händen hielt, aufblickte, um zu sehen, ob es Fragen gab, hob Jo'el die Hand. Sie wandte sich erst anderen zu – den beiden Oberärzten und der Praktikantin – und beantwortete deren Fragen, die sich um technische Aspekte bei der Untersuchung eines Fötus in der sechzehnten Schwangerschaftswoche drehten. Doch Jo'el ließ nicht locker. Sie hatte keine Wahl, sie mußte ihn auffordern, seine Frage zu stellen.

»Frau Doktor Goldschmidt«, sagte er in den Saal, »Ihr Vortrag war wirklich sehr informativ, obwohl ich kein Arzt bin.« Alle Köpfe in dem kleinen Saal wandten sich nach hinten und blickten ihn an. »Ich bin in dieser Hinsicht ein völliger Ignorant, und vielleicht ist meine Frage auch dumm, aber etwas stört mich jetzt doch, nach dem Vortrag: Was wird man nun anfangen mit all den Informationen, die die neuen Untersuchungsmöglichkeiten bieten? Mit anderen Worten« – er hustete und hielt sich die Hand vor den Mund –, »wenn sich, nehmen wir mal an, herausstellt, daß dem ungeborenen Kind ein Finger fehlt, daß es einen leichten Herzfehler hat oder eine Hasenscharte – wollen Sie dann die Schwangerschaft abbrechen?«

Jo'ela stützte sich auf das Rednerpult, hinter dem sie stand, und schwieg einen Moment. Im Saal wurde gemurmelt, nun waren alle Köpfe erwartungsvoll ihr zugewandt. »Unsere erste Pflicht ist es, zu wissen und die Mutter zu informieren«, sagte Jo'ela mit gelassener Stimme. »Ich gehe davon aus, daß sie diejenige ist, die entscheidet. Gemeinsam mit uns, natürlich. Je nachdem, wie der Fall gelagert ist.«

»Haben Sie nie irgendwelche Zweifel«, beharrte Jo'el, »in bezug auf den Wert dieses Wissens?«

»Warum sollten wir?«

»Unter anderem deshalb, weil dieses Wissen alles so bekannt macht, so offen«, sagte Jo'el und beugte sich vor, in der Hand den braunen Umschlag. »Weil das große Geheimnis verlorengeht. Man weiß alles schon vorher, nicht nur das Geschlecht des Kindes, sondern auch jedes Detail, das mit seinen körperlichen Funktionen zusammenhängt. Was sollen wir mit dem ganzen Wissen anfangen?«

»Dieses Wissen ist sehr begrenzt, mein Herr«, sagte Jo'ela und sammelte zerstreut ihre Karteikarten ein. »Und selbst wenn das Wissen um die Wahrheit seinen Preis hat, so scheint es doch keine Alternative zu geben.«

Er wartete am Ausgang auf sie und lächelte, als sie als letzte den Saal verließ und hinaustrat in das weite Treppenhaus. »Hier«, sagte er und hielt ihr den braunen Umschlag hin, »der gehört Ihnen, Sie haben ihn in meinem Auto vergessen.«

Sie nahm den Umschlag, schaute hinein und steckte ihn dann in ihre Tasche.

»Ich habe die Sachen nicht gelesen«, beteuerte er, »ich habe sie nur mal angeschaut.«

»Ich habe schon auf sie verzichtet«, sagte Jo'ela und folgte ihm in die Kantine.

»Wollen wir wirklich hier essen?« fragte er enttäuscht, mit einem Blick auf die lange Schlange vor der Selbstbedienungstheke und auf die Pappbecher, die vor ihnen auf dem klebrigen Tisch standen, auf die Papierservietten, die in das Plastikgefäß mitten auf dem Tisch gestopft waren.

»Es gibt eine Klimaanlage, es gibt Kaffee, was braucht man mehr?« sagte Jo'ela spitz.

»Vielleicht irgendeinen Zauber?«

»Romantik? Ein Nichtwissen? Ich habe ohnehin wenig Zeit.« Sie blickte auf die Uhr. »In einer halben Stunde muß ich weg.«

»So hatte ich es mir nicht vorgestellt«, sagte Jo'el mit einem Seufzer.

»Wie hattest du es dir denn vorgestellt?« fragte Jo'ela laut.

»Anders. Eher ... so wie gestern abend.«

»Und dann? Was sollte dann passieren?«

»Ich weiß es wirklich nicht.« Jo'el lächelte, in seinen Augen tanzten braune und gelbe Blitze. »Ich habe keine Ahnung, aber ich habe gehofft ...« Das offene Ende des Satzes, seine einfache Art zu reden, direkt und ohne Raffinessen, aber vor allem die kindliche, ungekränkte Freude, die ihm aus den Augen strahlte, machten all ihre Vorsätze zunichte.

»Hoffen lohnt sich nicht«, sagte Jo'ela. »Ich bin lieber vorbereitet.« Sie spürte, wie ihre Ohren anfingen zu glühen. Eine Schande.

»Warum?« protestierte er beleidigt. »Warum sollen wir vorbereitet sein? Was passiert denn, wenn wir aufhören zu hoffen? Was bleibt dann noch?« Er trank einen Schluck Kaffee, bevor er vorschlug: »Komm, gehen wir ein bißchen raus.«

»Nicht heute«, sagte Jo'ela. »Heute nicht.«

»Wann denn sonst?« fragte er sehnsüchtig.

»Ein andermal, vielleicht«, versprach sie, wie sie es bei Ja'ir tat, wenn er wieder mal vergeblich gehofft hatte, daß aus dem Regen vielleicht doch noch Schnee würde.

»Wenn ich dich anschaue, weiß ich genau, daß du es auch willst«, sagte er. »Und ein andermal könnte vielleicht nie passieren.«

»Wenn es nicht passiert, ist es nur ein Zeichen, daß es nicht passieren mußte«, sagte Jo'ela und beobachtete, wie die Freude aus seinen Augen verschwand. Er stützte das Kinn auf die Hand. »Wenn es passieren soll, wird es auch passieren«, fügte sie hinzu.

»Es muß.«

»Dann wird es so sein.«

Er machte den Mund auf, um zu antworten, mit einem Ausdruck zwischen Nachdenklichkeit und Trauer in den Augen. Doch in diesem Moment kam mit schnellen Schritten einer der beiden Oberärzte auf sie zu und rief: »Jo'ela! Gut, daß ich dich gefunden habe, deine Tochter sucht dich ganz dringend.« Als sie aufsprang, fügte er schnell hinzu: »Aber sie hat gesagt, daß nichts passiert ist. Sie hat nur gesagt, du sollst sie anrufen, sobald du kannst.«

Jo'el begleitete sie zur Abteilung, zum Zimmer des Arztes, und stand neben ihr, als sie wartete, bis ihre Tochter endlich ans Telefon kam. »Gut, daß du anrufst«, sagte Ja'ara. »Chalale versucht schon seit heute morgen, dich zu erreichen.«

»Chalale?« fragte Jo'ela. »Ist was mit Tante Sarah?«

»Nein, es geht um sie selbst«, versicherte Ja'ara. »Tante Sarah geht es gut, Oma geht es gut, aber Chalale hat Wehen oder so was, und sie hat gebeten, daß du kein Wort zu Tante Sarah sagst. Du sollst sie nur schnell anrufen.«

»Aber sie hat doch noch Zeit«, sagte Jo'ela. »Es ist noch lange nicht soweit.«

Chalale war die Tochter von Tante Sarah, der Tante, die eigentlich eine Freundin der Mutter war, wie eine Schwester – »mehr als eine Schwester« hatte ihr Vater gesagt. Eigentlich hieß sie Chana – den Namen Chalale hatte sie bekommen, als Jo'elas kleiner Bruder noch nicht richtig sprechen konnte, und er war an ihr hängengeblieben, gehörte sozusagen zur Familiensprache, die meisten nannten sie so. Als Jo'el, der an der Tür lehnte, lächelte, hörte Jo'ela plötzlich wieder die Stimme ihres kleinen Bruders, wie er »Chalale, Chalale!« rief.

Jo'ela rief sofort bei Chanale an, Tante Sarahs einziger Tochter, die nach mehreren Abgängen und unter großen Mühen geboren worden war und nun, vier Wochen vor dem errechneten Geburtstermin, Wehen bekommen hatte. »Ich habe darauf gewartet, daß du mir sagst, was ich tun soll«, sagte Chanale atemlos am anderen Ende der Leitung. »Kommst du? Du hast es mir versprochen.«

»Es dauert eine Weile, bis ich da bin«, antwortete Jo'ela zögernd. »Sag zu Professor Margaliot, ich würde ihn darum bitten, daß er dich selbst untersucht. Bis du dort bist, bis man dich aufgenommen hat, bis man dir einen Einlauf und das alles gemacht hat, bin ich da.«

Jo'el lehnte am Türpfosten. Sie stand ihm gegenüber. Er breitete die Arme aus und versperrte ihr den Weg. »Zeig mir, wie sehr du es willst«, sagte er und legte seinen Mund an ihre Wange. »Es ist schön, wenn eine Frau es will«, flüsterte er ihr ins Ohr. »Auch ein Dummkopf, der will, ist schön, glaub mir das.« Er legte ihr die Arme um den Hals. »Drück mich ganz fest, mit aller Kraft.« Jo'ela umarmte ihn. Es gibt Menschen, die vor der Stärke ihres Verlangens Angst bekommen. Und es gibt andere, die gerade dieses Verlangen suchen. Er blickte sie an und lächelte. Jo'ela lachte.

17.
Auch ein alter Spiegel war einmal neu

Auf dem Weg zum Kreißsaal ging Jo'ela mit schnellen Schritten am Wartezimmer vorbei. Ohne nachzudenken, warf sie einen Blick hinein, drehte einfach aus alter Gewohnheit den Kopf, sah, ohne sie wirklich wahrzunehmen, die beiden Frauen, die dort nebeneinander saßen und sich leise unterhielten. Erst als sie schon ein paar Schritte weitergegangen war, wurde ihr bewußt, wen sie gesehen hatte, und sie eilte zurück. Einen Moment lang stand sie in der Tür und betrachtete die beiden, die da saßen, wie sie früher, als sie ein Kind war, in der Küche gesessen hatten. Das letzte Mal hatte sie sie während der Krankheit ihres Vaters so gesehen, als sie stundenlang im Flur des Krankenhauses gesessen hatten, so dicht nebeneinander, daß sich fast ihre Köpfe berührten. Tante Sarah, die Füße von sich gestreckt, sprach, während ihre Mutter mit geneigtem Kopf neben ihr saß, die Knie eng beieinander, den Blick auf die Schuhspitzen geheftet, als helfe ihr deren genaue Begutachtung, sich besser zu konzentrieren. Tante Sarah brach in ein leises Lachen aus, so wie früher, und die Mutter brachte sie erschrocken zum Schweigen.

Pnina saß da, in einem frühlingshaften Kostüm, das Jo'ela

noch nicht kannte, blaue und grüne Blumen auf weißem Hintergrund, mit blauen hochhackigen Schuhen und dünnen Strümpfen – sogar ohne die dicken elastischen Strümpfe, die sie seit Jahren trug, um die sichtbaren Adern an ihren Knöcheln zu verbergen –, eine schwarze Ledertasche auf den Knien, die Lippen dunkelrot geschminkt. Ihre Brille hatte sie abgesetzt. Das Weiß ihrer Augen, umgeben von einem Kranz von Fältchen, war trüb geworden, das Blau verblaßt. Aber auch jetzt waren sie sorgfältig geschminkt, ein schwarzer Strich auf der Innenseite des unteren Lids, einer auf dem oberen.

»Da bist du ja«, rief Pnina. Ihre Erleichterung war an dem schnellen, prüfenden Blick zu erkennen, mit dem sie Jo'elas Schuhe, ihr Kleid und ihre Frisur musterte. An ihren überkreuzten Beinen und dem verschleierten Blick, der nacheinander pessimistische Zweifel, ein Bewußtsein für die Feierlichkeit des Moments und große Sorge ausdrückte, erkannte Jo'ela, wie aufgeregt ihre Mutter war.

Tante Sarah lächelte. »Ich habe gewußt, daß du rechtzeitig kommst«, rief sie mit einem triumphierenden Blick, sprang auf und umarmte Jo'ela. »Ich hab's dir ja gesagt.« Ihr Schielen war so stark geworden, daß man nicht wußte, wen sie anblickte, Jo'ela oder ihre Mutter, bis sie schwer atmend verkündete: »Es hat schon vor Stunden angefangen, erst hat sie gedacht, es wäre einfach Bauchweh, aber ...«

»Der Professor hat sie schon untersucht, es ist alles in Ordnung«, warf Pnina ein.

Jo'ela bückte sich und küßte ihre Mutter auf die faltige Wange. Erstaunt nahm sie den alten Duft wahr, den fast unmerklichen Hauch von Freesienparfüm, und plötzlich stand ihr wieder das Bild vor Augen: die Mutter im Schlafzimmer, zwei Tropfen hinter jedes Ohr und einen in den Ausschnitt tupfend, unter die blaue Perlenkette. Die Berührung der Wange, die immer wieder überraschte durch ihre Weichheit, und die Haut mit dem Freesienduft brachte die Frage, die großen Zweifel zum Verschwinden. Die Jahre waren weggewischt. »Alles wird gut«, sagte die Mutter, neigte den Kopf zur Seite, als erwarte sie eine Antwort, und fuhr im selben Atemzug fort: »Wie geht es dir, Jolinka, hast du ein neues Kleid? Das Kleid ist jetzt ja nicht wichtig, aber du siehst schön aus.«

»Alles wird gut«, versprach Jo'ela, und zu Sarah sagte sie: »Du wirst einen prachtvollen Enkel bekommen.«

»Es wird auch Zeit«, murmelte Tante Sarah. Ihr Gesicht war ganz nahe bei Jo'elas, sie strich ihr über die Haare. »Wenn man eine einzige Tochter bekommt, mit über vierzig, nach so vielen Behandlungen, und damals war es nicht wie heute, es gab keinen Ultraschall und das alles ...«

»Wer hat es euch gesagt?« fragte Jo'ela. »Warum wartet ihr jetzt schon? Das kann noch Stunden dauern.«

»Was haben wir sonst zu tun?« meinte Sarah. »Schließlich wartet niemand auf uns.«

»Wieso sollten wir nicht dasein, haben wir kleine Kinder zu Hause?« fragte Pnina.

»Es kann noch Stunden dauern«, wiederholte Jo'ela ihre Warnung. »Vielleicht wartet ihr bei uns zu Hause, und ich sage euch Bescheid. Es sind nur fünf Minuten von hier, und ...«

»Mir brennt es nicht«, erklärte Sarah. »Von mir aus kann es dauern, so lange es will. Bekomme ich etwa jeden Tag einen ersten Enkel? Vielleicht will deine Mutter bei euch zu Hause warten, aber ich rühre mich nicht von der Stelle.«

»*Hak nischt in tschajnik**«, fuhr Pnina sie an. »Ich bin doch nicht den ganzen Weg gefahren, um zu Hause zu sitzen. Hier ist es sehr bequem, und wir haben uns belegte Brote mitgebracht, schau.« Sie deutete auf eine pralle Tüte. »Hast du vielleicht Hunger?« fragte sie plötzlich erschrocken. »Hast du heute schon was gegessen? Wo warst du überhaupt?«

**Hak nischt in tschajnik* (jidd.): Hau nicht auf den Teekessel. Sinngemäß: Red keinen Blödsinn.

»Hier, nimm«, sagte Sarah, wühlte in der Tüte, zog einen rötlichen Apfel heraus und drückte ihn Jo'ela in die Hand. Die legte ihn in die Tüte zurück und sagte: »Vielleicht später.«

Sarah lachte. »Deine Mutter hat darauf bestanden, daß wir unterwegs noch was einkaufen, damit wir nicht mit leeren Händen herkommen.«

»Ich habe nichts gebracht«, sagte Pnina entschuldigend. »Ich bin mit leeren Händen gekommen, ich habe auch nichts für den Kleinen. Heute wollte ich zum Markt fahren, aber da hat diese Verrückte angerufen, und ich habe alles liegen- und stehenlassen ...« Immer wenn die Mutter sich über Sarah freute, nannte sie sie diese Verrückte, wenn sie zum Beispiel an einem heißen Tag, nach einem langen Fußmarsch, unerwartet zu Besuch kam, oder wenn sie sie zu spontanen Fahrten verleitete, so wie heute. »Aber es ist wirklich dumm, für zwei, drei Fische, wo ich ohnehin keine Zeit gehabt hätte ...«

Sarah lächelte. »Wir sind im Taxi gekommen«, sagte sie mit einer Mischung aus Bedauern und Stolz. »Mit einem Spezialtaxi für lange Fahrten. Deine Mutter wollte den Bus nehmen, aber ich habe sie überredet.«

»Wer hat es dir gesagt? Soviel ich weiß, wollte Chanale es dir erst hinterher sagen, damit du dich nicht unnötig aufregen mußt.«

»Was spielt das für eine Rolle, was sie wollte?« sagte die Mutter. »Das hat sie nicht zu bestimmen. Wir werden ja sehen, was du machst, wenn Ne'ama ... Aber das ist eine andere Zeit, eine andere Generation.«

»Ich habe bei ihr angerufen, weil ich wissen wollte, wie es ihr geht, und niemand ging ans Telefon«, bekannte Tante Sarah. »Da habe ich bei Elik angerufen, bei der Arbeit, und da hat man mir gesagt, er hätte seine Frau ins Krankenhaus gebracht, und da habe ich gleich bei dir angerufen, und Ja'ara ... Wie groß sie schon ist, am Telefon hat sie eine Stimme wie eine Frau, ich habe sie das letzte Mal gesehen, als ... Wie alt war sie da?« Sarah hielt inne. »Sagst du uns immer mal wieder Bescheid?« fragte sie leise.

Jo'ela nickte.

»Sie hat das schönste Zimmer bekommen, was für eine Aussicht!« erklärte Sarah und lachte. »Wir haben schon mal reingeschaut, schließlich haben wir ja Beziehungen.«

»Was spielt es für eine Rolle, wie die Aussicht ist«, fuhr Pnina auf. »Sie wird sowieso nichts davon sehen.«

Chanale lag im großen Zimmer, und das hereinfallende Licht malte kleine goldene Inseln in ihre braunen Haare. Auf dem blauen Kunststoffstuhl, dicht am Monitor, saß Elik, ein Computerfachmann, und beobachtete konzentriert, wie sich die Nadel langsam nach rechts und links bewegte. Er hielt das Ende des Ausdrucks in der Hand, den das Gerät ununterbrochen ausspuckte. Chanale lag mit angezogenen Knien da, die Augen geschlossen, und preßte einen Zipfel des grünen Tuchs in der Hand.

»Es ist alles in Ordnung«, versicherte Monika, die Hebamme, die am Waschbecken stand. »Professor Margaliot hat sie untersucht, es geht gut voran.«

»Chalale«, sagte Jo'ela und legte ihr die Hand auf die Stirn.

Chanale machte die großen kindlichen Augen auf, ein verschwommenes Blau, hell und unschuldig. Sie lächelte. »Ich hatte Angst, daß du nicht rechtzeitig kommst«, sagte sie erleichtert, bevor sich ihr Gesicht vor Schmerz verzerrte. Langsam bewegte sich der Zeiger von links nach rechts, Chanale stöhnte, die Herztöne des Kindes wurden lauter, dann wieder leiser.

»Eine sehr schöne Wehe«, sagte Jo'ela und begann, die Handschuhe anzuziehen. »Bring mir einen Kittel«, bat sie Monika. »Ich möchte sie noch einmal untersuchen. Elik, wie geht es dir?«

»Prima«, sagte er ruhig. Elik war bekannt für seine

Schweigsamkeit. »Ein guter Junge«, sagte Tante Sarah oft, »aber er sagt nie was, wenn ich etwas erfahren will, muß ich Chanale fragen.«

Monika trat zu ihr und hielt ihr einen Kittel hin. Jo'ela schob ihre Hände hinein.

»Gebärmutterhals ganz verstrichen, Muttermund fünf Zentimeter geöffnet«, sagte Jo'ela zum Abschluß ihrer Untersuchung, und Monika nickte. »Der Kopf ist frei über dem Becken, Blase stark vorgewölbt und drückt auf den Muttermund.« Jo'ela hörte sich selbst im Schreibrhythmus sprechen, laut, als müsse sie etwas bezeugen, als müsse sie Rede und Antwort stehen.

Monika nickte zustimmend. »Das hat Professor Margaliot auch gesagt, aber da waren es noch keine fünf Zentimeter. Es geht voran.«

»Prima, Chalale«, sagte Jo'ela, »alles ausgezeichnet, du kommst gut vorwärts. Ich sage schnell deiner Mutter Bescheid, bevor die zwei dort anfangen, sich was einzubilden.«

Chanale grinste. »Ich habe nicht gesagt, daß sie kommen soll, Jo'ela, ich schwör's dir, ich bin fast ohnmächtig geworden, als ich die beiden plötzlich hier gesehen habe. Sie hat in Eliks Firma angerufen, sie hatte so ein Gefühl, wenn du weißt, was ich meine.«

»Ein Gefühl«, sagte Jo'ela. »Sie hat immer ein Gefühl. Manchmal stimmt es, und manchmal nicht ...«

»Das hört sich an wie beim Trabrennen«, sagte Chanale, und ihr Gesicht verzerrte sich, und als der Zeiger wieder nach links ausschlug, fügte sie erklärend hinzu: »Sein Herzschlag, meine ich, wie wenn ein Pferd trabt. Es tut schrecklich weh.«

»Das war noch eine schöne Wehe«, versicherte Jo'ela und meinte plötzlich, die Stimme ihrer Mutter zu hören. Wirklich? fragte diese, und der Ton ihrer Frage zog alles in Zweifel.

Die beiden standen auf, als Jo'ela ins Wartezimmer trat. Ihre Mutter schob die Lippen vor.

»Nun, was ist los?« fragte Tante Sarah. »Was gibt es Neues?«

»Alles in Ordnung«, sagte Jo'ela mit fester Stimme, aber als sie sah, wie sich das Gesicht ihrer Mutter entspannte, war sie schon gar nicht mehr so sicher.

Die Mutter schob den Kopf vor und kratzte mit dem spitzen Fingernagel an Jo'elas Kitteltasche. »Was hast du da?« fragte sie. »Ich habe gedacht, es ist Schmutz«, fügte sie dann entschuldigend hinzu, »aber es ist ein Rostfleck.«

»Sitzt doch da nicht rum wie zwei Furien«, sagte Jo'ela hart und ungeduldig. »Warum geht ihr nicht mal runter in die Cafeteria? Dort ist die Luft besser, es gibt einen kleinen Garten ... Ihr könntet in Ruhe einen Kaffee trinken, es dauert noch eine Weile.«

Tante Sarah blickte von der Tüte, die aus ihrer Handtasche ragte, fragend zu Pnina hinüber. Die zögerte. »Und wenn plötzlich ...«

»Es gibt kein Plötzlich«, sagte Jo'ela zornig und fuhr dann weicher fort: »Ihr versäumt bestimmt nichts.«

Ihre Mutter blickte sie an, eher hilflos als mißtrauisch. »Wie finden wir denn die Cafeteria?«

»Ich bringe euch zum Aufzug und drücke auf den Knopf, und wenn ihr den Aufzug verlaßt und nach links geht, seht ihr schon das Schild«, sagte Jo'ela beruhigend.

Sie blieb neben dem Aufzug stehen, bis sich die Türen mit einem leisen Klicken schlossen. Jemand legte ihr die Hand auf die Schulter. Zili, die Laborantin, hielt ihr einen weißen Umschlag hin. »Das ist von der Genetik gekommen, wegen des Mädchens Henia Horowitz. Du hast eine Geschlechtschromosomenuntersuchung verlangt.«

Jo'ela dankte ihr und ging zurück. Noch auf dem Weg machte sie den Umschlag auf und schaute hinein. Sie hatte nicht vor, das Ergebnis der genetischen Untersuchung jetzt gleich genau zu studieren, sie hätte auch nicht mit dem gerechnet, was sie jetzt sah, aber die Buchstaben XY, rot markiert, brachten sie dazu, sich auf einen der orangefarbenen Stühle zu setzen und das Papier auf den Knien glattzustreichen. »XY-Chromosomen, die denen eines normalen Mannes entsprechen«, stand da. Langsam faltete Jo'ela das Papier doppelt zusammen, strich jede einzelne Kante glatt und steckte es dann in die Tasche ihres Kittels. Das bedeutete: Phänotyp weiblich, Genotyp männlich. Das junge Mädchen war ein Mann. Die äußeren Geschlechtsmerkmale täuschten, was hieß, daß man bei einer Untersuchung der Bauchhöhle Hoden finden würde. Hoden in der Bauchhöhle neigen zu bösartiger Wucherung, was wiederum bedeutete, daß man die Eltern über die Wichtigkeit einer Operation informieren mußte. Man mußte ihnen erklären, daß das Mädchen, obwohl es eigentlich ein Mann war, für immer als Frau betrachtet werden würde. Margaliot, nicht sie, würde ihnen erklären müssen, daß es möglich war, ihr durch die Unterdrückung der männlichen Geschlechtshormone fast das Aussehen einer Frau zu geben, wohingegen es nicht möglich war, sie zu einem richtigen Mann zu machen. Sie werden sie sowieso verbannen, sie werden sie wegschicken, um sie nicht mehr zu sehen, sogar wenn sie alle Schritte unternommen hatten, um sie dem Anschein nach zu einer Frau zu machen. Sie werden sie verstecken, sie verbannen, um ihren Tod beten. Das Mädchen wird sich einen Weg in der Welt suchen müssen. Und wenn sie zu ihr kam und um Hilfe bat?

Von Unruhe gepackt, stand Jo'ela auf und lief zurück zum Kreißsaal. Elik kam ihr entgegengerannt. Schwer atmend, aber mit ruhiger, zögernder Stimme sagte er: »Ich glaube, da ist was nicht in Ordnung! Man hört plötzlich die Herztöne des Kindes nicht mehr.«

»Bestimmt sind die Ableitungsköpfe verrutscht«, meinte Jo'ela beruhigend, beschleunigte aber ihre Schritte.

Die Ableitungsköpfe waren nicht verrutscht, dennoch zeigte der Kardiotokograph einen deutlichen Abfall der Herztöne. Jo'ela riß die Tür auf und rief: »Monika!« Die Hebamme kam sofort herbeigerannt. »Bleib hier«, befahl Jo'ela. »Abfall der Herztöne.«

Chanale stöhnte laut auf vor Schmerzen. Sie packte Jo'ela am Arm. »Was heißt das? Jo'ela, was bedeutet das?« fragte sie entsetzt.

»Das werden wir gleich wissen«, versprach Jo'ela und zog sich die Handschuhe an. »Gleich werden wir es wissen«, murmelte sie und schob ihre Hand in die Scheide. »Die Fruchtblase ist geplatzt«, sagte sie langsam, aber als ihre Hand die Nabelschnur fühlte, als sie merkte, wie sie eingeklemmt wurde, während sie den Kopf des Kindes betastete, der sich auf die Schlinge schob, dachte sie an nichts anderes mehr. *»Prolaps funiculi«*, schrie sie laut.

»Was ist das?« fragte Elik. »Was passiert hier?«

»Nabelschnurvorfall«, sagte Jo'ela, schob die Hand tief hinein in die Scheide und hielt den Kopf über der Nabelschnur. »Sie liegt jetzt unter dem Kopf, deshalb ist die Blutzufuhr gestört, jetzt drücke ich den Kopf hoch. Erschrick nicht, wir müssen operieren, aber es wird alles gut.«

»Ich rufe den Aufzug«, sagte Monika und winkte mit dem Notschlüssel.

»Wo ist die Trage?« schrie Jo'ela.

»Hier, sie kommen schon«, sagte Monika und rannte hinaus.

Mirjam, die Hebamme, schaltete den Wehenschreiber ab, und zwei Pfleger hoben Chanale auf die Trage. Jo'ela, noch immer über sie gebeugt, drückte den Kopf des Kindes kräftig nach oben und hielt gleichzeitig die Nabelschnur fest, um den Puls zu fühlen. »Mach dir keine Sorgen«, sagte sie mit hochrotem Gesicht zu Chanale, »solange meine Hand drinnen ist, ist alles in Ordnung, ich erleichtere den Druck, ich halte den Kopf in die Höhe.«

»Ist dort der Operationssaal?« schrie Mirjam ins Telefon. »Wir kommen mit einem Nabelschnurvorfall!«

»Verstanden, mit einem Nabelschnurvorfall«, bestätigte der neue Praktikant durch die Gegensprechanlage.

Während Jo'ela noch immer die Hand in Chanales Scheide hatte, während sie immer noch den Kopf des Kindes nach oben drückte und zugleich an der Nabelschnur den Puls kontrollierte, wurden Chanales Schmerzensschreie immer lauter, doch Jo'ela, die sie ganz dicht neben sich hörte, konzentrierte sich nur auf ihre Finger. »Puls normal«, teilte sie am Aufzug Monika und Nerja mit, der herbeigeeilt war, ebenso Mirjam, den beiden Pflegern und dem neuen Praktikanten, die einer nach dem anderen den Aufzug betraten.

»Sie fahren bitte alleine runter«, sagte Mirjam zu Elik, der erschrocken vor dem Aufzug stehenblieb, dessen Türen sich schlossen. Im Aufzug starrten alle schweigend auf Jo'elas Arm unter dem Laken. Chanale schrie auch in dem kleinen Raum. »Puls normal«, sagte Jo'ela, als der Aufzug unten ankam. »Puls normal«, sagte sie zu der Operationsschwester, die sie in der Tür erwartete und dem Anästhesisten ein Zeichen gab. Erst als Chanale auf den Operationstisch gehoben wurde, zog Jo'ela ihre Hand heraus und Mirjam schob die ihre hinein, um den Kopf des Kindes nach oben zu drücken.

Während der Anästhesist Chanale, die aufgehört hatte zu schreien, auf die Operation vorbereitete, goß ihr eine Schwester Desinfektionsmittel über den Bauch. »Naß«, murmelte Chanale, »naß und kalt«, und machte die Augen zu.

»Los«, sagte der Anästhesist zu der Narkoseschwester, die das Tropfen der Infusionsflüssigkeit in den Schlauch überwachte. »Skalpell! Skalpell!« rief Jo'ela und zog ein letztes Mal an ihren Handschuhen. Jemand warf zwei grüne Laken über Chanales Bauch. Das Gesicht der Operationsschwester beugte sich nackt, ohne Maske, neben dem des Anästhesisten herab.

»Versuch, so kurz wie möglich im Bauch zu bleiben«, sagte Nerja, »wir haben uns nicht gewaschen, mal sehen, ob du deinen Rekord brechen kannst.«

»Halt den Mund«, sagte Jo'ela. »Los, hilf mir.«

Niemand sprach. Nur Mirjam flüsterte, während sie die Hand aus Chanales Scheide zog: »Hoffentlich kommt jetzt keine Wehe und drückt den Kopf nach unten.«

Jo'ela preßte die Zähne zusammen. Für einen Moment hob sie den Blick zu der runden Lampe. Plötzlich sah das Licht blau aus, ein scharfes Blau, das dann zu einem verwaschenen Ton verblaßte, als sei es von einer Wolke verschattet. Das Gesicht ihrer Mutter beugte sich über die Haut, in die sie schnitt, und blieb für ein paar Sekunden dort, auch als sie die Haut löste, die Unterhaut, bis sie das Ligament über der Bauchhöhle teilte.

»Sie ist in der Faszie«, sagte Nerja, bevor er mit den Händen die beiden Muskelstränge auseinanderschob. »Ich hebe sie für sie auf, damit sie an das Peritoneum kommt«, sagte er.

Für einen Moment waren ihre Gesichter nahe beieinander. Sie sah die Schweißtropfen auf seiner Stirn. »Schere«, befahl Jo'ela und grub die Hände in das Bauchfell. »Sie ist im Peritoneum«, verkündete Nerja.

»Ruhe!« rief Jo'ela, und weil sie über sich selbst erschrak, fügte sie hinzu: »Jetzt, mit der Narkose, besteht keine große Gefahr für eine Wehe.«

Die Operationsschwester hielt ihr das kleine Messer hin, als die Gebärmutter sichtbar wurde, noch bevor sie eine Anweisung bekam. Jo'ela schnitt vorsichtig, um das Peritoneum abzulösen.

»Sie ist im viszeralen Peritoneum«, sagte Nerja zu dem neuen Praktikanten.

»Tupfer«, verlangte Jo'ela.

Die Operationsschwester drückte ihr einen trockenen Tupfer in die Hand, mit dem Jo'ela die Blase nach unten schob und einen Moment überlegte, wie tief sie schneiden konnte.

»Jetzt wird die Gebärmutter geöffnet«, verkündete Nerja, wie es üblich war, vor dem Schnitt im unteren Segment.

»Siehst du, wie tief sie schneidet? Das ist wegen möglicher weiterer Geburten.«

Die Gebärmutter war offen, und Jo'ela nahm das Kind heraus. Der Kinderarzt war hinter sie getreten, das erwärmte Laken ausgebreitet in der Hand. »Klemmen«, rief Jo'ela, klemmte die Nabelschnur ab, durchschnitt sie und legte das Baby, das sofort schrie, in die Arme des Kinderarztes.

»Eine dreiviertel Minute«, sagte der Anästhesist verblüfft. Nerja schwieg. Jo'ela atmete tief.

»Notiert: Männliches Kind, APGAR neun«, diktierte der Kinderarzt aus der anderen Ecke des Operationssaals. »Vergiß nicht deinen Operationsbericht, Jo'ela.«

Mirjam lächelte, wischte sich mit dem Arm über die Stirn, und ihre grünen Ohrringe klirrten. Monika setzte sich auf einen Hocker, nicht weit vom Anästhesisten.

Plötzlich hatte sich die Atmosphäre entspannt. Jo'ela blickte sich um, sie sah Nerjas rotes Gesicht, der sich die Bänder der Maske befestigte, sie sah die grünen Tücher, die die Operationsschwester um den offenen Bauch legte. »Doktor Goldschmidt, Maske«, erinnerte sie eine andere Schwester und hielt ihr auch einen Operationskittel und eine grüne, besonders große Hose hin, in die Jo'ela ihr helles Kleid stopfte.

Der neue Praktikant räusperte sich und fragte verlegen: »Vielleicht gibt es noch eine andere Hose? Diese da hat kein Gummi.«

Die Schwester reichte ihm eine neue Hose, nahm ihm die ohne Gummi aus der Hand und warf sie in den großen Abfalleimer. Nerja schwankte, als er mit dem Fuß ins erste Hosenbein stieg.

»Bitte einen Tupfer«, sagte Jo'ela. »Die manuelle Ablösung der Plazenta«, teilte Nerja leise dem neuen Praktikanten mit.

Jo'ela schob ihre Hand in die Gebärmutter. »Untersuchung der Gebärmutter – sauber«, sagte sie. »Gib mir Chrom-Catgut, bitte, doppelt.« Die Operationsschwester reichte ihr den Faden.

Nerja beugte sich vor und schaute zu. »Schaut nur, was für eine großartige Naht Jo'ela macht«, sagte er. Die Augen der Operationsschwester lachten über der Maske. Nun, da sein Mund und sein Kinn von der Maske verdeckt waren, fiel ihr zum ersten Mal auf, daß der obere Teil von Nerjas Gesicht, oberhalb des Nasenrückens, die kleinen Augen und die zerfurchte Stirn, aussah wie das Gesicht einer alten erschrockenen Frau. »Jetzt ist die Gebärmutter mit zwei Nähten Chrom-Catgut vernäht«, berichtete Jo'ela.

»Wir haben eine Fasziennaht gemacht unter Verwendung von resorbierbarem Material«, sagte Nerja zu dem jungen Praktikanten, der noch immer den offenen Bauch anstarrte. »Wir wollen nicht lange im Bauch bleiben, weil wir uns nicht gewaschen haben«, sagte Nerja.

Der Assistent nickte.

»Chrom-Catgut«, sagte Jo'ela und streckte die Hand aus.

»Wir schließen jetzt das Peritoneum«, sagte Nerja, »mit Chrom-Catgut einfach, nicht doppelt.«

»Fangt an zu zählen«, sagte die Operationsschwester, und eine andere Schwester fing an, laut die Tupfer und die Fäden zu zählen.

»Wie viele kleine Messer waren da?« fragte der Praktikant.

»Das ist in Ordnung«, beruhigte ihn Nerja, »es waren zwei, und da liegen zwei.«

»Sie schließt die Faszie, das ist eine sehr wichtige Naht, wegen der Festigkeit des Gewebes«, erklärte Nerja leise dem Praktikanten und folgte den Bewegungen Jo'elas, die sich langsam der Haut näherte und sie mit Klemmen festmachte. »Was du hier siehst, ist Haute Couture, niemand näht so schön wie Jo'ela.«

»Hast du ihr Oxytozin gegeben?« fragte Jo'ela den Anästhesisten. Der nickte und sagte: »Schon vorhin, als du die Faszie vernäht hast. Sie kommt langsam zu sich, sie atmet schon selbst, der Puls ist in Ordnung, der Blutdruck in Ordnung.«

»Was? Was?« murmelte Chanale.

»Das Kind ist da«, sagte Jo'ela, »alles in Ordnung.« Sie berührte Chanales weiße, kühle Wange.

»Was ist es?« flüsterte Chanale erschöpft.

Jo'ela warf Mirjam einen fragenden Blick zu.

»Nun, was ist es?« fragte die Operationsschwester.

»Ein Junge, dreitausendvierhundert Gramm, APGAR neun«, sagte Mirjam. »Neun Punkte, das ist sehr gut.«

Chanale reagierte nicht.

»Sie wird noch oft genug fragen, bis sie es kapiert hat«, sagte Nerja lächelnd und zog sich die Maske vom Gesicht.

Nicht nur Elik wartete draußen, neben dem Aufwachzimmer, vor ihm standen die Mutter und Tante Sarah, und bevor sie etwas sagen konnten, verkündete Jo'ela: »Alles in Ordnung. Herzlichen Glückwunsch, ein Junge, dreitausendvierhundert, es geht ihm gut. Auch der Mutter.«

Tante Sarah machte den Mund auf, lief dann aber, ohne etwas zu sagen, ins Aufwachzimmer. Elik folgte ihr mit langsamen Schritten.

Pnina ließ sich auf den orangefarbenen Stuhl sinken, vor dem sie gestanden hatte, als sei sie von einer plötzlichen Schwäche gepackt worden. »Komm, setz dich neben mich«, sagte sie zu Jo'ela und zog sie am Arm.

Jetzt wird sie fragen, was passiert ist und warum eine Operation nötig war, dachte Jo'ela erschrocken, jetzt wird sie mich beschuldigen. »Ich muß meinen Bericht schreiben«, sagte sie laut und zog an ihren grünen Hosen.

Aber Pnina beugte sich vor und sagte: »Setz dich, nur einen Moment.«

Jo'ela setzte sich schwerfällig hin.

»Ich bin sehr stolz auf dich, Jolinka, du hast etwas Großes geleistet.«

Unter den Geschenken, die wir denen geben, die wir lieben, sind kleine Feldblumensträuße, von willigen Händen hingehalten, ein Kieselstein, eine Schnecke, die mit dem üblichen nachsichtigen Lächeln angenommen werden. Man bedankt sich höchstens höflich. Manchmal beachtet man sie überhaupt nicht. Hingegen werden ausgerechnet Handlungen, die wir sowieso tun, das Übliche, das Normale, was keiner besonderen Anstrengung bedarf, absichtslose Handlungen, die nichts sind als sie selbst, manchmal pure Geschicklichkeit, ausgerechnet von denen, die wir lieben, als Wunder betrachtet.

»Jeder Chirurg, ja sogar jeder Metzger...«, fing Jo'ela an, aber ihre Mutter legte ihr die Hand auf den Arm und schaute sie mit blauen Augen an, in denen Tränen standen. Der schwarze Strich auf ihrem unteren Lid löste sich auf. Aus der Nähe, als sie Jo'elas Gesicht zu sich zog und küßte, konnte man sehen, wie der Lidstrich zerfloß und einen schwarzen Schatten auf ihre Wange malte.